U0908936

跨度小说文库
Kuadu Fiction Series

跨度小说文库
Kuadu Fiction Series

# 玉貔貅

杨智华 著

中国文史出版社

# 目　　录

# 楔　　子

一条细细的白龙河，自白龙山深处款款流来，穿山越谷，蜿蜒曲折，汇入洛水后，又一路向东汇入黄河，奔腾到遥远的大海。

凤凰城就坐落在白龙河畔，城东二十里的河川里，又坐落着街市繁荣的龙潭镇。

在当地的民间传说里，有一个动人的神话。白龙河有一位白龙王子，与天庭的凤凰仙子钟情相爱。每到春华秋实的季节，他们的身影总会出现。美丽的仙女和英俊的王子幸福相伴，时而嬉戏于水面，时而共舞于蓝天，呈现出龙凤呈祥的瑞象，给人间带来风调雨顺、五谷丰登的福祉。玉帝王母心中欢喜，便欣然赐婚。但不知从哪里蹿来一条黑色的恶龙，设毒计霸占了凤凰仙子。玉帝闻讯大怒，派二郎神打败恶龙，一对鸳鸯又得以破镜重圆。因为这个传说，这个城市就叫作凤凰城。白龙河流经这里的时候，又留下了一池深水叫龙王潭，于是也有了龙潭镇这个地名。

龙王潭看上去像个大涝池，不算宽阔，却分为深潭和浅谭。深潭深不见底，浅潭却水浅及腰。缺雨的季节，河水小了，潭就与河面分来；涨水的时候，潭与主河道连在一起，就隐去了真容。水退了，潭却不会退去。而且，潭水丝毫不浑，仍然是一池碧水。

人们觉得奇怪，就认为龙王住在里面，并因此产生了许多与龙有关的故事。千百年来，当地百姓守着龙潭繁衍生息，也将龙潭的传奇口口相传。最令当地人迷信的龙传奇便是貔貅纳福。按照中国神话，龙生九子，貔貅就是第九子。对这个小儿子，老龙王百般疼爱，娇生惯养，就赐予了很大的特权，也惯下了不少的毛病。貔貅喜吃金银财宝，贪得无厌，而且只进不出。同时还喜欢吸食妖怪精血，妖魔鬼魅，望而生畏。貔貅便被人们视为招财纳福、消灾避祸的吉瑞神兽。

貔貅的优点又刚好符合了此地天然。一条白龙河，已经滋养得一川沃土旱涝保收，地下又埋藏着丰富的煤炭资源。明清时，这里的煤炭已经开采，成为造福一方的摇钱树。遇到大旱之年，潭中之水就成了人们的救命水，无论怎样汲取，也从来不会干涸。天有大旱，方圆数十里的村民还会到这里祈雨消灾，而且很是灵验。当地人便认为是貔貅招财纳福的缘故，而且还认为貔貅便是那个白龙王子。因此龙潭镇的龙王庙里，还破例供奉了貔貅以及凤凰仙子和二郎神杨戬之像。老辈人说，龙王庙在的时候，香火很盛。从清末到民国，年年每到三月三，都要举办大庙会，无论政府官员、乡绅名士，还是普通百姓，都要朝着龙王父子焚香叩头。那祭神的大戏，也要热闹非凡地连唱三天。龙王潭庙会成了龙潭镇的一件盛事，龙的传奇也成就了龙潭镇的世代繁华。

龙王庙后来竟是毁于一场特别的“大水”。庙没了，列位神祇再不见影踪，有关龙的人间精彩也偃旗息鼓，销声匿迹。只剩下这依然流淌的白龙河，这深沉如故的龙王潭，以及流淌在百姓血脉中的龙故事。

历史的脚步迈入了二十世纪的九十年代，中国大地上，惊蛰的春雷隆隆轰鸣，强劲的海风呼啸而来，也震撼着、拂动着古老的龙潭。死水微澜不复存在，清波涌动回荡激扬。

封闭保守的生活观念被猛烈冲击，人们的欲望激情被完全激活，单调僵化的生活行为也发生变化，创造新生活的能量不断释放。瞄准财富和幸福，不同的人物怀着不同标准的欲望，也以不同的价值观和行为姿态，走着不同的路径，演绎着不同的因果。于是，真善美与假恶丑激烈对抗，正能量与负能量短兵相接；健行者的凛然正气，担当者的励精图治，劳动者的勤勉躬行，不法者的龌龊卑鄙，弱势者的命运悲欢，势利者的轻薄可耻，都尽情地展示出来，便有了以下这个要讲述的故事——

# 第 一 章

正是盛夏三伏，紧挨着龙潭镇街道的大林庄便爆出了一件比大热天还火爆的新闻：芳龄二十四岁的俊俏姑娘邢玉侠跟本村五十三岁的聂玉魁成亲了。

其实，说成亲却是有些过，没有订婚宴席更没有洞房花烛。聂玉魁仅仅是接邢玉侠进了趟城，给她买了几套时新的衣裳和一对金戒指、金耳环。尽管玉侠妈要求低调，一再叮咛不要声张，邢玉侠的父亲邢友贵却按捺不住那种攀龙附凤的虚荣心，腿长嘴也长的媒婆儿皮三娘又是牵线的说客，消息便不胫而走。

此话传到住村东头的林志才耳朵时，顿时惊得目瞪口呆，因为邢玉侠是他儿林金虎的未婚妻呀。林志才死活不肯相信却也不敢懈怠，便登门询问当初的介绍人皮三娘。对方那张嘴连个弯儿都不拐，竟毫不犹豫地予以证实。林志才受不住当头一闷棍，黑脸膛顿时变成了白麻纸。接着他便是歇斯底里地怒吼，一个劲骂“狗日的”，大有操刀杀人的气势。皮三娘到底心虚，找个借口撞出门去，狂扭着屁股一溜风逃了。

离开皮三娘家，在乡邻们刀子般的冷眼青光中走过，林志才觉得自己就是一只被人踢下水的癞皮狗，水淋淋地夹着尾巴，要多难看有多难看，要多恶心有多恶心。

逃也似的回到家，林志才抓起原先喝剩下的大半瓶高脖子西凤，一口气全灌了下去，然后昏昏大睡。酒醒后，林志才努力使自己安静下来，一边抽着旱烟，一边将突如其来的变故细细思量。

邢玉侠跟林金虎自幼青梅竹马，一块儿长大，一块儿上学，双双读完高中后又一块儿回乡。从小到大，林金虎都像哥哥一样疼着也护着这个妹妹，感情一直很好。林金虎长得高大结实，相貌英俊，又知书达理，善良忠厚，是长辈们心目中的好后生，也是姑娘媳妇们暗里心动的美帅哥。邢玉侠面容娇美，身材婀娜，性格柔弱，又有高中文化程度，是大伙公认的“村花”。两个拔尖人物好在一搭，庄里人除了羡慕嫉妒恨，也觉得是没办法扭转的事，因此都只能夸他俩般配，是天作地造的一对儿。

儿女长大了，婚姻大事就是父母心头悬着的石头，不落实下来自然是寝食难安。刚刚有俩娃恋爱的传闻时，林志才便马上问儿子，儿子只是不好意思地支吾道："只怕是剃头担子一头热！"林志才就大胆地问了邢玉侠，邢玉侠当时脸一红羞了，笑着低头默认了。林志才喜出望外，着实激动了好半天，随即就抓紧搬动本庄婚姻介绍权威人士皮三娘去邢家提亲。依照皮三娘的回讯，邢玉侠的父母对林金虎是满意的，只是她爹邢友贵嫌他家穷。尤其是住房太破旧，"三间破草房白天晒'爷'，黑来看星星"，假如闺女嫁过去，吃苦受罪不说，还不让村里人笑扯了嘴！看来，对方有诚意又很现实，林志才便因此对这桩婚事感到乐观。他让皮三娘再去捎了话："林志才穷是不假，但原因大家都清楚。要不是给娃他妈治病，咋会把大瓦房卖给人？困难是暂时的。现在国家政策活泛了，我也不是没能耐，不过一年两载，就会把穷锅底翻个过。待玉侠过门的时候，保管她不住破房子。"邢友贵那头也就回了话："那就等着看。"等着看，不就等于基本答应了，林志才的心里有了数。

秋季征兵的时候，林志才很坚决地支持林金虎参了军。不图别的，就想再为儿子添些分量。美男子加上解放军。好比本钱加利钱，有了这个政治资本，腰板就挺得更直。儿子有文化，假如机遇好，保不住还会上军校，还会提干当军官。

这是林志才的美好愿望，那一头的邢友贵当然也明白。论品行论文化论模样，林金虎这娃没说的，当兵提干也是有可能的。因而邢友贵就也对林金虎当兵的举动显得热心。林志才抓住时机提出了订婚，邢友贵居然爽快地答应了。就在林金虎穿上军装的那一天，林志才让儿子领着邢玉侠，去服装店给她买了几身衣服，又在街面上的饭馆包了两桌酒席，请了主要亲戚。虽然邢友贵嫌彩礼少生了悔意，但拗不过女儿的坚决和她母亲的支持，还是正式把婚订了。

林志才是精明人，他清楚愿望跟现实到底是两码事，脚踏实地把日子过好才是要务，一边朝四亩责任田里想点子，同时又重操家传手艺，将烧饼炉子经营起来。手里有了钱，就把青砖大瓦房重新盖起。他也清楚老二金豹上学不行，也不是种庄稼的材料。如果条件允许了，就在龙潭镇的街面上开个烧饼店，起码要给老二谋个营生。林志才对大儿林金虎在部队的前途很自信，对自家能够摆脱贫穷也有信心。凭着国家改革开放的好政策，他家的光景只会是芝麻开花节节高，邢玉侠也一定会欢欢喜喜地嫁过来。

万万想不到，邢玉侠会将他儿无情抛弃，却与跟她老子同龄的聂玉魁订了婚。林志才一万个想不通，聂玉魁五十三的人了，跟前妻生的儿子聂金牛，年龄几乎跟邢玉侠差不多。聂玉魁不光大邢玉侠近三十岁，又长得身矬面老，简直像头丑肥猪，他狗日的咋能跟咱金虎比。他狗贼死了婆娘，要续弦就该找个年龄相称的，可就偏偏老驴吃嫩草，生生欺负到老子头上。

林志才恨着无耻的聂玉魁，更恨着背信弃义的邢家父女。嫌贫爱富自古有之，见利忘义自古有之，趋势小人自古有之，他林志才看得开也想得开。邢友贵势利低俗，林志才也不是不了解。想不到邢玉侠竟然也是这种人，而且是如此惊世骇俗，伤风败化。林志才不能相信呀，玉侠妈是通情达理的贤惠人，邢玉侠是他看着长大的，那么好的女子咋能说变就变？这里面肯定有问题。

林志才又急又恼，一定要把事情弄个究竟。两次三番去找邢友贵，邢家却将大门关闭，还放狗吠咬。无可奈何，林志才就给邢玉侠写了封言辞尖锐的信。他在信中冲着邢玉侠当头棒喝："糊涂呀，你一个黄花大闺女嫁了老汉，就不怕丢人丧德羞先人？就不怕一辈子人前抬不起头？你难道就与我儿毫无感情？你就真把黄河看成了一条线？我儿可是一表人才又有文化，说不定马上就会上军校当军官！世上没有后悔药，你这一脚踏出去，就是一失足成千古恨！你是人人赏羡的好女子呀，却怎么做出了这种事？莫非聂玉魁使了什么卑鄙手段，害了你也坑了我们林家？"

老二林金豹翻墙打狗，拼命似的硬闯林家。信倒是送到邢玉侠的手里了，却始终不见回音。

林志才肯定不甘心，又派林金豹特意把媒婆皮三娘请到家，好酒好菜地招待一顿，请她"辛苦走一趟"，把他想对邢玉侠提醒的话代言当面，也替他好言相劝。如果能够挽回，重重酬谢是少不了的。

皮三娘假意答应，转了一圈就来回话了："邢友贵爱财势利不要脸，他女子又能好到哪里去？邢玉侠你就甭费心思了，说不定她肚子里已有了聂玉魁的种。我只能另外再给金虎瞅。"

林志才长叹一声说道："只怨我穷哇，害了娃娃。"却不晓得皮三娘从中使坏的隐情，错把妖精当成了菩萨。

# 第 二 章

庄户人有句俗话:一个媒婆半个外交部长。皮三娘何等精明刁钻之辈,聂玉魁与林金虎谁轻谁重,她的心里当然明白。聂玉魁是本市恒昌煤炭商贸公司的总经理,产业千万,有钱有势,不舔他的肥腚难道屈就你林家的瘦尻子。于是,皮三娘就干起了伤天害理的瞎勾当,当聂玉魁求他为之续弦,她就把目标盯上了邢玉侠。她心里有数,邢玉侠的老爹、木匠邢友贵是爱钱不要脸的主。心怀鬼胎的皮媒婆,就在关键处苦心运作,先给邢玉侠她哥邢玉成介绍了个对象。说到彩礼,女方狮子大张口,就令并不富裕的邢友贵难住了,也心疼了。紧接着,皮三娘就把自己"巧设说媒局,图谋邢玉侠"的用意和步骤,很详细地对聂玉魁说了。邢家有淑女,竟是花中魁。这个邢玉侠,聂玉魁曾经撞见过,仅此一面,便心猿意马,不能忘怀。现在皮三娘欲将美女牵给自己,岂能不心花怒放。当即"慷慨解囊",托皮三娘送去了三千元,邢友贵自然是大为感激。但因为邢友贵过于抠门,邢玉成的亲事到底没成。在皮三娘看来,邢玉成的事情比屁还淡,他妹子才是重点呢。没两天皮三娘又转上门来,几口茶呷过,便将早已谋划在心的勾当掏出来亮相。先糟践了林金虎家贫人贱等等不是,后又提出只要邢友贵同意,便会立马给邢玉侠找个有钱有势的大款,而且就有个现成的。如果嫁了他,吃喝受用,富贵荣华,如此等等。再者,如果事成后彩礼除了彩电、冰箱等物事,又直接兑现两万元礼金。邢友贵当然就喜不自禁。当得知所指对象是本庄的聂玉魁时,邢友贵的热脸就变成了冷尻子,尤其玉侠妈当场坚决反对。

皮三娘说:"等我把话说完嘛,这礼金家电只是其一,其二嘛,才是更要紧的。玉魁是大款呀,玉侠跟了他,不就成了财神娘子,你两口不也成了财神丈人丈母?享不尽的荣华富贵呀!"

玉侠妈气得浑身发抖,说道:"她婶子,我不敢说你是妖精,也不能这样糟蹋人!"

皮三娘脸一恼,丢了声"不识抬举",把尻子掰两半拧着走了。

邢友贵当晚就睡不着觉了，心馋着那硬扎扎的两万元礼金，那一大堆花花样样的家电物品，更垂涎着享受荣华富贵的威风，心里好生后悔。也不顾玉侠妈的态度，一大早便赶紧找到皮三娘家里去，拉下脸贱兮兮说道："老哥我赔不是来了，玉侠妈一时转不过弯，让大妹子你生气了。"

皮三娘径直问道："干脆些，愿不愿意？"

邢友贵拍着腔子叫道："愿意，我两口都愿意！不愿意我弄啥来了。"

皮三娘牛眼一瞪说："你两口回心转意了？但你闺女可愿意？"

邢友贵说："她敢，父母之命，媒妁之言，从古到今老规矩。"又说："他婶子，这事我两口仔细盘算过了，成。麻烦您给咱说去。但是，咱还是先小人后君子，彩电、冰箱、洗衣机、电风扇，还有——还有组合家具，对，还有——缝纫机，一件也不得少，再添上一万，就三万，三万，三六九，朝前走，图个吉利。"

皮三娘冷笑道："你这人，还真张得开口，财迷转向嘛！"

邢友贵说："咱是一分成色一分货嘛，咱玉侠多大？他聂玉魁多大？连他前妻的娃都结婚了。咱玉侠呢，还是黄花闺女！"

皮三娘说："也好，我去试试看。你的心重，要是搬脱了，可甭怨我。你也太小看人家玉魁，人家是商界名人，城里的漂亮女人多着哩。想舔肥尻子，人家还不定愿意哩！"

邢友贵说："大妹子，甭生气嘛！你只管去说，而后老哥重谢你。"

皮三娘说："这还像句人话。既然你这么说了，干脆，咱俩也先小人后君子，说个数，你准备怎样重谢本媒人？"

真没料皮三娘会来这一手，邢友贵顿时就像钟表拧断了发条，呆在那里不会动了。

皮三娘说："那好，我说个办法，咱就按'二八机制'办。"

邢友贵急问："'二八机制'是个啥？"

皮三娘说："二八分成，我二你八，你拿大头，连这都不懂？"又笑道："八字还没一撇哩，扯这个淡还太早。总之只会让你满意，不会让你难受。其他事都不是要点，只要咱女子有个好落脚，你两口满意了，做婶子的也算做成善事一桩。这事就说到此为止，你掂量着办吧。"

回家路上，邢友贵想着皮三娘的"二八"提成，心疼得要命。但是有什么办法，离开媒人实在是不行的事，最起码，他是不便直接与聂玉魁讨价还价的。

回头邢友贵就把这话对邢玉侠说破了，邢玉侠自然是难以接受，两天两夜足不蹬鞋地趴在被窝哭，并且扬言要以死抗争。皮三娘见状，也怕弄出什么不测来，便叮咛邢友贵此事不可太急太勉强。邢友贵却急了眼，怎么能眼睁睁让撞到面前的摇钱树滑手而过，便对女儿讲理动情地劝说一番。

言语不合，父女俩争吵起来。邢友贵一时狂怒，竟顺手抓起平日里吆牲口的牛皮鞭子，将女儿劈头盖脑一顿抽打。要不是玉侠妈冲上来跟他拼命，还不定闹出什么乱子哩。邢玉侠落了鞭伤心里又苦，因此还真的病倒在床。玉侠妈见状，就护着女儿跟邢友贵闹死活，一家人直闹得不可开交。

不料，就在那么一天，聂玉魁竟亲自坐着小轿车来到邢家，开言便是一番解释，说都怪皮三娘自作多情，他好赖还是商界名人，按说也算长辈，怎能不顾道理强娶一个小姑娘呢。都怪皮三娘那张嘴，害得玉侠受这份苦。他听说了，很是过意不去，特来表示歉意。又说玉侠这孩子挺优秀的，窝在农村可惜了，他要给玉侠在城里找份工作。接着又提出让玉侠搭他的车到城里的大医院治病，万一没钱，他可以先垫上。别说这事端是因自己而起，仅凭乡里乡亲这一点，他也理应帮忙。

这套包装漂亮的言辞，听得邢家母女满心佩服又满含内疚。邢友贵却不免大失所望，他觉得是让皮三娘给忽悠了，落得一场空喜欢。

邢玉侠到底是涉世不深，单纯幼稚，也就听信了聂玉魁这些话。悬着的心放下了不算，还真的搭上聂玉魁的小汽车进城去了。当然，邢友贵夫妇也陪着去了。玉侠妈是因为不放心，而邢友贵呢，则是有点不甘心。他能感觉出来，聂玉魁的话多少有点假。苍蝇不叮无缝的蛋，聂玉魁没有那个心，皮三娘咋会瞄准了他？

邢友贵是木匠，平日盖房子，做家具，走乡串镇，在大林庄也算是个人物。玉侠妈却是终日围着锅台转的屋里人，性情也柔弱，平日里二门不出大门不迈，到过的大地方也就算家门口的龙潭镇了。论其进城，还是平生第一回呢！当然，对邢友贵来说，坐着这样高级的“屎巴牛”，也是头一遭，心中当然有一番平生未有过的享受感。城里的繁华，聂玉魁公司的漂亮楼厦，以及办公室的阔绰也令这个很势利的农村人眼热心动。再加上聂玉魁的殷勤招待，使得邢友贵更添一层愧对人家的内疚感。他因此暗暗坚定了将女儿嫁给聂玉魁的决心，他心里决断道：像聂玉魁这样好的人，这样高的地位，打灯笼都找不来呢。人家能相中玉侠，那是她的福分。至于大了许多岁数，那有个啥？要是在旧社会，大户人家不都是三妻四妾，十六岁黄花闺女嫁了六十岁的郎，又有谁大惊小怪呢？邢友贵便决计暗暗与皮三娘商量下一步，对这门亲事，他可是王八吃秤砣——铁了心了。

其实，邢玉侠受的鞭伤也不过是皮毛之损。要说有病，就是因为父亲逼婚的心病。在医院稍作调理就成，根本就没住院或住城里调养的必要。但是，聂玉魁使用的是“欲擒故纵”的软办法，以留他们游玩几天为借口，悄悄在城里的私营旅馆订了间大房子，供吃供喝地安顿邢家父女三人住下。

第二天一大早，聂玉魁派人送来两张影剧院的戏票，场次是上午十一点。

玉侠妈说：“稀奇，大白天还能看戏？”

邢友贵说：“这有啥稀罕，要不咋叫城里呢！

送票的人强调道：“我们聂总叮咛了，这场戏由省上的大名角主演，一票难求！你老两口一定要去看，耽搁了肯定会后悔！”

邢友贵说：“少一张票呀，我可是三口人！”

送票的人说：“我说过了，一票难求啊。要不是我们聂总的面子，这两张票也搞不来哩！”

邢玉侠孝顺懂事，便说自己不爱看戏，推辞未去，邢友贵夫妇便高高兴兴地看戏去了。

邢玉侠独自倚床而坐，房间的电视也只有那么一个新闻频道，百无聊赖地待着，竟不觉沉沉睡去。

聂玉魁此刻悄悄来到，见房中果然仅有邢玉侠一人，便知邢友贵夫妇已经去影剧院了。此时正值盛夏，邢玉侠穿得单薄，便将身形完美显露，加上她俏丽的容貌，完全是副睡美人的模样，早将个壮年丧妻的色中饿汉看得垂涎三尺，热血倒流。便悄悄关了房门，掩了窗户，再将电视机的声音开大，然后就干下了为人不齿的邪恶之事。

本来，邢玉侠是完全可以避免的，只要她大声呼救，左邻右舍岂能不闻，这里毕竟是旅馆呀。可叹的是，她怕丢人而不敢叫喊，就酿成了这种令她痛不欲生的苦果。

邢友贵夫妇看完戏回到住处，但见床上被褥垂地，满地狼藉，却不见了女儿。

邢友贵咬牙切齿道：“畜生，福中不知福，反倒这样闹腾。”

玉侠妈觉得不妙，就赶紧向就近的房客打问情况，他们只是说：刚才倒是听见你这房里有响动，但并没听见有人喊叫，便没在意你女儿什么时候出去的。

玉侠妈惨声叫道:"不好,你女子出事了!"

邢友贵瞪着眼吼道:"胡扯淡,又不在荒沟野凹,能出什么事?"他尽管嘴硬,心里也不禁发毛了。

邢友贵夫妇慌忙跑上大街乱找一气,但哪里还有女儿的影子。来此城中,举目无亲,周围环境也不熟悉,弄得邢友贵没了主意。

回到旅馆,众人关心地围上来询问情况,也有性子急的当场出主意:"报警,是不是被坏人绑架了?"一旁马上有人附和道:"对,就有人贩子专瞅乡下妇女下手,拐到穷山沟给老光棍当媳妇,卖个大价钱!"

听着这话,旅馆老板娘不情愿了,抖着一身肥肉吼叫起来:"住住住,打住,我这个店是街道红旗单位呢,我娘家兄弟又在公安局,谁敢在老娘这里下手!"又对邢友贵夫妇数落道:"你们这乡里人,没见过世面,就爱一惊一乍! 叫我看,是逛街去啦;要不,找熟人去啦? 你们住到这里,是有人安排的,你咋不去找他哩?"

玉侠妈说:"对,咱应该赶紧找玉魁!"

邢友贵闷声吼道:"脑子叫驴踢了,能叫玉魁知道吗?"

可怜的邢友贵夫妇,既然你们已经把事情往坏处去想,咋就不会将怀疑对象瞄准聂玉魁呢? 难道,媒婆皮三娘上门替聂玉魁提亲只是随便说说而已? 难道,就没听说过"不怕贼进门,就怕贼惦记"这句话吗?

邢友贵现在就怕聂玉魁知道这桩丑事,聂玉魁就偏偏来了。

发生这样糟糕的事情,聂玉魁当然比谁都清楚,他是阴谋策划者,更是邪恶施暴者。歹事已做,聂玉魁却不免心虚后怕。他怕邢玉侠情绪失控,想不开寻了短见,那后果就非常麻烦! 忽然又想到了邢玉侠的未婚夫林金虎,顿时更让聂玉魁胆战心惊。林金虎是现役军人,他的情欲冲动已经构成了破坏军婚罪。如果邢玉侠将他这犯罪事实哭诉给未婚夫,等待他的恐怕就是更加棘手的官司。

起码,在作案后的前一个小时里,聂玉魁完全被焦虑、恐惧的情绪笼罩着。但是,聂玉魁毕竟不是等闲之辈,久经商场,白道黑道,打打杀杀,经历的事情太多了。转换个角度一思考,悬着的心也就放了下来。聂玉魁觉得自己过虑了,如果邢玉侠要声张,也早该声张了。邢玉侠为什么没有声张? 不就怕毁了名节吗! 女人的名节比命还要紧。因为这是在中国,几千年封建伦理道德仍然根深蒂固,身为农村姑娘的邢玉侠,更不可能摆脱禁锢。何况,她还是个未结婚的黄花大闺女! 如此看来,自己是把事情看复杂了看严重了。他现在就敢断言:借给邢玉侠十个胆,她也不敢把这种丑事抖出去。那不等于自杀吗? 她才多大? 她正要活人呢! 再说,邢玉侠她爹邢友贵已经同意闺女嫁给他,就凭她有着这种爱钱不要脸的老子,这把火也是烧不起来的。如此说,他聂玉魁已经赢得了婚姻的竞争权,也同时拥有了主动权。要说爱情和贞操是联结林金虎和邢玉侠的纽带,也是他们之间联姻的基本条件,而现在,他聂玉魁已经得手,生米做成了熟饭,邢玉侠和林金虎的感情纽带实则断裂,婚姻的基本条件也告摧毁。只要舍得花钱摆平邢友贵,只要由邢家解除婚约,林金虎纵是现役军人,也只能是无可奈何干瞪眼。自己就不仅做成了一桩风流事,到最后还会把她弄到手的。

聂玉魁觉得心安理得了,这才敢装得跟没事人似的赶到旅馆来。

邢友贵夫妇正在房间里边说话,聂玉魁在外面听得清楚:邢玉侠跑了,不知所踪。便吓得脸色由红变白,心想:糟了,千万别弄出什么要命事!聂玉魁走到外面抽了支烟,努力稳住神,便抓起电话叫小车司机。司机开着小车来了,又神秘兮兮地扯他到外面吩咐了一阵,然后装着不知情的样子返了回来。

聂玉魁问道:“慌啥哩?出什么事了?”

邢友贵见是聂玉魁,顿时不知所措,嘴里支吾着“没有啥,没有啥”。

玉侠妈厉声叫道:“女子都失踪了,你还说没有啥!”

聂玉魁故作震惊地问道:“咋会发生这样的事?”

邢友贵遮掩道:“别听她瞎咋呼,能出什么事呢,兴许是逛街去了,也有可能回村了。”

聂玉魁说:“应该是回村里了。我让小车送你们回去,也别忘了去林志才家找一找。找着人,切记到我金牛家,给我通个电话。当然,我在城里也注意着。就这样办了。”

聂玉魁的判断是没错的。邢玉侠是个乡下姑娘,在城里人地生疏,上街简直连方向都迷了,她能去哪里?人在悲伤时,自然想着亲人。对邢玉侠来说,发生了这种事,父母简直成了帮凶,但故乡仍是亲切的,那里有她的好姐妹,她委屈的泪是可以洒给她们的。

事情也确实如此,邢玉侠是摸到汽车站,搭上了回龙潭镇的班车。她第一个想到的便是林金虎的家。这个家也应是她的家呀!当她来到林金虎的家门外时,意识却固执地拖住了她的脚步。邢玉侠心想:发生这种事,自己心里已经滴血,如果让他家知道了,会容忍这种羞耻吗?再说,事情的来龙去脉到底是怎样,自己怕是一万张嘴也难解释清楚的。到那时,她跟金虎的恋情就会断绝。这样残酷的结局让她如何接受啊!

可怜可叹可悲的姑娘,她根本不懂得该如何对邪恶反击,如何用法律保护自己,法盲导致了无知愚昧和怯懦,而这一切,又会把灾祸进一步扩大。

邢玉侠唯一可做的事只有回家躲在自己的房里伤心抹泪,这对能够及时找到女儿的父母是个惊喜。邢友贵根本没顾及女儿哭得红肿的眼睛,却如释重负地跑到聂玉魁的儿子聂金牛那里,向城里的聂玉魁打了平安电话。

邢友贵回到家,玉侠妈脸色慌张地把他扯到另外间屋子,关好门,才胆战心惊地说:“糟了,你女子真的出事了,可能让坏人给……”话没说完就痛苦得说不下去。

邢友贵惊得瞪圆了眼睛,半晌说不出话来。忽然听见皮三娘说着什么走了进来,便立即恢复了理智,急忙将嘴贴在玉侠妈耳朵上叮咛道:“千万不敢让皮三娘知道了。”随后才急忙出去,把皮三娘引到堂屋坐定。

皮三娘屁股刚挨板凳,便开门见山地说:“我这人办事直来真去,就刀下见菜,直说了吧。”

邢友贵战兢兢地问道:“他婶,你想说啥?”

皮三娘接着说道:“常言道,人在事中迷。但现在玉侠发生了那种事,你们两口就不要迷,也不敢迷。沉不住气,只会落得鸡飞蛋打一场空。我说这话的意思,是要你两口有个思想准备。”

邢友贵看得出皮三娘来者不善,慌忙掩饰道:“他婶子,你也甭拐弯抹角了,是不是聂玉魁听到了啥闲话?我们玉侠可是一直不愿意聂玉魁,她为啥去城里看病,还不是因为这门亲事让我打的。趁着我老两口看戏的茬口便偷跑回来,这有啥奇怪的?”

皮三娘厉声一笑,说:“玉侠她大,我一辈子是做啥的,你想蒙我?干脆,我就来个猪八戒吃西瓜——一嘴吞到底。你的玉侠被人糟蹋了!”

“你咋知道的?”邢友贵惊得几乎蹦起来,随即又后悔自己太冒失,马上反驳道:“你胡说,胡说八道——”

玉侠妈强打精神辩护道:“他婶子,你说这人活世上,凭啥,不就凭个名声。你这样不负责,是把玉侠往死里逼,你让我们还过不过日子!”

皮三娘怪笑道:“这就怪了,人家好心而来,倒被反讹一口。我说玉侠妈,你也是过来人,难道就没看出问题?事情就发生在你两口逛街那一刻,我说你呀,也是做女人的,咋就把那么个大姑娘一个人留在店里?你一定发现问题了,却揣着明白装糊涂!老皮我敢对天发誓,如我所言不实,出门就让汽车碾死,你敢?”

“他婶子,你可不敢乱说,玉侠还没嫁人,还要活人呀——”玉侠妈哀求地说着，只觉腿一软便“哎哟”一声往地上瘫。这女人本来就得过肺结核，身体病弱，突然祸从天降，怎能承受得住。只见她面色蜡黄，脸颊潮红，猛烈干咳着，憋出了满脸的眼泪和鼻涕。

到了这种紧要关头，邢友贵也顾不得老伴，气急败坏地抓住了皮三娘的臂膀摇着大叫：“是哪个狗日的干的，老子要跟他拼命！”随即也腿一软蹲下去，竟双手捂面呜呜哭了。心里悲哀道：完了，聂玉魁肯定不会要玉侠了，眼看抓到手的摇钱树不知被哪个狗日的斫断了。

皮三娘此番是被聂玉魁紧急差遣来的，目的是因势利导，将事情说开说破，再将坏事化好，迅速让聂玉魁把邢玉侠娶了。但是，邢友贵和玉侠妈这种气急败坏的情状却有些出乎意料。万一邢友贵夫妇对聂玉魁的卑鄙行为反感，说合这门亲事就不仅没指望，弄不好还会惹出其他麻烦呢！

皮三娘心里没底，事先彩排好的那些话就不敢说了。忽然眼珠一转，心里叫道：有了，何不趁此机会，再去狠狠敲聂玉魁一个竹杠。她会对他说：完了，邢友贵人都发疯了，要到法院告你聂玉魁强暴良家妇女。再不然，就说林志才也不答应，要告你破坏军婚！只要这种话砸出口，聂玉魁肯定㞞了，便会乖乖儿哀求她说：嫂子呀，求你啦，我的玉侠我的运道全靠您老嫂子周旋啦，你的大恩大德容我厚报啊，如此等等，下贱的话能撂一箩筐。央着求着，就拉开抽屉取出几沓百元钞票，双手捧着塞到她怀里……

皮三娘想得得意，便决定马上去见聂玉魁。皮三娘清楚，这一刻，由城里赶回来的聂玉魁正在本村的老宅里等消息哩！

皮三娘便故意叹口气说：“早知你们这么不经事，我也不敢多嘴多舌。好了，待你们气顺了些，再来找我，兴许，我有办法帮你弥补。”

邢友贵急忙站起身拉住她：“他婶子，我实不明白，玉侠有啥闪失？你倒是听了啥风声？我两口还糊里糊涂，你却说个半截话就走，还不急得人发紧病！”

皮三娘说：“噢，我刚开口，你两口子已经发了疯，待我说破了，还不闹出人命？没事不惹事，有事不怕事。兄弟你能不能安静些？不为别人，为的是咱玉侠的名声和前程！”

皮三娘离开邢家，故意指东打西地在村街上转悠一阵，便来到聂玉魁的家门前，瞅瞅无人注意，一闪身便溜了进去。

邢友贵两口子离城后，聂玉魁却禁不住往坏处去想，他真怕邢玉侠一时想不开弄出什么祸事，就决定赶回大林庄随机应变。回到村就派儿子聂金牛叫来了皮三娘。与邢玉侠的那种事当然不能瞒这媒婆子，他现在就指望她打探军情，接着还得靠她从中斡旋呢。如此这般密谋一气，这媒婆儿就直奔邢家而去。好像是在等待一场审判，是喜是忧，就等皮三娘带回的消息了。

聂玉魁此刻想冷静，却怎么也冷静不了。心里打着冷战，鼻尖冒着冷汗，一双腿不停地胡乱走动，真似热锅上的蚂蚁团团转。他觉得自己的定力忽然就没了，好像这多年的江湖白混了。

正焦急皮三娘就转回来了，聂玉魁慌忙将她迎入内屋。

掩好门，落了座，递了烟，聂玉魁便问道："玉侠家情况咋样了?"

皮三娘只是阴着脸直吐烟圈，却一言不发。聂玉魁就更急了，叫道："你倒是说话呀!"

皮三娘冷笑一声说："聂大经理，你图一时痛快，却连累做媒人的受气挨骂！你等着吧，官司撞头喽!"

聂玉魁惊叫道："他要告？不可能，不可能!"

皮三娘道："聂玉魁，我把事情直说了。当我过去时，邢玉侠正寻死觅活哩，邢家三口哭成个泪人。我一闪面，邢友贵就指着我的鼻子尖破口大骂：皮媒婆，你这烂嘴，夸聂玉魁是大公司总经理呀，商界名人呀，呸，你道是编着圈套把玉侠往绝路上逼哩!"

聂玉魁急得眼都红了，跺着脚问："你难道没有解释吗?"

皮三娘道："管屁用！你说这世上人谁不要面子，人活脸，树活皮，没脸没皮不是人。玉侠哭呀叫呀早搅得村上的长舌婆娘起了三分疑，邢友贵偏偏又是个粗鲁货，怒火冲天一阵吼，左邻右舍都知道了。邢家丢尽了面子，还不跟你翻脸寻仇。"

聂玉魁冷笑一声，道："皮嫂子，你演什么戏！我聂某是什么人？跟人斗的心眼，嘿嘿，怕比你听过的都多。你的鬼把戏以为我看不破吗？嘿嘿，你是想借机把事情搞得复杂化，以此抬高身价，要狠狠敲我一杠子，对不对？何必这样拐弯呢，你有什么想法，什么要求就照直说，省些时间省些口舌有啥不好，把事搅黄了，对你起码不好。"

皮三娘心中暗暗叫苦：这聂玉魁果然不是省油的灯。一股子怨气也冒将出来，叹气道："人家辛辛苦苦跑断腿，磨破舌，倒落个老鼠钻风箱，两头受气。我挨骂挨唾，认了。我也打此罢手。但是，玉侠的这门亲事，我也就没法管了。"

皮三娘最后这句话，却是实实在在的威胁。没想到，聂玉魁的反应更强势也更可憎。

聂玉魁说："实话告诉你，邢玉侠愿不愿意，嘿，我这时候倒无所谓了，我已经跟她办成了那号事，知足了。她想告状，就告去。我不妨把话说得扎耳些，老子好歹家财万贯，无论法院、公安局，哪个衙门咱走不通？有钱买得鬼推磨，自古就是这个理。要小心的倒是他们，你诬陷企业家，就是往政府的脸上抹黑，是要罪加一等的。”

弄到这步田地，皮三娘真是走也不是，坐也不是。于是她只好祭出林志才这个杀手锏了，聂玉魁绝对知道“破坏军婚”四个字的分量，况且，林家在省上还有人呢。但这样做心里实在没底，邢玉侠不是金枝玉叶，是个农民，而林志才的儿子林金虎据说在部队很出息有前途，这个婚姻不过就是个水中月、镜中花。林志才又是个识时务、善变化的聪明人，万一林志才选择了放弃，不就把她的谎言戳穿了。但到了这一刻，皮三娘觉得让对方逼到了墙角，也就顾不得什么了。再说，她也决不允许自己白忙活一场。

主意打定，皮三娘便将抬起的屁股重新落座，故意跷起二郎腿，自怀里掏出盒“蓝好猫”，“嘣”地一弹抽出一支，头一歪便噙在嘴角，另只手魔术师表演般地一甩“老板”打火机，便把烟燃着了，然后，猛吸一口气，再悠悠地吐出几个圈圈，慢悠悠地说道：“总经理大人，你把话说到这个份上了，我自认倒霉，谁让我皮三娘爱管闲事呢。我自然会扒房子卖家当，磕头作揖向邢家赔罪。只要你良心上过得去，就行。你说你官场上人熟，势大气粗，我信。邢友贵他一个农民，能把你咋个样？但是，有一个人却是你的死对头，而且你绝对惹不起。”

“谁？”

“林金虎，邢玉侠的未婚夫，还是个现役军人哩！”

聂玉魁不惊才怪，稳坐的胖身躯一下子站直了。呆愣了半晌才回过神来，冷笑道：“你又拿话诓我对不对？我才不怕哩。现役军人又怎样，我见多了。实话告诉你，现在当兵不比从前，也就那么回事了。就连团级军官转业地方也很难安排。运作不好，甭说继续当官，连碗饭也没处吃了。”

皮三娘道：“话嘛，倒也不假，只是这林金虎就偏偏有个高门庭可攀。你也许真的不晓得，林金虎有个舅叫刘来俊，在省委组织部工作，听说还是拿事的哩。虽说是他妈的堂兄弟，却仍然比外人亲得多。甭说人家能把你告到公堂，即使在上面做点手脚，你的总经理你的公司还不丢到茅厕坑。”

聂玉魁不禁倒吸一口冷气，细细一想，就想到林志才的确有个在省委工作的亲戚叫刘来俊，是林金虎他舅刘来锁的叔辈兄弟。那年来市上视察乡镇企业工作，就由市、区领导陪着端坐主席台并讲了一番话。吃饭时听说他是大林庄人，还向他询问林志才的情况呢。林金虎这个堂舅确有其人，假如刘来锁领着林金虎找他告状，那么，他聂玉魁说不定就会有大麻烦。

聂玉魁越想越怕，一层冷汗倏地冒出头皮，缀得满鼻尖都是水珠儿。之于皮三娘的口气，自然也就客气多了。

“嫂子，我刚才确实有点冒失，人在气头上，嘴就不把门。其实，我是诚心求你帮忙的，要不，我咋敢把这种大事原原本本托付你哩！好了，咱言归正传，你赶紧替我去邢家说一声，就说我说了：聂玉魁是在玉侠父母同意的情况下，觉得玉侠迟早是他的人，他也真心爱她，一时糊涂才犯下这个错误。就请他们原谅。不管事情成与不成，切不敢胡乱声张，走漏了风声，我聂玉魁老皮老脸一把岁数无所谓，玉侠这辈子就完蛋了。如果玉侠愿意嫁我，原说的三万元礼金再加两万，还要给她安排工作。他家不是还有个老大难邢玉成吗？我也可以帮忙安排工作。邢玉成端了铁饭碗，婚姻还会难吗？如果邢家真的不愿意，我只好给她一万元，算是赔偿。怎么样，我可是仁至义尽了！”

皮三娘说道：“这还差不多。就说嘛，兄弟你是一路枭雄，是干大事的，咋能不明事理呢。”说着就一摆屁股站起来，做出要走的架势。

聂玉魁叫声“别忙”，转身到里屋拿来个皮包，一扯拉锁，取出了三沓百元人民币，说道：“这三万元你先送过去，亲事定了，再把五万元补齐。”又从中取出个厚厚的牛皮纸信封，一丢，便闷沉沉响了声躺在皮三娘面前的木茶几上，一边又说：“这里面是给你的辛苦费——五千。待事情办得圆满，再给你五千。兄弟这人怎样？你看着办吧！”

皮三娘这厢麻利地捡起信封，将口朝下一抖，一沓五十元票面的人民币蓝莹莹地大放光彩。道句大实话，她说了半辈子媒，接过半辈子酬谢，但毕竟多为庄户人家，一般都是四色礼品的谢酬，无非是：一瓶酒一条烟，一双袜子一双鞋，礼厚些的也无非是在此框架上多少丰厚一些，如此而已。像这种一把接过五千元的好事，自然是第一次碰到。

皮三娘心中狂喜，便按捺不住那爱财的本相，龇着满嘴七歪八不整的黄牙，笑了，一边手脚麻利地数了一遍，这才将钱塞回信封，再小心翼翼地装进内衣的兜里。

聂玉魁阴沉沉地说：“嫂子，这事情嘛……”后半截话没说完咽了。

皮三娘猛然看到，对方那肥硕的脸上，那对小三角眼放射出两缕凶光，心中不由一颤，心想：这钱，可真是扎手的噢！

皮三娘遂起身告辞，断定邢友贵夫妇是对热锅上的蚂蚁，难过得发疯,便耐着性子,稳坐家中等待。

果然,一支香烟未燃尽,邢友贵便急火火找上门来。

皮三娘觉得该是漏底的时候了,便把聂玉魁侵害邢玉侠的事说了,同时心理上做好了承受狂风暴雨的准备,如果邢友贵反目,她皮三娘会说出几十种理由来为自己开脱并最后说服他,她平生是不做劳而无功的事情的,何况这次是咬定了一头肥猪。

没料到邢友贵仅是愣了愣神,便如释重负地使劲拍了下大腿、跺跺脚,心里苦笑道:玉魁呀玉魁,你就等不得了吗?玉侠迟早还不是你的人!又一思:不对,这狗日的本来就老奸巨猾,现在生米做成熟饭,那说过的三万元彩礼还会兑现吗?再严重些,他现在已经占到了便宜,心满意足,一脚把玉侠蹬了咋办,那可是丢了脸舍了人又舍了财。人家财大气粗,咱这没钱没势的农民能拿他怎么样?想到这里,邢友贵的脸色又变了一相:黑乎乎堆满乌云了。他眼珠转着,手使劲地挠着后脑勺,紧张思考着对策,忽然心里道:有了,现在就看聂玉魁的态度了,要么他马上兑现三万元彩礼,要么就与林志才联手:告你狗日的一个破坏军婚。谅他聂玉魁再有种,这条国法是部队上管的事,他吃罪不起。于是便斟字酌句地对皮三娘道:"他婶子,事情既然到了这一步,的确就弄得难上加难,你是晓得的,玉侠对这门亲事坚决不同意,她心里只有那个在部队的林金虎,而且,已经是订了婚的……"

邢友贵后面要说啥,皮三娘已料得十之八九,便冷笑一声道:"你不要拿林金虎吓唬人,如今不比那些年,当兵不吃香了,在部队是兵,复员了是啥还是啥。你是想说军婚,受国家法律保护?球,连地富反坏右都摘了帽子,你说,那老皇历还能不能用?"

这招截头棒着实厉害,邢友贵想好的那套话顿时砸成粉末。只听皮三娘又道:"你也甭怨我老皮把你邢家推上贼船。怨我,就是狗咬吕洞宾,不识好人心。你说,林金虎和聂玉魁比,是香毛草还是牡丹花?球,林金虎订婚给你家多少,八百,人家聂玉魁,一出手就是三万呀!"

听到这三万元彩礼,邢友贵的骨头又想酥,但嘴巴依然不软,嗫嚅道:"是不少,但也不算多。他姓聂的是二婚老头,我玉侠可是黄花大闺女,又长得漂亮。"

皮三娘说:"你这话没胡说,但人家聂大经理更是通情达理。实话告诉你,为了表示诚意,聂玉魁又把礼金增加了两万。"

邢友贵眼睛一亮,心跳也加剧了,声音颤颤地叫道:"你刚刚说啥?你把这话再重复一遍!"

皮三娘说:“聂玉魁又把礼金增加了两万!”

邢友贵的热泪都涌到眼窝了,但还是有点不相信:“你是说,礼金增加到五万了?”

皮三娘说:“没错,是五万元。”

邢友贵非常灿烂地笑了,泪水却潸然而下,想遮掩都不由自己。他的态度也来了一百八十度的大转弯,赶忙赔着笑脸说道:“他婶子,我刚才把话没说完,你咋就发火了。其实,我早就猜出是玉魁干的,你想,咱在城里还认识谁。我跟玉侠妈商量了,既然玉魁这么喜欢玉侠,就赶快订个婚,再把玉侠娶过去。”

皮三娘欢喜道:“这还像个人话。眼看快成一家人了,事情就得商量着往好里办。”

邢友贵道:“不过,五万元必须先兑现。要不然,玉侠妈的工作我也不好做了。她娘俩性子都倔,万一闹出岔子,对谁也都不好。”

皮三娘道:“礼金的事,放心,包在我身上了。我这里就找玉魁商量。”

邢友贵回到家,把事情原委对玉侠妈说了。玉侠妈气得哭道:“起先说这门亲我就不同意,这趟城更不该去,村里人谁不晓得聂玉魁是啥东西。这下好,把女儿坑苦了,姑娘没出门就出这种事,你让她这辈子咋往下活?”

邢友贵怒道:“不明事理的麻迷婆娘,你说咋办?咱现在只能赖住他,你敢说声‘拉倒’,说不定聂玉魁正好借坡下驴,咱就落个赔人又赔钱。我让皮三娘去说了,如果聂玉魁马上兑现五万块彩礼,就再好不过,咱就跟他订婚,再结婚。这事情也就摆平了。假如狗日的想赖账,咱就告他个破坏军婚,不过,这后一条实在是下下策,不到万不得已绝不可行。”

玉侠妈说:“你知道咱玉侠跟金虎实在是相好。出了这事,苦得几天水米不打牙,只怕她不同意。”

邢友贵说道:“顾不得那么多了,哼,还由了她!”

说话间,皮三娘已风风火火地闯了进来,欢喜道:“老邢,恭贺你两口子,我跑断腿,磨薄嘴,总算把大事说成了。”说着就将只裹得厚厚的大手帕放在桌上,手脚麻利地一打开,三大沓一百元人民币亮了相。

邢友贵顿时一阵狂喜,觉得这些票子在大放光明,把眼睛都洗得贼亮贼亮。又下意识地一下将票子揽在怀里,好像天上会冲下只老鹰,一爪子把它们叨走似的。

“多少？不对呀，这才三万！”

“没错，就是三万！”

“说好五万吗，咋就变成三万了？”邢友贵把双眼瞪成一对铜环，大吼着跳起来了。

“玉魁说了，先给三万，等亲事定下来，再补齐五万。”

“真的？”

“真的，这还敢有假。”

见邢友贵还不相信，皮三娘笑了，讥讽道：“看你个财迷式子，可以编到戏里头了。”

邢友贵长叹一声，努力使自己狂跳的心安静下来，开始小心翼翼地点钱，但是两手好像不听使唤地颤抖着。就这样欢喜、激动又艰辛地点着数着，到最末一张了，却是两万四千，整整少了六千元。

邢友贵重新点数一遍，依然少六千元，这心就有种不祥的预感，再将钱一张张拆开数了一遍，还是少六千元，邢友贵的眼睛再次瞪得牛圆，吼道：“这钱咋少了六千？”就将票子往桌上狠狠一扣，又霍地推给皮三娘。

皮三娘将两眼嘲弄地瞄着邢友贵诡笑，另只没夹烟卷的手又毫不犹豫地将钱推了回去，然后冷笑一声说：“‘二八机制’，咱不是说好的嘛！”

邢友贵将一对急得发红的怪眼直盯着对方，像是两个大问号。上下嘴唇也着魔似的颤抖着，却一个字也抖不出来。

皮三娘微笑说道：“还不明白吗？‘二八机制’，不就是二八分成嘛！你拿大头——八，我拿小头——二，三二得六，不就是六千吗？没办法，现在是市场经济，就得按新规矩办，城里人几年前都这样做哩，而且是三七分成。我念起乡里乡亲，把标准降了。万苦千辛一场才得六千，我还亏得慌呢！”

邢友贵这回总算弄明白了，锤子“二八机制”，老子身上割肉哩。心里骂道：好一个心狠手毒的狗婆娘。越看那沓缺少了的钞票，心里越不是滋味，就像本该属于自己独食的一只肥肘子，突然被人狠狠撕走了一大块，不钻心疼才怪呢！

皮三娘又说：“事就得这样办，各得其所，公平合理。如果反悔，我就把钱退还聂玉魁，抽身落得干净人。剩下的便是你和玉魁的事，不过，我还得补充强调一点：你别太小看了聂玉魁，人家好赖还是大公司的总经理，不敢说屁股后边大姑娘排成队，也不至于离了咱玉侠这滴雨就干旱着。要不是我老皮能拿住他，谁能保证聂玉魁背着牛头不认脏呢！我的话打此为止，是想落得人财两空，还是见好就收，随便。”

皮三娘何等精明之人，邢友贵贪财的本性她早已了然在心，以攻为守地说完这番话，便装出要携钱告辞的模样。

邢友贵便慌了，赶紧用双手捂住那钱，咬牙顿足地道："认了，这个账我认了。不过，剩下的那两万，不许再有回扣了。再还有，从此往后，不管事情咋样周折，你可是蚂蚱拴在鳖腿上——想蹦也蹦不开啰！"

皮三娘尖声道："媒人媒人，只管说媒，嫁过门就是人家人。以后是好是赖，与我屁事无关。"

两个小人的肮脏交易，令玉侠妈感到非常恶心。想到皮三娘头一回来家里提说聂玉魁的情景，又目睹丈夫见钱失态的下作样，心里忽然明白了。聂玉魁毁了女儿，看来是他们精心策划的预谋，而作为父亲的邢友贵，就是里应外合的内奸。

玉侠妈忍不住满腔的屈辱，厉声叫道："还有完没完？我恶心，滚出去——"

邢友贵吃了一惊，从来逆来顺受的玉侠妈，怎么就变了个人？面子挂不住，便也喝叫一声："臭婆娘，你叫唤啥？欠打！"

皮三娘叹口气装得像个好人："你甭朝嫂子吼叫。将心比心，换作我也会这样。等嫂子想通了，也就不生气了。我这里就走，就走——"脚步没挪几下却又转过头来，用双手拍了几下大腿，惊惊乍乍地说道："嫂子这么一打岔，差点把个大事给忘了。你们家不是有个'老大难'吗？"

邢友贵问："你是说玉成吗？"

皮三娘道："是呀，玉成今年恐怕三十一二了，光棍一条，你老两口不愁吗？现在好了，玉魁要给玉成安排工作。当了工人，挣了工资，变成城里人，还愁说不上媳妇吗？话说到此呀，你两家这婚事倒像是换亲。用玉侠给玉成换份工作换个媳妇，还落了恁多钱，可真是攀高亲，发横财，交红运了。你两口甭说没资格怨我、恨我，就是给我磕头谢恩也不为过。"

邢友贵道："话嘛，甭说得满嘴溅油，就怕玉侠过了门，这允诺就作了过耳风。他玉魁有诚心，就在结婚前先把玉成招工吧。"

皮三娘说："你咋老把人往坏处想，进了一家门，就是一家人，给老妻哥办事，能不卖劲？再说他一个大人物，办这事还不一个电话就成。也行，我就说先让把玉成安排好，然后再让玉侠过门，省得你老邢总以小人之心度君子之腹。"

邢友贵说道："那么，一言为定。"

皮三娘也不再言语，伸出只手与邢友贵击掌立誓，又朝玉侠妈拧眉瞪眼地甩个脸子，然后扭身走人。皮媒婆的心已经飞到镇上的"老马家饭庄”,此番交易,大功告成,要好好点几个酒菜,犒赏自己呢。

聂玉魁也的确显得有能耐,仅仅过了四天,便让邢玉成去城里上班。其实呢,邢玉成是在中国农业银行的一个营业分理处当保安,实际上是临时工,培训半个月便上岗值勤。头个月开了工资,聂玉魁特意派车送邢玉成回了趟家。当邢玉成身穿着保安制服,头顶船形大盖帽出现在龙潭镇时,男男女女几乎都为之震惊。邢友贵祖辈庄户人,何曾见过如此荣耀,得意之状溢于言表,便笨狗扎个狼狗势,出门走路旱烟袋斜挂嘴角,双手背后,挺胸悠步,脸色庄严,见人爱搭不理,把老太爷的架子着实端起来了。

邢玉侠与聂玉魁之间的事肯定是秘而不宣的,但村里还是有了风声。令邢友贵不开心的闲话已经撞进耳朵,有些过于放肆的居然把风凉话说到了当面。

邢友贵心里窝火,又不便争究,就干脆现编唱词,回了几句乱弹:“我要发,你眼红,气死你个老王八!”

转着走着就走进了皮三娘的家,说道:“他婶,现在玉成有了条件,又得麻烦你跑动跑动了。”

皮三娘说:“还是先把玉侠嫁过去吧,夜长梦多,万一哪天出了意外,玉成的制服怕就穿不成了,另外媳妇就没法找了。”

邢友贵说:“球!事情到了这一步,我还觉着亏本哩,他爱咋就咋去。咱玉侠照样能嫁出去,只是他狗日的那些钱一风吹了!”

皮三娘道:“你咋这样混账?是想故意把媒人夹在中间为难?咱实话告诉你,聂玉魁是一时糊涂弄下这事,回头就后悔了。要不是我老皮扭着,咋会跟你玉侠结婚。要是聂玉魁变卦翻脸,告你个设美人计诬陷好人,或者告你指婚诈财,咋办?你球本事就没得了,拿人家的乖乖交出来,吃人家的乖乖吐出来,你邢家的富贵就是一场黄粱梦!”

邢友贵便又软了,赔不是道:“他婶,甭生气,这些话也是你激出来的。其实,我也是满肚子委屈,你不知道村里人咋个戳我的脊背骨。爱钱不要脸,黄花闺女嫁老汉哩,拿二亩水地换荣华哩,羞先人哩,伤风败俗哩,让我睡觉都做噩梦。”

皮三娘道:“正常得很,贪嘴就得伤胃,贪财就得挨损。哪有做生意不摊本的事。再说,别人是够不着葡萄就嚷葡萄酸,眼红你哩。你倒好,眼窝迷心窍也迷。三迷两糊涂,非把好事弄坏不可。”

邢友贵说:“他婶,请放心,我这人并不糊涂。你也催玉魁抓紧些,赶紧先把婚订了。”

现在令邢友贵感到头痛的仍是女儿那种死不回头的态度。自从出事到现在，邢玉侠整日以泪洗面，饮食骤减，人瘦了一圈，也变得痴痴呆呆。要不是玉侠妈一刻不离地照看，天知道会发生什么可怕的事呢。

# 第三章

伏天酷热，河边的苞谷地都有些旱了。庄上便组织人由龙潭里抽水灌溉，邢友贵就只得把女儿的婚事暂时放在脑后，邢玉成也请了假回家。邢玉侠在往年是家中的主要劳力，今年也就不指望了。但是，玉侠妈却得做饭烧水，还得往地里送，照看邢玉侠的工作不免便有了疏漏，一场风波也就在这时间发生了。

这天中午，玉侠妈给在地里浇水的丈夫和儿子送饭回来，屋里便寻不见女儿的踪影，心中情知不妙，便凄厉地叫唤起来，惊动得邻居的老人娃娃也一齐帮她寻找。结果发现女儿悬吊在后院那棵大枣树上。玉侠妈见状，一声惊叫便昏厥过去。邻居们七手八脚地从树上卸下邢玉侠，邻家老太陈二婆也顾不得一把老骨头，硬是跪在地上，依照平生的经验掐人中、抚胸脯地抢救。又有人跑到村里的私人诊所叫来医生做人工呼吸，到底把邢玉侠从阴阳界上抢救回来。玉侠妈也被狠掐人中的手唤醒了，得知女儿未死，便扑上前拥着女儿放声大哭。早有人将凶讯飞报给在地里浇水的邢友贵父子。邢友贵由儿子邢玉成一路搀着，丧魂落魄地跑回家中，见状也不禁悲从中来，咧着嘴呜呜哭了。

陈二婆为人古道热肠，辈分高，品德好，有主见，很受乡邻敬重。近来这段时间，玉侠妈心里憋屈，就把女儿的事对她说了。陈二婆又惊又恼又担心，肯定是要抱打不平的。邢友贵毕竟做贼心虚，就分外留神地躲避着。一来二去，邢玉侠果然出事了。此刻见到邢友贵，陈二婆也不顾当着众人的面，劈头盖脑地痛骂一顿。

“邢友贵，人活脸树活皮，没脸没皮不是人。你贪财害了女儿就是没脸没皮！伤天害理嘛，我活了八十多了，还没经历过硬把黄花闺女嫁老汉的怪事，你玉侠还没聂玉魁他儿金牛大哩!”

邢玉侠跟聂玉魁的事，尽管村里有风声，但那毕竟是传言，都觉得荒唐得离谱，也没几个人相信。现在邢玉侠寻死觅活地一闹，又经陈二婆这么一说，才证实了这事是真的，而且邢玉侠不情愿。

陈二婆在指责邢友贵，左邻右舍的老婆媳妇都显得义愤填膺，大家替邢玉侠惋惜，也把厌恶的情绪对准了聂玉魁和邢友贵，很激烈地议论着，嘲讽着，甚至是在咒骂着。

邢友贵脸皮再厚，也经不住这样的人民战争，索性低着头一言不发。又羞又恼地干窘了半天，就一头钻出院门，径直逃到地里头去了。

这时候皮三娘也得到了消息，就慌忙赶来了。一照面，就挨了陈二婆一拐杖。陈二婆骂道："呸，爱钱不要脸的狐狸精，你干下缺德事，不得好死。死了也得下地狱！"皮三娘屁都没敢放，一溜烟跑了。

这天夜里，邢友贵揣摩着皮三娘应该过来，但一等再等，却死活等不来，自个心里又想不出劝说女儿的办法，一边抽着旱烟一边长吁短叹。

玉侠妈说："把聂玉魁的钱退了，省得赔上我女儿一条命！"

邢友贵道："尽说糊涂话。退了？咱就白白让人占了便宜？要命的是玉成也在人家手里攥着。不行，不能退，只能想办法劝说玉侠！"

玉侠妈听言变色大叫："你舍不得钱，是不是？我女的命更值钱，万一我女殁了，我陪娃到阴曹去向阎王告状，告你老东西个贪财忘义！"

"扯淡！"邢友贵对老婆吼开了，"给你个脸倒上了鼻子。你也骂我贪财忘义，我到底为谁，我为我儿子能问上媳妇，我为邢家一脉不绝后。要怨就怨你女子，她不为自己想也该为这个家想，为她哥玉成想，为老子娘想。玉成问不下媳妇，还不是因为穷嘛。要是这门亲事不成，钱保不住了，玉成也工作不成了，媳妇也甭想订了。打光棍吧，我还有啥活头，我活够了！"说罢竟悲从中来，双手捂脸呜呜哭了。

忽然外头的院门咯吱一响，邢友贵以为皮三娘来了，慌忙用衣袖抹了泪，迎了出去。却没料到来的是村支书林志诚，心中虽然不悦，但仍然赶忙赔上笑脸。

林志诚劈头就问："出啥事啦？闹出恁大动静！"

邢友贵遮掩道："家务事，家务事，都过去了。"

林志诚冷笑道："家务事？都快要闹出人命了，还家务事！我现在提醒你，有什么困难自己无法摆置，可以找我也可以找村长。实在有必要，法院跟派出所的大门也敞开着。"

邢友贵依然顽固地遮掩着："他叔哇，真没有什么大事情，一点小矛盾，现在已经没事了。"在邢友贵的小心眼里，村支书林志诚跟林志才是同族叔辈兄弟，他自然会支持女儿嫁给林金虎，只会把事情弄得更复杂。

林志诚说道："真的没事，我这个村官也就放心了。"说罢就抽身欲走，不料玉侠妈却厉声叫道：“他叔，我有话要说！”把个邢友贵气得像猴一样蹦跳起来。

玉侠妈声泪俱下地说道：“我的闺女要选对象，一个是小伙子林金虎，另一个是老汉聂玉魁，该选哪一个？”

邢玉侠与聂玉魁之间的事，已经在村里传开了，何况今天又闹出那么大动静，林志诚岂能不闻。平心而论，林志诚是向着林家的，因为正义在他们一边，他甚至对林金虎和邢玉侠的不幸充满同情，也感到惋惜；破坏者要是他管辖的村民，他会毫不犹豫地主持公道。但对于聂玉魁，他却毫无办法，甚至连最简单的规劝也做不到，人家一个有名的企业家，论财势论地位论能耐，哪一样不比咱这个村干部强？这让他如何去面对？林志诚非常明白，这是一摊泥沙俱下的浑水，蹚不得。但思来想去，还是主动到邢家来了，职责所系啊。作为一村的父母官，如果装聋作哑不闻不问，万一发生什么意外，不但心上过不去，对镇上也不好交代。现在既然敢踏进这道门，他当然是有所准备的，要帮助排解问题，那显然不可能，这的确大大超出了他的能力，但适当地表个态，还是可以的。因此，当玉侠妈提出这个问题时，他就毫不犹豫地回答了。

“当然应该选林金虎。”

邢友贵气急败坏地叫道：“他是你侄子，你当然向着他！”

林志诚说：“不错，林金虎是我叔辈侄子，但他还是个小伙子，又更是解放军战士，是党员。你家玉侠嫁给他，谁敢说不般配？”

玉侠妈叫道：“他叔你说得对，你是支书，替我家做个主，相信你。”

“你个臭婆娘——”邢友贵恶狠狠地怒吼着，一只巴掌抡起来了。

“干啥干啥？毛病不浅！”在林志诚厉声呵斥下，邢友贵的巴掌收回去了。

林志诚至此已经完全清楚，想让女儿嫁聂玉魁的，正是她这个嫌贫攀富、寡廉鲜耻的父亲。现在，玉侠妈叫他做主，这是信任他是支书，也更是认可他的人品。但是，这个主他做得了吗？清官难断家务事，何况，当事人是聂玉魁，他这小小村官，肯定奈何不得也得罪不起，这个台还真不好下！

林志诚说：“你这事咋弄？我得想想。”然后就坐下来慢慢地吸了一支香烟。然后站起身子宣判似的说道：“玉侠的事，就按国家婚姻法去办，一句话，恋爱自由，婚姻自主，不能包办，不能强迫。不然的话，不仅违法，还害人害已，都不会有好日子过。因此，咱们说了都不算，决定权在玉侠手里，你女子愿意谁就是谁。”

邢友贵听他这样说话，顿时气急败坏地叫道："国法？咋有这样的规定？我不信。让娃们做主，还要父母干啥？与父母没关系，难道她是石头缝里蹦出来的！"

林志诚说道："都啥年代了，还说混账话。人要迷在钱眼里，就不是人了！"说着拔腿就朝外走，玉侠妈叫声"他叔你不能走"，但林志诚觉得该说的都说了，职责已尽，是非之地，得赶快抽身，她还怎么留得住。

邢友贵扬起巴掌怒吼道："你这臭婆娘，想坏老子的大事哩，欠打！"

话没落地，邢玉侠就奔过来冲他喊："再敢打我妈，就死给你看！"

邢友贵吓住了，心想这冤家已经死过一回，这话不是空说哩。她真的走了绝路，他的票子、他儿玉成的前途、他的所有好盼头不就统统打了水漂。

邢友贵呆愣的工夫，玉侠妈剧烈地咳嗽起来，接着一声干呕，捂嘴的手心竟呕出一摊鲜血。这个瘦弱的女人，到底禁不住这份撕心割肠般的煎熬，刚刚痊愈的肺结核病又复发了！

玉侠妈一头病倒，邢玉侠的婚事就耽搁下来了。邢友贵虽然请了镇卫生院的西医打针吃药，还请来当地有名的中医号脉针灸，中西结合，治疗了好几个疗程，但这病竟一天重似一天，挨到八月下旬，已是气息奄奄的了。

对邢玉侠来说，自己即使有天大的不幸和委屈，到了此刻，也不得不强装欢颜侍奉母亲了。母亲的这场重病全是因为她才发生的，母亲膝下只有她这个女儿，自小娇生惯养，母女感情深如大海。母亲才真正是疼爱自己的人，也是她生命的支柱。假如母亲有什么不测，那她该怎么往下活呀？

母亲生命垂危，已经让邢玉侠胆战心惊，但还有更令她害怕的事情呢，邢玉侠发现，自己已经不来例假了。莫非，自己已经怀孕了？这对一个未婚的姑娘来说，无疑是毁灭性的灾难啊！

要么，就认命吧，回头吧，假如能让母亲的病好起来，她可以委屈地与那个魔鬼成亲。女人嘛，终究是要嫁汉的，女人的男人只能有一个，而事实上，她已是聂玉魁的人了。一想到林金虎，这种想法又只能令她更加痛苦。她现在开始对林金虎有些怨恨了，出了这种事，全村都知道了，难道林家会蒙在鼓里？不，林家肯定知道了。林志才也肯定会把此事告诉在部队的儿子林金虎。林金虎既然知道了，就该马上赶回来。她就会把事情的原委哭诉给他。他是个善良的人，一定会同情她，怜悯她，谅解她的，她多么渴望他马上来到面前呀！可是，至今林家为什么不见丝毫动静呢？肯定是林金虎变心了。一个堂堂的解放军战士，一个英俊健壮的青年，前途无量，到哪里还找不到一位可心的姑娘？对她这样一个已经残损的花朵，怎么能够一如既往地珍爱呢？林金虎肯定不能接受她惨遭蹂躏的事实。他绝对不会再要她，不会了！

她又恨自己为啥这样软弱，就不敢写信告诉他这一切吗？那写一次撕一次的信纸，饱蘸着她的血泪，也饱含着她对他的爱。但是，这是一封发出去会令人心碎的信，后果不堪设想的信，她实在鼓不起这种勇气呀！

她虽然对父亲贪财势利的卑鄙深感痛心，但想到家境贫寒，哥哥邢玉成娶不上亲的现实，便也拿不出太多的理由去责备他。

认命吧，这种恶缘，大概也是前生注定的吧！

就在邢玉侠痛苦彷徨的时候，玉侠妈的病也一天天加重，姨妈来了，开始协助邢友贵为胞姐准备后事。邢玉侠眼见最不敢想象的事情就要发生，屈服于命运的心理便迅速地占了上风。她甚至很扭曲地认为，既然母亲的病是因她的不幸直接引发的，只要自己表示欣然回心转意，欢欢喜喜地跟聂玉魁结婚，不仅母亲的病会因此好转，哥哥玉成的工作也稳定了。

姨妈和村上那么多和母亲相好的婶婶姨姨，现在都改变态度，几乎众口一词地劝她回心转意。她们似乎都很现实，既然事已至此，就只能认命，只能嫁给聂玉魁。虽然聂玉魁年龄大了许多，但人家是开公司的大老板；林金虎比起他是年轻漂亮，但凭他贫穷的家境，加上他那个不正干的二流子弟弟林金豹，条件是跟聂玉魁没法比的。年轻漂亮能当饭吃？如今社会这么开放，黄花闺女嫁老汉的事听得多了，不足为奇呀！况且，聂玉魁并不怎么显老，富贵的白米油面倒养得人家很面嫩很富态。即使与林金虎站在一起，还很难比出谁俊谁丑呢！邢玉侠出了这种事，的确不体面，但也说明聂玉魁确实看中了她。如果邢玉侠与聂玉魁成亲，才真是坏事变成了好事。不光邢玉侠掉进福窝，邢玉成的公家制服也穿稳当了。然后呢，就会有媳妇送上门。玉侠妈心里一轻松，这病或许真能好转回来呢。人逢喜事精神爽，倒霉背运心遭殃，不是这个理会是啥？

夜深人静，与邢玉侠睡一起的姨妈更是以血肉至亲加长辈的双重身份，结合她的经历讲了好多当女人的经验，最后说："也许那个林金虎能原谅你，娶了你，对你好，但他到底有个心病埋藏着。你有个短处压在人家手里，就只能低眉顺眼，一辈子都抬不起头。一旦遇上什么小事争吵几声，他便会把你的这个短揭出来，叫你活不好、死不成。到那时咋办？你再离婚可以，但就凭年龄耽搁大了这一点，就再也甭想找着像样的人家了。闺女家,就那么点真正贵重的东西,那只能属于一个男人;哪个男人先得到它,他就是你这个女人的归宿,你也就是他的人,你在这个男人身边也可以理直气壮地站直身子。”这番话对邢玉侠来说,真是既残酷又现实,但是却通情达理,它对于处在感情十字口的邢玉侠来说,无疑是起到了帮她指示方向后再猛推一把的强大作用。对于与林金虎的旧情,她在极度痛惜地流干眼泪后,只能肿眼圆睁、银牙紧咬地在心中惨叫一声:“金虎哥,别怨我,这都是命呀!”

邢玉侠到底回心转意了,对其父邢友贵来说,实在像是经历了一场旷日持久又艰苦卓越的阻击战,现在突然听到敌人撤退的消息,不喜出望外才怪呢!他立即驱动着好像年轻了几十岁的双腿,以最极限的速度向前冲刺,找着了一直不露面的皮三娘。皮三娘听到这个喜讯,当然是心花怒放,竟一连串放了五六个响屁。

邢家的工作重心又迅速转移到为女儿置办嫁妆的喜事上来。裁缝手中的尺剪忙碌地挥动着,缝纫机“嚓嚓噌噌”的声音响得欢快。皮三娘也穿来往去地忙碌着,简直将往常掰两瓣拧着走的屁股掰成了四瓣。玉侠妈的病居然奇迹般地猛见好转,脸上有了笑容,由一直卧床变得倚墙坐着,甚至可以偶尔下地走走了,饭量也由前些天的一天半碗汤、半个馍增加为一碗汤、一个馍了。于是,打制棺木寿衣的工作马上停下了。

喜悦使邢友贵已由前些天的气急败坏状态完全摆脱过来,他派儿子邢玉成把林家订婚时给的彩礼退还了,绝情的话也说了,心里的石头就完全落地了。

“从此后,老子就是总经理的丈人了,老子就是大林庄乃至龙潭镇的富贵人了,也当然就是最有势力最有地位的人了!”邢友贵想得心阔气朗,又觉得从今往后,自个的言谈举止都须把势扎牢,必须符合身份,像个人物。便又将前段日子曾经使用过的架子重新端起:脸色庄严,见人爱搭不理,除了镇政府和村干部,一般人甭说与他拉拉闲话,碰了头问他也不拿正眼看你。

# 第四章

这段日子，林志才觉得自己成了龙潭镇最背运的人。已有婚约的儿媳妇，被人家生生地抢走了，世上还有什么比这更屈辱更窝囊更可恨的事情吗？他此刻才觉得，在金钱权势面前，自己弱小得像只羊羔，只有任人宰割的份。他又觉得全庄的男女老少都在嘲笑他、小看他，这确实令他非常愤恨和委屈。

对于邢玉侠，林志才的心里非常矛盾也非常痛苦。邢玉侠的确是个贤惠的好姑娘，模样又是那么漂亮，整个龙潭镇都找不出第二个。邢玉侠跟儿子订婚的那一刻，他林志才成了世界上最自豪最体面最幸福的父亲。可是如今，好姑娘再也回不到林家了，这真令林志才万分可惜。忽而又对邢玉侠感到厌恶，就算聂玉魁卑鄙强横，邢友贵势利无耻，难道她就没有问题吗？如果她心里有金虎，为什么不及时提个醒？罢罢罢，一个残花败柳，已经不值分文，干送给他儿还嫌脏呢。就凭金虎的条件，还愁找不下对象吗？

这种厌恶的情绪始终占着上风，林志才决意放弃，又担心年轻人血气盛惹出更大灾祸。失去个背信弃义的女人是小，毁掉儿子的前途是大。因此就没有把邢家悔婚的事写信告诉给远在数千里之外的儿子。

林志才终究是大林庄的能人，如果就这么忍气吞声，他以后还有什么颜面什么资格在世上活着？不管对手有多么强大，他也要做出相应的反击，他要以“破坏军婚”的罪状将聂玉魁告上法庭。林志才心里明白，仅有一面之词的官司难有胜算，但是他已经别无选择。他起码要向大林庄的人做出表态，林志才不是任人宰杀的羊，而是敢于反抗邪恶的汉子。

林志才首先去了镇政府司法所，人家却说，立案需要男女双方口径一致的证词，而且女方的证词最重要。你所提供的只是自己的一面之词，就连可以证明订婚的证据——如订婚照什么的都拿不出。仅凭口头上的订婚是拿不住人的，男女双方事实上还没有婚姻关系。女方是在未婚前自愿毁约，你又拿不出所谓破坏方的犯罪证据，法律就无法提供保护。

林志才又去了区法院，法院的说辞也大致相同。林志才悲愤交加，情绪一时失控，竟然骂法院的人是“助纣为虐”“官官相卫”，就让人家轰了出来。

林志才又找到市军分区，心想这里是军事机关，该向着咱军属吧。军分区的人确实客气，让了座，递上了茶水，然后认真倾听了他的诉说。接待他的同志非常惋惜地说：为什么不在事发后马上通知你儿子或者找我们呢？如果你儿子立即赶回来，或者由我们出面，就能够及时消除直接受害人可能由此产生的顾虑，就能够及时制止加害人的得寸进尺，事情就有可能挽回，悲剧就不会发生。你拖延到现在，人家都准备结婚了，就说明加害人与直接受害人已经达成和解。你这一面之词的控告，就没有多少意义了。

林志才到此才如梦方醒，他不该瞒着儿子，耽误了最要紧的时机，把也许可以挽回的大事耽搁了，他是犯了天大的糊涂天大的错误。他真的败了，败得很惨。与其说对手很强悍，不如说自己太愚蠢。

林志才几乎崩溃了，摇摇晃晃地朝外走，竟一头栽倒在楼梯上。要不是军分区的同志开车送他，谁知道会产生什么后果呢。

这一夜，心中自责的林志才无法解脱，就径直奔到金虎妈的坟前号啕大哭。

跟踪而来的老二林金豹，还从没见到过父亲如此失态。突如其来的婚变，使他们林家遭受了残酷的打击和羞辱，仇恨的风暴早已在胸中酝酿。面对父亲痛不欲生的惨状，浑身的热血烈火般地燃烧起来，复仇的刀剑在心中咆哮。生性顽劣的林金豹，也要用更加惊世骇俗的霹雳手段，对伤害他家的仇人还以颜色。

就在这一天的清晨，大林庄爆出了惊心动魄的大新闻：聂玉魁儿子聂金牛承包的责任田遭到毁坏。接近成熟的四亩苞谷地翻了个底朝天，一人高的苞谷秆被厚厚的黄土压埋了，边缘的犁沟很深，还有拖拉机碾压的轮胎印。

聂金牛第一时间就给他老子聂玉魁打了电话，聂玉魁说你报警吧。于是聂金牛跑到龙潭镇派出所报了警，然后和媳妇蹲在地头一个骂一个哭，招惹得男男女女蜂拥而来看热闹。

谁干的？林志才？庄里人交头接耳地议论着，多数人都愿意往林志才父子身上猜。有人感到害怕，敢这样生整，就敢杀人放火。有人表示钦佩，只有血性汉子才敢这样生整。有人觉得痛快，恶有恶报，而且这报应来得及时。有人却不以为然，觉得做这种事太野蛮也太愚蠢。林志才是精明人，最懂得进退，似乎不大可能。但更多的议论是，做法过分，却合情理。兔子逼急了都咬人，何况是被抢走了儿媳妇。杀父之仇，夺妻之恨，自古到今，不共戴天。

人心都有一杆秤，公道自在天地间，聂玉魁欺邻踏舍，已经引起村民的公愤，舆论的天平就自然倒向了林志才。

大伙议论的工夫，身后边响起了一阵喧嚣。但见一辆摩托在前面开道，后面的警车呜呜叫着，烟尘滚滚地来到了现场。紧随其后，龙潭镇政府的镇长向宇辉由村支书林志诚陪着，也坐着面包车赶了来。一个警察用照相机在现场咔里咔嚓一通照，另两个警察跟着向镇长，把聂金牛两口叫到一边问着记着，聂金牛一口咬定是林志才父子干的。

林志诚说："这话不敢乱说，要负法律责任哩！"

聂金牛拍腔子怪叫道："我亲眼看见林金豹父子开着旋耕机，狗日的发现了我，一溜烟顺大路跑了，我死跑活跑的也没追上。"其实聂金牛什么也没看见，这是他根据判断编造的伪证词。

话没问完，年轻气盛的向宇辉就命令道："把林志才带到村委会！"两个警察就驱动摩托车，飞奔而去。

聂金牛不失时机地大喊道："逮住林志才，要在村委会审问哩——"

这时候车辆启动，看热闹的人群又紧追着烟尘狂奔而去，生怕把这场惊世奇观给耽误了。

向宇辉还不到四十岁，原来在区上当团委副书记，当镇长还不到两个月，搞农村基层工作还显稚嫩。这一刻只想着问题性质的严重性，仅凭聂金牛的一面之词，就把林志才判定为作案嫌疑人。

林志才毫不知情，肯定连声叫冤，警察却只管执行任务，三抗两拒，就给弄恼了，便将林志才用手铐铐了，扯到了村委会的大院里。看热闹的人越涌越多，不大工夫已将村委会大院挤得水泄不通。

林志才怎能忍受这种侮辱，声泪俱下地说："我儿子是解放军，割家抛舍，为国尽忠，他老子却叫人糟蹋成这样，老子冤枉——"

人群中发出了抗议声。

"事情没查明，咋就把人铐了？"

"这是暴力执法！"

林志诚见状也心中不忍，便对向宇辉说："看样子不是他干的。林志才是有文化的人，又是军属，万一搞错了，就不好收场了！"

听说是军属，向宇辉吃了一惊，慌忙对警察呵斥道："谁让你们铐了他，把手铐取了！"又吩咐把人带到屋里问话。

向宇辉的话音未散,人墙外打雷似的发了声吼:“让开!”众人回头看看,赶忙哗啦让开一条缝儿,一个虎彪彪的愣头小子就由这缝隙冲进来,一只手嗵嗵擂着胸大叫:“好汉做事好汉当,庄稼是我糟蹋的,与我大无关!”

人群里一片哗然:呀,是林金豹。

林志诚气得跺着脚,一手叉腰,一手指着林金豹闪闪发抖,责斥道:“浑小子,二球货,你胡整,可给你大行孝了,也给大林庄露脸了,谁也救不了你呀!”

向宇辉喊了声:“铐了,跟他大一块带走!”

几个警察上来便铐,林金豹叫道:“放了我大,与他没关系!”

林志才至此已是泄气的皮球,耷拉着脑袋一言不发。他在心里埋怨豹娃:你个浑球货,做事鲁莽闯下大祸,把有理事弄成没理事了。为了聂玉魁的夺儿妻之恨,父子同谋报复,这是情理中事,恐怕有一百张嘴也说不清了。他现在唯一的希望是让人家赶快带走,面对众人看热闹的目光,他觉得自己像是当众被剥光了衣服,赤身露体,丑陋无比,这让他以后如何见人。

林金豹又大吼道:“大,怕个锤子,杀人不过头点地。他聂玉魁敢破坏军婚,我就敢毁他的庄稼,我叫他狗日的晓得,解放军不是好惹的,林金豹也不是好惹的!”

闻听此言,林志才又想到邢玉侠的事,不禁怒从心头起,恶向胆边生,便朝这些公家人撒野地大吼起来:“破坏军婚,为啥不抓?只准狗官放火,不让百姓点灯,你们还是不是共产党?”

吵闹间,一旁的警车、摩托车已发动起来,林志才父子被警察们前扯后掀地弄进面包车,向宇辉大声唤林支书,但哪里还有他的人影,林志诚已经脚底板抹油——溜了。这坑浑水有多深,林志诚当然清楚,如果这个节骨眼上蹚进去,连他也会淹死的。

那几辆车押着林志才父子带着漫天黄尘远走了,大林庄的村民们这才像是从一场革命式电影里清醒过来,大多妇女和平庸的庄稼汉都感到新鲜、刺激,相互开心地笑着,也有个别人还很放肆地幸灾乐祸,说着一些推下坡碌碡的调皮话。但是,也有不少人发出了不同声音,表达的情绪挺复杂,有不满聂玉魁欺人太甚的,有对林志才父子同情怜悯的,有的则担忧村上又结就了一对仇恨怨家。特别是邢友贵,抓林志才父子的时候,他一直是躲在人后偷着看的。林家父子竟会因儿子的婚变,实施这种极端的报复,这已令他深为不安。林志才、林金豹面对警察表现的那种凶恶相更使他心惊胆战。于情于理,林志才对他邢友贵的恨绝不次于聂玉魁。要是逼得林志才狗急跳墙,他邢家恐怕也会大祸临头的。

邢友贵拖着一双腿心事重重地回到家,早有长舌的抢先把抓人的消息捎到邢家母女耳朵里。邢玉侠至此也算明白了林志才那边的态度;他们既然对聂玉魁这么痛恨,也就表明对失去她邢玉侠是非常难过的。唉,这都是因为自己的懦弱导致的悲剧,真是害己又害人,几家人都不得安宁呀!埋怨又有啥用,眼下最要紧的是救助林志才父子,如果能帮上一把,她的良心还好受些,假若真将他们法办,自己就真成了害人的灾星,就再也没丁点脸面活在人前。但是,她一个弱女子又能做些什么呢?

邢友贵默默不乐地坐在炕沿抽旱烟。

邢玉侠看得出,父亲对抓人的事也是忧心忡忡,便试探着问:"金豹跟他大叫派出所抓了?你劝导劝导我妈,庆林媳妇刚才来搬弄舌头,我妈吓得不轻!"

邢友贵长叹一声道:"这一绳倒是拴成两个死疙瘩,不是好事呀!"

邢玉侠着急道:"得想办法赶紧把人放了。"

邢友贵说:"嘿,放人,你当是在咱口外圈里放猪。政府插了手,就是行了王法。"

邢玉侠说:"只要你能使唤动他,就一定能办成。"

邢友贵的小眼睛顿时睁大了,心领神会地叫:"你是说找聂玉魁?"

"也只有求他了。"

邢友贵听言有些感动,说道:"玉侠呀,你总算跟大想到一搭了。自古道:怨仇宜解不宜结。咱假如做成这件事,也不说落多大人情,起码良心上也过得去。"

邢玉侠冷笑一声,心里道:糊涂的爹呀,你倒知道"良心"二字。

邢友贵又道:"却不知玉魁咋样想?林金豹就是报复他,他会帮着仇家讲人情?"

邢玉侠:"如果聂玉魁不答应,那就是不把咱邢家放在眼里,我就不会嫁给他。假如金虎他大他兄弟受了法,我就喝老鼠药死了,让他人财两空。"

邢友贵训斥道:"打住,又在胡言乱语。我就去趟城里吧,我想他玉魁可是有头脑的人。"

主意拿定,邢友贵就马上搭班车进了城。

走到聂玉魁的办公室门外,发现聂金牛也在里面,他的老子正在低一声高一声地训斥着。邢友贵想听个究竟,便悄没声息地伸长了耳朵。

聂玉魁说:“你这事做得太糊涂太冒失。也不先给我打声招呼,我好歹还能出个主意吧。”

聂金牛说:“狗日的林金豹把咱欺负成这样,咱难道连个屁也不能放?本该把他家的苗也毁了,以血还血,以牙还牙!”

聂玉魁怒斥道:“亏你还念到高中,书念到尻子上了!你咋能跟他一般见识。”然后又耐心地开导说:“你该知道着船头在哪儿歪着,可你倒好,把事情闹得满城风雨,没想想人家会咋样议论?事情的起根发苗是因为啥?你难道还要我点破了说!愚蠢,自己揭自己的短,自个打自个的脸!”

聂金牛说:“我不比你,我得在大林庄过活。这种气都能忍,往后咋往人前站?”

聂玉魁说:“你要是不在大林庄,我费这口舌干啥?一个巴掌拍不响,是不是觉得有个有钱的老子就不得了,就气焰嚣张,就把矛盾激化了?我再强调一下,这个事起因在咱,只会越抹越黑。闹得越大,越对咱不利。再说,咱毕竟要在大林庄过活,就不能让矛盾进一步激化,跟林志才结成个死对头。明白了吧?”

门外偷听的邢友贵倒是听明白了,原来聂玉魁也是息事宁人的态度。觉得心里有了底,便蹑手蹑脚地往后溜了几步,又故意把脚步弄得很响,真像是径直由远处走来的模样。

聂玉魁突然见了邢友贵,一时反应不及,竟按着往常在村上遇见时的称呼叫了声“邢哥”,弄得俩人都羞了。

聂金牛瞄了瞄二人的尴尬状,心里叫声“一对活宝”,吐了口唾沫便往外走。说实话,聂金牛对父亲的这种再婚非常反感,邢玉侠还比他小一岁,如今却要给他当“妈”,这怎么能让他接受呢!

聂玉魁道:“别走,我还有话叮咛。”

聂金牛头也没回地讥讽道:“你和你丈人爸说话,我碍事哩!”

聂玉魁羞得脸上花开红白两朵,但想到邢玉侠那青春美艳的样子,羞耻心便秒杀为零。人生在世,有失就有得,我短时间把你这老杂毛低一辈认作“丈人”,一辈子却和你女儿同床共枕,是一本大大盈利的账!

邢友贵照直将请求“女婿”去镇政府讲情的意思说了,又说了通“冤家宜解不宜结”的道理。

聂玉魁冷言冷语地说道:“你怎么向着林志才呢?且不说他往我头上拉屎拉尿,就凭他毁庄稼这条大罪,国家法律也不饶他!”

邢友贵冷笑一声:“国家法律不饶他?要是能够一枪崩了他全家,斩草除根,也行,但是可能吗?恁大的球事,我看顶多判个一两年了事。以后放出来了,咋办?等着人家报仇吧,他林金豹今日敢毁庄稼,明天就敢杀人。”

听此言,聂玉魁不怯才怪,直觉一股冷气冰森森地由脊梁杆朝上蹿,瘆得毛发都竖直了。的确,这正是他害怕的所在。他深知自己与林志才家结下了难解的梁子,如果不设法解除,可真成了心腹大患。但反过来说,林志才父子被抓,无意中却赐他一个机会。如果因他讲情把林志才父子放了,便是以德报怨,不仅缓解了矛盾,还落下个好评,对那些嘲讽他的口舌也甩了个嘴巴。

邢友贵说:“玉魁,甭给我演戏了,你心里咋想我猜得出。常言道:冤家宜解不宜结,得饶人处且饶人。如果你出面讲情放了人,死疙瘩就算解开了;你落井下石,这死仇就结定了。你是大经理,他林志才是个农民,结这个梁子划不来。”

聂玉魁说道:“就看在你的面子上,试试看,假如镇上向上面汇报了,就不好办了。但你得弄清,这并不是谁怕谁的事,怕他,我就不敢沾你邢玉侠!我是谁,我怕过谁?”

邢友贵说:“要快,慢了怕来不及!”

聂玉魁说:“我心里有底,用不着你指教!”

其实,聂玉魁已经给龙潭镇政府打过招呼了,那个向宇辉,聂玉魁很熟悉。此事要捂住,要灭火。糟糕的事情嘛,上面知道了,对谁都不好。

瞅着邢友贵那副惊惊乍乍的百姓脸,聂玉魁自顾自地点燃了一支香烟,态度品麻地坐在沙发里架起二郎腿,好半晌才傲慢地说道:“实话告诉你,你刚才那番担心纯属多余,是小人见识,懂吗?”

邢友贵满脸下贱相地赶紧应道:“咱个农民,懂啥?您是干大事的,宰相肚里能撑船!”

聂玉魁道:“我要叫他林家父子判几年、判死罪判活罪,还不是一句话。公、检、法,无论哪个机关我搭句话会不管用?我会怕他?笑话!我只是不想跟这些粗野的庄稼汉计较。俗话说:打架还得找对手。跟林志才较劲,还怕脏了我的手。你回去吧,替我把玉侠招呼好就行了。还有,没事别往这里跑,得注意影响!”

邢友贵又自己搭车回到了庄上。屁股没坐稳当,林志诚就来了。

邢友贵说:“我见过玉魁了。”

林志诚急问道:“他是啥态度?”

邢友贵便拿起总经理老岳丈的架子吹嘘道:“玉魁对毁苗的事当然很气愤。要杀要剐,对人家来说还不是一句话。市长跟玉魁啥关系?好得像亲兄弟!”

林志诚不禁上火了:“你怕是火上浇油,添乱去了?”

邢友贵说:“我添乱?我是救他林志才去了。当然玉魁得听我的,我的意思是点到为止把人放了,就饶他父子这一回。”

林志诚一拍大腿叫道:“那就对了!不管咋说,志才是军属,再说这事也有个起……”他把“起因”这不妥的词儿咽回肚里,满脸放心地笑了。其实,林志诚也是个谨小慎微的人,往常处事很中庸。遇到难缠的事,往往刀切豆腐两面光,村民背后送他个诨号叫“和泥锨”。毁苗事发,他也判断这是林金豹干的。他想这事肯定捂不住,又怕进一步演化出什么更可怕的事,作为村干部就不得不汇报,但也是轻描淡写而已。本想自己主动担个责任挨个批评,就可将事情糊弄过去。可是他想得太简单了,他疏忽了聂金牛这一头。现在镇上把人抓了,假若立案判刑,且不说聂、林二家如何结怨,他这个村干部也脸上无光。想到这一层,林志诚真的是既害怕又沮丧。聂玉魁侵夺了林志才的未婚儿媳妇,与自家屁不相干,但事情发展到这一步,想置身事外,已经是不可能了。现在只想设法将大事化小,息事宁人,自然就想到了邢友贵,他想说服邢友贵去劝解聂玉魁。如果邢友贵混账,他就准备亲自去找聂玉魁。真没料到,事情竟然由邢友贵给摆平了。

第二天下午,镇政府把林志诚叫去领人。

向宇辉对林志才说:“你儿子毁坏庄稼性质恶劣,应负法律责任。念其事出有因,你家又是军属,受害方和林支书也来讲情,就不过分追究了。不过,这件事影响实在太坏,总得适当处理一下,对群众舆论也有个交代。就罚款五千元,限三个月时间交到镇政府。”

林志诚忙不迭地提醒说:“还不快谢谢镇长!”

林志才只是用眼朝向宇辉翻了翻,低头便朝外走。林金豹倒是眼活,赶紧装出心悦诚服的模样,朝向宇辉和林志诚各鞠一躬。

林志诚训导说:“二杆子货,要吸取教训,以后要好好学法守法,再敢冒失闯祸,谁也救不了你!”

林金豹应了声:“志诚叔、镇长哥,我记住了!”又朝向宇辉和林志诚再鞠一躬,这才与林志诚一起走出了镇政府。

走到一个僻静的地方,林志诚停下脚步,郑重其事地说道:“志才啊,不知你想过没有,虎娃的婚事为啥失败?最根本的原因是啥?还不是因为咱穷嘛!与其与聂玉魁结仇斗狠,还不如下决心把穷根拔了。国家的政策放得这么开,鼓励着群众脱贫致富。你是聪明人,又有打烧饼的手艺,有了用武之地,为什么就放不开呢?毛主席说过,'穷则思变,要干要革命',这话不过时!"

这番话真是语重心长,说得林志才低下了头。

林志诚说他还有事要办,蹬上自行车进了街道。林志才父子便一路无言地往回走。

事已至此,林志才觉得自己确确实实是倒霉透了。邢玉侠让人抢走了,父子俩又让人绳捆铐拿,祸不单行,奇耻大辱啊。心中不是滋味,竟蹲在庄稼地头呜呜地哭了。

林金豹轩昂地对着爹叫:"甭难过,君子报仇十年不晚!"

林志才恨恨地说道:"你早晓得这个理,也不会这么羞先人!"

好像是有军用雷达监视似的,林志才父子一踏进大林庄的村口,就发现那么多男男女女在仨一堆、俩一伙地恭候着。刚刚还在进行的闲聊,尤其是妇女们大声的尖叫嬉笑都戛然而止;再把那站坐蹲的各种姿势一齐调正角度,再将目光对准了直射过来,那目光,也是千篇一律的嘲弄和讥笑。

林志才觉得自己的衣服又一次被这种目光剥得精光,羞耻感使得他恨不得立刻使个遁身法逃得无影无踪,但意识又告诉他不能像只夹了尾巴的败阵狗。他想扬起头挺起胸,像往常那样傲慢地走,然而徒劳,他的两只眼怎么也敌不过庄里人几百只眼的光芒,他的头终于屈服地垂下了,直至他那院有着三间旧瓦房的家。

与父亲比,林金豹毕竟是年轻气盛的,情知这是幸灾乐祸,不禁心头火起,但也不知该朝谁发泄,见路边一堆儿愣神看他父子的娃娃,便瞪眼喷气地吼了声:"瞅啥?给你妈瞅野汉!"娃儿们轰地散了,孩子的父母虽不悦,但没有一个敢搭茬的。

# 第五章

在以后的三四天时间里，林志才就一个人闷闷不乐地待在家里，往日串门儿闲聊的人也不见了，这又使他倍感凄凉。

但是，林志才毕竟精明强干，触景生情，便激发出那股子不服输的潜质。他决心打起精神，必须马上从倒霉的阴影里走出来，重振雄风，他要让庄里的人认得他仍然是一条好汉。他打算写信把在部队的大儿子金虎叫回来，让他把这些天发生的事都记在心上，再到部队好好干，争口恶气。老话说，大丈夫只愁功名不就，何愁区区妇人。只要把事干成了，就干脆体体面面在外面找个有工作的城里媳妇。像邢玉侠那种乡下村姑，若嫁给金虎才叫拖累呢。林志才上过初中，算是有文化的人，当然写信不愁，却专意让金豹请来村小学的雷老师给金虎写了封信。信上只说他有病卧床多日，让他请假回来，其他话一概不提。然后就让林金豹到镇上的邮局把信寄走了。

这天天刚黑，林志诚倒是意外地来了。这林志诚与他是未出五服的同宗同族，又与他同辈，志诚小他两岁，是自小耍大的，平时来往也多。林志才此时见他，更有种雪里送炭的亲切感，便赶忙沏茶、拿烟。

林志诚说："不用弄了，我那边茶泡好了，还弄了点酒菜，过去坐坐，咱兄弟还有话说。"

林志才多日来闷得要死，又是志诚来请，便不推辞。

来到林志诚家，万没料到聂玉魁竟坐在那里，林志才叫声："志诚，你糟蹋我！"怒冲冲回身便走。

林志诚急忙拦住道："志才哥，不是我设啥圈套，是玉魁要向你当面赔情哩！"那聂玉魁也满脸赔笑地站起身来，亲亲切切叫了声"志才哥！"

林志诚接着说："木不钻不透，话不说不明。我今天请你俩来，就是要和解了弟兄间的怨气！"

林志才被林志诚推扯着勉强落座，聂玉魁赶紧递上一支"蓝好猫"香烟。林志才看也不看，却从自己衣兜里摸出包烟的手帕，放在桌沿摊开，取出支卷好的“什坊”烟卷,用一次性打火机吧嚓一打,抽上了。

林志诚示意让聂玉魁也坐下,然后诚恳地说道:“俗话说:当事者迷,旁观者清。有些误会就由我这个旁观者来帮忙消除。于公,我好赖也是个村官;于私,你我和玉魁又是自小耍大的,这怨恨说啥都不该结。你俩都耐住性子,听我说完咋样?”

先用好言语稳住林志才,林志诚便直奔主题:“这次,金豹做事太过分,但金牛也太冒失,不该去给镇上报告,弄得我又挨上面训话,又夹在你两家中间受屈,落个猪八戒照镜子——里外不是人。我没啥,谁叫我担着这村官的虚名,倒是害得志才哥受了委屈。凭良心说,玉魁事先确实不知道。为这事把金牛狠骂一顿,又赶紧找向镇长说情,这才把大事化小。玉魁为啥这样以德报怨,还不是觉得乡里乡亲的,看在自家兄弟的分上!”

林志才冷笑一声说道:“乡里乡亲,自家兄弟,说得亲切,说得漂亮,那——邢玉侠的事情你该咋样解释?”

话锋刺中了要害,林志诚一时语塞,慌忙瞟了聂玉魁一眼。

聂玉魁当然是有备而来,顿时显出了痛心疾首的表情,他叫声“志才哥”,一句一叹息地说道:“我和邢玉侠的事,兄弟我实在是有难言之隐。我知道你因这事恨我,我不怪,谁让我一时色迷心窍铸成大错呢。今天没有外人,兄弟我就把这丑事抖个底儿,你也好明明心迹。不要误会你这兄弟禽兽不如,连自家侄子的媳妇都夺了去。邢友贵是啥人,爱财不要脸的畜生!他就偏偏拿美人计套我。也怪我一时失控,没管住自己,就让人抓住了把柄。邢友贵要讹我给他二十万元私了,我一个工薪族,咋能拿出恁多?!邢友贵又说:那你就娶了她,娶了我女儿,再给我儿安排个工作。如果不答应,就到法院告你。区上告不倒,市上;市上告不倒,省上,豁出去了。你想,我好赖有皮有脸的人,咋能承受这种打击,只好昧着良心应了这门亲。最叫兄弟痛心的是,这邢玉侠就偏偏跟咱的金虎恋爱过。不管是非曲直,这脏水却泼在了我身上,跳进黄河也洗不清啊——”

说到这里,聂玉魁竟也能即席编造出几滴眼泪,就进一步和着鼻涕、口水将其夸张放大,扮演出一副确有其事、真悔实恨、痛不欲生的模样。

林志诚说道:“玉魁啊,也甭太往牛角尖里想了。事情至此,也实在是情有可谅嘛。那种事,搁在谁身上也逃不脱,人是血肉之躯,谁无七情六欲,何况金牛妈不在了,一个单身的壮年男人,咋能禁得住那号事。事情到了这一步,反正十头牛也拉不回了,玉魁你给志才哥敬杯酒,赔个罪,气就消了。至于金虎的婚事,我早想好了,金虎啥时自部队复员,我这支书就让他当。这村干部当了几十年,无所谓,再说我也老了。金虎年轻,复员军人，又是党员，以后前途无量，会有好女子追上门的。”

俗话说：狗咬穿烂的，人爱有钱的。这聂玉魁，大小还是个区县级的副局长。再说，他与邢玉侠的事，木已成舟，洒水难收，就不妨做个顺水人情。因此，林志诚的站位便肯定偏在了聂玉魁一边，说出话来也是尽可能地帮他开脱。

林志才冷笑一声道：“志诚，你这戏唱得好，把我林志才当傻瓜哄呢？一进你家门，我就明白了，不敢说你设了‘鸿门宴’，起码也是个‘迷魂阵’。也好，既然来了，我也想把话说个清楚。邢玉侠的事，不管村上人说长道短，这口气我咽了，这堆屎我吃了。我不计较啥，母狗不摇尾，公狗不骚情，玉魁那番话我也信三分。金虎他日后有志气，哪怕娶个皇家的公主；没本事，哪怕给人家倒插门，那是他的事。金豹做事，莽撞、野蛮，却是事出有因，你玉魁不就做下损德事了吗，那也不该编排这么一出阴险戏，害我父子丢人折财又来充好人——”

聂玉魁急得捶胸顿足地道：“天地良心，志诚哥做证，你真是冤枉我了——”

林志才干咳一声：“等我把话说完。你聂玉魁有钱有势，你就有能耐把林志才父子当猴儿耍。但林志才脑子还够数，是是非非清醒着哩，只怨他的身份是农民，活该吃亏。自古道，有强权，没公理。我想得通，以后也不会计较，咱两个权当谁也不认识谁！”

聂玉魁倒有几分恼了，说：“志才哥，我今天给你做解释，是诚心诚意的，也不是怕你。我好赖也算个人物，怕过谁？我要是想害你，仅凭金豹毁庄稼这一件事，就够判三年二年的，只要我给公安局搭个腔，金豹早就蹲‘南窑’了。我伤脸求情把大事化了，你不承情也罢，却不该这样记恨我。你竟然认为我设计糟蹋你？不通情理嘛！因为邢玉侠，已经弄得我人鬼不像，这时候再跟你计较，村里人会咋样议论？这是自己给自己脸上抹屎么？傻子也不会干。你是精明人，这个情势难道看不来？”

聂玉魁这段话还确实是掏自心窝的，说得林志才没了言语。

林志诚说：“这下该明白了吧，你对玉魁确实是误会了！”

林志才抬头看看志诚又瞅瞅聂玉魁，目光和善了许多，随即抓起斟好白酒的烧瓷盅儿，一仰脖子喝干了。

林志诚赶快说：“啊呀，尽顾了说话，酒都忘了喝！来，喝喝，拿筷子操菜，操呀！”

林志才却仍是一筷子没动，只是闷声不语地抽着烟。

聂玉魁不失时机地说：“志才哥，不管因为啥原因，兄弟我却实在让你伤心了,还想做两件事弥补哩。第一件,只要你能想得开,我回头再去镇上求个情,让把五千元罚款给免了。如若不成,我就替你垫上了。第二件,金虎能提干留在部队,那最好不过;假如复员回来,你捎个话,我就是咋样费神伤脸,也要叫金虎端上公家的铁饭碗!"

林志才的眼神很亮地闪烁了一下,这火花正好与聂玉魁期待的眼光撞个正着。他忽闪几下眼皮,有些不好意思地避开了,那一直叼在嘴角的装着"什坊"卷烟铜烟锅的吧嗒声也清脆了许多。的确,聂玉魁纵有万般不是,今天能向他低头折腰,况且已把话说到这份上,即使铁石心肠也不会不动。关键是由此可以证明,聂玉魁并不敢小看他林志才。即使他狗贼干了坏事,现在却也后怕了,就主动向他服软认㞞。想那邢玉侠,已是一盆泼出去的脏水,可惜她还有何用?因金豹毁庄稼导致的丢人现眼,也已经是过去的事。倒不如就此与玉魁和好了,能免了罚款也等于挽回了面子。再反过来说,金豹毁了人家的庄稼,该逞的强也逞了,他聂玉魁该丢的脸也丢了。这场较量到头来,他胜了,胜之不武;咱输了,也多少赢回些尊严。

林志才心里想通了,脸上有了笑意,就主动地端起已重新斟满的酒盅,看着聂玉魁。林志诚见和解实现,也满心欢喜,赶忙举杯邀请道:"咱哥仨干了这杯。"三个人的酒盅到底碰在了一起。

林志诚又叮咛道:"玉魁,要不然你明天就找找向镇长,把罚款免了?"

聂玉魁满口答应:"一定一定。"

林志诚又说:"志才哥,你也该叫金豹给金牛赔个不是,不管咋说,这事做得太过分。"

林志才表示愿意地点点头,同时嗫嚅道:"弄下这事,我也心里不好受。"

林志诚说:"要不然,待收了秋,你给金牛几百斤粮食?"

聂玉魁制止说:"不用了,我家不缺吃的。只要兄弟们不结怨,我吃个亏就不算啥。"

林志才听言心里又拧上了:你吃亏,难道老子没吃亏,我父子俩都让警察铐了,打了,我的损失谁赔偿?

又过了两天,镇政府让林志诚通知林金豹去见了向镇长,向又把他严肃地批评了一顿,随后又告诉他,念及家寒,又是军属,那五千元罚款就免了。

这场毁庄稼的风波,似乎也就平息了。

# 第六章

眼看国庆节将临，聂玉魁与邢玉侠结婚的具体议程也摆上了案头。聂玉魁决定，他与邢玉侠的婚礼，必须按照城里人的时尚标准，把隆重和排场发挥到极致。而且，关键点就放在大林庄迎亲的这一幕。这桩婚姻本来就充满疑问和争议，似乎淡化处理为好，但是，精明的聂玉魁却为什么还要大造声势呢？

聂玉魁曾经姓林，但并不是林门中人。他本来是河南长葛人，原名就叫聂玉魁，七岁那年，家乡遭了水灾，父母亲和仅有的一个姐姐都在灾难中丧生，他由本家一个叔父领着逃荒来到陕西。一路乞讨来到龙潭镇，在大林庄一处废弃的破窑洞里安了身。不料叔父突发紧病，死在寒窑，聂玉魁成了孤儿。村中林学忠夫妇年逾花甲却无儿无女，林家族人便撺掇着将他给林学忠顶了门。后父帮他葬了亲人，又按照家族辈分给他更名林志发。林学忠夫妇老年得儿，自然满心喜欢，视为己出，就让他到村小学念书。村中孩子欺他是外来客，打骂凌辱，使他成了受气包。有一次，同村的林志才伙同邢友贵等几个大点的男孩子竟逼他喝了尿。这次欺辱对他刺激很大，自然是刻骨铭心地怨恨上了。林志发天资聪明，又发愤用功，高小毕业考进省司法学校，成了大林庄头一个中专生。林学忠夫妇还从求亲的人家里，选了中意的女孩子给他成了亲。林志发中专毕业后就分到本县公安局工作，成为大林庄新中国成立后出的头一个国家干部。现在的人生得意，过去的种种不幸，形成了强烈的对比，便使林志发的内心中发酵着一种对于大林庄的仇视感、厌恶感甚至是报复心。每当从城里回来，面对着村人特别是儿时"仇家"怪异的眼神，他感到的是另一种"狗眼看人低"的鄙视心，这更使他的扭曲心理雪上加霜。后来养父母去世，他便很少回家，但因为老婆儿子都在农村，便只得与这个爱不上也恨不成的鬼地方保持着客观上的联系。后来提拔当了科长，林志发底气足了，就索性改回原名，就由林志发变成了聂玉魁，儿子林金牛也变成了聂金牛。一时间曾在大林庄引发热议。林家族人纷纷指责他忘恩负义，品质恶劣。但这多是人背后的诽谤，对聂玉魁产生不了丁点妨碍。再往后，聂玉魁因与在审女犯人通奸被逐出公安局。官运断送，却赶上了改革开放的潮头，就干脆下海经商，依据凤凰市兴办小煤窑的利好形势，办起了以经销煤炭为主业的恒昌煤炭商贸公司。生意越做越大，便打算将儿子儿媳的户口关系迁到城里，就此与大林庄彻底断绝。万没想到，儿时冤家邢友贵竟生养了如花似玉的女儿邢玉侠。偏巧金牛妈去世，心里正盘算着续弦，这美人儿就撞在了当面。一时冲动，又与这大林庄增添了爱恨，想割舍也割舍不断了。聂玉魁便想，这就是命，就是缘，前世注定，不可扭转。既然如此，老子不但不离不弃，还要借着这个舞台把戏唱足。聂玉魁忽然顿悟：演员再好，没有观众不行；他现在就是个好演员，大林庄的人就是他的好观众。也只有大林庄的人，才能品咂出他的戏味，衬托出他的成功，也可以让那些曾经白眼他、欺辱他的家伙感到难堪和羞耻。能与邢友贵的女子邢玉侠结婚，就是对那帮家伙最大的讽刺和报复。心中的羞辱得以洗雪，这应该是他人生最开心释怀的时光。他决意要对这桩婚事认真地办一办，好让大林庄乃至整个龙潭镇都开眼惊叹，垂涎三尺，更要让他的雪耻快感和报复快感淋漓尽致。但是，当林金豹毁了他儿的庄稼，他才意识到任何事情都是亦利亦害的双刃剑，意识到就此给自己结下了新冤家，就不得不对林志才父子有所顾虑和防范，万一这些鲁莽的村夫会做出更可怕的蠢事呢？聂玉魁真的害怕了，这才有了息事宁人的隐忍妥协，特别是精心策划了在林志诚家与林志才置酒说和的一场戏。果然，林志才与他的小儿子林金豹在他的权力与“诚意”面前举了白旗。顾虑和威胁解除了，这就更使他那利用办婚事耀武扬威的报复欲愈加膨胀。

婚礼的时日经皮三娘建议，选定在八月初三，宜婚嫁，是农历中的黄道吉日。聂玉魁却决定放在阳历十月一日，既是国庆节，又近中秋节，是双喜盈门的绝佳时间。二人都不说穿，其实也心知肚明。皮三娘还有一笔酬金没到手，不急才怪；聂玉魁却有意把婚期往后拖一拖，他现在还有个对现役军人林金虎的顾虑，他想等等情敌的反应，他得为自己留下可以回旋的后路。

邢友贵出于体面的考虑，临时又提出了一揽子要求，聂玉魁也欣然应允，电冰箱、大彩电、双缸洗衣机以及全套单双真皮沙发等各式时新家具，便轰轰烈烈地由城里运将过来。

一个月时间过去了，林志才那边并无什么事发生，聂玉魁也就放下心来。眼看着九月份已近尾数，但天公却不作美，一连七八天，都是阴雨连绵。收看电视台的天气预报，这国庆长假期间也了无晴日。该不该定时间、订饭店、车辆以及通知亲朋同僚等一大摊事，把聂玉魁难住了。

关键时刻，皮三娘果断发了话：“定日子，时间就定在十月二号。”

聂玉魁说：“天不晴咋办？在城里真无所谓，但咱这乡下就不行，烂泥路车辆咋通行？”

皮三娘笑道：“十月一日就会晴，二号还会是好太阳！”

聂玉魁狐疑道：“真的？咋觉得嫂子你神神道道的！”

皮三娘说：“我不是气象卫星，咋能那么准确？只是觉得你是当领导的，咋就不会决断。难道这老天爷连下十年，你也等上十年。”

聂玉魁一拍大腿下了决心：“就依你，十月二号，定了。”

九月最后一天，雨似乎还没有停的意思，但到第二天就滴水不掉，上午起了大雾，下午竟然放晴了，放眼望去，天蓝云白，阳光灿烂，那山也绿了许多，水也青了许多。聂玉魁就不能不对皮三娘的本事赞赏一番。这婆娘不仅是婚嫁方面的专家，似乎对天象也有研究，不得不承认她是大林庄乃至龙潭镇的一个能人。

结婚的这天依然风和日丽。先一天的大太阳，已将那黄沙泥路面烤了个半干。再加上今天的好日头，这乡间大道已可畅行无阻了。当迎亲的车队由凤凰城区迤逦驶来的时候，大林庄便被招惹得倾村而出，人山人海。这些没见过多大世面的庄稼汉，面对着由二十辆各色小轿车、面包车组成的车队，真觉得眼界大开，惊叹不已。

当西装革履的聂玉魁手挽着身披白色婚纱的邢玉侠步出邢家的时候，惊奇的气氛达到了最高潮，人们呀，自内心里发声呐喊，而后又竟是鸦雀无声的寂静，空气也仿佛突然凝固了。

邢玉侠的婚妆打扮也绝对模仿着城里人，装扮的工作自然是由聂玉魁请来城里的婚纱影楼完成的，云髻高耸，粉花玉面，纱裙迤逦，本来就生得美艳的邢玉侠经过这番打扮，就完全不是乡下姑娘模样，即使与城里的俏女子比美也绝不逊色。再加上邢玉侠那副双眉颦楚、泪光闪闪的林黛玉模样，反倒显得更加楚楚动人。这几乎又使大林庄所有的男人特别是年轻汉子统统地感到大为痛惜：老天爷，一朵鲜花怎么就真的插在牛粪上，一匹他妈的狗日的老驴，竟然真的啃定了这嫩苜蓿！

当规模宏大、气象万千的各色嫁妆在震耳塞鼻的鞭炮声中被众人抬着由邢家款款出来的时候，那些婆娘女子们的眼睛瞪得比桃子还大了，又争先恐后地尽量往前挤，生怕这种令人垂涎三尺的眼福一晃而过。到了这一刻，无论女人们还是男人们，口中的议论竟也是千篇一律地一致：看人家啥气派，看邢友贵多有福！

就在这大夺眼球的狂热氛围中，人们谁也没有注意到，有两个解放军官兵进村了。

年轻健壮的士兵正是林金虎，紧随其后的中年军官则是他所在部队的团政委梁新文。原来，林金虎接到父病的家信时，因部队正在支援当地的抗洪抢险工作，就把家信秘而不宣，抗洪抢险一结束，部队又有军演任务，林金虎又是侦察兵的骨干，就决定以工作为重，推迟探家。但部队领导考虑到林金虎已经当兵五年，已是超期服役，便催促他马上探亲。回去把婚结了，以免在他复员回乡时导致什么不愉快的结果。如今的很多农村姑娘，当未婚夫在部队服役时前程未可限量，是会把爱情的彩球抛过来的；一旦未婚夫复员，便鼠目寸光地认为他的前途完结，绝情绝义地背弃婚约。所以，部队首长出于爱护战士的考虑，对于即将退伍的农村兵，一般都会在离队前准其探一次亲，很多人便利用这最后的机会抓紧把婚事办了。这种做法以前有之，在国家转入以经济建设为中心，人们拜金主义时风日盛的这些年，更是成了条不成文的规矩。林金虎在部队是军政素质非常过硬的战士，又是全团出名的优秀侦察兵。梁新文虽然与他不是一个团，却是同县同乡的近老乡，彼此间因此很熟悉。这次回家又碰巧凑在一起，当梁新文得知林金虎是因父病回家探亲的，便特意买了营养滋补等物品首先来到大林庄。当然，梁新文还另有个没有明说的好心，他早听说过林金虎在家乡已经定亲，便想趁此机会催促着让两个青年人把婚结了；假若存在什么梗阻难题，他会以部队首长的身份亲自出面设法予以排解的。与林金虎一起回到大林庄的时候，首先遇到的是热闹奢华的迎娶场面。起先，俩人都没有介意，因为当今人们生活水平普遍提高了，办婚嫁大事多半喜欢奢华，尽管舆论普遍认为此风不可取，但流俗如此，城乡皆然。

回到林家，林金虎方知父亲并没有生病，而是今日一大早就去他舅刘来锁家了，只留得林金豹一人在家。林金虎情知事有蹊跷，便向弟弟询问写信说谎的原因。林金豹便一五一十地把邢家婚变的事情说了一遍，当林金虎得知村街上气派非凡的迎亲车队是来娶邢玉侠时，满腔悲愤便似火山爆发，激动的情绪便不可抑制，一阵风似的撞到了邢家门前。事发突然，梁新文竟也一时无策，又怕青年人气头上会做出莽撞事，便紧随林金虎一起跑了来。

这时刻，聂玉魁挽着邢玉侠，得意非凡地向村民挥手，缤纷的礼花喷向新郎新娘，司仪的煽情热烈异常，迎亲典礼达到了高潮。但就在这个节骨眼上，谁也料不到的事情就发生了，两个解放军官兵冲进了人圈。

当人们发现冲在前面的年轻军人正是林金虎的时候，先是惊讶地发出一阵骚动，随之又竟是听了号令般全场肃静。那些喜爱看别人家水涨河塌的家伙，那些妒人富讥人穷的长舌妇，马上有一种“可有好戏瞧了”的不良企图；而很多对此婚事持批评态度的善良正直的人以及那么多吃不上鲜桃便盼桃子烂的年轻汉子，则希望林金虎把聂玉魁狠揍一顿，直弄他个天翻地覆。于是，所有人似乎都在移动脚步往前凑，都想使自己占个可以大饱眼福的好位置。

林金虎、邢玉侠、聂玉魁三个人，在同一时间内都凝固了各自的身躯，六只不同内容的眼神猛烈地撞击在一起。经过短暂的对峙，各自的内心和表情都不由自主地起了强烈反应。林金虎脸色发白，嘴唇哆嗦着，眼睛放射着极度疑惑的责问和无比震惊无比愤怒的狂飙；邢玉侠在意外地看到林金虎的瞬间，眼中满是惊喜的闪光，但很快地，这道美丽的闪光消失了，悲愤、委屈、内疚、无奈，极其复杂的情感交织在一起，又以摧枯拉朽的力量集中袭来，使她顿时泪如雨下。其实，在这个时刻，邢玉侠心中最最想念的人正是林金虎，这个稳厚、健壮、英俊的青年才是她的心上人，这份恋情今生今世也不会改动。聂玉魁在从最初的大惊失色的窘迫中努力使自己平静下来，尽管事先对林志才做了安抚，但这刻也禁不住心惊肉跳地害怕了。这种遭遇实属意外，他非常清楚，在这种场合和情敌林金虎针尖对麦芒地直接对抗，会对他意味着什么，后果当然很糟糕。俗话说“兔子急了都咬人”，何况这么一个满怀屈辱和仇恨的健壮青年，谁能保证他会采取什么样的行动呢！但聂玉魁毕竟是江湖老手，不管内心多么胆怯，却硬是在表情上做出一番从容不迫的样子，嘴角挂着假笑，眼神中甚至还对林金虎射出一缕轻蔑，他现在想的也许是保持冷静和体面，尽快带邢玉侠离开这个是非之地。和林金虎的怨仇此后自会有解法，他有的是权和钱，既然他的老子和弟弟林志才林金豹能就范，林金虎为什么就不能？

聂玉魁此刻已不是挽着而是架着邢玉侠快步向那辆装饰华丽的小轿车走去。那一群穿制服戴大盖帽的人，是聂玉魁利用关系，由煤矿企业的保卫科临时借来的，主要用意不过是为了摆阔显排场，没料到此刻竟然派上了用场。他们反应快捷地排了道人墙，把林金虎隔在了外面。

当邢玉侠即将被聂玉魁拖进轿车的一刹那，她无限依恋和悲怆地回头看着林金虎惨然地大叫一声：“金虎哥，忘了我吧！”随即放声大哭。

林金虎便不顾一切地冲了过去，但是那道人墙把他挡住了。激烈的冲撞中，还有人对他动了手。林金虎大吼一声，挥动双拳猛烈出击。那些土警察哪里是他的对手，拳脚到处，早被揍得人仰马翻，倒下一片。

林金虎冲过去了，一把扭住了即将关闭的车门，围观的人群也哗啦啦一阵骚动，将这辆婚车围得水泄不通。

“玉侠，玉侠，这是为什么？为什么？为什么——？”林金虎悲愤地呐喊着，其实，林金虎早已从邢玉侠看见他以后的复杂表情里洞察了她的内心世界——她没有变心，仍然一如既往地爱着他。但既然如此，怎么会生出这种毁灭性的变故呢！

而这时的邢玉侠，只是抱头哭泣，声音极为凄惨，这哭声似乎更进一步地解释了一切。

林金虎声音悲愤地问道：“玉侠，你一定是被迫的，你是被迫的、委屈的，你说是不是，你说呀！”

邢玉侠无限凄情地哭道：“晚了，太晚了……金虎哥，你怎么才来，你怎么现在才来呀？”

“不晚，不晚！现在回头还来得及！”林金虎近似疯狂地嘶吼着，但回答他的唯有邢玉侠的哭声。

林金虎顿时觉得心如刀绞，肝肠寸断，痛楚又很快化为直接针对聂玉魁的怒火，他大吼道：“聂玉魁，你这个魔鬼——！”

聂玉魁此刻则极力装出一副安之若素的镇静状，他知道此刻直接对抗无用也无益，这是一股迟早要倾泻的感情，既然如此，还不如让其尽情倾泻吧。这迟早要破的恶瘤，晚破不如早破，也就此让他俩完全死了念头。再说，他也不用过于着慌，是会有人帮他解围的，而且马上就会到。

果然，邢友贵发疯般地冲进来了，抬手就打了林金虎一个耳光。聂玉魁顿时喜出望外，他盼望林金虎还击，如果他动了手，这根藕断丝连的残丝破线便再也接不上头；再说，也为他那种“邢友贵贪财设美人计胁迫了他”的狡辩做了进一步证实，这是对付林志才一家的最有利的借口。

林金虎委屈地吼道：“叔呀，我是金虎——”

邢友贵怒道：“打的就是你林金虎，你想破坏我女儿的好事？办不到，玉侠早就怀上玉魁的种啦，你想娶玉侠，做梦去吧！”

就在邢友贵混闹的工夫，奔驰的车门哐的一声关死了，紧跟着一轰油门冲了出去。车队也马上隆隆启动，很快就消逝在村口。

在事件的整个过程中，团政委梁新文都冷静地紧随在林金虎的身后，他至此已经判断出了这场婚变的原因，两个青梅竹马、心心相印的恋人就这样被一种强悍的恶势力残酷地分开了，最令他感到愤懑的是，他竟敢肆无忌惮地将肮脏的淫手伸向军人的未婚妻！

林金虎双目圆睁，无限痛惜地望着车队远去的村口方向，牙齿咬破了下唇，那一缕殷红缓缓地流向自己颤抖着的下颌。

梁新文安抚的手轻轻按在林金虎肩上，目光炯炯地看着那一路尘嚣："那个人是什么身份?"

林金虎一字一顿地从牙齿挤出了六个字："暴发户——聂玉魁!"

乡亲们亲切地围上来了，无论刚才持什么心态，在此刻向林金虎表达的却是众口一词的同情和义愤，有几个自小就与林金虎相好的年轻小伙甚至还埋怨他为什么不向邢友贵这条贪财忘义的老狗还手呢，最叫人窝火的是——为什么不把聂玉魁那头老驴揪出车来狠揍一顿，揍死他，这天理公道才搁得住哩。

# 第七章

两年时间一晃即逝，林金虎复员回乡了。就在那次遭遇过后的第五天，心情极坏的林金虎决定放弃探亲假，随同办完家事匆匆归队的梁新文政委一起走了。在梁新文的支持下，林金虎立即向部队领导反映了自己婚变的问题，控诉聂玉魁有破坏军婚的重大嫌疑。部队非常重视，派出专业法律人员进行调查。但作为受害方的邢友贵却一口咬定选择聂玉魁是他们自愿的，并非受到强迫。直接当事人邢玉侠的口径也基本与她的父亲一致，这就丧失了被指控人聂玉魁构成犯罪的法律依据，事情也就无可挽救了。梁新文非常同情林金虎，决心帮助他办转志愿兵，便设法将他的服役期限再度推迟。根据林金虎优良的军政素质，也完全符合转办条件。但很是糟糕，就在报批的节骨眼上，林金虎摊上糟糕的事了。

林金虎所在部队的驻地是地处东北疆的边境小城塔城，当兵五年，他基本上就没离开过这里。除了军营生活，林金虎还兼任着幸福路小学的校外辅导员。虽然只有一年多时间，却跟学校师生处得很熟，其中接触最多的便是该校负责联系校外辅导员工作的邹丽老师。邹丽是一个容貌俏丽、爽朗活泼的姑娘。塔城是她的家乡，这里有着她的亲人和乡情，也有着她的伙伴和烦恼。同城小伙王东北是她一起长大的发小，长期的亲密接触使两人成为一对情侣。学习刻苦的邹丽考上了大学，王东北却因高考落榜留在了家乡。也正是因为放不下王东北，邹丽放弃了留在大城市的机会回到塔城。但是令邹丽失望的是，沦为无业青年的王东北自暴自弃，沾染上了吸毒的恶习。在邹丽苦苦劝阻王东北他却毫不悔改的情况下，邹丽与他坚决分手了。作为邹丽的朋友，林金虎也自然认识了她的男友王东北，也曾经应邹丽的恳求，参与了对王东北的劝阻。但谁能意料到，这种善意的帮助竟然给林金虎的命运带来了不好的影响。

这天上午，林金虎奉命担任军纪纠察，上街执行任务，当时所在位置是在城市的一个十字路口。他与三个部队纠察，按照军队条令的有关规定，对过往军人的军容仪表、言语行为进行监管督查。

对这个十字口，林金虎是再熟悉不过了，幸福路小学就在附近，可以看见校园里高高的旗杆上，五星红旗在随风飘扬。林金虎便自然想到了邹丽。共事几年，他与她已经成了无话不谈的知心朋友。上次探家后，林金虎便把自己不幸的遭遇、心中的愤懑和委屈，毫无保留地告诉了邹丽。除了梁政委，在这离家遥远的地方，这个文弱的姑娘已是他可以互诉衷肠，也能够得到安慰的唯一知音。

中午十二点，放学的时间到了，邹丽也终于出现了，她轻盈的身影引领着排成长队的小学生，沿着马路边的人行道朝十字口款款走来。渐渐近了，林金虎准备走过去，出其不意地出现在她的面前，给她一个不期而遇的惊喜。

但是，另一个很糟糕的意外也不期而至。就在林金虎准备迎上去的时候，路边突然冒出了几个男青年，架住邹丽就往停在一边的小车跑去。猝不及防的突然袭击，把周围的群众都吓蒙了。紧接着，邹丽发出了凄厉的呼救声，小学生整齐的队列也乱作一团。

林金虎闪电般地冲过去了，另外两个战友也紧随其后，抢在那辆车子开动前及时赶到，将被绑架的邹丽营救下来。作恶者却不肯善罢甘休，竟然手执尖刀对阻止他们犯罪的军人疯狂攻击。林金虎他们当然不是吃素的，施展擒拿格斗的过硬功夫，并没费太大气力，已将行凶者悉数制服，并移交当地警方处理。

目睹惊险又非常精彩的情景，在场的群众都报以热烈的掌声，幸福路小学在事后也向部队送来了锦旗和感谢信。毋庸置疑，这是见义勇为的英雄行为，理应受到赞美和表彰。但谁能想到，这居然成了导致林金虎被迫离开部队的直接原因。

当警方经过对行凶者的审问，得知这次绑架犯罪的幕后策划者就是邹丽的前男友王东北，随即依法对其拘留。王东北一口咬定，邹丽是他的女朋友，却让解放军战士林金虎夺走了。在绝望的情绪下，他不得已出此下策，想用强迫的手段将失去的爱情挽回。因此，警方又分别对邹丽和林金虎进行询问。邹丽的回答毫不含糊：王东北是不可救药的浑蛋，她与他已经彻底分手；林金虎虽与自己接触较多，却只是工作关系，更没有表示过恋爱的意思。她与王东北分手是因为他本人的问题，与林金虎毫无关系。

事情本已了了分明，不料事态却有了很不利的变化。在阻止犯罪的打斗的过程中，参与绑架的一个家伙被林金虎踢倒在地，脑袋撞上了电线杆，当场并无大碍，还是自己走着上了警车。但到了派出所就头痛呕吐被送到了医院，住院五天后竟然死亡。亡者的家属就将林金虎告上了法庭。亡者的父亲是当地政府的一个领导干部，具有干预法庭正常工作的能力。他的老婆还纠集了一帮不明真相的群众到军营前示威闹事，堵塞了马路，造成了很不良的影响。为了平息事态，也考虑到与当地政府的关系，部队出面与法庭进行调解，才使问题得以解决。但林金虎却落了个“防卫过当”，背了个违反纪律的处分，转志愿兵的资格也被同时取消。事情弄到这一步，梁新文即使想帮他，也爱莫能助了。

转志愿兵的事已经化为泡影。林金虎便决定申请退伍，他已是超期服役的老兵，很快便获得了批准。

自从邢玉侠旅馆出事，到林金虎复员回家，转眼已有两年半时间。一回到大林庄，林金虎就听到一个消息：就在他离家回部队不到半年，邢玉侠就生了个男孩。聂玉魁在城里为此摆宴贺喜，闹腾得不亦乐乎。这无疑给林金虎凄冷的心又戳了一刀。她在婚后如此短的时间内就产下了孩子，更足以说明邢玉侠是在遭到暴力侵犯后被迫屈服的，这就愈发激起了林金虎强烈的痛惜感和对聂玉魁的无比憎恨。当然，他也曾怨恨过父亲对他隐瞒不报的错误想法和邢玉侠的怯懦。假如父亲及时将情况告诉他，假如邢玉侠能拼命抗争，事情便不会弄得无可挽回。

日子虽然一天天远去，但心中的伤口非但不能愈合，反而更加痛苦。邢玉侠在婚礼现场与他痛楚哭别的那一幕，总是在心中折磨着他，这使他愈加强烈地想念和心疼着玉侠。往日两情相悦、心心相印的一幕幕情景历历在目，不能忘怀。林金虎实在忍受不了精神上的残酷折磨，就决计要设法见邢玉侠一面。他要把是非彻底明辨，要把心里话说给她听。如果她依然爱着她，他便会劝她拿起法律武器，与那个魔鬼离婚，与她的浑蛋老子决裂，然后与自己破镜重圆。

尽管邢友贵提防着林金虎，但出嫁的闺女总是要回娘家的。邢玉侠一回家门，戒备心很强的邢友贵便整天守着女儿，大门不出二门不迈。

但是，猴儿也有打盹的时候，此时已到五月中旬，田地里正忙着灌溉。此时正是小麦扬花授粉的关键期，能不能丰收，就全凭这收获前的最后一遍水了。再懒惰的家伙，只要你还是个庄稼汉，都不可能丢下地里的庄稼不管。

邢友贵种有三亩连片责任田，儿子邢玉成已经在城里工作了，指望不上。他现在在村上落了个贪财忘义、寡廉鲜耻的瞎名声，不管自我感觉多么好，却几乎没有什么人愿意跟他来往，何况各家都在忙各家的事，谁会顾及他呢！因此，自己的辛苦还得自己受。

这天下午，村上承包浇地的人通知说轮到他家了。邢友贵赶忙扛起铁锹往地里去了。早有与林金虎相好的后生跑来告知，林金虎便抓住这个时机赶到了邢家。

邢玉侠正坐在前院里逗着儿子聂小鹏玩耍，冷不防林金虎出现在面前。邢玉侠最初的目光是惊喜的，但发现林金虎的眼睛盯住孩子的时候，才似大梦初醒，一股极其痛楚和矛盾的情感涌潮般地翻腾开来，羞愧万分地低下了头。

的确，林金虎盯住那个孩子的一刹那，眼神和脸色都变得异常难看，其间充斥着屈辱、妒忌、愤恨的复杂成分。如果不是这场人为的灾祸，这个孩子就应该是他们二人爱情的结晶；但此刻，她生下的这个孩子却是聂玉魁的，孽种！恶果！一岁半的聂小鹏已经会走路了，也会叫妈妈了。那一声奶声奶气的"妈妈"，像一把刺向心窝的尖刀，顿时令林金虎痛苦万分。一种强烈的刺激，使他原本善良的心刹那间变得扭曲，他的眼中开始闪烁出仇恨的寒光。

这种敌意的目光邢玉侠完全读得懂，这顿时令她不寒而栗。出于当母亲的本能，邢玉侠紧紧地抱起孩子，逃跑似的跑回屋内，又飞快把门关上了。

林金虎怎肯就此罢休，他赶上前用力摇撼和擂打那门，一边悲怆地喊："玉侠，我有话对你说呀！"

门里传出邢玉侠唏嘘的哭声："金虎哥，你走吧，事情已到了这一步，我纵有千怨万悔，也不能回头了……"

林金虎说："能，还来得及，只要你跟聂玉魁离婚，我就娶你，我不嫌你，我的心跟以前一模一样，我心里只有你一个人啊！"

邢玉侠哭道："我已经是聂玉魁的人了，我的清白，我的人格，我的一切的一切都让聂玉魁抢走了，你来晚了！……我恨你，恨你——你死了心吧……我瞧不起你，今生今世都不想见你！"

林金虎说："玉侠，我知道你说的是违心话，你的心没变。你善良、温顺，但你软弱，太顾脸面，人面兽心的聂玉魁和你那势利的爹就得寸进尺，硬是把你推进了火坑。你是被人强迫着的，以后不会幸福的，你要起来反抗呀！你要敢于把他告上法庭，跟他离婚，我要娶你。我是穷，是没社会地位，但我年轻，有志气，有能力改变命运，请相信我！"

邢玉侠的内心此刻痛苦到了极点，林金虎发自肺腑的话令她怦然心动。经过一场浩劫，她的金虎哥仍然一如既往地爱着她，怎不使她感动万分。回想与聂玉魁婚后的这些日子，她心中绝无夫妻的爱意，只有一次次遭受强暴的痛楚。当肚子一天天大起来的时候,她恐惧、羞辱和愤恨,这腹中的孩子真是不该生下来的孽种啊！她这时曾想到了死,但又舍不下疼她怜她的娘亲。待到孩子呱呱落地,活下去的念头完全占了上风。孩子是娘的心头肉,再说孩子也实在是无辜的,无论他是怎样来到人世,但总归是自己亲生的。她不能没有这个孩子,孩子也不能离开她。孩子成了她生命的主要支点。

"孽种"这时候哇哇哭了,邢玉侠则更紧地抱着他,好像天下会突然飞来只老鹰,一把将他抓走似的。刚才产生的一丝动摇眨眼间被孩子的哭声浇铸得顽固,她不能不在心里反复地进行问答:假若金虎哥娶了我,能容得下这个属于聂玉魁的孽种吗？不会,绝不会。这孩子是深埋着的仇恨种子,看见他,有时候就连自己都感到羞耻和仇恨,更何况心中流血的金虎哥呢！就凭这孩子,她与林金虎的心上就有一块无法愈合的伤口,他们间的感情就不会默契,往日的爱情实际上已经无可挽回了。

想到这里,邢玉侠凄惨地朝着门外说:"金虎哥,别怪我绝情,咱俩这辈子是不可能在一起了,我已经是残花败柳,不值得你这样爱,你另找一位好姑娘吧。"

玉侠妈在女儿身旁站立许久,她已将两个年轻人的话听在心中,打心眼感叹林金虎说的全在理,这孩子的确是个好后生哇。只可惜,她的女儿没有这份福气。玉侠妈这时将紧关的门打开了,面对着林金虎痛苦的面容,也禁不住流泪了。

"虎娃,大妈知道你心里难过,我们玉侠对不住你。但实在也是逼到这一步了,没法呀！玉侠已经生了娃,再说玉成是个老实人,咱家又穷,好歹有个工作,这才像个人样儿。要是得罪了人家,这工作就干不成了,恐怕连个媳妇也定不下,他大会气死的,这日子该怎么往下过呀?"

玉侠妈这几句话说得太现实了,这使林金虎感到绝望。他可以拍着胸脯说一句:日后我来养活你们,但却绝对无法保证能给邢玉成找份工作和定下一门亲,邢玉成已经三十出头,本来就是个老大难呀！但是,聂玉魁能办到,因为人家有权有钱。而他呢,除了贫穷,什么也没有！

林金虎这时突然从玉侠妈慈祥和爱怜的面容中看到了娘亲当年的影子。娘亲在世的时候,与玉侠妈是最相好的一对姐妹。此时此刻,她俩当年谈笑的模样竟显得那么明晰,这种思念顿时使林金虎感到一种孩子受委屈时欲向娘亲倾诉的感情,便挥拳狠砸着自己的脑袋,呜呜地哭了。这满腹委屈实在是蓄积得许久许久了。离开了熟悉的部队和亲密的战友,已使他倍感孤独和冷凄,失恋的情绪又阴云般笼罩着他。在这本应感到亲切的故土，他非但没有感受到丝毫温暖，反而成了遭人嘲笑的弱者、懦夫。知音何在？他少年丧母，只有不近人情的父亲和不谙世事的弟弟，他真正可以倾吐心声的亲人便是邢玉侠，而她恰恰是抛弃了自己的负心妹。完了，罢了，玉侠她是嫁狗随狗，人去心变，无可挽回了！

林金虎拼命地抑制住了感情，用衣袖抹了抹泪水，惨然地强笑着说了声："大妈，家里有什么事情需要我干，只管叫一声，跟从前一样。"又对邢玉侠说："对不起，玉侠妹妹！"然后便步履蹒跚地转身离去。

邢玉侠见状，更是怜悯疼爱交加，心如刀绞。这样无奈地残酷折磨真正所爱的人，真令她痛苦到了极点。她感到顷刻间心理上的堤防已经崩溃了，心里呼唤着：金虎哥呀，你回头吧，你只要回头看一眼，我就会不顾一切地扑到你的怀抱，痛哭一场，直到哭死——然而，这种可怜的企图破灭了，林金虎头也不回地从她的视线中消失了……

# 第八章

刚刚立秋,离家许久的林金豹忽然回来了,人也打扮得奇奇怪怪,头发烫成了卷卷毛,脚上蹬火箭头四季皮鞋,上身蓝花格子短袖,下身黑灰色牛仔裤,脖子上还系了条红领带。那个超级时髦,招惹得整个龙潭镇都起了骚动。

林志才一见面气就不打一处来,背着旁人便是一顿吼叫:"你看你变成了啥样子,男不男女不女的,知道的会叫你流氓阿飞二流子,不知道的还当你是神经病。大热的天,就不怕围巾捂出痱子!"

林金豹却反唇相讥:"大惊小怪个啥,亏你年轻时还在外头混过。这叫时尚,大城市的年轻人,哪个不是这样?"

林志才又问:"你到底在外头干些啥?"

林金豹答:"建筑公司打工嘛,咱一个穷汉娃,还能干吗。"

"那你挣的钱哩!"

"花了。"

"花了?!"

"瞪眼吹胡子干啥?放心,你娃不会干瞎瞎事。月工资不过两千元,租房子、吃饭、穿衣、交朋友,还不花个干干净净。要不然,咋样在城里头立脚哩!"

"花了也罢,只要人不受吃亏,只要走端行正给老子争气,我也就省心了。"

林金豹翻着眼皮问老爹:"大,想必你审查完了吧?我还要出去溜达呢。"也不等回答,就吊儿郎当地晃出家门。

林金豹在村街上神神气气地一溜达,马上就成了一道风景。小后生大姑娘大呼二叫地凑上来,啧啧称奇地看稀罕。

自从毁庄稼事件发生后,林金豹就变得不安分,三天两头往省城跑,干些谁也没法晓得的鬼勾当。再后来,林金豹干脆租了房,住在那里了,说干什么建筑公司。林志才想管也管不住,想找也找不着,害得当老子的整天忧心忡忡,生怕这小子又闯下什么祸。现在聂玉魁的大儿子聂金牛看见了时髦的林金豹,便背地里拿鼻子当嘴喷着气嘲笑:“脖子拴上红裤带,二毛羊皮头上戴,黑脸粗话却变不过,永远都是乡里货。”林金豹却不理会少见多怪的闲球话,只当是骡子放屁驴发骚——畜生水平呗。只是有兴趣对村里人大谝,谝他如何在城里交结了顶尖高人,如何在盖三十层高楼的工地上当领导,又如何在卡拉 OK 舞厅里跟小姐 OK,海吹,听得一伙子小青年眼睛珠都要飞出去了。

忽然有警车开到村上找他,林金豹翻后墙钻了苞谷地,警察撞上林金虎就要带走。

林志才急忙分辩说:“这是他哥金虎,不是金豹。”

左邻右舍也都上前给林金虎做证明,最后还是靠身份证解了围。

警察说:“林金豹在省城聚众斗殴,把建筑公司的一个领导打伤了。希望你这个家长主动配合,不要包庇窝藏。”

林志才战兢兢地问:“领导伤得重吗?”

警察说:“头上开了瓢,打成脑震荡,你说重不重?!”吓得林志才面如土灰。

警察走了,林金豹也回来了,林志才便扔出条绳,命令大儿林金虎替他绑了。

林金虎说:“大呀,你先消消气,让豹娃把事情说清了不迟。我相信豹娃很有正义感,咋能随便伤人呢,这里头肯定有问题!”

林金豹便借着话茬说:“我哥说得对,我是打了人,但打的并不是公司领导,而是一个领着一群民工的包工头。况且还是事出有因。工地的包工头耍赖拖欠民工工资,半年不发钱,不少人连肚子都填不饱,更甭说养活老婆娃娃了。我实在看不惯,就领着民工罢了工,还到电视台请记者。包工头派人劝我罢手,我没理会,他就又亲自领着打手来揍我,我当然就……”

林志才抢过话茬说:“你当然就自卫反击,就把人家包工头打了。”

林金豹说:“对呀,就是这样。”

林志才咆哮道:“对你妈个脸,别人的事,你就出这个头,你是个大瓷屃!你为别人抱打不平,惹出祸事,谁又肯出来为你抱不平?”

林金豹说:“大呀,你这样说话,我就跟你抬杠了。你不是最恨有钱人欺压良善吗?那个该打的东西跟聂玉魁还不是一路货,我打他狗日的,也是气不打一处来,我就权当打的是聂玉魁。”

老二把话说到这份上,林志才也就没了辙,心里倒是暗暗喝彩,如此看来,金豹这娃并没学坏哩。嘴里却依然说道:“理归理,法归法,只怕是警察那头放不下。”

这时候,林金虎便又说话了:“依我看这事会大事化小。首先他欠民工的工钱不给就是违法。豹娃打人虽是不对,论性质却是见义勇为。只要警察深入调查,就会真相大白。”

林志才觉得大儿金虎说得在理,才将颗悬着的心稍稍放下。

林志才问:“但不管咋样,警察总是来抓人了。怎么办?我也是没主意了。”

林金虎说:“躲下去是错误的,有理都躲成没理了!我陪豹娃去派出所,咱要相信法律。”

就在兄弟俩准备出门的时候,林金豹在建筑公司的朋友由省城赶来了,一见面就兴奋地大叫:“没事了,没事了!”接着就把情况细说一番。打老板的风波闹大了,电视台做了调查报道,政府就插了手。结果向着咱老百姓,不但把拖欠民工的工钱监督着发了,还将挨打的头儿当作反面典型登了报。这样一来,那个不良老板也就真该挨打,林金豹的打抱不平也就名正言顺了。但是,那头儿的道上朋友也牵连着利益受损,便放出话来,要给金豹放血呢。因此提醒金豹最近提防着,最好不要到省城去。

林志才至此才对金豹打人的事放下心来,但人家要报复寻仇的那种狠话又不免令他不安。

林志才埋怨道:“羞先人哩,你左一折右一折地瞎折腾,叫我这当老子的把脸装裤裆不说,还成天提心吊胆哩!”

林金豹说:“我没瞎折腾,件件事都在理上。”

林志才说:“这一回,你是歪猫撞了个斜老鼠,侥幸!”

林金豹说:“你那思想落后了,跟不上形势了。实话告诉你,即使我一不留神没走端,又有啥大不了的。没听人说嘛,拘留强劳很光荣,判刑劳改当文凭。有的哥们蹲几回局子倒锻炼成人才哩!”

林志才吼道:“胡说八道,再不改,小心老子砸断你的骨拐!”

林金豹用嘴吐出个烟圈圈说:“改不了!一个国家一个旗旗,一条好汉一个脾气。”

林志才脱下左脚鞋要抽他,林金豹动也没动,气得林志才连右脚鞋也扔了。

林金虎实在看不下去,呵斥道:“豹娃,胡说八道!你是故意捣蛋吧?”

林金豹说道:“哥呀,我啥道理不懂?但咱大啥时候给过我好脸!”回过头便对着老子吼叫："大呀，我再实话提醒你，不要门缝里看人——把人看扁了！我还要实话评价你，你那两下子——缺少大智商，只有小聪明，哼哼，落后时代了，我没看上！现在嘛，是围绕钱眼儿转的历史新阶段。想干成任何一件事，就不能死守老规则，老皇历更不能看，只能是随机应变，甚至是不择手段。实现是检查真理的华山一条路，只看事情结果，不论办事过程；只欣赏成功人的笑，不同情失败人的哭。哪怕你手段再卑鄙，只要你成功了就是爷；哪怕你行事再仁义，失败了也是狗不如。不管黑猫白猫，能逮住老鼠就是好猫。你老辈人会认为这是胡球弄，但没法子，现在人家弄事就这样整，而且是六六大顺。"

林金豹这一番宏论，还真把他老子惊了个目瞪口呆。林志才觉得小儿子是信口开河，胡说八道，但又似乎有道理，更不知如何去反驳。心里叹息道：这小子生就个江湖野性子，大林庄是关不住他了。

林金虎则笑道："有几个词汇要纠正，不是'围绕钱眼儿转'，而是'围绕经济建设中心任务转'；也不是'实现是检查真理的华山一条路'，而应该是'实践是检验真理的唯一标准'。"

林金豹有点尴尬但似乎又不服气，嘟囔道："你也懂？"

林金虎正色地说："对国家政策法规，不懂不能装懂，更不能一知半解或者理解错误就去蛮干，否则就行不通。比如说你这次打抱不平，就是不按游戏规则，仅凭一股子哥们义气莽撞蛮干，对吧？多亏沾上了国家重视维护农民工合法权益这一条，要不然肯定要吃亏！"

果然，半个月时间过去了，警察再也没露面，林金豹却怎么也待不住了，非要返回省城去，林志才没忘人家扬言要报复的话，就死活不同意。但是，林金豹却坚决要走，即使他哥林金虎也拦不住。林志才实在没辙了，就把他舅刘来锁给请了来。

见了面，听了林金豹的一番陈词，刘来锁把林志才扯到一旁说："豹娃自小就匪气，要是生在旧社会，是拉杆子弄大事的材料。怪只怪你不该放他出去，心逛野了，绳拿索绑也不顶用。要想安稳住豹娃，得找个正经事让他干。"

林志才说："正经事？你说得轻巧，咱一个黑脊背，啥地方找正经事去？"

刘来锁觉得妹夫话里有话，又不禁想到了上次到省城求堂弟来俊给外甥金虎安排工作的事，沮丧地叹气道："也是的，说起来咱来俊在省上，却办不了事。也不知真的没了权，还是要滑头。"

林志才说："不扯恁远了，人家退居二线了。来俊也不过是你堂弟，跟你还隔着一层哩！"

刘来锁想着堂弟刘来俊当时那不冷不热的拿捏样，心中闷火忽地点燃了，口里叫道："就不信老猫不逼鼠，这个能我还要逞到底！"随后捻了半天羊角胡，狠狠心撂出一句话来："你是知道的，我表妹夫胡成在阳河煤矿当头儿，兴许他给豹娃能找个事。"

林志才对煤矿不感兴趣，龙潭镇本来就地处矿区，阳河煤矿离得也不远，矿上的情况也晓得一些。邻近三里五里，当矿工的也不是一个两个，听得多也见得不少。煤矿上的活路又苦又危险，豹娃纵有一万个不是，也是他的儿，做老子的咋能狠心把娃往那地方推，便把头摇得像拨浪鼓："不行不行，豹娃在省城里头逛哩，他咋能安心那地方，再说我也不放心！"

"金銮殿你放心吧？可惜皇上不认得你！"刘来锁接着说，"煤矿上确实苦一些，但也不是摆的虎狼阵，各人有各人的造化嘛。胡成当初不就因为穷才逼出去的，不成想在矿上倒弄好了，入了党，当了干部。说不定豹娃去了弄得更阔，这娃有胆有识，只是没踏上正道道。我的眼头不会错。"

这时候林金豹凑上来说道："嘀咕个啥？有啥秘密还背着人！"

刘来锁说："还不是给你想出路呢，我有个想法觉得还可行，但你大还不太愿意。"

林金豹笑道："舅，其实我听见了，不就是去煤矿吗？煤矿是艰苦，但不见得就没甜头。法看谁犯哩，事看谁办哩，啥事情都不能一概定论。事在人为，何况胡成叔在矿上还掌着权！"

林志才说道："你舅把胡矿长成天挂嘴上，但现在不是谝闲传，得弄清胡成到底是啥职务，省得让你舅下不了台！"

林金豹叫道："胡成叔就是矿长嘛，不信？好像我舅是个牛皮大王！"

外甥的话像是狼逼狗扑，把个当舅的逼到了墙旮旯。刘来锁张了张嘴巴，顿时心虚反悔，一迭声叫道："算了算了，你大说得没错，万一你叔职务有变动，扑空了咋办？再说煤矿又苦又危险，这个念头咱就打消了。"

林金豹却是一副很坚决的态度："借小米还有升子，下水才知泥深浅，咱没去试试，咋知道就不行呢！"

长辈在晚辈面前担承，一旦说出口就不好收回。外甥林金豹现在执意要去，而胡成到底掌不掌权？以往无心，顺嘴瞎吹，现在要动真格的，刘来锁感到心虚了。其实，自从表妹去世后，他跟这个表妹夫来往并不多。只是胡成仍把他尊敬着，年年回来还会来家里看看。说胡成当矿长，也只是从他那小车来轿车去的派头上判断的。觉得脸上有光彩，就免不了捕风捉影，瞎猜也瞎吹。现在要较这个真，还真的令他心虚害怕。

这时候林志才拍板了："也行，试试看。要是你胡成叔能办个地面工人，咱就在矿上干；如果去给亲戚丢脸弄麻烦，就趁早收了这份心；如果是下井，就坚决不能干。大不了，咱父子就专心经营烧饼炉子，照样能挣钱。他舅，你看可以吧？"

刘来锁说："你是他老子，你拿主意吧。"

说这些话的时候，林金虎在旁边悄没声地立着，此刻见事情已扯出了眉目，便站出来发话了："大，舅，我也去！"把正在抽旱烟发呆的两个长辈吓了一跳。

林志才愣了半晌才灵醒过来，哭也不是笑也不是地对林金虎说："你倒是凑啥热闹，豹娃是把人逼得没法了，你好好个人去弄啥？"

林金虎态度坚决地说："我好歹上过高中，又当了几年兵，就不想窝囊在家里。"

林志才问道："你弟兄俩都走了，咱的地谁种？单靠我一个老汉，弄得了吗？"

林金豹说："让给人得了！老知道种地种地，种地能打几个钱？三亩地一年两料，流多少汗，还不顶我打工的两个月工资。再说，心没在地里长，就种不出丰收粮！"

林志才没理会老二，耐着性子对老大说："老辈人说'七十二行，庄稼为强'，也许那时候眼光短浅、自欺欺人，但现在确实是这样。责任制好些年了，种地务庄稼归个人说了算。一年三百六十五天，也不就忙个秋麦二料。恐怕这行行业业，也就农民最清闲了。我仔细盘算过，且不管豹娃在不在，咱父子利用农闲，还能经营烧饼炉子。只要肯卖力气，就不信日子过不到人前头。回过头，我就把咱新老亲戚都请来，让大伙合计合计，抓紧给你娶个媳妇。"话虽这样说，但他清楚金虎的心里仍然放不下邢玉侠，是想出去闯一闯，闯出名堂，争个志气。

林金豹嘟囔道："我就想不明白，你好歹还在省城的大工厂混过，咋就比农民还农民？"

林志才说："你哥跟你不一样，这你不懂。"扭头又对金虎说道："大知道你心里憋屈，但我觉得，在哪儿跌倒就在哪里站起来，才是真汉子！"

林金虎并未接这个话茬，只是朝着他爹的陈旧观念讲道理："大，你说的并没错，农村现在也确实挺好，但咱不能满足现状。'三十亩地一头牛，老婆娃娃热炕头'，这不是夸咱农民，是讽刺咱安贫乐道、不求进取没出息。报纸上都批评这是因循守旧，是小农经济落后观念。现在国家搞改革开放,也就是要使生产力大解放,人尽其才,生在农村的就不一定非搞农业。你看那四川、湖北、湖南,那么多的年轻人都去沿海打工,甚至不少人都出国发展。人家那里已经是大潮汹涌,但咱这里却依然按兵不动。我也不说好高骛远,就在就近的煤矿试一试。咱努力攒些本钱,再适当争取些贷款,就可以放开手脚大干,就可以将打烧饼的小生意变成大生意。其实,我这想法跟你的思路并不矛盾。你老一辈子经见多了,比起我们年轻人,这个道理肯定懂。"

林志才给老大林金虎将得没了辙。平心而论,林志才抓养俩儿子二十多年,其实是偏爱着桀骜不驯的豹娃,但对稳厚诚实的老大金虎似乎不大挂心。稳厚诚实是什么概念,说破了就是脑子不大灵活,做事规矩,也孝顺听话。不是吗?要是换成老二金豹,与邢玉侠早就生米做成了熟饭,哪会让别人抢了去。不料,大儿金虎的一番言语,却丝毫没有给他面子,甚至很是忤逆。但一细想,这话说得在理,也很有眼光和谋略,不像是一时冲动。林志才心里叹息道:看来,金虎在部队锻炼一场,与原先不一样了。即使没有婚变的伤害,这个家怕也是关不住他了!

刘来锁用力地磕磕旱烟锅,打破沉默说道:"我看,让兄弟俩都去吧,说不定虎娃更有优势。这娃肚子有墨水,在部队干得又不错,窝在家里可惜了。"

林志才说:"你是疯了吧,你以为阳河矿是咱自家开的?会把胡成吓住的!"

正在说得激烈,冷不防却走进一个人来,而且是人没到声先到的超音速:"啥事恁要紧,把胡成给吓住啦?"

四人回头一看,原来是林志诚到了。

林金虎热情地叫声"叔",赶紧起身让座。

林志诚却说道:"我还忙着,两句话一说就走。"一边神秘兮兮地对林金虎招招手,"虎娃你过来。"

林志才说道:"啥事吗?怪怪的!"

林金豹也笑道:"该不是有好事,我叔却故意瞒我?"

林志诚笑道:"他舅在这儿不是外人,那我就直说无妨。"

林志诚严肃起来,清清嗓子说道:"民政局给铁路局招工,咱争取了一个名额,就让虎娃去。"

这话像扔了颗炸弹,惊得几个人全都打了个冷战,齐刷刷站起来了。

林金虎说:"叔,谢谢你。咋这么突然些,就轮到我了?"

林志诚说:"叔心疼你嘛,你是复员军人,又是党员。本来,我想向镇上推荐，让你接我的班，当咱大林庄的支书哩。但仔细一想，年轻人，外面干会更有出息，也就忍痛割爱啦。”

林金虎问道：“招的人不少吧？”

林志诚便有点不悦了，说道：“你以为是看大戏哩，就你一个。”

好事来得太突然，反倒令林金虎心生疑窦。那么多的退伍的战友，都没有安排工作，偏偏独独地轮到了自己，这是为什么？难道天上真的会掉馅饼？不会，这里面肯定有蹊跷。他开始从最初的惊喜中冷静下来了。

林志诚接着说道：“当然，论条件，咱金虎还差一点。人家规定，参军前必须在国营厂矿干过合同工；这是硬杠杠，但是咱娃没有。不过请放心，这已经碾弄啦，补上了，招工合同上，镇上的、矿上的，还有我手里的，圆坨坨统统盖齐了！”

如此大费周折，而且是违规作假，没有相当厉害的权力，是根本做不到的。要说这是村支书林志诚经办的，更是不能相信。那么，会是谁动了菩萨心肠，如此处心积虑地出手相帮呢？

不约而同，父子几人同时响起了一个人——聂玉魁。

一直无语的林志才开腔了：“这个指标到底是谁给的？我咋就如坠云雾！”

林志诚说：“我说过了，民政局嘛。”

林志才又问：“那假招工的手续又是谁日鬼的？”

林志诚说：“还能有谁？我把腿都磨短了。”

林志才冷笑道：“志诚，甭卖关子了，你的身后面还有人，是谁，其实我心知肚明。”

林志诚笑道：“既然你看破了，我也就不兜圈子了。确实，这是玉魁办的。为了弄这个指标，他还真费了劲。”

这话一出口，又像热炉膛里浇了一盆冷水，空气中都刺激出了哧哧的怪叫声。看见林志才父子表情怪异，林志诚不免心虚，怯巴巴叫道：“咋啦，不高兴？”

林金虎说：“叔，你为我操心跑腿，侄子我领情了。但那个人的情却不能领，这个招工指标我拒绝了。”

林志诚说：“你要好好想想，人一辈子能有几次好机会？过了这村就没这个店了！叔知道你记恨着聂玉魁，你肯定会拒绝他，凡有血性有骨气的汉子都会这样做。但是我还是来了，为什么？就因为你还有一样与众不同的地方，那就是你有文化有头脑，不糊涂，知进退。”

刘来锁说道：“我觉得志诚说得在理，这事情可以考虑。志发，不不、聂……聂玉魁是不好，但他能这样做，说明他还知错，等于是用这个招工指标补偿哩，赔罪哩！常言道，大丈夫能伸能屈，如果咱答应了，虎娃你就有工作了。成了公家人，再凭着你的本事，肯定是脱胎换骨有出息。到那时，还愁娶不下个好媳妇，而且还要娶个有工作的城里人，还不比那个邢玉侠强几倍。到那时，谁还敢说咱没血性没尊严。”

林志诚说：“你舅是明白人，大丈夫能伸能屈，想当年，韩信统率千军万马，拜将封侯，不也曾受过胯下之辱。假如韩信当初呈一气之勇，可能早被人给废了，哪会有后来的功名？这叫识时务者为俊杰。志才哥，你咋不说话，你是一家之长，又有头脑，你得替娃拿个主意。”

林志才用眼瞄了瞄他这位叔辈兄弟，还是没有开腔，只是将旱烟锅吧嗒得更响亮。其实，林志才的心里现在有着两个他自己，正激烈斗争着呢。一个的态度跟林志诚和他舅一致，同意接受这个指标。他认为他二人说话在理，大丈夫能伸能屈，如果儿子招了工端了公家铁饭碗，前途，婚姻，什么都不用愁了。而且，这可是聂玉魁求上门来的。聂玉魁曾经向他许过愿，竟然还真的来兑现。还不等于他服了软，赔了罪，也就是自己赢在了最后。即使传扬出去，也不丢脸，反倒是扬眉吐气呢！再说，虎娃当兵为了啥？不就为了有个好前途。现在复员了，仍然回乡当农民，好像是竹篮打水一场空。要是现在有了工作，不就得到了补偿，就真的脱掉这身农民皮了。何况，这小子已经无心恋家，就连艰苦的煤矿都愿意去。如此看来，这个机会真不能错过。另一个他则跟虎娃一样，持的是拒绝态度。“大丈夫不食嗟来之食”，何况，这盘好菜不管如何色香诱人，不管来得如何诚恳、体面，但赐予者却是令他父子遭受奇耻大辱的冤家对头，如果接受了，难免丧失尊严，落下遭人唾骂的无耻德行。这让他往后还如何站在人前。如何抉择，林志才还真的难住了。

林金豹忍不住叫道：“大，咋不表态呢？”但是他的老子依然无语，只有那根旱烟锅吧嗒得更响。

林金豹说：“大呀，烟锅子早灭火了，你还吧嗒个啥？你平时教训我的时候，嘴里一套一套的，现在说正事，咋就没主意了？”

林志诚说道：“豹娃，叔倒是想听听你的主意。”

林金豹说：“这是我哥的事，我没资格说话。”

林志诚坚持说：“这不正讨论吗，俗话说，当事者迷，旁观者清，不是你的事，就算是旁观者，说说你的看法，兴许对你哥有启发。”

林金豹说：“那行，我说说看法。这事换作我，我肯定去。为啥？记得有首歌这样唱，‘没有吃没有穿，自有那敌人送上前，没有枪没有炮，敌人给我们造’,既然是鬼子送来的,不要白不要。”

刘来锁呵斥道:“在说正事,你扯些啥淡!”

林志诚笑道:“话虽调皮,却有道理。”

这时候,林金虎很严肃地说道:“你们议论了这么多,反的正的都说到了,我现在就再一次表个态,还是那句话,我不去,而且金豹也不能去。你们用古人给我举例子,我也就引用几句圣人的话,大丈夫立于世,要‘威武不能屈,富贵不能淫,贫贱不能移’。”

话音铿锵,掷地有声。

林志才听到这句话,一拍大腿站起来了,口气轩昂地叫道:“咱不去,宁为玉碎,不为瓦全,活人得有个志气!”

林金豹的态度也来了个猛转弯:“我也忽然灵性了,姓聂的是用这甜头利诱咱,就像是日本鬼子利诱咱当维持会长,你一旦上钩,就成了狗汉奸!”

林志诚顿时生气了:“这娃咋说话?姓聂的诱你哥当汉奸,那我成了啥人?好心做了驴肝肺!跑前跑后,伤尻子看脸色,我是图个啥?不就因为你弟兄是我本家侄子,不就因为我还懂得胳膊肘往里拐!”

刘来锁赶紧打圆场道:“他叔你甭生气,你肯定向着自家人,你是为虎娃操心哩。豹娃信口开河,权当他是放屁哩。”

林志诚叹气道:“那这事咋办?难道……就到此为止?”

林志才回答道:“到此为止。”

林志诚气呼呼地扭身走人,身后边扔下一句话:“活见鬼,全是一根筋。”

刘来锁叹息道:“这样做好像是没错,但一个好工作白白丢了,确实可惜。”

林金豹说:“过去了就甭吃后悔药。条条大路通北京,离了他那头驴咱就不转磨了?我在省城干的时候,好些正式工人都辞职下海,铁饭碗已经不吃香了,他倒拿这个收买咱,真把咱当作瓷尿了。”

刘来锁看着林志才说:“咱言归正传,回头我领着俩娃去见胡成。这条路可走,咱就在煤矿干。如若不成,咱另想办法。大不了,就侍弄你这烧饼炉子。只要一心去取经,就没有过不了的火焰山。”

老妻哥把烫嘴的红苕咬定了,但林志才的心里比他还难受。聂玉魁送上门的铁路招工指标确实要不得,这是尊严,是底线;但一旦丧失,却是实实在在的损失,何况虎娃现在要去艰苦又危险的煤矿,两相对比,不心疼才怪哩。人言‘大丈夫能伸能屈’,咱为什么就那么一根筋,非要把书本上英雄豪杰的大道理照搬到咱这小门小户？难道，自己遇事懵懂，感情用事，做错了一桩不该做错的大事？

林志才心里矛盾纠结，很是煎熬。这真的应了句常说的话，事没搁在谁心上，谁就难知熬煎味。忽然又想起林志诚对他说的那句话，“虎娃的婚事为啥失败？最根本的原因是啥？还不是因为咱穷嘛！与其与聂玉魁结仇斗狠，还不如下决心把穷根拔了。国家的政策放得这么开，鼓励着群众脱贫致富。你是聪明人，又有打烧饼的手艺，有了用武之地，为什么就放不开呢？”难道，我真的放不开吗？

林志才很是纠结，径直拿起桌子上喝剩的半瓶西凤，一仰脖子咕嘟嘟喝干了，然后说声“我得歇会儿”，就脱鞋上炕，扯被子蒙头睡了。

随后，天下了一场透雨，大林村的庄户人都忙着给秋田里追施化肥。林志才家种了三亩苞谷，才追施了一亩，林金虎就闹了肚子，躺在床上死活打不起精神。没法，林志才只好逼着林金豹跟他去干。这天龙潭镇逢集，林志才舍不得这个挣钱机会，便用架子车拉着烧饼炉子赶会去了。尽管他千嘱咐万叮咛地领着金豹认了地，但浑小子还是把化肥追到邻家的地里去了。村里人差点没统统笑死。事后林志才独自躺炕上想它三天三夜，就到底想通了，随即又把娃他舅请来，开了个很庄严的家务会议。

林志才很庄重地对俩儿说：“我现在心里亮堂了，咱家一连串的倒霉事，都是因为贫穷。要想不受人欺负，要想活得有尊严，就必须把穷根拔了。怎样拔？我现在有了策划，也下了决心。你兄弟俩都去矿上干吧，我这烧饼炉子也不会闲着。咱父子齐心协力，挣钱！等到有了本钱，就在街面上开个烧饼店。再往后，还要把‘长安烧饼王’的招牌重新挂起来。”

# 第九章

几天以后，林金虎、林金豹兄弟俩就跟着他舅刘来锁搭班车来到了阳河煤矿。其实就在跟前，离龙潭镇不过十里地。

阳河煤矿是凤凰矿务局的下属单位，设计年产量一百二十万吨，是个国有大矿。矿井地处一条长数十里的川道中，里面也有一条小河叫阳河，是白龙河的分支，煤矿也因此得名。矿区绵延了二三里路，一条水泥马路平平展展，路两旁矗着四五层的楼房，楼房上面住人，下面是大大小小的商铺门面，五金百货、酒楼饭馆、邮局、银行、理发店、诊所什么的应有尽有，街上行人熙熙攘攘，漂亮的小轿车、拉煤的大卡车、拉人载客的面包车以及尾巴喷黑烟的农用三轮车，来往不断，看上去也算繁华。

刘来锁自问自答地对两个外甥说："这地方咋样？我看还真不赖，几年没来，变得不认得了。能在这里当工人，就该知足。"

听他舅这样评价，林金豹不以为然地弄鬼脸蹙鼻子，他在省城都混过了，眼里哪还放得下这小小的煤矿，嘴里不屑地说："舅，你还没去井口呢，那些挖炭的，烂衣黑脸白眼仁，就像刚出炼丹炉的孙猴子，保管吓坏你这太上老君。"

刘来锁呵斥道："胡说八道，你来干啥？不就想下井挖煤嘛，还寒碜人家。脸黑怕啥，挣着钱就成，有了钱就能变运道。不吃苦中苦，咋能人上人哩！"

林金豹说："听你的口气，好像咱这事已经成了？"

刘来锁说："还没见你胡成叔哩。不过我敢来，心里还是有数。不过话说回来，啥事情都不会一帆风顺。但为了你弟兄俩，舅豁出老脸了。"其实，刘来锁还真的事先给胡成打招呼了。自从那天把海口夸下，转过身就有点心虚。正巧胡成顺路看他，就把外甥想来矿上做事的意思说了。胡成虽然有点勉强，却也算是答应了。

按照胡成给过的地址，问了几个人，都知道，看来，胡成的知名度的确不小，刘来锁的心里越发有了底。他这个牛吹出去了，就一定要有个好结果，决不能叫外甥小看了。大概当长辈的都这样，喜欢在晚辈面前扎势摆谱儿。

找到一栋楼房里的胡成家，刘来锁就抬手朝防盗门“啪啪啪”地一阵拍。林金豹提示说有门铃哩，这样敲不文明也不礼貌。老头儿便觉得晚辈忤逆了他，心正不悦，那铁门便开了个大缝儿，里面露出张粉嘟嘟的女人脸，也扔出句尖溜溜的话：“敲个啥，敲个啥，门铃不是人按的！”

刘来锁便赶紧赔着笑脸说：“你是胡成家里头吧，我是胡成的老妻哥，从老家来的。”

女人把三个人上下扫瞄了一番，说了声：“不在家。”就哐的一声把门关了。

吃了闭门羹，刘来锁的颜面扫了地，无奈先得下楼去。边走边辩解地说：“这个女人没见过面，你们的表姨去世后，胡成才娶了这女人。不认识不为怪嘛。”其实，老头儿把关键的东西省略了，因为胡成私生活不检点，就把他的老婆气得喝了老鼠药，死了。胡成的老婆是刘来锁的表妹，当初也是他两口做的大媒，算是亲上加亲，出了这种事，刘来锁不恼才怪呢！但胡成人精明，不但没疏远他这个表妻哥，显得比原来还认亲。毕竟，他那表妹给胡成生了个儿子，打断骨头连着筋呢！

三个人站在楼下的马路边，刘来锁寻思胡成会不会在办公室，却不知道电话号码。傻等了一会儿，林金豹就不耐烦了，说了声：“舅，咱走吧，你看那婆娘的球眉眼。”

刘来锁训斥道：“胡说八道。上山打虎易，开口求人难，自古就是这个理。有求于人，看点脸色算个啥。”

说话间，胡成就忽然冒出来了，一见面就亲亲地叫了声“哥”，然后就搀着扶着朝楼上让，刘来锁心中的石头顿时落了地。

上了楼进了门，胡成又是让座又是沏茶。他忙活，那女人却鼻不鼻嘴不嘴地扭着屁股钻进了里间。胡成也好像没太介意，只是轻声对刘来锁说道：“她叫白玉儿，后娶的。”

刘来锁心里也不介意了，心想胡成也五十好几了，续弦娶了这么个年轻时髦的女人，当然就难伺候了。便喝了两口茶，就满心赞叹地指着屋内的家什摆设说：“你叔来矿上的时候，穷汉娃一个，嘿，你瞅现在，要啥有啥，阔气哎，简直比得上西安大宾馆的排场！”也的确是，这屋里摆设着真皮沙发、平面直角大彩电、空调、大理石茶几等等，样样值钱，件件名贵，屋子又是精装修的，显得很阔气。甭说乡下人到这里开眼，即使普通工薪阶层也得咂舌吸冷气！

林金豹并不在乎这些死东西，一双眼珠子却只顾在那个应该被他叫作婶的女人身上滴溜乱转。这女人看上去也不过四十岁，脸上媚眼粉口，发型半烫的波浪式大披肩，穿条大开叉的朱红色旗袍，显得耸乳蜂腰，风骚动人。心里便想：真他娘有钱买得鬼推磨，这女人咋说也小胡成十几岁，即使给我当老婆，也一万个合适。

与那俏女人比，胡成的确显得老相，但穿戴蛮讲究。中等微胖的身躯，下穿老板裤，蹬远足鞋，上穿褐色夹克衫，显得臃肿，然而那对眼睛特别机灵有神。林金豹用心对比着这对老夫少妻，却实在没法把他们捏合在一块。

林金豹胡思乱想间，白玉儿一拉套间的门出来了，说："胡成，我都收拾好了，该走了！"

胡成为难地讪笑着："我老妻哥来了，今天就不去了吧？"

白玉儿便气狠狠地又将门关上了。

刘来锁不安地问："你有事，那你先忙？"

对女人不给面子的无礼状，胡成也不高兴了："屁事，不就是一个酒场应付吗？"又故意抬高声音说："咱说正事吧，咱的事要紧哩。"

刘来锁刚才遭受这女人白眼的怒气也呼地点燃了，说道："胡成，我们乡下的穷人打搅你来了。"

胡成说："哥，谁跟谁嘛，说啥客气话。"

刘来锁呷了口茶，心里热乎了许多，话说得也平顺了："上回你回去时，我不是给你打过招呼嘛，这不，我把娃给领来了。"

"哪个是豹娃？"胡成问。

"叔，我就是！"

"咦——你在外面打过工？"林金豹的打扮本来赶着省城那种时尚，也难怪胡成对他挺刮目。

林金豹趁机就吹嘘道："叔，不瞒您说，这几年，我在省城搞建筑，当过建筑公司的项目部经理。"

"你说啥，你在建筑公司当过项目经理？哪个公司，你具体干啥？"胡成对这句话显得有兴趣，也感到奇怪，他这种混混外表似乎与企业管理层不沾边。

林金豹眼前一亮，起码有了标榜的机会，便添盐加醋地把他在省城打工的业绩吹嘘一通。不过也大致是事实，林金豹确实在省城的宏大建筑工程公司干过，而且干得不错。起先当然只是个普通的打工仔。因为他出手制服了抢劫唐华地产商巨款的罪犯，得到唐华总裁的重谢并结下友谊。出于感谢,唐华总裁把一处项目让林金豹所在的宏大公司做了。林金豹由此也得到了宏大总裁的赏识并调到身边,耳闻目睹甚至参与了一些大工程的投标活动。这小子虽然没多少文化,但脑子聪明,对其中的潜规则很是谙熟。

林金豹哪里知道,他这番毫无目标的乱箭,仅仅是为了争个体面,或多或少也是被胡成婆娘激出来的,却刚好中了胡成的靶心。

矿务局对所属煤矿实行矿长承包负责制以后,矿井下属各单位也都实行层层承包。因地制宜的工薪奖励土政策也应运而生,有效激励了工人的劳动积极性,生产力得到空前释放,呈现出快速发展的好势头。但是这毕竟是由计划经济向市场经济过渡期的尝试,无先例也没经验,财权过于集中,监督缺失的弊端也显露出来。看到不少干部以权谋私、中饱私囊,心眼灵活的胡成自然眼红。现在自己所管的多经公司也与矿上签了经营承包合同,快速敛财的欲望也就膨胀起来。眼下嘛,他手里就握着矿上的文化中心工程,正愁没有可以进行潜规则的自己人。也许,这个毛头小子还真能用得上。但瞅他那一副闲皮浪子的屌模样,又百分之一百二地不放心。

胡成问:"既然你在省城混得这么好,为啥不干了,还要到这煤矿上来?"

林金豹不好意思地用手挠头,嗫嚅地说:"犯了点事,替人抱打不平,我就——"

刘来锁急忙辩解道:"没大错,年轻人,血气方刚,跟别人动了几下拳头,其实也是仗、仗、仗,对,见义勇为,这也早摆平了。豹娃见过世面,有胆有识有头脑,还是块干事的好材料。"

胡成好像没听见老妻哥的话,盯着林金豹看了好大工夫,很不放心地问:"你刚才说啥,跟人打架?"

林金豹笑道:"叔你怀疑我了?我替工人出头,打的是坏人,那货已经被派出所抓了。"

胡成拍拍林金豹的肩头,表示相信地笑了。随即指着林金虎明知故问:"这是谁,来有啥事?"

刘来锁说:"虎娃,豹娃他哥嘛!"

胡成便显得为难,牙关里吸了半天凉气才说:"哎呀,你倒是把兄弟俩都领来了——嗯,想在矿上干,现在还没茬口。即使想下井,暂时还没招工。"

"咱不是事先说过的?"刘来锁急了。

胡成说:“此一时彼一时嘛! 我现在已不是劳资科长了,让人家日弄到了多经公司。虽然是经理,但招工的人事权没了。”

刘来锁有些傻眼,看来胡成要耍滑头。也很是尴尬,他一直夸耀的胡矿长原来只是个小科长。老汉的嘴巴僵硬着,羊角胡子翘不动了。

林金豹瞪着他舅,满眼的嘲笑。嘿嘿,弄到水落石出,胡成才混了小科级,连个芝麻官的标准还达不到,就连这么个小官位也丢了。吹,再让你吹。乡巴佬,见识浅,还忒虚荣,有个亲戚在外头当班长,就恨不得把他吹成个省长。

刘来锁的心这刻完全凉了,收起烟袋站起身做出告辞的样子,说:“怪我来得不是时候,我把娃们领回去了。”

胡成慌忙拦住说:“哥,你容我想想办法。即使我当矿长,办事还得瞅机会哩!”

这时候胡成的女人便又扯开嗓子大叫道:“烦死了,烦死了,你到底还去不去?”弄得胡成更是尴尬。林金虎知趣地找借口说,有战友在外面等他,径直出去了,刘来锁想拦也拦不住,便气呼呼地对胡成说:“你也烦了吧,我一来你们就烦,是不是?”

胡成辩解说:“你甭误会嘛,我们确实有急事。”又叹口气说:“你甭说,兄弟我心里还真烦着。公司建筑队昨天刚刚接到一项工程,节骨眼上,队长出了车祸,他是工程的责任承包人,当然也是咱的人。你看倒霉不倒霉。千军易得,一将难求呀,这事若是旁人插进去,还有什么意思。”

林金豹在一旁听得明白,心中觉得这对他是个机会,便一拍腔子说道:“叔,如你信得过,我干!”

胡成再次朝林金豹打量一番,怀疑地道:“什么,你去? 那可不是开玩笑的事,是当工程的责任承包人,搞砸了,甭说挣不到钱,弄不好还得招祸吃官司!”

林金豹把腔子又砰地一拍,斩钉截铁地说:“叔,也许我舅给你没介绍清,也许你真的把你晚辈小看了。叔,让我干,无非就是个土建工程嘛。我经历过,保险把事情摆得平。再说,里头的渠渠道道我清楚,事情该咋样办我明白。”

胡成诡笑道:“我倒想弄个明白,你说这渠渠道道是啥意思?”

林金豹说:“叔,既然这样,我打开窗子说亮话了,反正又没外人。叔,矿上的行市我暂时不大清楚,但无论哪里我想都是一个弄法。一个工程上马了,就必须有一个对资金、施工等等全面负责的责任承包人。这是明的,其实实权握在暗里,那便是他的顶头上司。出问题了责任承包人得兜着走,工程运作中的各种回扣,你这个明的承包人却丝毫不能沾,得老老实实地上缴顶头上司。给你多少好处,那是领导的事,你想也不能想。要不然,你就兔子尾巴长不了。如今,满世界都是这么干的,要不就流行着那个顺口溜:宁用自己一条虫,不用他人一盘龙!”

胡成的眼睛里闪出了亮光,随即走到茶几旁拿起盒“芙蓉王”,抽出一支点上了。没吸几口,又回头用狼狗瞅生人般的目光盯着林金豹看。

刘来锁事先也对林金豹的行动感到不放心,但是,林金豹豪气十足的表现又给了他自信。对,这才是个汉子模样,他要是被重用了,说不定真的有出息!好胜且虚荣的主观意志马上促使刘来锁坚决地为林金豹说成护话了。

“你只管盯着豹娃瞅,瞅啥哩,人不可貌相,海水不可斗量。豹娃在省城盖过三十层高楼呢,他就是工地上的头儿,我敢担保!”

胡成用力将刚点燃的香烟在灰缸里摁灭了,却说了句很下决心的话:“哥,既然豹娃有这个勇气,我就不打算另聘别人了。不过,豹娃你必须做到以下几点,一,你不能让别人知道咱们的亲戚关系,在人前你只能称呼我叫胡经理,而且不能显得过分亲密,得故意保持些距离;二,就像你所说的,实权在我手里,任何渠渠道道只能由我安排,你只是埋头执行,更要严格保密,就是对你舅你大也不能乱说;三,工程质量上还要可靠,绝对不敢把楼盖塌了;四,你必须弄一份当过西安宏大公司的土建工程项目部负责人的证明;五,把你的烫发头改了,穿衣服也要端庄,流里流气、满口大话的毛病也要改掉。总之一句话,要稳重,有个当领导的样子。这五点要求,你能做到吗?”

林金豹朗声答道:“请胡经理放心,我全部照办!”

胡成挺满意地叫声“好”,也朗声笑了。

白玉儿一直在客厅外偷听,她是巴不得马上让这些肮脏粗鲁的农村人滚蛋的。眼见胡成竟然做出了这样的决定,立马由卧室冲出来阻止了。

“我反对!胡成,你吃了糊涂药了。头一次见面,就敢把这么大的事情让他干。他算老几,一个满嘴黄牙的农民娃,懂个啥,还不是个油腔滑调的混混油子,小心把你掩到烂泥沟……”白玉儿生得粉皮嫩肉,不料话出口却是又老又辣,呛得胡成当下哑了嗓子。

遇上这等漂亮傲气的城里女人,刘来锁肯定不知怎么对付。气氛立时尴尬。林金豹却坐回沙发,在茶几上的香烟盒里抽出一根,一甩打火机点燃了,又一口气吐出几个圈圈,眼珠儿盯住胡成女人骨碌碌直打转,他觉得她如此阻拦一定事出有因。

“你为啥不用宝荣，给你说过多少回了，难道还要我爸我妈亲自求你！”女人到底是女人，心浅口薄，这不，话题扯出来了。

胡成说：“宝荣不是这块料，即使是这块料，我咋就敢明目张胆地用亲戚？这不是授人以柄，引人怀疑吗？难道我真不想混了！好了吧，我想办法把他塞到机关去蹲办公室当干部，总行吧？”

“不行！”女人的泼劲上来了，“你乡下的亲戚能用，我弟弟就不是亲戚？你要是还想跟我过，就必须用宝荣，就马上叫这些乡巴佬滚蛋！”

刘来锁尴尬得憋红了脸，坐也不是走也不是。胡成恼羞成怒地吼：“给亲戚些面子好不好！”白玉儿不怕，依然搅闹，看来胡成确实有些怕她。

林金豹在烟灰缸狠狠一摁烟蒂，也吼了声：“舅，咱走！”又对白玉儿大声说：“婶婶，甭小看人，矿上人有啥了不起，比起大西安，球，也不过是井里的蛤蟆光棍的××。你高级，还不是嫁给了胡成叔，给乡巴佬当了婆娘！”说罢狼一般一步三回头地瞄着胡成女人悠了出去。刘来锁早让女人那几句话侮辱的话激怒了，也站起身朝门外气呼呼地走，一边叫道：“只怪我多事，该打嘴该打嘴，我们乡里人这就走。”胡成忙不迭地叫“哥”，想拦，但哪里还拦得住。

返回龙潭镇的末班车已经开走，虽然离家路不远，但他舅腿脚不好，当天是走不成了，也只好住进矿区的一家小旅馆。

刘来锁火气不散，坐在床边上一袋又一袋地吸旱烟，林金虎兄弟俩因为多年没来这里，便一起出去转悠。

这时候，胡成由店老板领来了。原来，胡成到那个酒场应付了几杯，便急忙出来追寻。看到天色已晚，就觉得他们走不了。好在矿上也只有两三个旅店，打问一阵总算找到了。胡成又说了一番表示歉意的话，随即让旅馆老板娘弄了几个菜，拿了两瓶扁瓶西凤，算作接风兼之道歉以及诉苦，什么意思一应包含。

几杯酒下肚，刘来锁的气稍稍平顺了些，便问：“你女人说的宝荣是你妻弟？”

胡成喷着酒气道：“浮浪公子，干一处砸一处，我敢把那么重要的事交给他？再说，矿上谁不知道我们的关系，即使能干，我敢用他？这不等于往自己脖子套绳索！几百万的工程，绝对不是玩耍的事！”

刘来锁吃了一惊，立刻有些后怕了，心里倒感激胡成女人的搅闹，豹娃毕竟毛躁，又没啥文化，当个跑腿当差的小官还行，但承担大任却怕是笑话。假如让他冒冒失失承担了工程，就怕是将胡成送上奈何桥，推向鬼门关,便心有余悸地说:“刚才咱都欠考虑了,豹娃不是那号材料。我的本意是让他弟兄俩当个普通矿工,每月挣几百元也知足了。”

胡成心里说:不!我倒是看中了这个林金豹,也许是缘分,这个决心我下了,口里却说道:“你当哥的开了口,我能让他下井去?这个项目经理,就让豹娃干吧。”

刘来锁担忧地道:“你另选人吧,豹娃肯定不行,我也操不了这份心。”

胡成说:“不怕,有我在后面掌舵。他只是名义上的头儿,领着工人干活就是了。”

说话间,夜幕已降,弟兄俩也逛回来了。

刘来锁说:“豹娃,你叔还真看中了你。但我的主意却有些变,算球了,回。你到底年龄小,敢揽恁大瓷器活?还是让你叔得茬口弄个当工人的指标。”

林金豹说:“我感激我叔看得起我。我说句自夸不脸红的话,这叫有眼识得金镶玉。就凭这个,也该给我叔拽车卖命。只是我那婶,也确实是过分了些。其实,宏大公司还舍不得我哩,只等过了这一阵,我就回去,不信大西安还比不了这小煤矿。”

胡成说:“不要跟你婶计较,她那人,刀子嘴,豆腐心,以后熟了,你就知道了。”

林金豹怪怪地笑了一下,心里使坏地想:锤子个婶,小娘们,我看上这女人了。说不定,哪一天就把她搂在了怀里。

胡成又对林金虎说:“你当过兵,又是党员,对吧,这些我想起来了,你舅曾几次赏羡过你。要不然这样办吧,我给狼沟煤矿祁矿长打个招呼,你先在那里干着。虽然是个体经营,但收入还是不错的,瞅机会再给你在大矿办个农协工指标。唉,现在就业难,挣钱难,僧多粥少,即使到个体那里下井,也得走后门。”

林金虎还能说什么呢:“谢谢叔,但要是太费劲,就不麻烦了。”

刘来锁听言就急了眼:“这娃胡说嘛,咱干啥来了?你胡成叔要是外人,他请咱还不来哩!”

胡成笑道:“不麻烦是假,过去咱手里有权,不用求人,但现在却要给人说话。不过不要紧,祁矿长原先也是这里职工,下海时我帮过他的忙。大矿上综采淘汰旧设备,在我的努力下,把一套完整的炮采工作面都处理给了他。便宜啊,等于是买了废铁,起码给他省下成十万。”说到这里,胡成将话题指向了要害:“不知你们清楚不,煤矿这饭碗,又苦又不大安全,实在是不好端。万一人身安全有个闪失,就怕连累了介绍人。因此上,不是特殊关系,没人愿意揽这个烂瓷器!"

胡成把话说到这份上,刘来锁和两个外甥面面相觑,一时无语。

胡成进一步说道:"其实不管大矿小矿,安全事故都是一样的。就看自己小心不小心,也看自己的造化。有的人下井一辈子,平安无事。有的人却……唉,不说了不说了,干不干,你想好,你决定。"

此刻的林金虎,心中充满了凄凉的感觉。这哪里是在找工作,倒像是上杀场。个体煤矿,不就是那小煤窑吗? 这种地方,生产环境脏乱差,而且事故不断,管理上有旧社会黑道霸王的味道,这些年,广播讲报纸登,耳朵坑早填满了。

胡成情知林金虎心中不悦,要来煤矿下井,就连自己也感到不爽心,有压力。就顿生一个消极念头,想把这个事给搅黄了,便故意叹口气说:"说句心里话,煤矿工作太艰苦,何况还是小煤窑! 我知道金虎是屈才了,我当初来这里,连个认识的熟人都没有,真是忐忑不安,胆怯得很。也觉得命运不公平,一个高中生,咋就当了个煤矿工人。"

不料刘来锁却激动起来,打断胡成的话说道:"多亏你来了! 也来对了! 你毕业回乡那阵子,城里的知青也到咱农村来插队,好像是城乡差别消灭了。但是后来招工,却只是安排城里人,一转身全都走光了。你一个农村娃,好事情哪有你的份? 煤矿是苦,这扇门朝咱开着。"

这番话还真的很有促进力,林金虎顿时下了决心:"舅,叔,我想好了,我去。艰苦我不怕,当兵训练,恐怕比挖煤还艰苦哩!"

刘来锁一拍大腿叫道:"这就对了,去! 不就是下井挣钱嘛,又不是上战场拼命。自古道:不入虎穴,焉得虎子。年轻人,吃点苦受点累是好事,你胡成叔当初不也是下井工人嘛! 退一步说,有你胡成叔的面子,也不会让你下井;再退一步说,假如真的不适合咱,那时候走人也不悔。"

胡成把责备的目光投向老妻哥,说大话,爱面子,你这老风格怎么就改不掉呢! 但既然林金虎下了决心,他也只好借坡下驴了,说道:"我赞成你舅最后这句话,先去,觉得不合适就走人。明天上午,我亲自陪你过去,凭着金虎的资质,再加上叔这张老脸,估计你这娃会放到管理层,下不了苦,吃不了亏。"

刘来锁说道:"有你这句话,我就把心放肚子了。"

胡成接下来便招呼弟兄俩一起喝酒。林金虎很有礼貌地坐在下席,不贪杯也不多说话。林金豹却不管这一套,与胡成对饮着边吃边聊,便又扯出了建筑行内不少鬼门道,甚是投机,听得刘来锁又是吃惊又是佩服。

一瓶酒很快喝光了,胡成又打开了第二瓶。这一夜,他两个都喝大了。林金豹便把胡成叫“哥”,胡成竟然应声了。气得刘来锁抖着山羊胡子哼哼怪叫:“错了,班辈错了,成何体统!”林金虎却被逗乐了,这还是复员回家后的头一声笑呢。

他舅刘来锁算是马到成功,喜滋滋地赶回去,向林志才表功去了。林金虎也只是拿着胡成的介绍信,去投奔个体煤矿老板。林金豹则留下来,准备在胡成手下的公司建筑队走马上任。

# 第十章

胡成决心已下，就把项目经理这个宝押在林金豹身上。

当中国经济改革进入结构转型期，计划经济逐渐退出，市场经济迅速强化，在全社会的各个行业、各个层面，都出现了焕然一新的深刻变化，经济活力以前所未有的爆发力释放出来，构成了强劲驱动改革开放大船迅猛驶入深水区的时代画面。但从未遇到的问题和挑战也摆在面前。在国有企业中，实行厂长经理责任承包制，就是这个转型期的一个重要特征。它一扫以往吃大锅饭拖沓低效、萎靡厮混的弊端，显示出权责明确、效益上扬、扭亏为盈的明显转机。但是，从未遇到的问题和挑战也摆在面前。其中最突出的就是企业经营管理过程中权力过于集中、有效监督缺失的问题。为官不仁的掌权者，在企业日常运转中一手遮天，贪污腐化；在工程项目上巧取豪夺、中饱私囊。为了遮人耳目，工程实际掌权者一般都会弄个傀儡也就是代理人欺骗舆论。这个傀儡不仅要求是绝对忠诚可靠的自家人，而且要集相应专业技能以及智慧、胆略于一身，同时还必须是外疏内近的不容易惹人注目的家伙。这种成分复杂的代理人是不大好找的，而林金豹则具备了这种人选的主要特点，这就鼓起了胡成大胆用他的勇气。

也不知运用了什么手段，来去仅仅两天时间，林金豹就弄来了一套可以证明自己资质的东西，不但有西安宏大建筑工程公司的证明，还有土木建筑工程施工管理培训证，以及某大厦工程项目部主任的任命文件。凭着这些盖有红坨坨的宝贝，胡成就理直气壮地在矿长办公会和多经公司班子会上卖乖：自己费了九牛二虎之力，总算把一个大公司的青年才俊挖了来。

林金豹随即走马上任。在有分管矿领导和多经公司班子成员参加的建筑队全体职工会上，胡成以矿文化中心工程总负责人的身份宣称：林金豹同志是由西安大公司聘来的项目经理，此同志虽然年轻，却有着丰富的工程施工经验和领导能力，曾独当一面，责任承建过荣获省优工程的高层大厦，云云，牛皮吹得很大。

林金豹平生第一次坐上主席台，手脚都不知该怎样放，又听胡成竟那样轰轰烈烈地介绍他，心里越发空虚，冷汗珠都蹿上了脊梁杆。按照会议议程他还要讲几句话。胡成事先为他准备了，是只有几百字的短稿子。其中不少字不认识，林金豹就急忙找到他哥林金虎，帮他把句子理顺了，把能删的生字去掉了，把整篇稿子念熟了。因此，林金豹的发言还是很精彩的，博得了上下一致的掌声；当然礼貌更是周到，对台上领导、台下群众都毕恭毕敬地弯腰鞠躬，又赢得了上下一致的好印象。事实上，林金豹也的确在省城的大公司混过，这些场面见得不少，自然也会照葫芦画瓢。

其实，林金豹才是精尻子撵狼——狂妄不知羞，他在省城的建筑公司干过是不假，但何曾有过那样的地位和业绩！大话吹出去了就收不回来。既然已是项目经理，就得实打实地干，就得露几手漂亮活让人看，展示些水平叫人服。你不是大地方挖来的人才吗？工人的眼睛都看着你哩！到了这一步就没退路了，只有放开胆子往前走。林金豹有胆量，有不服人的倔劲，加之他原先也的确接触过那些大小头头，对承包工程的黑道明道晓得不少。这支建筑队是素质过硬的，工程项目的设计图纸、资金预算、建材供给等要素也是胡成以及有关领导拍板的，身后又有胡成放权撑台，林金豹的胆子就愈发大了。他只要紧跟胡成，做好具体的执行工作就行。这小子聪明，很会琢磨人、收买人，和队里有威信有技术的师傅、工人、班组长请吃请喝，很快就打得火热。因为按工作量计酬的工资制度执行得干净利索，职工干了活能及时兑现，也就感到满意。普通小百姓，满足于温饱度日，缺的是民主监督意识，吃谁家的饭跟谁家转。自己该得的得了，就行。多余闲心，操它扯淡呢！

林金豹出手阔绰地运作着，工程在有条不紊地推进，支出费用也如春后消雪。两个月过后一结算，五十个职工开支十三万元，人均达到两千六百元，几乎接近同时期采掘一线工人的平均工资。建筑队职工收入之好，在整个阳河煤矿都成了街谈巷议的新闻。

胡成当然就吃惊了，恼火了，一不小心，林金豹就如此放肆。他不仅担心亏损得血本无归，还怕因此招惹来矿纪委监察科的麻烦。就把林金豹叫到办公室，严厉训斥。

林金豹说：“叔，你是老革命了，咋还没我精明？”然后就拿着账本一笔笔地算个清楚。结果一出来，整个工程实际支出九十二万，工人的工资和吃喝应酬还没算进去呢，把胡成惊得目瞪口呆。

胡成吼道：“林金豹，你精明个锤子，刚开工就亏本了，你让我喝西北风去!”

林金豹诡笑着,压低声音说道:“叔,你急啥嘛,这个预算是给你们纪委看的,我另外还有一本账,是不能让外人知道的绝密。”

说罢,便自随身背包里拿出另一个黑皮笔记本,重新将账算了一遍,也把工程运作的来龙去脉说了个明白。原来开工之前,林金豹就带着设计图纸悄悄找了宏大公司企划部的技术权威,按照一般合格建材的价格,对水泥、钢筋、空心砖以及内外装修的材料做了总体的测算,再按照八个月的工期计算了职工工资支出总额,总造价测算为七十万,还有三十万的利润空间。购进建材的时候,林金豹又轻车熟路地找到在宏大公司时的老搭档,购进的水泥、钢筋、空心砖等等都是价格低廉的不合格品,如此一来,又节约资金二十万。五十万的赢利空间呢,你胡成叔还担心个啥?

胡成这才吃了定心丸,嘘口气说道:“这还差不多!”随即又郑重其事地叮咛道:“我强调一个重点,无论建材质量还是施工质量,都不能太差,起码建成后保证使用十年八年不出问题,更不能把楼盖塌了,人命关天,出了事甭说挣钱,连脑袋恐怕也保不住!”

林金豹说:“地基认真打好,吃劲梁柱确保,再把圈梁弄结实,鬼子开炮也轰不倒。”

胡成又严肃又诡异地低声说:“盈利空间再大,手头也须把紧。赚下的利润也不是我一人就能支配,我的上头还有领导,领导的上头还有更大的领导,再往下就不说了,心里有数就行。当然,你叔是亏不了你的,请一万个放心。这次表现好,下一个工程还少不了你。”

六个月时间倏忽即逝,矿文化中心楼不光赫然醒目地矗立起来,就连外墙装修也基本完成。

眼见工程已近结尾,胡成满心欢喜,对林金豹的管理才能大为赏识。这不光因为他把队伍整得顺,带得好,把工程中的头绪理得清白,关键是到此时为止,账面总投资已超百万元,但实际库存还有五十多万元余额。当然喽,账面上的投资一月前已经吃光了预算,超了,要求再增加二十万元投资的报告已呈报矿上。这一点肯定是不会也不敢让其他人知道的绝对秘密。要说现在对林金豹下个忠诚可靠的定义,当然为时过早,出水才看两腿泥。林金豹既然表现得如此精明诡诈,谁敢担保他不见钱眼开,见财起意,干出利令智昏、背信弃义的事情,四五十万可不是一笔小数字!

钱没到手,胡成又忧虑得寝食难安,有心现在直接插手进去,身为多经公司的负责人,岂不是授人以柄。承包工程本来就容易招事生非,不知有多少眼睛在盯着呢。他大张声势地从社会上聘用工程责任人,就是要造一个傀儡,找一个替身。因为他必须避开嫌疑,引开紧盯他的目光,故意营造平淡正常甚至是若即若离的上下级管理常态,用这些障眼法把自己隐蔽于相对安全的堡垒之中,使自己处于一个攻防兼备、进退自如的有利位置。而自己要紧抓的,则是幕后的操纵实权。假如有闪失,被聘用者就是替罪羊,他顶多落个用人失察的处分。如果顺风顺水,他就是实际的利益获得者。而现在已到关键处,蒸熟的馒头若让别人吃了,还不把他气得蹬了腿。胡成焦虑万状呀,思来想去,倒也想出了一个办法。

刘来锁便被胡成派专车由老家接了来。胡成就陪着他特意视察了文化中心楼工地,把他当个领导似的,搞得老汉一脸糊涂。当夜,胡成又专门约来林金豹陪刘来锁在自己家里喝酒。

让刘来锁感到奇怪的是,这一回,胡成女人不但没恼,还亲自下厨做菜,并且满口殷勤地管他叫"哥"。

酒过三巡,胡成便将话引向正题:"哥呀,你到工地也看了,金豹至现在的表现还确实不赖,但出水才看两腿泥,关键要看最后的表现,也就是看能不能画好至关要紧的一个句号!"

刘来锁越发迷糊了:"兄弟,你出啥泥画啥号哩,我咋听不懂呢?"

白玉儿便声儿尖酸地笑了,说:"老哥哥,你怕是装糊涂呢。妹子就挑开窗户说亮话吧。工程都该结束了,胡成这边还没见一分钱。因此胡成心里没底,怕你豹娃把他涮了,这可是公家的事公家的钱,出了什么事,胡成承担不起。"

刘来锁说:"这就怪了,胡成不就是领导吗?"

白玉儿说:"胡成相信你的推荐,用人不疑,把实权交给豹娃了!"

刘来锁总算是弄明白了,看样子,豹娃这小子做事不义,把钱装进了自个腰包,便火冒三丈地吼叫起来:"我说娃呀,为人做事得讲良心。没有你胡成叔,你纵有天大的本事,也使不出来。咱人穷志不短,千万不能见财起意昏了头,做出对不住亲戚的蠢事来!"

看着胡成两口子的表演,林金豹不禁心里发笑。你胡成对我不放心,直说嘛,何必这样绕圈子。我费尽心思为了你,你却这样不相信人也小看了人。看来你胡成也就这小家子成色,难成什么大气候。

林金豹终于将憋了半天的笑释放出嗓子,很响很清亮,接着就用奇怪的眼神盯胡成。

胡成不敢对视,很尴尬地低下头去。也的确,迄今为止,林金豹并无任何差错,工程进展、收支账务,都是不时汇报着的,胡成应该心里清楚。

现在倒好像林金豹把利润私吞了，竟说出这样难听的扯淡话来。这不是不以功赏，反以罪罚吗？万一把林金豹惹恼了，只需他使一个歪手腕，煮熟的鸭子还真可能飞掉，若真的发生这种事，敢去报案吗？不敢，因为整个运作过程都是见不得人的鬼勾当，他胡成只能是哑巴吃黄连，有苦肚里咽。但这是一般事吗？就是想咽，咽得下去吗？

尴尬了半天，胡成到底端着脸笑了，一边给林金豹斟满酒杯，一边赔情道："你婶不会说话，别上心。咱喝酒，我要好好敬你，你劳苦功高，真该感谢你。"

林金豹冷笑道："我倒是喜欢我玉儿婶，快人快语不藏心。"说罢就抓过一只空茶杯，咕咚咚将酒倒了个满溅，一仰脖，又咕咕嘟嘟喝干了。这才对刘来锁叫道："舅，你也信不过你外甥？嘿嘿，不过也说对了，鬼都见钱眼开，何况人哩。豹娃都敢朝着恶人砸拳头踹腿，啥事做不出哩！"说罢又抓起酒瓶往茶杯里倒。

眼看林金豹又要野性发作，刘来锁不免着慌，赶忙制止道："豹娃，喝多了胡说，再不敢喝了。"

林金豹说："舅，没事，豹娃酒量是一斤半，这点猫尿算个啥。再说，酒是英雄胆，酒足饭饱，再携款逃跑！其……其实，也不……不用跑，几十万票子，早……早就长腿跑……跑了！"

胡成吓得魂飞魄散，白玉儿也惊叫一声，然后两人的目光变得凶恶，不约而同地一齐盯住刘来锁，好像他们的这个乡巴佬亲戚才是元凶。

刘来锁的脸都吓白了，手脚冰凉，满脸虚汗，那山羊胡也抖得厉害，他想朝这匪徒外甥斥责，那根舌头却变得僵硬，不听使唤了。

正当刘来锁惊慌无措的时候，戏剧性的一幕上演了。林金豹伸手拿过自己带来的一箱啤酒，从腰里抽出把锋利的刀子，嚓啦儿着力一划一撕，满箱捆扎整齐的百元人民币便亮了相。

"啊，钱——"白玉儿尖叫着，双手猛拍着，无限欢喜地跳起来。那胡成，眼球瞬间都突出了眼眶，亮刺刺，像一束可以击穿钢板的激光。

刘来锁更是绝处逢生般地惊喜，大叫道："我就说我豹娃不会错，你们却把他误会了！"

灵醒过来的胡成和白玉儿则一口一声地叫着"兄弟"，把辈分都弄乱了。

林金豹说："这是三十万现金，外面还有三十万工程还没完，有两家的回扣还没给，账本在里头，慢慢审查去！"

胡成心花怒放地抱过那纸箱，准备往内屋的保险箱里放。

刘来锁却昂昂地提示道:“当面点清,过后不恼。”

胡成就很听话地当面点钱,白玉儿伸手要帮忙,胡成喝道:“急什么急,公家的钱,这是工作!”

林金豹听言笑道:“锤子个公家钱。”便信手朝钱箱抓了一把,四沓,足足四万元,高举着朝白玉儿说:“玉儿姐,这是你的操心钱,拿去。”

白玉儿又是作揖又是鞠躬,说了一迭声的“谢”字,伸手接了。胡成却急了眼,吼道:“太多了!”生生从她手里夺回去,掂量再三,才忍痛割爱地重新还给她两沓票子。

白玉儿恼吼道:“亏你是我男人,还不如豹娃心疼我。”

胡成跺脚挥手地制止道:“隔墙有耳,你叫唤个啥哩!”又按着钱箱恶狠狠地吼:“公家的钱,你们是咋的了,真想挨枪子了!”然后又对林金豹说:“豹娃,叔感激你,绝对亏待不了你,先甭急,工程还没完呢!”

刘来锁一个农民老头平生第一次看见这么多钱,心里不痒痒才怪。眼见他们分赃许愿,眼中全无自己,便不禁勃然动怒。待他们的热烈稍稍平息,就也毫不含糊地丢出句话:“吃水不忘挖井人!豹娃是我引荐的,我是谁?萧何,把韩信引见给汉王的功臣!”

胡成满身满头都急出了汗,手脚忙乱,捂东露西,狼狈得一塌糊涂,平日里架子和风度都没影了,只剩下很难看的动作和语无伦次地叫:“今天是怎么啦?钱把人弄成了鬼!这是公家的公司的矿上的公家的钱,大家都糊涂啦,白玉儿那两万你也甭想拿走,公家的钱——有账哩!”

白玉儿发狠地恼叫道:“没门,这是我豹娃兄弟给的,与你不相干!”

刘来锁苦笑道:“错了,豹娃把你叫婶哩,辈分都错了!”

一个月后,矿文化中心工程竣工,较顺利地通过了矿上的验收。总结算时,明面上的账务有丁有卯;背过人的净盈利五十二万,全部到手。胡成要继续利用林金豹,就只好剜心割肉地给了八万元报酬。至于他老妻哥刘来锁,五千元就打发了,胡成还是那句话:“公家的钱,有账呢,不能乱来!”

# 第十一章

转眼间快到元旦了,大林庄里又有两家结婚办喜事。林志才随了份子,却找借口躲避了酒席。自从邢玉侠甩了他儿金虎,他一听到结婚这种字眼就过敏,那个事对他的刺激实在是太大了。现在两个儿都去了煤矿,是祸是福尚不得知。他的心里又悬上了千斤石,无时无刻都在牵挂。尽管刘来锁把情况说得很不错,但林志才清楚,老妻哥有个一辈子都改不了的毛病,虚荣爱吹好扎势,因此他心里始终不踏实。两个矿都离得不远,他却不肯前去。为什么?其实原因不复杂。大儿金虎在小煤窑当矿工,这是他极不情愿却又无可奈何的现实。一个在部队表现那样出色的优秀人才,却得面对婚变的残酷打击,以及复员回乡当农民工下煤窑的糟糕的结局。这种人生最不幸的遭遇接二连三地重击了他的金虎,这是他最痛苦最羞耻却最无奈的心伤。大儿孝顺懂事,每月领了工钱,除了留够生活费,其余全部都送回了家。什么是血汗钱?下煤窑挣的钱就是。两块石头夹一块肉,几百米地底下不见天日,不仅辛苦,更是涉险拼命。每当他接过大儿的钱,都不免心中难过。对小儿金豹,林志才劳的却是另外一种心。金豹是愣头青,这个他是清楚的。投靠胡成,至多也只是希望当个工人什么的,却万万想不到,金豹竟敢承包矿上的建筑工程。真是吃了熊心豹子胆,一个初中门都没进几天的半文盲,就算在省城的大公司混了几天,也没资格承担这副重担。搞砸了,就是实实在在的灾祸。而以金豹做事不计后果的鲁莽性格,十有八九也会搞砸的。搞大工程,就是玩大钱。钱是什么?钱是福中福的幸福源,也是祸中祸的杀人刀。玩家子必须上通天,下彻地,身后有靠山,周围有关系,脚下有台阶,不是谁想玩就能玩的,更不是小百姓随便可以眼馋的。可是他这个愣小子,就偏偏掂起了这把要命的刀。事已至此,埋怨谁都没用,只愿自己生下了这只烈头豹,是福是祸,就看他的造化了。

耳听着别人家喜庆的鞭炮声和锣鼓声,林志才怎么也坐不住了,焦虑的心情像无形的鞭子,抽打着也驱赶着他。林志才便锁了门户,绕过办喜事的村街,走捷径直奔龙潭镇街道,搭上了开往阳河煤矿的班车。

也就是十里路,不大工夫就到了。下车行不多远,见马路边上聚集着不少人,里边吵吵闹闹的,也不知发生了什么事。正想向人打听建筑工地的位置,却觉得里面的吵闹声夹杂着几分熟悉。急忙上到个台坎上往里看,竟发现他的金豹就在核心圈。

林志才心里着急,说不定浑小子又惹出什么事,就赶忙挤进人群往里蹭。

蹭进了里头,发现一个也是农村人模样的老汉在发飙,抡着一只破皮鞋,追着个后生转圈儿抽尻子,但没打几下就便让旁边的人拦住了:"这老汉,有话好好说,咋敢随便打人!"

老汉吼道:"我打我儿哩,关你个锤子事!"

拦挡的那个人说:"哎,你咋骂人哩?我可是好心来拉架,好心却做了驴肝肺。真是'狗咬吕洞宾,不识好人心'。"

老汉的火气更大了:"你才是狗,狗咬老鼠多管闲事。"

林金豹笑着说:"老汉是气急了,甭拦着,让他打。打乏了,气就消了;打饿了,我领老汉吃饭去。"

老汉挑衅道:"你领我吃饭?你是啥东西?"

许多人都不情愿了,纷纷叫起来。

"老汉,嘴放干净!"

"你敢骂领导,你的娃不想干了!"

老汉不相信地摇着头,瞪着眼:"你是领导?我就是领导他爷!"

对方出言不逊,但林金豹却很有耐性:"我是建筑队的经理,你的儿就是归我管。"

"怪不得我娃学坏哩,原来是你这号人当领导!我好好一个儿,在你这建筑队学坏了,挣的钱哪去了?吃喝嫖赌花完了!你把人管成锤子了!"

林金豹正色正气地说:"你娃在我这里干,你就是工人家属,按情理我该叫你一声叔,做晚辈的也要给你纠正毛病。不管你年轻的时候多操蛋,但人老了,就要有长辈样,就不能信口开河,满嘴喷粪。说小点,你是给你娃丢脸;如果往大里说,你是糟蹋建筑队哩。有事情咱到屋里说去,在这里混闹,人家公安上也不会答应,你这是扰乱治安哩。"

老汉叫道:"你娃少给我扣帽子,该让收拾的才是你!"

"为啥要收拾我?"

"你没管好手下人且不说,关键是你有经济大问题。"

老汉冷不丁扔出这样的话，还真令林金豹吃了一惊，也把挤在人群里的林志才吓了一跳。

“你拖欠工人工资半年都不发，你还从工人工资里头吃回扣，你还逼着工人请吃请喝!”

“还有啥屁，撅着尻子放完!”

老汉不言传了，林金豹朝大伙耸耸肩，摊摊双手又摇摇头，显出了啼笑皆非的委屈状，说道：“正好，队上的师傅们都在现场，大家说，老汉这样诽谤我，属实吗?”

工人几乎齐声喊道：“不属实——”

“大家说，老家伙扯淡不扯淡?”

“真扯淡——”

一个胡子拉碴的师傅挺激动地站出来了：“我来说句公道话，林经理这个小官当得不容易，也当得好！咱为啥来下这个苦，还不是为了挣几个钱。过去建筑队是啥样，现在又是啥样，大伙心里都有一本账。林经理心里有工人，有钱没钱，先保证给工人发工资、发奖金。林经理常说，亏谁也不能亏下苦的，他说到也办到了。说句不中听的话，这老汉说啥吃喝嫖赌，那起码也得腰包有钱；要不然，想干缺德事也没资格!”

这番话说的是事实，林金豹就是这样做的，比起以前的头儿，这小子还确实对工人好。人群中爆发出了热烈的掌声，那个闹事的老汉觉得输理，趁着没人注意的工夫，偷偷溜了。

林志才像个着迷的票友，很享受地看完了由他儿子当主角的一出戏。虽然粗俗却不失精彩，而且主要人物的林金豹被衬托得高大突出，甚至可以说是光彩照人，这真是大大出乎意料，这怎不让当父亲的他感到欣慰呢。

随后，林志才走进了儿子在建筑队的办公室，却不提刚才看到的事。林金豹也显得不惊不乍，从容应对着忙忙碌碌的工作，好像刚才的风波只是件摆不上台面的平常事，林志才不由暗暗赞叹：这个愣小子，还真的成熟了，出息了。

到了午饭时间，父子俩出去吃了水盆羊肉，很是简单。及至下午，林金豹在一家酒楼的雅座间给父亲孝敬了一桌酒菜，又专门派车把他哥林金虎叫了来。

林志才说：“退些菜吧，就咱父子三个，吃不了可惜。”

林金豹说：“只管吃就是。这种应酬对单位来说，是家常便饭。现在，从局里到矿再到矿上的各单位，都是层层承包，很是像咱农村的土地承包责任制。上市经济，放开了，搞活了。厂长经理负责制，人尽其用，物尽其才，要不然你娃我咋能有今天？对对，我刚才说错了，是搞市场经济，要想在市场打胜仗，人情关系很重要。不这样吃喝宴请就没朋友，没朋友就肯定没商机，就赚不来钱。用专业话说就叫公关！不说了，动筷子，说这些你也不懂。”

林金虎很感慨地对父亲说：“大呀，豹娃真的进步了，这一番话，没一定水平是说不出来的！”又对着弟弟说道：“你小时候要是不淘气，肯定能念到大学去。因为啥？脑子聪明，悟性高！”

林金豹有点飘飘然，不料他哥又开始挑毛病：“有句话说错了还得纠正，应该是‘人尽其才，物尽其用’，而不是‘人尽其用，物尽其才’！”

林金豹不好意思了：“我不过是白先生教书，左右两撇，用完了，就露馅了。”说完，父子三人都笑了。

几杯酒下肚，林志才便开始说他想说的话：“自打你哥俩走了矿上，咱的烧饼炉也没闲着。那三亩地，说啥也得种，那是政府对咱百姓的恩惠。收割碾打，我拼着这把老骨头，也熬得过来。”

林金虎说：“大，豹娃现在大小也是个领导，忙起来就没个点，他恐怕是实在顾不上家。我那里倒是有上下班，回头买辆摩托车，就可以抽空回去，狼沟矿离家也就这么点路。”

林志才说：“豹娃的情况我清楚，其实，那老汉混闹的时候我在场，豹娃群众威信高，我算是亲眼见了。当老子的，打心眼里高兴。希望你保持下去，好好干，甭给你胡成叔丢脸。”

林金豹说：“这你请放心，我跟胡成现在是铁哥们。”

林志才说：“听你这口气就不对，关系再好，也不能称兄道弟，他是你叔哩。有句话还得强调，咱干啥来了？不就是挣钱拔穷根来了，就得争口气。啥时候把烧饼店开起来，咱就雄赳赳站到了人前。”

林金豹说：“你咋老想着烧饼店？条条大路通罗马，挣钱的路子多着哩！”

林志才说：“这是咱家的祖业，也是咱家的光荣。咱按着国家政策劳动致富，干着带劲，心里踏实。话说到这里我还得提个醒，咱现在是创业打基础，要好好攒钱，不能大手大脚。再说，你兄弟俩年龄都不小了，找对象的大事也不敢再拖。看看咱村西头的军雄，人家也在城里搞建筑，二层楼盖了，媳妇娶了，孙子生了，还是儿女双全的龙凤胎。”

这番话戳到了林金虎的心伤，邢玉侠的模样又浮现在面前，快乐的心情顿时没有了。林金豹却在牛皮哄哄地叫：“不就是盖房子娶媳妇吗？要在前两年,是个事,现在嘛,这又算个啥,瞅我的!"

瞅准一个空子,建筑工地上的钢筋、空心楼板、红机砖便长腿似的堆到了林志才的两间旧瓦房钱前;再逮一个机会,那些建筑材料又要魔术般地变成两层崭新的小洋楼,连院墙门楼也一砖到顶,威风八面地矗立起来。

林志才傻眼了,把家里的房子去旧换新,只是个力不从心的打算,倒让小儿子轻而易举地做到了。

林志才深感惊喜,又不免忐忑不安。如果是大儿林金虎干的,他放心,但这是小儿子林金豹干的,就真的担心上了。

林志才问:"这建筑材料是你买的?"

林金豹回答:"放心。"

林志才问:"匠人的工钱谁出的?"

林金豹回答:"放心。"

林志才又问:"你胡成叔知道不?"

林金豹还是回答:"放心。"

林志才吼道:"我不放心。不义之财不可得。如果你是以权谋私,就赶紧把钱给人家补上。"

林金豹笑道:"放心放心请放心!我把建筑队带得好,矿上就这样奖励我。"

林志才说:"只听说发奖金的,没见过奖房子的,不可思议!"

林金豹说道:"没见过的事情多着哩!现在是改革开放,旧皇历还能用吗?"

林志才想想也是,金豹在矿上干得出色,群众威信那么高,领导难道不高兴吗?当然会高兴。矿上要这样重奖他,也在情理之中。因此,林志才不仅心安理得,还产生了很强烈的自豪感。

俗话说:狗得势翘尾,人有钱跷腿。林志才虽然是个明白人,却因为争气的儿子使家境面貌焕然一新,也不免有些得意忘形。他现在很喜欢端把圈椅坐在朱漆大门下,跷着二郎腿,用录放机唱着秦腔品着茶。总有几个贪嘴的老汉凑过来,众星捧月地围着他混几口茶喝,林志才则拿腔作势地夸奖着他的豹娃儿林经理,如何捎回来高级茶叶孝敬他,什么"特级毛尖"三百几十元一斤,"超级大红袍"五百几十元一斤,如此这般,夸张得嘴上生花。当然,林志才更多的心思是故意摆谱,想让那些势利小人明白,不要狗眼看人低,也不要下坡碌碡众人推;此一时彼一时,打墙的板儿上下翻,冬天过去春又来呢!

人爱有钱的,狗咬穿烂的。尘世中的人多半长的是媚红欺黑的薄眼皮。林志才像个暴发户,登门给俩儿子提亲的便不少。这不,媒婆皮三娘又赖着厚脸皮登门了。

“志才哥,发财了,致富了,蓝莹莹的一院子眨眼间就盖成了。大林庄没人能比,整个龙潭镇也没几个,妹子我特来恭喜呀!”

林志才则没忘皮媒婆曾经做过对不起他家的事,就鼻音加喉音地讥讽道:“走错门了吧那个谁?这里庙小院子窄,要不开你那把阴阳刀!”

皮三娘只当没听见,死皮赖脸地只管说:“其实,我一直高看着咱豹娃哩。我就断定这娃有胆有识有出息,迟早是个人物哩!”

尽管人都爱戴二尺五,但彼此毕竟心眼不对路,听着这种套近乎的话,林志才非但没感到亲近,反倒将埋藏的怨恨搅动起来,话语也就更加不恭了。

“是不假,三十年河东,三十年河西,只可叹有的人真势利,就那么狗眼看人低,就那么舔肥尻子咬瘦球。”

皮三娘情知对方的心病在哪里,今天敢登这个门,心里当然有准备。做不到能伸能屈,能站能蹲,解不开疙瘩摆不平事,她还叫什么女汉子。不管三七二十一,皮三娘伸手自主人茶几上的烟盒里抽出支香烟,掏出打火机啪地点燃了,然后说道:“志才哥,你该不是给我唱凉调哩,对不对?过去咱兄妹是有过误会,妹子也确实做错过事,你一个大老爷们,竟然还放到心上了。谁不知我这人,是就事论事,有口没心。你应该大人有大量,咋还跟我个妇道人家一般见识哩!平心而论,你是整个龙潭镇的大能人,妹子我从来不敢小看你。有一阵子你的事不顺,那不过是虎落平川、凤凰下架;况且你那俩儿也不是吃素的,扬眉吐气只是时间问题,凡是长脑子的谁敢小瞧你。妹子也是走东闯西的人,咋会没有这个远见呢!”

林志才心中感叹道:真是贫穷难借米一口,有钱无求福自来,这是自古来的人情世故,何必跟她计较呢!两个儿还都没成家,再说,自己也有心找个老伴,这媒婆子还是用得着的,便将绷展的冷脸重新揉皱,笑道:“他婶子你多心了,我咋能那么小心眼?过去的事情已经过去了,再说那也不能怨你。”一边又递了香烟,沏了新茶。

皮三娘一边品着烟茶,一边看林志才的脸,也叹息一声:“不是妹子说你,你这爷三个,没个女人,能叫个家嘛!且不说你,这哥俩的年龄也不小了,婚姻是个大事哩。如今社会前进了,又搞计划生育;按说年轻人结婚应该晚些,谁知它倒相反,少男少女,机器零件都没长全,就‘天仙配’了。

倒是你家虎娃、豹娃，偏偏就扎个当和尚的势，你这当大的咋也不急？”

林志才故意叹息道：“我家运背人穷，咋能引来个提亲说媒的月下老！”

皮三娘说：“你是故意挖苦我。什么红娘月下老，我皮三娘不就是一个顶用的吗？只要你志才哥看得起老妹子，我肯定愿效犬马之劳。是的，弟兄俩的年龄是过了些，但请哥哥放心，有妹子这条跑不折的腿儿，保管你林家香炉生烟，子孙成群！”

这话中听，林志才当然心中欢喜，就道了声谢，诚恳地拜托皮三娘为俩儿找对象。

没承想刚过了第三天，皮三娘就说她有急事转不过弯，特向“财神爷”告借人民币一万元，把个精明的林志才给将住了。鱼儿要贪嘴，就顾不得诱饵；一旦上钩，便无计可施。林志才咬咬牙就给了。不过，皮三娘毕竟不食言，五天后果真领来了一个大姑娘，家就住在龙潭镇街西头。虽然长相一般，体格却高高大大，是个适合干农村体力活过农家日子的合格媳妇。林志才倒也满意，首先考虑的是老大金虎。但一想到邢玉侠的俊俏模样，就断定金虎看不上，便决定叫老二回来相亲。

林金豹经不住父亲的一再催促，就回来见面。不但没看上，还给皮三娘办了个难看。“就那么个柿饼脸，还鹅蛋形哩，井里的蛤蟆只知碗大个天。日弄人，白跑一趟嘛！”

皮三娘热脸撞个冷屁子，面子实在挂不住，又羞又恼地走了。

林志才心里恼怒，但林金豹毕竟今非昔比，便只好压抑住性子说：“有手不打上门客，即使不情愿，也不能那样说话。”

林金豹并不接茬，想了想倒丢出句令全世界都吃惊的话：

“大，你的婚事倒是该考虑了。”

“啥，你、你——说啥？”

“我的意思是，叫我皮婶给你先找个老婆。你不好意思开口，我替你说去。”

林志才真不敢相信自己的耳朵，自儿子嘴里竟能冒出这种话。一时间瞠目结舌，呆若木鸡。

林金豹说：“你瞪眼干啥，我说你该找个对象了。我琢磨了，要找，就找个年轻的。这叫解放思想，改变观念。既能伺候你，又不会成累赘。你有了老婆，我也有了小妈。她要是对你好，咱也不亏人家，最后大不了分些家产给她。”

林志才哭也不是笑也不是：“我上辈子造啥孽了，咋生下这孽种？这种话,你也说得出来!”

林金豹说:“你以为我疯了,清醒着呢。你想,我俩都在外头,丢下你个孤老头子,连口热饭都吃不上,房子盖恁阔又给谁住?我是出于孝心。再说,把你安顿好了,我跟我哥也无后顾之忧,都可以安心做事了。”

林志才呵斥道:“不许胡扯,咱退一万步说,即使你老子要找,也是找老伴,咋能找年轻的?即是有人肯上咱家门,但这号缺德事能做吗?我百年后咋有脸见你妈、见祖宗?”

林金豹皮笑肉不笑地说道:“甭装了,我心里明镜似的。你那回给皮三娘说的啥,嘿,我全听见了。俺妈死得太早,的确可怜了你。现在经济条件有了,就该给你办了这个事。”

林志才羞得满脸通红,一句话也说不出来了。

林志才壮年丧妻,也早有续弦的意思,只是碍于俩儿子的亲事未定只好搁置下来,以致耽误了好几次机会。现在经济条件允许,就计划尽快为俩儿子成家,然后再把自己找老伴的事摆上桌面。没料到,竟然演化出这种令他尴尬和羞耻的事情来。

林志才苦笑着说:“家丑不可外扬,权当咱父子开了个玩笑。传出去,人家会指着脊梁杆羞咱先人。”

忽然有一天林金豹又由矿上返回,送回来五万元,说这是他的几个月的工资加奖金,林志才想都没想,欢欢喜喜地收了。老二还带来个很水灵的川妹子。那女子一进门便操着川音冲林志才喊“爸”,林志才以为金豹恋爱成了,满心欢喜地应了声“哎!”谁知林金豹却解释说,他给老爹联系来的仅仅是“干女”。

林志才长叹一声道:“又在胡闹,你倒是把自个的终身大事抓紧些!”背着川妹子又训斥道:“这女娃是外地人,没根没底,知面不知心呀!如今的人,为了挣钱满世界乱窜,你敢保证她来路正?”

林金豹说:“你是在说美滋滋,我敢保证,人没问题。”

林志才说:“听名字就怪怪的,美滋滋,活了大半辈子,还没见过。该不是临时瞎编的?”

林金豹说:“她姓美,叫滋滋,少见多怪嘛!实话告诉你,美滋滋她大哥就是胡成手下的正式工人!她才由四川来陕西,美滋滋说她家在大巴啥子山里,苦得很,一见咱这米粮川就爱上了,就想来咱这里落脚。我一认识她,就寻思着给你认个干女。”

林有才说:“我有亲女儿,要啥干女?”

林金豹说："我姐出嫁了，人家顾人家的日子，哪里顾得上你。你就是缺个干女，现在汤汤水水地伺候你，过两年光光彩彩嫁出去，还是一门亲。"

林志才说："如果人可靠，何必拐个弯，给你娶过来不就好了？四川女人能吃苦，这娃模样也不赖，我倒是喜欢。"

林金豹眼一瞪说道："就是给你认个干女，咋老往我身上扯。豇豆一行茄子一行，这事就这么定了。"

林金豹现在倒像是老子，一句话砸一个坑，林志才丝毫没办法。

林金豹返矿后，这个美滋滋果真正儿八经地做起干女儿，忙里忙外，一日三餐，摆置得家里物事井井有条，伺候得林志才满身舒坦，果然是一幅美滋滋的幸福光景。村里人也由稀奇变得见惯不怪了。皮三娘借了林志才的钱便向着他说话："他的小名不就叫有财吗？有财有财，有了财就有福哇，瞧人家的干女儿多孝顺，就是个亲生的也难做到！"皮三娘定了调子，舆论一边倒，其他人便没闲话说。

不觉便过了两个月，林志才觉得这个四川女娃还真的勤快能干，人也很是精明，就不禁又把她跟金豹往一搭里想。如果这女子能做了他的儿媳妇，由她主内生娃儿持家，金豹在外面干事挣钱，就很符合他的心愿，就是很满意的结果。要不了几年时光，这个大院子里就是孙辈绕膝老幼笑，满屋欢喜满院福的天伦之乐。再说，一旦把烧饼店开起来，她也是个好帮手哩。林志才想得幸福，就决计再把他舅刘来锁请来合计合计，如果托付他舅说动胡成一起做工作，不信金豹不就范。县官不如现管，只要胡成肯搭手，这门亲事就成了。

这天半夜，林志才正在欢欢喜喜地做好梦，另一房间的叫唤声却把他惊醒了。

美滋滋衣衫不整地闯进来连声喊怕，说是有人在窗子外面看她，要么就是鬼。

林志才说声："你先出去！"胡乱穿了衣服，拿着手电筒冲到后院，仔细搜索一番，除了拴在墙角的大黑狗站起来朝他摇尾巴，其他一概正常。

林志才说："你是看花了眼，咱墙高又有狗，贼来不了。咱家的宅基干净也保险没啥球鬼！"

美滋滋说："我怕，反正我不敢单独在那屋睡。"

林志才急了："那咋办？把灯开着睡，要不然把狗拴你屋里。"

最后美滋滋想出个办法，让林志才开着他那屋的门，听着他的打呼噜声，她就不怕。林志才躺在被窝心里有些不踏实：这女子今晚倒是咋啦，难道果真有贼，有鬼？就心存戒备地和衣而卧。但是一夜平安，林志才心里笑道：这女子还是个小胆子。女人嘛，胆子小好，要么，咋能显出男人的威风呢！

一连过了三晚，并无什么怪事发生。林志才到底上了些年纪，折腾累了，心里也没了警惕，第四天夜里，依着半辈子的老习惯，宽衣睡了。

朦胧中，他觉得有条软绵绵热乎乎的东西贴在身上蠕动，林志才惨叫一声惊醒了，一骨碌从床上滚了下来，嘴里惊呼着"有蛇！"待惊魂稍定，林志才才发现，原来是美滋滋钻进了他的被窝。

林志才这一惊非同小可，把六十五年的胆识全缩成了一个"逃"字，美滋滋却死死搂定他的身子不放。林志才又羞又急，便抓住女子的手拚命撕开；又猛力一甩，美滋滋便"啊呀"一声翻下炕去。林志才一阵风似的披挂上衣服，七魂六魄才算捡回了一半。

"我们家祖祖辈辈都正派，咋就容了你这种人。是话不提了，你明天一早就给我滚！"

"没那么简单，我一个黄花闺女，让你给……呜……"美滋滋身子蜷缩成一团，头发散乱，发着抖，话中夹着哭声，一副受害者模样。

林志才的脑袋嗡地大了。如今只有我和她，跳黄河里也洗不清了。早知今日，何必当初，都怪豹娃这瞎东西！

"娃呀，要凭良心，你到咱家这些天，我是把你当亲闺女看待的。即使你做下这等事，只要肯改，我也不会计较！"林志才使出"缓兵之计"，想把她稳住再作道理，要是惹她大喊大闹起来，惊动了邻居，传扬出去如何是好。

见美滋滋低头捂脸，似有难堪之意，林志才便乘机威胁说："你虽是游民，你哥却是矿上的工人，而且在胡成胡矿长手下吃饭。胡成跟我是亲戚，你不考虑自己，也得替你哥想一想。"林志才故意把"胡成"二字咬得很重，而且把职务也夸大了。对付这种女人，权威是个可以让她顾忌的撒手锏。

没料美滋滋冷笑一声说道："甭拿胡成吓唬人，胡成是啥人我比你晓得，再说，我只要张口说声话，胡成会把豹娃拿刀捅了！"

"这话啥意思，我不懂？"

"想晓得吗？我就给你慢慢讲。"

美滋滋就把林金豹如何在省城打工的时候认识了她并以未婚妻名义与她姘居，后来林金豹又如何把她叫到了阳河煤矿，又如何引见她与胡成鬼混，以至她去胡成家时，碰巧撞上金豹搂着胡成的老婆白玉儿亲嘴的丑事叙述了一遍。言毕正色说道:“我本想由老家出来投亲戚打工的,却被你家父子糟害到这一步。反正,我豁出去了,要不公安局去告,要不给胡成揭发,要不就在这里把你搞臭。”说罢就歇斯底里尖叫一声:“杀人了——”

林志才吓得魂飞魄散,说:“有话好商量,你赶紧穿上衣服,这成什么样子。”又说:“既然你跟豹娃有了那种事,就让豹娃娶了你。放心,豹娃的主我来做。”

美滋滋说:“豹娃是啥子东西,拈花惹草,根本靠不住,早看透他了。”

“那你说咋办?做事不可做绝了,逼人不可逼急了。人急了要发狂,狗急了要跳墙!”

美滋滋就手摸起炕桌上的那把剪卷烟的大剪刀扔过来,一边将白晃晃的胴体也凑上来,叫道:“杀吧,杀死吧!杀人了——”

林志才一屁股瘫软在墙角:“姑奶奶,你到底要我做啥事嘛?”

“青春赔偿费!”

“多少?”

“五万!”

林志才心中叫道:完了,豹娃领她回来的时候,拿回家五万元,刚刚存进镇上的信用社。她倒是冲这笔钱用心了。

# 第十二章

由阳河煤矿多经公司建筑队承建的矿文化中心工程,经矿务局工会、审计等相关部门以及市技术质量监督局专业人员的检查验收,认为工程质量达标,而且被评为年度全局模范工程项目。因为该项目是全局头一个,局工会认为很有推广价值,便召开了现场会,全局十几个矿厂都来观摩取经。一时间,阳河煤矿多经公司建筑队的声誉雀跃,当场就有与会单位的合作意向,会后果然就在矿外拿到了工程项目。随后,大小工程接连不断,不仅使胡成在工人群众中树立了威信,腰包更是暗暗地暴鼓,仅仅一年半时光,工程各项回扣的数字已经突破了百万。

对于林金豹的能力与为人,胡成起先肯定不大放心,甚至是警惕的,但几个工程过后,那圆睁的天目穴也就醉迷了。他觉得林金豹之于他,不但有智慧有能力,还很忠诚,真有点诸葛亮辅佐刘皇叔的意思。当然,他不能比人家刘皇叔,也没有三顾茅庐;林金豹更不是诸葛亮,还是上门求他的。也许吧,这大概就是命中注定的善缘。逛香山寺的时候,又偷偷让寺院墙根外的摆摊算卦人为他算了命运。算卦人说:胡为古月,成乃成功。月明星稀的夜晚,天上有猫头鹰活动,地上的威猛生灵都休眠了。但在寅时,却有虎啸。豹亦属猫科,享虎豹并称之威。因此,胡成为驱使虎豹鹰之命,潜藏王气;如果在人生关键处遇到姓名中有虎豹鹰的能人,就需格外留心。如果具有才能且主动接近,就很可能可以为你所用,是可以助你旺你的宿命贵人。也真是个巧合,卜卦人只管为了骗几张人民币,望文生义地胡诌,就偏偏诌中了胡成的命门。不是吗?胡成正在重用林金豹,另外还有金豹他哥林金虎呢,这番谎言就让胡成不得不信。胡成再回想刚到阳河煤矿时,不就是那个叫王鹰的副书记看重他会写文章,才破格把他由采煤区调进机关吗?若无那个王鹰副书记,他也许会在事故中残了,甚至殁了,能有今日吗?虽说前些时候劳资科长丢了,似乎背运,但是,自从用了林金豹,却真的是命运立转,柳暗花明。胡成觉得这卦实在算得太准太好,便高高兴兴地掏出两张百元票子,算卦人喜出望外地接了，一边连声称谢，胡成则非常开心地说道："同喜同喜，皆大欢喜。"

世上的许多事情总是充满了巧合，反打正着就说缘分，无法解释便认宿命。事愈不寻常，便越发向迷信的深层觅踪探妙，这实在是国人发明的一大心理解放术——自欺欺人法。而且，越是暗中取巧的人越容易迷信此法，因为他本来就患有一种心虚过敏的精神病。

表面的业绩已经显著，胡成又很擅长拉关系运作。自从当了多经公司经理，手下又有了可以自由支配的建筑队小金库，这种公关的能力就体现得淋漓尽致。如果有关键人物莅临，或者是要务到了关键节点，酒桌上好生招待，车屁股的后备厢里好烟好酒也塞得饱满；领导需要住一夜，招待所的麻将桌就彻夜轰鸣，那人民币就会长眼睛似的发射到领导的腰包里；重要领导的儿子何时结婚、女子哪日出嫁，或者是老子生日过寿、老娘逝世三年，他比人家的亲人惦记得还准确。精诚所至，金石为开，何况还是有情有感的人呢，胡成的前行道口便是一盏盏顺畅的绿灯。矿务局的荣誉自不消说，向省上推荐的种种先进也落不下他，什么"局级多种经营工作模范""省级优秀企业家"，如此等等，该风光的都风光了。

借着舆论的顺风儿，胡成充分利用官场潜规则，就如愿以偿地被提拔为分管阳河煤矿多经工作的副矿长。国企的副矿处级，就相当于政府的副县团级，已经够得上七品官的头衔，要是时光倒退几百年，他就可以戴乌纱、穿蟒袍、坐官轿，由三班衙役前呼后拥，一路鸣锣开道地显威风、夸富贵。胡成至此不禁心花怒放，更是踌躇满志。

局组织部的任命文件前脚刚到，胡成就马上摆了两桌酒宴，把阳河煤矿党政班子的全体领导款待了一番。这是不成文的规矩，既是摆宴者自己的庆幸酒，更是同事们借花献佛的祝贺酒。当然，矿上的主要领导还得紧随其后回请一次，含义就更加丰富，祝贺、欢迎，祝愿、期望，什么意思都有。真是一团和气，满腔敬重。当科长时经常面对的那种颐使气指的上级嘴脸，变成了同僚间的平等客套；屈居人下时的低眉顺眼、委心贱躬，也好像是做了场子虚乌有的梦。最关键的是，一旦升到副矿级，就有资格享受年薪，年薪是啥概念？只要安全生产经营不出大问题，一个班子中的副职一年下来就挣四五十万。甭说对普通工人是个天文数字，即是科级干部，也是望尘莫及！也算胡成运气太好，这年薪制刚刚实行，他就提拔到了副矿级。兴奋之余，胡成少不了把自个的前前后后总结一番。前些年当科长，虽然小有错误，但总体上算得上小心翼翼，踏实敬业，甚至业绩显著。但是，想要由科级升到副矿，却很难很难，似乎是永远不可能实现的黄粱梦。后来，一件事情没办好，还把上司得罪了，就连劳资科长也干不成了。多经公司是全矿出名的发不出工资的烂摊子,胡成到了这里,人背运心也落魄,好一阵子都提不起精神。也正是老妻哥刘来锁领来了林家兄弟,他的运道才有了转机。他当时那么大胆破格地用了林金豹,也真是一种押赌注的行为。结果,反打正着,倒把人才抓住了,也把事情弄好了。想到此胡成顿生一悟:老实肯干总吃亏,投巧取巧能成事,时代不同了,道德标准也悄悄变,这一回时来运转,就得济于与时俱进,跟上了潮流,就没被淘汰,搭上了末班车,就他娘的"老来富贵也真侥幸!"红运生豪爽,意气促英雄。胡成本不是敢为人先的大气人,平日做事机巧抠门;要说干事创业,也不过是搭船破水。但好事扎堆而来,把个奸巧人也弄出了英雄气。刚好这时候狼沟民营煤矿的祁老板要去陕北新矿区去发展,胡成就毫不犹豫,将狼沟煤矿接手过来。

自己一高兴,又禁不住白玉儿的纠缠,便同意让妻弟白宝荣当了狼沟煤矿的代理矿长。

娘家兄弟有了名分,也有了实惠,当姐姐的白玉儿当然高兴,但仍不满意,一是白宝荣只是个代理,二是胡成没有让她参与。她应该才是掌实权的老板娘。这个女人绝不是省油的灯,便将自己的要求提出来:财务权必须由她来掌握。

胡成以白玉儿不懂财会为由,没有答应。其实,任用她妻弟白宝荣当代理矿长,不过是为了遮掩他。事后就连这也反悔了。白宝荣好逸恶劳,嗜赌好玩,不懂生产管理,也不懂市场经营,就算个摆设也用错了人。同时更怕白家姐弟将他的家财夺了去。关键是胡成对白玉儿这种女人不放心,知道她心猿意马,水性杨花。他胡成当初如果不是当劳资科长有点权,不日鬼编圈地将她弟她妹招了工,白玉儿咋就肯心甘情愿地嫁给他。既然她可以这样向他骚情,就有可能向别的男人投怀送抱。胡成常想,这种女人,只可当个花瓶摆设,与他白头偕老,鬼才敢指望呢! 要是哪一天白玉儿背叛了他,这百万元的投资、这年生二三百万的摇钱树怕就打了水漂。

胡成顾忌着老婆和妻弟,可船头偏偏就向这里歪。刚刚把狼沟矿的管理事务安排好,矿务局的红头文件就下来了。规定企业干部不得在岗经营第二产业。这真是个很糟糕的意外,把胡成弄得手脚无措。

白玉儿却高兴得直拍手,心想你胡成因此不能公开露脸,就该放权了。没想到胡成却打了退堂鼓,想把矿再卖给别人,当然遭到白玉儿的坚决反对。

白玉儿说:"你不能干,就不等于这事不能干。有我哩,还有宝荣。你只需把营业执照的名字一换,谁还能抓住你的把柄。”

胡成说:“你说得轻松,开煤矿,不是开歌舞厅,非得内行不可。你和宝荣,连井都没下过,又谈何经营管理,安全生产?还不得我全力以赴。问题是我现在不可能露脸了,你说这个矿还怎么开?”

白玉儿说:“不能学吗?谁也不是生而知之。再说,看煤矿又不是造飞机,还不是件粗活。”

胡成说:“说你外行还真没说错。粗活吗?那国家还开矿业学院干啥?培养大学生干啥?”又说道:“开小煤窑,还跟大矿不一样。看似抱了棵摇钱树,其实是骑上了老虎背。不仅是经营管理,安全生产更要紧,出个事故闹出人命,甭说挣钱赢利,弄不好还得吃官司。说句掏心话,我现在是一怕经营的风险,二怕组织上处分我。”

白玉儿说:“你盘矿的时候,为啥就不怕?现在你不能出头了,忽然就怕这怕那?我可是明白了,你借口违规是假,借口风险大也是假,防着我姐弟却是真。你是怕我白家有异心,夺了你的财产?”

胡成说:“你想到哪儿去了?我要是那样想,咋会让你弟弟当了代理矿长。”

白玉儿冷笑道:“你让孙鸿鸣管生产,让那个林金虎管安全,你自己经营财务大权独揽,宝荣不过是个摆设,我呢,你死活不让进,你的居心不是明摆着?”

胡成苦笑道:“我不是为了慎重嘛!孙鸿鸣是生产科的老科长,行家,不用不行;管安全要有责任心,离开林金虎也不行。你让他代替我,更不行。我敢说,就是天天下井这一点,你弟弟也肯定做不到。”

白玉儿说:“你不知是胆小谨慎,还是缺乏发展眼光。你所担心的两个问题,我倒是有不一样的看法,起码比你这鼠目寸光看得远。”

胡成苦笑道:“说说看。”

白玉儿说道:“如今是改革开放,政府鼓励发家致富,这个大方向起码没错,对吧?咱经营第二产业搞个体煤矿,一是为社会创造财富,二是给国家纳税做贡献,三是为劳动力提供就业,不敢说有功,却也不能说有过。就是不符合企业的土政策,也没有越出国家政策大框框,对吗?而且我敢断定,矿务局这个规定迟早会撤销。至于你说的事故风险,我看未必那么可怕。只听说一个个暴发户,谁见过出事破产的。那个概率实在太低。再说,干啥没风险?过马路会让车撞着,不过啦?吃馒头会噎着,不吃啦?对吗?”

胡成说:“哎呀,你这一连串的对吗对吗,真是咄咄逼人呀!”

白玉儿说:“我这叫醍醐灌顶,就看那个人能不能幡然醒悟。”

胡成说:“真没看出,我夫人的政治水平蛮高的,没当干部,屈才了。”

这番话还真是由衷之言,白玉儿的一番陈述,还真令他增加了胆气。最起码,无论从国家发展的形势看,还是积极的社会效益看,投资办矿并没有错。

白玉儿说:“你以为我光会唱歌跳舞,给我个女工主任,兴许是全国先进呢。”

胡成说:“算服了你了。言归正传,既然你执意想开矿,我也就豁出去了。这样办吧,生产安全经营原先分工维持不动。你去煤技校参加一期财会培训班,学回来就让你当财务总管,这下满意了吧?”

白玉儿搂着胡成,在脸上亲了一口,欢喜道:“这才是我的好老公。”

胡成苦笑道:“你是满意了,我呢,却成了地下工作者,往后,步步惊心喽!”

白玉儿又说道:“不过,我还有个合理化意见呢。”

“啥意见?”

“你不放心我弟弟,其实我也不大放心。要不然,就让老孙给宝荣当师傅,教他学管理。锻炼得差不多了,就让宝荣挑担子,用自己人到底要比外人好。”

“就你精,绕来绕去,还是想让宝荣掌实权!”

“那当然,谁让宝荣是我弟弟呢!”

# 第十三章

白玉儿是妖艳型美女，举止轻佻，爱赶时髦，八面玲珑，在阳河矿绝对是个招眼球的人物。近年来到处商风浩荡，百业兴隆，其中也不乏大大小小的歌舞厅。时尚的男女们学舞、跳舞，一时间成了风气。这当然落不下白玉儿。也只有在婀娜翩翩的舞池中，白玉儿的美女资质才体现得淋漓尽致，她自然成了阳河矿区公认的舞池皇后。

胡成的根基是农民，祖宗八代谁知道跳舞为何物，心中不悦却不好拦挡。只要没有重要公务，他都会或明或暗地陪伴着、跟踪着，但他自己却不会跳，只能眼巴巴看着自己的女人让别的男人请了去。每每看着“迷魂灯”下那般勾肩搭背、蝶乱蜂狂的风流情状，都会生出一种戴绿帽子似的羞耻感和嫉恨心。于是，胡成便寻思着赶紧补上跳舞这一课。他狭隘地认为，只有自己成为老婆的固定舞伴，那些骚狗烂苍蝇才无法纠缠。

林金豹早将此情景看透在心，自从第一面见胡成女人，林金豹便被她的风流韵味所迷痴。交往愈深，相思越深。但是理智告诉他，必须死了这份心。宁穿朋友衣，不沾朋友妻，这是道德底线。何况胡成是他的长辈，又是他舅引荐的，更要紧的——胡成既是他的靠山，也是他的恩人哩！所以，尽管林金豹也很快学会了跳舞，却从来不敢去邀请她。眼见胡成打破醋缸的难受状，林金豹便觉得这是个讨胡成欢心的机会，便特意将胡成邀至一较僻远的歌舞厅，花钱雇用了一个老练的舞者专门教他。

凡享乐之道怕是没有不上瘾的。这胡成又是紧迫急需，很快便将舞技练得精熟以至沉溺成癖。也将原先自己女人被别人拥抱的痛苦淡化脑后，只知夜夜选换舞伴，挽香拥玉。后来提拔当上了副矿长，又要操心自家的狼沟小煤窑，公务加上私务，很是忙碌。跳舞顾不上了，对建筑工地的事，也过问得少了。林金豹的工作汇报偏偏比以往频繁，弄得胡成好不厌烦。

有一日在酒桌上，胡成郑重其事地说：“以后，不要老是汇报。除了预算、结算之类重要工作，其他事情就不必找我，工地的事你也看着办。你也锻炼出来了，不可能干任何出底线的事，更不至于做安禄山叛唐那种事！”这些故事，林金豹在电视剧里看到过，便赶紧装成害怕的样子说："叔，到现在了，你还信不过豹娃。”“信不过——”“那以后你就叫我林禄山，不要叫豹娃了。”胡成拍着林金豹的肩膀哈哈笑着说："用人不疑，疑人不用。叔是说笑话哩。”

胡成事务缠身，顾不上去舞厅，更谈不上监视白玉儿，这就又使林金豹那颗埋伏着的淫乱心怦然萌动。

这天，林金豹梳理发型，盘打领带，满怀期待地来到舞厅，目标就是白玉儿。来这里跳舞的多半有舞伴，但也有单着的，舞厅老板就专意配备了陪舞小姐。林金豹是出手大方的主，给小费总使小姐们满意。一进去便有小姐争着招呼，却不料身后走出一人将他揽定，话语温柔地说："这位先生跟我约好的。”林金豹回看一眼便惊讶不已，揽住自己的竟是胡成老婆白玉儿。

随着胡成女人的舞步，林金豹身不由己地步入舞池。

“婶婶——”

“肉麻！”

“胡成叔来了吗？”林金豹神秘兮兮地问。

女人气呼呼答："鬼知道哪儿风流去了。”

“是工作忙，顾不上。”

“咱玩，提他扫兴。”

林金豹在若明若暗的灯光中努力扭头回顾一番，也并未见胡成的影子，只觉得怀里这女人的香水味呛得舒坦。虽不到五月，渭北的天仍能觉出寒意，却无论如何都禁不住时髦女人的爱美之心。天生爱俏的白玉儿身穿紧身绿旗袍，袒胸露背，四十来岁妇人的丰满与韵味尽情流露。

一曲未了，林金豹早已给搅得心猿意马，心往邪处想，对胡成的顾虑早跑到爪哇国去了。

歇罢再舞，白玉儿依然缠着他。林金豹便情心大动：该不是，这女人也同样喜欢着我？情欲膨胀，便用力将她搂了一下。

女人轻轻“啊”了一声，林金豹说："婶婶，对不起，脚下绊了。”

“别肉麻，其实，叫我阿姐才合适——”女人已完全是种嗲声嗲气的模样。

林金豹尽管平日总在舞场厮混，但这刻的感觉到底不一样，怀里拥着的是令他朝思暮想的女人呀。

“梦里想你千百回……”扩音器里的歌声似水银泻地，林金豹也随着唱出声。

“你梦里想谁,小心狗命!”

“不敢……”声音软得想醉,谁也没恼,一对男女拥得更紧……

既然胡成老婆白玉儿这么钟情于他,林金豹就放正色胆,以一种天不怕地不怕的行动为情奉献。那一日出了舞场,就挪用两万元公款,为她买了金店最大最重的金耳环、金项链、金戒指。瞅个空子偷偷给了她。白玉儿满心欢喜,便日日与林金豹在舞场厮混,很快发展到两人租用了包间。

若要人不知,除非己莫为。况且胡成女人又是全矿著名人物,就难免有些风声灌到胡成耳朵去。

这夜林金豹与白玉儿正在小包间厮混。相拥接吻的工夫,那密封的侧拉门忽然扯开。林金豹还以为是小姐送小吃来了,呵斥道:“出去出去,什么也不要!”却不料咚地蹿进一条汉子,定眼一看,竟是胡成,俩人吓得魂飞魄散。

“林金豹,昧良心的狗杂种,你好大胆!”

林金豹眼见事情败露,一时束手无策双膝一软,朝胡成跪下了,一只手抡圆了,在自个脸上左右开弓地扇打,一边叫:“我不是人,不是人……”一副落水狗的可怜相。

胡成跟着也着魔似的在自个脸上左右扇打,一边也哭腔号叫:“我好后悔,我不是人……”逗得那些挤在门口看热闹的小姐和客人,惊奇之中又添幽默,个个忍不住捂着嘴笑。

那白玉儿倒是没慌,一边厉声叫道:“眼睛进飞虫了,过敏个啥?”

胡成自以为戴了绿帽子,奇耻大辱临头,恨不得当时就将林金豹连同自己的贱婆娘一口咬死。

“来人,送派出所!”也许当惯了领导,胡成才用这样的口气叫嚷。

“叔,我认错,我不该跟我婶跳舞。其实,刚才就是给她吹眼睛哩,却让你误会了。”

“那为什么要进包间?外面就不行吗?这样吧,我现在宣布,你被解聘了,马上给我滚蛋!”

林金豹叫道:“该饶人处且饶人。人不能逼急了,事不可做绝了,狗急了要跳墙,人急了会发狂!”

这话还真有威慑力,胡成愣住了。理智告诉他,不能这样蛮干。两年了,他与林金豹的“合作”真可谓狼狈为奸。自个儿的财富和乌纱帽哪来的?天知地知,在场的三人知。万一,把这头豹子逼急了,那不用说,肯定是鱼死网破,两败俱伤!

胡成没辙了，头一涨好像要炸裂，四肢瘫软地跌坐在沙发上。

林金豹乘机说道："叔，其实我并没犯大错，只是今天碰巧，遇见了我婶。知错改错，总行了吧？"

胡成低声吼叫道："你找谁不行，你偏找她，她是谁，我老婆，你他妈是个大浑蛋。"

林金豹至此心里已有底，胡成首先得顾忌他们间的"特殊关系"，再者也绝不肯闹出戴绿帽子的臭名誉，便装得没事人似的说起顽皮话："叔呀，并不是我这人太浑蛋，而是你这人太封建。胡吃瞎醋胡球闹，只会惹得别人笑。"说罢调皮话，就拔腿走人。

白玉儿眼泪汪汪地上前搀胡成，胡成生生给了她一个耳光，清脆得四邻各厢都吃了一惊。白玉儿哀哀连声地说"冤枉"，又警示胡成"这里不是说话处"。

胡成当然是要面子的人，便与老婆掩面猫腰地自舞厅往外溜。但毕竟刚才响动太大，已有那么多人被惊动了，全挤在包厢门口想探个究竟。先是见个健壮青年从里面出来了，众人便议论说：这个便是第三者。待胡成夫妇溜出来时，众人将堵死的门口又哗地往后闪开一条路。于是有人在旁大声戏谑："金屋藏汉子的和戴绿帽子的出来了——"众人又哄地一笑。羞辱得胡成恨不得钻到老鼠洞里去。

回到家，胡成越想越恨，便拳脚交加将千仇万恨齐向老婆身上发泄。

说来话长，胡成在矿劳资科的时候，因替矿长办成一件难办的事，巴结上了，就由劳资调配员直接提拔当了劳资科长。有了实权和地位，有求于他的巴结者便趋之若鹜，这其中就有后来的老婆白玉儿。胡成便瞄准这位如花似玉的主，不择手段拼命追求。胡成利用职权之便，先是把白玉儿由矿灯房调到了矿工俱乐部，身份也由充电工变成了电影放映员。随后又采取冒名顶替别人接班的暗箱操作，将白玉儿的弟弟由待业青年招为正式工。而且一步到位，安排到地面辅助单位机电车间。白玉儿得了大好处，但胡成也不是个好糊弄的，抓住关键点出手胁迫，如愿以偿地得到了心仪的人。从此二人秘密同居，就被胡成老婆刘来娣发现了，不能接受就气出一场病。到医院一检查说是肝癌晚期，没多久就撒手走了。刘来娣"三七"刚过，胡成就迫不及待地跟新欢白玉儿组成了家庭。胡成因另觅新欢气死发妻，一时间闹得沸沸扬扬，要不是当时的矿长竭力庇护，恐怕那时候就栽了跟头。后来胡成也是良心自责，就时不时顺车往原妻哥刘来锁家里捎些生活用煤，或者捎去些米面油或者零花钱。一来二往，胡成便与刘来锁搞好了关系。刘来锁从此前嫌尽释，觉得胡成这个人本质不坏，仍旧把他当作妹夫看待。

与白玉儿结婚十年来，胡成待她非常溺爱，家里的一切事情均由着她，不管白玉儿如何蛮横无理使性子，也不曾说过一句重话。

现在林金豹来了，闯进了他的工作，也是他的得力干将。然而胡成没想到，这头豹子也闯进了他的生活，并且会在他的温柔乡里插上那么一杠子，弄得他颜面无光，尊严扫地。

当矿上有了白玉儿与林金豹关系暧昧的传闻时，胡成根本不相信。他想到的是书上的三国故事，猜测是有人在使离间计，想让他对林金豹反目，卸掉他的左臂右膀呢。然而到了此刻，已经是捉奸拿双，撞在当面，这真让胡成崩溃，无法接受。胡成便寻思：这是自己溺惯过分，她才胆大包天，才干出这等事来，使他蒙受了奇耻大辱，便将十年的压抑一齐喷泻出来，变成了无情的拳脚。

人在忍无可忍的时候，懦夫都有一气之勇。如果觉得珍爱的东西被别人玷污，就会生出将其彻底摧毁的破坏欲。此刻的胡成，又何尝不是这样的情绪。他的确是使尽全身力气打她，女人也确实怕了，边在地上翻滚边惨声求饶："我再也不敢了，再也不敢了……"白玉儿确实是痛表悔意，反倒令胡成更加痛苦。这等于说老婆承认了她与林金豹的那种关系，那可是他至此也不愿相信的龌龊事，那种心爱宝贝被人玷污的痛心感顿时膨胀到了极限。胡成觉得心里有把尖刀在猛烈搅动，实在无法忍受，竟也大声号啕起来。

这般打闹早惊动了邻居，进而惊动了整个单元楼。门外走廊上挤满了人，真是水泄不通。

除非过年，林金虎平常是不登这个门的。偏巧这天被白宝荣派来办事。眼见天色晚了，就决定到弟弟林金豹这里休息一夜，正好路过胡成家，便想顺便到他家坐坐，却不料遇上了这种事情。

林金虎也不知两口儿为何事如此大闹，有心进去劝解，却怕弄得尴尬；有心退后回避，又觉良心难安。

林金虎真是左右为难，束手无策。正在踌躇，又听见白玉儿尖叫"救命"，便有人喊："不好，要出人命！"邻居平时关系还处得不错，便动了善念，高声叫道："从我家阳台可以爬到他家阳台。"林金虎再没犹豫，说声"我爬"。众人又一窝蜂涌到邻居的阳台上。

林金虎到底在部队是侦察兵，早就练就了好身手。只见他腰系麻绳脚蹬窗台，很麻利地爬了过去。

这胡成早已急红了眼，竟把林金虎当作林金豹。自厨房拿起把菜刀往前就冲,白玉儿也顾不得哭了,拼命自后腰连胳膊死死搂住,一边叫:“他不是林金豹!”

林金虎赶忙上前夺下刀,忙不迭问:“叔呀,金豹闯下啥祸啦?”

胡成跌坐在沙发中,号叫道:“我当初瞎了眼,容了你弟兄俩。恩将仇报的狗杂种!”

林金虎诚恳说:“叔呀,请相信我,金豹有啥对不住你的,我帮你出气。”

胡成正在气头上,理智全无,竟一五一十把原委说了。最后说:“你回去,原原本本给你舅给你大说,我纵然要面子,也顾不得许多了。”

对于这样的丑事,林金虎怎么去向他舅他爹说。又情知此事捂不住,生怕家里两个老人经受不住,闹出更大乱子。便用好言相劝,先劝导得胡成两口子安稳下来。然后急忙返回狼沟矿,将工作安排好,再找个托词向白宝荣请了假,天一亮就借了辆摩托车赶回家去。

又是赶巧,林金虎前脚到他舅后脚就到。刘来锁不知怎么就知道了这个事,已经找上门来了。

刘来锁气急败坏地大叫:“林志才,你养的好儿子,你养的狗杂种!”

林志才吃惊不小,慌忙问:“他舅,咋啦呀?你把话说清!”

刘来锁吼道:“豹娃把胡成女人奸了!”

林志才自被女骗子诈走五万元,本来就气得病卧在床,怎禁得住这种打击,“啊呀”一声往后便倒,吓得林金虎又是捶背又是揉胸,折腾了半天,林志才才“哼呀哼呀”灵醒过来。

林金虎说:“舅,这种话不敢轻易相信。即使有这事,生气没用,还得妥善处理。”

林志才流着泪说:“我就怕豹娃出事,没想到他竟然伤天害理。唉,我对不住亲戚。他舅,要是豹娃回来,我打不死他也要药死他,权当没生这个孽种!当初,公安局咋就放过他呢,要是判几年刑,说不定还改造好了哩。”

刘来锁恨恨地说:“龙生龙,凤生凤,老鼠生儿会打洞。你不就有个外号叫‘窄板猴’嘛,豹娃瞎东西是随了你。不是你老想歪点子一心发财瞎折腾,咋害得我妹子落个短命鬼。”

刘来锁说得伤心,不禁泪湿眼窝。林志才顿时想起死去的妻,竟呜呜地哭了,林金虎劝也劝不住。

林志才哭着对大儿子说:“我有啥瞎心眼,我不过是想用力气换几个钱,让全家吃饱肚子。老天爷偏偏就不让,偏偏就让你妈做替死鬼。要是有钱去医院,你妈咋会……”

林志才提说的便是因那年割资本主义尾巴被揪斗,使金虎妈惊吓成疾以至去世的事。“你妈去世时,你和豹娃都还小,豹娃才六岁呀,我是怎样一把屎一把尿地把你们拉扯大呀。好不容易熬到今天,狗东西却偏偏不争气。爹娘啊!祖宗啊——”

林志才的确动了真情,刘来锁陪着唏嘘流涕,林金虎也心里难过,一时无话可说。

待两个老人腾空了泪囊,林金虎才说道:“既然事情发生了,生气伤心都没用,只有妥善处理最明智。”

刘来锁吼道:“把狗东西叫回来!”

林金虎说:“是得叫回来,咱现在都是听的一面之词,问个清楚才能准确下结论。”

林金虎当然是话里有话,豹娃出事,不就出在白玉儿身上。白玉儿是什么人,难道舅舅你还判断不出来吗?一个巴掌拍不响,这个女人也有问题。说不定,豹娃还是受害者。但不管怎么说,出了丑事,咱这边就是理亏。对于胡成叔,真是恩将仇报,不可饶恕。

林志才说:“让他滚得远些,我不认!”

林金虎说:“大呀,你老先压压火,听我把话说完。矿中教学楼的工程还没完,豹娃是责任承包人,咋能说滚就滚。真要撂了挑子,就更是坑了胡成叔。咱只能把豹娃叫回来问个究竟。不管什么情况,你二老也只能平心静气讲道理。咱豹娃不是没廉耻,真错了,自会浪子回头。若是执迷不悟,再让他滚也不迟。”

这番话多少也是个主意,刘来锁和林志才都点头认同。

正在说话,大铁门哐啷一响,是皮三娘串门来了,林志才急忙警示道:“妖精来了,千万不敢声张!”

皮三娘屁股刚一坐上板凳,便抓住了刘来锁和林志才的四只红眼,情知有异,便故意“哎哟”叫声,装着要起身告辞的样子道:“你家有事,那我走了!”

林志才心虚,竟言不由衷地说了句出口便后悔的话:“没事,你坐你的。”

那女人便将屁股稳稳坐定了,一边没头没脑地说道:“唉,活人难,家家有本难念的经,你看村西头福娃家的振坤,奔四十了,还是光棍,给他说了个吧,就偏偏——”

刘来锁倒是听得心头火起："你是大媒婆，就不会给我两个外甥帮帮忙。有了媳妇，心就安了，跑外头死去！"

皮三娘道："我说来锁哥，冤枉人嘛，你问问你妹夫我给娃介绍过没有？你豹娃给我办难看，我不计较，你们倒来事了！"

林志才叹气说："豹娃不是东西，你甭放心里去。我正想求你哩，你抓紧给咱豹娃再找一个。"

刘来锁说："要漂亮的，哪怕是个狐狸精，不然拴不住那狗日的！"

皮三娘冷笑道："说话不嫌牙痛。要是有个杨贵妃，人家会进你这门？"

刘来锁说："我把话没说好，但却是正经话。就说现在咱屋里这条件，豹娃的条件，全龙潭镇打灯笼也找不来第二家。"

皮三娘说："豹娃的事我怎敢担承？告诉你，错事不会做二遍。我老皮再没成色，也不会再做好心当成驴肝肺的球事！"

刘来锁还不晓得皮三娘所指何事，便说："你在说啥，我咋听不懂呢？"

皮三娘便把上次给林金豹说亲的事又扯了一遍，气得刘来锁摇头叹气，沉默半晌郑重地说："他婶，我妹夫说的是诚心话，你给豹娃介绍个可心的，彩礼自然比别人家重。我妹夫手里有的是钱，媳妇一进门就是实权掌柜。至于谢你嘛，球，千儿八百都行！"

刘来锁朝手心啐口唾沫，一副豁出去蛮干的架势。

皮三娘开心地笑了，又瞄瞄林金虎，说道："咱都是咋了，光提豹娃，难道我虎娃是蛮疙瘩！"

林志才说："虎娃，我不愁，我就愁豹娃，这狗日的是烈头虎。"

皮三娘说："男娃还是淘气些好，淘气娃才有出息。"

这个皮三娘，在邢玉侠嫁给聂玉魁这个事上，起的是助纣为虐的坏作用，林金虎心里当然清楚。他不想与所厌恶的人照面，就回避到里屋中去了。听这皮三娘言语，现在倒是装起了好人，一股怒火便油然而生。又见两位长辈和她扯个没完没了，心想要是金豹此刻赶回，当着这种人的面出丑如何是好，便径直走出来对她说道："你来得不是时候，我家里有事，请你离开吧！"

到底是做贼心虚，皮三娘一见林金虎就感到紧张，又见他满脸冰霜地下了逐客令，就慌忙起身，准备离去。不料怕处真就有鬼，只听大铁门又哐啷一响，紧跟着闯进一个人，大家朝院子一看，竟是林金豹回来了。

弄出如此风波，林金豹也觉得自己确实干了对不住胡成的事，没脸见他,甚至想一走了之。但他却舍不下矿中学教学楼这个投资三百万元的大工程。再待半年就要竣工,光奖励性提成一项,自己就可拿到十万元。再加上明暗回扣什么的,起码可以拿到十五万。因此,宁可让胡成割掉一只耳朵,也得坚守阵地,不后挪半步。但事情确实闹得大了,岂能轻易摆平!思来想去,林金豹的心里有了数。胡成疯狂,那不过是气头上一时失去理智。以胡成贪婪钱财的欲望,他也是眼巴巴等着眼前这笔利益呢!起码,他二人的短期目标绝对一致。再说,自从进了公司的建筑队,他与他一直勾手搭脚,见不得人的黑幕一道又一道,他咋敢彻底与他翻脸呢?难道就不怕他情急中把那些事抖出来?咱不过是个社会流民,他胡成却是领导干部;咱大不了蹲上几年号子,他肯去?林金豹心里想透了,主意也就有了:拿五万元去向胡成赎罪。五的同音正是"捂",胡成曾经就用这个数目的钱,按压过见不得人的事。其中含义,胡成当然明白。这狗日的爱钱,再加几个耳刮子几滴假眼泪,不信他不肯开恩饶恕!但是,林金豹手头无钱,便想起交给他老子的五万块,就急忙忙赶回家取钱来了。

林金豹进得门来,朝着林志才叫了声"大",林志才却阴沉着脸一言不发。又发现刘来锁也在一旁坐着,就嬉皮笑脸地叫了声"舅",刘来锁却也一扭身子背过了脸。他舅正在气头上,山羊胡激动得哗哗乱抖,要不是皮三娘在场,脆生生的耳刮子早抽响了。

林金豹见状,便猜想他哥回来肯定是把那事说了,觉得瞒下去无用,便说:"舅,我对不住你老,跟胡成叔有了些误会……"

"你干的好事,牲畜不如!"刘来锁到底捺不住,吼了。

林金豹说:"甭听一面之词好嘛,俗话说:一个巴掌拍不响,咋能光怨我呢!再说,也是个小球事,大惊小怪,不值!"

刘来锁又骂声"牲畜",扑上去抡巴掌就打,却让林金虎拉住了。刘来锁便怒目瞪着豹娃,打也不得、骂也不是地直喘粗气。

林金豹倒是挺乖巧,赶紧朝他舅跪下了,一边分辩说:"真的不能光怨我。胡成老婆是狐狸精,你又不是没见过。是我中了美人计!"

刘来锁说:"宁穿朋友衣,不奸朋友妻。何况人家对咱恩重如山,你忘恩负义不说,可叫我怎么办,我有啥脸见亲戚——"

林金豹说:"舅,其实我跟胡成叔已经和解了,说好了给他五万元,就摆平了,我回来就是取钱的。"

林志才问道:"回来取钱?你挣的钱哪去了?"

林金豹说:"肯定有钱,一部分存了定期,取不出来;大部分还在工程里头,十几万哩!可眼下实在转不过弯,只好回家找你。"

提到钱，林志才马上想到女骗子美滋滋讹诈的事，心想怕是纸包不住火，要当着妻哥、儿子的面出丑了，刚才还怒得发青的脸唰地变红了。

真像隐私要暴露似的，林志才恨不得躲进墙缝里去，慌忙环顾四周，猛然发现皮三娘还在场，便也顾不得得罪她，气急败坏地扯起她朝外便推，一边叫："你这人，还不走，我家有事哩——"

皮三娘这才起身朝外走了，林志才哐吱一声关了门。但毕竟这屋里好戏刚开演，皮三娘怎舍得轻易离开。听着屋里高一声低一句地吵上了，便顾不得许多，返身溜到窗棂下，扮起隔墙有耳的下三烂角色。

林金豹现在要取五万元，林志才急得七窍生烟，却拿定主意不肯说出美滋滋耍流氓讹诈的事，便撒谎道："钱让贼偷了！"

林金豹急了，便叫："我知道你舍不得，但也得掂掂轻重，你不给钱，就等于落井下石，是害我。"

林志才吼道："是我落井下石，还是你引贼进门？钱让你领的那个女贼偷了。"

林金豹这才想到了美滋滋，急问："幺妹呢？美滋滋呢？"

"跑了，鬼知道她跑到哪儿了！"

林金豹说："你说啥？跑了！这么说，钱果真丢了。嘿嘿，我猜得出，她是使美人计讹走的吧！"

林志才的脸又唰地红了，张了张口却无话可说。随即抱着脑袋圪蹴在地，喉咙里发出很粗陋的喘息声。

林金豹吼道："那钱来得容易吗，是我担惊受怕挣来的，是血汗钱，你图一时痛快，竟把老子推到绝路上！"

人无廉耻，无法可治。林金豹发了狂，他舅的"杀气"也全没有了，山羊胡楂在下巴上，一动也不敢动。

林金虎却再也忍耐不住，正颜厉色地说："豹娃，你咋敢对老人失敬！你与胡成叔发生啥矛盾，咱且不说，只说咱这房子盖得干净吗，你这些钱来得干净吗！"

林金豹叫："啥意思？"

林金虎说："啥意思——你已经连累得全家不得安宁！"

林金豹说："贪污的、克扣的，但是，一切都合情合理。怎么样，这是我的本事！"

林金虎忍住气说："豹娃，咱平心静气地说话。人会犯错误，也允许人改错误，浪子回头金不换。如果咱有问题，就赶紧坦白认错。道德上、经济上的错误，咱都担待不起，亲戚也连累不起，弄不好会铸成大错的！"

林金豹说:“哎呀,都啥年头了,还说那些废话,只管把心放肚里去。没听矿上工人说啥,你往办公大楼看,层层都有贪污犯,不用判刑就枪毙,保准不出冤假案。贪财违法的人多了,法能制众吗?至于咱,才拿了人家几个子!操那心去屁扯淡——”

话音没散,一记重耳光已打在脸上。好沉好痛,林金豹向后打了几个趔趄才站住脚步。林金豹陡然大怒,野兽般地号叫一声,换作别人,早就冲过去拼命了。但他面对的是他哥,只好忍气吞声地无语了。

事情节外生枝,越扯越多,也越发恶化,弄得刘来锁和林志才束手无策。倒是林金虎这记耳光打出了机会。

刘来锁说:“都甭混闹了,也甭乱扯其他事了。咱就专门说说豹娃和胡成这个麻缠,就冷冷静静想个办法。”

林志才点点头表示同意。林金豹仍然坚持说必须用五万元才可把事情摆平。

刘来锁长叹一声说道:“也罢,我家的苹果卖了,刚好五万,拿去救急吧。谁叫我这老脸不争气,爱管闲事呢!”

林金豹大喜过望地说:“舅呀,还是你看得起我!”一边携着老头儿就往外走。

林金豹用他哥骑回的摩托车驮着他舅,一阵风似的往他村里飞,眼看要进村了,刘来锁忽然后悔起来,心想你是老糊涂了吗,豹娃既然连那种伤天害理的事都做得出,还有廉耻吗?这五万元还不打了水漂儿?五万元,是全家人的血汗钱,也是全家人的命根子。再说,又没跟儿子媳妇商量,当家的儿媳妇会答应吗?那些钱她连银行里存都不放心,拿走了,还不等于要了她的命!心想事情不好,口里大叫一声:“该死——”顿时气涌痰堵,脑袋发迷,手一松翻下车去。

林金豹回头一看,脸都吓白了,慌忙丢了摩托车,扶起他舅连声呼叫。老汉瘫软在地,双目紧闭,脸色苍白,哪里还会应答。

附近干农活的几个男女急忙奔跑过来帮忙,七手八脚抬上了就手的架子车,又一起拉着推着,朝村里的诊所奔去。

医生问了情况,却摇着头不肯接纳:“恐怕是中风,咱是小诊所,不敢耽搁了,还是赶紧送大医院!”

林金豹心里叫苦道:“倒霉,真是天亡老子!”忽然眼珠一转,有了主意。

早有人将凶讯报告了林金豹的表哥表嫂,两口子也正在地里干活,丢下农具就一路慌张地赶来了。表哥刘汉朝是没经过大事的老实人,早吓得六神无主。

林金豹说:“表哥,还愣个啥,得赶紧送大医院哩!”

刘汉朝说:“兄弟,哥没经过事,就听你安排。”

林金豹说:“叫救护车,再准备八万元。”

刘汉朝吓了一跳:“恁多?”

林金豹说:“说啥废话呀,光押金恐怕就得五六万!”

表嫂迟莲花阻拦道:“我看算了。村里老人得病的多了,几个进过大医院?他都快七十了,老病,别花冤枉钱了!”

林金豹说:“这是人说的话吗?大伙评评理,啥叫忤逆不孝?嫂子,你落得起这个恶名?”

众人都说:“你兄弟说的在理,送大医院才对!”

迟莲花厉声喝道:“甭忙,话得说清,这看病的钱谁出!”

林金豹反问道:“你说谁出?”

迟莲花说:“谁把他栽了谁出!”

林金豹怒道:“我好心好意费工夫费汽油送你大回家,倒赖上我了!”

众人实在看不惯,纷纷劝:“赶紧准备钱去,病人耽搁不得!”

迟莲花怒道:“站着说话不害腰疼,那钱是血汗换的,不是天上掉的,我还要给我娃娶媳妇哩!”

刘汉朝也觉得老婆实在不像话,便可怜兮兮地央告道:“大的病要紧!”

话音没散,老婆的一记耳光早火晃晃地扇在了脸上。刘汉朝是村上有名的怕老婆,早吓得脸如死灰浑身发抖。那女人倒趁势把头拱进男人怀里,双手抓着揪着,嘴里哭着叫着“我不活了!”混闹起来。

林金豹死命拦住表嫂,说:“嫂子,我当着乡亲的面起个誓,咋样?”表嫂只管耍泼,林金豹便大声喝叫:“医疗费我认了,还不行?!”表嫂听言果然就不闹了。

林金豹便说:“一个外甥半个儿,我舅的医疗费我认了。有了三长两短,棺木寿衣我也认了。我林金豹大小也是个公司经理,十万八万也拿得出!不过,我现在身上没带钱,咱就眼睁睁把老人给耽搁了!”

众人齐声道:“说得好!”

忽然又挤进一位黑脸大汉,众人忙叫:“村长。”

大汉说:“我在一旁听得久了,全明白。你迟莲花先回家拿八万元,刘汉朝你赶紧拨打120,其他人抬上老汉公路边上等救护车。谁耽误了事,我派人挖了他的苹果园!"

权威权威,有权便有威,女人再也不敢闹,左一声"倒霉",右一声"心疼"地回家取钱。还是林金豹用手机拨通医院,叫了救护车。一伙人又用架子车把刘来锁拉到公路边等车。

迟莲花到底拿着钱来了,救护车也赶来了。

村长说:"我也跟着,能挤的尽量往上挤。"

这女人就紧跟着病人往上挤,生怕把她落下了,她心里是实在放心不下这八万元哩。

林金豹说:"嫂子,你回去招呼家里,我舅有我跟表哥招呼。"

迟莲花眼一瞪叫道:"啥意思?"

村长吼道:"看门去,小心让贼偷了!"

一言提醒梦中人!迟莲花这才想到家里那只埋藏的罐子,那里面才是大头,整十万呢,是几年间苹果园的积蓄,也是她全家的命根子,要是让贼偷了,她就真的活不成了。

迟莲花眼珠儿骨碌碌一转,拽着男人下了车门,低声叮咛道:"这八万块就交给你了,要千万节省些。帮忙的人万一要吃饭,一碗汤面就打发了,可不敢去吃羊肉泡馍。恁多人,咋管得起!你大病不行了,就甭花冤枉钱,你说死人要紧还是活人要紧……"

丈夫是一副唯唯诺诺老实听命的样子,车上的人耐不住性子,催促起来,刘汉朝这才上了车。

迟莲花望着滚滚离去的一路扬尘,又禁不住干号了好几声。

这个时期的城乡差别,还严重着哩。乡里人到城里的大医院看病,真好像刘姥姥进了大观园,稀奇、胆怯又自卑。人家瞧不起,自己也觉得矮人一头。不是吗?到了医院,交了押金,才自救护车上把刘来锁推进急救室。一行人跟着往里进,穿白大褂的漂亮女娃呵斥一声"出去!"就把跟随的一干人关在门外,满鼻子满眼的瞧不起。

村长的霸气不见了,愤恨委屈地嘟囔道:"这女娃,面似桃花心似刀!瞧不起咱农村人!"

林金豹解释道:"人家也没错,除了医生护士,急救室谁都不能进!"

等了约莫一个小时,躺着刘来锁的担架车又被推了出来。一个戴近视眼镜的中年男医生大声问道:"谁是病人家属?"

不等刘汉朝开腔,林金豹就抢先答道:"我是。"

眼镜医生说:"是脑出血,已经采取了抢救措施,暂时稳住了。但需要住院,不过现在没病床。"

村长不禁发火了:“那咋办？把人撂到露天地里!”

眼镜医生斜眼乜乜他,面无表情,转身便走。

刘汉朝到底是亲儿子,疼爹,急得呜呜哭了,一伙帮忙的包括村长在内的乡党都没了主意。

还是林金豹有主见,赶紧笑着拦住眼镜,一边掏着“蓝好猫”敬烟,一边将他扯到个没人处。嘀咕了一阵,又将三百元硬塞进他衣兜里。对方马上显得和颜悦色了。随即主动领着林金豹找到住院部主任,说是自己老家亲戚脑出血,急需个床位。主任笑了笑大笔一挥,问题就解决了。

林金豹的形象在众人眼里愈发高大了。村长小心翼翼地问了刘汉朝:“你表弟在哪里公干?”

刘汉朝说:“他是阳河矿建筑公司的经理。”

村长惊得舌头一吐:“妈呀,怪不得!”便上前一把握住林金豹的手说:“林经理,我是村长吴大彪,咱们以后就是朋友!”

其实,刘来锁突发的并非什么要命的病,虽然脑血管确实崩裂,却只是比较轻的程度。两瓶“甘露醇”未挂完,竟哼哼着清醒过来。刘汉朝马上把值班医生叫了过来,才又发现刘来锁竟还能说话,半个身子完全灵活,另一半上下肢虽然迟钝些,却也基本能动。

医生说:“真不多见,有惊无险,老人只是轻度出血。估计住一个礼拜便可出院。”

刘汉朝喜出望外,又是鞠躬又是作揖地连声说:“谢谢大夫,谢谢大夫!”

林金豹心里的石头也算落了地。刚刚一轻松,便又开始盘算起如何从表哥手里弄出五万元。

这时候村长吴大彪向他来辞行,说道:“老汉没事了,我就带着他几个回去了!”

看着吴大彪,林金豹心里便有了主意,便说:“不能走,村长麻烦了大半天,还没吃饭呢!”其实一干人早已饥肠辘辘,就等着主家这句话。

吴大彪便不客气地说道:“也好,刘叔没有大事,也该庆贺庆贺。”于是留个人在病房守护,其余人便跟着林金豹径直来至一个酒馆。

服务员递上菜谱,林金豹便与吴大彪客气地吆喝着“你点你点”,将它推来让去。到底还是林金豹点了菜,每点一道菜,服务员便在小本本上记下一笔。

刘汉朝想起老婆的话,怕了,便心虚地问:“老表,你买的是啥面条——”

吴大彪扑哧笑了，嘲弄地道："真是乡棒！这是点菜，弟兄们要喝几盅呢！"

刘汉朝脸色唰地白了，心想：妈呀，这下可要了命了！但看看村长和众人垂涎欲滴的模样，只好千沉万痛地把愤怒压回肚里去。

林金豹又要了两瓶精装西凤酒，心想顺手抠个什么奖，打开包装，没有，就嘀咕了句谁也没听清的骂人话。这时候已有热凉几盘菜上了桌，吴大彪就迫不及待地宣布："来来来，动筷子抄，端酒端酒！"

酒过三巡，林金豹煞有介事地说："哎呀，我差点把正事给忘了，陆局长的公子明天要办喜事，我得赶紧随份礼呢！"接着又把他与区公安分局陆剑白局长的交情与众人讲了，海吹瞎编，倒也说得有头有尾。就实的讲，林金豹确实认得陆局长，但是人家却不见得记得他。林金豹在西安宏大建筑公司打工的时候，确实在他工长的办公室给陆局长沏过茶。工长是陆局长他弟弟，人家是见他弟的时候捎带着见了他。这一刻却让他吹成了朋友。

吴大彪也听得傻了，心里是一百个佩服，真有相见恨晚之感，便特别邀请林经理划十二个拳，林金豹很痛快地伸出了指头。

"六六顺，五魁首"喊了一阵，林金豹说："等会儿得去陆局长家，不巧身上没带多少钱，还得求我老表哩！"又对刘汉朝用不容商量的口吻说："表哥，给我五万。哎，愣啥，押金只交了两万，还剩六万，怕你老表不还咋的？"

吴大彪说："不就五万吗，看你那啬皮样！"

刘汉朝说："只是，我大的病——"

吴大彪说："医生说得清清的，有惊无险，即使现在出院都成！"

林金豹说："看来花不了几个钱，甚至押金都用不完哩。"眼看对方呆愣着，便又摇头叹息道："我表哥的毛病我知道，怕我嫂子！"

刘汉朝说："那婆娘也就是'麻迷'。"

吴大彪说："球，她敢，如今提倡人人当文明村民，她就不归'大队'领导！"

林金豹说："我有个办法保管你两口儿生不了气。我舅不是住了院吗，谁不晓得这地方是吸钱机器，就说钱花到医院了，看她还有啥话说。好了！我回头给你弄张发票，只管回去报账好了。待我一回单位，钱就立马还你，老表你倒因此有了一笔私房钱，省得以后再跟嫂子麻缠！"

刘汉朝还是拿不定主意，吴大彪这下真发火了，一拍桌子道："你表弟是管建筑公司的大经理，会把你欠下？真是十脚也踢不出屁的吃才。兄弟,不求他了,跟老哥我走!”

刘汉朝顿时慌了,忙不迭叫道:“这就给,就给。”便从背在身上的拉链黑皮包里小心翼翼地掏出五沓百元票子,双手捧给林金豹,一边庄严地说:“兄弟,要抓紧还我,要不,我真会让你嫂子扒了皮的!”

众人见状,哄地笑了。

林金豹还是找到了那位眼镜医生,拐弯抹角,果然就弄来一张盖有医院红坨坨的五万元发票。事已至此,林金豹就急着回矿摆平胡成的“悬案”,便提议表哥尽快让他大出院,先找家亲戚住着调养几日,暂时对他老婆保密,等他回转身来再作道理。刘汉朝是怕花钱的主,恨不得马上出院哩,自然同意。林金豹腾出身子,带着那五万元急忙回矿去了。

# 第十四章

论起因，现在由胡成经营的民营性质的狼沟煤矿原是公家的。由凤凰矿务局投资建成于八十年代初年，设计年产量仅为五十万吨，属于阳河煤矿的3号井。由于井口所处位置在名叫狼沟的沟壑里，矿上人就叫它狼沟井口。本来计划用作资源枯竭的1号井的接续矿井，由于地测勘探失误，井建成了，却发现此处煤田是时有时无、厚薄不一的鸡窝煤。而且产出的矸石比原煤多，投入的成本比收入多。由于地质条件复杂恶劣，人身伤亡事故也多。勉强维持了三四年，实在难以为继，矿务局经请示省煤炭局，就把矿关闭了。后来国家允许开办民营小煤矿，矿务局就把井口转让给由广东来的一个私人老板。这个广东人到底也玩不转，又转让给另一个山西人。后来，山西人又转让给了姓祁的河南人。现在祁老板去了陕北，井口最后就落在胡成手里。

胡成不惜血本盘下狼沟井口，其实心里并没有底，只是想赌一把，撞撞运气。

这里的鸡窝煤，少则几千吨，多则几万吨。大的鸡窝，一般都在十几万甚至几十万吨。能撞上鸡窝，是矿主的好运气。若是撞上了大鸡窝，那就发财了。撞不上鸡窝就只能面对不见煤或者煤层极薄无开采价值的石头断层。这也是狼沟煤矿不断易主的原因。转手给胡成的河南人老祁当然也不傻，人家是抽手到榆林那边抢肥肉去的。榆林的大煤田，煤质优埋藏浅易开采，成本低，价位高，又有国家“肥水快流”的政策扶持，有钱有胆识的人都纷纷奔向那里，淘桶金发大财去了。

狼沟煤矿名称为矿，其实规模很小，生产条件也比较落后，连半机械化的水平也达不到。遇到好条件，年产量也就是五万吨，充其量也只是个小煤窑的档次。狼沟矿看似微不足道，其实具有不可估测的经济潜能。虽然是赌一把的心态，胡成也免不了做过一番精细调研：按照近年来每吨煤三百元煤市的最低价格，扣除用电、机械维修、人员工资以及过无煤带时的无产出成本等全部费用，每吨煤也可以净赚五十元。即使按照年产两万吨的低产量计算,年净赚值也在百万元,这对一个工薪族来说,已经是大大的天文数字了。无疑,年产两万吨是胡成必须确保的底线。假如一时无煤可采,他完全可以向大矿的井田偷偷侵略。只要战术得当,打个擦边球游击战,还是敢做的。也是该胡成幸运,他这里一接手,就撞上了非常肥厚的鸡窝,年产量已不是那个保守的两万吨,可能会是四万吨、五万吨,甚至还会刷新历史纪录。这个巨大的煤窝就像一个藏宝无数的阿里巴巴宝库,足可以将他推上大土豪的辉煌高度。但对于胡成来说,其价值和意义还不止这些。他从此真正拥有了属于自己的第二产业,也有了可以从容周旋于公私之间的战略空间,当然也有了以防不测的可靠退路。

比起腰缠亿万的大款来,胡成只能算个微不足道的小角色。胡成只有靠搞建筑假公济私贪来的百万元,不敢有奢望陕北发展的大野心。他现在已升为副矿级领导,一边当官挣年薪,一边又栽一棵秘密的摇钱树,很现实也很划算,胡成就显得心满意足了。

胡成接手狼沟煤矿的时候,也正是与林金豹合作的蜜月期。主要由于这个缘故,就把林金虎由采煤一线调整到了安全生产科当了副科长,分配的任务是主抓采煤工作面的安全管理,工资待遇也由当工人时按劳付酬的计件工资固定为月薪五千元。当然,对胡成是实际上的矿主这个内幕,胡成没有瞒他,胡成把他当作自己人。林金虎对此更是感激,工作起来也分外卖力,几乎每天都泡在煤掌子,跟工人们同甘共苦。

现在跟林金虎合作最密切的就是孙鸿铭。孙鸿铭毕业于省煤炭工业学校,从采掘一线一直干到生产科,绝对是矿井安全管理的行家。退休了,胡成死缠活缠,硬是把老孙聘了来。林金虎跟他在一起,又是肯学习的有心人,自然长进不小。几个月时间过去,那些日常管理,也就比较熟悉了。

面对大鸡窝,生产已是非常红火。胡成还要分出个掘进队朝另一个方向开掘,林金虎感到大惑不解,孙鸿铭也为此和胡成发生了争执,显得闷闷不乐。

到了井下,孙鸿铭忍不住对林金虎说道:“我不想干了,这个地方不适合我。”

林金虎吃惊道:“干得好好的,咋生出这念头?”

孙鸿铭说:“金虎,我看你是实在人,就想把心里话掏给你。掘进的这个巷道,是通往大矿厚煤层的。想干啥? 偷盗,损公肥私,损人利己!”

林金虎说道:“原来是这样! 咱现在有煤可采,为啥还要干这事?”

孙鸿铭说道:“这叫贪得无厌。我老孙,好赖也是大矿的人,咋能干助纣为虐的缺德事。因此,我不想干了。”

老孙一番话,真令林金虎钦佩。老孙不仅是煤矿行家,还是个有正义感有原则性的人。

孙鸿铭又叹气道:“难啊,我应该一走了之,却实在开不了这个口,我欠着胡成的人情呀。”接着,老孙便把胡成当劳资科长时,以他对矿上贡献突出为理由,力排众议主持公道,将他脚有残疾的二女儿招工安排在矿灯房的过程学说了一遍。也确实,这个人情还真不小。

林金虎说道:“师傅,你能对我说这些,起码没把我当外人看。我现在就向你表个态,损公肥私,这不仅是道德问题,也是违法。我肯定也不赞成,也坚决反对。我也是党员,也有自己的底线。”

孙鸿铭的眼睛亮了,说道:“我没看走眼,你果然是好青年。”

林金虎说:“但是我想,胡成叔肯定是一时糊涂,他还是大矿的领导呀？只要他明白过来,绝不会干这种既冒险又失德的蠢事。我上井后就去找他谈,犯错之人,咱及时挡他,就是救他。”

孙鸿铭摇头说:“我找过他了,不信,还把我批评一气。这样吧,咱俩一起去,我也不相信,老胡会是那种人。”

且不论胡成是不是那种人,起码他是聪明人。眼见孙鸿铭和林金虎一块进了办公室,胡成就猜到他俩是干啥来了,却故意不挑破,只等他俩怎样说话。

孙鸿铭直截了当地说:“胡总,我又来了,还是要犯颜直谏。”

胡成却说道:“我先听听金虎的意见。”

林金虎说:“我们发现了一个问题,作为管理人员,有责任及时向您汇报。咱们的掘进方向有偏差,是朝着大矿的煤层去的。我和孙师傅都觉得,这样干肯定会引起纠纷,造成不必要的损失,得马上纠正。”

林金虎说到这里就戛然而止。

胡成问道:“就这些?”

林金虎很干脆地说道:“对,就这些。”

孙鸿铭张嘴欲言,胡成挥手把他制止了,一边笑道:“老孙你把话先留着,我说完了你再做总结,或者是做训示,都行。”然后就神态自若地说下去:“兵家说,‘兵马未动,粮草先行’,咱们煤矿也有个说法,‘生产未动,后勤先行’,咱这个后勤主要指的就是掘进。一个工作面正在开采,你的掘进就得先行一步,提前把下一个工作面准备好,这就是保证接续。因此说,安排这个掘进并没有错。错就错在咱们的宝荣矿长是外行,就在错误的地点开工,又选择了错误的方向。我已经到现场看过了,现在已经停工了,我把宝荣也批评了。你们及时提醒非常好,也非常对。说白了,这是对工作负责,是对咱小矿负责,也是对大矿负责,更是对我负责。多亏老孙及时提醒,要是大家都马马虎虎,我就真的蒙在鼓里了,就可能造成大麻烦。我当时情况不明,还把老孙误解了,在这里我向你老哥道个歉。咱这矿,就仰仗你这专家啦。你和金虎这样负责,我胡成感激还来不及呢!"

胡成把话说到这份上了,孙鸿铭还能说什么呢。也许,胡成觉得遇上了认死理的他,没法下台,就来个脑子急转弯,违心改错;也许,胡成是真不知情,都是白宝荣瞎指挥的。胡成毕竟还是大矿的班子成员,又是背着人开的这个狼沟矿,利害得失,难道还掂量不来吗?

胡成最后说道:"最近你们很辛苦,今晚上我做东,咱就喝它几杯。"

两人前脚走,白玉儿后脚就到了。一进门就埋怨道:"这个事是你的主意,却把脏水泼给宝荣。好汉做事好汉当,既然这么弯弯绕,何必擅自做主张?"

胡成说:"你在听墙根?"

白玉儿说:"我是顺风耳,千里眼,啥事能够瞒过我!"

胡成说:"你说我是遇事弯弯绕,我倒要说你才是头发长见识短呢!往大矿那边送巷道,咱就是揣着明白装糊涂。既然让人指出来了,而且又是个认死理的,我要是坚持,老孙真会撂挑子走人的。他走了我靠谁?难道靠宝荣撑摊子?你说咋办?我只好借坡下驴,这也叫识时务者为俊杰。"

白玉儿说:"这个巷真的不打了?"

胡成说:"我的计划有调整。集中力量,先拿下这个厚煤层。这可是块大肥肉啊,吃下它,咱就富得流油了。巷道的事,暂且放下吧。"

白玉儿说:"你不光弯弯绕,还窝囊。老孙的手也伸得太长了。一个打工的,还挡了老板的道。你不生气也罢,还要请他们喝酒,真是岂有此理。"

胡成说:"亏你还号称交际花,连这都不明白。汉王想要韩信卖力气,专门设台拜将。比起人家,我这桌酒算得了什么?人心向背定乾坤,我这是以心换心,赢得人心。我把话说得具体些,你说老孙的手伸得过长,我还得感谢他这只手哩,他还真把我提醒了。我现在是个地下工作者,生怕暴露了身份,竟然还想在大矿越界偷煤,不是惹火烧身是什么?必须肯定,老孙和金虎起码都有责任心,他们出来反对,本心是对我负责。这是好事,我现在不但不恼,反倒欣慰哩。我请他们,也算是感谢和鼓励。"

胡成本来就是干煤矿的，当然懂得如何正规管理。经过这件事，胡成就把阳河大矿的那一套嫁接了过去。给孙鸿铭封了个总工程师的头衔，直管采煤区、掘进队、运输区、机电队，虽然要比大矿简单得多，但生产链环上应该有的，也都大致不差地配齐了。还成立了党支部，支书就让林金虎担当。同时又给俩人增加了月薪。

不承认不行，胡成还是有水平的。仅此一举，便使管理层的人心凝聚，士气大增。

胡成的这些作为其实虚多实少，目的也不过是笼络几个骨干，同时树树个人威信，如此而已。却不料就惊动了区煤管局。在分管乡镇民营煤矿的副局长聂玉魁看来，这是可以为自己标榜政绩的一张好牌。于是，就将狼沟煤矿树为企业管理先进单位，召集所有辖区煤矿，大张旗鼓地开了个现场会。胡成碍于身份不能出席，就给了白玉儿姐弟大出风头的机会。会开得很隆重，白玉儿还通过表姐赵梦娇是市秦剧团领导这层关系，请来几个演员助兴，美艳妖冶的白玉儿，给与会者留下了楚楚动人的深刻印象。其中一位当场就显得神魂颠倒，不能自持。他就是聂玉魁。之于胡成，这将是一场噩梦的开始。

狼沟矿出名了，但这不过是个华丽的外表。一个企业好不好，职工队伍最重要。人的因素永远第一。高素质队伍可以披坚执锐，乌合之众打不了胜仗。若论工人的素质，小煤窑性质的狼沟矿比起国企阳河大矿就差远了。所用的工人清一色都是由劳务市场招来的外省农民工，四川、湖北、湖南、河南、甘肃，南腔北调，五湖四海，文化程度又多半是文盲。招工不招本地人，又偏挑没文化的，这大概在以前几任矿主时已成潜规则，胡成当然也不例外。为什么，不就因为条件差，待遇低，管得严，没见识的睁眼瞎不但要求不高，还比较听话好管理。当然其中还有个不可告人的鬼打算，万一出了伤亡事故，就比有文化的和本地的好欺好压好处置。

自从林金豹与胡成老婆白玉儿弄出那一折，林金虎就也满心愧疚，就决计替弟弟戴罪立功，也把糟糕的影响尽量消除。

在私营小矿，工人的安全意识本来就不强，又是按产量和进尺计算报酬。为了尽量多挣钱，总会冒险走捷径。现在又碰上大鸡窝，每个人的精神都亢奋起来。产量在飙升，事故隐患也多起来，负责安全的林金虎就格外劳神。

狼沟矿的劳动时间每班都不少于十二个小时，已经够苦够累了。但是林金虎上完这一班又接着再上另一班，没日没夜地泡在了井下，却不多挣一毛钱加班费。

人不是铁打的金刚，林金虎身体再健壮，也经不住这样劳累。这一日下井在煤掌子，工人攉完煤移溜子打支柱的工夫，竟靠着机尾回风巷的煤墙睡着了。

忽然间就传来一声剧烈的爆炸，把昏睡着的林金虎惊醒了。但见煤掌子乌烟瘴气，同时传出了凄厉的惊叫声。

林金虎不顾一切地冲了过去，发现铁质的摩擦支柱已歪七竖八地倒了一片，失去支护的顶板上已冒出个深不见底的洞，那碌碡般大小的巨石依然轰轰哗哗地往下塌落。而整个顶板都吱吱作响，好像面临着灭顶之灾。

"快跑哇——！冒顶啦——！"

但是，为时已晚，能跑的人早跑了，跑不掉的那个工人已经深埋在下。林金虎顾不得多想，急忙组织工人，一边打木垛，打戗柱支护，一边拼命刨人。

胡成闻讯惊惶万状，一边用电话指示严密封锁消息，一边从大矿那边风急火燎地赶了来。但为时已晚，弄出来的已是一具不成人样的尸体。

这是一起严重违章导致的冒顶事故。是因为死亡者违章近距离用雷管放明炮崩大石，飞石打倒了支柱引起的。

追查事故责任时，现场监管的林金虎便成了主要责任人。

时穷节乃见，胡成的绅士风度不见了，只是气急败坏地吼叫："林金虎，我待你不薄，你就这样报答我！"

林金虎满腹委屈却有口难辩，最令他恐惧的是，一个活生生的人，已经死了，他真不知这人命关天的事故如何收场。他只有痛惜、自责和沉默。

"你兄弟俩咋都这样坏，合伙害我呢，我胡成前世欠你们什么啦？"

白玉儿和他弟弟白宝荣也慌忙赶了来，正在火头上的胡成更是怨气不打一处来，一边大骂白玉儿"狐狸精"，一边骂白宝荣"吃喝嫖赌花花公子"，吓得姐弟俩都不敢吱声。

孙鸿铭主动站出来承担责任："这看似安全问题，实则是生产管理的漏洞，这个责任应当由我来负。"又替林金虎巧妙辩解："金虎呀，我几次劝你都不听，你也太拼了。一天二十四小时泡在工作面，一连几天不上井。看看，把你累垮了，事故还是发生了。"

这番话显然有作用，胡成的语气缓和多了："现在说什么都没有用，怎样为死者善后，怎样把事情捂住，这才是当务之急！这样办吧，一是对事故严格保密，不能走漏任何风声；二是生产照常进行，但工作时间要适当缩短，不能再打疲劳战；三是马上拿出个违章处罚办法，对直接肇事者，一定要严办，要罚得他心疼，罚得他再不敢胡作非为。”回头又对着白宝荣斥责道：“我把金虎说重了，真该骂的是你。最近忙成这样，你身为代理矿长，下过几回井？”

白宝荣眼睛看着脚尖，支吾半天也没吐出一个字。

胡成接着说道：“出于保密，你老老实实给我待在办公室，不能喝酒，不要和你那些朋友联系。金虎跟班很辛苦，你必须分担一些。没事下井去，听清了吗？”

白宝荣在肚子里应了声：“听清了。”

“大声点！”

“听清了——”

收拾住慌乱的局面，胡成才使自己冷静下来。他首先托病向阳河矿请了一周的假，然后来到省城，在柳莺湖大酒店包了套面临湖水的套间，关掉了手机，开始了应对危机的艰难煎熬。

凭栏望去，柳莺湖广阔的湖面微波不兴，碧绿如镜，环境是如此优雅美丽。

然而，胡成的心中却是浊浪翻腾的凶险景象。他非常明白，这场事故之于他的极端严重性。一旦泄露出去，他秘密经营小煤窑的事情就败露了，矿务局的纪检部门就会介入调查。仅仅按照纪律规定，他就得吃不了兜着走。但最担心的是，他们不会就此罢手，他们会由此产生更大更深的办案兴趣，他们会审查他凭什么会拥有巨款经营个体煤矿，到那时，搞建筑贪污受贿的问题便会曝光，仅凭这一条，就够得上判刑入狱了。最可怕的还有因违章生产丢掉的这条人命，数罪相加，后果不堪设想。

胡成如此悲观地一路想来，就钻到了转不过身的牛角尖里。他不禁心惊肉跳满脸虚汗，他在这一刻才感觉到一种难以承受的心理压力。又联想到老婆白玉儿与林金豹的龌龊之事，更觉得雪上加霜，祸不单行。精神几乎崩溃，他甚至产生了投湖自尽的念头，他现在觉得死亡并不见得是一件坏事，死亡可以使痛苦瞬间解脱，一了百了。他在悲观绝望的这一刻忽然顿悟，死亡竟然也可成为人生的幸福境界。

不远处的湖面上传来一声凄厉的尖叫，把胡成由痛苦的思维中惊醒了。那是一群大学生模样的年轻人在玩蹦极，又一个女生由高塔上飞速跌落，伴随她的是惊怕刺激或者说是冲向危险和死亡瞬间本能的尖叫。

然而,就在她大概以为将要粉身碎骨的一刹那,生命的奇迹却发生了,那根系着命根的绳子就那样有惊无险地抓牢了她。刚刚的惊怕和绝望顿时又化为了战胜自我后的胜利豪情,或者是绝处逢生的巨大喜悦。

欢笑声又在湖面上荡漾,胡成的心绪也陡然开朗。他开始为死的念头感到后怕,也感到可耻,他由眼前的蹦极游戏受到启发。他觉得自己就正在玩着人生的蹦极,并正在由高空中丢砖头似的坠落着,他会在惊怕与绝望的最后一刻绝处逢生的。

胡成的心里顿时活泛了,也轻松了,他自我松绑地想:要说腐败,这是全党全社会都在面临的问题。放在这个层面上,自己何其渺小,就像沙漠里的一粒沙,就像大海中的一滴水。要说什么问题,有几个当权的屁股上没屎呢?要说事故死人,哪个矿没有发生过事故?没有隐瞒过伤亡?法不责众啊,他们岂能死盯我一人?即使违规私开小煤矿的真相暴露,我也不怕,我起码在大方向上没有错。既然如此,自己为什么不能举重若轻,不能大而化之呢?

胡成如此去想,还真的解脱了,胡成觉得自己一定会像玩蹦极一样,有惊无险。心里一轻松,脑子也正常了,处置事故危机的思考才摆上心头。胡成首先想到了私了。私了是他这种私营小矿可行又妥善的办法。他不可能参照国营煤矿处置事故的那一套。国营煤矿有国家抚恤政策的规定,可以在向亡者家属发放抚恤金的同时,再为其遗孀或子女在矿安排工作,就此便可画上句号。但是,他却不可能那么做,他这里不是国企那种相对稳定的铁饭碗,他唯一的选择就是私了。用钱私了吧,标准又该是多少?十万二十万肯定难打发;太多了,那还不要了他的命。再说,人的本性就是贪婪的,何况,活生生的人命都没了,亡者家属岂能不狮子大张嘴。纵使你很慷慨,给了他三十万,他还想着五十万呢。而且,不管人家怎样大额索赔,也似乎不为过。比起人命,金钱又算得了什么?无论走到哪里,你这肇事方都占不上理,他也很可能把你告上法庭,这实际上又多出了一个麻烦。要让官司不吃亏,你不用钱去摆平用什么?结果也只会是更加被动。

思来想去,反复推敲,胡成最后拿定了一个主意:彻底隐瞒事故真相,实在抵挡不住,就把井下违章事故说成与自己无关的交通事故。如此办,自己就化被动为主动,即使适当给些钱,也可以说成是出于对亡者的同情和怜悯,是人道主义的善良义举。但这也是最后一道防线,他首先要认真做的便是封锁消息,掩盖真相。

主意拿定,胡成立即返回。他命令工人全部停工,集合到一起开会。

胡成首先宣布了对事故的处理决定:这次事故定性为严重违章生产所导致的死亡事故。死亡者熊友田为第一责任人,另一个放炮的工人为直接责任人,监管安全生产的林金虎为主要责任人,分别罚款五千元和两千元,从当月工资中扣除。与此同时,胡成决定提升工人工资,自今日起,工人每生产一吨煤,在原来的计件标准上再增加二十元钱。为什么这样做?胡成的原话是:“因为,我这人心肠软,觉得弟兄们背井离乡,挣点血汗钱不容易。我也是农村出来的,我对咱农民工怀有感情。”说这番话时,胡成动了真情,哽不成声,博得了工人们热烈的掌声。

接下来,胡成才说出了他真正要讲的话:“死者的后事如何办呢?我想,应该当作一起交通事故来处理。也就是说,他不是死于下井挖煤,而是下班后在矿外的公路上散步,被路过的汽车撞死的。而那辆车撞人后逃之夭夭,不知所踪。”

此话刚出,人群中便响起一片惊愕的嘘声。

胡成又说:“当然,我会对死者亲属有一个妥善的赔偿。尽管死者熊友田是自己寻死,故意违章,但毕竟死者为大,他哪怕在我这里只干过一天,也是我的工人、我的兄弟,我会尽到人道良心的。”说到这里,胡成又显得伤心,竟又挤出几滴泪水来。然后又用很悲情很关切的语调说:“你们知道我为什么要这样做吗?我是为弟兄们的利益着想!假如说出事故真相,咱们的矿就会面临困境,轻则停产整顿,重则吊销执照。假如那样,弟兄们的饭碗就砸了。纵使你们能够再找工作,也要重新折腾,也要蒙受损失。你们说,是不是这个道理?”

胡成讲得动情,完全是一副悲天悯人的诚恳状。人群中有人赞成地叫:“是这个理——”大家这时候又是一阵交头接耳的热议,气氛显得热烈起来。

白宝荣不失时机地说话了:“董事长是菩萨心肠,完全是为大家的利益着想。我现在请大家表个态,同意将熊友田之死当交通事故处理的,请举手!”

大伙儿面面相觑,互相用眼神征询着意见,最后还是齐刷刷地举起了手臂。

白宝荣说:“这就好,现在就请大家在这个材料上按指印。”然后让工人们排着队走向已摆好的桌子,一个接一个,在事先打印好的事故经过材料上写下了自己的姓名,再按上手印。

胡成则在一旁朝工人谦恭地点头哈腰,口里不住地嚷嚷:“谢谢兄弟们!”

签名按指印结束了，白宝荣又提出了一个要求，让每个人都将手机先交到保安室，这却立即引发了工人们的异议，甚至，反对的声音也出来了。这些善良纯朴的农民工，虽然没什么文化，但也不见得就是弱智，至此多半已看清了矿主隐瞒真相、逃避责任的不良用心，已多少有了抵触的情绪。让他们再交出手机，等于剥夺了人身自由，反抗的声音便出现了。

胡成见状，赶忙大声解释道："别误会，听我说。我相信，大家都是通情达理的，都会对签名按指印的承诺负责。但是，也难免人多口杂，万一有人无意中向外走漏了消息，大家的利益都要受损害。手机只是集中保管，接打电话绝对自由，而且都放在各自的作衣箱里。我保证，等过了这几天，马上返还。"

见矿主说得诚恳，又只是短时间的行为，工人们也都不再争议了。

当天夜深人静时，由白宝荣指挥着，矿保安室的几个人用辆三轮车将遇难工人熊友田的尸体装进一口仓促买来的桐木棺材，拉到山沟的荒僻处掩埋了，连个坟头也没留。

胡成和白玉儿这工夫在办公室正在对林金虎搞和谐呢。

胡成让白玉儿为林金虎沏了热茶，叹气连声地说："金虎，气火上我骂了你，可别放心上去。论实情，你还是立了功的，要不是及时打戗柱架木垛，工作面全推了，后果会更严重的。因此，叔是感谢你的。今天当着工人面宣布处罚你，那不过是做样子给别人看。我现在可算了解你了，你跟你弟弟不一样，你才是优秀青年哩！"

说到这里朝白玉儿摆头示意，白玉儿就拿着一个臃肿的信封往林金虎手里塞，说道："这是你叔给你的，两万元！"

林金虎坚决不接，说："我工作失职，应该处罚，怎么能这样呢！"

胡成说："我说过了，你立了功，应该奖励。要是不接就是对叔有意见，也是看不起你叔。"又说："你都亲身体验了，你看叔创这个业，容易吗？咱是亲戚是自己人，还要多多体谅。"

话说到这份上，林金虎才勉强接住了信封。

这时候，白宝荣一身风尘地回来了。

胡成立即由沙发中站起来问："办妥了吗？"

"办妥了，一切到位！"白宝荣朗声答道，一副立功凯旋的样子。

这时候，意料不到的事又发生了，一个老工人来到办公室，说他有重要情况报告。来人说他叫熊喜来，跟死亡工人熊友田是一个村的。按辈分把他叫叔。熊友田就是跟着他出来的。最后，熊喜来说出了死者惊人的身世：熊友田是个独子，父母亲也是独子独女，父母现已双双过世，又没订婚姻，因此是个无亲无故的人。

胡成听言喜出望外，赶忙叫白宝荣拿来招工登记表查对，结果证实熊喜来所言不妄，要不是熊喜来在场，胡成真能高兴得蹦起来。

胡成当然明白熊喜来主动报告的用意，便很客气地说："虽然死者无亲无故，但他是你领来的，也应该给你一笔安慰费。你先回去休息，回头等研究了再通知你。"

熊喜来就是为钱来的，算是达到了目的，就欢欢喜喜地走了。

胡成、白玉儿、白宝荣全都用喜从天降的表情六目相对，接着又爆发出一阵无比惬意的大笑，笑声里，胡成如释重负地跌坐在沙发里，大叫："老天爷助我呀，感激不尽！"

这一夜，胡成如释重负地入睡了。本该是香甜入睡，一觉睡到大天亮，但那奇奇怪怪的梦，却纷至沓来地缠绕。先是白玉儿光着身子，跟他耳鬓厮磨地说着骚情话，忽然他惊奇地发现，白玉儿的屁股后，竟拖着条白晃晃却毛茸茸的大尾巴。胡成的意识里马上闪上一概念，千年黑，万年白，白玉儿是修炼万年的狐狸精！便又将惊奇变为了恐惧，胡成怕这个长尾巴的狐狸精女人掏了他的心，撕了他的肺。于是拼命挣扎，拼命呼救，但全身却丝毫动弹不得，不知挣扎了多大工夫，才"啊呀"地吼出声来，把睡在身旁的白玉儿也吓了一跳。

"咋啦，魇住了？"

"我做了个怪梦，真怪！"

"睡吧，心太累才做怪梦。"

胡成心有余悸，伸手开了床柜上的台灯，一把掀开了被子。白玉儿居然跟梦里一样没穿衣服，便凑近眉眼扳过那屁股看。

"咋啦咋啦？"白玉儿吃惊地坐起来。

"你刚才是不是在动我？"

"神经病，不睡就滚到一边去！"

女人的话语恶狠狠的，胡成忽然觉得憎恶，心里恨道：这个狐狸精，跟别的男人上床，也会是这种骚模样。就果然抱了被子，独自到大沙发上睡了。

也不知道煎熬了多久，胡成总算又一次打起了呼噜。恍惚间又觉得自己在一条街上踽踽行走，街面罩着若明若暗的浓雾，那高低参差的房屋一鳞半爪地露出来，像是海市蜃楼的感觉。路面像是石板和砖块混铺着的，只能绊绊磕磕地行走。街上的行人也很少，远远可见影影绰绰的人。待走近了，却忽然消失，影踪全无。胡成感到害怕，觉得自己是穿越了时空隧道,来到了古代那个城池中;要不然就魂落黄泉,来到了传说中的幽冥世界。正不知所措,那暗巷中就突然蹿出一犬,朝他狂吠着猛扑而来。胡成大惊失色,拔腿就逃,但双腿却似灌了铅,心里再使劲,却怎么也迈不动。口中大叫"不好",那犬已扑至面前,一个猛扑,便将他扑倒在地。犬头抵至脖颈,血盆大口獠牙尖利,那一对绿光闪闪的大眼,就那样恶狠狠地与胡成恐惧的眼睛目光相撞。胡成便绝望地叫道:"狼,狼呀——!"那狼嚎叫一声,却不向脖颈下口,猛回头撕下了他大腿上的一块肥肉。胡成悲戚地哭道:"想不到我胡成五尺汉子,竟会葬身狼腹!"便索性闭了眼睛,任凭恶狼撕咬。危难时刻,料不到的救星便及时赶到。但见一白衣女子,赤手空拳,竟勇敢上前,将狼自他身上拖开。那狼便舍了他,搂抱着那女子疯狂翻滚。须臾狼遁,胡成赶忙上前,欲道救命之恩,却惊瞠了二目,白衣女子竟让狼撕去了衣裙,也不是别人,正是妻子白玉儿。

又一次噩梦惊醒,把个白玉儿也又一次弄醒。胡成想着梦中情景,忽然悲从中来,扑上床搂着白玉儿呜呜呜地哭了,伤心得撕肝裂肺。

白玉儿说:"你今天是咋的了?"

胡成呜咽道:"还是老婆疼我,恩爱夫妻呀……"

白玉儿揉着困眼打着哈欠,一边安慰道:"你太累了,睡我被窝吧,我搂着你,就不会再做梦了。"

自后果然安稳入睡,一觉醒来,太阳光已经穿过窗玻璃,直射到床头上来,胡成看看手表,竟已是中午十点一刻了。

起床后洗漱刚罢,白玉儿姐弟就脸色不好地走了进来。

白宝荣说:"林金虎狗日的跑了,钱没拿,还留了一封信。"说着便将封牛皮纸质的信件递给胡成。

胡成当然吃惊不小,林金虎主管安全生产科,是他手下很得力的人,他这么一走,这个顶重要的担子由谁去挑呢,而眼下,事故刚刚发生,人心不稳,正是用人之际,也是困难之时。

慌忙抽出信笺看过,只见钢笔所写笔力遒劲,字迹工整,言道:"胡成叔:去年至今,我受到了你的热情帮助和信任器重,内心十分感激。本想在这里为你好好出力,但我发现,我对安全生产很是外行,发生伤亡事故更令我非常痛心和自责。我觉得,我很不适合也不能胜任这样的工作。故特告辞,敬请谅解。临别奉谏一言:狼沟煤矿虽为私营企业,也是国家经济建设事业中的一分子,故应自觉遵守国家法规,实行文明生产管理,尊重职工合法权益,如此,方可走上健康发展的康庄之路。"最后的署名是林金虎。

看罢信，胡成双腿绵软地跌坐在沙发里，半天也说不出话来。

白宝荣说："姐夫，像这样的叛徒，就应该抓回来好好修理。"

胡成朝他翻翻白眼，根本就没有理会。

白宝荣又叫道："这就叫乡巴佬，就叫农民，遇到困难就叛逃，素质太差。"

胡成没好气地叫道："农民咋的啦，他比你强一千倍。要是你能争点气，也不至于发生伤亡事故！你看看人家写的这字，说的这话，打死你也做不到。真后悔我没有真正重视他，可惜这个人才了。"

白宝荣不服气地嚷嚷道："锤子人才，他兄弟俩都不是好尿。那个林金豹，你不也欣赏吗？还不对你干下了缺德事！"

白宝荣嘴里竟然冒出这种话，等于把姐夫胡成和他姐白玉儿同时揭短打了耳光，白玉儿的脸色顿时白里泛红，很不自在。胡成瞪眼擂茶几地自沙发里跳起来，吼了声"滚！"白宝荣也自知失言，就灰溜溜地走出去了。

白玉儿说："林金虎走人倒不要紧，咱可以在离岗工人里再聘。却怕他出去将死人的事乱说，走漏了风声，麻烦就大了。"

胡成说："你觉得他会对人乱说吗？他还不至于那么坏嘛！"

白玉儿冷笑一声说："你认为他对人泄密是坏，恐怕他还认为你坏呢。好端端一条人命，说没就没了，而且是那样缺德无人性地偷埋了。说不定，正是因为他看不惯，忍不了，才来了个不辞而别。在他的眼目中，肯定把你看成小人看成魔鬼了！你再仔细看看信上说的话，一句一个国家法规呀，职工合法权益呀，法、法、法，他是用法眼看你哩！"

白玉儿这一串连珠炮把胡成轰得怕了，他这才想起林金虎当过兵，又是党员，部队那种正统的教育咋能不会影响他，万一他被那个党性原则左右了，甭说会对人发泄不满，说不定还真的会跑到有关部门控告哩！

胡成当机立断地说："这样吧，我得回一趟老家，赶紧找着林金虎，磨断舌头也要请他回来。万一不成，起码也要把他的嘴堵上。再说，还有他老子林志才和他舅刘来锁哩！

随即胡成便驱车回了趟老家。对林金豹回家和刘来锁中风住院的事，胡成一概不知。先去见刘来锁，他家大门却挂着锁，便又去找着林志才。林志才说林金虎回家只说了声他不在矿上干了，其他什么也没说。屁股还没沾稳凳子，就让在部队时的战友攀扯着，去新疆送本地土产的柿饼去了。胡成是为了封堵林金虎的口专门登门的，就径直把林金虎离矿的原因说了。林志才觉得老二金豹弄出了对不起亲戚的缺德事，老大金虎又不辞而别，真是羞得抬不起头。除了一迭声表示歉意，他还能怎么办呢？当胡成提出要林金虎对矿上事故保密时，林志才便拍腔子起誓地做了保证。胡成见林志才确实诚恳，又想到毕竟是亲戚之间，还不至于那么绝情，便将悬着的心放回了肚里。

# 第十五章

在事故的阴影下，胡成忐忑不安地苦挨着日子。一个月时间过去了，却并未发生任何事，就连市、区乡镇工业局和煤管局来矿进行例行检查时，也没有提起任何关于事故的疑窦，胡成便认为这件事真正摆平了。近来的煤炭市场很好，价格也随行就市地提升了。狼沟矿产销两旺。又结识了一个营销煤炭的南方大老板并订了合同，以每吨四百六的价钱将他这里的煤包销了。胡成算算账，除去不足二百元的吨煤成本，每吨净赚二百六七十元。按每日产煤五百吨计算，日净赚十三万余。月净赚约四百万。这个大鸡窝少说还可采两三个月，起码可赚一千多万。如果运气再好些，厚煤层接连不断，一年下来赚多少，可达三四千万呢，我的老天爷，暴发了，不消三年，老子就是亿万富翁。

胡成一高兴，就带着孙鸿铭以及七八个管理层的骨干，驱车到城里喝酒去了，却单单留下白宝荣在矿值班。因为，井下还有生产班在作业。现在林金虎离矿了，无可奈何，就只能“蜀中无大将，廖化作先锋”。

白宝荣心中大为不满，竟擅自离岗，也独自驱车赶到市里，召集了一干平时的赌友，在一家酒楼吃喝个痛快。酒后吐真言，在对胡成如何瞧不起他，不给他实权的牢骚发泄中，就把狼沟矿如何隐瞒伤亡事故的真相说了出来。岂不知，朋友领来的朋友中，恰好有一个是聂玉魁的手下，回去一汇报，胡成的祸事就临头了。

这天上午，胡成正在矿务局开全局多种经营工作会，白宝荣的电话就打来了，说是区上的煤监局来了两个人，是专门调查瞒报死亡事故情况的，顿时惊得胡成满脸冷汗。他一方面叮咛白宝荣千万不能承认，先把人请到附近的农家乐好吃好喝款待着，等他回去了再作道理。又赶紧给白玉儿打了电话，要她立即赶过去虚与周旋。白宝荣办事，胡成一万个不放心！

会没结束，胡成就借口身体不舒服，由局里急匆匆赶回狼沟煤矿。本来，胡成惧于企业领导干部不得私办产业的纪律规定，绝不敢轻易显出庐山真面目。但事情到了这份上，他就顾不上禁忌了。胡成最明白事态的严重性。煤监局插了手，就等于立案侦查。一旦真相大白，重则交司法机关处理，判你三年五年，还要附加罚款；中则吊销生产经营执照封矿停产；即使从轻，罚你个三两百万也算是法外开恩了。这样的事以往在国有大矿就有先例。

待胡成回到狼沟煤矿，却只见白玉儿、白宝荣姐弟，那两个人已经走了。

胡成对白宝荣说："我不是让先把人稳住吗？你成天在外喝酒打牌，关键时咋就全不会了？"

白宝荣急眼道："我巴不得把人家叫爷哩，可他们一副法官脸，只是掏出钢笔本本审贼一样问，我有啥办法哩！"

胡成问："你说说，你是咋样给人家回话的。"

白玉儿说："还是由我来说吧，其实这俩人是由我招呼的。那俩人一口咬定有人举报，说咱的矿瞒报死亡事故，就连怎样偷偷埋人，怎样用钱堵工人的口也说得大致不差。但我跟宝荣呢，也是一口咬死没那事。"

"那两人的身份证件看到了吗？"

"倒是想看，人家那么凶，我敢吗？"

"找工人调查取证了吗？"

"没有，其实也没追根刨底，问话时间也不算长。看来人家已经拾了底，不想跟咱多费口舌。"

"临走留下了什么话？"

"那俩人说，案件的性质很恶劣，弄不好，要判刑坐牢，要没收咱的矿，要罚几百万的款，口气厉害得很。"

"再没说别的话？"

"对了，白宝荣，是不是那人这样说过，至于事情咋处理，关键还看咱的态度。如果企图抵赖或者乱找关系想摆平，只会将事情闹得不可收拾。"

白宝荣说："对对对，就是这样说的。另外还说，如果咱不主动，就要上报市局甚至省上。我听出话味来了，他们想让咱上贡，而且想吃独食。"

胡成苦叫道："灾星啊，麻烦大了。"

白宝荣喷着唾沫骂道："不知哪个狗日的把咱卖了，他有种就站出来，看老子不把他废了。"

胡成道："现在说这话顶屁用！没事不找事，有事怕也没用，咱只能想办法应对了。"

说话间,大门口值班的急火火地走了进来,说是有个自称是煤监局领导的来了,车和人就在大门口。

胡成大吃一惊,心想他们来得真急,就连喘气的工夫都不给。急忙对白玉儿说道:“我不便露面,由你接待。切记,只听他怎么说,不管说得多严重,都不可多言。最后只推说需要研究一下,尽快给他答复。”又对白宝荣吼道:“你离开,滚远点!”

胡成然后就躲进办公室的隔间,关上门,支棱起耳朵细听动静。

来人正是聂玉魁,与白玉儿一照面,身上就一阵过电,心想这狼沟矿的矿主,竟是如此美艳。

茶水没沾嘴唇,聂玉魁就将话直奔主题:“你这里发生了伤亡事故,煤监局来人调查了,对不对?”

白玉儿表示认可地点点头,却又否认道:“只是个小事故,没有死人啊。”

聂玉魁说:“你哄得了鬼,却瞒不了我。既然开矿,你肯定清楚瞒报事故的严重性质。少则罚你二百万,多则罚你不封顶,而且会吊销开矿资格。不信你可以到大矿去打听。”

聂玉魁这时候递过一张名片,说道:“其实,我不是煤监局的,却可以帮你摆平这件事。请放心,我绝无恶意,是一片好心。你大概是头一回开矿,没经验,要不咋会这样愚蠢。”

白玉儿记着胡成的叮咛,言语谨慎,只说了两个字:“谢谢。”

聂玉魁又说道:“我已经把那头按住了,事情不会再扩大。若是不信,就让这个时间来验证。从现在起,一周时间内他们不会再来。但到了第八天,如果你这里仍无行动,他们肯定会来。但恐怕到了那一天,我也爱莫能助了!”

聂玉魁说完话就走了,胡成也把他所说听得清清楚楚。

白玉儿说:“看起来倒是诚恳,也许真是帮忙来了。”

胡成说:“糊涂,流氓恶棍,敲诈来了!”

胡成满脸虚汗,瘫坐在沙发上长吁短叹。白玉儿见状,急忙拿了毛巾为他擦拭,心中想说些开导话,却不知从何说起,竟嘤嘤地哭出声来。

胡成说:“你先出去,让我一个人静一静。”

白玉儿出去了,胡成大口抽着烟,努力使自己冷静下来,再把聂玉魁说的话仔细咀嚼。

也许,煤监局并不知道哩,先来的两个人也许就是姓聂的派来的,这不过是姓聂的在演戏。但就算是假的又能怎么样?他敲诈不成,也会去揭发，反正把柄已经攥在了人家手里，自己想捂已是不可能了。事情的严重性自不必说，如果任由煤监局处理，判刑关矿罚巨款都在圈定之中，对他将是毁灭性的。怎么办？只有潜规则摆平的唯一选择。对方的意思已经非常清楚，这个潜规则也是逼上门了。姓聂的连验证的话都撂出来了，就说明他在那里真能捂住，那就只好听他的了。若是大矿的话，用公家的钱摆平公家的事，花钱消灾并不心疼。可作为私营矿主，性质却完全不同，哪怕花一万两万，也是在自己身上割肉。况且，他们盯的就是私营矿，不定怎样狮子张血口呢？但又有什么办法呢，他胡成官场没背景，商界无后台，还是国企干部偷偷开矿，就冲这一条，不死也得扒层皮。也只好咬牙割肉，引颈挨刀了。罢罢罢，老子大不了豁出个百八十万，只要能摆平事情，矿就依然运转，就权当长虫身上脱了层皮。若从长计议，损失个百八十万，也不过是肥牛掉了一点膘，也算不了什么。

胡成拿定了大主意，又拿着对方的名片仔细推敲，就猛然心头一亮，这不就是大林庄的那个聂玉魁吗？自己的老家张胡村离大林庄才不过五里路。他听表妻哥刘来锁说过，这家伙起先在公安局，后来又到了煤监局。但名片上却是恒昌煤炭商贸公司的董事长，难道他也是明官暗商，偷偷下海？他曾经听前矿主老祁说过，恒昌公司垄断销售市场，牛皮得很，是得罪不起的人物，原来老板就是他。且不管他是什么身份，就凭他在煤监局干过这一点，肯定有着老关系，也绝对是能掐准要害的内行。想要日弄他，还不是一句话的工夫。虽然是乡里乡亲，但是，他与聂玉魁非亲非故，所熟悉的乡党中也搜不出跟聂玉魁关系近的。用得上的关系一个没有，不利的因素却很扎眼。聂玉魁夺走了林金虎的未婚妻，与林家结下了难解的疙瘩。而林金虎的亲舅刘来锁又是他的老妻哥。长在大林庄的聂玉魁，对这种关系咋会不清楚。因此，这种所谓的乡亲关系，非但不会于他有利，反倒会招惹来麻烦。胡成觉得此劫难逃，而且，自己更不能露面，只能派别人去。

让孙鸿铭去？不行。搞生产管理，老孙没说的，但让他去搞潜规则，那可是擀面杖吹火——一窍不通。那只能由白玉儿出面了。但是，另一种担心又生发出来。因为胡成还听说过，聂玉魁生性好色，就因为作风问题才被逐出了公安局。万一他趁机对白玉儿下手可怎么办？白玉儿漂亮妖艳，极有可能诱发聂玉魁的邪念。派白玉儿前去，还不等于送羊入狼口？不行，万万不行！那么派谁去呢？胡成真是一筹莫展了。

想来想去，胡成还是发了狠心：就让白玉儿去。老子一送钱，二送色，权当使了个美人计。舍不了肉，打不了狼！

接着，胡成便对白玉儿说："我思来想去，觉得由你出面合适。咱先带上三十万去找聂玉魁，他要把钱悄悄收了，咱的事也就有救了。"

白玉儿吃惊道："三十万，疯啦！"

胡成苦笑着说："这才是块试水的石头，恐怕，大头还在后头哩！"

白玉儿说："要人命呀，姑奶奶跟他拼啦！"

胡成说："说气话，能解决问题吗？我想过了，且不说眼下这个坎，姓聂的还搞煤炭经销，哪家矿井都离不开他。权当是，花钱买条财路。"

白玉儿说："人家要是不收呢？"

胡成说："那就看你的本事了。我也相信你的能耐。你这人，脑子灵，会说话，胆子也大，比你弟强一百倍。"

白玉儿说："你为啥不出头呢，亏你还是个大男人。遇上事，就当缩头乌龟。告诉你，我不去。"

胡成便把为啥他不能出头的原因说了，末了又冒出一句话："你是女人，男人面前有亲和力。同性相斥，异性相吸嘛！"

白玉儿听言便将杏眼瞪圆了，吼道："胡成你是人不是人，叫自己的老婆给人去使美人计，就不怕人家伸了咸猪手。与林金豹跳了几圈舞，你就冤枉我，与一个生人没凭没据地潜规则，你还不把我给生吃了！"

胡成说："他不敢太过分，他只是为了钱。不过话又要反着说，如果聂玉魁真是好色之徒，咱的事就更好办了。假如他胆大妄为，你就将计就计，顺势抓他证据。有了他敲诈的证据，也就不怕他了。"

白玉儿冷笑道："你真不是人，为了钱，什么卑鄙事都可以做。"

胡成很别扭地笑了，比哭还难看："你真是误解了，我是说以防万一嘛。咱对付这些强盗，多长点心眼有啥不对。我又为了谁，还不是为了咱这矿咱这家。"见白玉儿仍是拒不接受的态度，胡成便恨声怨气地做了决定："等你把这个事办好，就把矿长让你干，总管加财权啊，实权啊，这下总该称心了吧。"

白玉儿这才叹口气，说道："那就试试吧，谁让我这人命苦呢。"

等到第八天，自称是煤监局的那俩人把电话打来了，说是他们要来处理问题，准备出发哩。胡成回答说："不用来了，我们马上去见聂总经理。"电话那头就应了声"那就好"。

胡成放下电话，恨恨地说："不是姓聂的演戏，就是他们之间串通好了。但也可以相信了，姓聂的能够摆平事。"

按着胡成的指挥，白玉儿照着名片上的电话号码，直接拨通了聂玉魁办公室。

电话那头问道:“你是谁?”

白玉儿答:“我是狼沟煤矿负责人——白玉儿。请问您是聂总经理吗?”

“我是聂玉魁,你有什么事?”

“您好啊,聂总,咱可是见过面的,您是贵人多忘事呀。”

“没有忘,咋会忘,你是绝色大美女嘛。”

“聂总啊,就在刚才,那两个自称煤监局的人打电话说,他们今天又要来。”

“什么自称,就是煤监局的人嘛!今天是第八天,你还怀疑我吗?”

“聂总啊,我是到煤监局去,还是直接找你?”

“当然直接找我,千万不能去那里,不然会坏事!”

“我懂啦,不见你不谈。”

“对对对,就这样办。”

“那行,我现在就去。”

电话那头却卖起了关子:“不行,今天一整天都有急务。就到晚上吧,我在办公室等你。”

“给你添麻烦啦,谢谢您啦——”

白玉儿的话味嗲声嗲气,还真有狐狸精迷人的骚味道。白玉儿故意按了“免提”,对方的话便听得清楚。

胡成说:“既然这样了,咱马上就去,早扔钱早解脱。”

白玉儿说:“人家叫晚上去嘛!”

胡成说:“晚上?挨球去呀!鬼才走夜路哩。”

白玉儿说:“啥意思嘛,是你求着我出面,现在又说恶心话!谁想去就去,老娘还就不管了!”

胡成赶忙赔笑道:“我的姑奶奶,跟你开玩笑呢。”

夜幕降临,胡成亲自开车进城,把白玉儿送到恒昌煤炭商贸公司的办公楼旁边。

胡成说:“我就在这里等你,祝老婆成功,一切顺利。”

胡成独自坐在车里,目送着白玉儿上了楼,就朝着方向盘前面摆着的弥勒佛作揖祷告:菩萨保佑,顺利搞定,顺利搞定。又点燃一支烟慢慢抽着,努力使躁动的心平静下来。

也不过两支烟的工夫,白玉儿就从楼里出来了。

胡成推开车门急问道:“见到人了吗?”

白玉儿答:“见到了。”

“怎么这么快,谈正事了吗?”

“没有,他叫我在楼下等他,看样子要换个地方。”

胡成的心“咯噔”一下悬起来了,为什么要换地方? 他想干什么?

但脑子一个急转弯,又想到这种事咋能放在办公室谈? 隔墙有耳,这可是见不得人的黑交易。如此想来,悬起的心又放回了原位。

不一会儿办公院里就开出一辆黑色轿车,拐到对面马路的左边停下了,只见一个肥胖的半百男人打开车门探出身子向四周张望,白玉儿说声:“就是他。”就赶紧奔过去上了车,那车便一溜风朝前驶去。

胡成便慌忙启动了车,一路紧紧盯着,七拐八拐,来到一处酒店模样的五层楼下,也不靠停车位,径直朝楼前开去,拐个弯就不见了。胡成只顾跟踪,也将车直往里开,却被保安拦住了。无奈,只好将车停在了外面的停车位里。

胡成下车后仰头张望,但见楼面装修很有欧式风格,洋气华丽,二楼的大阳台上有一行闪闪烁烁的大字:幸福汤酒店。

胡成心甚不安,急忙走进一楼大厅。大门两侧穿旗袍的门迎小姐喊着“欢迎光临”,大堂里的女服务员也马上殷勤招呼,胡成却不搭腔,而是把大厅的角角落落仔细扫视一番。看不见白玉儿的影子,便又上楼梯往二楼奔,却被穿制服的保安挡住了。

“慌什么慌呢,谈正事去了,又不是让坏人绑架了。”胡成一边安慰着自己,一边想找个可以监视酒店出入的地方。发现一楼大厅外有个肯德基,与酒店大厅只有玻璃墙隔着,里面的情况一目了然。便要了份意大利风味的西点,外加一大杯浓咖啡,坐在面对大厅的餐桌上,细嚼慢咽地消磨着时间。

半个小时过去了,一个小时过去了,胡成有点坐不住了,心想毕竟就这么个事,咋就用了这么长时间。

半个小时又过去了,接着又苦熬了半小时,整整两个小时呀,难道里面摆了酒宴? 邀请的人很多又很能喝? 要不然咋就用了这么长时间。

一个小时又过去了,夜色已深,而胡成这个不速之客,消费了一个人的东西却等于占据了起码十个人的座位。

其实胡成也实在坐不住了,他的心中已是非常不安,也感到非常后悔。觉得让白玉儿出面真是大错特错,他会为此付出很羞耻的代价。这时他才发现,他竟然对白玉儿爱得如此真挚、如此自私。但他又仿佛看到了白玉儿在朝他笑着,那是一种得胜的笑,白玉儿又分明朝他欢叫着:事情摆平了,灾难过去了!

“胡成——”一声清脆的叫声把胡成的梦魇惊醒了,白玉儿已经站在身后,脸上是轻松惬意的淡笑。

胡成赶紧跑站起来,一把抓紧了她的手,一双眼睛刀子似的在她身上刮来刮去。

白玉儿笑道:“看什么,我还是我。”

胡成心头一松,笑了,这才想到了正事:“事情办妥了吗?”

白玉儿说:“妥了,把心放肚里吧。”

“能干的老婆呀——”胡成忘情地大叫一声,搂住白玉儿满脸乱啃,引得周围的人都瞪直了眼睛。

回到车里,胡成就急问过程。

白玉儿说:“其实简单得很,是你自己想得太复杂。其实聂总人也不错。人家知道得一清二楚,确实有知底人把咱出卖了。其实人家知道你,就说是看在乡亲的分上,才主动给咱帮忙呢。钱是收了,可聂总说他不会要一分钱,只是用这钱帮咱堵口子消灾。因为,事故的事,就连公检法机关都知道了,他要凭他那张脸为咱擦屁股哩!”

胡成倒是越发不安了:“收钱倒是利索,什么公检法都知道了,该不会是个无底洞吧?”

白玉儿说:“我想不会,聂总说了,他将尽力为咱斡旋,也有把握办好。还叮咛以后可要小心,他可是豁出老脸为咱消灾。以后生意好了,不要忘了他就行。”

胡成说:“那就好,那就好!”又不放心地问:“不就几句话嘛,咋用了恁长时间?你出来了,姓聂的咋没见人呢?”

白玉儿说:“人家早走了,我倒是不舒服,在里面躺了一会儿。”

胡成听她这样说,就越发不安了:“你说啥,躺了一会儿?我想听个仔细。”

白玉儿不高兴了,说:“你个贼心眼,胡思乱想啥哩。好好好,我说给你听。进了一个客房,我说到对面‘宴君楼’去点菜,人家却挡住了,倒是自己动手冲了两杯咖啡。说完事人家说还要开会,就走了。我却头晕得很,就靠在沙发上歪了一会。醒来后,就下楼了,就看见了你。就这么简单嘛?”

胡成说:“开会开会,不就是个私企老板嘛,扎锤子势!”

胡成又拿过白玉儿的皮包掏心挖肺般地一阵翻,却没找到他要找的东西,脸色就唰地变了。

白玉儿说:“钱给人了,你还翻个啥?”

胡成说:“夹层里的东西咋没了?”

“啥东西?”

“扁扁的,长长的,像个电视遥控器。”

白玉儿便明白了,恼羞成怒地叫道:“好哇,你搞监听,怕我给你戴绿帽子,对不对?你狗日的就是个特务!”

胡成说:“算你说对了一半,那东西是录音笔,但咋能防你哩,那是为了留证据。你没想想,三十万元不声不响地送了人,不开发票不打收条,万一他翻脸不认账,咋办?我是多了个心眼!”

白玉儿依然不依不饶:“你放了那东西却不吭声,分明是不相信我!”

胡成说:“我不也紧张吗,忘了。你也是,我忘了提醒你录音笔,你弄丢了。一再叮咛不要乱喝别人水,你却喝了。我还夸你精明,咋就不让他打个收条。你说你头昏歪了一会儿,一会儿吗?三小时,要干啥坏事都干成了!”

白玉儿委屈地哭了,一边哭道:“你怀疑我被人家那个了,是不是,我冤枉啊,我不活了,我要死……”

胡成的心里明得像镜子,聂玉魁得了钱,又贪了色,还不留任何蛛丝马迹。他真的翻脸不认账,你手里没有任何证据,告到包青天那里也拿他没辙。他若收钱贪色却不认账,你还说不出口,只能落得个哑巴吃黄连——有苦道不得。这事假若传出去,还不让人笑掉大牙。胡成情知自己遇上了高手,心中痛恨却也不得不服。但辗转一思,收人贿赂,替人办事;拿人钱财,替人消灾,早已成了社会流行的潜规则。既然是潜规则,他能开发票能打收条吗?又琢磨了对方挺有人情味的话,便觉得这事也算办成了。俗话说:敢得罪朝廷大的官,不敢惹家乡一懒汉。说一千道一万,聂玉魁与他是近乡党,他百年后也得归祖坟呀。

胡成如此替自己开释,心中的疙瘩便也解开了。然后就用好言抚慰白玉儿。只是觉得浑身绵软,车是开不得了,便找了一家宾馆双双歇了。

又过了半个月时间,聂玉魁那边毫无动静,胡成夫妇正感忐忑,便忽然接到区乡镇工业局的通知,说是狼沟煤矿被评为年度党建工作先进单位。胡成感到莫名其妙,因为在狼沟煤矿建立党支部,还仅仅是自己的内部安排。当时封给林金虎的支书头衔也是空头支票,压根就没有上报,这先进的光环却已罩到了头上。便判断是聂玉魁玩了“曲线救国”式的鬼把戏，也算是为他把灾消了，一颗悬着的心便真正放回了肚里。

派白宝荣在市里参加了表彰会，还没轻松两天，没料到聂玉魁居然又亲自驾车来了，胡成觉得没必要遮掩了，就出面热情接待。

聂玉魁劈头说道："久闻大名，今天对上号了。胡成胡成，你还真敢胡成。国企公职人员擅自开煤窑，胆子不小哇！"

胡成的骨头都吓软了，想分辩，那根舌头却像是刹那间中风了。

聂玉魁又说道："是不是觉得我不过是私企老板，凭啥说话气场大，像个政府官员似的？那就告诉你，我还是市政协委员，有着官员职责呢！要不然，我就那么牛皮，就把火给你灭了，就给你弄了个先进单位？"

胡成赶忙点头哈腰道："那是那是。"

聂玉魁说："先把你这个事放到一边。我今天之所以亲自来，是因为你这里麻烦大了，有人把你狼沟矿死亡瞒报的事举报到省上了。这下倒好，连我的几个朋友也装了进去，统统成了包庇者。"

胡成怕就怕这个苦果，苦果就塞到了嘴里。事到临头，怕有什么用，只好豁出命去应对。哪怕有一线希望，这个苦果也不可吞下肚子。但是，孤独无助的他还会有什么好办法，也只有求助眼前的这个聂大经理了。

聂玉魁只顾把自己要说的一股脑抖出来："你也是大矿当领导的人，井下死亡瞒报的性质有多严重，你应该是清楚的。何况国企领导私自搞第二产业，更是罪加一等。按照惯例，是刑事加经济处罚，判你一年两载不算少，三年五载不为多，罚你二百万不为少，三百四百万不算多，你的麻烦大了！"

听对方这样威胁他，胡成的心里却亮堂了，聂玉魁是在变本加厉地恐吓敲诈。也许真有人举报到了省上，也许根本就没这回事，这只是聂玉魁进一步敲诈的借口。但又有什么办法呢，自己干了见不得人的事，把柄让人家拿住了。这真是捣鬼的遇上了邪判官，此劫难逃了。便只好狠下心来，直冲对方的鬼打算照直道来。

胡成便说："聂总，你已经帮过我一把，兄弟我心里感激呢。我知道你把我当作自家兄弟，才不辞辛苦赶了来，这是想救人救到底呢，兄弟我更是感激不尽。我也给你交个底吧，我接手狼沟矿时间也不长，满打满算，利润还不到二百万。何况，多半钱是三角债，根本要不回来。如果课以重罚，兄弟就真的破产了。"

聂玉魁翻眼看看胡成，显示了悲天悯人的同情状："唉，都不容易呀，就说你这个人，干事咋就不小心呢。"

胡成想着近日来的磨难，忽然就悲从中来，声泪俱下地说："我真是难啊，哥，聂总，看在乡亲的分上，你还得帮兄弟逃过这一劫。您上面人熟，总会有办法的。"

聂玉魁叹息一声，很亲切地在胡成的肩上拍了一把，说："我也是民营企业，惺惺相惜嘛。再说，维护民营企业，促进地方经济发展，也是政协委员的职责呢，我就再想想办法吧。"说完便起身告辞。

胡成急忙将他拦住，回身打开了办公室墙角的保险柜，拿出了一个黑色的塑料袋子，不容分说就塞到对方怀里。

聂玉魁说："你这是干什么？"

胡成压低声音说："四十万，我也拿不出更多了。"

聂玉魁假惺惺地说："不许胡来，你偷偷下海，还要拉我下水哩。你看这样行吧？要花钱，我先替你垫着，最后在你这里报销。"

胡成说："那怎么成，这钱你必须拿上。帮了兄弟这一回，我就是您永远的兄弟！"

聂玉魁哈哈笑了："你这样诚恳，我就不推辞了。我这个人，其实也不含糊。你的难处，我也理解。怎么办呢？我就尽量……"聂玉魁拍拍胸口，意思是请你放心，我会尽力而为的。

聂玉魁前脚走，白玉儿就要起泼来，抬手甩了胡成一个响耳光，大声吼道："你傻了，人家都不好意思了，你还是坚持给他，而且是四十万！"

胡成委屈地叫道："你才傻，折财又折色，白白让人占了便宜！"

白玉儿随即呜呜哇哇大哭起来。胡成情知她心疼钱，前后相加，可是七十万，搁谁也想不通呀！便不恼也不劝，任凭她将愤懑尽情发泄。

到了夜里，白玉儿情绪就安稳多了，胡成对挨宰的事情也想通了，便将自己狠心想好的一个打算说了出来。

胡成说："这个矿不能再开了，我现在算是明白了，老祁为啥会好端端地将矿盘给咱，惧怕黑恶，黑恶猛于虎呀！"

白玉儿惊叫道："你是说要把矿转让别人？不行，那是毁了咱的摇钱树！"

胡成说："不正跟你商量吗？耐耐性子，听我把话说完。为啥不可再开下去？不就因为开矿是个高危行业！咱是小本生意，不可能像国营大矿，可以大把投资地搞安全质量建设。小煤窑，条件差。工人挖煤，基本上还是两块石头夹块肉，随时都有事故风险。今日过了这一劫，明天不定哪里又来一遭。辛辛苦苦，提心吊胆挣点钱，还要受恶人敲诈。我有预感，等这个事一过去，姓聂的还会来。他那公司不就是贩卖煤炭吗？因此会以底价强购咱的煤。咱现在算是欠了他的人情，一旦开口，就无法推辞。再说，我的身份也暴露了，得赶紧金盆洗手。因此，这份活罪咱不受了。我盘点了一下，开矿八个月，咱还算好，净赚五六百万。若能二百万把矿转让，除去百万元成本，就等于又多赚一百万。有这剩余的七八百万，这辈子天天花天酒地，怕也花不完哩。我还有个计划，等咱在狼沟画了句号，就到大城市去发展，或省城，或沿海，买几套商品房，让它们随着楼市升值去。再买套大商铺，租出去挣年租费。其余钱就是存银行吃利息，也不是个小数字呢。最关键的是，人活一世，谁不想享受幸福安宁，与其在这山沟沟装孙子受人欺诈，倒不如见好就收，潇潇洒洒享福去。”

白玉儿风流时尚，说是去大城市享福，当然情愿。但又觉得白白让人占便宜敲竹杠，心中怨气难平，便说道：“你的计划我没意见，只是觉得太窝囊，那毕竟是七十万呀。狗恶霸这样可憎，咱为啥不敢告他？政协委员，算个啥官嘛，不信国法治不了他。”

胡成说：“尽说糊涂话！要是能告的话，他也不敢敲诈了。”

白玉儿说：“真是难咽这口恶气。狗日的，甭张狂，老娘不是好惹的，迟早还得给我吐出来。”又说道：“你的计划没错，但这矿……一时半会盘得出去吗？”

胡成说：“不愁，总有人会盯着煤窑做发财梦。我倒是想起林金豹曾说过，省城宏大建筑公司的老板对开矿有兴趣，曾托付林金豹在咱这矿区留意着。我觉得可以先找林金豹，让他替咱牵线搭桥。”

听到林金豹，白玉儿的声调忽然变得尖锐：“你不是有误会吗？他可是被你撵走的！他现在又在那个公司干着，跟他们老板又是那么铁，能替你说话？再说，什么公司不能找，非要找那个‘宏大’？”

胡成说：“你没想过吗？我是阳河矿领导身份，能因为转让私营矿井把自己搞死吗？这件事不能让矿上任何人知道，必须在远处找下家。要是宏大肯接手，就是最理想的买家！关键是林金豹就在咱这里干过，他要是替咱说话，就最有说服力。”

白玉儿冷笑道：“白日做梦，你想想你最后多么绝情？他能够帮你，鬼都不相信。”

胡成笑道：“放心，他还能为我做事，不信就走着瞧。”

能不能利用林金豹，胡成的心里其实也没底。就像白玉儿所言，他在感情钻牛角的情况下，对林金豹确实很绝情。就在歌舞厅风波发生后的第三天，林金豹拿着五万元现金登门赔情。林金豹一口咬定他与白玉儿并无任何龌蹉事,他只是给他的“婶子”教习他在省城学会的“水兵舞”。号称“舞蹈皇后”的白玉儿仅仅为了面子,就特意要了小包间,这就成了那些热衷绯闻者的所谓证据,就成了导致误会的发酵剂。至于这五万元,林金豹说是感恩费。他一个无依无靠的穷小子,在遇到困难的时候,是他的胡成叔收留了他,也重用了他。因此他肯定感恩在心,这点钱就是他力所能及的表示。但是胡成心里明白,他为啥不多不少偏偏送来五万元,不就是提醒自己把事捂住吗?而且就是跟自己学的伎俩,不但没有谅解他,反而认为对方做贼心虚,就产生了更强烈的报复心,毫不犹豫地将林金豹辞退了。五万元当然不会收,矿中学教学楼没完工,自然也谈不上什么奖励提成。按照工程投资规模,林金豹的损失明里暗里起码不下八万元。八万元,不算是小数字,换作谁都会计较,何况是那么鬼精鬼怪的林金豹。然而他竟然头也不回地走了,临走还向他深鞠一躬。事后胡成冷静下来了,便感到后悔和不安。怕什么?当然是他与他之间那么多的敛财潜规则,一旦林金豹翻脸揭发他,就是足以毁灭他的原子弹。因此,胡成已经在考虑,必须赶紧与林金豹重归于好。本该付诸的行动却让这场事故给耽搁了。直到转让矿井的念头生出,胡成才又想起了林金豹。

“在这个世界上,没有永远的朋友,也没有永远的敌人,只有永远的利益。”胡成现在觉得这句话把世态人情讲得很透彻,而且就像是专门针对他似的。

想好了立即就行动,这是胡成的性子。第二天便驱车直奔省城。果然,一个电话,就约来了林金豹。先是一番道歉,再是一番自责,接着就将那八万元提成当面给了。林金豹见钱心花怒放,也自然言归于好。然后就将想把狼沟矿转让给宏大公司的意思说了。林金豹倒也痛快,马上就引见胡成与宏大建筑公司的董事长景宏见了面。

不料景宏却说他的主意变了。即使想投资办矿,也只会去陕北大煤田。但还是挺客气,说是林经理的朋友来了不能慢待,特意安排林金豹以公司的名义,在一家很有档次的酒楼招待一番。虽然景宏未能出席,但足以证明林金豹在这里的威信了。

几杯酒下肚,胡成先对林金豹说了一番奉承的话,然后又将矿井转让的事扯了出来,说道:“我听景董事长的话味,他还是想办矿,因此说咱们还有可能。”

林金豹说:“陕北煤田大开发,凡是去过的都说那里遍地生金。景董事长也亲自去考察了,只是因为没有开矿经验才迟迟未动。当初想接手狼沟矿,就是想尝试尝试,积累些经验和人才,再去陕北开大矿。”

胡成说:“你要提醒你老板,接受狼沟矿,与在陕北开大矿不但不矛盾,而且很重要,也很迫切。也就是个九牛一毛的小投资,却培训了技术人才,积累了办矿经验,就可以在陕北放手大干。”

林金豹说:“那我就试试,看能不能说动他。”

胡成说:“以你的本事,以你跟你老板的关系,肯定能办到。”说着又将随身的大皮包拉开,取出了两沓五十元钞票,双手一推送到了林金豹面前。

“叔,你这是干啥?”

“辛苦费! 这叫一帆风顺,马到成功。”

“叔,你把豹娃又高看了,我哪有恁大本事。再说,你也见外了,咱说啥还是亲戚呢。”

“事成之后,还有更大的数!”

“那也行,我先替你保管着。如果没说成,我一分钱也不要。”

事情的结果是皆大欢喜,林金豹果然把景宏董事长说通了,决定接手狼沟煤矿。接着双方商定,以一百五十万人民币转让费成交,不过有个条件,胡成以及他的原班人马不能走,还给胡成留了五分之一股份。而且仍然由他代任总经理。林金豹任副总经理,雪碧任执行监管,代表宏大公司监理业务。胡成虽然不悦,也只好答应下来。

# 第十六章

转眼间又是春节，年三十的下午，龙潭镇便热闹起来。沿街的大小商店都在忙着贴春联、敬财神，炽烈的鞭炮声此起彼伏。后街的大林庄同样热闹。家家户户响着鞭炮贴着对联，儿童们以及爱美的姑娘媳妇，纷纷换上了漂亮的新衣，三五成群走上村街，嬉闹着，交谈着，到处都洋溢着欢声笑语。男性的儿孙辈还有一个重要使命，便是由长辈率领着去祖坟迎接故世亲人回家过年。家中的祖宗神位前，供品排列，丰盛琳琅。依然在家中长辈的率领下，儿女孙辈恭敬地焚香作揖，叩首参拜。先让他们一边品尝供奉的水果点心，一边饮茶小憩，然后就等着吃团圆饭了。这是代代相传的礼仪，遵循的是孔孟"慎终追远"的孝道。叩首祭拜的时候，各家的院子里又会响起鞭炮声。街前街后，村里村外，到处都是一派喜庆的节日景象。

林志才的家中却显得冷清，两个儿至今未归，孤老头子独守一屋，心中倍感凄凉。老大林金虎离开狼沟煤矿后，又被人介绍给一家私营柿饼厂去乌鲁木齐送货，年前来电话说春节赶不回来了。林志才知道大儿金虎境遇不顺，精神痛苦，也有意让他出去走走。老二金豹嘛，又去省城打工了，连个话都不捎。这崽娃子本来就不大懂事，又在胡成那里横生事端，指望他回来更是靠不住。看来，这个年只有他一人孤苦伶仃地苦熬了。

出嫁到李家村的女儿林金花带着外孙李乐乐回来了，孝顺的女儿还给父亲带来了过年特备的猪肉蒸碗、油炸麻糖，以及一大包白生生的麦面蒸馍。

林志才欢喜不尽，到村上的小卖铺给外孙买了鞭炮，又给了五十元压岁钱。外孙在院子里燃响鞭炮，女儿陪着父亲说话，冷清的林家顿时有了精神。

给父亲做了顿热乎乎的饭菜，林金花就领着儿子李乐乐回李家村了。目送着女儿和外孙一步三回头的身影，林志才的眼眶湿润了，心中悲怆道：嫁出去的闺女，泼出去的水，情何以堪啊！

眼见日坠西山，就强打精神，独自悄悄儿出门，迎回故世父母及三代宗亲归了神位，又将一副上街时花两元人民币买来的对联贴在门上。对联的内容是："年丰人寿千家乐，国泰民安万事兴。"横批是："五福临门"。林志才大致浏览了一眼，觉得字写得一般，内容也是老套套。摇摇头，却又点点头，一副不满意又认可的矛盾状。林志才近来运道大起大落，总归不顺，对联的内容太风光反倒招人嘲笑，这是他在这时刻的小心思。

贴了对联，天色渐暗，炽烈的鞭炮声混响起来，又形成新一波高潮。这一刻是吃团圆饭的时候，家家都忙着祭祖献饭呢。据说鞭炮声能够通天地，达鬼神，也就是用这种方式禀告亲人亡灵：又过年了，吃团圆饭了，请父母亲大人、列祖列宗用膳！因此，祭祖献饭菜时燃放鞭炮就成了必须有的议程之一。这是家乡自古一代代流传下来的风俗。既是对祖宗功绩与恩情的缅怀致谢，也是将一年来取得的成绩向故世亲人的总结汇报。家中有子弟考上大学，当了干部，或者是发财致富，添丁进口，更要借此机会，炫耀一番。虽然不像为老人做寿，过三年脱服那么大肆铺排，包含的是孝祖宗扬家威的意思。当然还有教育子孙不忘祖先恩德，继往开来，立身有为的用意。但这些带有明显封建色彩的传统文化，也不是必须绝对遵守的。富家有富家的讲究，穷人有穷人的凑合，还会随着政治气候的变化冷热沉浮。"破四旧、立四新"那阵子，倡导的是过革命化的春节，这一套旧礼仪连同另外许多旧礼仪统统被扫荡到了封建残余的垃圾堆，一直消停了许多年。但现在，受惠于国家改革开放后的致富政策，无论城乡，人们的日子一天天好起来了。自古道"仓廪实而知礼节"，这既是人民真善美的情感需求，论本质也的确属于优秀的传统文化。于是，旧风俗旧礼仪不但恢复了，甚至比以前还要烦琐隆重。林志才此刻忽然觉得，这些封建社会传下来的所谓礼仪，原来都是旧社会有钱人的乐子，他们家业大人丁旺，就想着法子凑热闹，显排场，正所谓"扬名声，显父母"。而像自己，大过年了，甭说好酒好菜祭献祖先，自己一个大活人，还冰锅冷灶地恓惶着，哪里有心情去搞这一套把戏呢？

闻着浓浓淡淡的火药味，林志才披着棉袄，顺着村街漫无目的地缓缓行走，走到聂玉魁儿子聂金牛的门前时，发现新贴的对联长得离谱，便凑近了留心去看。仅仅看了上联，心中的火气便噌地点燃了。原来，那上联分明写着："纳淑萱伏恶豹添爵禄得贵子年年喜盈门"。林志才毕竟有些文化，平时还时不时看一些像《薛刚反唐》《七侠五义》之类的小说，像这样的对联还确实看得懂。心想聂金牛这狗东西也真是欺人太甚。纳淑萱伏恶豹不就是炫耀他家霸娶了邢玉侠又借毁青苗的事整了他们父子吗?欺压了别人还要添丁进口再升官。林志才越想越气,正想冲过去将那对联撕了,大门里却猛然扑出一只大狗。多亏用铁链子拴着,要不然后果就糟糕了。林志才也只好暂且将恨火压下,又听到皮三娘在不远处跟几个女人大声说话:“玉魁升官了,当了市政协委员了!”心中更不是滋味。

林志才步履沉重地走回家中,进堂屋拉亮电灯,供着父母遗像的供桌便豁亮起来。几盘土产的花生、干枣和自集市买来的面点就是供品,一只粗瓷碗中放满灶灰就算是香炉,那香炉中的香不知啥时候已燃尽了,供桌上就愈发显得冷落寂寞。

林志才赶忙上前燃了三炷香,恭恭敬敬地在灰碗中插好,就端详着自己已经先后过世十多年的父母亲。

自祖父那辈开始,他的家就在省城开着烧饼店。日本人侵略中国,一路烧杀逼近陕西。杨虎城将军培育的陕军东渡黄河死守硬拼,把鬼子兵挡在了潼关之外。他的祖父出于爱国忠心,把烧饼炉子安到了烽火前线。就因为这个原因,他家的烧饼店赢得过“长安烧饼王”的美誉。但到了他父亲这辈,却因为内战导致的物价飞涨无法经营,无奈何叶落故里,成了种地的农民。父亲守着脚下这片黄土苦熬打拼,直到去世,也没将苦日子熬成好光景。林志才是双亲膝下的独子,也是个很懂事的孝子。1958 年的时候,国家从东北迁来了一批工厂,在原来的底子上又进行了扩建,因此就大张旗鼓地向社会招工。毕竟是社会主义建设的新时代,青年人谁不向往外面的世界,都趋之若鹜地奔向了省城。林志才有着城市基因,自然不会落下,也到了省城的机械厂当了工人。由于有高小文化底子,很快便成了车间里的香饽饽,还当上了厂里的先进生产者。这家工厂好大,级别也是副省级。能在这样的工厂工作,甭说他家感到自豪,就是在整个龙潭镇来说,也是个值得炫耀的亮点。但是好景不长,全国连闹了三年自然灾害,又雪上加霜地要给苏联人还债,全国人民都饿扁了肚子。当时的进厂工资由每月 18 元的学徒工开始,每年递增 2 元,三年期满转为见习工,才能拿到 27.5 元的一级工资,才算进入了八级工资制序列。那时候什么补贴、奖金都没有,只是裸工资。本来人民币是非常值钱的,一个月工资 41.45 元的四级工,精打细算的话,也可养活四五口人之家。但在巨大的天灾人祸面前,国家经济遭到重创,粮食奇缺,物价飞涨,钱不值钱了。林志才当时还未满学徒期,20 元的月工资还买不来十五个烧饼馍,连自己都养不活,哪里还再能月月寄钱回家养父母。林志才有意回到农村,却不敢照直对父亲说。他顾忌他家的那段省城经商的历史,也不想让他的父亲失望。但面对饥肠辘辘的现实,林志才到底还是回了龙潭镇。其实,当时农村的情况也不见得有怎么好,人们照样青黄不接地饿肚子。回乡不久又搞开了食堂化,像各乡各村一样,大林庄的家家户户都不得不放弃自家的灶炉灶具,男女老少统统挤到集体办的大食堂,用萝卜稀面糊哄肚子。好在他父亲仗着家传打烧饼的厨艺和名气,在食堂灶上当着炊事员,属于跟几个村干部同类型的“一人吃肥,全家沾荤”的上等社员,林志才的瘦肠子里才渐渐有了油水。但是,西安的那份工作永远地丢掉了。他自己的美好前途,也自此“黄鹤一去不复返”。许多年后老爷子临终时对他肚肠痛断地说了几句话:“要是我不当那炊事员,要是你回家照样饿肚子,你就肯定留在了西安,就当不了农民。福里藏祸呀!”

想到这一层,林志才清冷的心中愈加痛楚,鼻子一酸,几颗黄豆般大小的泪珠滚出了眼窝。要是当年不离开工厂,按他当时较高的文化程度和已经打开的好局面,起码在厂里找了对象结了婚,儿女都成了厂里人城里人。不光满足了父亲的心愿,也造福了自己和后人。假若那样,就不会发生聂玉魁夺走邢玉侠的事,就不会遭受被当众批判铐拿绳绑的羞辱,就不会有大儿金虎自部队复员回乡的事,就不会让金豹沦为玩世不恭的二流子。真是“一步走错,输了全局”呀!如果说,父亲临终的遗憾仅仅是因为返城愿望的破灭,那他眼下已经遭受和正在面临的背运,则更是现实环境中无法回避的鞭影。

忽然,林志才对刚刚产生出的面对困难的怯懦心感到羞耻。说一千道一万,他也是个见人不哈腰的能人。虽然老二金豹铲毁聂玉魁家的青苗是干了蠢事,却也显了他父子不惧强势的血性。尽管邢玉侠让聂玉魁拐了去,尽管他聂玉魁借毁青苗的茬儿糟蹋了咱,但咱到底老虎没失威。反倒是聂玉魁胆怯了,撺掇着林志诚给咱道歉和脾气。聂玉魁配跟我当对头吗?呸,就凭他强夺邢玉侠的卑鄙德行,生意场上能不走邪道吗?天不容奸啊,他总会有倒霉的那一天。等着瞧,我林志才三年等你个闰腊月!

林志才正在想心事,冷不防大门口就响起了炽烈的爆竹声。他的心“咯噔”一惊,猜不出又发生了什么事。急忙走出来一看,但见一男一女两个年轻人就堵在他家的门口瞎热闹。“大地红”真是惊天动地,足足响了半支香烟的工夫才停下。

林志才从背影看了半晌也没认出来是谁,只觉得两个年轻人的发型衣着都非常怪异,男的上身穿着皮夹克,裤子上特窄下又特宽,脚步移动时像是两条乱划的船。头发很长,还像刺猬毛似的竖着翘着。女的就更怪,上身穿着皮大袄,下身将两双光晃晃的肉腿塞在长筒皮靴里,看上去好像没穿裤子。

林志才正看得发呆,那刺猬毛男孩却大踏步走进了院子,到跟前了,又亲亲热热地叫了一声“大”,才知道是金豹回来了。

林金豹又引领着时髦女子介绍说:“快叫爸,这是雪碧,我的女朋友!”

雪碧挺礼貌也很得体地叫了声“伯父”,声音甜甜的,说的是味道怪怪的普通话。

林志才很机械地应了声,随即进了堂屋。就着日光灯看去,雪碧的模样儿还算周正,只是脸上粉嘟嘟的过白,嘴唇上的口红也太浓,有一种不舒服的感觉。心中怨道:自从上次领回那个四川女子美滋滋,也没过多长时间,豹娃这又弄出这么一折,到底是显能耐哩,还是丢人现眼呢?

林志才心中不悦,一言不发地坐在板凳上抽旱烟。眼睛明一下暗一下地直往雪碧身上瞅,心想:这个女孩子咋又叫个怪名字?雪碧,哪有姓雪的?没见过,就跟那种饮料一个叫法!她又怎么肯跟豹娃好?世界上从来没有无缘无故的爱,豹娃说啥都是个在外瞎混的农民,她图个啥?

林金豹贼精贼精,一眼就能看出老爹的心事,不等盘问便作介绍。

林金豹说:“大,我知道你心里犯嘀咕,就不妨打开窗子说亮话,雪碧可不是美滋滋那号人。她是湖南湘西人,那地方山穷人穷,过去出土匪现在却出人才出美女。雪碧那地方人也活道,穷则思变就出来打工挣钱。不像咱这老陕,穷死困死也守着家门不出外。按说雪碧不会来咱西安,湖南人大都去了广东、上海。但雪碧念过高中,有文化,就爱咱这西安城是有文化的古都,于是就自个自地来了。”

雪碧说:“金豹说的都是实话。我早就从书本上爱上了西安,要出门打工,我就没犹豫,直奔你们陕西了。”

林志才说:“可是我们这儿并不富,比不上南方沿海好挣钱。”

雪碧说:“挣钱是重要,但精神追求更重要。”

林志才现在急于知道的,是金豹和这女子的关系。儿子又一次将个陌生女孩领回家,要是来路又不正,再弄出一折美滋滋那种丑事,还不让大林庄的人笑掉门牙。

林志才问道:“你是咋样认识林金豹的,你们又是啥关系?”

雪碧说:“我们是打架认识的。我现在跟他还只是朋友关系,没发展到那种男女关系。”

林志才听言吓了一跳,这个湖南女孩,也未免泼辣过头了,真是令他瞠目结舌。

雪碧说："伯父奇怪吗？其实，我们湖南人跟你们陕西人很相似，都爱吃辣子，都尚武好胜。你们陕西出了秦始皇、汉武帝，我们湖南出了毛主席。先跟日本打，又跟老蒋打，又跟美帝苏修打，结果都打赢了。'东风吹，战鼓擂，现在世界上到底谁怕谁？不是好人怕坏蛋，而是坏蛋怕好人。'伯父你这么大年纪是经过了的，您说我说的对吗？"

林志才瞪着怪异的眼睛走开了，却到院子里抱来一撮棉花秆放在堂屋。

林金豹问："大，你这是弄啥？"

林志才一边在兜里摸火柴一边说道："我还怕冷哩！再爱吃辣子爱打架，也不能大冷天光腿穿裙子，既不暖和也不好看。感了冒，咱还没钱请大夫。"说罢，摸出火柴点燃了柴火，那火焰便噼啪作响地蹿将起来。

雪碧不怕冷是假，见这里火苗一起，就马上跑过来烤上了，一边说："其实我们南方人是怕冷的，特别是你们这儿的冬天，干冷，西北风一吹，鼻子不是鼻子嘴不是嘴。"

林志才说："特别是我们这里是农村，没楼房没暖气，不大适合你这样的时髦人。"

林金豹说："大呀，啥意思嘛？生蹭冷倔，尽说些怪怪话。再说你在屋里笼火，就不怕把墙熏黑？"

林志才不搭话茬，却径直走向厨房："都没吃吧，我给咱弄饭去。今年没心情拾掇，买了点菜，割了几斤肉，还生着。多亏你姐还送来点熟食。"

林志才说着就到案板上操家伙，却被雪碧拦住了。

雪碧说："伯父让我来，这下厨本来就是女人的事。"说着又喊林金豹过去当帮手，金豹便很顺从地过去，按着指令又是剥葱又是择辣椒，如此这般忙得不亦乐乎。

看着两个年轻人下厨忙活的身影，听着案板上落刀切菜的声音，林志才的心中顿时涌起了一股暖流。居家过日子，女人是根顶梁柱。豹娃妈在世时，日子虽不富裕，但也总让她拾掇得红红火火、舒舒服服，对他们父子也服侍得周周到到。迟早进得家门，香喷喷的酽茶、热乎乎的饭菜就会端上来，贴心粘肠子的话语没完没了。豹娃妈撒手一走，连他和两个儿子的幸福都带走了。凉锅凉灶冷屋子，这个家好像塌了天。但两个儿子还未成家，日子再苦还得撑下去。于是，他这老爷们儿只得天天下厨做饭，既当爹又当娘，侍弄着他的虎娃和豹娃。他巴望的是，尽快给虎娃娶上媳妇。家里有了女人操持，才像个家呀！自从虎娃跟邢玉侠订了婚，他冷漠多时的心顿时热乎了,觉得这日子有了盼头。虽然邢玉侠还没正式过门,尽管大林庄的人还封建守旧,邢玉侠还是明里暗里地过来下厨做饭。每当这个时刻,他总会以感激的目光看着未婚儿媳妇忙碌的姿态,一边想象着孙儿膝下承欢的幸福情景。可是,令他痛惜的是,邢玉侠再也不会出现在他家的灶房了,再也不能为他家传宗接代了,她成了别人家的女人。

狗日的聂玉魁,老子与你不共戴天。林志才大喜大悲地乱想,竟下意识地骂出了声,紧攥的拳头砸向了身旁的小饭桌,震得茶壶茶缸叮当当一阵响。

林金豹说:"大呀,又咋的啦?"

林志才撕心拽肺地"哼"了声,真想把聂金牛贴对联挑衅的事说出来。但到底理智占了上风,他知道豹娃的三花脸脾性,豹娃知道了,又不知会闹出多大风波哩。于是故作轻松地笑了笑,说:"饭好了吧,咱吃饭!"

林金豹说:"你肯定有事瞒着,鼻子嘴巴都怪怪的。"

说话间,热乎乎、香喷喷的四菜一汤就端上了桌。其有一盘辣子炒肉丝显得最有生气。林志才伸筷子尝了一口,觉得香辣可口,就一边嚼着一边"嗯嗯"地点头赞许。

雪碧说:"伯父,还可口吧?"

林志才挺由衷地说:"是不错,是不错。"

雪碧说:"其实我们湖南人的口味跟你们陕西差不多,喜辣,要不然人家咋说我们湘妹子辣。"

林志才听言又不悦了,心想这女子话咋恁稠,真是小家失教。

林金豹说:"人家雪碧的厨艺是在烹饪学校投师的,科班出身,毕了业就在一家大酒楼当厨师。要是咱家调料全,味道比这还要好。"

雪碧说:"是这样,是这样。严格来说,这还不能叫正经一道菜,填饱肚子而已。"

林志才听得高兴,看起来,这女子是个正道人,也是个直肠子,挺爽快,就声音朗朗地对金豹说:"把炕桌上那半瓶西凤拿来,咱爷俩喝它几杯。"

林金豹说:"我给您买了更好的,比起高脖子西凤,肯定好喝多了。"说着就自里屋将只大皮包拎出来,把拉锁哧溜一拽,两瓶包装造型精美的五粮液便露了头。

林志才说:"五粮液!这酒名气大啊,肯定不便宜?"

林金豹吹嘘道:"每瓶起码不下一千。"

这个数字把林志才吓着了，两片嘴唇分得老开，久久收不回去。

“不过我没掏钱，是我们景董事长送你的！”林金豹一边说一边手脚麻利地将酒打开了，又取了三只茶缸满满地斟上，然后端起来很孝顺地说：“大，我和雪碧祝你春节快乐。”

按说如此面子如此重礼，林志才应该高兴才是。但是他反而拉下脸来，他觉得金豹又在胡吹冒撂，他最担心最恼火的就是金豹的撒谎、虚荣与狂妄。

面对不便拒绝的祝福，林志才很不情愿地端起酒来，两个年轻人就一齐将盛酒的茶缸伸过来跟他碰杯。眼看雪碧大嘴满唇地喝了一大口，心中对她的厌烦又回来了。小家失教，这样没教养的人怎能给他做儿媳。这样大手大脚，又怎能勤俭持家过日子。

五粮液不管如何好喝，但在林志才嘴里已全然无味。他心想应该当机立断地“送客出门”，免得又让这个狐狸精乱了他的朝。

林志才放下筷子，却抓起旱烟心事重重地一阵猛抽。

林金豹说：“大，你到底是咋的啦，吃饭都不香。”

林志才没理儿子，却冲着雪碧开了腔：“我说这女子，你都看清了，我的家并不富裕，这里又是农村，对你不适合。像你这样的人，天生只能在城市里混。因此我劝你，不要打豹娃的主意。再说豹娃不是干部也不是工人，小心误了你的终身。”

林金豹说：“大，你胡说啥哩？你知道个啥么？”

雪碧笑着说：“我不恼，我知道伯父很在意我，要不怎能这样说话。我不也是从农村出来的吗？说实在的，我的湘西老家山深人穷，哪像你们这八百里秦川大平原。我长这么大，什么苦都吃过。要不是因为苦和穷，干吗那么远出来打工挣钱？甭说我现在不一定嫁给金豹，就是与金豹结婚，也绝不会到农村来生活，我们只会生活在城市。农村的苦日子，我这辈子都不想再过！”

林志才说：“那么我要问你，你一个出门打工的农村女娃，没城市户口没正式工作，凭什么本钱在城市里生活？城市里是好混的吗？钱的世事，能人又扎堆。就说西安吧，大学生都难找到好工作，你凭啥？也甭怨我把话说得难听，这就叫发烧头上浇凉水，让你俩都清醒清醒！”

林金豹说：“你叫我俩清醒，我看你倒是糊涂着！大呀，甭看你在省城混过，现在却落后了，你那观念还是前些年的旧观念。现在的城市里其实好混，就看你有没有本事。”

林志才说：“啥本事，偷去骗去抢去！”

林金豹说:“你把我俩都看扁了,是不是？如今是改革开放时期,人都尽着自己的本事干。不一定大学生都有好饭碗,也不一定城里人就强过乡里人。城里人没能耐照样饿肚子,乡里人有本事比城里人混得还好。就说雪碧吧,原先在酒楼当厨师,工资每月就两千元,又累又不挣钱。好在雪碧有写作特长,人又漂亮,干脆转行跳槽,就聘到宏大建筑公司当老板秘书,每月三千块还时不时另发红包。凭啥,就凭这好身材好脸蛋。不管啥搞不定的事情,只要雪碧一出面,就弄他个八九不离十。这就叫什么什么……”

雪碧说:“叫发挥资源优势!”

林金豹说:“对对对,发挥资源优势。有大学文凭是优势,漂亮脸蛋也是一种优势,就连坑蒙拐骗的能耐,你也不能不说是一种优势。八仙过海,各尽其能。不管黑猫白猫花花猫,只要能逮住老鼠都是好猫。不论用什么方法干,只要能挣到钱都是好汉!”

林志才实在听不下去,吼叫起来了:“胡说八道！我算是明白了,你们的钱挣得不干净。你说个清楚,这半年里,你都在外面弄啥？你俩到底是咋样认识的？”

雪碧说:“伯父呀,你干吗发火呀？我现在就告诉你。虽然当初我俩都在宏大公司,我给公司景董事长当秘书,金豹在第二项目部当工人,谁也不认识谁。下面一个包工头拖欠工人工资赖着不给,金豹就挑头罢了工。景董事长还以为金豹故意捣乱,派我劝说金豹的时候我俩就认识了。后来听说金豹把包工头打了,人家报警了,金豹就跑掉了。随后电视台曝了光,才知道把金豹冤枉了。工人们领了工资好不高兴,金豹却跑得无影无踪。想不到现在金豹又回来了,我们大头儿认定他人品好,就赏识他重用他,我们也可以天天见面了。也就这样,我也喜欢上了金豹,我觉得金豹是个英雄,自古美女爱英雄嘛!”

林志才点头叹息道:“你在重复那个故事,倒也是实话!”又冲着金豹问:“你又回那个‘宏大’了,是这样吗？”

林金豹说:“对,我又回‘宏大’了。我们的景董事长还真是讲义气,这五粮液真是他让我捎给你的。”林金豹说着,又自内衣兜里一摸,就掏出一沓五十元面额的人民币来,更加神气活现地说:“五千元,景董事长的贺年红包。景董事长说,只要你肯为公司卖力气,飞黄腾达有时机,往后的好事情还多着哩!”

这真是意想不到的事情,如此说,豹娃的钱挣得光明正大,豹娃为人做事正义公道而且有勇有谋,雪碧喜欢豹娃也在情理之中。

林志才精神重新抖擞,端起酒杯吱吱有声地喝了一大口,说:“不管我刚才说了什么,说得对不对,都是为了你们好,天下做父母的都会这样。你们在外面走正道,我才能放心。不过还得叮咛一点:既然人家领导看得起咱,咱就得忠诚,就要对得起人,就不能做不负责任的蠢事。要说咱家的遭遇,豹娃你心里明白,因此你更要为老子争一口气。”

说到这工夫,林志才才将憋了半天的悬疑说出来:“看样子,胡成那里你是真不干了?”

林金豹说:“不干了,那天由家里一返矿就辞了,要不然咋就又跟雪碧在一搭。这叫此处不养爷,自有养爷处,我是凭本事吃饭哩!”

林志才叹口气说:“你一拍屁股走了,你舅的脸却弄成了尻子。还有你哥,也实在对不起人家!”

林金豹瞪眼争辩道:“我哥的是非曲直暂且不说,就说我的事。是他胡成对不起我,要不是我,他胡成的公司能红火?连他的乌纱帽也是我给他挣下的!他倒好,想卸磨杀驴,就使美人计来算计。胡成才不是啥好东西!”

林志才摆手制止道:“不说了,过去的话不提了。但不管谁对谁错,这个教训要汲取。你有胆有谋,敢作敢为,这是长处,但鲁莽任性、无规无矩的毛病一定要改。”

林金豹说:“放心,挨一锤长一智,我的缺点我纠正,保险再不惹乱子。”说到这里,林金豹便扯出了胡成来西安找他的事,说道:“大,你常说‘不走的路也走三回’,看来不假。你猜不到吧,胡成又来求我了,他听说我们公司想盘矿,就求我帮他引见。”

林志才说:“咋啦?胡成不想开矿了?”

林金豹说:“对,不想开了。他找我,就是想把狼沟矿卖给‘宏大’。”

林志才说:“他把摇钱树让给人,说明他有难处。能帮就尽量帮。毕竟,咱欠着人家恩呢!”

林金豹说:“我大人不记小人过,帮了,还帮成了。我们景董一开始不同意,他把视线转陕北了。多亏我从中周旋,才说动了,到底拍了板。”

林志才说:“这就好,也算还了人情。”

林金豹继续说道:“不过胡成还有少量股,这也是我们景董高明,用这招拴住胡成,省得他玩什么釜……釜……

雪碧说:“釜底抽薪!”

林金豹说:“对,是这样。胡成现在暂时代理狼沟矿总经理,我嘛,是副总经理。虽然为副,却是代表宏达公司的监管人。”

林志才吃惊道:“你又回狼沟了,还是副总经理?你懂煤矿吗?”

雪碧说:“我还是执行监管呢。矿上的生产经营还由胡成负责,我俩只要看好钱袋子就行。”

林志才问道:“董事长知道你俩的关系吗?”

林金豹说:“知道。雪碧能一起来,还是我请求的呢!”

林志才说道:“是吗?既然这样,咱要对得住董事长的信任,也要和你胡成叔搞好关系,再不敢离谱了。”

林金豹说:“当然的,必须的。”

林志才又提醒道:“拿你表哥的钱赶紧还了,他三天两头来找我,你表嫂跟他闹死活哩!你给我买的东西我不要,提上看你舅去,他差点没让你折腾死!”

林金豹笑道:“已经去过了!钱还了,礼送了,还给我舅磕了个头,又孝敬了我舅五百元。老汉一接票子,气没了,火消了,还留我跟雪碧吃饭哩。这叫亲不记仇,谁跟谁嘛,打断骨头还连着筋呢。”

林金豹的顽皮劲儿到底把林志才逗乐了,心里笑道:你啥时候才肯长大哩?自己的儿子自己最了解,这小子本质没麻搭,只是性子烈,胆子大,点子怪。只要顺着正道道走,会是一条好汉子哩!

# 第十七章

“五一”一过，天气已有些热，林志才的烧饼炉也在龙潭镇红红火火地开张了。

他爷把大烧饼的手艺传给他爹，他爹又传给了林志才。从发面、揉面、擀饼到鏊子烙火候、炉膛烤温度，由皮到芯都是“长安烧饼王”的真传。前些年，林志才也曾经拉着烧饼炉，在龙潭镇以及周围村镇跟会赶集。钱没挣几个，仅是补贴家用，却因此被割了“资本主义尾巴”。从此后，烧饼炉就闲置在屋，不露真容。直到实行改革开放，才有了恢复祖业的打算和行动。现在，林金虎由狼沟矿回来了，一时无事可干，就帮着父亲打起了烧饼。有了得力的帮手，林志才那攒钱开店的决心就更大了。

在凤凰市鸣凤区，龙潭镇是首屈一指的大集镇。由于离城较近，附近又有凤凰矿务局下属的四个矿井，就显得人脉旺，也比较时尚，是城乡结合、亦土亦洋的模样。一条街道沿着公路排列数里，国营的商厦、工商银行、粮站，私营的饭馆、粮油店、杂货店琳琳琅琅，少说也有百多家，甚是热闹繁华。

林志才前些年在街面上卖过烧饼，大王庄是龙潭镇街道的组成部分，与商业街面间隔着一条窄窄的白龙河，实际距离还不到一里路，人便熟得很。如今就在熟人查老五的小吃店前盘起了炉子。查老五经营荞面饸饹，很多食客吃饸饹时喜欢就着一个烧饼，因为饸饹合着油泼辣子，就着烧饼吃正好中和了那种酷辣。饸饹、烧饼，味道互为弥补，相辅相成。这便是查老五能够容纳他的原因。

林志才打的烧饼，甜香酥脆，个儿又大，价钱却不比别家的多一分钱，一出手就不同凡响，刚开始吃烧饼是饸饹食客的补充需求，很快便有顾客十个二十个大宗地购买，不到半个月，林志才的烧饼便是声名大振。

查老五起先也挺高兴，因为这个烧饼炉子，使他的饸饹也得以促销，原先每天卖出还不到一百碗，如今却将销量猛涨到二百多碗。为此，查老五还专门在天黑打烊后请林志才喝了一场酒，既是对合作成功的庆贺，也有表示感谢的意思。但随着时间推移,林志才的生意越做越火,似乎已有喧宾夺主的意味,查老五的心里就有了妒意。

查老五有个叔辈侄子叫查亮亮,在镇工商所当副所长,因为做生意的缘故,叔侄之间过往甚密,当然这种亲密主要是查老五用小恩小惠附会巴结来的。有了这层关系,查老五的身板要比一般人站得直。

一日打烊后,查老五便请查亮亮到店里喝酒,酒过三巡便将他有意赶林志才走却撕不开脸皮的烦恼说了。

查亮亮说:“何必赶他走呢,就地收编岂不更好,一则消除你的厌烦,二则乘势扩大你的生意!”

查老五说:“不成不成,林志才岂是等闲之辈,怎会屈从了咱?即使他愿意,我也不敢容,身边卧只老虎,你能睡好觉吗?”

查亮亮笑道:“一个打烧饼的,就把你怕成这样,叔你太高估他了。”

查老五说:“他爷就是当年名震西安城的‘长安烧饼王’,绝对不可小看。他此番前来,怕是要东山再起哩!”

查亮亮说:“这我就不明白了,他做他的生意,咱做咱的生意嘛。觉得不顺眼,让他挪个窝不就结了!”

查老五说:“光撵走怕不行,还得从根上治病,这龙潭镇到底不是凤凰市,一山岂容二虎?我必须将他赶出这条街!”

查亮亮哈哈笑了,说:“没想到你还是个小心眼!”

查老五说:“自古道,无商不奸。做生意还要有小心眼。你是菩萨心肠佛爷肚,就肯定发不了财。”

查亮亮面露难色地推辞道:“叔呀,这事不好办。你当我这身制服是好穿的,人家要是告上去,断咱个知法犯法,破坏市场经济,吃不完兜着走哩!”

查老五急忙凑近了神秘地说:“我侦察了也把招儿想好了。就咬住他父子俩没有‘健康证’。事成之后叔不亏你,给你这个数辛苦费——”说罢就伸出了五个手指头。

查亮亮故意装糊涂:“啥意思?五碗饸饹?”

查老五压低声音说:“五百元,这叫‘人亲理不亲,生意无父子’,叔咋能亏你哩。”

查亮亮就等着这句话,笑了:“叔,我领会了,就把心放肚里吧。”

至于如何让他把心放肚里,就尽在查亮亮对查老五的神秘耳语里了。

对别人的暗算,林志才当然不知道。他心里的好梦才刚刚开始呢。眼见生意红火,林志才便依食客的消费需求,想将摊儿顺势扩大一下,不单单卖烧饼，再加上肉夹馍、菜夹馍和稀饭等家常小吃，那便是事半功倍利润翻番的收效。如此经营，很快便会积蓄很多，他就会租门面正式开店。

于是，林志才便将增加经营内容的打算说给儿子。

林金虎说："这的确切实可行，但是必须要跟老五叔协商好。光是卖烧饼，老五叔的脸色都变了，要是再扩大，还不把人家的生意完全侵略了？这事放咱身上，怕也不会容忍。"

林志才说："你当我看不出也想不到吗？生意人求的就是利。利害冲突，好朋友也会翻脸成仇。寄人篱下终不得好，自立门户才可长久。我已经看了几家门面，月租费五百元，咱还付不起。因此，我才下决心扩大生意，我再去说说好话，你老五叔若再容咱半年，就可以另开门面了。"

这天，镇上又逢集会，约莫上午十时的光景，街道上已是人潮滚滚，摩肩接踵。较往日逢集，饸饹店和烧饼炉的生意好像更加红火。

查老五端着把泥精壶品着茶走出店门，满脸堆着阴沉的乌云。

"老五兄弟，今天好日头，人也忒多啊！"林志才没话找话地搭讪着。看着查老五站在台阶上的胖身躯和冷眼光，不由生出一种被人矮小、看人脸色的自卑感。

"今天区上组织文化下乡，街西头的团结大店里还唱大戏呢！"查老五忽然变得热情，呷口茶，又显得关心地说："叫娃把面多发些，今天的生意肯定好！"

查老五说罢转回店堂，林志才的内心却有些感动。该不是，咱是以小人之心度君子之腹了？查老五生意那么好，会计较一个小小的烧饼摊！便觉得勇气顿生，决计待今晚收摊后，就与他将扩大生意的想法说透了。大不了，每月给他再增加三十元摊位费。顶多再麻烦他半年，就撤摊走人。要是查老五无容人之量，当初就不会容纳他。送佛送到西天，人情送个彻底，查老五是市面上混的人，不会没有这个见识！

林志才心头轻松，满脸挂笑地招呼着生意。冷不防却冲过来四五个恶气汹汹的青壮汉子，其中一个菜肉形大汉大叫大嚷地直喊"恶心"，手一抖，将只已咬去半边的烧饼翻开了，露出了夹在菜里的一只死苍蝇。

林志才心中叫苦不迭，赶忙赔礼道歉，说了一迭声的"对不起"。

菜肉大汉说："说句对不起就打发了？"

林志才说："我给你另夹一个！"

菜肉大汉说："老子不吃了，恶心，你把我的心肝肺都污染了！说不定已种上了瞎瞎病呢！你他妈的赔我损失费！"

林志才情知此伙人是一帮地痞无赖，为首的这个菜肉形大汉是矿区有名的“恶霸”，人称“孬熊”。仗着凶悍蛮力，欺村踏舍，人见人怕。此番分明是来讹诈，但心生怒火却不敢发作，只好满脸堆笑地递过去一张五十元，说：“小本生意，请多原谅，这点钱算是我替弟兄们消消气！”

“你他妈是打发叫花子呢！老子要的是这个数——”

“多少？”林志才望着菜肉大汉直挺挺撑开的五个手指头，那粗蛮黑大的巴掌心居然还长着黑乎乎的毛，便知这场人祸是躲不过了。“难道你要五百？”

“五千！”

“兄弟是开玩笑吧？把我卖了，也不值恁多啊……”

话音没散，那另四个地痞便合声喊打。菜肉大汉的“熊掌”就嘎巴巴响着骨音握成老拳，发声喊，就朝着林志才劈头盖脸直砸过来。

但是，菜肉大汉的身形忽然变得僵硬，像是中了定身术。惊回首，林志才发现大汉的手臂是被身后的大儿金虎擒住了。他知道金虎在部队当侦察兵，有些身手，事已至此，就只好豁出去干了。便急忙抽身退后，为儿子让出了一席之地。

那林金虎，果然好本事，扭着那大汉的手臂咔吧一拧，接着抢步飞身，将其手臂扛在肩头，猛弯腰着力一摔，大汉发声惨叫，便自金虎头顶翻将抡圆，摔死猪般地蹾在地上。大汉四仰八叉，甚是狼狈，刚想挣扎爬起，又被林金虎抓手扭臂，擒拿扑地，动弹不得。其他地痞见状，吓得待在原地，不知所措。

你想，逢集的街市，何等热闹，遇上这等事，还不马上围成人圈。此伙地痞，为害一方，私收商贩保护费，欺压善良软弱人，早已是怨声多多，但大伙儿却是敢怒不敢言。今日“孬熊”吃亏丢人，怎不令人感到解恨呢，登时喝采鼓掌，响成一片。

大伙还未尽兴，便又呼啦啦挤进几个人来，个个都穿戴着工商所和税务所的制服，其中还有个穿警服、戴墨镜的警察。“墨镜”一进来就大声询问发生了什么事。

“孬熊”好像得了势，一骨碌爬起身大叫道：“烧饼里头吃出苍蝇，还行凶打人！

“墨镜”不慢不紧地命令道：“请出示餐饮业健康许可证！”

林志才赶紧凑上前答话：“体检过了，也填了表，绝对身体健康，但那证还迟迟办不下来。”

“墨镜”的声色马上严厉了，“恐怕连营业执照都没有吧？拿出来！”

林志才当然拿不出证来。他是经过生意场的人,咋会不知抓一把这样的保护伞。但人家工商所说了,营业执照只发给有门面房的稳定商户,像他这样摆地摊的根本没资格。

林志才苦笑着说:“领导,你看我,只是个赶集摆地摊的。咱可是守法的人,市管费、税费、卫生费哪一样都缴纳了。”

“墨镜”不阴不阳地对同伙说:“又是家违法经营户。”

说话间,另一位工商大檐帽便打开票夹笔走狂蛇般地一阵写,嘶啦儿一撕,便递过来一张条子。

“啊,什么?五千元?领导你是开玩笑吧!”

工商大檐帽说:“我们是执法!对违法经营户要严肃惩处!”

林金虎由父亲手里夺过条子看了看,愤愤不平地说:“咋是张白条子!公章呢?正式票据呢?”

“墨镜”说:“对你们这种非法经营的,还用得着正式票据?”

林金虎压抑着的怒火便喷发出来了:“连你们的身份我现在都怀疑,该不是冒充公务人员?”

“墨镜”便吼叫起来:“带走,连人带炉子全带到工商所!”

几个大檐帽便一齐动手,就连“孬熊”一干地痞也动手帮忙。

“谁敢动——!”林金虎大吼一声,一对大拳头呼地提举胸前,完全是一副豁出去的架势。那威武的架势顿时把那一伙人镇住了。

林志才吓得丧魂落魄,赶忙拉住儿子,一句一个“对不起”,忙不迭地鞠躬作揖。那张扭歪的脸,都要哭出来了。

“孬熊”趁机煽动道:“这是暴力抗法,干脆把摊子砸了。”其他几个地痞也跟着起哄。

查老五忽然就挤了进来,一边喊“误会”,一边忙不迭地给大檐帽们敬烟。稍作平息,查老五便替林家父子辩护说:“各位实在是误会了。林师傅的烧饼炉是摆在我门前,也是我让摆的,因为他这生意等于给我帮忙。说白了,就等于是我老查的生意。各位高抬贵手,回头请大家喝酒!可以吧?”

你说这查老五在镇上大小是个名人,谁不认识,再说,工商所的这几个大檐帽也都晓得他跟副所长查亮亮是叔侄关系,这个面子咋能不给呢!便都将征询的目光锁定了“墨镜”。

谁料“墨镜”居然铁面无私,冷言厉色地说道:“不要妨碍公务,公务面前无人情!你看你说的啥话?请喝酒——这是贿赂执法人员!谁敢喝你的酒?”

查老五说:“即使不让人家干,也起码提前打声招呼。提醒呀,劝说呀,警告呀,都无效,拆炉子罚款也不迟。哪像你们这样简单鲁莽!”

“墨镜”说:“咋样执法,也用不着你来教我们,快闪开,不然连你一起罚!”

查老五显得恼羞成怒,恨恨地一跺脚道:“好好好,全当我什么也没有说!”抽身回店去了。

林志才擂胸跺脚地苦叫道:“罢罢罢,随你们的便吧!”回头又一把扯住林金虎叫:“忍了吧,忍了吧,谁叫咱是草民百姓!”

那帮人真好像有备而来,车辆人手齐备,一齐动手,三下五除二,便将一个好端端的烧饼摊子糟蹋得净光。

围观的人群中当然有正义的人,有一个戴茶色眼镜的大个子老人看不下去,就带头发表不满,只一声大喊:“这事不公道!”便引得众人开锅般哗然议论,舆论几乎一边倒地向着林家父子。

戴眼镜的大个子老人何许人?来头大着呢!他叫杨邦义,凤凰市退居二线的原公安局局长,一名身经百战的老刑警。杨邦义就是本地人,家住龙潭镇东二里许的杨村,刚刚退居二线。今日回家,正好镇上逢集,便与老伴闲逛而来,却不料在此撞上此等怪事。

眼见基层乡镇公务人员的执法水平如此差,老杨心中不悦,嗟叹连连,便寻思着应去找那些人的上级领导提个整顿意见。又见那一帮寻衅滋事的人也随着去了,便问旁边同村的狗剩:“刚才那个出手打人的黑大汉是啥人?”

狗剩四周瞅瞅,很警觉地低声说:“他就是附近矿上的‘孬熊’,闲人,瞎屄,吸毒打架,欺男霸女,进过两回局子呢,公认的街痞恶棍!”

杨邦义的心里有了底,就对老伴说:“不行,我这心里放不下,得去看个究竟。”

老伴说:“又多管闲事,你都退了,谁还认你呢?”

杨邦义说:“那个‘孬熊’吃了亏,就肯善罢甘休?他肯定会报复。我替那父子俩担心。再说,这执法人员也胡整哩,还有个警察,我咋能不过问。”

杨邦义说声“走”,就脚下生风地朝工商所方向奔去。老伴没辙,也只好紧随着一路小跑地朝前赶。

众人纷纷问狗剩:“刚才那个老头是啥人?”

狗剩大声喧哗道:“说出来吓你们一跳,市公安局的杨局长,微服私访哩!”

“胡扯淡，他是啥人你咋知道哩？”

“实不相瞒，我们一个村上的，我咋能不认得他呢！”

在众人的一片惊诧声中，狗剩又煽火地大叫道：“快跟着走哇，看热闹去，杨局长要为百姓抱打不平！”

围观者如梦方醒，便起了哄，溃坝决堤般地跟着狗剩涌到了工商所的院子里。

工商所院子里，林志才父子正在与“墨镜”一伙人据理相争。

林金虎说：“同志，你们实在是搞错了。工商管理费、税费、卫生费哪一样都缴清了，卫生许可证没办好，那也不能怪我们。体检都两个月了，鬼知道是啥原因？要怪也只能怪他们的办事效率太低！”

“墨镜”说：“你怎么辩解也没用，想继续做生意，就乖乖地交上罚款。要么这东西统统没收，你们也必须自这条街上消失！”

林志才央求说：“领导，即使罚，也太重了。我们到底没犯大错，你可以叫查老板做个证，是烧饼缺斤短两了，还是把人吃出了病？”

“墨镜”说：“我们是依法维护市场秩序，这样胡搅蛮缠，已经妨碍了工作。再要纠缠，就到派出所！哼哼，到了那里，想后悔都来不及了！”

林金虎说：“你少拿警察威胁谁！不论到哪里，都得讲理。你口口声声依法行事，那么，请你将法律条文摆出来，好让我心服口服！再说，你身穿警服，却管工商所的事，是不是正在僭越职权，知法违法呢？”

“有道理！”杨邦义高声赞许着，挤出人群站在了前面，“既然是执法，就将法律依据拿出来，也让群众心服口服。”

“对，我们大家都不服！”

这是人群异口同声的呐喊。

杨邦义又说：“你身穿警服，却当起了工商所的家，你到底是什么人？”

“墨镜”害怕了，尖厉地大叫起来：“你是什么人？你敢聚众闹事？”

“路见不平大家铲，你们犯众怒了！”

杨邦义不紧不慢地说，声音不大，却字字威严。

“墨镜”慌乱地大叫：“快叫派出所！”

其实，工商所的人早叫过了，那“墨镜”的尖叫声没散，四五个似警非警穿戴的年轻人已气势汹汹地闯进来，一个个挥舞警棍和手铐，一声声瘆人的嗓门高叫着：“谁闹事？谁闹事？”

“墨镜”便指着杨邦义叫道：“就是他，工商所执法处罚，他却聚众闹事。”

那些警察便一拥而上,杨邦义嘿嘿冷笑着,纹丝没动,身后的围观者却多半怕了,塌山决河般地轰然后退。

眼看老杨要吃亏,林金虎什么也顾不得了。这位老人仗义相助,林金虎的心中已充满感激。这种“路见不平,拔刀相助”的侠义之人,居然就在自己最困难的时候出现了,他实在是可敬可亲的恩公啊!这场倒霉事本是属于自己的,怎能让帮助自己的人吃亏。

说时迟,那时快,林金虎疾风闪电般地冲上前去,用身体将老杨挡在后面。

“听我解释,听我解释——”

但是,那劈头砸下的警棒比他的声音来得更猛,身后护着个老人,纵有矫健的身手,也不能挪动啊。那警棒便重重地砸在左肩上,瞬间的强电击弄得他的半个身子几乎失去知觉。林金虎心中暗暗叫苦:这是场飞来的横祸呀!

长得高大威猛的“墨镜”又冲上来了,一记冲拳,又一脚勾踢,都让林金虎躲过了。然而,“墨镜”仍不罢手。

林金虎的满腔怨恨爆炸了,这猛烈的爆炸使他勇气倍增,在部队练就的擒拿格斗本领在不到十分之一秒的瞬间就淋漓展示。侧身踹蹬一气呵成,砰然作响的瞬间,高大彪悍的“墨镜”便一个倒跟头摔倒在数米之外。

“好身手!”杨邦义情不自禁地喝彩一声。他身处最靠近的位置,看得再清楚不过了。这个英武堂堂的年轻人,几乎是用一条腿脚蹬住对手的腹部将其生生蹬在空中,然后猛然发力,像蹬踹皮球一样,将他发射出去。而他的对手毕竟是一个比他更强壮的大汉啊!

“墨镜”吃亏丢脸,恼羞成怒,爬起身来又往前扑。其余的人也鼓噪着围上来,但毕竟心怯,望着林金虎那副凛然不可侵犯的神气,谁也不敢靠前。

“墨镜”显然是个头儿,气急败坏地回头叫道:“还不赶紧向牛所长报告,这是袭警,暴力袭警,叫人带上枪,要快!”

杨邦义说:“你咋呼啥?人家小伙子已经脚下留情了,这叫点到为止。若是真的恶毒,你的筋骨早断了几根!”

另一个警察叫道:“老东西,待会儿到了所里,我叫你认得马王爷长了几只眼!这个小杂种是你什么人?敢打人民警察?警察是你打的吗?”

“够了,你倒知道自己是人民警察,警察的名誉让你们丢尽了!我今天倒要让你小子认得谁是马王爷!”

几个警察被威严的老杨镇住了。这仪容,这气质,哪里像个普通的人？

双方剑拔弩张地对峙着，刚才后退的群众又重新围上来，而且越来越多，眨眼工夫便将工商所院子挤得水泄不通，任凭工商所和派出所的人怎么呵斥驱赶，人们也不愿挪动脚步。

派出所所长牛耕奇赶来了，屁股后还跟着荷枪的年轻警察，他是指导员宇文骚，一入场就端着手枪厉声发问："谁袭警，谁袭警？"大有镇压凶犯的凛凛杀气。

当"墨镜"将目标指定时，牛耕奇却顿时惊得呆若木鸡，像炽烈的火焰遭遇冰水，一下子自百度高温降至零度。

"杨……杨局……局长，这……这是怎么回事？"

"让你的手下人解释吧！"

牛耕奇反应过来了，马上转过身冲着那几个警员厉声大叫："你们的狗眼瞎啦！知道他是谁？市局杨局长呀！"

宇文骚也大吃一惊，听说过这个人，资历很深，威信很高，却怎么会出现在这里？

那些警察那些工商所人员全都傻眼了，围观的群众则像是一锅水骤然煮沸，哗然惊呼，嗡然议论，甚是开心。不知是谁带头鼓掌，骤然间就拍成了掌声的风暴。唯有"孬熊"一干地痞见状不妙，拔腿溜了。

林金虎的心中也暗暗吃惊，想不到，这位可敬的长者居然是公安局长。

牛耕奇非常难堪地看看老上司，又看看热情沸腾的围观群众，真不知这尴尬闹剧该怎样收场。但真正令他担忧的是这场冲突的起因，连局长都站在了对立面，问题的性质很严重了。

杨邦义这时候面向群众摆摆手，示意大家安静下来，然后和善地说道："请大家散去吧。"

"请杨局长为老百姓主持公道！"人群中有人大声喊叫。

"请放心吧，改革开放，搞活经济，劳动致富奔小康，这是党和政府的政策和任务。个别工作人员的不正之风会得到处理和纠正。今天的过程大家也都看见了，我若是不想主持公道，就不会出面干预。这件事一定会处理好，请乡亲们相信！"

围观的人群散去了，工商所的院子里只剩下杨邦义、牛耕奇和工商所、派出所的人，当然还有不能离去的林志才、林金虎父子。

牛所长庄重向前，向杨邦义举手敬礼，说："老领导，对不起。手下人有眼无珠，冒犯了您，我心中很是不安！"

话音未落,那几个冒失的家伙都赶忙上前,举手敬礼。

"墨镜"和一干工商管理人员当然也情知不妙,很尴尬地上前赔礼道歉。

杨邦义说:"这不是对不起某个人的事,而是心中有无人民群众,有无国家政策和法律法规,有无为改革开放保驾护航的意识,原则问题啊。说白了,是个人素质和队伍作风问题,有些同志,大盖帽一戴,就不知天高地厚了,就自以为老子就是法。这怎么得了呢! 可别小看了老百姓,他们中懂法律懂政策有能耐的人多的是。怎么样,今天不就碰上硬钉子了?"

杨邦义又对林金虎说:"小伙子,你认为不公道,有气,就动手了,对不?"看着林金虎满脸惶恐的样子,他忍不住哈哈笑了,说:"你没错,做得对,也让我发现了一个人才。你叫林金虎,住后街的大林庄,当过五年特种兵,部队上入的党,全师擒拿格斗夺过第一名。"

林金虎惊奇地瞪大了眼睛:"你是怎么知道的?"

杨邦义微笑着,没有答言,回头却对牛耕奇说:"耕奇,带上你的手下,找个人少的地方去!"杨邦义大手一挥,一副军令如山的模样儿。

牛耕奇真不知老局长的葫芦里卖的什么药,几个干警也是面面相觑,一头雾水。

杨邦义说:"你发什么呆,说不定,你今天会欠我一个大人情!"

牛耕奇反应过来了,老局长是要干警们与这愣头青比武。莫非,他真想让这家伙当警察了?

林志才此刻却显得惶恐不安,忽忙向前对杨邦义说:"杨局长,你帮了我父子,感激不尽。但我们到底是农民,只想本本分分过日子,您就放过我儿子吧。"

杨邦义说:"不用怕,过一会就把你儿子囫囫囵囵还给你。你只管拉着炉子,做生意去。"

一辆面包车出了街道,顺着河川一路疾驶,约莫半小时,停在了一处废弃的砖场。砖场因是平地取土,就形成了簸箕状的大洼坑。

众人下了车,杨邦义便开宗明义地讲了一句话:"各位准备一下,校场比武,也就是说,向这位金虎同志的挑战赛。"

几个警员显得胆怯,相互间看了看,满眼都是畏惧的青光。也是的,这家伙厉不厉害,已经领教过了。谁敢挑战? 不是找死吗!

牛耕奇的心里肯定也忐忑,想不到这个多事的老头子,竟会折腾出这么一出。啥意思? 对他的工作不满意,要借着茬儿敲打。也真该死,老局长与自己有师徒之情,更是自己最亲近最敬重的人,这样尴尬的误会偏偏就撞上他。不管有着什么原因,把队伍带成这个样子,也实在说不过去。从来对工作严格要求的老局长,看到他曾经欣赏的人如此堕落,肯定是失望极了,也恼火极了。牛耕奇越想越胆怯,豆大的汗珠子顺着腮帮滚下来了。

杨邦义和善地笑着,说:“各位都不要紧张,虽然说是校场比武,但绝不是岳飞枪挑小梁王,只能点到为止!”回头又低声对林金虎说:“你有本事只管使,这对你是机会!”

“我先上!”“墨镜”很勇敢地挺身而出。说勇敢,倒不如说是憋了口窝囊气。他觉得刚才的失手是因为轻敌大意。他是习武之人,在方圆十数里都有名气。因为这名气,才被吸收到派出所当了合同警。如果挽不回面子,这让他以后还怎么在人前混。

“墨镜”脱了上衣,也摘了墨镜,紧了紧裤带,扎了个马步,气沉丹田,力发掌端,自胸喉间发声闷吼,便腾挪向前,将一对拳头冰雹砸地般攻击对方的头和胸。而那林金虎只是身形躲闪,拳臂格挡,完全是被动挨打的样子。防御间,林金虎只觉脚下一绊,重心向后失去平衡,胸前也露出一个大空当。那“墨镜”倒也有些本事,瞅准时机一个踹腿踢来,林金虎“啊哟”一声大叫,身子往后便倒。

眼看“墨镜”得势,警员们拍着手欢呼起来。

杨邦义看得清楚,林金虎是在故意避让,装败示弱。心中正感不快,却见“墨镜”提足发力,向林金虎的胸部猛踩下去。他情知不妙,赶忙喊“停”。但那猛踩下去的腿脚岂能收回,惊得老杨闭上了眼睛。

谁料眨眼的工夫,那林金虎已经滚身避过。滚约一米开外,忽然就以头拱地,陀螺般飞身旋起;又一个腾空侧翻将身形站定,双拳拱围,怒视对手;再发声吼,似虎啸山林,威风凛凛。

众人被这一招化险为夷的功夫看得呆了,竟忘情地为林金虎喝起彩来。那“墨镜”当然掂得出金虎的分量,情知自己报复心切,当饶人处不饶人,在对手故意给他面子的情况下,还见好不收,以致激怒了对手。依对手深厚的功夫,只有丢人的份。虽然也扎势相向,但已心慌胆怯,回头看了看杨邦义和牛所长,只巴望再听到那一声“停”。

杨邦义却故意不喊。人家林金虎已经故意认输,而你“墨镜”却仍不放过,德行何在?你这是自找无趣。

战士的斗志已经被一种不友善的敌意激发出来,真正的比赛拉开了序幕。

但是，谁也料不到的滑稽一幕出现了。“墨镜”大叫一场“兄弟我认输了!”一边收身抱拳施了武林之礼，还向对方深鞠一躬，弄得众人嘘声失望。

看到杨邦义摇头叹息，牛耕奇便趁势将宇文骚往前推。这家伙，爱吹大话，五马三枪多牛气，今天就让你亮个相，便朝大家提议道:“指导员是警官学院毕业的，科班生，是不是也该露一手?”

这个提议马上得到响应，大家一起鼓噪起来:“宇文骚，露一手!”

宇文骚极度不满地看了看牛耕奇，他和自己一直不睦，倒借着这种机会来发难，他是想在下属们面前办他难堪，让他威信扫地。

杨邦义想起来了，这不是刚才那个拿枪的嘛，却很有兴趣，说:“一个特种兵，一个警校生，高手过招，也让大家开开眼界。”

这句话可真将宇文骚逼到了死胡同。应战吧，自个儿那么点花拳绣腿简直还不如“墨镜”，在警校，擒拿格斗技术基本上不及格，毕业成绩单上的65分是费了周折运作的。那种训练，脱皮掉肉痛筋骨，细皮嫩肉又娇生惯养的他岂能吃了那份苦。此刻若与这个莽汉交手，肯定是吃亏挨打又丢人的结局，但若不敢应战，被牛耕奇和手下人小瞧自不必说，被杨局长小瞧就非常不利。因为他曾听说，杨邦义就最爱搞发现和破格提拔人才那一套，就连现任分局局长陆剑白也是被他自基层派出所直接调入市局的。虽然他已退居二线，但陆剑白不会不买他的账。

宇文骚一时无计可施，急得满脸虚汗直流。而自个儿的手下却不识好歹地鼓噪叫喊。

“指导员，露一手!”热烈的声浪刺击耳膜，弄得他脑袋都要涨裂了。无可奈何，宇文骚只好一横心摘下警帽，虚张声势地摆出了格斗的架势。

“等一下，”是林金虎提出了请求，“我看还是不要比了，我放弃!”

牛耕奇问:“为什么?”

林金虎征询地看着杨邦义，显得非常难为情。

“我怕……”

“你怕什么怕，杨局长要你比，指导员已经应战，你就不要辜负了大家的期望!”

“对，必须比，露一手!”警员们又高声鼓噪，紧接着，又是一阵热烈喧哗的鼓掌。

宇文骚恶狠狠地回头瞅瞅，一口唾沫也飞落地上，心里恨道:牛耕奇故意办我丢人，你们他妈的却在帮倒忙，可恶极了，我也倒霉极了。

关键时刻，林金虎又说话了:“我是怕拳脚无情，伤了人怎么办？不管怎么说,你们是警察,我是老百姓,我负不起这个责任!”

牛耕奇嘿嘿冷笑道:“说你狗肉不上席吧,口气却蛮大!就不信你能将警校高才生打残了?”

林金虎说:“我实不瞒你们说,我的拳重腿脚也重,能打翻一头牛,能踹倒一面墙,假若动真格的,一定会致人伤残!”

众人发出一声惊呼,起码宇文骚心里明白。俗话说:行家看门道,外行看热闹。就凭他刚才自对手猛踹下闪电般逃脱又反守为攻的动作,就知道这家伙绝对不是吹大话。

杨邦义终于说道:“既然这样,就停止比武。但是,你必须展示一下开砖断石的硬功夫。”

真是绝处逢生,宇文骚无比感激地看了眼杨邦义,对林金虎的另类感激也油然而生,看起来,这家伙还是个识相知轻重的,比起这帮头脑简单的手下人,强多了!

按着杨邦义的建议,林金虎在地面的矮砖墙上叠起了五块红机砖。众人不禁质疑,足够的厚度和硬度啊,即使抡圆十八磅大榔头,也不可能将它们全部打断。

林金虎,好功夫,马步站桩,吐纳运气,一声怒吼,挥掌切击。掌落处,五块机砖哗然断裂,如刀切剁,而整摞砖居然不曾倒塌。

热烈的掌声经久不息,这是发自内心的折服,也是叹为观止的惊奇。

杨邦义说:“现在明白我的用意了吧!我要让你们知道什么是人上有人,天外有天了。不客气地说,你们许多同志身上都有一种娇情、一种躁气,自以为穿上警服就真是个合格的警察了,罪犯就怕你们了!错了,差得远呢,假如遇上了本领高强的,恐怕连自个儿的小命都搭上了!你们个别同志身上还有不正之风,说白了,匪气霸气,缺乏正气和是非观念,离人民警察的政治标准相差甚远。就说今天集市发生的事情吧,明明是地痞流氓寻衅滋事,明明是故意破坏正常的市场秩序,我们执法的同志居然站错队,识错人,以致激起民愤,也严重玷污了公务人员的形象,特别是损害了人民警察的形象!这件事情有无猫腻,咱回头再调查,但此类事情今后绝对不能再发生。龙潭镇派出所要以此为戒,整顿作风和纪律。”

牛耕奇说:“老局长的教诲大家要记住了。发生今天这样的事情,我的心情非常难过。我有责任,我要检讨。我现在只想强调一句话,坚决整顿作风,切实强化纪律,彻底改进工作,决不辜负领导期望!”

杨邦义说:“只要能够改正错误,改进工作,就是好同志。”回头又问“墨镜”道:“你叫什么名字?”

“墨镜”啪的一个立正:“报告杨局长,我叫崔三军!”

杨邦义便戏谑地说:“你这个墨镜最好取掉,戴着这玩意,有点像旧香港的黑帮老大!”

在众人的笑声中,“墨镜”不好意思地摘下了墨镜,说:“我有点畏光。”

杨邦义说:“浓眉大眼的,能有多大问题。畏光的不应该是警察,作案的歹徒才畏光呢!”听得大家又是一阵笑。

杨邦义正色说:“我们的社会形象是威武、端庄、整肃、正气,我们面对人民群众时是亲切、和气、诚恳和热情,决不允许夹带任何不良风气,只要我们做到了视党和人民利益为生命,维护一方平安,服务人民群众,就能够无姿自秀,不怒自威,正气凛然。”

掌声响起来,由零星到密集,带头鼓掌的是宇文骚。小伙子庆幸呢,市场上发生的糟糕事与他没有关系,比武时牛耕奇的不良用心也没得逞。最关键的是,老局长今天的所作所为不用说是冲着牛耕奇来的。老牛啊老牛,你把队伍带成球模样,还好意思站在这里。

牛耕奇肯定心里不好受,大家鼓掌的工夫,他又点燃了一支烟,猛吸着,心事挺重。

杨邦义对牛耕奇说:“你跟我来,我有几句话说。”随即与牛耕奇离开众人向一旁缓缓走去。

杨邦义说:“耕奇呀,你这支队伍确实有问题,警员素质差,就像今天市场上的错误,性质严重呀,助长了恶势力,简直是站在了群众的对立面。”

牛耕奇用有点哀伤的眼神看着杨邦义,想说什么似的动了动嘴唇,然后又默不作声。

杨邦义说:“我清楚你想说什么话。你想说你并不是没有能力管好这区区几个人,也不是没能力管好这个龙潭镇,你只是肚里有情绪,身上没精神,工作没干劲,不作为,甚至乱作为。”

对方对自己的看法,牛耕奇感到不可接受,辩解道:“谁说我不作为?自己应该干啥,起码我还清楚。就说打击车匪路霸,我已经实施了三次行动!”

“效果如何?抓到了几个罪犯?打掉了几个团伙?”

牛耕奇答不上来了,嗫嚅道:“起码,造成了声势,起到了震慑作用。”

“你不觉得标准太低,收效太差吗?连一个罪犯都没抓到,谈得上声势和威慑吗?据我所知,在你这个辖区,车匪路霸还很猖獗。街面上还有向商户强收保护费的,敲诈勒索的,地痞流氓横行啊,你觉得起到威慑作用了吗?”

刚刚发生的市场风波就是铁证,牛耕奇就是想强词夺理,也不知怎样开口了。

“这些犯罪行径,说小了是破坏本地一方平安,破坏本地商贸活动和经济发展。说大了,就是破坏改革开放,犯罪性质很严重。把话反过来说,我们当警察的,如果不能有效打击和制止,就是渎职,就是纵容,就是更严重的犯罪!”

这番话像把尖刀,刺得牛耕奇心头痛苦。

“咱今天就敞开谈,把心病摆出来,不要隐瞒!”

牛耕奇翻眼看看对方,却陷入了良久的沉默。

杨邦义掏出根香烟点燃了,然后说道:“也罢,还是我替你说。你有心病,而且病得不轻。我明白,比你能力差、资格浅的不少人都提拔了,你却似乎要在这基层派出所蹲个地老天荒。你也可能觉得自己年龄偏大,前途渺茫,便一蹶不振,便对下面人懒于管理,疏于教育,就弄成了作风差、纪律差、素质差的落后模样。工作被动应付,还捅娄子,出问题,你说,我的看法对不对?”

牛耕奇叹口气,满腹委屈地说:“我今年四十三岁,从警也二十三年了,你一直是我的领导,最了解我的是你,但最不了解我的也可能是你。前些年跟着你干刑警,哪一个紧要关头我顶不上,哪一次生死关头我腿软过?其他事不说,起码在白龙山抓持枪逃犯可以为证。我明知罪犯有枪,还是生死不顾地第一个冲进屋子。我把罪犯打倒在地,但那子弹也穿透了我的肩膀,多亏是偏一点没打着内脏,要不然那时就光荣了,也犯不上现在受窝囊。”

杨邦义哈哈大笑起来,说:“小牛啊小牛,我就猜得一点没错,你小子的确是在闹情绪。觉得大材小用,人才埋没,自以为是三国时那位庞士元,明明是才比诸葛亮的大贤,却窝囊地当了个小县官,就故意不理政务,把县衙弄得一团糟。那么,你会不会也将我当作刘备怨?”

牛耕奇看了看对方,这话,也真是自己想说的。

杨邦义接着说道:“想来啊,你也真是亏,局里曾准备提拔你当刑警队队长,而且是从分局到市局一致看好。能力强,业绩突出,威信也高,不二人选啊!大家都以为你这队长是当定了,结果却出乎意料,半路上杀出个程咬金,想不到的人上去了,你却到了基层派出所,而且,一蹲就是十年!你现在肯定在骂我,这简直是流放啊,人的青春转眼即逝,能有几个十年,俊姑娘也熬成丑媳妇了！你说我说的对不对？”

牛耕奇的怒火蹿起来了，说：“你现在才意识到了，可惜晚了！为什么你们当领导的，在台上时，多半都是喜欢谄媚小人的糊涂官；下台了，却是知贤知义的明白人？！”

杨邦义说：“嗬，还够尖锐的！也的确是，一个领导干部，高高在上时，总会被一种伪善的浮尘所包裹，往往更加喜欢会来事的那种伪君子，却反而使诚实能干的同志冷落一旁。一旦下台，伪君子们马上很势利地离你而去，你发觉上当了，已经来不及补救。而那些诚实的人则不会势利，依然如故地尊你敬你。比如你牛耕奇，我今天已是很非分地干涉你的工作，你尽管心里委屈，起码还能给我面子。这就证明你是个诚实人。我为此很感动，真的很感动！”

牛耕奇说：“感动顶什么用？晚了！你没能力了，我也没青春了！”

杨邦义说：“错了，你以为你老了，没有提拔希望了，你以为老杨我退下来了，就老掉的马儿不拉套？不对，咋能这样看问题？我告诉你，我现在若想发挥余热，依然有能力。你消极无为，真让人失望。不就是个刑警队长嘛，就是局长又能怎样，芝麻大个官！你这个人，论资质论能力，你够格，但论你现在的思想和作风，不够格。缺乏胸襟和大将风度，倒有一股子计较针头线脑的小女人气！我告诉你，出了问题，应该先在自身找原因，不要怨天尤人。假如你到了基层后，能够经受住挫折，工作依然出色，组织上会忘掉你吗？可惜的是，你到龙潭镇十个年头，市级先进都没拿上，我倒是想替你说话，能张开口吗？就凭你现在糟糕的工作，组织上能信任你吗？

牛耕奇说：“我有解不开的疙瘩，聂玉魁是什么东西，乱搞男女关系，就连女犯人都敢搞，你们就偏偏看中了这种人。我，难道不如他吗？”

杨邦义说：“聂玉魁现在哪里？早就贬出去了。但聂玉魁在当时并没有犯事，而且表现不错。又有上面的领导替他说话，分量就自然被你重了，大家的赞成票就投给了他。我就是有意助你，但少数必须服从多数，扭转得了吗？”

牛耕奇心中亮堂了，看来，他误解了错怪了老领导。开始为刚才的冲动而后悔，嗫嚅道：“老领导，我伤你的心了，我不该……”

杨邦义说：“不必有歉意，说心里话，一个人才被浪费了，我的心里也不是滋味。现在想起来挺后悔，当时为什么不坚持顶一顶，努力争一争！”

一股热流顿时涌遍牛耕奇的全身，鼻子一酸，竟是怆然泪下。

“老局长，我的确萎靡不振，我辜负了您，我错了……”

杨邦义轻轻地拍了拍牛耕奇的肩膀，用一种愤怒的口吻说道："知道不，那个聂玉魁，就是由我坚持，顶着压力逐出公安局的。我不能容忍这样的人留在公安队伍中。我现在也决心要做一件事，擦破老脸，也要把你推上去。现在的局里，像你这样有刑侦经验的能干之士，还挑不出第二人哩！"

听着老局长的承诺，牛耕奇显得瞠目结舌，乍惊乍喜，真不知该说什么才好。他对此言深信不疑，且不说陆剑白，老局长与区委书记贺国兴也友谊不薄，就连现任市局局长刘震也是他一手培养的。

杨邦义接着用一种更加坚定的口气说道："自古以来，大义灭亲不心痛，举贤授能不拘格。退下来又咋的，我还是个党员哩！"随即又说："林金虎这个青年是个难得的人才，我想让他先在你的手下干。我与他非亲非故，我是看中了他的本事和资质。错误不能犯第二次，这样的人才要是埋没了，那就不可饶恕。"

牛耕奇说："老局长，你的意思我当然明白，也很感动。再说这个小伙子，也的确是当警察的人才。要是他能来我这里，求之不得哩。"

杨邦义说："先按协警办进来，回头再签正式合同。如有困难，我到局里去说。"

牛耕奇又说道："打击车匪路霸和街道地痞，我马上认真实施，绝不会放过一个坏人。"

# 第十八章

清晨五点半，崔三军就坐上了由龙潭镇开往省城的第一趟班车。外面穿着便衣，贴身却是全副武装。腰间紧绑着练功的腰带，手腕上戴着护腕，衣兜里装着手铐，一副随时准备搏斗的架势。

虽然是早班车，乘客还是不少，三十多座的大客车基本坐满了。除了赶火车的或者有急事的，多半都是镇上做服装生意的商户，他们是赶早去省城的批发市场进货，下午还要赶回来。这些商户都带着数字不小的现金，因此便成为车匪路霸紧盯的目标。牛耕奇曾经组织过几次抓捕行动，却不知怎么就走漏了风声，全都徒劳无功。经过昨天的市场风波和砖场比武，崔三军对自己轻信谗言犯下的错误深为懊悔，也对与林金虎交手时的丢人现眼不能释怀。对林金虎的武艺，他是非常佩服的，对他的人品更是钦佩，打心眼里认定了这个朋友。为了挽回不良影响，也为了给杨局长和林金虎一个好形象，崔三军下定决心将功补过，就没给任何人打招呼，擅自行动上了这趟班车。他现在有个强烈的祈愿，愿那些打劫的强盗们也上这班车，给他一个立功的机会。

崔三军戴着顶鸭舌帽，把帽檐压得很低，还戴着个大口罩，尽量把自己隐蔽好。如果那些坏蛋认出了自己，就会罢手，立功的愿望就泡汤了。为了隐蔽，他选择了车尾部的座位。效果也确实不错，虽然在街面上人熟，非但谁也没有认出他，因为怪怪的打扮，反倒引起了周围人的不安。他的屁股一落座，周围的几个人就急忙挪走了。崔三军的心里顿涌起一阵感伤，有误会，吓着他们了。作为民警的责任感同时也油然而生。车匪路霸猖獗，不知祸害了多少人，也对龙潭镇的经济发展造成破坏，不痛下杀手严厉打击，就对不起这身警服。

车行渐远，眼看就要开进凤凰市主城区了，车上还没有任何动静，崔三军不免有点失望。他知道这段路是本地路匪的作案区域。这些不法的家伙也有所谓道上的规矩，各有各的控制地段，彼此间不得越界。否则就是所谓江湖上的不仗义，就会引起匪徒之间的火并。

警察针对的是犯罪分子,犯罪分子研究的也是警察。因此,龙潭镇周边的混混们大都认识崔三军。凭着自己的威名,在龙潭镇到城区这段路上,制服他们更有把握。一旦出手,成功的概率非常大。但是,远离了龙潭镇,单枪匹马,就胜算难料了。

崔三军正感到沮丧,忽然司机一个急刹车,使他几乎撞在了前边的座椅背上。急忙朝前看去,但见路中间站着五六个中青年男子,大吼二叫地吆喝着。随即车停了,门开了,那些人一阵风似的冲上车来。

"快快快,老实点,把钱拿出来!"

先是死一般的沉默,所有人都像泥胎般地呆愣着。随着车匪开始动手搜身,车上顿时混乱起来。有人在哭喊,有人在尖叫,充满了恐怖绝望的气氛。有个壮年乘客站起来喊了声"滚下去",几把尖刀便恶狠狠地朝他逼去。

崔三军霍地站起来,摘下帽子和口罩,大吼一声"住手",一边向车匪冲过去。

慌乱躲避的乘客却把他挡住了,车匪中有人也认出了他,大喊一声"有雷子",那些家伙便一阵风似的冲下车,四散而逃。

有个胖子也跟着往下蹿,却脚下一拌,栽倒在车门前。

崔三军抢步上前,将胖子反拧胳膊,一边掏出了手铐。还没铐住,胖子便大叫"误会"。待他扭过脸来,却发现竟是孬熊。

孬熊赔笑道:"崔哥,是我!"

"跟他们是一伙吧?"

"哪能呢,那些人我根本不认识。我呀,是到大程村办事的。"

"那为什么往下跑?"

"想配合你呀。差点逮住一个,却他妈绊倒了。"

"这么说还得感谢你?"

"不敢不敢。崔哥,你这样瞪着我,还真是误会了。你问问大家,我是一发车就上来的,那伙人是半道上来的。那伙人在作案,我却坐着一动没动。再说,即使想发财,这种没档次的打劫,我孬熊还看不上呢。"

说话间,车子到了大程村,孬熊下去了。

车子又启动了,惊魂稍定的乘客们朝他鼓起掌来。

崔三军却是一脸沮丧,说道:"便宜了这些狗东西!"

一个女乘客抹着眼泪说:"小崔呀,是你呀,真是感谢了。要不是你,我这生意都破产了!"

那个曾反抗过劫匪的壮年乘客掏出了两张五十元票子,硬往他兜里塞，一边诚恳地说："警察同志，一点心意，必须的。"

崔三军把对方的手坚决的推拒回去，大声说道："非常抱歉，没有抓住他们。"

壮年乘客说："我刚落脚本地，也是头一回进货。胖子好像认识你。但我有个感觉，他不是好人。"

女乘客说："好人堆里挑出来的。他是不明抢，做的恶事却比车匪还恶。"

有人附和道："收保护费嘛，地痞流氓。"说话者埋着头，声音战战兢兢，显得很胆怯。

壮年乘客说："我说他不像好人嘛，怎么样？完全可以判断，他就是车匪的卧底，得手后参与分钱。"

女乘客叫道："对呀，早不来晚不来，今天进货的人多，就来了。肯定是得了准信儿才下手的。"

那个女乘客又说道："说到这份上我更怕了。要是往前再来一伙，可该怎么办呀？小崔呀，求求你啦，能不能把我们护送到省城？"

此言一出，满车静默，期待的求助的眼神齐刷刷地瞄准了崔三军。

这种眼神令崔三军感到震撼，也甚为感动，义不容辞的豪情顿涌心头，不假思索地说道："没问题，咱们一起到省城。"

话刚出口，热烈的掌声又一次响起来。

崔三军来到司机身旁，与他交谈起来。

"刚才那些人是不是经常上车作案？"

"是的。"

"既然知道是坏人，为啥还要开车门？"

一旁的女售票员替司机回答道："敢不开门吗？他们会报复的，得罪不起啊！"

崔三军站起来，对着全车人大声说道："为什么坏人这么猖狂？不就是因为大家都想着自保，有侥幸心理，不敢反抗，更不能团结一心。这就助长了坏人的嚣张气焰，这是惯出来的毛病。邪不压正呀，只要大家同舟共济一条心，敢斗争，几个毛贼还敢放肆吗？假如大家一盘散沙，仅凭警察的力量，也是奈何不了他们的！"

壮年乘客说："警察同志说得对，面对坏人，必须心齐。如果大家都敢站起来反抗，狗日的还敢造次吗？"

崔三军说道："这位师傅说得好，我们现在就是一个战斗集体，明白吗？"

“明白——”大家齐声应道。

崔三军说:“前面还有两个多小时的车程,说不定还会有另一股车匪。如果他们上了车,我们该怎么办?”

“齐心反抗——”

“好,早就该这样了!”

接下来,崔三军就把具体应对的步骤如此这般地吩咐了一番。

刚刚布置停当,刚才那一幕又重现了。车被逼停,车门打开,四五个悍匪便冲上来。与前面所不同的是,每人手中都亮着把明晃晃的菜刀。

一个五大三粗的汉子大声吼道:“兄弟我手头紧,向各位借点钱。”

另一个瘦猴尖叫道:“快拿出来,省得老子动手!”

崔三军认准了,彪形大汉是首恶,擒贼先擒王,第一拳就归他了。却笑嘻嘻地凑上前,不慌不忙递上一根香烟。

彪形汉子愣了愣,竟然伸手来接。冷不防对方冲来一拳,沉重地打在鼻脸凹里,那鼻腔里就血柱喷射,涂得满脸满腮。紧跟着,一记摆拳又猛烈地砸在太阳穴上。汉子惨叫一声,往后便倒。

其余车匪回过神来,举刀嗥叫着,向崔三军步步逼来。

崔三军双手叉腰,威严地喝令道:“我是警察,放下凶器!”

众劫匪受到震慑,面面相觑,不知所措。

趁着这个工夫,就近的男乘客们一拥而上,将几个劫匪扑倒制伏,夺了菜刀。

崔三军用手铐将壮汉反拧胳膊铐了,乘客们也纷纷找出绑货用的绳子,将其余匪徒捆住。绳子不够,有人把裤带也解下来了。

崔三军对司机说:“师傅,还得废你点油,把车开到邻近的派出所。”

那个壮年乘客兴奋地叫道:“我年轻时当过兵,上过老山前线,忽然又有了打胜仗的感觉。”又对大家喊道:“战斗集体的同志们,咱们唱首歌,可以吧?”

“可以——”

“团结就是力量,预备唱——”

“团结就是力量,这力量是铁,这力量是钢,它比铁还硬,比钢还强——”

车轮滚滚,歌声荡漾。崔三军的心中,更是充满了大功告成的喜悦。虽然是擅自行动,但绝对功大于过。现在的他,又可以在同事们中间扬眉挺胸了,也可以让不满意的杨局长对他微笑了。更看重的,是可以让有误会的林金虎对他有一个正确的认识,这是他俩成为挚友的人格基石。

# 第十九章

又是龙潭镇的逢集日，因为天气好，街上人潮涌动，贸易红火。

林志才的心情也像这闹市一样热烈。经过数日的忙碌准备，他家的店面将于今日正式开张。店堂面积五十平方米，除了操作间，店堂中摆放着三张大餐桌，店门外的帆布棚下还另摆三张餐桌。一个经营餐饮小吃的店面，如此规模已不为小，而月租费才不过四百元。经营内容除了打烧饼主业，又配置了荞面和麦面饸饹，荤素两臊子，汤炒两花样。还聘用了两个饸饹厨师的两个服务员。店门之上，一块新广告牌上书写“长安烧饼王”五个金粉大字，气派非凡。店门两侧是红纸金字的对联，上下联分别是：“乘东风，解放思想敢干勤致富；谢党恩，继往开来不负好春色。”

待张罗就绪，林志才就站在店门口把这一切深情打量，心中的感慨像是滔滔奔流的黄河水，一波赶着一波涌。他爷那辈，在西安城里开烧饼店，本来是个小本生意。抗日战争爆发，日本鬼子一路杀到了黄河边。他爷跟着挺进中条山抗战的陕军部队，把烧饼炉子支到了火线上，为后方民众支援前线带了好头。指挥陕军的孙将军非常感动，为他题写“长安烧饼王”匾额以资嘉勉。又经《西京时报》的报道名震古城，烧饼生意也因此鼎盛一时。因为他爷的爱国义举，为他的家庭带来财富也带来荣耀。到了他父亲手里，一场意外的火灾顿使家道中落。又处在国共内战之际，国统区物价飞涨，百业凋敝，再也无力维持。便只好辞商归里，回到龙潭镇老家。几十年过去了，他家的这个荣耀几乎被时光湮没了，以致成为他内心深处的一大憾事。改革开放后，国家实施富民政策，恢复祖业的美梦便时不时地萦绕心头。但是林志才却无法付诸行动，因为他没有本钱。此番在龙潭镇支起烧饼炉，也不过是想攒钱开店。前些天发生与工商所和派出所的冲突时，他觉得连这个小本生意也做不成了，他成了一背再背的背运人。万万没有料到，他居然因祸得福，遇上了大恩人杨局长，坏事变成了好事。不是么？没有杨局长的仗义相助，那天的人祸会将他彻底击垮；没有杨局长古道热肠的帮助，他又怎么能得到向镇长的重视。据杨局长说，为了能帮他尽快开张，是向镇长亲自安排人，领着他办理了租房、营业证、健康证等一揽子事务。而他到现在，还不认识人家呢。最令他感动的，杨局长还主动借给他两万元，加上大儿子狼沟矿打工攒下的两万元，开店的本钱就够了。这已经是天高地厚的恩情了，杨局长还让大儿林金虎到派出所当警察。就在砖厂比武之后，牛耕奇就在杨邦义的帮助下，很顺利地把林金虎安排进了龙潭镇派出所。虽然现在的身份是协警，但杨邦义对他说了，下一步由他向上面争取编制，将林金虎转为正式干警。派出所还为林金虎举行了欢迎会。儿子当了警察，就再不用怕地痞流氓了，就能安安生生地做生意了，这怎能不让他感激涕零呢！

林志才百感交集，两股老泪夺眶而出，顺着脸颊热辣辣地淌到了嘴里。冷不防一只大手搭在了肩头，将林志才吓了一跳。

猛回头，却撞上查老五那张怪兮兮的笑脸，林志才赶忙抹把泪，不好意思地笑了。

查老五说："志才哥，恭喜呀，把事情弄阔了！"

林志才赶忙以礼答话："哪里哪里，兄弟回头还要感谢你哩！"

查老五说："你甭拿我开涮了，那一天我没保护成你，心里还难过呢。不过话说回来了，我也是个小百姓，咋能干涉人家公家人呢！"

俩人正在说话，冷不防旁边闪出一个人来，不问青红皂白，一把揪住了查老五的衣领子，大声叫道："少他娘假仁假义的装君子。背后耍阴谋，当面落好人，连老子都上了你的当！你说你狗日的欠揍不欠揍？"

这人不是别人，正是"墨镜"崔三军。查老五吓得脸色发白，嘴巴哆嗦着讲不出话来。

林志才当然也认得他，一时间也蒙了，听着那话有点丈二和尚摸不着头。眼看那只拳头举得凶狠，便赶紧赔着笑脸替查老五打圆场："好了好了，有什么大不了的事嘛，一条街上住，低头不见抬头见的……"

崔三军说："看在我林叔的面子上，暂且饶了你。今后如果再敢捣鬼，我就见一回揍你一回。"回头又面向林志才深鞠一躬说："林叔，小侄有眼不识泰山，那天让你受惊了，实在对不起！"

林志才越发弄不清来由，说："这是咋回事嘛，我咋越弄越糊涂。"

查老五知道阴谋要败露了，便死活不顾地抢着说道："兄弟我一时利欲熏心，做了对不住老哥的小勾当。这不，我就赔情道歉来了！当然我还另有心意，我清楚你现在缺少本钱，就专门给你送钱来了。"一边手忙脚乱地在衣兜里乱摸，最后摸出了个鼓鼓的信封硬塞给林志才："这是五千元。你先用着，什么时候还我都行，干借，分文利息都不收！"

林志才不知所措的时候,却有人大笑着连声叫“好”。回头一看,却见杨邦义和牛耕奇站在身后。

杨邦义笑道:“我已在一旁站了多时,也算听出了些门道。人无完人,金无足赤。查老板能够登门送钱,已是不错的人品。生意人嘛,谁在利害上还没个计较。假如有什么不愉快,就此一笔勾销。五千元你就收下,都不必客气了,往后一条街上和气发财,日子长着呢。”

林志才感激地说:“谢谢杨局长,也谢谢查老弟。”

查老五也被杨邦义这段话感动了,点头哈腰地说道:“领导就是领导,说起话入脑入心,我都要掉泪了。”

杨邦义又对林志才说:“向镇长和镇政府的几个领导一会儿都要来,我就算先通知一声。”

林志才又是一番受宠若惊,张着嘴巴半天才说出一句话来:“都是你的面子,我一个小百姓,设席摆宴也请不动呢!”

杨邦义便笑了,说:“谁的面子大,不是你,也不是我,是‘长安烧饼王’这个金字招牌,这是咱陕西餐饮业的一段历史光荣。招牌能挂到龙潭镇街道,是这条街的荣幸呢!”

林志才的心里又是一番感慨,若不是杨局长的面子,谁又会将他这个招牌当回事哩。

林志才转身忙去了,杨邦义对崔三军说:“你小子不简单啊,擅自行动,还抓了一窝车匪。”

崔三军说:“您也知道了?”

杨邦义说:“感谢信和锦旗都送到派出所了,报社都发稿子了,我当然就知道了。”

崔三军却有点不好意思,一只手挠着头说:“我违反纪律了。”

杨邦义说:“知道了就好。”

崔三军却又辩解道:“其实也不完全是,都是按着牛所长的意思办。”

杨邦义笑道:“孤胆英雄嘛,怎么也会拍马屁?不过说来也是,还真给你们所长长脸了!”

崔三军歪着头傻笑,不太会笑的牛耕奇也咧着嘴笑了。

牛耕奇说:“话赶到这里,有个情况就提前向你汇报。经过反复调查,孬熊等几个地痞流氓,对沿街商户强收保护费,对赶集摊贩敲诈勒索,还勾结车匪路霸频频作案,犯罪证据确凿,已经抓了。等判了就在龙潭镇开个公审公捕大会。”

杨邦义说:“非常好,你这工作回正轨了。”

说话的工夫，镇上的几个领导就到了，为首的就是镇长向宇辉。杨邦义刚一介绍，林志才的脸就红了，他顿时想起了因二儿金豹毁庄稼丢人的事。

向宇辉当然明白，就很热情地握住他的手，很亲切地说道："林师傅，咱俩可是不打不相识。其实那事也不能全怪你，当时我刚上任，工作方法也有问题，还不会当官哩。事情都过去了，我们现在是朋友。"

杨邦义诧异道："怎么，你俩之间有故事？"

向宇辉笑道："有故事，回头让林师傅弄两碟酒菜，趁着酒劲，再讲给您听。"

林志才说："帮助我那么多，又劳驾您亲自来，真是感激。"

向宇辉说："杨局长都能热心帮你，我作为镇长，哪能袖手旁观！"

然后郑重其事地说："林师傅你现在可是'致富俱乐部'的带头人，树个标杆，带动大家都参加。"

杨邦义说："'致富俱乐部'，好提法，有创意。"

向宇辉又对林志才说："经杨局长一介绍，我才知道了'长安烧饼王'。金字招牌啊，几个领导已经研究了，随后从信用社给你十万元低息贷款，支持你做大做强。"

林志才惊呆了，十万元，是个不小的数字。有了这笔钱，就真会如向镇长所言，把生意做大做强。做梦也想不到，他一个曾经很背运的人，先是遇到了杨局长，现在又加上了向镇长，真是幸运啊。

林志才心中激动，觉得有许多话要说，对素不相识的杨邦义，想表达感恩；对镇长向宇辉，除了感恩还有歉意和忏悔，两味杂陈，竟不知如何开口。

向宇辉说："镇上看中的就是你这个招牌的含金量。你看咱这龙潭镇，周围有四个大矿，还有那么多的小矿，职工家属少说也有整十万。这么大的消费群体，餐饮需求该有多大？镇上支持你，就是要你带个好头，做个样板，把龙潭镇的'农家乐'发展起来，成为群众致富的一个支柱产业，也成为龙潭镇的一方特色。"

看着这个很有点子的年轻人，杨邦义感到欣慰，也觉得他看得很准。一方水土养一方人，这个餐饮消费市场的确不小。因地制宜，大有可为。

林志才忙他的事去了，向宇辉又对杨邦义说道："龙潭镇到底怎样发展，乡亲们怎样致富，镇政府现在有个全面规划。"

杨邦义说："好啊，说说看。"

向宇辉说道："规划分两部分，一是依托龙潭镇靠近城区又地处矿区的优势，以发展‘农家乐’为抓手，规划设计建设新的商业街区。同时设立工业园区，用优惠政策招商引资，把龙潭镇发展成凤凰市的卫星城。二是制定惠农政策，引导各村因地制宜，发展现代特色农业和绿色产业。比如说，利用水土和温差条件发展苹果和柿子产业，利用白龙河发展水产养殖，搞蔬菜基地打造城市菜篮子，如此等等。可以是一村一个品种，形成多种经营、百花齐放的发展格局。”

杨邦义说：“可行，非常切合实际，可以说是科学策划。”又感慨地说道：“通过你对‘烧饼王’的热心扶持，我就看得出，你是一个有责任、肯担当的人。”

向宇辉说道：“说句由衷的话，你的身上才有这股子精神，对我影响很大。我一直在想，老百姓都想着法子挣钱致富，当干部的却落在屁股后面，被动啊，难看啊，良心也受谴责啊。古时候都讲究‘为官一任，富民一方’，何况咱还是党的干部，国家又给了这么好的政策，天时地利人和，全都具备了，此时不作为，说不过去啊！”

杨邦义认真地打量着这个年轻人，心中有一种涌潮般的感动。正是有着这样千千万万的优秀干部，国家的改革开放事业才能够强劲发展。

杨邦义又说道：“你这个规划应该形成详细材料，尽快上报，争取支持。”

向宇辉说：“报了，也批下来了。刚才，区委贺书记还专门打来电话表扬呢！”

杨邦义非常满意地笑了，情不自禁地抬头远望，在极富诗意的憧憬里，好像已经看到了那个产业林立、花果满山的新龙潭。

不用说，“长安烧饼王”饭馆的开张仪式之隆重，在龙潭镇是不多见的。镇政府的领导和工作人员来了十几个，万字头的“大地红”响得天摇地动；镇政府带头送个花篮，便带动得街道上的机关、企业几乎全都闻风而动，数十个大花篮由店门口摆到了马路边，最精彩的还是向宇辉镇长的讲话，重点就是宣布了龙潭镇的发展规划，引起了强烈的反响，大伙那个兴奋啊，一个个把手掌都拍疼了。除了好消息，林志才更在意向镇长对他的评价。又是“致富俱乐部”的带头人啊，又是思想解放的先行者啊，那个热情洋溢的赞赏和祝贺，真令满街商户羡慕又嫉妒呢。但最让林志才感到得意的是，他发现大林庄来的人很多。皮三娘还凑上前向他表功，说是因为她的宣传，左邻右舍才知道了，要不然咋会有恁多人赶了来。向镇长这么一讲话，还不等于给他赔情道歉，曾经那么倒霉的林志才终于时来运转，扬眉吐气了。

开张头一天，光面粉就用去了十几袋。晚上一盘点，好家伙，营业额达到三千元，减去所有成本，还净赚了一千五百元。兴奋啊，林志才脸上堆上了大半辈子积攒的笑，觉得身板也直了，身子也轻了，眼睛也分外清晰明亮，好像自个一下子年轻了几十岁。

林志才毕竟一大把年纪了，打烧饼又是自己亲自操作，是实打实的力气活，按说忙碌一整天，早该歇息了，但他却毫无倦意。就搬条板凳坐在店门外，品着一壶新沏的酽茶，大睁着愉悦的眼睛看风景。

说也奇怪，在林志才欣赏的目光中，平时见惯不怪的龙潭镇居然是如此热闹繁荣，路灯明亮而整齐，就像是一长串夜明珠在闪闪发光。不少店铺的门面都装饰有彩灯，五彩缤纷，亮亮灭灭，滚滚动动。最气派的是镇供销社的百货楼，偌大的三层大楼闪烁着电影一般的彩色画屏，那画屏又卷帘子似的变化着内容，光彩夺目，很是洋气，把半条街都照射得五红六蓝。林志才是在西安大城市混过的，知道这洋玩意就叫霓虹灯广告，心中便感叹道：国家改革开放政策就是好，社会进步就是快，就连地处偏远的龙潭镇，都有了城市的派头。街上的行人依然熙攘，不仅年轻人，还有中年人、老年人，尤其是那些青年男女，居然也烫发披肩，长裙尖鞋，时髦得很，跟城里人难分真假呢。又想到向镇长说的要把龙潭镇建设成现代化卫星城那段话，就对美好前途有了更大的信心，一双眼睛更加明亮了。

已经是晚上十一点，林志才觉得路对面不远处的一个地方仍然灯光耀眼，人声喧哗。就凑上前去一看究竟，却发现是老马家清真饭店的烤肉摊开了夜市。那洁白的大圆桌椅少说也有五六个，那桌桌爆满的食客，那飘香的牛羊肉，那砰砰当当撞响着的啤酒杯，那热烈喧闹的谈笑声，把个初来乍到的林志才看呆了，也激动了。他想这个老马家会做生意哩，白天红火，夜晚也不放过，票子流水般进账呢。心中的欲望也激发出来：老马家的今天就是我"长安烧饼王"的明天，我何不也如法炮制，除了烧饼饸饹，酒菜也一起上，早晚兼营双收益。如此，何愁生意不好，我又有着领导的支持，竞争优势就不会小，如此三年两载，腰包就可以壮了。到那时，就可以进城开连锁店，甚至真能做到二返长安，在西京城重现"长安烧饼王"金字招牌呢。

林志才看得兴奋，想入非非，以至金虎、金豹两个儿何时来在身边也不知道。

父子仨回到店里，林志才就情不自禁地将今日的开张盛况及生意收入情况对俩儿子学说一遍。又把在街头摆烧饼摊遭人挑衅，杨局长如何解救,金虎如何得到杨局长器重当了警察,以及杨局长和向镇长帮助办餐馆的事向金豹一一说了,满口腔调都是庆幸,充满了对杨邦义和向宇辉的感激。

林金豹说:“我这回出门时间并不长,却发生了这么多事。变化恁大,咱家真的时来运转了。”

林志才半赞许半纠正地说:“是不假,关键是咱遇上贵人了。没有杨局长,还有向镇长,咱家会时来运转吗?”

林金豹却说:“你没说到点子上,应该说,得感谢国家改革开放的好政策。”

林志才便有了几分恼,训斥道:“大道理老子比你懂,知恩图报是做人的本分。你回来得正好,以后就甭乱折腾了,本本分分地开咱的店。”

林金豹说:“开店是你的事,甭拉扯我。”

林志才说:“光这烧饼饸饹,都雇了四个人了。我还准备增加酒菜,人手根本拉不开。”

林金豹说:“靠打烧饼卖饸饹发财,骑蜗牛呀,太慢了,我可耽搁不起。我有我的正事呢!”

林志才勃然动怒,吼了声:“不行,你哪里也不能去!”

林金豹说:“大,你先甭发躁嘛,等我把话说清了,怕你笑还来不及哩。”

林志才说道:“就凭你,能成个啥精,不给老子闯祸就谢天谢地了。”

林金虎说:“大,让豹娃把话说完,是好是坏,再商量不迟。”

林金豹说:“不是给你提过吗,我现在是宏大董事长派到狼沟矿的副总经理,底薪十万加销售提成,粗略一算,一年下来少说也能挣二十万,你看咋样,不比你这烧饼店来钱快?”

林金豹的这番话使他爹他哥都吃了一惊。

林金虎问道:“胡成叔咋办呢,他真把矿卖了?”

林金豹说:“我给你说过的嘛,咋没记性哩。胡成暂时还得代管。名义上他是正职我是副职,但实际呢,我是他的直接领导,因为我代表大老板。”

对胡成的这种做法,林金虎却能猜知一二,心想胡成也许是良心发现,不能挣那份缺德的脏钱;也许是让贪官抓住把柄,损失惨重;也许不愿再为这个高危行业担惊受怕,才拉个大公司合作,分担压力呢。林金虎毕竟在狼沟矿干过,深知那里的艰苦与风险,特别是管理层所承担的安全与经营责任,便不禁替弟弟担心起来。

林金虎说："管理煤矿需要专业知识，更需要经验，不是闹着玩的。狼沟矿说到底是私营小煤窑，安全和生产管理都很粗糙，随时都有可能出人身事故。胡成叔大概因为让那场事故弄惨了，才出此下策。难道他不知开煤矿能挣大钱？既然好，咋会把矿卖了。我劝你，这事慎重为好，也好好提醒你那个大老板，小心坑了自己，也误了别人。"

林志才说："你哥说得对。这事不干为好。小心再闹出场乱子。"

林金豹怪笑一声道："啥叫懦夫，我算明白了。豹娃是汉子，不是小女人。豹娃长脑子哩，不是糊涂虫。大，你不是常说，不入虎穴，焉得虎子，事到临头咋就腿软了？胡成干不好，那是他没能耐，谁又敢断定我干不好？我的事情我做主。我并不是跟你们商量，已经上任了，是回来通知一声哩！"

事已至此，林志才和林金虎还能有什么办法阻止呢，他们都知道林金豹独立敢闯的个性，一旦迈出了脚步，十头牛也拉不回。

林志才说道："都快十二点了，你跟你哥回老屋睡，我在店里还有事。"

林金豹说："我回矿去，小车在外头等着哩。"走到门口又折返回来，说道："一打岔，差点把正事忘了。"一边从挎包里掏出个沉甸甸的东西，双手递给林志才。

林志才认出来了："貔貅！"

林金豹说："没错，缅甸玉材质，做工精致，块头也不小。"

林志才说："要这有啥用？我又不是收古董的。"

林金豹笑道："用处大着呢。这是招财瑞兽，你不开店做生意，还不给你哩。只需将这嘴巴朝着店门口，就吞吃八方财，富了咱一家。千万不敢摆错了方向，屁股朝外，就把咱的财气送给了别人！"

林金虎笑道："照你这么说，只要把这东西一摆放，连烧饼都不用打，票子就自然送上门。"

林金豹说："不就求个好财运嘛。"

林志才说："我明白了，这玩意还有邪气，损人利己。"

林金豹说："话虽难听，却是这个作用。"

林金虎说："你这东西，我看咱大不喜欢。损人利己的缺德事咱也不能干。"

林志才说："你拿走吧，省得我砸了它。"

林金豹眼一瞪叫起来："热脸贴个冷屁子，全都是死心眼。也罢，我先收藏着，等你们想开了，再说！"

# 第二十章

世界上总发生令人匪夷所思的事。在龙潭派出所当指导员的宇文骚居然跟当私企老板的聂玉魁一见如故,而且,宇文骚下定决心要辞职下海,到聂玉魁这里打工。

宇文骚能够与聂玉魁认识并得到赏识,也是一次偶然的相遇。那是一次关于辖区矿井民爆物品使用管理工作的培训班,鸣凤区所辖所有涉煤企业的负责人都参加了。宇文骚是讲课的教员,聂玉魁是听课的学员。两个人却住在了一个房间。小伙子一表人才,讲课也蛮有水平,两个人交谈投机,相见恨晚,因此很得聂玉魁的好感。闲聊中聂玉魁免不了畅谈他开公司的经营之道,吹嘘他的致富业绩,听得宇文骚怦然心动。聂玉魁随口说了声"你是人才啊,只可惜有缘无分",不料宇文骚就非常诚恳地回应道:"要是我愿意结缘呢?"聂玉魁笑道:"怎么可能?你端的是铁饭碗,戴的是大盖帽,我这里却是民营企业,天壤之别。"宇文骚说出了更令聂玉魁惊诧的话:"你说曹操重要还是刘备重要?关云长又为啥身在曹营心在汉?士为知己者死嘛。"本来说说而已,过去也就过去了。没想到市委主办的《凤凰日报》就忽然冒出篇通讯,以恒昌煤炭商贸公司的经营业绩为内容,突出放大聂玉魁,说他如何身体力行拓市场,帮助民营矿井渡难关,写得有板有眼,吹得有声有色。聂玉魁不但高兴,而且感激,因为这篇文章就刚好发在了他评树省级优秀民营企业家的关键处。接到表彰通知的时候,聂玉魁就塞给宇文骚五千元作为回报。对方如此大方,宇文骚就痛下决心,把他愿意辞职来投的要求说了。聂玉魁本来对他就有好感,又发现小伙子还有文才,心眼活,他刚好正在物色办公室秘书,结果双方一拍即合。

拿铁饭碗换泥饭碗,似乎不可理解。其实,小伙子肚里有怨气哩。警官学院毕业后,宇文骚被分配在鸣凤公安分局。分来一个大学生,组织上肯定很重视,就把他留在分局机关工作。局长陆剑白是个很低调的人,宇文骚偏偏就喜欢擅作主张,写点吹牛文章巴结领导,弄得陆剑白挺被动。

有一次,一篇不合时宜的报道见报,使陆剑白受到区委书记贺国兴的批评。陆剑白因此产生反感,宇文骚又偏偏不小心烧毁了办案卷宗,造成了很严重的后果。陆剑白就把他贬下基层派出所。宇文骚是个心性浮躁的人,感到前途毁灭,就有心改行跳槽。却不料巧遇了赏识他的富商聂玉魁,就心想停薪留职离开单位,一边打工挣钱,一边等待时机。

聂玉魁曾经在公安分局那边干过,跟局长陆剑白很熟。一个电话过去,陆剑白没犹豫就同意放人。结果,宇文骚就以停薪留职的方式离开原单位,当上了聂玉魁恒昌公司的办公室秘书。

聂玉魁得了一员大将,自然器重,月工资三千,另外还有奖金,破格优待,与科长相同。

宇文骚很满意也很感激,就凭这工资待遇,就比警局那边高出了两倍。心想自己果然遇上知己,就暗下决心,出力卖命,在所不惜。

聂玉魁创办的恒昌煤炭商贸公司虽然是民营企业性质,员工也不过百十个,却按照国企的模式,打造得像模像样。借着过去在煤监局建立的关系,以底价租赁了矿务局下属破产矿的一座三层闲置楼,设置有运输科、销售科、财务科以及党政一体的办公室。有一个完整的领导班子,聂玉魁是董事长,同时兼任着总经理和党支部书记。各科室的办公配置以及各项规章制度一应俱全,员工的服装也是统一的。就连手下员工称呼他,也不能叫老板,只能叫聂总。起码从表象上,就比一般民营小企业正规得多,这就给政府领导和社会各界留下个良好印象。

鸣凤区本来就地处煤矿区域,又得益于国家不断深化改革开放的利好政策,集体和民营煤矿的发展尤为显著。到了九十年代初中期,计划经济开始加快向市场经济转型,加上国家对矿业开发政策放宽,民营矿井趁势得到迅速发展。但是,传统的煤炭供需链依然维持在国有煤矿与发电厂等国有用户之间。作为新生事物的民营矿井,实际上仍被排挤在主要煤炭供求链之外。产品积压,运销不畅,经营困难,同时还受到市场起伏的影响,产品销售就成了制约发展的主要瓶颈。而聂玉魁经营的恒昌煤炭商贸公司,就是针对煤炭运销这个瓶颈应运而生的。抓住了发展机遇和关键环节,聂玉魁下大力气联系购煤客户,走南闯北,不择手段,又与铁路运输部门建立友谊,很快确立了对全区乃至全市民营矿井产品销售的垄断地位,公司的经营指标得到迅速增长。短短几年时间,盈利累计已经过亿,对拉动民营矿井的快速发展也贡献突出。在全市民营企业的沙盘中,显得奇峰突兀。聂玉魁的突出业绩引起了市党政主要领导的注意,特别是得到了新任市委书记车道康的赏识。车道康在内容不同的几次会议上，都将聂玉魁点名表扬，并要求无论国企私企，都要见贤思齐，比学赶超。

聂玉魁的公司红火了，参观学习的络绎不绝。省级优秀企业家、市级先进民营企业、市政协委员等各种光环不断加身，聂玉魁成了凤凰市改革开放工作的耀眼明星。

适逢鸣凤区乡镇工业局牵头成立区民营煤矿企业总商会，聂玉魁抓住机会，上下运作，下足功夫。这些大大小小的民营小矿，经历着市场营销的风云变幻，都对聂玉魁的商贸公司依存度很高。特别是产品积压经营困难的时候，聂玉魁的公司总能出手收购。虽然价格压得很低，但只要能够维持生产，小矿主还是能够接受的。一来二去，就成了既恨又爱的合作伙伴。现在聂玉魁要竞争这个会长，大家出于绕不开的业务关系，无论真心假心，多数人还是把票投给了聂玉魁。在上面，又得到车道康书记的支持，聂玉魁就如愿以偿地当上了会长。真所谓时势造英雄，尽管聂玉魁在经营中不择手段，但有本事让经营指标往上增长，就一俊遮百丑，谁又会计较那些藏在人后的龌龊呢。

聂玉魁本来就是个有欲望就追求、胆大妄为的狠角色，一当上了商会会长，就有了不同凡响的动作。在聂玉魁的精心策划下，商会的成立大会开得很隆重，不光鸣凤区地域的民营矿主来了，就连辖区乡镇政府办的煤矿也请到了。最出彩的是，市委书记车道康也来了，还讲了祝贺加勉励的话，真是给足了面子。

新官上任三把火，尽管商会仅仅是个社会经济团体，聂玉魁也算不上什么官，但他却要把这三把火烧得有模有样。一是由自己的公司在城区独资建一栋四层高的商住两用楼。其中两层用作住宅，户型按照两室一厅设计，所有房间一律让各矿矿主和公司业务骨干免费居住。一层提供给公司员工当宿舍，一层用作办公。二是各矿矿主统统担任商会副会长。还是由自己出资，组织所有副会长去安徽和河南矿区考察学习。第三仍然是自己投资，在龙潭镇中学援建一座图书馆。也不跟任何人商量，就召集各民营矿负责人开了个工作会，把这将要放的三把火提前告知。

此言一出，立即引起反响，与会的民营矿主们虽然鼓了掌，却是心怀忐忑，多年打搅，大家都对聂玉魁有个基本的了解。精于算计，笑里藏刀，心狠手辣，从不干赔本的买卖。但现在，聂玉魁竟是如此慷慨大气，真不知他的葫芦里卖的什么药。

聂玉魁的决定却受到公司员工的一致欢呼，宇文骚上下一揣摩，就将聂玉魁走马上任后的三个承诺突出放大写成通讯。也不打招呼，偷盖了办公室的公章,就把稿子送到报社。为什么这样主动?他要立入伙第一功,加深聂玉魁的好印象,也在员工中树立威信。

这天一大早,宇文骚便兴冲冲地走进了聂玉魁的办公室,叫道:“老板,大功告成。”

聂玉魁却沉下脸来:“谁让你叫老板?以后要称聂总,或者会长!”

宇文骚吓得一吐舌头,慌忙说道:“记住了。”这才将一份《凤凰日报》递上来,说道:“会长,报纸又有您的好消息!”

聂玉魁有点摸不着头脑,待将报纸打开,就不禁四目生光。但见二版头条位置上,“煤炭商会大手笔,锐意进取开局新”的标题很是醒目。篇幅也很长,足足占了半个版面。

聂玉魁坐下来,兴趣盎然地将文章细细看来。报道说的就是他出任商会会长的三把火,定位好,站得高,挖得深,看得远,把他想说的全说道,他没想到的也说到了。没待看完,就看得聂玉魁心花怒放,他一是新官上任,二是正在策划着“更重要”的事,就需要这种利好的舆论造势。

喜魂稍定,聂玉魁不无意外地问:“这是怎么回事,我怎么还不知道就登报了?”

宇文骚神秘兮兮地诡笑说:“这么点小事还用您操心,要我们这些手下干什么?”

聂玉魁笑道:“又是你小子干的,对吧?”其实他是明知故问,上面的署名就是“宇文骚”。

宇文骚说:“记者写的报道只是个消息,内容单纯,篇幅也小,分量根本不够。有了这篇综合通讯,宣传效果就好多了!”

聂玉魁认可地点点头,心里赞赏道:行,有眼色,也有才华。我要这个人,真是要对了。但欢喜过后,又不免有些担心,说:“好是好,水分却有些大,是不是过分了?”

宇文骚说:“请您一百二十个放心,绝不会有负效应。再说,如今的新闻宣传,有几个没水分,只是多少而已。大不了责任揽在我身上,您就装作事先不知道罢了。最关键的咱这是正面宣传,不是批评报道不伤害谁,谁又会介意?至于上面领导,吹你还不等于吹他,高兴还来不及!”

聂玉魁想想也是这个理儿,刚想赏识几句,没想到对方又将个沉甸甸的皮包放在了桌面。一拽拉锁,掏出了一件东西。

“貔貅?”

“对,玉貔貅。翡翠做的,缅甸玉中的上等品。”

翡翠是玉中名品,貔貅是聚财神兽。龙潭镇的龙王庙中就曾供奉着貔貅,它的神通与好处岂能不知。又见眼前这尊块头挺大,用手捧起来掂掂分量,估摸着足有五斤多重,价值至少也在两三万元。

聂玉魁看得出神,一边赞叹道:“好东西,刀功也细,蛮有艺术眼力嘛!”

宇文骚说:“会长,这是我送给您的。”

你小子肯拿到这里,就肯定是要送我的,聂玉魁当然明白,却故意说道:“胡扯,君子不夺人之美,我咋能随便收呢。”

宇文骚说:“星期天去了趟云南,见着了,就特意给您请了这一尊。您对我有知遇之恩,这点心意并不过分。”宇文骚一边说着,一边将玉貔貅在桌上摆好角度,然后挺神秘地压低声音说道:“摆貔貅有讲究,头正对门外,就可以尽吞四方财,也可以吸纳官运和一切福,却会对别人不利,因此要巧妙遮掩!”

这话中听,聂玉魁心想:这小子是有心人,是块他所需要的材料,便欣慰地笑了。又问道:“你叫宇文骚,名字咋怪怪的?”

宇文骚说:“我复姓宇文,骚是风骚的骚,也就是文人骚客的骚,有才华的意思。据说祖上就是隋朝名臣宇文化及。”

聂玉魁故作震惊地说道:“名门之后呢,怪不得,连名字都这样特别。好名儿,江山代有才人出,各领风骚数百年,我说得没错吧?”

“聂总学问高,说得完全对!”

“你是哪个警校毕业的?”聂玉魁又是明知故问。

“华中警官学院,我是高考录取的,本科生。”宇文骚又是重复一遍。

聂玉魁心中喜欢,用很赏识的口吻说道:“宇文骚,少年才俊,好好干,跟着我,不会让你吃亏。”

这个长相漂亮的年轻人就显出感恩戴德的感情来,表情庄严地说:“人生得一知己足矣。士为知己者死,我一定殚精竭虑。”

听着这样的话,聂玉魁真的感动了。感情进一步拉近,言语也更加随和,说道:“咱俩走到一起,还真是有缘。以后,公司和商会的办公室主任就是你的。再说,当个副总也不是不可能。”

主任,副总,什么概念?钱啊,数字很大的薪酬啊!宇文骚心里激动,竟然一个立正,向对方行了个标准的敬礼。大概,当警察的习惯还没改过来呢!

这时候,门外响起脚步声,宇文骚机警地拉过张报纸,把玉貔貅遮盖了。

办公室主任燕德久走了进来,说道:“聂总,你的成绩显著,又得了人才，是不是庆贺一下？”

聂玉魁说：“这也有你的功劳。”

燕德久说：“我毫不知情，谈何功劳？”

新来的宇文骚，竟然将报道之事瞒过了他，而对外宣传报道，一直由他负责，如此邀功逞能，燕德久不仅担忧，而且恼火。

聂玉魁当然理解对方的心情，燕德久跟着自己一起辞职下海，他开公司，燕德久是得力帮手，也算得上创业元老。公司有了业绩，燕德久的尾巴也不免有点翘，时不时会弄得自己不开心。既然宇文骚这个愣头青搞出这一折，干脆借机敲打他一下，就故意拍着宇文骚的肩膀说道：“我没看走眼，小伙子笔头子还行，也有头脑，是个人才哩。好好干，亏待不了你。”又对燕德久说：“就按你的意思办，庆贺一下！借此机会让弟兄们放松放松，你看着安排吧。”

燕德久还没应声，宇文骚便抢着说：“聂总，让我去办?！野狐岭可以吧？那儿的菜有特色，而且物美价廉，环境清雅。”

聂玉魁很干脆地说：“好，这个任务就交给你。”

望着宇文骚向外走的背影，燕德久觉得自己被挑衅了，一缕厌恶感更强烈地生发出来，阴阳怪气地感叹了一声：“宇文骚，骚呀，还真是怪怪的名字。”

聂玉魁笑道：“我也曾觉得怪，但现在弄清楚了，人家的祖上是宇文化及，隋朝的名臣哩。”

燕德久冷笑说：“宇文化及，吃谁家饭砸谁家锅，有名的大奸臣嘛，隋炀帝的龙椅还不是被他弄翻了！”

聂玉魁说：“德久，你说话咋怪怪的，该不是对这个年轻人有意见？”

燕德久并没直接接话题，只是拐个弯儿说道：“嘴上没毛，办事不牢，小心年轻人的幼稚激情将你置于不利。”

聂玉魁说：“报道我看过了，我看还行。年轻人嘛，只要工作有热情，就应该鼓励。再说，若不是年轻，咋能如此果敢？这就是年轻人的优势。他这个冒失没有错，咱现在还真需要这样的舆论。像这样的大学生，还应该珍惜，咱把他要了来，不就因为笔头子硬吗？”

燕德久却说道：“你赞赏这个冒失，我却有不同意见！”

聂玉魁吃惊道：“是吗？说出来。”

燕德久说：“你的三把火，实际上是做了三个承诺，尤其两项要花大钱，伤筋动骨，吃得消吗？盖商住综合楼，这个有必要，也是自己的产业，但给龙潭中学建图书馆，与公司经营毫无关系，纯粹是撒钱，有必要吗？”

也的确，对商家来说，给学校投资，肯定是没有经济回报的。除非你非常有钱，而且想扬名后世。聂玉魁的公司虽然拿得出这笔钱，但钱都在生意上运转着，即使将两项工程分步骤实施，也是困难不小的。

聂玉魁却显得很坚决："不但有必要，而且很重要。告诉你，车书记倡导企业家帮扶教育，我才决定建这个图书楼。为啥又把项目选在龙潭镇中学？不就因为那里是我的母校。再说，小时候逃荒要饭到陕西，是大林庄收留了我。这个恩情不能忘，我必须回报。"

燕德久还是坚持他的担忧："问题是没有深思熟虑，报纸就捅出去了，已经弄得你骑虎难下。假如许愿落空，就事与愿违，适得其反！"

聂玉魁笑道："什么叫魄力，叫霸气，叫大智大勇，这就是。没有这种手腕，能把那些草头王管住吗？能把事业做大吗？哪个领导，走马上任不放三把火？这就是我的三把火，也是我的三通鼓。大军未动，鼓声先威，鼓起士气，才能凝聚战力，所向无敌。企业家要有大手笔，也要有大气量。要盯准大目标，不计较针头线脑。该得到必须得，该舍的不心疼。"

聂玉魁显得霸气逼人，把个行事谨慎的燕德久吓住了。

聂玉魁又压低声音说道："干脆给你交个底吧，这三个承诺，我事先给车书记汇报了，车书记很满意。尤其对建学校图书楼，一再赞赏。趁着领导高兴，就把给乡镇矿代销的要求说了，他支持呀！你想想，这可是比民营矿肥得多的大蛋糕，拿下它是什么概念？这才是真正值得庆贺的！"

燕德久表示明白地点点头，脸上挤出了一丝笑意。奸商奸商，无商不奸。就说嘛，老奸巨猾的聂总，岂能做赔本买卖。

燕德久随即离开了，至于今晚在野狐岭如何放松，他倒要试试这个宇文骚的办事能力。以聂玉魁的习惯，在外消费都是借驴拉磨，公司一般不掏腰包。花费一河滩却没人买单，看你小子还逞什么能？这倒是个教训他的机会，不知天高地厚，不吃点苦头，岂能长记性！暗暗拿定主意：溜号，借坡下驴，待宇文骚弄砸了，回头再狠狠收拾他。就推说家里边水龙头坏了，抽身离去。

不用说，为了准备野狐岭的聚餐，宇文骚整整忙了一个下午，由于他刚借调不久，相对人生些，便谁也没求，只是自个儿默默奔忙。其实，他也不想让别人掺和。他想借此机会，展示一下组织才能和社会活动才能，不仅让聂玉魁也让大伙对他刮目相看。而燕德久，则躲在自己家里悠闲地品茶看电视，只等着宇文骚弄得焦头烂额的狼狈状，看够了笑话再打一顿杀威棒呢。

# 第二十一章

一个下午说过就过，阳光西斜的时候，燕德久家里的电话响了，是聂玉魁打来的。通知他去野狐岭吃饭，而且，接他的车就停在楼下。

待走下楼，就见宇文骚站在小车旁等候着，见他走下楼，小伙子就毕恭毕敬地问道："阿姨也一块去吧！"

燕德久心想，还行，还懂点事。一边说："她不去了，家里还有事呢！"回头坐在副驾位置，只看着宇文骚熟练地驾车前行，一路上也不言语。他开始觉得这个姓名怪怪的轻狂后生应该有些能耐，况且年轻又是科班。以后有两种可能，要么成为他的竞争对手，要么成为他的帮手；但似乎前一种可能性要大得多，这使他的不舒感更加强烈。

野狐岭是一处紧傍进山公路的村庄，二十几户人家，不大但很整洁。因为离城区仅仅十里地，依据这个优势，不少人家就开起了餐馆，吸引得城里人，尤其是有钱的款儿爷，以及公费吃喝又想避嫌的公家人常来消费。

宇文骚选定的是此间最高档次的"神仙居"酒店，不仅有可以举行婚宴的大餐厅和可供文艺演出的小舞台，还有按着院落形势建造的亭子间餐厅，显得错落有致，清雅幽奇。饭菜以本地特色的农家菜为主，同时还设有卡拉 OK 演唱包间、舞厅和麻将间，吃喝娱乐一应俱全。

待燕德久来到时，聂玉魁与公司的二十几位主要成员已经到齐了，在大餐厅里坐满了三张大圆桌，另外一张大圆桌上，还坐了一圈演员模样的男女。小舞台上则摆放着架子话筒和几个大音箱，舞台角上还有扩音设备以及忙着调试的人。

聂玉魁看见燕德久走进来，赶忙大声招呼道："德久，快来，就等你了。"坐在头儿这一桌的一干人闻声纷纷站起来，显示出谦恭的姿态。

燕德久在紧挨聂玉魁的那张虚位以待的椅子上坐下了。

聂玉魁显得关心地问："家里的事弄好了吗？"

燕德久说："弄好了，一点小问题。"

聂玉魁说："那就好。"又说道："宇文骚这小子还挺能干，安排好饭局不说，还把剧团的演出队弄来助兴。”

燕德久的心中又是一股子醋意，本就不大会笑的长脸又下意识地紧绷起来。

聂玉魁只顾高兴，根本没理会燕德久的脸色，说道：“德久，人都齐了，你主持吧，来几句开场白。”

燕德久却左右扫描一下，问道：“嫂子人呢？”

聂玉魁说：“鬼知道哪去了。不来也罢，她滴酒不沾，只会扫兴。”

燕德久站起来，清清嗓子准备主持。这是办公室主任应扮演的角色，燕德久不含糊呢。

宇文骚赶忙跑过来殷勤地提示说：“燕主任，舞台上请，有话筒。”

燕德久连他正眼也没看，就朝着众人开了腔：“弟兄们，公司近来大事喜事多，特别是聂总荣升商会会长，成了全区的工商领袖人物，非常值得庆贺。各位的工作也不错，业绩也有不少。聂会长特意安排在这里欢聚一下，让我们用热烈的掌声感谢领导的关怀，并请会长讲话。”

热烈的掌声过后，聂玉魁笑容堆面地对大家说：“菜已上齐，酒已倒好，让我们共同举杯，开怀畅饮，开心娱乐。其他话在此都是多余，一切情义都在酒杯中，干杯！”

“干杯——！”欢乐的声浪响成一片。

酒过三巡，菜过五味，酒量小的人都有点蒙了。平时的拘谨便丢在一边，人性的本能开始释放。碰杯声，劝酒声，赖酒声，划拳行令声，热浪滚滚地涌起一片喧嚣的高潮。

忽然音箱中打雷般地响出一句话：“请大家安静一下！”

像收音机突然关了开关，刚刚还轰鸣着的声浪戛然而止。众人端酒的姿势，吆喝酒令的口形，也像放映电影时突然卡了胶片般地定了格。但有一种姿势却是不约而同的，那便是大家都将惊愕的目光瞄向了小舞台上讲话的人——宇文骚。

宇文骚这才接着说道：“各位领导，弟兄们，聂总为了使大家开心，还特意请来了市秦腔剧团以及著名的美女表演艺术家赵梦娇小姐，现在，让我们以热烈的掌声请艺术家们精彩亮相！”

话音未散，众人却发出了一片怪怪的嘘声。不就是刚来的家伙嘛，竟然喧宾夺主，狂出风头。

到底是聂玉魁带头鼓了掌，热烈的掌声才响起来。

接下来，剧团的主持人登台了，先是请出两名青年男女演员，分别清唱了古典戏《周仁回府》和革命现代戏《红灯记》中的一个唱段。接着又上来了个女青年歌手，唱了香港歌星叶倩文的《潇洒走一回》，很激情的旋律，好像刮着一波高过一波的风暴，博得一群年轻人拍手喝彩。然后是两男两女四个演员表演了丑角滑稽戏《怕婆娘》，在忍俊不禁的酣笑声和大呼二叫的喝彩声中，主角赵梦娇终于登场亮相。大概为了突出台柱子大牌演员的特殊身份，赵梦娇此先并未在大圆桌旁露面，而是独自躲在小舞台后面的化妆室内默默守候。果然，随着主持人极煽情极炫耀的介绍，这位名角儿一登场便艳惊四座，引起一阵情不自禁的惊叹声。

但见她身裹一袭红底金菊的大开衩旗袍，脚蹬褐色高跟皮鞋，修度合宜地勾勒出了修长又丰满的姣美身形。优美的波浪式卷发如瀑如云，鹅蛋形的脸庞上五官秀媚，一双明亮的美目似水流盼，显示出一副东方古典式美女的高雅气质。四十多岁的年龄非但丝毫不减姿色，反倒更加显出成熟女人特有的魅力。

只这么一瞥，就使得聂玉魁小眼瞪直了，大嘴张圆了，魂不守舍，心旌狂摇。作为当地人，他也确实爱戏，名演员赵梦娇当然晓得，只是无缘接触。而此刻，佳人就在当面，聂玉魁岂能不血管贲张。

赵梦娇先唱了《藏舟》中的一折“耳听得谯楼上三更三点”，只见她红唇轻启，皓齿张合，声甜音润，把剧中人胡凤莲那父丧又遇英俊男的复杂情绪表达得委婉动人。

未待唱完，聂玉魁就大叫一声道：“肖派么，妙极了！”

虽是第一次见面，台上的赵梦娇却猜知台下领导架势的肥矮男人就是恒昌煤炭贸易公司的董事长兼总经理，同时还是鸣凤区煤炭商会的会长。关于他身份，宇文骚已经告诉她了，聂玉魁才是现在的主角。便接着话茬问道：“敢问您是聂会长吗？”

台下众人便哄嚷道：“是——！”

赵梦娇便笑得面绽桃花，又问道：“看来领导是懂戏的，行家？”

聂玉魁笑道：“不敢当，充其量只是个爱戏的。”

赵梦娇就朝聂玉魁欠身托腕地道了个“万福”，说道：“领导谦虚了，遇到知音，我也开心。就为大家再唱一段。”

接着弦乐再起，赵梦娇又千婉百媚地唱了一板《玉堂春》中的《苏三起解》。

刚唱罢，聂玉魁又大声叫道：“是苏派，苏蕊娥的味道！”

赵梦娇惊嗔道：“哎哟，看来真是遇到知音了！”

宇文骚赶忙走上台去，低声对她提示说：“姐呀，该给聂总敬杯酒！”

赵梦娇心想：也是的，“阳春白雪，和者盖寡”，既然遇到知音，我真该敬杯酒呀。便下了舞台,朝聂玉魁这一桌径直走来。要说这赵梦娇,平常说话的声音,也像念戏词似的,柔美甜润。甭说很好色的聂玉魁,即使伦理君子,听其言,不饮也有三分醉。又见她这么拧腰摆胯地一走,更是风情万种。走到桌边时,她那满身的香味儿,又满鼻满口地袭过来。便弄得聂玉魁浑身上下酥了软了,在椅子里努力了几下才站起了身子。

赵梦娇先是递过一张自己的名片,然后端起一杯酒,照直送到聂玉魁面前,一边说道:"聂总呀,没想到你这么懂戏,连家脉流派也说得准,真是佩服。这杯酒嘛就叫作敬意酒,请您喝了此杯。"

"好,我喝,至于懂戏,真不敢当,喜欢而已。"聂玉魁说罢,便双手接过,一饮而尽。酒是喝了,两只眼却像两只钩子,抓牢了那白生生的手臂,死活不肯放开。若不是碍着众人面,他真敢把她一把抓住。

赵梦娇接着又端起第二杯,说道:"这第二杯叫作知音酒,今儿个能遇着你这个知音,真是开心。"

聂玉魁便情不自禁地接过酒杯,一仰脖子又干了。

头儿在站着接受敬酒,满桌的下属哪个还敢坐着,也都竖柱子般地站立成一围。眼见美人献媚,壮士豪饮的风情,都不禁高声欢呼,声浪喧嚣,有种大肆炒作的意味。

就着热烈的气氛,赵梦娇又将第三杯端起来了。

聂玉魁求饶似的摆手说:"不能喝了,这杯子太大,喝得又猛,不行了,不行了……"

手下们却推波助澜地哄闹成高潮,声浪里已有了很挑逗也很放肆的风骚味,"一定要喝,不喝,你俩都会后悔的!"

聂玉魁笑道:"那你们说,这第三杯又叫什么名堂?"

众人献媚地哄叫道:"缘分酒,能与会长相识,不就是缘分吗?"

在满桌人的赞同声里,邻桌竟也飞来一句尖刺刺酸溜溜的煽情话:"应该叫交杯酒!"没想到的是,此言一出,竟赢得全场的热烈赞同。

聂玉魁是情场上的悍客儿,咋会不懂这种游戏,心里也巴不得享受这种与美人交杯畅饮的情趣呢,便说道:"好,只是不知大美女愿不愿意?"

其实赵梦娇不过是假戏应酬而已,真的与这个老丑男人喝交杯酒,才叫恶心呢!满桌的人却不依不饶,推着架着,很强迫地帮着她与他完成了交杯对饮。激得全场又是一阵热烈的欢呼。

赵梦娇忽然有点自责,是不是自己有点过分了,轻薄了。但有什么办法,她是剧团的负责人。眼下的处境是,流行歌曲受到追捧,传统戏曲却门庭冷落,剧团几乎连工资都发不出了。只好分作几支演出队,搭配着唱流行歌儿四处走穴。宇文骚是她信赖的人，他说聂玉魁的公司如何有钱，聂玉魁又如何爱戏，肯定会给剧团不菲的报酬，赵梦娇相信了，便有了这场由她亲自出马的演出。

聂玉魁说："赵老师，我有个愿望不知敢不敢说？"

赵梦娇略微吃惊地怔了怔："什么事？"

聂玉魁说："唱戏嘛，还能有什么事。实话告诉你，我算得上赵老师的铁杆戏迷。今日有缘相见，就想跟你合唱一段《花亭相会》。我唱那个新科状元高文举，你唱相府丫鬟张梅英，如何？"

赵梦娇叫了声"我的天！"心想逢场作戏而已，不敢再往下纠缠了，却奈何不了聂玉魁的面子，以及众人的热烈掌声，便只好笑道："行啊，行啊，不胜荣幸呢！"

接下来，俩人便走上了舞台，在众人的欢呼声中站好了架势，聂玉魁掩饰道："我先开个头，谁有兴致都可以一展歌喉。今天大家都放开，劳逸结合嘛。"又对赵梦娇说："赵老师，你是著名艺术家，我充其量是个热心观众，而且五音不全，就只能用假嗓子献丑了。"

赵梦娇笑道："无妨，无妨。"

于是，聂玉魁便尖声假嗓地唱道："前面走着高文举——"赵梦娇便接着唱："后影儿紧随张梅英。"如此两相唱和，此起彼伏，直唱到"张文举打坐花亭上"，"张梅英提衣跪流平"，便将全场的热烈喧闹推向最高潮。

聂玉魁笑道："真是献丑了，认识您很幸运。"

赵梦娇故作惊喜道："没想到您还唱得这么好！"此刻的聂玉魁已是情潮狂涌，浑身的血都倒流开来，恨不得一口将她吞了下去。不知是人为还是天意，这时候竟突然停电了。屋子里顿时一片漆黑。聂玉魁便趁着这难得的机会，故意装着脚下一绊，身体失衡地向前猛扑，一把将赵梦娇搂在怀里。事发突然，赵梦娇一时竟不知如何是好。她觉得，聂玉魁将吃娘奶的劲儿也使上了。别说她感到了羞辱和愤怒，即是情愿，这里也不是弄情的场合呀。赵梦娇急中生智，便对着聂玉魁的耳朵发警报："放手，电来了！"但这个矮胖子哪里还管得了这些。也算赵梦娇说中了，聂玉魁已是死活不顾的触电状态，嘴里却叫着："腿抽筋了，难受死了。"赵梦娇又怕又急，索性就势啃住聂玉魁的肩膀，狠狠地咬了一口。谁知俩人搂着拥着，已经拥到了小舞台的边缘。聂玉魁疼得一声大叫，又一脚踏空，顿失平衡，就双双摔倒在舞台下面去了。虽然舞台不过一尺来高，却也摔得沉重。

在赵梦娇的尖叫声里，电灯也猛然亮了，众人看见俩人叠压在一起的丑态，顿时也惊得目瞪口呆。

赵梦娇好歹还是个名演员,在人前是很顾面子的,便羞得脸上火辣辣地发烧。好在聂玉魁灵醒过来了,对着部下大声地遮掩道:"我这腿出了问题,连累她也绊倒了!"又对着赵梦娇故意说道:"赵老师,对不起,我这腿肚子突然难受,痛苦得很!"

赵梦娇贪怨带恨地挖了聂玉魁一眼,嘴里却作假掩饰:"只怪这停电,我也让话筒线绊了。"又心想他也许真的抽筋,痛苦难忍就胡乱挖抓,并无歹意,便又问道:"你没事吧?"

聂玉魁说道:"只要你没事就好,我却不会有事。医生说人过四十身体就走下坡路,有点缺钙,注意营养就没事了。"又抖擞精神,很轩昂地说道:"别看我有点发福有点年龄,若动起手来,两个小伙子怕也不是对手。我过去当过刑警哩!"

"公安英雄呀?"赵梦娇不无讥讽地冷笑一声。

"英雄二字不敢当,但对付平常罪犯,倒也不含糊!"

聂玉魁的话音未散,宇文骚便用劲地鼓起掌来,他这么一带头,别人也就附和着鼓掌,尴尬的气氛居然就这样化解了。

趁着这种好氛围,聂玉魁朝燕德久说道:"德久,看大家尽兴了吧?"也不管燕德久如何反应,就宣布道:"我看,今晚就到此为止,可以吧?"

酒场就这么散了,其实,大家只顾着热闹,还没填饱肚子哩。但是头儿如此说,谁又敢说不可以呢?

……

聂玉魁先是回到办公室,卖个关子,就悄悄地来到了幸福汤酒店中自己的套间,匆匆地冲了个澡,就迫不及待地按着名片上的号码给赵梦娇打电话。剧团的没人接,就往家里打。按照他的想法,剧团的女演员都很轻佻风流,根据对方今天的表现,她对自己是有好感的,必须趁热打铁,搞定她。约她来的借口是付给演出报酬,关键是为了表示作为粉丝的崇拜,他给她准备了数目不小的大红包。为什么这样急?就因为他要去广东与一重要客户洽谈商务,第二天一早就要出发,因此今晚必须见她本人。歹主意打定了,聂玉魁就像一头觊觎猎物的饿狼,馋涎欲滴,守株待兔。

但是,不管他怎么猴急,对方的电话总是无人接。

"臭婊子,给老子玩这手!"聂玉魁又急又恼却毫无办法,名片上并没有印上住址,要不然,他真会不顾一切地闯了去。

想来想去,聂玉魁觉得自己太急了,要上一座山,不流几身汗怎么行。何况,自己想征服的是一座奇峰,哪会那么容易?从来好事多磨,心急吃不上热豆腐啊!

# 第二十二章

聂玉魁将对赵梦娇的用心暂且放下，却将一桩秘密交易抓紧实施。

这一天晚上，聂玉魁将燕德久悄悄地叫到了办公室，直截了当，将不可告人的计划说了出来："近几年煤市不旺，128厂的产品大量积压。销售不畅，生产难以为继，就连职工工资也拖欠数月。过去嘛，我曾经帮过他们的忙。现在，厂里又找我来了，请求帮他们推销。而且，销价非常低。因此说，这个生意可以做。"

燕德久当然明白，聂玉魁是要做"军火"生意，顿时感到忐忑不安。未下海之前，燕德久在区煤监局工作，当然明白这个政策法规。这可是一根非常危险的"高压线"，一旦失手，后果不堪设想。

"你该不是想推销雷管炸药？"

"是的，我一直在琢磨这个事。"

接下来，聂玉魁就拿过纸和笔，很仔细地算了一笔账。雷管现在的出厂价每个1.10元，而黑市价每个卖到13元。煤矿用炸药每吨出厂价4200元，而黑市价每吨卖到8000元。也不多做，只做300箱雷管300吨炸药，就可稳赚一笔。推销300箱即30万个雷管，每个仅以低于黑市价的8元钱计算，可卖得240万；减去采购成本33万，净赚207万。再配套推销矿用炸药300吨，每吨也以低于黑市价的6000元钱计算，可卖得180万；减去采购成本126万，净赚54万。两样相加，就可赚261万。

算罢账，聂玉魁又进一步解释道："我为什么只做300箱300吨，一是总量上有个控制，万一有什么口舌也好解释；二是三三相加为六，'三六九，朝前走'，图个吉利嘛。咱的销价又比黑市上低得多，那些民营小矿就乐于接受。"

"车书记同意吗？陆局长同意吗？"

"你傻呀，能让他们知道吗！"

聂玉魁当然看得出也猜得到燕德久的忧虑，那对惊诧的眼、大张的口已经非常明显。于是聂玉魁又笑了，说道："你胆怯了，是不是？"

燕德久说:“我很担心。我以为,民爆物品是根高压线,不碰为好。”

聂玉魁说:“不碰为好?要盖招待所,要盖学校图书馆,钱哪里来?难道真要我折老本?”

燕德久说:“我就觉得你不该许这个愿,果然——”

聂玉魁说:“说出的话收不回,抱怨也没用。我认真考虑过了,只要操作得当,就不会出任何问题。车书记和陆局长那里现在不能说,但事后我会去解释。”

燕德久说:“这个事你就交给宇文骚办。他很精明,有闯劲。又是公安局过来的,人熟好周旋,也懂政策,是稳妥的人选。”

聂玉魁说道:“宇文骚算个狗屁,他跟你能比吗?德久哇,你是揣着明白装糊涂,还是故意跟宇文骚过不去?你应该清楚,我为啥单独和你谈?不就因为咱俩是一起创业的兄弟。这笔交易的内幕,也只是咱俩间的秘密!”

燕德久的额头上沁出了冷汗珠,他又怕又急,头儿对他绝对信任,这的确不假。如此涉嫌违法的秘密交易,是绝对不可以让第三个人知道的。但这种绝对的信任,弄不好就会连累他,毁掉他。如果不顺从,就肯定在这里混不成了;如果顺从了,万一失手,后果则不堪设想。接受吧,胆战心惊,如履薄冰;拒绝吧,顿时把自己推到了头儿的对立面,后果更是不堪设想。前是舍身崖,后是鬼门关,怎么办?燕德久真的没辙了。

聂玉魁说:“不必过于紧张嘛!你紧张是因为你的脑子还没有转过弯,转过了弯你就自然不怕了。不妨分析一下吧。一、商会虽然没有监管民爆物品的权责,却也有协管安全的责任。章程是你起草的,你就应该明白。民爆物品的销售和使用不也在安全范畴内吗?因此,经咱的手监管推销,也同样有合法合理的名义。二、厂里有帮助的诉求,为企业排忧解难,是扩大了商会的服务职能。再说,那么多危险品长期积压,不是安全隐患是什么?如果出事,那爆炸威力可以把厂区荡平了。我们帮助处理,也是从安保角度考虑,不但无过,而且有功。第三个也是最主要的,市场有需求。哪个煤矿能离开它?但上面对私营矿控制很严,厂里想卖卖不了,他们要买买不来,一句话,销售渠道梗阻着。现在煤市形势好转,各个矿都想扩大生产,供应的那么点根本不够用。推销给他们,就是解燃眉之急,也是为地方经济发展做贡献。另外嘛,所得利润肯定用于招待所和图书馆的建设。销售也就有了合理的借口和回旋余地。鉴于上述,就有了敢干的理由。总之一句话,解了厂里的难,又帮了小矿的忙,咱自己的困难也解决了,这叫互利三赢,你还担心什么呢!”

燕德久的神色活泛了。看来,聂玉魁已经是深思熟虑,成竹于胸,而且理由充足。又以商会的职责行事,应该是风险不大。

聂玉魁很用力地拍了拍燕德久的肩膀,语气也变得低沉而神秘:“不过,我再强调一下,这个推销由你具体去做,对其他人一概保密。虽然是为工作,你也算是替我担当。我也不会亏待你,我将会给你百分之二十的提成,怎么样,还满意吧?”

马不吃野草不肥,人不吃野食不发,难道说,那些个在省城风风光光买房产的当权者,都行的是捷径吗?不是是什么,靠那一点工资,能办到吗?百分之二十提成下来,这还真不是小数字。如果能挣一笔钱,他就可以从从容容地在省城买套大房子呢。他现在也完全明白聂玉魁的老谋深算和高明策划了,那三个提前许下的愿,原来是他的烟幕弹,真实用意却暗藏于后。好一个“明修栈道,暗度陈仓”,不佩服还真不行呢!

该说的都说了,下面就等对方表态的一句话了。尽管燕德久是信得过的铁杆部属,但这步棋毕竟风险不小。燕德久又是个有主见很谨慎的人,面对如此刀尖舞,万一不接受怎么办?那就不是他下不了台的简单问题了!

此刻的燕德久,心里头甜甜苦苦地矛盾着。平心而论,聂玉魁跟他关系最深。下海之前,他就是区煤监局的办公室副主任。之所以跟着聂玉魁一起下海,就因为曾经跟他干过推销民爆物品的勾当,心有余悸才离开单位。谁想到了这里仍然要故技重演,惶恐之状可想而知。但他非常明白,自己已经没有退路了,那就只好赌一把。要说因此栽跟头,那只是一种顾虑。但切实的利益却在眼前,巨大的利益仿佛伸手可抓。于是,燕德久语气铿锵地表态了:“聂总,感谢你的信任,我一定努力做好。”

聂玉魁也动情地说:“德久啊,你是不二人选。愿意接受任务,我就放心了。只要咱两人一条心,就没有干不成的事情。我最后要纠正你几个字,对于这个任务,不是‘努力’做好,而是‘一定’,是‘必须’!”

“是,一定做好。不过,提成我不要,你待我不薄,我已经知足了。”

也的确,在恒昌公司,除了老板聂玉魁,就数他的薪金最高。如果他仍在煤监局上班,月工资也不过一千来元。而现在,他的月薪接近四千元了,这也是他肯为聂玉魁出力卖命的原因。但在这一刻,燕德久的深意却不是感恩,更不是舍利取义,却恰恰是一种意愿相反的利益诉求和强调。对于精明的聂玉魁来说,当然心知肚明。

聂玉魁说道:“哪里话,不想挣钱是假话,提成必须拿。你要见外,就不是我兄弟了。请放心,我这里是一言九鼎!”

接下来，燕德久就按照聂玉魁的安排，开始了秘密的“军火”倒卖。

尽管有聂玉魁喂了壮胆丸，很有心计的燕德久还是尽量小心。按照聂玉魁的授意，又有着自己的匠心，根据各矿井的生产能力，制定了数量分配细目。秘密炮制了以商会协管安全、保障生产的名义，协助128厂给辖区内各私营煤矿供给民爆物品的红头文件，而且仅此一份，不予下发，仅作宣示。燕德久现在又算是商会秘书长，商会的公章就在自己抽屉锁着，因此可以做得神鬼不知。燕德久又跟128厂当面商定，联系客户由商会与厂方共同出面，具体销售业务由厂方办理。销售发票的商品名称是“矿用安全防爆用品”，而绝不出现“雷管炸药”。再以厂方名义建立一个专门账户，却只能由聂玉魁亲自掌管。这是厂方遭胁迫的结果，当然，也有厂长本人的利益在其中。

燕德久不愧在煤监局干过，又是久经商场的内行，手段老到。起码从表面看来，产品是由厂家经销的，而商会仅是协管协助而已。显得规范合理，不漏破绽。

当燕德久把这些操作细节向聂玉魁汇报时，聂玉魁满意地笑了，细节决定成败，而这一点燕德久的确做到位了。

紧接着，燕德久就拿着这个“文件”与厂方销售科人员一起行动。果然如聂玉魁的预计，各个矿井都非常欢迎，还真是送了及时雨。非常顺利，仅用了五天时间，就搞定了辖区内的二十个买点。当然，“文件”并不会放下，他只是当面让他们看过，然后又就手收回。私营煤矿的管理不像国营厂家，对上级来文的存档工作重视不够，知道了意思照办执行就算到位，这就使得秘密推销了无痕迹，更加保险。

一个月转眼即逝，首先开工的龙潭镇中学图书楼工地上，塔吊已高高地耸立起来，一派昼夜施工的繁忙景象。但似乎燕德久更能干，“军火”倒卖至此时已基本结束，百分之九十五的购款打到了账上，看似棘手的事情居然进展得如此顺利。待最后一笔购货款打到时，燕德久被聂玉魁叫去了。

这是一个风急夜黑的晚八点，聂玉魁的办公室里就只有他和燕德久两个人。

聂玉魁满意地说：“德久哇，干得不错，你可是为公司为商会立下了大功，也救了我的燃眉之急。”说着就将一个大皮包的拉链拉开了，码得齐整的一捆捆人民币便亮了相：“五十二万，你的提成，怎么样，大哥我言而有信吧？”

燕德久活了四十多岁，还是头一次见这么多钱，眼神不放光才怪呢。但却假惺惺地推辞道："大哥，这钱我不能要。"

"什么，你嫌脏，还是嫌少？"

"不不不，您误会了，我是说，这都是你领导有方，我只是跑跑腿，应该的。"

聂玉魁厉声道："违心话吧，你跟我客套？你这人，总是弯弯绕。多亏是我，要是碰到个见利忘义的啬痞，你就绕到沟里了。赶紧拿走，隔墙有耳，懂吗？"

"感谢大哥！"燕德久很灿烂地笑了，手脚麻利地将皮包的拉链拉上了。

聂玉魁接着说："先别走，亲兄弟明算账，咱把账算清。总共收到来款二百六十一万元，其中付厂里一百二十六万元，除去给你按百分之二十提成的五十二万，还剩二百多万。这些钱，肯定用于两处工程，我本人一分钱也不拿。"

对燕德久来说，若不是头儿的大胆策划和信任，自己怎能发此横财呢？心中只有感恩。但燕德久毕竟有心计，就心口不一地说道："大哥，为了工作，您这么操劳，还不计报酬。这钱嘛，我实在是受之有愧。"

聂玉魁说道："劳动所得，何必啰唆。再说啦，你跟我不一样，我是领导，更是老板，你是我的手下。只有老板给打工的奖赏，哪有老板自我奖励之说。你想想，是不是这个道理？"这个说法，合情合理，听得燕德久咧嘴笑了。

聂玉魁很亲切地拍拍对方的肩膀，很亲切地说道："兄弟，来日方长，跟着我好好干，往后好事还多哩！悄悄走吧，注意安全。"

燕德久打心眼里感动了。什么是人格魅力，大概这就是。假如头儿黑心吃独食，他也能拿出充分的理由，让你无话可说；假如他只给了你很微薄很吝啬的那么一点点，你恐怕也得说声感激。但现在自己已经实实在在拿到了五十二万，对于一个打工吃饭的人，这可是一笔巨大的横财，你除了惊喜和感恩，还能有什么呢？

燕德久很庄严地弯下腰来，向着聂玉魁深深地鞠了一躬，然后就匆匆离去。

一笔巨额财富轻而易举地到手了，聂玉魁的心中非常惬意。他把感激的目光投向了办公桌上的玉貔貅，回想此次推销的大胆策划以及立竿见影的收效，就连自己也感到不可思议。不禁感叹道：招财的神兽，果然灵应啊。

# 第二十三章

狼沟煤矿转让给了省城的宏大建筑工程公司，现在名称变成了狼沟煤矿股份有限公司。董事长由宏大的景老板亲自担任，总经理仍由胡成当，林金豹和雪碧代表宏大常驻。这样安排，反映出宏大老板的精明，经营矿业，他们毕竟是外行，就必须以适当股权将内行胡成拴住，同时给予一定职权，起码在面子上还是负责人，成为与他成败与共的命运共同体。他又知胡成与林金豹之间有故事，就起用林金豹监督和制约。对于胡成来说，之所以想卖掉矿，就是不想担风险受敲诈。现在这矿实际上已是别人的了，天塌下来有大个子撑着，事情来了有人出头，即是由他出面，也是代表宏大说话。腰板硬了，底气足了，他还怕什么？另外，矿转让了，基本达到目的，他还有三分之一股份，在相对安全的情况下还能分得一杯羹。这是胡成可以欣然接受的原因。至于林金豹，那又是一回事，名分是副总经理，实际是代表宏大的驻矿代表，按照宏大工程项目部负责人月薪标准领取报酬。同时按照矿井经营业绩再领一份绩效工资。分红的时候，景老板还许愿，如果完成目标任务，还要按照百分之五股份标准奖励。粗略一算，一年下来，实际收入接近二十万。有煤矿内行胡成在前面挡风遮雨，林金豹等于是坐享其成，不偷着笑才怪呢！

这天举行了新公司的成立大会，宏大公司的大老板景董事长带着一干人专程与会，为了显排场，还特意带来了八个非常标致的礼仪小姐。剪了彩，挂了牌，讲了话，全过程都是高大上的派头。典礼结束，由胡成陪着，井下地面视察一番，然后就返回省城了。

当天夜里，林金豹就很慷慨地自掏腰包，在就近的餐馆摆了酒席。所请的全是狼沟矿各部门的头头脑脑，当然，他主要请的人是胡成，他想借这桌酒肉树立威信笼络人心，更是要重新与胡成言归于好。

狼沟矿的这些人并不认识林金豹，只知道他和雪碧分别是代表西安大老板驻矿的副总经理和执行监管，又有胡成的假意殷勤，就都纷纷向他和雪碧敬酒。没过两圈，林金豹的舌头就有点犟了。但是脑子却不混，就借着装酒醉的由头，对胡成大叫“冤枉”和“误会”，并抹泪擤鼻涕地表示他这人如何讲义气如何知恩图报如何为朋友两肋插刀，又知如何汲取教训如何维护团结顾大局，如此等等。胡成情知林金豹现在代表控股方，也深知他与景董事长的关系，他才是这里真正的实权者。不管他是吐真言还是演假戏，目的还是想与自己修补关系，重归于好。毕竟，他俩从现在起又一次合作共事了。胡成还有个顾虑，怕他将跟他老婆白玉儿那些丑事揭出来，就赶紧借坡下驴，与林金豹言归于好。

待将胡成“和谐”搞定，林金豹就按照分工，负责煤炭销售工作。雪碧的监管任务主要是财务，民营小矿的财务相对简单，倒也落得逍遥自在。林金豹擅长交际，一接手就拉来了个月购三万吨的长期客户。胡成当然满意，现在是市场经济，企业的命脉就在市场，得市场者得天下。只要产品不愁销售，就一俊遮百丑，这总经理就当得省心，至于利润分红，也自然水涨船高。就不仅不再计较林金豹与白玉儿过去那点事，还将矿上采购生产材料的大权一并交给他。

正当狼沟矿以新的角色重新迈步的时候，由聂玉魁担任会长的鸣凤区民营煤矿商会也成立了，还给所有民营矿井赐了个副会长名义。由于胡成不便露面，就由老婆白玉儿挂了副会长头衔。

胡成吃过聂玉魁的亏，情知这不是好事情。聂玉魁肯定会利用商会这池水兴风作浪。紧接着，白玉儿又去参加了商会召开的工作会，带回了聂玉魁的三个承诺。胡成说，妖魔会生菩萨心？走着看，冰雹不远就砸头。

果然商会的电话就打来了，说是他们要下来现场办公，指名叫白副会长等着接待。胡成说姓聂的出拳了，准备接招吧。

因为那次事故，胡成到底是被整怕了，听到聂玉魁三个字就发怵。尽管现在矿井已经不姓胡，还是惧怕被蛇缠。也不让白玉儿露面，就将接待推给林金豹，自己却脚底板抹油——溜了。

来的是聂玉魁的手下燕德久，说是要履行商会的安全协管职责。就由林金豹陪着，检查了民爆物品库房，询问了雷管炸药使用管理的情况。虽然狼沟煤矿是个体小矿，但胡成毕竟谙熟国营大矿的规矩，管理上也确实是按照大矿的制度做的。燕德久见了也不得不称赞。

林金豹还没高兴几分钟，燕德久就掏出个红头文件让他看。林金豹装模作样地浏览一遍，把文件交给了雪碧。雪碧情知林金豹文化程度低，就把文件念了一遍。然后林金豹又往兜里装，回头要让胡成两口子看呢，却让燕德久要了回去。

燕德久说："文件你们也看过了，由商会协助128厂销售民爆品是指令性任务，各矿都得照办。分配给狼沟的购买任务是五十吨炸药，一百箱雷管，可要记清楚了。"

既然是商会的任务，而且各矿都有，林金豹便没多想，就替胡成干干脆脆地答应下来。

待胡成回矿知道了情况，就不禁火冒三丈，怒骂聂玉魁无耻敲诈。也的确，这笔雷管炸药，不仅数量远远超出实际需求，价格也大大高于出厂价。一边又埋怨林金豹太冒失，更不该不把他放在眼里，独断专行。一人一把号，各吹各的调，肯定把戏唱砸了。

林金豹自然不服，反驳道："这可是上面的命令，官大一品压死人呀。换作你，又能怎样？你敢违抗吗？咱是私营矿，政策夹缝里求生存，不定啥时候尻子上会有屎，敢让人家扒裤子吗？这些衙门你得罪不起，倒不如落个人情拉个关系。"

胡成怒道："锤子衙门，泥塑的阎王纸糊的鬼，就把你给唬住了！"

林金豹说："纸糊的鬼都敢上门，也可能咱本来就是怕鬼的鬼。"

胡成明白林金豹在揭他的短。他胡成不就是偷偷下海的在职国企领导干部吗，就是个怕鬼的鬼呀。况且，这里还真的隐瞒着死亡事故哩。人家之所以敢在这里一再下手，就是抓住了这些要命的把柄。

胡成现在很沮丧，本想着这里已经是"城头变幻大王旗"，前面有人遮风挡雨，结果还是难逃魔掌。看来自己也太天真，以国企领导身份从事第二产业的性质并无改变，这就是最大的把柄。

但是胡成依然埋怨道："这么大的事，你俩就敢擅自做主？你应该先向大老板汇报。人家毕竟是省上大公司，见识广，关系多。说不定，一个电话就摆平了。的确冒失了，这烫手的山芋……"

林金豹打断了他的话："烫手的山芋怎么了？咱不该接？该接的是大老板？我告诉你，错了，遇到困难就往大老板身上推，要你我这正副经理干什么！也成，以后遇到麻烦事，我就往你身上推，因为你的官比我大嘛。"

三吵两嚷的工夫，胡成忽然灵醒过来了。林金豹和雪碧可是宏大公司的派来的控股方代表呀。既然如此，人家还不能替大老板做主吗？想到这一层胡成笑了，说道："狗日的把我气糊涂了。其实你做得也对，遇到困难，咱不担当谁担当。"

林金豹说："叔，不要生气，我刚才也胡说了，扯淡扯淡，都是为工作。"

胡成说:“不管怎么说,新公司刚开业没几天,就闹出这么一折,真不知该怎样给大老板解释。”

林金豹说:“这你不要担心,由我向大老板汇报。就算做错了,也好汉做事好汉当,他要日刮就日刮我。”

胡成内心感慨:这个林金豹,确实是敢作敢当。毛病显著,优点也突出。只要利用好,还确实是好搭档。

话题还是绕不开雷管炸药,胡成愁兮兮地说:“咱且不说经济损失有多大,这么多雷管炸药,恐怕十年也用不完,咋样保管呀,安全上也是个大隐患。”

林金豹眼珠一转,有了主意:“不就是这么点‘军火’嘛,你愁个啥,咱设法处理掉就是了。”

胡成说:“处理,你咋样处理?你有权处理?这可不是一般商品,弄不好会犯法的。”

雪碧说:“他敢卖,咱也敢卖。如果说咱卖是做贼,难道他们不是贼?”

胡成苦笑道:“好我的姑奶奶,人家是靠权威往下压,咱有权威吗?你压给谁?谁又会脑子进水,放着平价不买买高价。

林金豹说:“他们既然这样做,肯定把厂家的销售权控制了。谁能弄出来呀?是个顶个的买方市场。”

胡成说:“金豹你真的进步了,这样水平的话也说得严丝合缝。但是,万一各矿都被推销了都在发愁,你该处理给谁?”

林金豹笑道:“只要你同意卖,就包在我身上了。东边不亮西边亮,本地不行到外地,活人还能让尿憋死。说不定,我就能找到买家。我是谁,林金豹,什么事难住过我?”

胡成想了半天,觉得不能冒这个险。林金豹是个孙猴子,万一弄出个更大的麻烦,又该如何收场?就很决断地对林金豹说:“在矿内的山坡下挖个大窑洞,放里面先封起来,不许再提‘卖掉’二字。你不用再争论了,我干煤矿半辈子,咋样才保险,我比你懂。”

最后胡成又特别提醒:此事暂时对景董事长保密,而且要绝对保密。

三天后的深夜十一点,这批高价雷管炸药便由128厂的防爆专用卡车运到了狼沟煤矿。在燕德久的严厉催促下,购货款也很快转到了128厂新提供的账户上。当然,一张由厂方开的销售发票也用快件寄到了,上面并没有写明商品是雷管炸药,却写着矿用安全防爆用品。接到这么个遮遮掩掩的发票，琢磨着由商会出面推销、128厂经手的不正常做法，林金豹的心里有了底。其中肯定有猫腻，他们胆敢执法违法，咱还怕个啥？把东西转销出去，挽回损失还要赚钱；弄砸了，顶多是一场鬼打鬼的闹剧。

拿定了主意，林金豹借口家里装修房子需要离开几日，却领着雪碧，一起乘飞机悄悄去了河南。也仅仅用了五天时间，林金豹便将买主带回了狼沟。

胡成事先丝毫不察，当然吃惊不小。

林金豹介绍说："这位是平川商贸公司销售科科长居山秀，跟我在宏大公司共过事，关系不错的铁哥们。他有个表叔是平川商贸公司的董事长，就投奔了去并受到重用。这位是当地新兴煤矿的销售科长尚发达，也是咱们的买主。"

发现胡成狐疑惶惑的神态，那个叫居山秀的年轻人便主动做了一番解释。

居山秀吹嘘道："我再补充一下。新兴煤矿是归我们市乡镇工业局主管的中型民营矿井，手续齐全。只因矿井要扩产，靠正规渠道供给的雷管炸药根本不够用。经矿党政研究，同意外购一批保障生产。"

雪碧说："尚科长还是劳动模范，还获得过市级优秀企业家。"

胡成说："是吗？"

居山秀说："那还有假！"说着便拿出了相关的介绍信以及个人证件。

胡成认真看过那些信件，当看到尚发达的劳模证书后，才很放心地露出了笑容。

胡成说："东西我们是有一些，但价钱较贵，不知我们副总经理说清了没有？"

尚发达说："说清楚了，雷管每个十五元，炸药每吨八千元，是有点贵，但我们认可，已经很感谢了。"

胡成心里一高兴，称赞的话也顺口来了："看样子你们也不过二十啷当岁，就身担重任，优秀青年嘛！不瞒二位说，一听你们自河南来，我还挺紧张，听说那边的人，胆子大，敢出格！"

雪碧说："是观念新，敢出彩。不像你们这里人，保守，死板，安贫乐道！"

这话替客人做了防守反击，逗得居山秀和尚发达都龇牙一笑。

林金豹说："请你放心，起码居科长跟我是知根知底铁哥们。他们绝对可靠，不会有任何麻烦的。新兴煤矿我去过了，矿上热情招待。尚老兄还专意儿陪我玩，少林寺、云台山都逛了！”

胡成说：“林副总领了你们来，远道朋友嘛。这笔交易可以做。但大家都该清楚，这里面可能有法律障碍，因此应当保密，还要谨慎，更要加强使用中的管理，千万不可流于社会，更不敢落在不法分子之手。”

尚发达和居山秀几乎同时保证：绝对不会出问题！您的意思我们很明白，如果合作愉快，彼此完全可以建立长期的合作关系。

胡成就完全放下心来，就派林金豹和雪碧陪着，去省城玩了两天，住星级宾馆，游名胜古迹，尝当地名肴，自然不在话下。随后，对方痛快彻底地将购货款一次付清，却将款打入了林金豹临时提供的账户。又由对方雇了两辆卡车，将两种货分装了，一路向东回了河南。

被聂玉魁他们强行推销的高价雷管炸药又以更高价倒手卖掉，不仅本金收回，还净赚了八十万。胡成当然高兴，却不知该怎样向景董事长汇报。

林金豹说：“依我看，这事性质不比寻常，必须轻描淡写。或者干脆隐瞒去球。”

胡成说“不行，数字太悬殊。做人要诚实，何况是向董事长负责。”

林金豹说：“做人要诚实，没错，但也要看啥情况。咱要是实话实说，还真的会把景董吓着了。他不但不会表扬咱，还会觉得咱太不靠谱，引起信任危机。”

胡成说：“你说怎么办？主意你俩拿。”

林金豹说：“要不然，就把净赚资金说少些，二十万咋样？而且，不能提雷管炸药，只说是防爆用品。”

胡成说：“余下的六十万咋办？”

林金豹说：“咱三个分了，刚好每人二十万。”

胡成说：“胡说八道，款都打到财务账上了，谁人不知，哪个不晓？除非你是疯了，要携款叛逃！”

林金豹笑道：“钱是打到财务了，却只有二十万。那六十万，我另外放着。”

胡成吃惊道：“原来你是有预谋的。罢罢罢，你跟雪碧是控股方代表，你俩爱咋办就咋办。”

雪碧说：“金豹说得在理，这事只能轻描淡写，因此我也同意分。”

胡成说：“那好，少数服从多数。不过，我不要这钱，销售是你俩一手搞的，我不能无功受禄。”

林金豹说：“啥叫同舟共济，这就是。啥又叫讲政治会权衡，这样处理就是。叔你不用担心,随后让雪碧把账看着做好,严丝合缝,神鬼莫察,你还怕个啥?”

胡成本来就是贪婪的主儿,一块肉送到了嘴边,不流口水才怪。但毕竟身份不同,面子还是要装一装的,便故意抓耳挠腮地表演了半天,忽然就一拍大腿下了决心,说道:“行,这钱我要。我要是再固执,你俩也没法下台。”又说道:“金豹哇,你真的成熟了。请你放心,尽管你个人没股金,到年底分红,叔一定给大老板多多美言。最最关键的,是咱们团结如一人,试看天下谁能敌?”

胡成说到最后,声调压得很低,林金豹要的就是胡成这句话,不是么,他二人之间曾有过合作,尽管虎头蛇尾,却也收获不小。现在这个平台,可比建筑队厉害多了,如果默契配合,就不止眼前一块肉,而是香喷喷的烤全羊呢!

# 第二十四章

二十多天过去了，聂玉魁还是拨不通赵梦娇的电话，强烈的欲望就变成了恼羞成怒。无处发泄，便将宇文骚叫来臭骂一顿。

“宇文骚，谁安排你给饭局叫了戏，存心日弄我吗？你老实告诉我，你跟那个赵梦娇是什么关系？”

宇文骚撒谎说：“我表姐，大姑的女儿。”

聂玉魁怒道：“你这个表姐，完全是狗肉不上席嘛！她不就是演员嘛，在我面前摆什么谱。你也不是什么好东西，专意弄来这么个骚货，办我丢人现眼不说，还给我心里扔砖头！”

宇文骚吓得一颗心“咚咚”乱跳，惊恐不安地问道：“聂总，出什么事了？你说明白了我就责问她。”

聂玉魁说：“你对她说，群众反应强烈，剧团的节目里有涉黄下流表演。我好心想指点她庇护她，更想帮助她，她却不识相，一直不接我的电话。那么好吧，我就给老伙计陆剑白打声招呼，就以扫黄打非的名义，把她的剧团停业整顿，还要罚款！”

宇文骚明白头儿的船头歪在哪里了，他对赵梦娇起了歹心。那天巧设戏局，只是听说聂玉魁爱戏，就投其所好，只是想讨个欢心，没料到，这家伙还是个好色的。举灵幡招鬼，自己干了蠢事了。但后悔已没用，眼前这个坎，看来是迈不过去了。宇文骚又悔又急又怕，汗珠子都渗出额头了。

宇文骚现在的选择也只能采取弯弯绕。也许，对方是一时兴起，过去了也就会忘在脑后，就替赵梦娇辩解道：“我想她肯定有急事，说不定是领着剧团外出了。表姐一个女人也不容易，如今的年轻人都喜欢流行歌曲，爱戏的观众有几个？剧团都快撑不下去了。”

聂玉魁说：“既然这样，还给我扎什么势。你原话告诉她，能遇上我这种铁杆戏迷，是她的福分呢！我聂玉魁才有能力帮她，帮她越唱越红，帮她的剧团也能过上好日子。如果再不识相，甭说她，就连你也给我卷铺盖滚蛋!”

宇文骚只好说声:“我这就去找她。”转身就走,聂玉魁却把他叫住了,态度也变得和蔼,说道:“宇文,气头上训你几句,甭往心里去。过了这一阵,就立马任命你为局办副主任,再下一步,主任就是你的啦!”

燕德久正好来了,在门外将对话听得清楚,情知头儿迷上了那个女演员,死活不顾了,就不免担心起来。待宇文骚离开后,便将好言对聂玉魁相劝。

燕德久说:“我见你这几天心烦气躁,如果我没猜错,应该是因为那个唱戏的女人?”

“胡猜个啥,没有那事!”

燕德久笑道:“你的心事瞒不过兄弟。那天的饭局上,我就看出来了。不过,兄弟却有句逆耳忠言,不知当说不当说?”

聂玉魁说:“有屁就放,什么要紧话,惊惊乍乍的!”

燕德久说:“依我看,这女人不是省油的灯,咱最好不要粘。她是个交际广的演员,假戏也演得几分真,连你都迷得闹心,谁能保证她跟上面领导无染呢?小心掉进了是非坑。我看宇文骚不是啥好东西,给报纸写稿,看似捧你,实是害你。现在又专意弄来个尤物害人,心里却有自个的鬼主意!”

燕德久还要往下说,聂玉魁摆手将他制止了,说:“德久,你就是个小心眼,干吗总是把事情想得复杂。我连腥气也没闻着呢,就觉得我吃肉了,累不累呀?我知道你在担心啥,你是怕我中了美人计?只不过,你却将我小瞧了,我是三岁小孩,就没长脑子吗?就不会把握分寸吗?”

燕德久苦笑道:“英雄遇上美人,恐怕就没分寸了。英国有个王储爱德华三世,迷上了一个美国寡妇,连国王都不当了。”

聂玉魁说:“打住,还英国美国呢,怪话就那么多。甭说我没长歪歪心,即使我非分了又能怎么样?如今嘛,你敢说有几个领导身上干净?难道人家的觉悟没咱高?”

燕德久说:“咱跟吃官饭的还不一样。你创这个业,万苦千辛,好不容易才有今天。事业上风头正盛,只有正身黜恶,才有更好的前途。”

眼看燕德久忧心忡忡的样儿,聂玉魁伸手拍拍他的肩膀,笑道:“我只是打个比方,你也别把人总往歪处想,我不是爱戏吗?她是个唱戏的,有个知音交个朋友难道不可以吗?”

燕德久依然苦笑着摇头,他情知聂玉魁的毛病就是好色,早就听说过他是因为作风问题不得已离开了公安局,也对他用不良手段娶到邢玉侠有所耳闻，他在幸福汤酒店有个淫乐窝也不是不知道。按说，这是别人的私生活，放在过去，他燕德久也会像欣赏桃色故事那样付之一笑，但现在，他却笑不起来，因为，自从有了秘密倒卖民爆物品一事，他俩已成了生死与共、一损俱损的命运共同体。燕德久现在似乎有一种不祥的预感，聂玉魁迟早又会栽在女色上。弄不好，就会惹恼某一个惹不起的人，就会拔出萝卜带出泥，连累着自己一块倒霉！聂玉魁这个池子有危险，但他已经陷得深了，光高价推销雷管炸药的事，就是铤而走险，就够他好好喝一壶了。

不知不觉地，燕德久的额面上沁出了一层冷汗。

# 第二十五章

鸣凤区文化局老家属楼的一楼，有一个经过改造的楼下小院，架上紫藤荫蔽，架下花草葱郁，显得很是优雅。这些年开始建设商品房，这座旧楼的多数人家就在外买房搬迁，住的人少了，小院也安静多了，这就是赵梦娇的家。严格来说，这只是一个单身女人的寓所。

八年前，赵梦娇那个在煤矿工作的丈夫死于一场车祸。这个婚姻实质上是一场权势逼迫下的拉郎配。丈夫是干部科长的儿子，形象丑陋、好吃懒做又嗜赌如命。漂亮又多才多艺的赵梦娇嫁给他，真是一朵鲜花插在了牛粪上，谁见谁可惜。因此根本和不来，幸好也没留下孩子。后来赵梦娇考上了省城的戏校，毕业后又进了凤凰市秦剧团，就更显得不般配了。就在赵梦娇提出离婚的时候，她那丈夫竟于酒后驾着矿上的小车出去遛弯，结果撞上了运煤的大卡车，一命呜呼。不明真相的人便骂她过河拆桥，连累得丈夫遭了横祸。经历了这次失败的婚姻，赵梦娇便对婚姻心有余悸。但是又有新的权势人物不断纠缠。无论面对任何不懈的骚扰和压力，她也是默默抗拒，满怀憧憬地物色着属于她的白马王子。她毕竟是极其出众的女人，心气自然也高。成了名演员，与普通人的距离进一步拉大，她似乎成了可望不可即的水中莲花。结果，她后来的婚姻选择就在高不成低不就的怪圈中一再耽搁，就成了难以婚配的老剩女。过了四十岁，不免心灰意懒，才痛苦地抉择做单身族远避婚姻。但是，她毕竟才四十三岁，像一朵盛开的牡丹，怎不渴望雨露的滋润，这才有了与宇文骚露水情侣式的浪漫。虽然是偷情承欢，却也别有爱情的诗意，宇文骚毕竟是小她二十岁的风华正茂的青春男子。她不知道也不想知道宇文骚有无对象和婚姻，只管尽情享受着弥补着男女间情欲的快乐和幸福，姐弟恋的感觉还真的不错。

就在当天下班后，宇文骚来了。

“阿姐，你为啥不接聂会长的电话呢？”这是宇文骚进门后问的第一句话，他的老家是广东人，就喜欢用家乡的习惯这样称呼。

“哪个聂会长？什么接不接电话？”

“煤炭商会会长聂玉魁呀。姐呀，别装糊涂了，你和人家唱了戏，还跌了一跤呢！”

“噢，你说的是他，那个又老又肥的丑八怪！他打电话干什么？懒得理他呢！”

“那你就不该给他名片，招惹上了，却不理人家。于情于理，怕是说不过去。”

“这个会长不是什么好玩意，他那副丑德行，想起来就让人恶心，早知道那天有那个人，我是不会去的。”

“你把人别想得太坏，他不就是个戏迷嘛，又是你一粉丝。他急着见你，是要给你们演出的报酬呢！”

“报酬？让你捎来不就得了，为什么偏要见我？”

“你多心了，他是什么身份，商界名人，你也是剧团领导呀，他能把你怎么样？他又敢把你怎么样？”

“还就怪了，你也是个男人，怎么把我往别人那里推？”

“阿姐呀，实话告诉你，我们会长非常崇拜你，真想和你交朋友。”

赵梦娇感到奇怪：“你不是警察吗？他一个商人，怎么成了你的会长！”

宇文骚说：“是这样，我打算跟他干。本想办了停薪留职手续，再给你一个惊喜。”

也不管对方是何表情，宇文骚只管将想说的话一口气说下去：“既然有这份戏缘就不应该错过了。他毕竟是很有钱的大老板，经常搞文化事业赞助呢。靠上他这棵大树，你的剧团还愁个啥？你不是想搞演艺公司吗？他有能力帮你。”

赵梦娇却只顾说她想说的话：“当警察多好，你竟然不干了，为啥？犯错误了？”

宇文骚说：“我能犯什么错误？现在的年轻人，谁不想下海闯一闯？我有两个同学就辞职去了广东。就是因为你，我才打消了去沿海的念头。我现在是停薪留职，先在这里锻炼一下。说实话，会长对我还不错，现在是科级待遇，下一步便是副总，拿高薪呢！”

宇文骚说得得意，却把赵梦娇惹恼了：“当时我就觉得怪怪的，你一个警察，怎么就搅和到什么商会了。我算弄明白了，你是要将我作为见面礼去巴结新主子，好让你攀上那棵大树，换得荣华富贵。杜十娘的命运我原来不信，只以为那是硬编出来的戏，但现在信了。莫非，你就是那个见利忘义、薄情无耻的李甲？而你那个上司，不就是那个贪色禽兽孙富吗？”赵梦娇说得伤感，竟潸然落泪。

“阿姐呀，你怎么把人往坏处想，我是李甲那种人吗？李甲是花银子逛妓院认识杜十娘的，我又是怎么认识你的？难道你忘了吗？”

赵梦娇当然忘不了，那是个以可怕开始，又以幸运收局的一天……

那天下午，阴云密布，雷声隐隐，一场大雨将要到来。赵梦娇自银行储蓄所取了款，脚步匆匆地顺着行人稀少的胡同往家里赶。她将放着钱的小皮包拎得很紧，十万元对一个工薪族来说，已不是小数字，她准备用这笔钱为她订购一套商品房。

碰巧，宇文骚休假回城，这时候也在储蓄所里取款。那天，赵梦娇一袭新潮性感的裙装，美艳高雅的脸蛋，婀娜丰腴的身材，放射着成熟女人特有的魅力。宇文骚本来就是美男子，那天又是一身白衣的运动服，更显得英俊帅气。无意间，四目一撞，彼此间便擦出了火花。

但毕竟各自都在忙着手头的紧要事，这种陌生男女间彼此惊艳的心跳也就擦肩而过了，似乎不可能造成任何纠葛的机缘。

然而不可能的机缘却在瞬间变成可能。

赵梦娇是先一步办完取款的，她在离开窗口的时候向紧邻的另一窗口侧脸看过，却正好又与宇文骚的目光撞在了一起。这再次相撞的目光，内涵似乎更深，完全像是两个昔日情人不期而遇的感觉。相视少顷，脉脉含情，以致赵梦娇忘了离去，宇文骚更是忘了正在办理的事。

营业员的提示才使宇文骚回过神来，赶忙草草地在取款单上签名，递进，又签名，待取出现金，一旁的美人儿已不见了。

宇文骚赶到大门外，哪里还有赵梦娇的踪影。心中隐隐难受，涌出的竟是一种失恋的滋味。遂戴上太阳镜，斜背上挎包，发动了摩托车。

宇文骚心存着希望再能看见她的侥幸，顺着一个方向行驶着搜寻着。

是缘分总归溜不掉。宇文骚居然找着她了。

赵梦娇脚步匆匆却不失娴雅地行走在行人稀少的胡同里，这时的她是挺警惕挺害怕的心情。不时抬头看看雷雨将至的天色，一边紧抓着斜挎身前的小皮包。

在宇文骚偷窥的色眼中，她走路的样子却是那样的美，似花枝摇曳，似牡丹怒放，中上等的个儿，略显丰腴的腰身，以及瀑布般向后飘洒的烫发，真令他如痴如醉。

他骑着他的摩托车，用一种可以尽情观赏的距离尾随着她。他被她的美貌完全迷住了。

显然她是警惕的，始终尾随的摩托引擎声使她怀疑。回头看见他的时候，她的脚步陡然加快，开始用接近小跑的步伐向前急奔。

宇文骚情知她误会了，苦笑着将车停在路边，马不下鞍地单腿着地，一边抽出支香烟点着了，轻吐着烟雾目送她远去。

“多情却被无情恼”，宇文骚的脑子里突然冒出这句苏东坡的词句，他觉得，这场艳遇似乎有情又完全无情，撩拨得心痒，折磨得痛苦。

心旌摇曳的工夫，一辆与他同样的双轮摩托车不紧不慢地由身边经过，车上两个青年人发型奇怪，服装时髦。因为也是朝着她的同一方向，他心中的警觉立刻就产生了。

果然，那辆摩托车在她的身边停下了，后座的青年下了车，将手伸向她的皮包。

“有坏人啊——！”她尖叫失声的同时，歹徒已挥拳将她打倒，又掏出明晃晃的尖刀，喝令她“松手！”

“不好！”宇文骚毕竟是警察，在歹徒抢劫的瞬间，心中产生的则完全是正义感是职业责任的本能，便立刻驱动摩托车，以最大时速向已经得手正飞快离开的歹徒冲去。

歹徒的车毕竟负重二人快不过他，他本来离她也不太远，就在逃不出二十米的地方追上了。

宇文骚从侧面扭转车头猛然一撞，两个歹徒便人仰马翻摔倒在地。他停车的工夫，两歹徒车已经拔刀出鞘，恶狠狠地朝他逼来。

一场生死恶斗已经在所难免。但宇文骚什么武器也没带，他忽然有点怨恨自己，为什么出来就忘了带枪。但怯懦是不能克难制胜的，何况又是英雄救美的天赐良机，只有勇敢面对。

“放下凶器，我是警察！”宇文骚一边摆好格斗的架势，一边回头望了望他所跟踪的女人。发现她正以尽可能快的脚步追了上来，那穿着高跟鞋奔跑的步履和因为惊慌大失优雅的模样，倒愈发显得楚楚动人。

触景生情，“英雄救美”的荣幸感在宇文骚的心中进一步发酵，这种荣幸的效应居然产生出了一股自信必胜的激情。在此激情的燃烧中，他已不将两个手持凶器的歹徒放在眼里。

“放下凶器，我是警察！”这一声喝令更响亮，是震慑歹徒，也分明是要让赵梦娇听到。

歹徒肯定掂得出这只皮包的分量，岂肯轻易放手，一个歹徒忽然嬉皮笑脸地说：“都是道上朋友，咱均着分，干吗要装警察呢。”另一个歹徒则拎着皮包转身就跑。宇文骚来不及多想，丢下这一个飞身上前，一个扫堂腿，就使想跑的那位栽了个狗吃屎。几乎是在同时，那个说话的歹徒便将雪亮的军刺朝他后心猛戳过来，惊得一旁不知所措的赵梦娇尖叫起来。

论身手，宇文骚虽然比不过林金虎，但也毕竟是警校毕业的本科生，受到正规严格的训练，对付两个小毛贼还是可以的。肯定，他将这致命一刀躲过了，却将猛扑的歹徒闪个空，与另一个倒地的栽倒在一起。宇文骚趁势冲过去，对准两颗脑袋一顿猛踢，两歹徒便瞪着死鱼般的眼睛躺在地上，只有苦叫求饶的份儿了。

宇文骚上前夺下了刀，取了皮包，回身交给了赵梦娇。

也不知啥工夫冒出来了围观的人，还不少，眼见警察制服了歹徒，情不自禁地鼓起掌来，有女孩的声音在亢奋地叫："真酷、真帅！"

赵梦娇连声道谢着，待宇文骚摘下太阳镜，赵梦娇不禁惊喜过望，这不是在储蓄所碰到的那位帅哥吗？

大家围着宇文骚庆幸夸奖的工夫，两个歹徒却悄悄跨上车，一溜烟逃窜而去。

宇文骚说："便宜他们了，可惜我没有带枪。"

赵梦娇却失声叫道："你受伤了！"说着伸手朝他的后背一摸，果然有殷红的血沾在指尖。

感觉伤势不重，宇文骚不肯去医院。但赵梦娇说她家已离此不远，坚持着叫去她家包扎一下。宇文骚听言顺从。其实，他才巴不得去她家哩，他决不能与这位美女失之交臂。

一路同行的简单攀谈中，他知道她叫赵梦娇，在市秦腔剧团工作，是副团长，也是演员。

赵梦娇的家不远，不过十分钟时间就到了。

一只毛色黑白相间的小京巴狗自屋里跑出来，冲着宇文骚叫得很凶。

赵梦娇亲昵地对狗说："别叫，他不是外人，是你舅舅。"

宇文骚觉得好笑，怎么让狗叫我舅舅呢。

狗果然不叫了，追随着，很欢快地摇着尾巴。赵梦娇显得异常亲昵，忙不迭地让座沏茶，让宇文骚心里甜滋滋的。

在赵梦娇的要求下，宇文骚很顺从地将上衣脱了，伤口果然很轻，仅是刀尖划破了皮肉，但衣服却划了一个大口子。

赵梦娇心有余悸地叫道："吓死我了，再靠里一点，后果不堪设想！"

宇文骚却装得轻松："没事，堂堂警校大学生，还对付不了几个毛贼？"

上了云南白药，又用白纱布和胶布包扎一番，赵梦娇就拿出针线缝那划破的上衣。

宇文骚就光着上身痴痴地看她手指轻盈地飞针走线。

“没想到,你家里的保健药品还这么全,针线活也这样好!”宇文骚搭讪地说。

“有什么办法,单身女人哟,自己照顾自己!”赵梦娇叹息着说,显得有些伤感。

宇文骚心中怦然而动,他想问个究竟,却不好意思开口。

赵梦娇越发凄楚地说:“知道你想问什么,曾经有过一次恋爱,伤得很深,以后再也不谈了。无夫无子,单身女人。”面对这样的帅哥,赵梦娇动心了,就主动亮了身世。却没有勇气说出实话,就将“婚姻”淡化成“恋爱”,将丈夫死于车祸模糊成“伤得很深”。

宇文骚趁机说:“这怎么可能,你这么漂亮,这么优秀……”

赵梦娇叹息一声说:“正因为你所说的‘优秀’,才嫁不出去呀!红颜薄命!”

说话间衣服缝好了,赵梦娇走过来,要亲手为他穿,宇文骚也很顺从。她用柔指轻轻地在他的肩膀上抹了抹,轻声说道:“多健美的肌肉,怪不得当警察呀!”

宇文骚哪里经得起这柔指轻抹,浑身上下麻酥酥地舒服。又听赵梦娇嗔叫一声:“哎哟,我的脚怎么了,这么疼。”一边往宇文骚对面的大沙发上一歪身倒了,只顾将脚扳起察看,丝质的裙子却顺腿滑落,裸露出了那玉白的秀色。将个宇文骚看得眼睛发直,浑身热燥。

偏巧这时挎包里的“大哥大”响了,牛耕奇在电话里说:有个材料上面急着要,接他的车在他家门口等着呢。宇文骚在心里直骂“败兴”,但公务紧迫,只好起身告辞。

赵梦娇说:“反正我独单一人,有了这个缘分,也是前世修来的,咱以后就以姐弟相称。认下了门,以后常来。再说,我还要摆宴设酒,谢你哩!”

走到院子的时间,京巴犬又呜呜地叫了两声,赵梦娇又一次对它说:“这是你舅舅,可要记住啊!”

……

两天后的傍晚,赵梦娇果然约宇文骚去家里,说要感谢他,那声音,三分娇七分媚,光听着电话宇文骚就酥了半截。

待宇文骚赶到,酒菜已齐备,就连高脚杯里也斟上了鲜红的果酒。赵梦娇说本来计划在酒楼包桌,但又觉得不如在家里气氛好。姐弟二人可以畅饮畅谈，即使喝多了也无妨大碍。

宇文骚心中却万分庆幸：看来，自己艳福不浅，真的撞上桃花运了。

两人很快就将一瓶果酒喝完，赵梦娇说这是纯正的法国葡萄酒，有同事出国时，自巴黎捎回的。又说放开喝吧，这里还有两瓶呢，反正咱是患难之交，是姐弟，今晚算是阿姐报答弟弟的救命之恩呢。

第二瓶刚打开，赵梦娇就忽然伏案埋头，一副醉了的模样。

宇文骚试探说："阿姐，你喝多了，我搀你休息吧！"

赵梦娇挣扎起来说："不要紧，只是头有点蒙。我去歇会儿，你自个慢慢喝吧。"说罢就摇摇晃晃地扭到床上去了。

接下来发生的事情就可想而知了，毕竟，宇文骚不是坐怀不乱的柳下惠，赵梦娇也不是苦守寒窑的王宝钏。

"唉——"赵梦娇长叹一声，从回忆中解脱出来。对这一场传奇且浪漫的恋情，她始终感到甜蜜享受和骄傲。她将比她小了二十岁的宇文骚看得很单纯很温顺，只觉得自己才是玩弄于他的驾驭者和征服者。但到此刻，当他轻易地放弃了警察职业，还催逼着乞求着自己为了他而去接近另一个男人的时候，才感到宇文骚并不单纯。他不但暗藏机巧，甚至还有几分无耻。

赵梦娇冷笑一声："在你眼里我是什么？是不是很淫荡，是一个和谁都可以随便上床的坏女人？"

宇文骚说："阿姐，你误解了聂会长，也误解了我，全是误解啊！"

赵梦娇又是一声冷笑："误解？我误解了他吗？那天晚上，他已对我动手动脚了！"

宇文骚显得吃惊地说："不会吧？我在场呀，应该是误会！"

赵梦娇叫道："难道，还要我说出细节吗？"

宇文骚心中暗暗叫苦，聂玉魁的确是图谋不轨，这让他如何是好？其实，在认识聂玉魁之前，自己已经悄悄去了广东，所学不是理工科，能挣钱的地方没人要他这个警官生。而现在，自己已经辞职，没退路了，只能跟着聂玉魁干。而这个老畜生，就偏偏要横刀夺爱。这的确令他感到屈辱，感到心痛，感到可耻，感到后悔，但又有什么办法可以解脱呢？没有，他别无选择，只有忍痛割爱，把她献给得罪不起的人。但是，这是只受惊的猎物，她很警惕，她不会轻易上当了。若不能使她去见个面，聂玉魁肯定迁怨于他。很明显，聂玉魁已经恼羞成怒了，他肯定认为他遭到了戏弄。如果因此得罪了他，肯定落得个滚蛋的下场。丧家之犬，想都不敢想了。

宇文骚毕竟是机灵人，心想自己可不能操之过急，就显得非常气愤地说:“阿姐,你把我提醒了,原来是这样啊！我只想着他是戏迷,你又是名演员,就崇拜你,也想结交你。又想着他有能力帮助你的剧团,没料到他竟然这样无礼。”

看到赵梦娇气消了些,宇文骚索性单膝朝她跪下,一边用双手轻握她的一只手,一边信誓旦旦地叫道:“阿姐,我真心爱你,我宁肯再次面对尖刀,也不许任何坏人害你。请原谅兄弟年轻幼稚,险些上了人家的当!”

虽然是露水夫妻野鸳鸯,但毕竟恩恩爱爱一场,说没有感情那是假的。一旦失去,不可惜不心疼才叫怪呢。宇文骚说话间真情涌动,竟然潸然泪下。

赵梦娇很是感动,很谅解地说:“你想帮我做什么,也应谨慎行事。你可以告诉那个丑男人,赵梦娇虽是个演员,却不是什么戏都可以演,让他死了那个心!”

……

一星期时间过去了,宇文骚没了人影,电话也打不通。赵梦娇正在郁闷,宇文骚就忽然冒出来,说他代表商会,协助煤监局到各个矿井督导安全生产去了。说着便掏出一个厚厚的牛皮纸信封,说是聂会长特意让他交给她的。信封里装了八千元,是给野狐岭演出的酬金。宇文骚说报销的发票已经捻弄过了,因此聂会长特别交代,这笔钱不用做账,就归你自己了。信封里还塞着一张便笺。打开一看,是聂玉魁不长不短地写了一段话,大意是:他对自己酒醉后的失礼深表歉意。又说他真的爱她的戏,是她的忠实戏迷。知她的剧团有经营困难,真想帮助她而绝无他意。最后还说,日久见人心,时间会证明他是什么人。其言诚恳,字也写得认真刚劲。赵梦娇看罢,脸上并无任何表情,只是将那文字随手丢在了一旁。

# 第二十六章

转眼间，一个月时间就过去了。好像聂玉魁这个人也永远擦肩而过，剩下的只有他俩之间的爱情欢乐。这期间，宇文骚以半膝下跪的欧洲古典方式，很庄严地向赵梦娇求婚，并将一枚镶着宝石的钻戒亲自为她戴上手指。这使她很为感动，就以微笑和拥抱的方式默认了他的请求。宇文骚显得非常激动，说他终于可以向父母禀告了，并且信心满满地说：他的父母通情达理，肯定会支持他们的这桩婚姻的。不料返回的宇文骚竟拥着赵美娇哽不成声，宇文骚说他的母亲坚决反对与她结婚。理由是他母亲的年龄仅仅比赵梦娇大两岁，她不能容忍风华正茂的儿子与一个跟自己年龄相当的老女人成为夫妻。对此结果，赵梦娇的心中却是早有预料也早有准备的。其实论本心，赵梦娇才不想跟他正式结婚呢，她明白老妻少夫的婚姻随着光阴流逝会是什么结局，她只想在这个英俊青年身上获取些许浪漫。与其说宇文骚得到艳遇，倒不如说是她占有了也征服了他。她虽不主张自己是绝对的单身主义者，但在未找到合适于自身的婚姻之前，这个英俊帅哥起码是一个理想的情侣，可以填补肉体和心灵的寂寞与空虚。如果他的父母不反对，那就认命，就名正言顺地与他结婚，一个女人终归是要嫁人的；如果他的父母不同意，就继续做他们的野鸳鸯，对她来说，这后一种结果似乎更合心意。她的职业是演员，本来就喜欢戏剧式的浪漫和无拘无束；何况，她更不愿去面对一个与她年龄相当的婆婆。于是，她反而以平静而深情的语气安慰他，说结不结婚并不重要，只要真情在，这种野鸳鸯的爱情她倒是可以接受的。但宇文骚回答她的似乎只能让她良心自责，宇文骚说他此生非她不娶，为了她，他宁肯牺牲一切，也包括他的父母。

谁能料到，在毫无准备的情况下，那个赵梦娇自以为永远消失的老丑男人又现身了，而且是径直闯进了她在剧团的办公室。

聂玉魁在并无别人在场的情况下，首先向她鞠了一躬，很是诚恳地表示歉意："赵老师，实在对不起，那天我的确喝多了，非常失礼。其实，我是最崇拜你的，是你的铁杆戏迷！”

赵梦娇却装出副莫名其妙的样子，说：“你是谁？你说的又是什么事？我怎么都记不得了？”

聂玉魁说：“真的记不得我了？您贵人多忘事哇！我是聂玉魁，那天晚上，咱们在‘野狐坡’，一起文艺联欢嘛。”

赵梦娇这才故作醒悟地“噢”了声说：“大概想起来了，你……就是那个……聂会长？”

“对对对，我就是那个聂会长。自从那次酒后失态，我一直自责不已，就想着怎样来弥补。”

赵梦娇看看对方绽颜一笑，忽儿又冷了脸，说：“聂会长，您还有事吗？我正忙着哪。”

聂玉魁面对着这个妖冶女人，觉得她绽颜一笑，就像三月的桃花，万千妩媚；她变脸一冷，又似寒冬蜡梅，冷艳刺骨。他觉得能够接触上她便是三世奇缘，他决不会轻易放弃，而是要不惜代价，死死缠住。再说，如此美艳的尤物，不下大功夫岂可轻易到手，就像歌里唱的那样，樱桃好吃树难栽，不下苦功花不开。

聂玉魁只顾做猎艳大梦，竟一时呆了，一时没听见对方最后的话。

赵梦娇就索性摆开逐客的架势，把刚刚说过的话又冷冰冰地重申一遍：“你有事吗？我正忙着哪！”

聂玉魁慌忙说道：“赵老师，耽搁您五分钟，我还真有正经事，行吧？”见对方满脸满身不耐烦的样子，聂玉魁的心中忽然就怒燃了一把火。也的确，堂堂大老板，财大气粗，轻易给谁低声下气过？这一刻倒成了孙子。但有什么办法，你想偷鸡摸狗，不舍把米丢块肉怎么行？

于是，聂玉魁厚着脸皮，把他的正经事和盘端出：“我有个老同学在省文化厅专管戏曲。我有心帮助你，就跟他商议一番。正好他们要扶持几个革命现代戏，我趁势就把你的剧团推荐了。我找你的意思，就是赶快去见见他，尽快把这个好事落实了。”

赵梦娇又惊又疑，这个命题似乎太大。自己一个地方剧团，能跟省上的大剧团竞争吗？因此兴趣不大。再说，不能随便接受陌生人的好心，这是连小孩子都明白的道理。况且，眼前的这个主儿，她已经领教过了。

赵梦娇说：“谢谢你的好意。去省上竞争，咱这小剧团，想都不能想。”

聂玉魁说：“我讲出个理由，你就有信心了。我那老同学，看过你们演的《江姐》，印象很深，认为你是最出色的一个。扶持你，他已经很动心了。机会难得啊，争取还是放弃，你自己决定吧。”

赵梦娇忽然有点感动，看来这人是诚恳的。也许那天他真的酒醉失态。便用感动的语气说了声：“聂会长，谢谢你。”

聂玉魁说：“你还意识到我是会长？告诉你，我还是市政协委员，还是省级优秀企业家，一身光环呢！看你鬼疑狐猜的，只怕是把好心当了驴肝肺！”

赵梦娇说：“聂会长，别误会，我是不想轻易给别人添麻烦。这样吧，就按你的意思办，你安排时间。”

聂玉魁说：“兵贵神速，咱马上行动。”

随即赵梦娇与剧团党支部书记老明一起，跟着聂玉魁去了趟省文化厅。聂玉魁所言属实，他的老同学当场拍板，要将她这个市级剧团列为扶持对象。剧目仍然是《江姐》，只不过有个新要求，在原来的基础上创新提升为秦腔音乐剧。返回后，又按照要求，上报了申报材料，又让区文化局副局长、剧作家黄爱仁改写剧本，然后就等着好消息。

一个月时间过去了，文化厅那头毫无动静，赵梦娇便不将此事放在心上，依然故旧地领着她的演员与其他唱歌跳舞的同行搭班走穴。一没留神，聂玉魁却又冒出来了。

聂玉魁满面红光，以表功的口气对她说：“搞定了，批下来了。”

“是吗?”这么大的事，竟然就拍板了？赵梦娇有些意外，也有些不大相信。

聂玉魁有些不高兴了：“你到银行看看，钱恐怕都到账了！”

赵梦娇就马上安排财务上去银行，一边让座，沏茶，又招呼老明过来陪着说话。聂玉魁心里在想，这个女人，心机确实挺重。我这番苦心，看来真有必要。

剧团开户的农行就在附近，去的人很快回来了，兴冲冲地报告说：“账上刚打进五十万元，打款方是省文化厅。”

赵梦娇惊喜道：“这么快？真是不可思议！”

聂玉魁瞪着眼说道：“走后门嘛，肯定特事快办！”

赵梦娇内心充满激动，心想真是遇上贵人了，便由衷地说了声：“谢谢你，你救了我们剧团呀，我代表全体同志谢谢您！”

聂玉魁却很诚恳地说：“赵老师，您太客气了。也确实，没有特殊关系，即使能办，也不会这么多也这么快。但是，能够帮您是我的幸运。其实还是你的面子大。听老同学说，审批的领导专家一听说是你，意见马上就统一了,于是当场拍板,就大功告成!”

谁不爱听奉承话,虚荣心是天生带来的,何况是非常在意观众评价的女演员。赵梦娇得知她在省上都有知名度,心里顿时乐开了花。此时再看聂玉魁,不但不丑,反觉亲切,就像是位可亲可敬的兄长。

“大哥,我叫你一声大哥可以吧?”

“诚惶诚恐,诚惶诚恐。”

“不用这样,妹子还真是感激呢。”

聂玉魁才叫心花怒放呢,看来,这只美丽的鱼儿已经咬钩了,嘴里却说:“感激二字不许再说,你叫我大哥我却爱听,说不定,上辈子咱俩就是兄妹,要不然,我咋就会偏爱你的戏,缘分!”

赵梦娇说:“这样吧,今天我做个东,先小酒小菜谢谢您,待戏排出来,妹子再重谢,不,是剧团要重谢您!”

聂玉魁说:“这个酒先记着,等你的剧团唱红了再喝不迟。到那时我会一醉方休,不过妹子你请放心,我却再也不会酒后出丑了,不放心,先用绳子提前拴在桌子上。”

赵梦娇听言笑得前仰后合。

聂玉魁又说:“只顾高兴,差点把一半要紧话忘了。我老同学说了,凡是立项的剧目,还要在省上汇报演出,省上的头头脑脑都要观看哩!”

赵梦娇情不自禁地走过来,抓着聂玉魁的手摇个不停,此刻的她,活像亲妹妹在兄长面前撒娇的样子。

聂玉魁的浑身则充满了电击的快感,他觉得自己真的了不起,居然就钓到了这么一条美丽的鱼儿。

其实,也并不是什么人本事大,而是机会抓得好。省委有对党员干部加强革命本色教育的安排,文化厅就有了推出几台革命现代戏的策划。而《江姐》这个戏,无疑最具影响力。刚好赵梦娇,又确实是众多“江姐”中出类拔萃的尖子演员。多种因素使然,大事就成了。

赵梦娇趁热打铁,把以前演《江姐》的底班再重新拉起,对外出下海的或者另就他业的,想方设法统统召回。又督催剧作家兼曲作家黄爱仁昼夜突击地赶剧本,剧团又恢复了往日的生机。

在赵梦娇的艺术道路上,黄爱仁对她的帮助很大,关系也非常好,甚至好到了可以产生绯闻的程度。以前的老版本《江姐》就是黄爱仁根据同名歌剧改编的,轻车熟路,经过一月多时间的昼夜奋战,便将剧本高质量地改好了。待剧组人员到齐了,这戏就夜以继日地投入了排练。《江姐》本来就是剧团的保留剧目,担任导演的也是《江姐》的老导演、剧团党支部书记老明。现在也只是在形式上由单纯戏曲表演创新为秦腔音乐剧。仍是秦音秦韵,改进难度不算很大,仅仅用了不到二十天,戏便排练得精熟。

不用说,主要角色“江姐”仍然由赵梦娇主演。为了确保正常演出,赵梦娇还从几个得意弟子中挑选出最优秀的青年演员陶娜作为替补。

排练厅里唱做念打,热烈非凡。一旁的座位上也会时不时冒出来一个痴心观众,一个人远远地坐在角落,来时静悄悄,去时了无声,尽量不打扰,若非让赵梦娇发现了,才会与演员们见个面,显得谦逊有风度,他是谁呢? 当然不会是别人,是聂玉魁。

赵梦娇见状,对聂玉魁的好感又添一层,看来,他还是个真戏迷,更配得上是自己的铁杆一粉丝。真是遇上贵人了,自个还差点误解了人家呢!

排练一结束,省文化厅的领导就下来进行了验收,很满意,只是提了些小的改进意见。在临近“七一”的时候,汇报演出如期在省委礼堂举行,虽然省上主要领导临时进京没能参加,但对赵梦娇来说,已经是心满意足了。紧跟着又在凤凰市进行了首演。市、区宣传部,文化局、文联的头头脑脑们来了,就连市委书记车道康也赶了来,还专门到后台看望了演员。观众的主体是团体票,全场爆满,除了二百张赠票,本场演出净赚一万二千元,紧随其后,两个中学还主动找上门来,联系了两个包场,又挣到了三万多。真是政治经济双效益,把个赵梦娇乐得心花怒放。

这天演出完毕,卸完妆已是晚上九点半,宇文骚忽然冒出来了,说:“阿姐,红火得很嘛,恭喜你!”又问道:“兄弟给你介绍的人咋样?”

赵梦娇说:“还真不错。对了,说到底还是你的功劳呢! 咱这就出去打牙祭,算是阿姐小谢你。”

宇文骚说:“咱俩之间还何言感谢,你是该谢谢人家聂会长。”

赵梦娇说:“那是当然的,他是咱的贵人呢,回过头一定谢。”

宇文骚说:“回过头是啥意思,应该趁热打铁,他说不定又正在为你联系包场呢。”

赵梦娇说:“那你说该咋办?”

宇文骚说:“现在就办。其实酒宴已联系好,聂会长那里已说好了。他见你旗开得胜也高兴着。再说又把文化局黄副局长拉来了,下面还指望文化局为各个学校下指令呢!”

赵梦娇有点意外地看看宇文骚,心想你怎么越俎代庖,即是好心,也不能这样做呀,她有种被人绑架的不快。但已经这样了,岂有不去之理。

便说道:“你替我安排,也得事先打声招呼。现在这么晚,又太突然,剧团的人都散了,我起码得叫上几个来给人家敬酒。再说我也确实有点累,能不能改在明天,由剧团做东,好好摆一桌?”

宇文骚说:“阿姐啊,人家都等在那里啦。这也是聂会长的一番苦心,咱决不可失礼呀!”

赵梦娇说:“你说啥?聂会长请我,是不是?”

宇文骚有点心虚,只是一只手挠着头傻笑。

赵梦娇说:“那就更不能去,应该由我请人家,哪能颠倒着行事!”

宇文骚急了,叫道:“你说得对,没错,但是拒绝了更失礼。人家是为你高兴,要向你表示祝贺。非常诚恳,就怕你不来,连黄爱仁副局长也请来了。”

赵梦娇笑道:“是吗?这么说我还是去了好?”

宇文骚说:“你拿主意吧,我没必要缠着你。”

赵梦娇到底同意了,说道:“行,我决定去,但你必须保护我,我酒量不行,弄不好会出丑的。”

宇文骚说:“放心吧,我不在意谁在意。”

酒宴就摆在幸福汤酒店。这里餐饮住宿于一体,显得灯红酒绿,很大很豪华。赵梦娇却感觉很陌生,就连宇文骚也是第一次来。但好像听说过这个酒店的老板有前科。宇文骚到底还是个警察,对这个字眼挺敏感。

宇文骚陪着赵梦娇走进来时,已是晚上十点,但一楼大厅里、二楼包间里依然觥筹交错,猜拳行令,甚是红火。

三拐两拐,才进了一个门楣上挂着“金屋藏娇”牌子的豪华间,见酒桌已齐备,人也坐了好几个,除了聂玉魁,果真还坐着副局长黄爱仁。

聂玉魁便赶忙以自家人的口气做介绍,赵梦娇便又得知座中另外两个不认识的,一个是市委宣传部新闻科的屈干事,另一个是《凤凰日报》要闻部的夏编辑。连同她和宇文骚只有六个人,虽然稍嫌人少,彼此却都是文化圈人,倒也是气氛融洽。

聂玉魁自然是当仁不让,非常客气地硬将赵梦娇让在上座,接着便以东道主的口吻说道:“让我们共同举杯,祝贺赵老师演出成功,也祝贺黄副局长的文化工作又添一个亮点,三也祝剧团由此摆脱困境。因此,这开场酒嘛,咱都必须连饮三杯!”

黄爱仁却不无嘲弄说:“酒词也倒不错,真可以巧言令色!但喝酒却没这种规矩。再说,与你聂大会长的殷勤相比,我算什么,我似乎是无功受禄!”

黄爱仁的话里明显带刺，聂玉魁非但没介意，而且更显出率先垂范的大气模样，一口气连饮了三杯，然后豪气冲天地笑道："先喝为敬，诚意真心。同时我还得给黄副局长表示歉意，为啥？我的开场白少了一句话，没有黄副局长的正确决策和大力支持，演出是不可能成功的。"

众人乘势鼓起掌来，气氛陡然热烈。就着这个气氛，聂玉魁又端起一杯，在黄爱仁面前晃了晃，一仰脖子干了，以表示道歉。

对黄爱仁与赵梦娇的特殊关系，聂玉魁是最近才有耳闻的，这令他嫉妒，也不能容忍。一山不容二虎，一江不纳二龙，既然他聂玉魁钟情了这个女人，别人就得滚远点。他要利用这个特殊擂台，与对手进行一场擂台赛。击败他，树立自己的大丈夫阳刚形象，同时使黄爱仁在赵梦娇的心目中形象受损，瓦解坍塌。因此，才处心积虑地将他约了来。对黄爱仁这个人，聂玉魁自以为也很了解。农村搞土地联产责任制的时候，他还在公安局上班，曾经与黄爱仁在一个工作组里待过，他很瞧不起这个有几分神经质的书呆子。

赵梦娇便不好意思了，很诚恳地说了声："感谢聂会长，感谢各位。"就硬着头皮将三杯酒突击式地喝下去。由于喝得太急，直呛得转过身大声咳嗽，泪花儿都溢出了眼眶。

宇文骚想为她捶背，却碍于场面不便伸手。

聂玉魁当然心里有数，便说："宇文，快给你姐捶捶。"却被赵梦娇摆手制止了，只是接过宇文骚递过来的餐巾纸将嘴面轻拭一番。

聂玉魁趁机说道："作为男人，要懂得爱惜和保护女同志，特别是像赵老师这样的优秀女人。作为男人，更要有男人的阳刚气，而不应是书呆子那种迂腐虚伪样。"

赵梦娇很抱歉地说："今天破例了，我不会喝酒，真的，再说，我们当演员的，都注意保护嗓子。"

聂玉魁说："赵老师，不好意思，都怪我太高兴。"看见黄爱仁依然端着酒杯发呆，就不客气地说："人家女士都喝了，你还愣着干啥！"

黄爱仁就只好就范了，三杯酒还没咽下喉咙，就听聂玉魁又说道："接下来这三杯酒，是专门敬黄副局长的。"

黄爱仁当然就不情愿了，说："你干啥？跟我杠上劲儿了！"

聂玉魁笑道："在座的，除了赵老师赵团长，就咱俩是领导，我不找你找谁去？"

黄爱仁争辩道："为啥这样蛮整，能不能文明点，喘口气行不行！"

聂玉魁说："我讲出敬你的理由，你保准不会拒绝。赵老师是艺术名人,又排出了那么好的一台戏,关键你是她的顶头上司。现在人人都在夸赞这台戏,难道就不觉得是给你们文化局长了脸?再还有最关键的一句话,赵老师的剧团以前有困难,你这个领导干啥去了?难道不感到难辞其咎?罢罢罢,咱就既往不咎了,今后还要靠你黄副局长大力支持呢。比如说,组织学校包场什么的,你肯定得出力帮忙,将功补过。因此,下三杯酒你要是不喝,就是不支持不帮忙了。"

黄爱仁听言自然不悦意,对方是借机羞辱,心里的火气就给点燃了,说道:"你是将我一军呢,还是故意侮辱?你说我不支持不帮忙,难道,我做什么还需给你打报告?这酒嘛,我还真的不喝了。"

赵梦娇慌忙说道:"聂会长,您还不清楚呢,黄局长也是帮了大忙的,没有他改剧本谱曲子,这个戏是搞不成的!"

聂玉魁怪声叫道:"是吗?"却马上做出非常感动的样子,双手把杯地说道:"既然如此,这三杯酒你不用喝,我喝,算是罚我说错了话。"说罢又一口气连饮了三杯。

黄爱仁的根基是中学教书的老师,除了嗜书如命,就爱拉拉提琴,动动笔杆,深度近视的镜片下,是一副书生气的眼睛。在现时的官场中,算得上持节守操、知书达理的本分人。平时就不大会喝酒,眼见聂玉魁如此跋扈又如此豪饮,又当着赵梦娇的面,竟是怒也不是拒也不能走也不得,只落得一副被动尴尬的狼狈样。

聂玉魁接着又斟满了三杯酒,对黄爱仁说:"现在再来这后三杯,这个面子你老弟不能不给吧?"

黄爱仁显得又恼又怕又为难,用求救的眼光去扫瞄着酒桌上的每一个人,但有什么用,谁也没有替他的意思。人都是死要面子活受罪,知识分子就更顾面子,何况是在应对聂玉魁包藏祸心的卑劣表演,又当着赵梦娇这么个魂牵梦萦的心仪之人。便心想豁出去了,一仰脖子突击式地将三杯酒干了,不料却呛住了,扭过身剧烈咳嗽,眼泪哈喇子一齐往外喷。

聂玉魁笑道:"你倒是慢点呀,我的黄脸书生,你们文化局就不懂酒文化吗?不是说你们文人都能喝酒吗?那个唐朝的李白,斗酒诗百篇嘛!你连酒都不会喝,还搞什么文化,写什么剧本!"

黄爱仁完全被激怒了,反击道:"世上还有一句话,秀才见了兵,有理说不清。你居然拿李白来糟蹋文化人,真是斯文扫地!你很懂酒文化呀,那好,你把李白的《将进酒》背一遍,那可是与酒文化关系深的文化。"

聂玉魁"哎呀"一声蹦起来了,瞪着一对发红的三角眼叫道:"你还较真了!告诉你,你们文人,除了咬文嚼字臭发酸,还会什么?就说赵老师的这台戏,单靠你这笔杆子能推出来吗?不行,还得靠钱。有钱搭台,才能唱戏,懂吗?”

黄爱仁气得浑身哆嗦,却因为过于激动,竟一时语噎。聂玉魁却忽然拐个硬弯儿把话挽回:“别生气别生气,跟你开玩笑呢!其实你没说错,背李白的诗,我还真的背不出来。我过去干警察,是个枪杆子;现在说起是会长,其实又是煤黑子的头儿,是受你们文人指挥的。孔圣人说过了嘛,‘劳心者治人,劳力者治于人’,我没说错吧?是这样,老哥我赔罪,自罚一杯。”说罢果然又喝了一杯,接着又是一阵大笑,粗陋的笑声在包间里撞来撞去。

聂玉魁的霸道蛮横应该令人反感,但是赵梦娇的感觉却正好相反。通过这些天他的所作所为,她可以断定聂玉魁是一个行侠仗义、性情豪直的汉子。此刻的聂玉魁是有些粗陋了,与优柔内敛的黄爱仁对比,显示出的却是很雄豪的男子气。触景生情,她联想到了秦腔《杜鹃山》中那个心直口快、任侠善良的赤卫队长雷刚。但不管怎么说,两个带长字的,一个豪饮,一个受罪,却都是因她而为,这倒令她不好意思了。于是,她站起来举杯说道:“二位领导,应该由我来敬你们!”

聂玉魁也赶忙站起来说:“赵老师,今天高兴,粗鲁了,请你谅解。这样吧,等我进行完,就是你和黄副局长的事了,可以吧?”

赵梦娇怎么能说不可以呢,黄爱仁却慌忙叫道:“不行不行,要喝你自己喝吧。我头疼恶心,我厌恶虚假表演,我要告辞。”

赵梦娇也求情道:“黄局长真的不能喝,他就没酒量,我比谁都清楚。”

说者无心,听者有意。这句话使聂玉魁醋意大发,瞪着眼愣了半晌,才阴险地笑道:“你看他一直在说什么话,还知识分子哩,这么小肚鸡肠,像个男人吗?其实我才是不敢喝,血压高呀,但今天为赵老师庆贺,就豁了出去。酒逢知己千杯少,人生难得一知己嘛!”

半天没吱声的宇文骚这时候说道:“要不然我替黄副局长来一圈?”

聂玉魁说:“不行,没你说话的份!”干脆又连饮三杯,叫道:“我连喝了九杯,一竿子通到底了。这叫三六九,朝前走,祝赵老师,不,祝大妹子越演越红火,越发财。”

赵梦娇说:“真不好意思,应该由我先敬才对。聂会长您是帮了大忙,真是我们剧团的救星呢。”说着就端起一杯酒双手递给了聂玉魁。

聂玉魁说:“剧团与我有何相干,我只是崇拜着妹子,也心疼着妹子。你有困难,比我困难还闹心。”

聂玉魁说话间接了酒，一饮而尽。赵梦娇又端上一杯，说她也应回敬。

聂玉魁便说："酒逢知己千杯少，咱俩共饮三杯如何？"

赵梦娇略显难色地婉拒道："我真的不会喝酒，这会儿都有点蒙了。"

聂玉魁说："我拿大纸杯喝，你用小酒盅，这样总可以吧？你起码得给我个面子。"说罢便吆喝着让宇文骚用纸杯倒酒，宇文骚便走到墙角的酒柜旁，拿起酒瓶就倒。这时候，聂玉魁又大声嚷嚷着叫大家吃菜。趁着这工夫，宇文骚便手脚麻利地作了弊，将早已预备好的凉开水倒了个满杯。

聂玉魁接过那个纸杯，叫了声："我喝了，士为知己者死，一醉方休。"便咕咕咚咚地一气喝下去。

赵梦娇已经很难受了，偏偏这时候走进来个涂脂抹粉的妖艳女人，聂玉魁马上主动介绍说："这是酒店老板娘裘夫人。"

那女人接着话茬殷勤地叫道："我为聂会长和各位贵宾敬酒。"

聂玉魁又接着她的话茬说："各位都请端起来，老板娘的敬意，必须要领的！"说着带头又喝了一杯。

赵梦娇正觉得为难，妖艳女人却偏偏端着酒来走过来与她碰杯，便只好硬着头皮，将杯中酒喝了。

聂玉魁却装得舌根发犟地叫道："再倒再倒，她是贵人，三杯才为敬嘛。"

宇文骚说："您不能再喝了，我姐也早过了量。"

聂玉魁说："我高兴，我跟我妹子有缘分。要不然……要不然……不，姓黄的，咱俩喝。"

聂玉魁是在装醉，黄爱仁却不知啥工夫已将头埋在酒桌上了。

赵梦娇也感到眩晕恶心，对那妖艳女人说道："我难受得很，再喝要出丑了！"又对挣扎着对宇文骚说："赶紧散，先得把黄局长送回去。"

宇文骚便示意其他几人一起动手，架着黄爱仁往外走。黄爱仁却挣扎着回头，盯着赵梦娇叫道："赵赵……小心……鸿门宴……"

赵梦娇也想跟着送出去，忽然眼前一黑，就失去了知觉。

……

赵梦娇一觉醒来，天色已亮了，忽然发现躺在酒店的房间里，就记起昨夜赴宴的事，她只记得喝酒时的残片碎影，却记不清她是如何睡到这里的。

忽然觉得身旁的鼾声过于粗鲁不像是宇文骚，急忙开了灯掀了被子，便惊得尖叫失声，原来，这个男人竟是聂玉魁。

当然,赵梦娇已经意识到发生什么事了,如此羞辱真令她无法接受,大脑中一片空白,只剩下母兽发飙状的疯狂。

在女人的哭叫扇打下,死睡的汉子当然会醒过来。他在意识清醒之后又马上按照事先想好的步骤来应对这一切。

聂玉魁也装着非常吃惊的样子,一边扯被子遮羞一边失声辩解说:“咋会这样呢?咋会这样呢?千万甭误会,千万甭误会!”

赵梦娇哭叫道:“你说,这到底是怎么回事?”

聂玉魁说:“我也不知道呀!我发誓,我一直在睡,你要不吵闹,我绝对不会醒。”

按照聂玉魁的解释,聂玉魁并没有把她怎么样,他是安排宇文骚送她回家的。只因为她吐酒了,几乎昏倒在包间里。他担心她一个人在家会出事,这才安排她住到了酒店房间。当然他自己也喝得过猛了,就在大醉的情况下错将赵梦娇的床当作了自己的床,躺下便睡着了。至于他为什么会将衣服剥掉,聂玉魁又补充了一个解释,他人胖,爱出汗,又是农村出来的,本来就有裸睡的习惯。大概又因酒力发作,燥热难忍,就在潜意识中脱了衣服。他是丢丑的德行,但是你却是和衣而卧,穿戴整齐,真的是秋毫无犯啊!

按照这样的解释,也许还真的是误会。可是,宇文骚哪去了?聂玉魁醉糊涂了,难道他也糊涂了?莫非是宇文骚故意安排的?假如是这样,她真要崩溃了。但事已至此,还能有什么理由去解释呢?

聂玉魁又说了一大堆表示歉意的话,才悻悻离去。

真像是设计好的步骤,聂玉魁的身影刚消失,宇文骚就赶来了,显得一脸疲惫又忧心忡忡。

“阿姐,昨晚喝难受了吧?”

话音未散,赵梦娇却疯也似的扑上来,抓住他又撕又打,又一口咬住他的胳膊,疼得宇文骚惨声大叫。

好不容易,宇文骚才挣脱了,胳膊已被咬破了,红里透黑的一股血游蛇般蹿出了袖口。

“咋回事,出什么事了?!”

赵梦娇一屁股坐回床边,捂着脸只是呜呜地哭,那声音像是自胸腔中深挖出来的,好恐怖,似乎万千羞耻万千怨恨都在其中。

“到底发生什么事了?急死我了!吓死我了!”心知肚明的宇文骚,不仅是做贼心虚,心怯害怕,此刻还有一层强烈的屈辱感,他真不愿也不忍想象昨天晚上发生了什么。他是真心爱着这个女人啊,他真不能容忍自己的所爱被别人蹂躏,他真应该去和那个衣冠禽兽拼个你死我活。但是,他只能默默地痛苦着。因为,这个羞辱是他情愿自取的,更是他与那个禽兽卑鄙合谋,将她拱手相让。

“你说,那个男人怎么睡到了我的床上?你知道吗?你当时干什么去了?”赵梦娇声泪俱加地厉声责问。

宇文骚原以为赵梦娇会因为顾虑他的反应,会将丑事捂在被窝。没料到,她竟然一竿子捅开了。一时间不知如何应对,哑口无言。

宇文骚很清楚,不可能假装不知情洗清自己。酒场的前后始终,他都在场,怎能脱得了干系。装着不知情,只会把肇事的祸首套定他。因此,他必须直奔主题做解释,努力把大事化小,小事化了。

当然,伪君子都是善于说谎的,况且,这是两个骗子一起编造的谎言。宇文骚解释说确实聂玉魁曾安排送她回家。无奈她醉得太重了,已经昏睡不醒。也确实是与聂玉魁一起搀着她进房间的。不巧值班室的电话来了,说他的办公室里发生了火情,因此他慌忙离开了。当然,他离开时聂玉魁还没离开,但这时聂玉魁已经站不稳了,还在硬着舌根打电话,要服务台派个女的来陪你。谁又能想到堂堂会长、商界名人,岂能如此胆大妄为!如果,聂玉魁做出越轨之事,他宁肯坐牢挨枪子,也要与他拼命的。表达了愤怒的情感,宇文骚却又说出了另一种推测,他说他相信这绝对是一场误会,因为,聂玉魁为人很正派,在公司的群众威信也很高,对她又是真心尊敬,真心支持。要不是聂玉魁的雪里送炭,阿姐你的事业能有今天的局面吗?

事已至此,赵梦娇还能怎么办?她宁肯相信两个骗子的谎言,也不可能有任何雪耻解恨的想法,她不能因为这桩丑事将她的声誉毁于一旦。木秀于林,本来就容易招风啊!最可以说服她的还是宇文骚的表现,她仍然相信他的话是真的。即使聂玉魁对自己已越轨非分,但只要宇文骚真诚,受伤的心也可痊愈。宇文骚真的上当受骗,只能怨他年轻单纯,还能怨他什么呢?他对她如此一往情深,怎能与别的男人合谋着算计心爱的女人呢?要是宇文骚能干出这样的事,人类还有什么希望,世界末日怕是真要来到了!

赵梦娇总算是自己说服了自己,虽然也清楚未免有点自欺欺人,但她还能有什么选择呢?女人啊,终归属于弱者,就像食草的羚羊,任凭你如何警惕,逃得脱狮虎的觊觎吗?

# 第二十七章

喝酒后的第三天中午，黄爱仁就来到剧团找赵梦娇，说他去省委宣传部找了当文艺处副处长的大学老同学，人家答应在省城的古都大剧院搞一场《江姐》剧的观摩演出，场租费由文化处出。出席观看的全是省上的文艺院团的同行，是不含水分的专业观摩，机会难得。熬了半辈子，都在基层，也该在省上的文艺圈露露脸了。”

“谢谢你。”赵梦娇的心中充满了意外的惊喜和感动，这话非常由衷，是打心眼里涌出来的。

“没什么，应该做的。”黄爱仁头发稀疏的额头上冒着汗，显得局促又紧张。

“你抓紧时间准备，等那边具体决定了，我再来找你。”

赵梦娇说：“您打个电话就行，怎能老是劳驾您亲自跑。”

黄爱仁还是老诚地说道：“应该的，应该的。”

赵梦娇心中感慨道，黄老师真是个老诚人，他与热情得近乎蛮横的聂玉魁截然不同。只是，书呆子气太重了。

黄爱仁又很关心地问：“前晚上喝多了吧？谁送你回来的？该没喝糊涂吧？”

赵梦娇不免心虚，却装着没事似的说道：“我很好，倒是让你喝多了，受罪了吧？”

“没事就好。”黄爱仁又显得抱歉地说，“我确实不会喝酒，应对不了那种粗俗，也保护不了你，让你见笑了。”说着又从衣兜里掏出一个笔写的稿子递过来，“演《江姐》这出戏正是时候，也确实得进行革命传统教育了。现在的许多人，只知围着钱眼转，精神滑坡，道德出问题，贪官骗子到处露头！”

听他这样说，赵梦娇不仅脸燥耳热，对方言出有指，实为警告。瞥他一眼，却发现那对眼睛竟是寒光闪闪。她不敢与那眼神对接，慌忙接过稿子浏览，但见标题就是“喜看红梅今又开——观秦腔音乐剧《江姐》感言”，钢笔字周正实诚，撇捺有致，毫不含糊。

黄爱仁说：“您看看行不？我准备送报社发表，给你这正能量代言人助助威，也算是给你们剧团敲边鼓。”

“真是感谢您！为啥总是这么客气？您是大文豪，我能有什么意见呢！”

赵梦娇有点言不由衷，但在他的心目中，黄爱仁的形象顿时又高大起来。她不得不承认，黄爱仁不仅人好，更是有才学有高尚追求的文化人，一个真真正正的戏曲作家。曾几何时，她也是不时发出这样的感叹，只是在后来，随着环境的变化，她对他的好感渐渐淡化了。

黄爱仁起身告辞，赵梦娇送他出了办公室。还没走几步，黄爱仁又转身返回，压低声音扔出句当头棒喝的话来。

“有句逆耳良言，我不得不讲。交往人要慎重，特别是那些狂妄的暴发户，切记，在这个世界上，没有无缘无故的好心，更没有免费的午餐！”

赵梦娇当然明白其所指，脸彻底红到了脖子根，有一种无地自容的窘迫感。她一时想不出该对他何言以对，只是难堪地低头看着自己的脚尖，半天才勉强挤出了两个字——“谢谢”，可是对方已经走远了，他的背似乎有些驼了，但是脚步却挺快的。她觉得对方非常情绪化，明显带有妒意，甚至是遭到情伤后的悲愤和敌意。总之，他好像已经判断到了什么，又不禁想到聂玉魁睡到她床上的丑态。但她依然不愿朝坏处想，她至今还自我欺骗地认为：聂玉魁不过是酒醉失态而已，人在大醉的情况下，是会丧失意识的。聂玉魁是在丧失意识的情况下，只是错将别人的家当作了自己的家，那是一场误会，充其量是后果严重的误会。

赵梦娇站在那里呆呆地想心事，以至另一个女人走到身边还不知晓。

“姐，表姐！”

赵梦娇吓了一跳，回过神才发现是她的表妹白玉儿。

白玉儿嬉笑说：“姐呀，老相好来了，他现在当官了吧？看你个迷痴样！”

赵梦娇生气道：“别胡说，他是我的领导，来谈工作呢。”

白玉儿扮着鬼脸道：“你俩多少年了，瞒得了我吗？我可是当特工的天才。”

俩人回到了办公室，白玉儿又神秘兮兮地诡笑着问：“你没安探头吧？可以说话吧？”

赵梦娇说：“贼妹子，诡兮兮的，难道你有什么鬼把卦？”

白玉儿说：“我清醒着，鬼拿不下我，我倒是发现表姐的印堂发紫，是遇着贵人了,还是撞上了披着画皮的鬼?"

见她这样说,赵梦娇止不住脸颊又想热,就赶紧把话支开:"我还忙着排戏呢,没工夫跟你贫嘴。"

白玉儿却拉下脸叫道:"你这出戏还是不演为好,小心让戏外之戏将你套进去。"

赵梦娇说:"你这话什么意思?"

白玉儿说:"恕我直言,我看见你跟一个叫聂玉魁的男人在一起,他可不是什么好人!也许,聂玉魁糟蹋的女人就已九十九个了,就拿你来圆满第一百个数!"

赵梦娇听言心惊胆战,却装得恼怒道:"他纵使再坏,又与我有屁相干。来者说是非,必是是非人,你快走,小心你这臭嘴脏了我这地方。"

白玉儿冷笑道:"你以为我不知道么,前天晚上你跟聂玉魁在幸福汤喝酒,胡成碰巧就在隔壁,你们的话他全听到了。聂玉魁在帮你吗,呸,黄鼠狼给鸡拜年——没安好心!我怕你上当吃亏,才特意来提个醒!"

白玉儿撂下这堆话,扭着水蛇腰妖妖娆娆地径直走了。

赵梦娇感到后怕,心中暗暗叫苦:但愿那一夜他真的醉了,并没有发生任何事。野狐岭认识聂玉魁的情景,聂玉魁异乎寻常的热心,聂玉魁赤裸的丑状,却不由自主地浮现眼前,心中更添说不出的滋味。蒙羞受辱的情感像条蛇,已在缠绕她撕咬她。她又想到黄爱仁刚才那句"世上没有无缘无故的好心,没有免费的午餐",这句话和白玉儿那句"黄鼠狼给鸡拜年——没安好心"交替着尖叫,又像两条无形的鞭子,一记又一记地抽打在她的心上。

赵梦娇把脸埋进满盛清水的脸盆,努力使自己冷静下来,她现在做出一个自以为明智的决定,要是自己已被玷污,就只好自认倒霉。好歹聂玉魁也算付出了,就算扯平了吧,一个女人,不,一个漂亮的女艺人,有几个能够绝对清白呢!因为你是一朵鲜花,就难免招来欣赏。蜂儿、蝶儿来了,肮脏的苍蝇也免不了纠缠,甚至还会遭到枝折花残的下场。这种自欺式的辩解非但不能说服自己,反而引起了更剧烈的痛苦。但事已至此,除了哑巴吃黄连,还有什么调解之法呢。

赵梦娇心里难过,就自抽屉里找出了那盒"小蜜蜂"雪茄,这还是白玉儿送她的,说是苦闷时能帮人浇愁解忧。当然,对于白玉儿那种经常出入舞厅的风流女人,点燃雪茄二郎腿高跷着吐烟圈是一种风度。她又摸出平时点蚊香才用的火柴,将雪茄点燃了。猛吸两口,苦咧咧地呛,一顿剧烈咳嗽,眼泪花都咳出来了。就着尼古丁的味道,脑袋里更是充满了苦涩的煎熬。假如聂玉魁已经得手,就可以满足而退就此罢手吗?看来是不会的,他毕竟下了一番狠功夫,岂能轻易撒手,善罢甘休。假如他肆意妄为,得寸进尺,就可能将她置于非常不堪的境地。就凭眼下的社会风气,就凭聂玉魁的官场神通和蛮横霸气,她一个毫无背景的弱女子岂是对手,她肯定会落个耻辱连连、身败名裂的悲惨结局。她也许只剩下远走新疆一条路,那里有她在艺校的几个同窗。也许她们能够帮她立足,但却是无可奈何花落去的悲情啊!

赵梦娇心惊胆战,她的思维,已经钻进牛角尖了。

半个月时间又过去了,对赵梦娇来说,这期间再没发生任何不开心的事。《江姐》剧在省城的演出很是成功。古都大剧院里座无虚席,省上文艺界同行如约莅临。当然,黄爱仁也一起去了,他很重要,是这台演出的牵线人。随后多家媒体都在显著位置发了消息。与此同时,黄爱仁喝彩《江姐》剧的评论文章也在《古都晚报》、《文化艺术报》以及本市《凤凰日报》大篇幅刊登。一时间,赵梦娇和她的剧团非常红火。黄爱仁继续发力相助,凤凰市文化局与教育局联合下发了红头文件,各个学校积极响应,已经组织和演出了六个包场。剧团红红火火,她本人也大红大紫。赵梦娇便侥幸地想,假如那一夜是场梦魇,也许就永远过去了。现在她的身价倍增,那个图谋不轨者还敢再打歪主意吗?不会,他肯定不敢再造次了。但变化还是有一点,就是宇文骚对她有些冷淡,电话中总是说忙,也算来过一次,却显得局促而客套,屁股还没暖热凳子就走了,这让她觉得有点莫名其妙。但对于痴情于他的赵梦娇来说,也真的相信他太忙太累,也就不放在心上。

这天上午,赵梦娇带领剧组人员正在剧场练功,忽然走进来一个金发碧眼、身材颀长的外国小伙子,他操着一口还算标准流畅的普通话,说是他要见"江姐"。

赵梦娇感到很惊奇,问道:"你是谁?哪国人?"

外国小伙便自我介绍了一番。说他是加拿大人,名字叫马克·威尔逊,是古都大学学中文的留学生。因在古都大剧院欣赏了《江姐》,特别感动,也特别崇拜,就专门由省城找了来,想拜访女英雄"江姐"。

赵梦娇听言感动,连忙客气地对他说:"欢迎你,谢谢你喜欢我们的戏!"

能够让外国人看懂并且感动,也使剧团的演员们感到意外:真没想到,他们的演出引发"国际"反响了!于是纷纷围上来,和威尔逊很热情地打招呼。

威尔逊对赵梦娇说："如果我没看走眼，你就是江姐吧！"

赵梦娇笑道："江姐是剧中人物，我叫赵梦娇，是扮演江姐的演员。"

威尔逊说："你的演技太棒了，我都看哭了，我为中国的女英雄深感骄傲。你也很漂亮，你就是艺术女神，我非常崇拜你。"

一席话说得赵梦娇脸颊绯红，一种特别的自豪感油然而生。哪个女人不喜欢别的男人欣赏她，何况还是一个外国男人呢。她这才将对方仔细打量，觉得威尔逊长相英俊，皮肤白皙，身材高挑，是一个很帅的洋小伙呢！

整个上午，威尔逊都在津津有味地看演员练功。该吃午饭了，赵梦娇就叫上支书老明、徒弟陶娜和几个演员，请威尔逊吃了顿饭，猜想着外国人的生活习惯，喝的是国产张裕葡萄酒。

赵梦娇说："看来，你很喜欢中国文化？"

威尔逊说："喜欢，中国文化很古老也很伟大，要不然我怎么选择了中国来留学，而且是到了中国的著名古都，我知道这里是中国文化的根。"

威尔逊显得很健谈，接下来就仔细地介绍了自己。据威尔逊所说，他的家住在加拿大的首都渥太华，父母亲都在一所医院当医生，还有一个姐姐，也在这家医院当护士。他姑姑的外祖父，曾经跟随诺尔曼·白求恩到中国支援过抗战。由于这个缘故，他姑姑以及亲戚们，都对中国怀有友好感情。他的姑姑还办起了孔子学院，吸收了百十名当地青少年，开设了中国的汉语言文学、戏剧、国画、武术等课程，在渥太华已小有名气哩。他自己在读大学之余也常常去姑姑的孔子学院帮忙，就被中国的历史文化迷住了。后来就在姑姑的中国朋友的帮助下，不远万里，来到中国古都的这所大学当了留学生。他现在专修汉语言文学课程，打算学成后去姑姑那里当中文老师。他说他同时还在古都武术学院学习散打，同时还深爱着中国的戏剧。威尔逊感叹中国文化博大精深，内容太多，想学这个又想学那个，实在顾不过来。自从那一天看了《江姐》，就被中国戏剧迷住了，便下定决心，在花样繁多的学习内容中再添一门功课，那就是中国戏剧。因此，就专门找了来。

威尔逊用怪味胡豆式的普通话侃侃陈述，连同他那眉飞色舞的表情，夸张比画的手势，顿时把几个人都逗乐了。

威尔逊说罢，就打开了他那红色的背包，取出了一沓大大小小的证件来，一边展示一边说："这是我的护照，这是古都大学的学生证，这是武术学院的学员证……"

赵梦桥等人赶忙接过来欣赏，一边纷纷咂舌感叹：洋学生留学的证件，还是头一回见！

威尔逊说："赵老师，您要仔细审查，现在社会上有骗子，以防您对我不信任。"

赵梦娇笑道："好人不分国界，你是个诚实的青年。"

展示罢了，威尔逊又取出了一个小电脑，随手通上电打开了，屏幕上出现了一个身穿红底金团花唐装的老年外国女人。威尔逊说："这就是我的姑姑马克·温莎，这百十幅照片，都是孔子学院的。"果然，随着鼠标的揿点，孔子学院的教舍、学生、上课情景纷纷亮相。在其中一张过春节的师生全家福上，老师学生全都穿着唐装，颜色红红黄黄，却用肢体组合成一个心字图形，背景墙上的大福字之上，还有一行毛笔书写的金色汉字"我们爱中国"。看到这些照片，几个人都很感动，情不自禁地啧啧赞叹。

赵梦娇感慨地说："你姑姑是一个有远见的人，我们尊敬她。"

威尔逊显出了年轻人的稚气和天真："我最爱姑姑，姑姑也爱我。但姑姑同样爱中国。姑姑几乎每年都要到中国。姑姑常说，中国是一个非常强大的国家，中国人友好善良。但是中国曾经很贫弱，遭受过日本的侵略，姑姑还常说，外祖父说八路军很棒。日本鬼子很凶恶，但是打不过八路军。我现在明白了，八路军厉害，是因为有江姐！"

一席真诚的发自肺腑的话，把大伙感动了，也逗笑了。

威尔逊说："你们先别笑，我还有最重要的一句话没有说。要是说出来，就怕赵老师不肯接受。"

大家面面相觑的时候，威尔逊却突然起身推开座椅。朝着赵梦娇双手一抱拳，接着就"扑通"一声跪下了："师父在上，请受弟子一拜。"

威尔逊要拜自己为师，赵梦娇一下子不知如何是好，目光急向老明和陶娜求救，他俩人却很动情地鼓起掌来。

赵梦娇又惊又嗔地说道："你这个洋学生，咋就这样冒失！再说，你是个男孩，即使想学戏，也应该找个男老师，学个小生、须生；而我是个女的，难道你要男唱昆角？"

威尔逊却说："昆角是什么？对，我明白，您答应收我了。"

几个人又被逗得一阵笑。老明说："好事呀，收下吧；至于学什么，以后再说。这也是咱剧团的光荣呀！"

赵梦娇却实在笑不出来，突然冒出个洋人要当徒弟，还是个男的，又不知该怎么办了。想了又想，才对威尔逊正色说道："既然你爱中国戏，我欢迎，也愿意与你交流，但绝不是师徒关系。你是留学生，在大学是有专业的,爱戏也是业余。如果因学戏误了学业,我可担待不起。假若有一天,我与你的姑姑、你的父母见了面,他们如果责怪,我该怎样面对?”

威尔逊急忙分辩道:“师父,不会的,孔子学院还缺中国戏剧课教员,他们高兴还来不及!”

几个同人纷纷劝道:“收了吧,这个洋学生很诚恳,很难得。”

陶娜也帮腔说道:“老师要是顾不过来,就让我代你教他。”

赵梦娇苦笑道:“梦不到的事情啊。也罢,想学戏就来,但不可耽误学业!”

威尔逊欢喜道:“谢谢师父!”一边又忙不迭地磕了一串儿响头,慌得赵梦娇连忙走过去制止。一边又对几个同人说:“威尔逊要学戏的事,千万不要讲出去,省得人家说闲话。也是的,一饱忘了千年饥,烧包!”

# 第二十八章

就在赵梦娇心情转好的时刻，聂玉魁的电话又打来了。首先对她演出的顺利进展表示祝贺，然后便开出张不好报销的“发票”，让她找地方见个面，有一件事情需要她帮忙。

听着这个人的声音，赵梦娇顿感厌恶和害怕，曾经有过的感动和亲切已经荡然无存。沉默了半天才说：“我很忙，有事电话里说吧。”

对方说：“要是电话里能说，我现在就说了。你再忙，也必须见个面，我现在有点小困难，你必须帮帮我，只有你有这个能力！”对方好像真有急事求她，根本不容推诿。

赵梦娇难住了，不答应，人家会说她过河拆桥，不仁不义，答应吧，却怕又是一场鸿门宴。惶恐不安的阴影笼罩着她，就下意识地将电话挂断了。对方却又一次将它拨响，好像看穿了她的情绪，只要求到他办公室谈谈。她便想，他那商会说啥也是个单位，办公楼里，他又能把她怎么样。转念又一想：我干吗要怕他呢？万一他有不良企图，我保持警惕，断然拒绝，他还能怎么样？

于是，赵梦娇赶去了。

聂玉魁当然非常高兴，见面寒暄一番，尽是对演出顺利推进的祝词，以及对她本人的恭维。这时候已到下午时间，聂玉魁的话还未进入正题，她便有点心虚。不料对方就说出一个更令她不安的提议：他有要紧私事求她，办公室说话不方便，就到郊外的农家乐吧，那里清静得多，边吃边谈。

赵梦娇觉得自己已有心理准备，果真有鬼也不要怕，要辨鬼打鬼，就应该不惧鬼圈套和鬼坟墓，也就硬着头皮答应了。

聂玉魁说：“我去开车，你到大门外顺着马路往西走，在老虎巷口等我。”

赵梦娇心虚地说：“还避人吗？”

聂玉魁说：“我这人，风清气正，最怕别人说闲话，咱好赖也算是领导干部!”

然后聂玉魁就去车库开车,赵梦娇也出了商会大门,径直到老虎巷口等他。三等两等,并未见车来,赵梦娇便疑心再起,一颗心像兔子蹦蹿般狂跳不已。便决计逃脱,回头再编个谎话回他。不料那车却从另一个方向冒出来,悄然地来到身边。聂玉魁换了便装戴了墨镜,从摇下来的车窗玻璃里朝她招手示意。眼见赵梦娇迟疑不动,便怕眼看到手的鸭子飞了,就索性跳下车来,生拉硬拽地把她弄上车去。赵梦娇心中更是害怕,下意识地朝外挣扎,但哪里还挣得脱。

离开城区约莫二十分钟,才来到一处叫云水村的地方。赵梦娇却没来过,觉得很陌生,轿车在村里乱拐,又像迷魂阵。村街两旁的民居有瓦房也有平房,却几乎家家都挂着招牌,什么“夜来醉”“新麦面”“幸福屋”,五花八门,奇奇怪怪。

车子拐到几乎已在村外的“野味香”,径直从大门开到院子里,聂玉魁脚还未着地,一个丰满的中年女人便迎上来说:“王老板,总算把你盼来了。”待赵梦娇下了车,那女人用骚眼上下将她一打量,又酸溜溜地尖叫道:“哎哟,老板真有本事,又领了个妹子,还真是大美人呀!”

聂玉魁急忙制止道:“闭上你这张嘴,她可不是一般人,是贵人!”

胖女人将他俩让进一间屋子,沏上茶水。沏茶的工夫,又不时用眼朝赵梦娇瞄个不停,然后又用媚眼朝聂玉魁狠挖一下,才七扭八颤地拧了出去。

赵梦娇觉得聂玉魁不但与她熟,关系好像还不一般,又为什么称呼他叫“王老板”?再看看这间屋子,除了外间这套桌椅,里面还有套间,套间里摆着张大床,床上铺盖整洁,像宾馆的客房,又有农家的土气,因为,那床单像是农村常见的土布织染。

赵梦娇顿感不对劲,歹人若在这里犯罪,大声求救也呼天不应,因为离村远,太偏僻。又想着胖女人刚才的怪话,以及白玉儿和黄爱仁的警示,便有大祸临头的感觉。

“我不舒服,去趟卫生间。”

趁着这个借口,赵梦娇慌忙向房间外走去。但是她万万想不到,房间的门从外面锁上了。

谁锁的门?就是那个胖女人。其实这时候她就在外面偷听偷看。对于胖女人来说,她不能错过这一幕情色大戏。

赵梦娇现在完全明白,胖女人和聂玉魁是一伙的,狼狈为奸,丧尽天良,自己已经沦于险境了。

“要不然,上床吧,躺一躺就会好。”

“不——!”赵梦娇几乎是在尖叫。她不禁又想到那天清晨,聂玉魁在她床上赤裸的丑状。她此刻有一种被毒蛇缠绕的巨大恐惧,也有一种上当受骗后的巨大羞耻和愤恨。她是一个清高的女人,也是一个谨慎的女人,却怎么让这个老丑的令她厌烦令她恐惧的男人,像头发情的公猪,一头撞进了她的伊甸园。假如这样肮脏地、被强迫被霸占地委身一个并不爱的老丑男人,活着还有什么意思。假如就这样违心地顺从了他,自己就是一个灵魂死掉的行尸走肉,一个寡廉鲜耻的淫荡贱妇。

她脑子里装满着闪电般的也是痛苦的思绪,下意识中竟将聂玉魁面前摆着的香烟一把抓过,点着了一根叼在嘴角。

“你,你吸烟,你不是不舒服吗?”

“我……”在聂玉魁恼怒的惊叫中,赵梦娇灵醒过来,一时无言以对。

聂玉魁却真的恼火了,扔出了几句很要挟的话:“你是怎么啦?紧张成这样?敏感成这样?对于你,我不敢说是救苦救难的菩萨,但起码也是真诚相待。你曾经口口声声将我叫哥,既然咱兄妹在一起,你为啥还要紧张恐惧,我能把你吃了吗?”

赵梦娇叫道:“房门怎么锁上了,我真的有点不舒服。”

聂玉魁淫笑道:“哪儿不舒服,哥给你看,我最会给女人看病,尤其是漂亮女人。”

聂玉魁凶相毕露,发疯般地猛扑过来,不料对方竟躲闪开了,使他扑了个空。由于扑得太猛,竟然跌倒在地。

赵梦娇慌忙奔过去,打算跳窗逃走,却发现那窗户也是钉死了的。

聂玉魁狞笑道:“跑呀,你以为能跑掉呀?我最恨过河拆桥、忘恩负义的小人。你以为你的局面打开了,红火了,用不着我了,是吗?”

赵梦娇说:“我真的感激你,但不想这样。”

聂玉魁吼道:“你不想,我却想,老子想你都想疯了!”

赵梦娇毕竟是演员,上戏校时学的就是刀马旦。劈腿下腰、舞枪弄棒是必备的基本功。比起真正练武的,肯定是花拳绣腿,但到了该出手时,却比平常人强出一截。当对方再次扑来时,她侧身就是一个狠命的踹蹬,那肥胖的身躯便朝后仰翻,四仰八叉地倒在地上。

但她已经无路可逃,只有绝望,屈辱的泪水夺眶而出。

戏剧性的一幕自天而降,紧闭的窗户被踹飞了。窗玻璃的破碎声伴着胖女人的尖叫声,形成声势慑人的混响。

紧接着,一道身影很矫健地越窗而入,又一声怒吼,那条长腿便猛踹过去,把个聂玉魁疼得失声号叫。当他看清不速之客是个外国人时,惊愕得连号也不会号了。

这时候,胖女人把门锁打开了,聂玉魁就要朝外溜,却被老外一把揪住。

“不能走,我要报警,让警察抓你这坏蛋。”

被吓蒙的聂玉魁这时候灵性过来了,便对赵梦娇威胁道:“你本事不小,竟然跟老外勾搭上了!要报警?行行行,大不了,我这个会长不干了。可你却完了,名誉扫地,你可是名人呀!”

赵梦娇猛扑过去,抱住了威尔逊,一边朝聂玉魁大叫道:“滚,快滚吧!”聂玉魁趁着这茬口,才脱身逃之夭夭。

威尔逊很不理解地摊摊手说:“为什么不能报警?坏家伙就应该抓。总统干坏事,也照样抓。”

赵梦娇叫道:“影响,会造成坏影响,对我不利。人活脸,树活皮,你懂吗?”

威尔逊能找到这里来,赵梦娇怎么也想不到。威尔逊告诉她,他刚刚由省城来,下了车正往剧团走,却突然发现了她。还没赶到跟前,就发现那个肥矮男人把她硬往车上拉,便感到不对头,想到了“劫匪”与“绑架”,便毫不犹豫地拦了辆出租车尾随而来。果然,赵老师险遭不测,还多亏他及时赶得。

# 第二十九章

赵梦娇的胃病又犯了，这是在剧团到处奔走、饥饱无定落下的职业病。加上更为折磨人的心病，她真的倒下了。

一个星期的时间好不容易挨了过去。人在心情忧郁的状况下，时间却偏偏很纠缠地慢行，真像一场令人生厌却总在淋淋沥沥的连阴雨。这期间，可怕的妖魔居然没来纠缠，但白玉儿也没来，黄爱仁去省上参加一个干部理论培训班。剧团支书老明和陶娜等几个徒弟倒是来过。但现在她最不敢面对的就是同事们关心和询问的目光。令她非常思念也非常怨恨的却是宇文骚，不知什么原因，他居然杳无音讯。

对付烦恼，也许睡眠是可以缓解的良药，人在睡眠的过程中才可暂时将现实逃避。然而，她偏偏睡眠不好，还不时做着噩梦。记得最清楚的是那个神话般的梦，她与宇文骚在只有他两人的大海边欢乐地嬉浪逐波，猛回头，却发现黄爱仁不知什么时候站在沙滩上，满眼妒火地盯着看，那手叉腰胯的凶样儿，一扫往日的斯文，那是一副要与宇文骚决斗的样子。她担心两个男人会动手打架的时候，一条大鳄鱼突然蹿出来，径直朝她冲过来。她惊惧万分，心想拼命逃走，浑身却不能动弹，她想大喊"救命"，却喊不出声。最可怕的是，危急时刻，两个男人都不见了踪影，却只见大鳄鱼张大了血盆大口。她吓得要昏过去了，大鳄鱼却在哈哈大笑中变成了人形，不是别人，正是聂玉魁。梦是心头想，她当然能解开这个谜，在她最需要保护的危急关头，那两个所喜欢的男人，是靠不住或是无法依靠的。

心绪正苦的时候，一个最熟悉的身影出现了，不是别人，正是宇文骚。

"阿姐——!"宇文骚大张怀抱，激动不已，那架势，好像俩人久违了一个世纪。

赵梦娇大喜过望，尖叫着，毫不迟疑地扑进对方怀抱。

"阿姐，想死我了。"宇文骚将她紧紧地搂抱着，语言发颤，浑身的血也好像猛烈燃烧。

赵梦娇却哭了，很委屈，泪水涌泉般地流出眼眶，将宇文骚的前胸都打湿了。

"阿姐,你是怎么啦?"

赵梦娇却捂着脸,坐在床边放声哭了。

"阿姐,到底发生什么事啦?"

对于赵梦娇的表现,宇文骚当然心知肚明。面对赵梦娇的反应,宇文骚进一步证实了他那不忍又无奈的判断:聂玉魁再次得手了。一个男人自私的、本能的羞辱和嫉妒很自然地涌上心头,他的心中又一次爆发着冲天的妒火。"得寸进尺的狗东西!"宇文骚在心里恨恨地骂道。原以为,有了那么个一夜情,聂玉魁也该知足了。谁料想,他狗贼竟然贪得无厌。他恨不能立刻去找那个恶棍算账,他会一拳把他打倒,再在他的身体上猛踹十几脚。即使那样,都不能解恨。

但很快地,这种情绪就烟消云散。能怨谁恨谁呢?这个狼是他招引的,幕后的交易是两相情愿的。如此想,他的心中更不好受,因为他此时才真正意识到:这个女人是真心爱他的,他也爱着这个女人,而自己却像赠礼物似的将她赠送给另一个男人。

"狗东西,真无耻,无耻——!"

宇文骚歇斯底里地狂叫一声,是骂聂玉魁,更是骂自己。

但宇文骚毕竟是一个自认为要干大事的人,干大事的人哪会舍不了男女私情呢。何况,他与她只是一对不可能长久的野鸳鸯,迟早都有分手的那一天。长痛不如短痛,不如痛下决心,就此了断。

但是,赵梦娇却感动了,她也坚信不疑,他是可以信赖的,有他的坚强的肩膀和坚硬的拳头,任何坏蛋她都不惧。但是,她也非常明白,宇文骚已经离开了公安局,已经是开弓离弦的箭,难以回头了。一旦与顶头上司聂玉魁公开对抗,将对他非常不利。

"你真的爱我吗?"赵梦娇深情地问。

"爱!"回答的声音挺坚定。

"是吗?我可以相信。但我现在问你,假如为了我,需要你付出很大牺牲,你愿意吗?能做到吗?"

"牺牲?当……当……当然,但是,问题有那么严重吗?"

宇文骚已经明显地显示出怯懦和迟疑,但是,已完全相信了他的赵梦娇却根本没在意,只顾将她与他远走新疆的打算全盘托出。最后,还安慰他说:"请放心,戏校的那几个同学一直希望我到那边发展。而且,她几个混得很好,已经是当地的名演员,完全靠得住。其中一个同学的老公就当着公安局长,完全可以将你聘用。据同学说,那边毕竟是边疆地区,各方面人才都较内地短缺。依你这本科学历,这身本事,又这么年轻,不但会站住脚,还比在这里发展的机会多。”

赵梦娇鼓足勇气说完这番话,就满含期待地看着对方,但是,对方的反应却是低头沉默,良久无语,这不禁令她心头发冷。

果然,宇文骚反问道:“我就不明白你为什么要这样想?你的剧团刚刚有起色,你也唱得很红,上下都是喝彩声。为一点小麻烦就轻易放弃,这未免有悖情理了吧?”

赵梦娇大失所望,但对方既然这样问,就非得说个究竟了:“你想问我为什么这样做,对吧?那我就告诉你,借你的光,我认识了聂玉魁,但他是个衣冠禽兽。他想毁了我。我走投无路了,只好出此下策。”

宇文骚装着很耻辱的样子叫道:“果然是他!”接下来的话语就毫无气力了:“也是的,也难怪……”嗫嚅了半天,却倒埋怨起来:“怎么搞的嘛,我走了才几天,你就和他搞成这样?”

“你在怀疑我,竟然说出这种话!”

宇文骚咆哮道:“我当然要说,我不敢想象也不能容忍我的女人被另一个男人糟蹋,我的心在流血。”说的倒也是心里话,就这样将一个爱着自己的好女人拱手送人,不心疼才怪。

赵梦娇的心里委屈极了,她寻求慰抚的时候,心爱的人却给了她更加无情的伤害。她觉得自己跟聂玉魁的事,是很难跟他说清的,这让她的心中有刀割般的痛苦。

宇文骚长叹一声,用一种平静又坚定的语气说话了:“阿姐,原谅我的粗鲁。我也许比你更痛苦,因为爱,所以恨,恨得不可饶恕。其实我也想开了,如今的社会风气,不论女演员,还是女下属,被上司潜规则已屡见不鲜。要想出人头地,要想摆脱窘境,不付出代价怎么行!你虽然付出了代价,却也得到回报,你和你的剧团不就红火了吗?”

听着如此言语,赵梦娇的手脚都冰凉了,果然果然,宇文骚是李甲式的无情无义又无耻之辈。

“你无耻——!”

“我无奈!”

“咱俩到此结束吧,我同情你理解你,但我不能再跟你在一起了。”这个分手的绝情话,不知推敲了多少回,现在终于说出了口,他可以向聂玉魁有个交代了。

宇文骚头也不回往外走,身后传来女人更加凄厉的哭声,哭声像根绳子,又把他拴住了。毕竟,他也真的喜欢她。起码,她一次次满足了他青春的雄性欲望，是她帮助他成为一个性别意义上的真男人。

宇文骚忽然悲心大发，猛回头朝赵梦娇凄声叫道：“阿姐，我忘不了你，我爱你，到下辈子吧——！”

赵梦娇顿觉眼前一黑，天旋地转地一阵眩晕，她拼命地扶住墙，才没让自己倒下去。料想不到，她和宇文骚的恩恩爱爱就这样一刀两断，而挥刀者正是她曾经爱得不顾死活的宇文骚。她曾经认为自己是可以征服和占有青春帅哥的魅力女人，并为此感到得意。而现在的事实是，她在最需要温暖需要抚慰的时候，最心爱的人却残酷无情地将她抛弃，弃得一钱不值，就像一堆破烂的垃圾。

# 第三十章

赵梦娇现在非常崩溃，聂玉魁凶相毕露肆无忌惮；宇文骚在她最需要保护的危难关头弃她而去。被伪君子玩弄的耻辱和委屈，被毒蛇缠住的恐惧与无助，冰一般瘆着她，火一般烤着她，山一般压着她，令她非常痛苦。老是躲在家里，也不是办法。虽然暂时由陶娜顶上了主角，保证了剧团的正常演出，但是陶娜到底是替补，时间一长，能不露马脚吗？

如果再能见到宇文骚，她相信自己可以挥刀相向，把他剁为肉泥。她在舞台上曾经扮演过那个被负心郎无情抛弃的杜十娘，现在想来，表演何其虚假。如果让她再演一次，她敢保证能使自己泪如雨下，也能感动得观众泪雨滂沱。命运何其苦，竟然就让她这个演员真实地误入了舞台上的那种人生悲剧。

自从上次聂玉魁把她弄到"野味香"，三天时间又过去了，赵梦娇却觉得像是过了三年，好难熬。聂玉魁夜里来过一次，由于灯黑着，在门外闹腾一阵子走了。然后她就怕得要命，屋外有点风吹草动，她就吓得浑身发抖，连大气也不敢出。

怎么办呢？出去旅游一些天，这样可以躲躲锋芒。但赵梦娇不想这样做，心情不悦，再好的风景也入不了眼；再说，既然有狼盯上你，躲过了这道沟，躲得过那道梁吗？要不去找医院的熟人，就在那里真的住院。那里人多眼杂，聂玉魁总不敢到那里去纠缠吧？但万一聂玉魁找去怎么办？那样做反而更会惹得众人注目，起码剧团的同事会纷纷去看望她，还会派来陪院的。她现在最顾忌的就是舆论。一个明星式的女人，最容易招来社会聚焦，何况她现在真的是鬼魅缠身。哪怕舆论同情她捍卫她，也会瓜前李下，枝枝蔓蔓，将她的名誉毁掉的。看来，这种办法也不行……

赵梦娇至少想到了两三种逃避的办法，却又被她一一否定。难道，自己就该成为强盗的老婆，或者沦为恶魔的"二奶"，而无法逃脱吗？

赵梦娇哭也哭不出来了，只是疯狂地抽着烟。而这哪叫吸烟，一支长长的"小蜜蜂"，只不过胡乱地吸燃半截，就被她凶狠地摁在了烟灰缸里。

很漂亮的水晶般明亮的玻璃烟灰缸,已被横七竖八的烟蒂弄得很丑陋。其实,她真的不吸烟,这个烟灰缸也是为招呼来客才买下的,一个演员,保护嗓子比什么都重要。她也偏激地认为,优雅的年轻女人是不会吸烟的,除了旧社会殷富人家的阔太太,吸烟的年轻女人多半是夜总会的坐台小姐或是舞女。但她此刻却与这不雅而肮脏的东西为伍了,这也许是她此刻发泄压抑与痛苦的唯一通道。再说,保护嗓子,唱好戏又能怎么着?要不是当演员,怎么能成公众人物,又怎能招惹来害人的禽兽呢?

她现在想到了这样的一种说法:苍蝇不叮无缝的蛋。便为自己初会聂玉魁时的轻佻表现深深懊悔。男女授受不亲,这是自古到今的道德原则。男女有别,中间隔着一层厚厚的纸。即便相互钟情,两情相悦,彼此的心中都擦出了火花,但只要没有捅破纸的机会,这种火花也就随后消失,爱恋的缘分也就擦肩而过。是美女总会撩动男人的心,何况是她这样才色都出众的美女。正派的男人会将惊艳理智为欣赏,甚至会化为友谊和帮助。即使有爱意,也不会强人所难,更不会肆意妄为。但是,有钱有势的非分之徒却会打歪主意,并会不择手段地占为己有。但是,只要你保持庄严和距离,自尊自重,没有丝毫的轻佻浮浪和矫情作态,坏蛋即是垂涎三尺,却也不敢轻举妄动,也只能将非分的色心压抑收敛。也就是说,你不给他戳破这张纸的任何机会,纵使他色胆包天也无从下手。她现在很是悔恨,悔恨自己那种逢场作戏、虚情假意的交际花做派。这种做派是美女才女可以从容周旋于男权世界的特效之法。但她从不认为自己是个利用美色欺骗异性的坏女人,她应该属于清高冷艳的女人。但作为剧团的领导,在经营困境的挣扎中,她就不得不交际花似的抛头露面,其本意也是运用自身魅力嘲弄那些好色之徒,为她的剧团赢得一线生机。她觉得自己就是条美人鱼,总会在适当的时候靠近钓者,尽情显露。当垂钓的猎食者垂涎三尺并欲张网捕捉时,这鱼儿却一头潜入深水,了无踪影。她曾苦笑着将这种做派叫作"游鱼战术"。但是很不幸,这一回太没警觉,竟接受了实为诱饵的所谓帮助,欠下了无法偿还的人情。美人鱼钻进了网,就让她陷入理亏义短、完全被动的无奈境地,甚至还有越陷越深的危险。悔不该与聂玉魁初次见面时又是喝交杯酒,又是登台唱和,显得轻佻浮浪,这就足以挑逗起他的非分之心,就给了他戳破这张纸的机会。因此说,这场本不该发生的烦恼和灾祸,是由自己造成的引火烧身,是因果报应式的咎由自取。

赵梦娇忽然对黄爱仁有了愧疚。要说真正帮助她的人,就是黄爱仁。没有黄爱仁的帮助,她就不可能调进剧团,也不可能进省戏校深造。非亲非故的黄爱仁为什么如此帮她，那还不是因为心中有爱。那种爱绝不单单如他所言，是爱惜人才，那也应是男女之爱呀。虽然没有说出口，她岂能看不出来。她也曾把自己与黄爱仁相爱的可能性仔细推敲过。但推敲的结果却是否定的。黄爱仁相貌平平，不俊也不帅，虽然有才华有成就，却不是她所期望的白马王子。她最后之于黄爱仁的感情定性就是敬重而非爱情。在历时十余载的亲密交往中，她与他只有朋友关系，甚至是实为索取的利用关系。她没有给过他任何爱情的表示，更谈不上戳破那层纸的任何机会。但是，黄爱仁依然无怨无悔地在帮助她，直到《江姐》这台戏的剧本改编。只要她有诉求，黄爱仁都会毫不犹豫地答应下来并鼎力相助。她现在可以断定：黄爱仁始终把她当仙女一样来尊敬来爱慕，只是将爱深深藏于心，而绝不忍心强加妄为，也不会施恩求报，自己却甘愿付出甘愿牺牲，更甘愿让自己悄悄承受感情的残酷折磨。

赵梦娇不由又想到了宇文骚。这个英俊的青年，论形象，确实是她所期待的那种类型。因此，仅仅一次偶然的相遇相识，就立即赢得了她的芳心并且坠入爱河。之于对她有大恩的黄爱仁，这公平吗？当然不公平。扪心责问良心，是她亏欠了真正的拳拳君子黄爱仁，却误把芳心交给蛇蝎心肠的伪君子。她现在的心中有个理性的痛苦嘶鸣：为了德，为了义，为了良心，即使她并不爱黄爱仁，也要由自己去撕破这张纸，然后心甘情愿地向他投怀送抱。哪怕只有一次，良心债也算偿还了。否则，她就是世上最无耻、最冷血的坏女人！

赵梦娇陷在无奈的痛苦中不能自拔，她忽然想到了安眠药。她决计去搞安眠药。她要服了它死睡几天几夜，那样的话，她的痛苦也就解脱了。如果永远睡去，她的痛苦也就永远解脱了，就真的脱离了红尘中的一切肮脏与不幸。

敲门声再次响起来，小京巴狗也“汪汪”乱叫，心惊肉跳之中，她听到的是一种熟悉的亲切的声音，那是黄爱仁。

赵梦娇顿时有一种绝处逢生的意外惊喜，急忙对镜整理了一下蓬乱的头发和不整的衣服，才姗姗地开了门。黄爱仁手里提了一个印有超市字样的大塑料袋，鼓鼓囊囊的，嘴里也是实实在在的询问：“听说你病了，医院没找着，就找到你家里了。”

赵梦娇忽然想哭，尽管在努力控制还是潸然泪下，言语也哽不成声。她此刻有一种冲动，真想扑在黄爱仁怀里，痛哭一场，然后把心里的委屈向他诉说。但是理智告诉她，她不能这样做。在黄爱仁面前，她没有这个资格。

黄爱仁不安地说:“到底怎么啦? 有病咱就看病,不要怕,天塌不下来,大家都在关心着你。”

唏嘘半天,赵梦娇才勉强地挤出笑意来。

“你看我这样子,很丑吧?”

“不丑,你怎么会丑,浓妆淡抹都相宜,你是大家心目中的女神!”

赵梦娇的心中又是一阵酸楚,一股亲昵感也喷涌而出,她突然觉得黄爱仁就像是自己的兄长。不是吗? 岁月漫漫,黄爱仁始终这样疼着自己,护着自己,无怨无悔,不离不弃。

赵梦娇的思绪回到了十多年前。

那时候的赵梦娇,还是阳河煤矿工会的宣传干事,同时兼职职工培训学校的音乐教师,职责就是为职工教唱革命歌曲,以营造浓厚的政治氛围,活跃职工的文化生活。赵梦娇人漂亮,多才多艺,能歌善舞,酷爱秦腔戏,还能提笔搞小剧本的创作。

当时的黄爱仁,在凤凰市文联主办的《凤凰文艺》杂志当主编,就发现了赵梦娇这个文艺人才并竭力栽培。

那是一个苹果飘香的中秋节,由赵梦娇创作,经黄爱仁精心修改的眉户小剧《夫妻送水》由《凤凰文艺》发表,并由阳河煤矿的工人业余演出队排练演出,说的是矿工井下开展生产大会战,矿工家属送茶水到井口支援生产的事。内容紧贴矿山生活,剧情生动有趣,戏词也写得好,又由赵梦娇担任主演,就在职工群众中激起很大反响。又经黄爱仁鼎力推荐参加了全市文艺会演,并夺得了第一名,赵梦娇与黄爱仁友谊的蜜月也由此开始。

在黄爱仁的督促与支持下,赵梦娇的创作异常勤奋,并不断有新作在《凤凰文艺》发表,便使得赵梦娇在全市小有名气。瞄准一个机会,黄爱仁帮助赵梦娇调进了市秦剧团。再抓住一次机会,又由黄爱仁帮助着,赵梦娇如愿以偿地被推荐到省戏校脱产进修了两年。赵梦娇出身矿工之家,又工作在煤矿,在市上的人事圈两眼一抹黑,全凭黄爱仁的满腔热情和竭尽帮助步步攀升。毋庸置疑,在这两个至关重要的命运变迁中,黄爱仁起到了关键性的作用。

在改变人生命运的过程中,赵梦娇对黄爱仁表现出了异乎寻常的依赖甚至是依恋,她将黄爱仁当作最敬爱最亲近最信赖的人。在餐馆吃饭时,她可以不避众目地与黄爱仁紧紧偎依;哪怕坐在对面,她也认为那是生分。她与黄爱仁的交谈可以知无不言,言无不尽,缠绵悱恻,推心置腹。她与黄爱仁似乎一日不见,如隔三秋,煎熬痛苦。她甚至在黄爱仁忙于创作无暇顾及她时，堵在街头当面逼问“你我之间到底是什么关系?”那时刻的她，对这个男人表现出的，已经是赤裸裸火辣辣的爱情。然而，黄爱仁却显得相对矜持甚至还有点漫不经心，这曾使她感到非常失望和伤心。尽管他的解释是正在忙于一部书的写作，无暇他顾，她也似乎可以理解和原谅。但是，他们走向爱情的珍贵机遇却由此失之交臂。

后来，黄爱仁的那部散文集出版了并获得文坛美誉。但是，赵梦娇对他的关注度和依恋度却已悄然降温，她的眼光已经瞄向了那些真正有权有势的官场男人。有什么办法，想不通也得接受呀，社会本来就是存在等级甚至是存在阶级性的。一个人活在其间，就不得不受其影响。环境可以改变一个人的生活，也可以改变一个人的审美情趣和评判标准，当然也可以改变爱情。爱情本来就不是单纯的性与情，它就是根植于世俗土壤中的世俗之花。

经过戏校进修的赵梦娇已是科班在列，身价倍增，就受到秦剧团领导的重视，就当作青年新秀重点培养。她迅速唱红，不仅有观众的喝彩，更是得到各级领导的追捧和亲近，什么“才女”呀，“艺术女神”呀，绚丽的光环赞美的口水，早将初染富贵的赵梦娇弄得飘飘然。

赵梦娇毕竟是出身社会底层的小家碧玉，一旦攀进五光十色的上等人圈，惊奇得连瞳孔都放大了。这时候她才忽然发现，当初她心目中的卓越非凡的黄爱仁，与那些有权有势的县处级、地厅级领导相比，只不过是个微不足道的小角色。便立即卸磨杀驴，过河拆桥，将自己曾经非常依赖的黄爱仁，以迅速冷漠和远避的态度一脚踢开。

触发点是在一次下矿慰问演出后的晚宴上，赵梦娇非常殷勤非常亲昵地向她的顶头上司、文化局的马副局长用筷子夹菜，同时对那个男人说着很亲昵的话，却将坐在一旁的黄爱仁视作无物，这就使黄爱仁感到不可接受。就在无比愤懑的情绪中，他向她写了一封长达数千字的信。这封信向她强烈明示的是他在改变她命运过程中的关键性作用，更是表达出了爱情的诉求。当然，黄爱仁的表述中有一个关键点，他解释了他当初为什么对她的爱慕采取冷处理，不就因为她已经有丈夫有家庭，他不能做可耻的第三者。但现在，她的那个男人车祸而亡，自己才可以大胆地喊声“我爱你”。

但是，赵梦娇的回答却令黄爱仁更加失望更加伤心。赵梦娇说：“怪不得你如此帮我，原来是图谋不轨呀！”又感叹说：“这世上，真是没有无缘无故的爱呀！”黄爱仁则一针见血地指斥道：“明明是你示爱在先啊?你曾那样毫不避人地与我紧紧偎依，你曾逼问咱俩是什么关系，怎么就说我图谋不轨?”赵梦娇却几近无赖地辩解道:“我承认,确实曾经对你很依赖,但那不等于我爱你,你在我心目中只是兄长和老师。咱俩之间只是朋友关系。”

当然,赵梦娇的心中也非常清楚,和黄爱仁的关系发展成畸形的婚外恋,她有推卸不了的责任,她是这场情感伤害的制造者。对于一个没有任何后台又有上进心虚荣心的女人,她还能采取什么办法?她只有以虚假的感情游戏,欺骗她用得着的男人。当对方坠入情网时,就像个被控制了意志的傀儡,可以为她倾心竭力地做一切事。达到了自己的目的,或者对方欲得到她时,她却掉头游去,潜入深水,再不露面。

伤害了对方,却将责任推卸给他,自己俨然像是受害者或者是遭遇非分企图的羸弱猎物。按照中国社会传统的道德评判标准,公众舆论一般都会将憎恶的口水吐给相对强势的男人。身为剧作家的黄爱仁,对此当然明白,只有暗吃哑巴亏,咬碎了大牙自己肚里咽。起先的怨恨是非常强烈的,渐而渐之,黄爱仁对赵梦娇的爱与憎都渐渐淡化了。爱情最起码的条件是彼此欣赏,两情相悦。既然对方不再欣赏和悦意,又岂能强人所难。这是作为知识分子很理性的情绪管理。他用道德标准和法理原则将不良情感稀释了,化解了。

剧作家与演员之间有一种职业的本能契合。因为彼此都有一种共同的利益叫事业。虽然,之于理性而显大度的黄爱仁,爱恋的情感表面上结束,但事业上的合作依然存在。这就使得他俩之间的联系依然若即若离。毕竟,他与她曾经擦出过真爱的火花,岂能完全断绝,那种情爱的残余也似乎心照不宣地、藕断丝连地存在着。似乎,他与她那种婚外之恋,就像那尊断臂的维纳斯女神,不可能完美地断臂复原,却可以完美呈现缺憾之美、伤痛之美、苦恋之美。似乎,因为这种特殊的因素,他给予她的支持比以往更得力也更趋成熟稳健。譬如正在演出的新编秦腔音乐剧《江姐》吧,没有黄爱仁在剧本改编上的鼎力合作,赵梦娇岂能如此成功。

但是对赵梦娇来说,她没有将感恩之心抛向真正助她成功的幕后功臣黄爱仁,却献给了只做表面文章实则包藏祸心的聂玉魁。原因其实很简单,黄爱仁的帮助得力却不善表功,聂玉魁的所谓帮助次要却善于表现。黄爱仁智商很高,但缺乏情商;聂玉魁也许智商不高,却极富情商,这就容易抓住猎物的心,这也应是痴情者失败骗情者成功的原因。

孔子教诲世人“吾日三省吾身”,但事实上,世人能有几人会常常反省自己呢?圣人毕竟是圣人,俗人到底是俗人,而且俗人占到人类的绝大部分。人的幸福感是用不幸福的境遇对比出的,好人的恩德也是用坏人的劣迹对比出来的；感恩心与愧疚心也一样，是在真正遭遇假恩德的不幸伤害时才可以对比出产生出的。

赵梦娇到了此刻才如梦方醒，黄爱仁才是执着地珍惜着自己，才是真正可亲可敬的人。感恩心、亲切感、愧疚感、自责感，诸多很复杂的情感缠扭在心头，令她不知所措，令她无地自容。赵梦娇又想到黄爱仁还主动到省里上市里为她联系演出，帮她打开了那么好的局面，这足以证明他的真诚啊。如此看来，黄爱仁并没有计较她的感情伤害，而是宽宏大度地谅解了她。这的确令她非常感动也非常愧疚。

"哥——"到底亲切感占了上风，赵梦娇用深情的感恩的目光看着他，自喉咙里冒出了这个字眼。

"你叫我什么？"

"哥，我叫你哥，我喜欢你，你才是我最亲的人，最爱的人！"赵梦娇很勇敢很坚决地承认了自己的情感。

黄爱仁脸一热，不好意思地低下头去，嘴里想说些什么，却怎么也翻不出合适的词儿。心头却是异样的燥热，那是浓烈的幸福感。但是很快地，那些曾令他非常痛苦也非常怨恨的记忆蹿上了心头，她不是已向他挥刀断情了吗？那么，她现在又是怎么啦？难道是幡然悔悟、重归旧情吗？要不然，就是出于某种需要，故技重演，想再次利用他做什么事吗？

黄爱仁实在找不出解答，忽然觉得眼前的这个漂亮女人，内心要比脸蛋复杂多了，实在难以读懂。

"你不接受吗？多少年了，你这样真心诚意地帮着我，为我付出了那么多。我叫你一声哥，还不应该吗？不管你答应不答应，你这个哥，我认定了！我要与你永远相伴，牵手白头！"赵梦娇的语气亲切而坚定，眼睛中闪着深情的光芒。

黄爱仁眼睛突然发亮，与对方目光相撞的瞬间，闪出了绚烂的火花。心脏猛烈地跳动起来，就如大潮涌起，激浪翻腾。

这句贴肝入肺的话，黄爱仁苦苦地等了十几年。

他不得不承认，不管赵梦娇如何变化，他始终没有放下她。他也想努力地忘掉她，却怎么也做不到。他相信她也爱恋着自己，她曾经有过的爱的表示是发自内心的，而绝不是虚假的表演。至于那种看似过河拆桥的小人行径，也只是担心婚外恋的恶劣后果，还有出于对自己善意保护的本心。也正因为他如此理解，才有了对她的谅解与宽容。若要放在当初，面对心上人如此真切的表白，他会把她一把揽入怀中。但现在，他对她的激情似乎减退了，他的理性已远远大于欲望。他明白，他与她的恋情继续下去,不会有任何好结果,而只会给彼此造成更残酷的伤害。因为,经人介绍,他已经有了对象。这个女人的条件与赵梦娇天差地别,还带着个七岁大的男孩。但是人朴实善良,也是因为不忍前夫的流氓家暴而离异,是个不幸的弱者。他怎么可以在已经计划结婚的时候再次伤害于她。君子一言,驷马难追。他不敢说自己是个拳拳君子,却也是个写戏立言、高台教化的剧作家,怎能出尔反尔、言而无信呢?而此刻,当他第一次面对赵梦娇最动人最真实的表白,感到的只会是强烈的遗憾与痛苦。这个美丽的才女,毕竟是令他痴迷经年的梦中情人啊。

"晚了,晚了,爱神啊,你怎么就晚了一步,就如此残酷,如此无情——"黄爱仁的心中痛苦地呻吟着。他的眼中潸然泪下,深深地埋下头去,将对方那火辣辣的目光躲开了。

"你哭了?"

"哦,没什么……"

老半天,黄爱仁才嗫嚅道:"好,我认你这个妹子,其实,我心中一直把你当……"他有点哽咽,说不下去。

"当什么?"赵梦娇不依不饶地追问道。

"当……"

"到底当什么?你今天非得说出来!"

"当……当……秦腔女神,才貌双全的艺术家。"

赵梦娇失望地长叹道:"这种奉承话我听得多了,不想又从你嘴里奉承出来。"

黄爱仁说:"其实,十多年前就有一句话想对你说,但我没勇气说出来!"

"为什么?"

"我怕我没有资格,我确实也没有资格,因为你当时已经成家。"

"你是想说我喜欢你,或者干脆说,我爱你,而且,要娶你,对吧?"

"对,就是这种话!"

"你说不出来,却默默地用行动来说话。就那样默默地帮我,助我,为我做了那么多事,而且是改变我命运的事?"

"对,我是这样想的,做的。"

"但是,我对你什么也没有做,麻木冷漠,心安理得。我没有表现出相对称的回应,甚至在你用书信表白爱意时,被我无情地拒绝和嘲弄,这是什么行为?这是忘恩负义,这是过河拆桥,是卑鄙小人的勾当。面对这一切,你难道不恨不怨吗?"

“怨过，也恨过。但我后来一再换位思考，就想通了就不再怨恨。我想，爱一个人是自己的权利，而对方不爱你拒绝你也是她的权利。爱不需要理由，也不可勉强。只要心中有爱，就足矣。我觉得，你能接受我的所谓帮助就非常欣慰了。其实，我看得出，你对别人多是应酬，但面对我时，却完全是纯真的。要不然，咱们间就不会有成功的合作，你确实将我当成了自己人，仅凭这一点，就知足了。”

“可是，你是个男人啊，既然心仪一个女子，难道，难道就没有爱的勇气？”

“有，有过！甚至在梦里，已经爱过了！”黄爱仁显得勇敢起来，“但是，回到现实，我不能朝低级趣味上去追求。你在我的心目中，是出水的白莲，只可欣赏不可亵渎，只可呵护不可损坏。再说，男女之情，庄严神圣，岂能轻薄，对你对我都得负责呀！”

赵梦娇怪笑起来，笑声挺恐怖，然后用尖锐的嘲讽的，也是极度失望的口气说道：“尊敬的黄局长黄老师，你终于说出了心里话，这就是你帮我助我的原因了，是吗？你是可敬的真君子，你比戏中的君子还君子，是吗？你把男女之情看作低级趣味，看作肮脏下流，是吗？那么，当我告诉你我已与别的男人上床了，下流了，你还当我是出水白莲吗？”

“不要胡说，不要自我糟践！”

“那你为什么不敢答应？你难道不在乎我的表白吗？”

“我没有资格了，我就要结婚了……”

这句话似晴天霹雳，惊得赵梦娇瞠目结舌。片刻的痴呆后，她疯狂地吼叫起来：

“你走吧——！”

书呆子就是书呆子，黄爱仁离开的时候，还不忘另外一件事，说：“我为你又写了一折短戏，我觉得很满意，为你量身打造的。”说罢就自衣兜里掏出了打印好的戏文来。

赵梦娇却抓过来一把摔在了门外，一边猛推着黄爱仁往前撞，吼叫声更加尖锐：“你滚吧，永远别见面，我也再不唱戏了——！”

黄爱仁被赵梦娇推出门外，门砰的一声关上了。猛烈的关门声像引爆了炸弹，把黄爱仁的一颗心炸得粉碎。这时候他才最清楚地意识到，他生命中最宝贵的东西永远失去了。五脏六腑都在流血啊，压抑十几年的情潮决堤般地爆发出来了。他回过身猛扑在门上，拍打着，大叫着：“我错了，我错了，我没说真心话，我爱你，我爱你呀——！”黄爱仁哭了，叫声和着热泪，把周围的空气都感染得一起哭泣。

赵梦娇当然听见了，黄爱仁说出无情话的那一刻，她的心骤然碎了；但听到这个斯文男人发自肺腑的哭叫声，那颗破碎的心又不禁倏然复原，毕竟，这是长久期待的真情表露。她要上前开门，把他重新迎回来，夺回来，她要用一个女人全部的温柔与爱意，为他，也为自己抚平伤口。

# 第三十一章

门开了，出现的却是另一个女人，这使黄爱仁吃惊不小，顿时声泪俱收地噎住了。这女人厉声呵斥道："闹什么闹，故意叫外面听见吗？败坏我姐名誉吗？亏你还是领导干部呢！滚——"

黄爱仁只好乖乖儿滚了，却是失魂落魄地颠撞出去。

眼见赵梦娇还在一旁唏嘘，白玉儿说道："姐呀，这样的臭男人，值得你为他伤心？虚伪吧唧的。自己有老婆了，却吃着碗里瞅着锅里。心里风流，却一个爱字不敢出口。依我看，整个一闷骚！"

老半天工夫，赵梦娇才算平静下来。这才埋怨道："你这么横插一杠，恐怕真害了你姐！"

"好游家不怕水滥，真情人不怕考验，怕啥呢？"

"你怎么学得贼一样，什么时候溜进来的？"

白玉儿撒娇地笑道："这叫神出鬼没，要不然，妹子咋会知道你的秘密哩！真想不到，稳厚端庄的淑女呀，竟然也这么浪漫！"

赵梦娇说："死丫头，不许胡说，难道你没听出来，姐与他几十年了，却什么事情也没有。"

"所以，才把你苦成这样？"

"死丫头！"

"还死丫头，都四十出头了。"

"你长多大都是死丫头，猴儿气一点改不了。"然后又正色说道："不许那样刻薄他。人不可貌相，他才真是个拳拳君子，在这个红尘俗世真是难得。你想，他诚心诚意帮我十几年，假如虚伪，岂能长久；如果没有他，就不会有我的今天。咱做人，不能忘恩负义，要有良心。"

白玉儿诡笑道："什么良心，应该是情心，可以叫人要死要活的情——心——！"

赵梦娇说："死丫头，姐姐心里苦得很，你还拿我取笑。"

白玉儿说："苦什么苦，爱他就爱吧。男女之间，不就那么点事吗，哪来得那么麻缠!”

赵梦娇叹气说:“我原以为并不爱他,现在却发现心中真有他。可是,现在晚了,人家现在已有对象了!”

白玉儿故作感叹地说:“耽误了吧,后悔了吧,可惜了吧!”

赵梦娇哀叹道:“只能等下辈子了,我只能愧对他,没法报答他了!”

白玉儿叫道:“你相信人有下辈子?扯淡!既然爱,就追回来,来得及。”

赵梦娇说:“咱能当破坏人家家庭的第三者?道德吗?那也是害他!”

白玉儿便啧声连连地怪笑道:“明朝的道德,清朝的规矩,真是感人,也真难为了你们这对。十几年交情,关系才发展到这一步,中国式的古典朦胧爱,可以申报吉尼斯世界纪录了!”

赵梦娇说:“请你住嘴,你嫌你姐死得慢吧,我都想喝安眠药了!”

白玉儿说:“姐,你不是还有个小白脸哩?倒是帅得很。黏着呢还是拜拜了呢?我再问你,小白脸是不是叫宇文骚?”

“还提他干什么?死了,死了——!”

“姐,我今天来,就是要给你提个醒。也许你只知小白脸伤了你的情,却不知更可耻的伤害哩!这个小白脸看上去人模狗样,实际就是一个鬼,披着画皮的厉鬼。你说,是不是他把你献给聂玉魁了?”

赵梦娇说:“不许胡说,他只是薄情,但本质不见得坏!”

白玉儿银牙切撞地恨道:“姐,恕我出言不敬,你才是个大傻瓜,人家把你卖了,还替他数钱呢!我现在就告诉你一个秘密,让你惊醒过来。”

然后,白玉儿就说出了那个秘密:“你知道,我出于无奈,跟聂玉魁那老贼混得熟。老贼昨天请人喝酒,非要我去作陪。不成想老贼喝多了,不顾有人就乱伸咸猪手。我恼了,他就说出了一句话:‘你不听话,就炒你鱿鱼。我跟前妖精有的是。剧团的赵梦娇,比你更漂亮吧,还不是让我那个了。’我说‘我不信!’他就说‘宇文骚做证,他把赵梦娇献给我,给我当见面礼呢。’我问‘宇文骚又是谁’,他说‘是跟赵梦娇相好的那个小白脸’。他还说‘老子心知肚明,小白脸想在我这里混,使着美人计巴结咱呢’。”

赵梦娇惊叫道:“你胡说,我不信!”

白玉儿讥讽道:“要不然我说你傻!宇文骚想巴结着老贼发财哩,就投其所好,把你当成礼物送了。姐呀,你可是被奸人利用了!你如果还不明白,就回想一下,你是怎样认识聂玉魁的。不就是宇文骚‘野狐岭’巧设相思局,幸福汤大摆迷魂阵,将你转让给另一个坏蛋了,他两个就是一场肮脏交易,可惜你成了牺牲品!"

赵梦娇就想起了酒后聂玉魁赤条条睡在她身旁的情景,惨叫一声:"我全明白了,负心贼,我恨不得宰了他!"

白玉儿说:"明白了就好。就怕你学了那个白娘子,本来心里恨着,禁不住许官人儿滴虚伪泪,就心软了就护着他。要是让小青儿一剑杀死,就不至于害得她压进雷峰塔。"

赵梦娇哭泣道:"我被坏人算计了,没脸活了——!"

白玉儿想到表姐要喝安眠药的事,心里真的怕了,原来船头在这里歪着,怪不得呢。遭遇这样卑鄙的手段,再坚强的人也会崩溃。又想到自身的遭遇,新仇旧仇便一齐往外翻腾,咬牙切齿地说:"姐,你心里苦,又害怕,你不敢想象他往后会怎样纠缠你,对吗?但咱却不能干傻事,自个去死,太便宜他狗日的了。即使死,也要扯着他一块见阎王。要么还是那句话,以牙还牙,报复他,弄他个身败名裂!"

赵梦娇紧紧抓住白玉儿,哀求道:"妹子,你要帮帮我,我该怎么办?"

"报仇,狠狠地报仇!"

"报……仇?"

"对,不能逃避,更不要害怕,既然让魔鬼缠了身,就要学会跟魔鬼周旋。利用聂玉魁好色的弱点,要么逼他结婚,要么当他二奶,但目标必须明确,毁掉他的家庭,夺取他的财产,使他付出百倍千倍的代价!"

"这不是两败俱伤吗?他完了,我也毁了。再说他是什么人,那么容易对付吗?你把事情想简单了。"

"那你说怎么办?"

"只要能够制止他,让我解脱,就不追究了。"

"糊涂,你想制止,想解脱,有可能吗?亏你还在演江姐!你要像江姐那么有血性,还怕聂玉魁吗?"

"正因为这个原因,我才有顾虑。毁掉我是小,玷污了江姐是大。要是那样,我真成了糟蹋先烈的罪人了!"

"奇怪的想法。也罢,只怪我自作多情!"

白玉儿气冲冲地要走,却被赵梦娇一把拉住了。

白玉儿心想:也是的,我不把妖魔彻底打回原形,她咋能激出胆气呢。于是,便把聂玉魁因强奸女犯人被驱逐出公安局,如何破坏军婚霸占邢玉侠,如何敲诈勒索她的狼沟矿,如何高价推销雷管炸药,又如何胁迫自己成为情妇的丑恶事一股脑抖搂出来,却听得赵梦娇更加害怕。

白玉儿接着又很具体地把她的复仇计划重申了一遍:"既然他死缠不

放,说明他被你迷住了。怎么办?你就借坡下驴,逼他离婚。他如果做不到,也就没了纠缠你的借口。但依他的德行,是不可能放弃的。你因此只有逼他离婚,这样的话,你就算毁了他的家,就算成功了第一步。逼狗贼离了婚,那个邢玉侠就解脱了,她就可以跟他的未婚夫破镜重圆,你也算成全一件善事。同时,你必须控制他的钱袋子。这些年,聂玉魁不法经营,到处伸手,到手的赃钱少说也有几百万。一旦抓住了他的钱袋子,你就算大功告成,你就可以远走高飞了,甚至可以到国外定居,你的仇恨也就真的报了,也替妹子出了一口恶气。"

眼见表姐只是摇头,白玉儿显出一副"哀其不幸,怒其不争"的表情,长叹一声又说道:"这是其一。其二嘛,还有个办法。你现在的名气这么大,省上市上都高看你,这不是有利条件是什么?你只要找上面领导去告他,他狗贼不就完蛋了?再不然,我还有个记者朋友叫邹丽,一篇报道也能灭了他。不过这是下策,太便宜他狗日的了。"

赵梦娇叫道:"说得轻松,那是要证据的!"

"那你就实话实说。"

赵梦娇说:"不行不行,还是把我搭进去了。妹子,人活着,名节比什么都重要!"

白玉儿摇头苦笑道:"你是古典戏唱多了,满脑子封建。"

这时候,京巴狗又叫起来了,赵梦娇下意识地打个哆嗦,白玉儿笑道:"咋的啦,大白天也鬼上门。"上前把门开了,竟是一个外国人。

白玉儿正要询问,赵梦娇已经迎了过去,喜出望外地叫道:"是你呀,你怎么来了?快进屋。"

威尔逊来了,赵梦娇的心里既感动又温暖,充满了牢靠的安全感。

见白玉儿满脸狐疑,赵梦娇赶忙介绍说:"他是威尔逊,加拿大留学生。因为爱戏认识了我。"接着又把白玉儿做了介绍。

威尔逊说:"我是赵老师的粉丝,也是她的学生。"

白玉儿笑道:"我姐得了洋徒弟,还是个帅哥呢!"随即又是让座又是沏茶,心想我这表姐贼着哪,收的这个洋学生,比宇文骚还漂亮。

赵梦娇问道:"你怎么知道我住这里?"

威尔逊说:"苍蝇不叮无缝的蛋,有你这个美丽的蛋,我这苍蝇就能找着。"

白玉儿扑哧笑了,说:"你不是苍蝇,她也不是蛋。这话是贬义词,不能用。"

威尔逊问道:"我不管是什么,只要能找到赵老师,就行。"

听着他词不达意的洋味普通话，看着他耸肩摊手的滑稽样，白玉儿笑得前仰后合，就连赵梦娇也给逗乐了。

威尔逊却将话直奔主题："那个坏蛋还纠缠你吗？几天找不见你，我非常担心。"

短暂的欢乐消失了，气氛又归凝重。

发现赵梦娇脸色不好，威尔逊又说道："我看得出，那个坏蛋还在纠缠你，对吗？"

聪明的白玉儿已经猜得出，这个洋学生对表姐有意思，而且已经知道了聂玉魁纠缠表姐的事。要么是表姐告诉他的，要么是他亲眼看到的，便替赵梦娇回答道："你猜得对，那个坏蛋还在纠缠。"

威尔逊说："你不愿报警，是担心绯闻。你是个好女人，很珍惜名誉，对吧？"

赵梦娇只是用感动的眼神看看他，并没有作答。

威尔逊说："你们中国有句名言，'三十六计，走为上策'。你干脆跟我去加拿大。教中国戏曲课，我姑姑的孔子学院就缺你这样的人才。"

白玉儿欢叫起来："好事，出国呀，去吧去吧。"

赵梦娇却吃惊地说："那不行，我没这个打算，也没这个能力。"

威尔逊又说道："你肯定行。你还可以教中国功夫。我亲眼看见了，你把那个坏蛋一脚踹翻。好厉害，真像李小龙！"

白玉儿惊奇地问道："你说啥，她打那个坏蛋了？"接着又问赵梦娇："是聂玉魁吗？"

赵梦娇苦笑道："逼到绝路了！"

白玉儿拍手叫好："姐呀，谁敢说你懦弱，你才是厉害主呀！"

这时候电话座机响起来，赵梦娇还是犹豫着不敢去接。白玉儿就走过去接了，原来是剧团老明打来的，说是市委要组织《江姐》剧组主要演职人员去重庆参观红岩革命遗址，还要在那里开个《江姐》剧的座谈会。又说市委车书记还特别点名，赵梦娇必须参加，看来他特别欣赏你哩。

白玉儿说："好事来了。我见过车书记，四十来岁，帅气得很。听说还没成家，说不定看上你了！"

赵梦娇呵斥道："你这丫头，信口开河！"又对威尔逊说："就不留你了。我得赶紧准备，大事不敢耽搁。"

威尔逊说："老师，我的建议你再考虑一下。"

赵梦娇说："谢谢你的好意。"

威尔逊走了，白玉儿说道："出国是好事呀，多少人梦寐以求，你倒是纠结！”

赵梦娇说：“说得轻巧，这里有我的事业，有我的亲人，怎么能忍心割舍？”

白玉儿说：“又不是改变国籍。如果这个洋帅哥靠谱，就跟他结婚；如果不满意，就回来。自己潇洒一回，也自然把狗东西甩掉了。”

赵梦娇说：“实话告诉你，我不喜欢西洋人，更不敢想象跟他结婚。要不是听说他的外祖父曾经帮咱抗战，才不会搭理他哩。”

白玉儿讥讽道：“我怎么忘了，你还是个党员呀！”

赵梦娇说：“我在回味你刚才那句话，对呀，亏得我还演江姐，血性哪去了？为什么要怕他呀？”

# 第三十二章

新编秦腔音乐剧《江姐》的演出取得巨大成功，凤凰市委代书记车道康一高兴，就组织剧组的主要演职人员以及市、区文化局主要领导和部分党员干部代表来到重庆，专门在红岩革命遗址进行革命传统教育。杨邦义作为党员干部代表，也一块来了。

一进入渣滓洞监狱遗址，大家的心情陡然阴暗，气氛骤然冷凝，参观的人群顿失喧哗。溜溜山风不时掠过，在高墙电网和碉堡岗楼间发出悲鸣。

封闭严实的高墙内，坐落着一排两层的牢房，牢房下是一块面积窄小的空地。高峻的歌乐山峰峦蔽日，很残酷地将渣滓洞监狱践踏在沉重的脚下。

一间间囚室并列布陈着，冰冷的牢门上开着小小的铁窗，室内的墙壁是黑色的，仅可以从铁窗中透进少得可怜的一束光线，便显得更加黑暗和阴森。在每一间囚室的墙壁上，都陈列着同室难友的遗像以及生平事迹简介的文字，还有烈士的遗墨和遗物。

女讲解员的声音在颤抖着："在当时，被关押的政治犯就八九个人很拥挤地囚于一室，睡的是潮湿简陋的地铺，吃的是发霉的米饭，医疗、卫生保障根本不会有，过的是完全非人的生活。当然，还要经受无休止的审讯和酷刑，以及随时可能降临的血腥屠杀。就在这一间间棺材般的囚室中，被关押的二百多个优秀的中华儿女，却那么英勇无畏地将救国救民的赤子情怀，将共产主义的理想信念和革命气节，演绎到惊天地、泣鬼神的悲壮极致。"

来到江姐受刑的审讯室，气氛更加凝重了。这是赵梦娇格外关注的所在，也是一行人关注的重点。光线昏暗的空间里，龇牙咧嘴的老虎凳，一根根尖利如蛇牙的竹签子，状似魔身鬼爪的电刑具，就那样恐怖狰狞地显示出淫威和残暴。

凝重的气氛近乎窒息，唯有女讲解员那凄美的声音："江姐本名江竹筠,不幸被叛徒出卖被捕入狱。经受了酷刑的百般折磨,始终将党组织的秘密深藏心中,在敌特面前表现出了疾恶如仇、视死如归的革命气节,赢得了狱中党组织和难友们的衷心爱戴,江姐——便是狱中同志送给她的饱含敬意的昵称。就在临近解放的前夜,江姐被秘密杀害于歌乐山电台岚垭,时年仅有二十九岁。”

面对一件件血锈的刑具,端详着江姐年轻秀美的仪容,赵梦娇的心中掀起了惊天的波澜。她真不敢想象当时血腥的情景,那些丧失人性的暴徒,居然将如此残忍的手段,强加在一个柔弱的女子身上。她的耳膜中仿佛嘶啸着暴徒狼嚎般的狂叫,视觉中显现着江姐坚贞不屈的怒斥以及竹签钉入十指时那锥心刺骨的昏厥,还有那绽若红梅的点点热血。

“‘红岩上红梅开,千里冰霜脚下踩。三九严寒何所惧,一片丹心向阳开……’这首歌也属于江姐,它是后来的人们最动情的赞美。因为有了江姐,红岩上的万朵红梅才分外妖娆。”

讲解员的话语昂扬激荡,赵梦娇的眼睛里已经噙满泪水。

“红岩上红梅开——”

赵梦娇情不自禁,那歌声便脱口而出。刚开始时她一个人在吟唱,黄爱仁紧随其后,紧跟着众人都参加进来。大家停住脚步,纵情高歌。歌声越来越大,形成了声浪的风暴,在审讯室压抑的空间中猛烈撞击。

参观在继续,又来到了女牢的囚室。大家仔细端详着挂在墙上的烈士照片以及生平简历,除了江姐,还有李慧明、黄玉清、马秀英、胡其芬、杨汉秀、朱世军等等。一张张秀美的面容,一个个如花的年龄,一个个大学毕业的热血青年,她们有爱人,有孩子,有的还是年轻的姑娘。

众人的目光聚焦在一双小孩的鞋子上,这是“监狱之花”的遗物。女讲解员的声音近乎哭诉:“这个小女孩未出生时,就随同母亲左绍英被捕入狱。她一出世便处在黑暗的牢狱中,她甜甜的笑脸、稚嫩的奶音曾给难友们带来过多少欢乐。然而,就在那场屠杀中,幼小的她连同她的母亲、她同囚室的阿姨们,一起倒在了血泊中。”

空气在这里完全凝固,众人听得见自己破碎的心跳。渐渐地,现场发出了一片唏嘘声。赵梦娇和徒弟陶娜以及另外几位女性,忍不住撕心的悲伤,纷纷冲出囚室,在院子里失声痛哭。

这时候的黄爱仁,则站在囚室外的空地上,动情地朗诵起来:“任脚下响着沉重的铁镣,任你把皮鞭举得高高,我不需要什么‘自白’,哪怕胸口对着带血的刺刀!人,不能低下高贵的头,只有怕死鬼才乞求‘自白’;毒刑拷打算得了什么?死亡也无法叫我开口——”

……

就因为下午这个参观,不少人连晚饭也没吃好。尤其是赵梦娇,眼睛哭得红肿。回到旅馆房间的时候,还止不住地唏嘘。徒弟陶娜在一旁劝她,也是无济于事。

黄爱仁来到房间,送来了面包牛奶等一袋子食品,说道:“不吃饭怎么行?努力吃点东西。然后咱出去,换个心情。重庆的夜景是非常美的。”

赵梦娇说道:“你朗诵的那首诗,太好了,尤其是那句‘人不能低下高贵的头’。”

黄爱仁说:“这是烈士陈然的《我的自白书》,就是在渣滓洞写的。在《红岩》书里化名成岗,其实他的真名就叫陈然。”

陶娜说:“这首诗真带劲,最能体现革命者的情操。真佩服黄老师博学多才,总能触景生情,出口成章。”

黄爱仁说:“你们几个只顾了哭,我却在那里买了几件宝物。”说着就从另一个袋子里取出了几本书。

陶娜惊喜道:“《红岩》!”

黄爱仁说:“你看看扉页,上面有印章,刻着‘渣滓洞遗址参观纪念’!”

陶娜欢快地叫起来:“太有纪念意义了!黄老师,怪不得我师父喜欢你,太有才了!”

赵梦娇说:“死丫头,胡说啥哩!”

黄爱仁说:“这本书,咱《江姐》剧组成员都应该读。起码,对你和你师父特别有价值。”

这时候,走廊里突然热闹起来,大家相约并达成共识,要到不远处的长江边欣赏山城夜景。

行走间,赵梦娇指着前面的大个子问黄爱仁:“他就是杨邦义局长吧?”

黄爱仁说道:“对,是杨邦义,你不认识他?”

赵梦娇说:“知道,却没接触过。”

黄爱仁说:“我们一起学习过,人好,有水平,威望很高。”

赵梦娇说:“我要说几句话,你们别跟着!”然后就快步赶上去,向杨邦义非常热情地打招呼:“您好,杨局长。”

出发时开的小会上,带队领导就让全体成员以自我介绍的方式,互相认识一下。轮到杨邦义的时候,带队领导特意补充了一句话:“全国公安英模人物,德高望重的我市公安局老局长”。这句话引起了赵梦娇的特别注意。她必须抓住这难得的机会,成为他的朋友,赢得他的帮助,解除自己的危难。

杨邦义回头看看,热情地回应道:“是我们的‘江姐’。有功人员,向你学习呀!”

赵梦娇说:“你是全国公安英模人物,向你学习才对。”

杨邦义说:“你是名演员,却很谦虚。你主演的《江姐》我看过了,还真不错。”

赵梦娇说:“比起真实的江姐,我充其量只是造了个型,精神品质根本不到位。”

杨邦义说:“参观的时候,看见你哭了,感受一定很深吧?”

赵梦娇说:“是的,革命先烈的英雄事迹,真是感人肺腑。”

杨邦义说:“看来我们不虚此行。受到教育的是全体,但收到直接效果的却是你们剧组,特别是你这个扮演江姐的。你演好了江姐,就是对先烈革命精神最生动的传承。”

赵梦娇说:“我们一定努力去做,我相信也能够得到提高。”

赵梦娇故意放慢脚步,眼看与大伙拉开一段距离,才提出了一个令对方意外的问题:“杨局长,聂玉魁这个人,熟悉吗?”

杨邦义的脚步停下了。看着面容娇美的赵梦娇,想着私生活败坏的聂玉魁,杨邦义的眉头拧上了疙瘩。作为一名侦查经验丰富且对被询问对象知根知底的老公安,警觉的神经瞬间就绷紧了,反问道:“有什么情况需要了解吗?”

赵梦娇顿时紧张起来:“没什么没什么,听说他过去干过公安,只是随便问问。”

杨邦义沉默片刻,却没有正面回答她的问题:“我就叫你小赵吧?小赵同志啊,你肯定有着这样的感受,你在台上演江姐,走下台上了街,群众和戏迷仍然把你当江姐。为什么?就因为你的演出很成功,已经使他们认可。因此你必须珍惜这个认可,努力使自己的节操与所扮演的英雄相一致。其实演戏也是教育工作。因为,咱们中国戏剧,讲究的就是‘高台教化’。当演员就等同于当老师,为人师表就非常重要。”

对方的话,赵梦娇当然听得明白。听话听音,杨邦义对聂玉魁是否定的。看来,对自己与聂玉魁的关系,杨邦义已经有了很糟糕的判断。没有直接挑破,是给她面子,但警告的意思已经非常明显。心跳不由得加快,脸颊也火辣辣地发烫。她想回应些什么,却不知该如何开口。

杨邦义却用笑声打破尴尬,说道:“我是外行,班门弄斧。如有不妥,一笑了之。咱们算是认识了，我现在退居二线，就是南清宫里的八贤王。闲暇之余，说不定还会去剧团蹭戏呢！”

赵梦娇赶忙笑道：“您才是内行呢，当然欢迎啦。”

次日上午开会。会议的命名是“《江姐》剧工作总结及革命传统教育座谈会”，会场布置在下榻宾馆的小会堂，墙壁上悬挂着红布白字的会标，三十多个人把里面基本坐满了。令大家没想到的是，市委书记车道康竟然专程乘飞机赶来了，显示出市委领导对这次活动的格外重视。

会议开始，车道康首先来了个开场白：“很抱歉，因为省上的会议没和大家同行。但我还是赶来了，因为这次活动很重要，也很必要。受《红岩》小说的引导，我曾经两次参观过白公馆和渣滓洞。看一次震撼一次，看一次提高一次。进入改革开放历史新阶段，国家的工作重心转移到经济建设上来，发展很快，形势很好。但是，围着钱眼转，就使得不少人道德滑坡，人性扭曲。党风廉政方面的许多问题也暴露出来，这就促使各级党组织必须用革命传统教育正本清源。我们的市剧团排演了红色经典剧《江姐》，恰逢其时，值得赞赏。戏我看过了，还真不错。为了进一步提高演出水平，同时加强全市党员干部的党风廉洁教育，就特别安排了这次活动。对《江姐》剧组而言，如果你们的演出能够达到催人泪下的程度，那就真的成功了。”

然后由剧团党支部书记、剧组导演老明代表剧组进行专题汇报。当谈到该剧的酝酿过程时，老明情绪一激动，就脱稿发挥，诉说了剧团近几年的生存困境，自然就把凤鸣区煤炭商会会长聂玉魁雪里送炭的特别贡献强调一番。车道康这时候插了话，对聂玉魁越俎代庖的非分行为，却认定为见义勇为式的主动作为，大大表扬一番。虽然没点名批评文化局的不作为，但相关的领导已经坐不住了。

杨邦义的心里却蒙上了阴影，从昨天赵梦娇对聂玉魁的询问中，他已经判断到她与他之间一定有问题。果然，从她的同事口中得到了印证。聂玉魁为什么要帮赵梦娇？而且是如此卖力？难道，他与她之间是血缘相近的亲戚？这个可能性不大，因为他比较清楚聂玉魁异地迁移、为人继子的身世。那么就可以判断，聂玉魁一定是瞄准了这个猎物图谋不轨。不是是什么？一个是色艺双全的女演员，一个是生活作风败坏的胆大妄为者。而且聂玉魁还就是个戏迷，他肯定就是以戏为缘接近了她。又趁着剧团经营困难的机会，利用他的社会能量大献殷勤，以达到他不可告人的目的。而且，现在已经不择手段地发起了攻击。要不然，赵梦娇怎么会向他这个素昧平生的陌生人,突然打听起聂玉魁的情况呢?如果他二人之间发生出糟糕的事,赵梦娇一定是被胁迫的受害者。而赵梦娇是扮演江姐的女演员,那就不是她个人受害的问题了。一旦产生不良影响,就是亵渎革命先烈的大是大非,性质就非常严重了。

杨邦义决定,必须当面向赵梦娇揭穿聂玉魁的虚假面目,及时制止可能发生的悲剧。即使她已经深陷其中,也要当头棒喝,唤醒她迷途知返,同时设法给作孽者以应有的惩罚。

轮到与会者自由发言,杨邦义几乎把昨天与赵梦娇交谈的内容重复了一遍:“《江姐》这台戏,绝不是一般的戏。因为你演绎的是革命先烈,塑造的是英雄人物,进行的是党的本色教育,意义非同寻常。你在台上演江姐,走下台上了街,群众和戏迷仍然把你当江姐。为什么?就因为你的演出很成功,已经使他们感动和认可,已经把戏中的偶像具体化了。比如观众也许不知著名演员郭振清、李默然,却一定知道剧中人李向阳和邓世昌。因此,我们每一个党员干部和演职人员,都应该继承先烈传精神,学演英雄做表率。不给党旗抹黑,不给英烈丢脸。”

听着杨邦义这番话,也许旁人以为是老套套的政治语汇,赵梦娇却感到了更为强烈的尴尬。她觉得对方是在又一次提醒她,甚至是在警告她。同时,她也很明晰地判断到,杨邦义是一位一身正气、爱憎分明的人。凭着他的地位和威望,也是一个可以信赖的人。

散会后,还没等杨邦义开口,赵梦娇就主动上前,把他留在了会议室,直奔主题地说道:“杨局长,您是德高望重的长者,我信赖你。我遇到了困难,想说说心里话。”

杨邦义很慈祥地微笑着说道:“好啊,尽管说。”

赵梦娇的声音有些颤抖:“其实,昨晚在江边,我就想挑开了,却实在难以启齿。你好像一直在提醒我要洁身自好?你是不是已经在怀疑我跟聂玉魁的关系?你应该是在为我担心?”

杨邦义肯定地说:“对,我是在怀疑聂玉魁的动机,同时担心你会上当。因为我非常了解这个行为不端的聂玉魁。知道吗?他当年就是因为强暴女犯人,被我赶出公安局的。”

赵梦娇的眼睛里却放射出明亮的光芒,有一种绝处逢生的惊喜。杨邦义果然是可以拯救她的人,她的判断是正确的,黄爱仁以及领导的评价没有错。

望着这位慈祥的长者,赵梦娇忽然感到委屈,两股热泪止不住地流出眼窝。嘴唇剧烈地抖动,声音哽咽着,一个字都说不出来。

杨邦义用很温和的语气鼓励着:“有什么委屈,尽管对我说,不要有顾虑。”

赵梦娇什么也顾不得了,就把聂玉魁如何利用省上关系弄来专项资金,并以此接近、要挟、强迫自己与他产生不正当关系的情况说了出来。尽管说出了聂玉魁设酒局灌她图谋不轨、“野味香”凶相毕露逼她就范两个细节,却把酒后与她同床的羞辱隐瞒了。

但是,这怎么瞒得过这个明察秋毫的老刑警呢?杨邦义的心中燃烧着愤怒的火焰,同时以怜悯的眼神看着这个狼狈、惶恐又无助的年轻女子。

赵梦娇说道:“请相信,我是清白的、无辜的,因此才敢主动找你。”

杨邦义叹息一声,说道:“看来,你是觉得欠了人家的情,面对非分的要求,有心拒绝,却怕落得忘恩负义;违心接受,却又感到耻辱。你在忍让、妥协和逃避中虚与周旋,人家却得寸进尺步步紧逼,结果越弄越糟,到底逼得你无路可逃。”

赵梦娇表示认可地点点头。

杨邦义问道:“既然他已经原形毕露,你为什么还不反抗?难道就没想到过用法律保护自己,或者向组织领导反映?”

赵梦娇说:“我顾忌名节,我怕制造出绯闻,连带着自己一起搞臭。我还意识到,自己是演江姐的演员,会产生更坏的政治影响。”

杨邦义说:“你的想法可以理解,也没有错,只是有点钻牛角了。你为什么不直接找车书记反映?你不能低估了领导的政治把握力。你是无辜的受害者,他绝不会误解你。只会及时处理,还会为你保密,绝不会造成任何不良影响。既然连你都能想到政治影响,难道车书记就想不到吗?”

赵梦娇说:“现在还能见他吗?恐怕晚了,事情已经很糟糕了。”

杨邦义说:“确实有点晚,恐怕他也难以接受。正因为你的隐瞒,反倒成就了聂玉魁主动帮助剧团的功劳。车书记刚才还在会上表扬他,的确很糟糕了。”

赵梦娇显得很崩溃,身体绵软地瘫坐在椅子里。

杨邦义说道:“不要沮丧,我不会袖手旁观。请放心,我回去就会找聂玉魁,但仅是制止,当头棒喝,让他悬崖勒马,不会对你造成影响。”

这句话就像冲破乌云的阳光,把赵梦娇阴冷的心田照得透亮。

杨邦义继续说道:“当然,我会在适当的时候去见车书记,决不能让伪君子欺世盗名。聂玉魁的其他问题我也掌握一些,这个人胆大狂妄,行事不择手段,因此就成了暴发户,但栽跟头是迟早的事!”

赵梦娇很欣慰地笑了，杨邦义也笑了，说道：“这个教训要汲取。有人算计你，是因为你太优秀，同时又太柔弱。你必须明白，别人主动帮你，若无私心杂念，那是真情义；若是以此要挟，强人所难，那就是假情义，就应该断然拒绝，坚决斗争。只有敢于斗争，才能抗拒邪恶，保护自己。作祟者貌似可怕，其实内心虚弱，因为它是邪气，见不得阳光。坚强起来吧，别忘了，你可是‘江姐’，不可战胜啊！”

# 第三十三章

对龙潭镇的人们来说，时钟走得却不慢。一年半光阴过去了，镇政府按照规划实施的大建设也搞得如火如荼。

这天龙潭镇逢集，又是新规划街道建成开街的日子，凤凰市和鸣凤区的有关领导专程出席开街典礼，市秦剧团也赶来演大戏助兴。好消息不胫而走，方圆十几里的人都赶来了。

老街道两旁搭满了花花绿绿的帐篷和遮阳伞，街上人头攒动，大小店铺生意红火。但真正吸引人的地方却是这条命名为“致富路”的新街。

致富路南北走向，长达三华里，与顺白龙河而建的老街道相交形成了大十字。新街道按照城市三级道路标准建设，四车道柏油路面的中间，是排列整体的路灯和绿化带，两旁是砖铺的人行道。按照总体规划，在修建道路的同时，镇政府就在路两旁招商建房，规划的建房模式是风格统一的二层商用房。其中还坐落着两座十层楼的小高层，一栋是阳河煤矿为龙潭镇援建的龙潭中学教学楼，一栋是龙潭镇发动辖区地方和民营煤矿集资兴建的煤炭贸易大厦。两座高楼遥相呼应，显得分外壮观。为了吸引投资，无论外地人还是本镇居民，地皮款一律优待百分之二十，龙潭镇村民另外还可享受百分之十的政府专项补贴，同时还可以在确定合法经营内容的前提下获得国家低息贷款。在政府系列优惠政策的鼓励和扶持下，招商工作得到热烈响应，就显示出了很高的工作效率。动工后还不到一年时间，这条街道就建成开街。

开街典礼的会场就放在了新建的龙潭体育场。布置着主席台的大舞台面积宽阔，顶棚用钢化玻璃搭建，非常漂亮。两侧是可容千人的五层看台，全部用砖石筑成。很大的场地上用白石灰勾画出了椭圆形的六条五百米跑道线，中间设置了两个篮球场，其中一个还是灯光球场。总体上比较简陋，还不能说它是一个符合标准的体育场。但之于龙潭镇，已经是开天辟地头一个了。

今天的体育场头一次使用，便是人山人海，热闹非凡。开街典礼非常隆重，区委书记贺国兴亲自出席，市委书记车道康也很意外地赶了来，这就使活动的规格大为提升。莅临的大小官员很兴奋，老百姓的激情也更加亢奋。一个个伸长脖子踮起脚跟，都想一睹本市最大领导的仪容风采。

年轻又帅气的车道康书记发表了热情洋溢的讲话："同志们，乡亲们：龙潭镇的开街仪式，不仅是龙潭镇的喜事，也是鸣凤区和全市人民的喜事，更是我市改革开放事业的一大亮点。自党的十一届三中全会迄今，已经有十三年了。在改革开放的康庄大道上，全国人民按照党中央指示的方向，按照总设计师策划的蓝图，围绕经济建设中心任务，奋发有为，取得了举世瞩目的辉煌成就。我们凤凰市的城乡面貌也发生了很大变化，龙潭镇的业绩就是一个缩影。在这里我要对龙潭镇政府和向宇辉同志表示赞赏和感谢，同时还要对不同岗位上肯作为、有业绩的同志表示赞赏。要看到成绩，也要看到不足。与沿海相比，无论是思想解放程度，还是工作业绩，我们的差距还很大，还要不懈努力。要想使业绩突出，就要有敢为人先、大胆创新和敢冒风险的精神。老皇历不能再看，故步自封不行，安贫乐道不行，可行之路就是改革发展。把经济搞上去，让老百姓衣兜里装满钱，这才是硬道理！"

车道康的讲话激起了雷鸣般的掌声。人们也很有激情地议论着，这个车书记，不仅年轻漂亮，还有魄力。似乎可以断定，有了这样能干的父母官，干瘪的腰包就会很快地鼓起来。

然后由区委书记贺国兴宣布致富路正式开街。

接着就开锣唱戏。车道康、贺国兴和区委区政府各部门的领导就坐在舞台下摆放的长椅上，兴致勃勃地看戏。为了陪同上面领导，向宇辉又特意把杨邦义请来了。

演出节目单上，除了革命现代剧《江姐》选场以及《周仁回府》《庚娘杀仇》两个古典折子戏，还有反映百姓致富的眉户小戏《烧饼缘》。赵梦娇除了演江姐，还主演了尤庚娘。她是深受群众喜爱的著名演员，她的精彩表演赢得了台下观众如潮的喝彩。

演出结束，来不及卸妆的赵梦娇急忙走到台下，向车道康、贺国兴和杨邦义等人打招呼。

车道康说："演出很精彩，你这个名演员，真的名不虚传。"

赵梦娇笑道："过奖了，欢迎批评指导。"

车道康说："节目也很好，尤其是《烧饼缘》，紧扣形势，生动得很。"

赵梦娇说："我们剧团有个送戏下乡计划，每月下乡两次，全市各县区乡镇轮着转，也算是为群众致富加油鼓劲。"

车道康说:“那就太好了!”

离开的时候,赵梦娇把杨邦义叫住了,悄声说道:“杨局长,聂玉魁果然害怕你,装得痛哭流涕,向我赔罪哩。”

杨邦义说:“那就好那就好。”

等在一旁的贺国兴说道:“你们很熟呀?”

赵梦娇笑道:“当然啦,《烧饼缘》这出戏,还是杨局长提供的素材。”

走出体育场,车道康等市区领导在向宇辉和牛耕奇的陪同下,开始沿着街道参观,并不时走访商户。

新街道上非常热闹,许多商户都把开张放在这一天。放眼望去,街面上到处都是摆放的花篮。

走到新建的龙潭中学门前,车道康很有兴致地说:“煤炭商会不是建了个图书楼吗?走,看看去。”

中学图书楼看样子建好了,但外面的脚手架却没有拆。里面还有工人正在装灯。学校领导汇报说,不知什么原因,前几天停了,今天才复工的。

多少有点扫兴,车道康还是说道:“由社会力量投资办学,必须赞赏。这个聂玉魁,很能干。他是国家干部,却敢下海蹚水。把煤炭市场盘活了,也把小煤矿救活了,有魄力,敢作为,是个人才!”

也没人接他的话茬。向宇辉现在也有耳闻,这个聂玉魁,人品不怎么样,是被杨邦义逐出公安局的。

车道康又对贺国兴说道:“咱们当领导的,就是要做相马的伯乐,善于发现人才,敢于使用人才。”

贺国兴微笑着点头称是。

杨邦义把这些话听得清楚,不祥的阴影掠过心头。看来,这个年轻的新任市委书记,还真的有点嫩。

一辆小车拐进了校门,车道康说他下午还有个很重要的会,很干脆地走了。

杨邦义说:“这个车书记,雷厉风行,挺能干嘛!”

贺国兴知道他话外有音,笑道:“干练,这是他的风格。走得急,还没来及介绍你哩。”

贺国兴等一行人则继续参观。出学校不远,就到了最热闹的十字口。

走到“长安烧饼王”的招牌下,贺国兴的脚步停下了,仰头看着那块匾。向宇辉简要地将“长安烧饼王”的传奇故事讲了一通,并说这是新街上第一家破土开工的商户,发挥了重要的带头作用。

贺国兴非常感兴趣地说:“老板今天开张,很忙,改日专门拜访。”

杨邦义说:“今天也无妨,你忙了大半天,也该歇歇脚了。”

进得店来,眼见楼下楼上,桌椅整齐排列,店内座无虚席,很是红火。

见了林志才,向宇辉赶忙把贺国兴等上级领导做了介绍。

贺国兴饶有兴趣地问道:“你盖这房子花了多少钱,资金是怎么解决的?”

林志才说:“连装修在内还不到八万。资金嘛,我自己拿出五万,其余的是政府低息贷款。”

贺国兴说:“挺好的,造价不算高嘛。”

林志才说:“当然啦,镇上的砖瓦厂水泥厂都是按最低成本价,钢筋是镇上出面联系的优惠价,建筑材料就省下一大截。建筑队又是本镇匠人,只管饭,不要钱,轮到谁家都一样。”

贺国兴笑道:“是吗?可以叫建筑互助合作社了。”又问道:“生意怎么样?经营压力大吗?”

林志才说:“我有先前的基础,可能比别人轻松些。现在不光打烧饼,面食酒菜一应俱全。红火不红火,您都看见了。”

杨邦义说:“《烧饼缘》那个戏,就是取材于林老板。”

贺国兴说道:“是吗?”

杨邦义指着站在一旁的黄爱仁说:“还是由黄作家亲自采访,一手写成的。”

贺国兴笑道:“那你这林老板,生意爱情双收获,赚大了!”

林志才急忙分辩道:“不是的不是的,黄老师编过火了,我还没有老婆哩!”

一席话,逗得大家哄堂大笑。

林志才将他们领到后院,围绕着现成的一张矮圆桌坐了。

沏了茶,递上烟,贺国兴说道:“林老板您忙吧,我们小坐一会儿就走。”

林志才笑道:“贺书记,您能来,我这小店真是蓬荜生辉。你别看店里忙,我却抽得开。我这里聘了厨师,招了服务员,已经像个掌柜了。”

贺国兴笑道:“那你可不要变修,变成特权阶层。”

一席话,逗得大家又笑了。

贺国兴接着说:“老林啊,首先对你生意兴隆衷心祝贺。你的祖辈打烧饼支援抗日前线,你现在又打烧饼带头致富,这是弘扬优良家风,继往开来啊。因此对你表示赞赏,也表示感谢。”

林志才赶忙说:“要说感谢,我得感谢国家改革开放的好政策,还得感谢杨局长、向镇长。特别是杨局长,要没有他的帮助和支持,我哪能有今天?做人,必须讲良心,懂得感恩,杨局长就是我的大恩人!”

林志才说得动情,眼睛里都溢出了泪花。

杨邦义说道:“错了错了。其实你开头说得才对,我们都要感恩党和国家的改革开放政策。没有现在这个好环境好条件,谁哪怕有天大的能耐,也难有作为。”

贺国兴说:“老杨是我敬重的老上级,是党的干部,能为你做点什么,也是分内的事。”回头又对周围的同志说:“见贤思齐,咱们老局长就是榜样。大家不管分管什么业务,不管是哪个部门,也不管在岗还是退下来,只要是对群众有益的事,对发展经济有益的事,都应该责无旁贷。”

接着又把话题转到“长安烧饼王”这个话题上来,贺国兴说:“你这个故事我其实知道。我是长安人,早就听我爷爷讲过。在老辈人的心目中,名气很大的。不想在龙潭镇,竟让我不期而遇。”

向宇辉插话说:“说到这儿我应该检讨,我们镇上没有专门为这个新店举行个开业典礼,这是工作失误。”

杨邦义说:“话赶到这里了,我倒是想为镇政府表表功。就说向宇辉吧,刚来龙潭镇,是个胖冬瓜,现在呢——瘦啦,瘦成个长丝瓜。减肥诀窍何在?不就是忠于职守、敢担当、有作为、肯吃苦吗?龙潭镇实施发展规划,具体的政策、办法、措施,都是前无先例。要是思想保守,不敢创新,得过且过混日子,哪能有现在的业绩。”

贺国兴说:“我赞同。比起那些只会在汇报材料上下功夫的空谈家,向宇辉就是一面旗。

杨邦义继续说道:“贺书记刚才讲‘见贤思齐’,如果咱们的干部中多出几个向宇辉,何愁事业不兴。”

向宇辉坐不住了,诚惶诚恐地站起来,看看杨邦义,又看看贺国兴。

贺国兴又问起特色农业和绿色产业规划的实施情况。

向宇辉说:“同步进行着,各村都按照规划行动起来了。其中的‘水产养殖’‘蔬菜基地’‘奶牛基地’初步建成,蔬菜产品已经投放市场。”

贺国兴回头却问林志才:“你用的蔬菜是哪里采购的?”

林志才回答道:“我们村的蔬菜基地呀!新鲜又便宜,比起城里的菜价,几乎是个零头。”

贺国兴对向宇辉说:“你们的蔬菜要设法进入更大的市场,做了城市的菜篮子,产业才会做大做强。”转身又问林志才:“除了做餐饮,你有没有另外的打算?”

林志才说:“有,其实我已经在做了。我承包了河川旁的一百亩荒山,全部种上了苹果树。待到挂果的时候,还打算办个罐头厂,转型工业呢!”

贺国兴说:“真好真好,但是,你忙得过来吗?”

林志才说:“我想,当老板不是当小工,应该是运筹帷幄,排兵遣将吧。”

贺国兴听言感慨,事实胜于雄辩,这些追梦富裕的乡亲,不仅仅是憧憬,更是在扎扎实实地行动着。龙潭镇的崭新变化,除了镇政府的努力,也应该归功于这些觉悟了的乡亲。回头对跟随的区委宣传部同志说:“龙潭镇的成功经验很重要,认真做一番调查研究,向全区推广;同时对表现突出的模范人物,要深入宣传。”说罢了又补充一句:“要以车书记的讲话精神为指导,这是要点。”

准备告辞的时候,却急火火地闯进来一老一少两个人,也不管场合,只顾扯住坐在一旁的牛耕奇,气喘吁吁地说道:“有线索啦,有线索啦——!”

牛耕奇说:“老秦甭急,慢慢说。”

秦宝丰很激动地说:“发现人贩子啦,发现啦。赖孩说人贩子叫木墩,小强就在旅馆,快去救孩子,快——!”

一块来的小伙满口甘肃陇西口音,一旁补充说:“我叔脑子受刺激了,说不清楚,让我说吧。”

牛耕奇说道:“消息是你带来的吧?”

小伙说:“是,我专门从老家赶来的。”

牛耕奇对身边的崔三军说:“你先带他俩回所里,我很快就过去。”

崔三军领着俩人出去了,向宇辉问道:“这人面熟,很像枣滩村的致富能手秦宝丰。”

牛耕奇说:“就是秦宝丰。”

向宇辉吃惊道:“我的天,一年不见,咋就成这样了?”

秦宝丰的异常情况引起了贺国兴的注意,很关切地问道:“致富能手?丢了孩子?这怎么回事?”

牛耕奇看看向宇辉,说:“由我来汇报吧——”

接下来,牛耕奇就事情的来龙去脉简要地做了汇报。

秦宝丰是龙潭镇柿树沟的村民。秦宝丰近半百的岁数了,老婆才生了一个宝贝儿子,取名秦小强。秦宝丰小时候生长在甘肃陇西,自小与陕西这边姑母家的女儿定下娃娃亲。长到青年,就到姑母家与表妹入赘结婚。陇西老家柿子树多,家家户户都会用土法子加工柿饼,拿到城里卖个好价钱,算是除了庄稼之外的经济来源。偏巧姑母家这边也有柿树林,秦宝丰就自然把那技术带了过来。壮年得子,又刚好赶上了改革开放的好年头,过日子的劲头就更足了。秦宝丰这人爱学习,懂政策,胆子又大。国家政策鼓励贷款搞产业,村上的人都不敢想,秦宝丰却一次从信用社贷了二十万,大张旗鼓地办起了柿饼加工厂。一样的东西,并不复杂的加工,很小的成本,摇身一变就身价倍增。第一年,成本基本收回;第二年,还清了贷款,除了成本还赚了十万;第三年情况更好,秦宝丰又贷款二十万,把生意扩大了一倍。别人替他担心的时候,他不光还清了贷款,还净赚了十五万,在方圆几十里都引起震动。啥原因?拓开了大市场,他把柿饼销到香港了。秦宝丰的创举引起了龙潭镇政府的关注,开始把它作为柿树沟以及全镇的致富带头人来支持。不料这时候祸从天降,秦宝丰不到四岁的独苗儿子秦小强丢失了。那是他领着儿子去镇里时,仅仅在银行办理存款的一小会儿工夫,儿子就不见踪影了。从此他走上漫漫寻儿路,苦挨两年,找了十几个省,儿子仍渺无音讯。孩他妈想娃想疯了,做柿饼挣的钱花光了,自己也煎熬得神神经经。

听着这家人不幸的遭遇,大家的心情都很沉重。

贺国兴问道:“你们立案了吗?”

牛耕奇说:“事发当时,所里就接案了。曾派出两拨精干人员,依据线索去过河南、湖北,结果都是无功而返。”

贺国兴心情沉重地说:“同志们都听到了,犯罪分子不仅给一个家庭造成严重伤害,也对我们脱贫致富的事业造成破坏。假如没有这个悲剧,秦宝丰现在就会是百万富翁,就可以带动更多的人走上致富路。可见我们的公安工作多么重要,保护人民服务人民,就是为改革开放保驾护航。”

杨邦义说:“秦宝丰反映的情况很重要,应该予以高度重视。摸清情况,迅速出击,一定要把这家人救过来!”

牛耕奇响亮地回应道:“是!”

向宇辉说:“我们镇政府一定全力配合。”

起身告辞,贺国兴握着林志才的手说:“林老板,谢谢你的好茶。”又笑着说道:“大家觉得怎么样,下基层好吧?刚一接地气,就发现这么多课题。我们并不是干事很多,而是离群众的期待相差很远。同志们说是吗?”

# 第三十四章

离开了林志才的烧饼店,贺国兴一行就驱车返回市里;杨邦义让向宇辉请到镇政府去了,说是草拟了规范“农家乐”的文件,请他提提意见;牛耕奇则赶回了派出所。

再见到秦宝丰,他显得平静多了。

他侄子把牛耕奇亲切地叫了声“叔叔”,自我介绍说:“我叫秦小河。”然后把牛耕奇叫到一边,压低声音说道:“我叔父现在是一会儿清醒一会儿糊涂。不能见小男孩,也不敢提小强的名字。我婶子的病更严重,生活都不能自理。姑奶都七十多岁了,还撑持着那个家。这日子咋过?我想都不敢想了。”说着说着就哽咽流泪。

牛耕奇说:“你叔父家的现状确实是个问题。回头我找一下他们的村干部,商量个可行的办法来照料。”

秦小河说:“谢谢所长,不用麻烦了。我来的时候,我大就不让我回去了。我大说,我兄弟的孩子哪天找到,你哪天再回来;这辈子找不到,你这辈子就给你叔过继,给他养老送终。”小伙子说得伤心,捂着脸哭了。

这些话,在场的人都听得伤感,崔三军咬牙切齿,把手关节掰得咔咔响;林金虎是受过伤害的人,见不得别人痛苦,眼睛里也结出了泪花。

牛耕奇安慰说:“请你们全家放心,我们会努力破案,决不放弃。天网恢恢,坏人一定会落网,秦小强一定会找到。”

然后,安排崔三军领着秦宝丰去外面吃饭,用意是怕他受刺激必须支开。然后又安排林金虎做笔录,同时让户籍员小蔡用录音机录音。接下来,秦宝丰的侄子秦小河就操着浓厚的陇西口音,把他见到的情况细说了一遍。

四天前的晚上,秦小河在他所在村口的一家饭馆吃饭。见邻桌有几个壮汉在喝酒,很兴奋,好像发了什么横财似的。开始没在意。不一会儿好像喝大了,为了谁的功劳大小、报酬多少争执起来。其中一个瘦高个尖声叫道:“那次在陕西,这回在四川,都是我抱走的!”另一个彪形胖子则吼叫道："下家是我找的，价钱是我谈的。卖不上价，你分钱，分个锤子！"叔父的孩子丢了，正在天南地北地苦找，听到这种很有嫌疑的话，秦宝丰的侄子警觉起来了。那两人越吵越凶，其他人劝都劝不住。只听瘦高个大叫道："前年在凤凰城，咱俩都住在幸福旅社，货是旅社木墩领来的，你当着我面接手抱走了，回头却不认账。你不仗义吃独食，你不要朋友我还要朋友。"胖子则争执道："我咋不认账？我把报酬给木墩了。不信，咱到陕西见木墩当面对证。"这时候一个年纪大些的由外面很慌张地跑进来了，甩手就给俩人几巴掌，同时恶狠狠吼了声"撤"，连账都顾不上结，朝吧台扔了几张百元钞票，就慌慌张张冲出门去，钻进一辆面包车，一阵风似的开走了。

说完了，牛耕奇问道："那两个争吵的操哪里口音？"

"甘肃。"

"具体些，哪个地区哪个县？"

"应该都是一个地方的，陇西吧，就是我们当地人。"

"你是什么文化程度？能保证所说的，特别是那俩人争吵的话准确无误吗？比如说，凤凰市、幸福旅馆、木墩这几个名称，都准确无误吗？"

"我虽然没考上大学，但耳朵尖，记忆力好，眼力也好，用心的事，过目不忘。"

"你上过高中，对吧？能把你所说的情况，详详细细写下来吗？"

"我已经写好了。"

秦小河从上衣兜很小心地掏出了一个信封，然后又从信封里轻轻地抽出了一个装订整齐的文字材料，双手递给了牛耕奇。

牛耕奇发现，字写得一般，却是非常整洁，连一个墨疙瘩都没有，显然是将草稿用心修改后，认真抄写的。

看着这整洁的文字，以及小伙子小心翼翼的动作、满含期望的眼神，牛耕奇忽然有些感动。换位思考，如果受害者是自己，该是什么心情？秦宝丰叔侄，是把全部希望都押在了自己身上，这是一个不幸家庭深沉如山的重托。他感觉到了肩头的责任和压力。

但是，他负责的仅仅是一个基层派出所，工作有难度。牛耕奇把杨邦义请来了。有老领导做指导，他的底气就更足些。

牛耕奇说："我想请战，把这个任务接过来。虽然立案已有两年，所里也派崔三军随专案组出省追踪，但那是由分局领衔挂帅，龙潭镇派出所只是个配角。由一个基层派出所唱独角戏，恐怕还没有先例。"

杨邦义说："主动担当，很好嘛。受害家庭是在你的辖区，就更是责无旁贷。再说，分局的工作头绪多，如果继续由上面领衔，只怕又会延误。”

牛耕奇说：“由我领衔，就等于否定了分局的专案组，陆局长能同意吗？再说，他会不会有看法？”

杨邦义说：“只要有利于工作，就不要瞻前顾后。陆剑白我还是了解的，我心里有数。”

怀着忐忑的心情，牛耕奇向分局长陆剑白打了电话。先汇报了具体案情，然后就请求任务。没想到，陆剑白不但同意，还把他表扬一番。

杨邦义说：“陆剑白的考虑，你应该悟得出。你牛耕奇到底活泛起来了，你是谁？一员大将，他肯定高兴。你能主动担责，就是为分局负责，也是分担他的压力。有为姿态嘛，不支持才叫傻。”

话音没散，陆剑白的电话又打过来了：不要叫专案组，就叫“专项行动小组”。组长就由你牛耕奇担任，具体成员具体方案你们定。牵扯到省外的工作协调，由他亲自负责，他就算个名义上的总指挥吧。

牛耕奇笑道：“‘专项行动小组’，这个名分好。领导就是领导，总会高出一筹。”

杨邦义说：“不管怎么说，陆剑白放权了，这就是信任。”

牛耕奇很振奋地挥挥拳头，说道：“得劲，好像又回到了刑警队。”

杨邦义说：“现在也仅仅是有点线索，决不可盲目乐观。打拐破案，看似平常，其实是大海追鱼，线长点多，难度很大。因此要做好艰苦作战的思想准备。侦查是关键，抓好这个关键，才能做到稳准狠。”

接下来，俩人做了一番缜密的思考和分析，确定把侦查的突破口放在“幸福旅社”和“木墩”这两个要点上。

崔三军得知这个行动，就主动请缨。理由是他道上的眼线多，尤其在幸福汤酒店里有几个比较可靠的朋友，容易隐蔽和接近。牛耕奇觉得可行，因此就答应了。为了稳妥，又让林金虎配合他。这对崔三军来说，有林金虎在身边，信心和勇气就更足了。

由陆剑白任总指挥，牛耕奇任组长，崔三军、林金虎为成员的“专项行动小组”正式成立。

任务落实了就立即行动，首先围绕“幸福旅社”这个要点展开侦查。通过工商、税务以及本系统相关部门，对全市三年来正常经营的酒店服务业进行排查。最后，把侦破目标锁定在了幸福汤酒店。

能够确定这个目标，崔三军掌握的情况起了关键作用。

幸福汤酒店的老板诨名“裘刀疤”，前些年一直在龙潭镇派出所的辖区内开煤窑。此人少年时就蛮横霸道，打打杀杀，脸上的刀疤就是与人打架时留下的。开煤窑有了钱，又开始嫖赌吸毒贩毒，就因为参与贩毒有过前科，后来转行在城里开了这家酒店，不少地痞流氓就纷纷投靠了他。“裘刀疤”这里藏污纳垢，容易跟不法分子沆瀣一气，因此这家也叫作“幸福”的酒店嫌疑很大。

在派出所工作，维护社会安全稳定、保护人民服务人民、打击违法犯罪就是基本职能，肯定要和地痞流氓打交道。抓抓放放，彼此熟悉。经过教育，不少浪子回了头，个别人还成了朋友，甚至还会在侦破一些案子中起到眼线作用。在幸福汤酒店里当保安的“三嫂子”，自酒店开张就工作在这里。他是男性，只因为说话与动作有些娘娘样儿，便在当初的狐群狗党中得了这么个诨号。“三嫂子”虽有偷窃劣迹，但结婚后让媳妇管住了，金盆洗手，改邪归正。正因为崔三军帮他介绍过对象，就感念于心怀。一来二去，就把崔三军当作知己。因此，“三嫂子”这个人，就成了当下侦查工作的重要眼线。

为了不打草惊蛇，真实意图是不能暴露的。为了使“三嫂子”能够配合好，崔三军就与林金虎商量了一个说法。说是这个“木墩”是一个安徽的逃荒人遗弃在本地的。现在人家日子过好了，他大哥在淮北开煤矿，百万家业。“木墩”的二哥当兵提了干，已经是正团级了。现在他的爹娘想找回孩子，就在当年丢孩子的凤凰市拼命打听。住了一阵子没结果，只好先回去了。临走时找到派出所，把找娃的事托付给了他。不知听谁说你们这酒店里就有个叫木墩的，因此就来拜托你了。

“三嫂子”说：“那你何必拐弯，直接穿着警服来查嘛。”

崔三军说：“要是那样还找你干啥？万一是犯过案的，还不给吓跑了。”

“三嫂子”想了想说道：“对，也是这个理。”

“三嫂子”欣然接受了任务，并说自己对这里最熟悉，连飞的苍蝇都认得。还没绽开笑脸，“三嫂子”却来报告说，没这人。起码在三年期间，酒店所有男女员工，无论大名还是小名，先来的还是后到的，包括那些离开的，从没听说过谁叫“木墩”。

真是一盆冷水浇上头，灌了个透心凉。

崔三军说：“难道，秦小河提供的情况不准确，或者是咱们查错了地方？”

林金虎说：“秦小河不会记错，他是受害人一方，比谁都要操心。排查工作非常细致呀，就连那些私家黑旅店都篦梳子梳头般地细过了一遍，也就这家店名符合。最关键的一点，苍蝇不会去蜜蜂巢，这里的人员情况复杂，最具有藏污纳垢的条件。因此说，查找对象不会错。”

崔三军说：“对，苍蝇不去蜜蜂巢。‘裘刀疤’是这里的老板，啥人找啥人，苍蝇就喜欢朝这里飞。因此可以断定，‘木墩’就在这个店里。‘木墩’是谁，他肯定知道。”

林金虎又说：“姓裘的这个人曾经是江湖人物，‘裘刀疤’只是别人背地里的叫法，他可能另有诨号。会不会，‘裘刀疤’的小名或者代号就叫‘木墩’？”

经过一番推敲，决定下一步侦查就从“裘刀疤”入手。

但是，具体切入点又该选哪里？崔三军想到了“密室”，说道：‘裘刀疤’这家伙原先就鬼得很，开煤矿时卧室里就修有密室。配备有摄像机，干些苟且事，还喜欢录下来欣赏，这是他的癖好。”

林金虎说：“狗改不了吃屎，因此这里也会有。既然是密室，就一定藏着秘密。很有可能，有关‘木墩’的真相就藏在里面哩。”

崔三军说：“还得从‘三嫂子’这里入手。但这家伙胆小多疑，如果有所警觉，耍了滑头或是撂挑子，事情就难办了。”

林金虎说：“迂回逼近，拿话套他。这个人还是有善根的，应该可以拿下。”

崔三军随即找到“三嫂子”，把想要查看密室的话对他说了。

“三嫂子”果然警觉了，紧张地说道：“没没没，没听过老板有密室。再说，这与‘木墩’又有啥关系？”

崔三军说：“有关系，密室里就藏着‘木墩’的线索。”又呵斥道：“你说啥，没听说过？蒙我呢，蒙得过吗？既然来问你，就是有根据的！”

“三嫂子”说：“那你直接找我老板嘛。”

崔三军说：“你是猪脑子？你老板是有前科的，万一他瞎怀疑，不配合岂不误了事？”又说道：“咱是替人做善事，你顾虑个啥？再说，万一‘木墩’就是你老板呢？”

“三嫂子”尖声鬼气地笑起来：“想到哪里去了，人家可是亲爹亲娘，就连亲孙子都有了！”

崔三军说：“你是查过人家户口，还是卧过底？万一‘木墩’就是你老板，坏了人家的好事，那可要吃不完兜着走！”

这话还像是把“三嫂子”拿住了，眼睛怔怔地看着他，半晌没言语。

崔三军忽然厉声喝道：“装什么糊涂，贵宾室！”

“三嫂子”惊慌叫道：“啊，你怎么知道的？”

崔三军说:“我当然知道,要不然咋就追着你问!”

“三嫂子”转着眼睛珠想了想说道:“倒是想起来了,是有个贵宾室。但这奇怪吗?哪个宾馆没有这个。”

崔三军说道:“这个贵宾室必须查。你小子可要想明白,万一有问题,小心把你搭进去,知情不报是有罪的!”

“三嫂子”彻底贼上了,脸一变叫道:“我明白了,你们是怀疑裘老板,把他当人贩子了!鬼才信哩!如今的裘哥,可不是先前那样了。清楚吗?他已经是腰缠百万的大老板,省上的民营企业先进个人,牛气冲天,看得上偷鸡摸狗的小勾当?”

崔三军苦笑道:“把你叫‘三嫂子’,还真叫得准,你他娘比女特务心还奸,却是个头发长见识短。”

“三嫂子”哀告道:“求求你,放过我,我不能领你去。我老板把我当人看,一样的出力干活,别人开六百,却给我一千。我告诉你了,就是背叛,就是忘恩负义,就不叫人。”

事情已经明摆着,这个贵宾室,就是“裘刀疤”设在幸福汤的密室。“三嫂子”不仅知情,而且还参与很深。但是,已经警觉的他,还能继续配合吗?仗义,这是“三嫂子”的优点,就凭这个义字,他才答应做眼线;但是现在,这个所谓的仗义,却成了侦查工作的拦路虎。

崔三军没辙了,他觉得他很了解“三嫂子”,不但瞎仗义,还是个认死理,是个抽烂驴皮也不拉套的犟灰。

崔三军回头对林金虎把遇阻的情况说了,恼怒道:“没办法了,只能硬上。抓了他,不行就揍,不信他不开口。”

林金虎笑道:“抓谁呢?是‘三嫂子’,还是‘裘刀疤’?老弟你急躁了,不可行。打草惊蛇,‘木墩’就变成了树根,藏到土里不露头了!”

崔三军说:“问题是这贵宾室里面,发现‘木墩’线索的可能性有没有?”

林金虎说:“根据‘三嫂子’的言语,贵宾室嫌疑很大。它既然有密室作用,就有可能安着摄像机。如果那胖子瘦子当时就住进了这贵宾室,‘木墩’与他俩在里面作祟,就有可能留下影踪。”

崔三军说:“那你说怎么办?”

林金虎说:“想办法攻心,实在不行就把话挑明。你说他最讲义气,咱就耐心地晓之以理,动之以情,用大义克掉他的小义。”又说道:“你不是当过他的红娘嘛,不知‘三嫂子’的老婆通情达理不?”

崔三军就拍着脑袋叫起来："只顾着急，我把这茬给忘了。有办法了，这女人正派，也挺厉害，'三嫂子'对她又敬又怕。"

林金虎说："既然这样，咱就直接找他老婆，敞开谈。"

然后，俩人就一起去找了"三嫂子"的老婆。这女人果然是明白人，一口答应了，而且很肯定地说，放心，他会自动找你。

果然，"三嫂子"就主动找来了，说出了贵宾室的秘密。幸福汤的这个贵宾室，是七楼一个大房间。据说最初的设计是小会议室，"裘刀疤"接手后做了改造。里面有会客厅，有套间，还有个小浴池，装修很豪华。起先安排住在这里的据说是商贸谈判的重要客商，后来又发现一个的矮胖子老板经常在里面住，时不时来些大款派头的人，还会领进去漂亮女人。裘老板确实有偷窥别人隐私的怪癖，就让他代劳，偷拍了一些录像。

崔三军说："原来你就是摄像的，给哥也玩心眼。"

"三嫂子"笑道："是老板的秘密呀，我肯定闹心。"

"三嫂子"现在答应找一些录像带看，原来，这摄像的设备就归他管理。崔三军要他把摄像机弄出来，"三嫂子"却说不敢，怕他老板随时要看，要看只能在酒店里头。便只好约定一个房间，而且要在晚上十点以后。老板总是在这时候打麻将，比较保险。

按照约定时间还有一小时，崔三军就等不及了，于是和林金虎两人就赶了来。崔三军怕碰见认识他的人，戴了大口罩，装着生病的样子。

正在耐着性子转悠，忽然看见"三嫂子"出来了，走到马路边东张西望，一副很焦急的样子。崔三军吹声口哨，朝他摆摆手。"三嫂子"发现了他俩，就赶忙跑了过来，紧紧张张地说道："情况有变。"

"三嫂子"扯着崔三军，挪到一个路灯光亮照不到的死角，才说出变化了的情况："不知谁送了两张九点的电影票，老板跟老板娘刚刚出门，电影院去了。"

崔三军叫道："好机会！"又急忙问道："准备好了吗，可以进去吗？"

"三嫂子"却不慌不忙地拿捏起来："事成之后，你咋样谢兄弟？"

崔三军叫道："扯淡，再给你说个媳妇，敢要吗？"

林金虎说："听口气，你好像有了发现？"

"三嫂子"说："你说怪不怪，本来我管着录像机，这个带子却不记得。也可能，是我不在的时候，裘老板给拍的，又随手把带子备份了。进进进，看了就知道了。"

进了"三嫂子"的工作室，就马上打开机子放录像。屏幕上，一个看上去四十来岁的男子正在给一个白发老太太趴下磕头。老太太流着泪说:“起来吧,木墩,妈知足了!”又说道:“你把这录像让妈带回甘肃,妈要对亲戚说,看看,我的木墩走正道了,懂事了。”

老太太那浓厚的陇西口音,那口口声声的“木墩”,顿时令俩人心中狂跳。

崔三军忽然又惊叫道:“这‘木墩’……不是‘二痞子’吗?”

“三嫂子”关了机子,说:“这货还不知道,有钱的老子找来了,他就要出头了!”忽然眼珠一转说道:“不对,你说他娘在安徽,这甘肃……咋又冒出一个妈来?”

还是崔三军脑子转得快,愣了愣就脱口说道:“逃荒路上,他爹恐怕连他娘都给了人,可能就让个甘肃老头领走了!”又急忙问道:“‘二痞子’在哪儿混着?”

“三嫂子”说:“就在这里混,还是电工班长呢!”

“人在吗?”

“不巧,酒店要更新线路,广东采购去了。带着大卡车去的,顺带还不玩玩?估计十天八天回不来。要是他在,我早报喜了。弄不好,这会儿酒席都摆好了,谢你哩。”又如释重负地说道:“还以为,你是冲着我老板来的。虚惊一场,我也放心了。”

崔三军急忙制止道:“现在还要保密,谁也不可告诉,特别是‘二痞子’和你老板。万一弄错了,让人空欢喜一场,我还会因工作失误被处分,你老板也会怪罪你泄露秘密。”

崔三军又说道:“带子让我用一下。”

“三嫂子”还在犹豫,崔三军已经下手取了,然后说道:“放心,只是复制一下,明天还。等忙过这两天,哥摆酒谢你。”

真是意外的顺利,初战告捷的喜悦洋溢在心头。崔三军挥了挥拳头,压低声音说道:“走,咱俩喝酒去——”走了几步,却发现林金虎不见了。扭头寻找的工夫,林金虎从柱子后面闪出来了,一边猛摆手不让他声张,一边朝楼梯上指,然后低声说道:“聂玉魁。”

崔三军反应极快,俩人不约而同地悄悄跟上去,都想看个究竟。

跟到七楼的一个房间,门开了,一个妖艳的女人嗲声嗲气地说道:“你死哪儿去了,人家都等半天了——”

林金虎觉得这声音好熟,隔着窗玻璃一看,竟是白玉儿,顿时惊得目瞪口呆。

# 第三十五章

崔三军是一个正义感很强的人，一旦认准了朋友，就敢为朋友两肋插刀、见义勇为，哪怕困难很大，也毫不惧怕。他和林金虎，还真是不打不成交。通过砖瓦窑比武，他对林金虎的武功非常佩服，对他的人品更是敬重。他打心眼里发誓，愿与林金虎结为生死朋友。自从得知聂玉魁强占林金虎未婚妻邢玉侠的事，真是义愤填膺。在朝夕相处中，崔三军还发现一个秘密，在林金虎钥匙链上，有一个非常精致的小相框，里面镶嵌着一张姑娘的照片，很是漂亮。一旦无事，林金虎就会看着照片发呆，还会不时发出长长的叹息。崔三军知道他的遭遇，就有个预感，相片上的姑娘应该就是他曾经的未婚妻邢玉侠。经不住崔三军再三询问，林金虎才告诉他，她就是邢玉侠。因此可以断定，林金虎根本放不下邢玉侠。每当看到林金虎痛苦的样子，崔三军就琢磨着该怎样帮助林金虎惩罚聂玉魁，夺回邢玉侠，也为朋友出了这口恶气。

现在看到了这一幕，崔三军的心中有了主意。但并没有把意图马上告诉林金虎，他要给好朋友一个意外的惊喜。

为了能够集中精力实施这个计划，崔三军与林金虎商定，为了稳妥，在“二痞子”尚未返回时，暂时不给领导汇报侦破情况。

随后崔三军就将“三嫂子”用酒饭款待，还自掏腰包塞给他三千元，要求他配合调查聂玉魁的婚外情。“三嫂子”大为感动，当场就把所知道的情况如实道来。

原来，“裘刀疤”在开煤窑的时候，就与聂玉魁搭上了，而且关系很不一般。可以说，这个贵宾室就是聂玉魁的专用房，聂玉魁时不时会领来个女人到里面。特别在最近，几乎天天领一个风骚女人在里面过夜。

弄准了情报，崔三军的意图就更加具体了：设法抓住聂玉魁与姘妇鬼混的证据，促使邢玉侠醒悟。邢玉侠一旦幡然悔悟，就会与聂玉魁断然分手，就可以与林金虎破镜重圆。

崔三军再次把这个任务交给了“三嫂子”，并许诺事成之后，再给他更多的酬金。重赏之下必有勇夫,“三嫂子”爽快地答应了。崔三军还提醒他,聂玉魁曾经当过警察,反侦察能力强,一定要特别小心。

“三嫂子”本来就是身手不凡的偷窃高手,一旦用起心来,就不愁不会得手。现在又听说这家伙过去是公安局的,作为曾经的社会小混混,对大檐帽有一种自然的反感,便对这事格外留神。结果很快得手,那个白玉儿又来了,聂玉魁一夜风流,那肮脏的全过程就被“三嫂子”用摄像机偷拍下来。

“三嫂子”随即将录像带交给了崔三军,崔三军自然高兴,随手又将五千元当场兑现。又趁热打铁,抓住“裘刀疤”外出的一个机会,由“三嫂子”领着,悄悄地进入了贵宾室的神秘夹层。在两个隐蔽巧妙的小窗口,客厅和套间内一览无余。夹层的下半部是实体墙,上半部才是夹层,要进入其中,是需经过八楼物资仓库中的隐蔽小门。崔三军暗暗吃惊:如此设计,真是诡异,即使有很强的反侦察能力,也很难发现。

身处密室,崔三军忽然又生灵感。“三嫂子”说过,有不少大款派头的人曾经到此,会不会与聂玉魁发生什么不法之事。如果发生过,而且录了像,就是犯罪铁证。就不是仅仅夺回了邢玉侠,而是要将他彻底扳倒,一举两得。

回头又诓着“三嫂子”来到工作室,把柜子里的十几盘录像带统统塞进了挎包,“三嫂子”跺脚叫爷也拦不住。

随后崔三军借口家里有急事,一连五天不见踪影。林金虎正在着急,崔三军回来了。扯着他一路疾走,直奔那家搞摄像的关系户。进了里间,掩好门窗,才将搞到的录像让他过目。

在拿来的十二个带子中,五个都事关聂玉魁敲诈民营矿。其中三个是抓住矿井事故威胁得手,两个是以生产证件不全威胁停产得手,进行黑交易时的对话,交接钞票时的嘴脸,历历在目,一览无余。

看完这五个带子,又将五份受害人的检举材料摆上桌面,崔三军才把聂玉魁与白玉儿淫乱的带子放了。

林金虎感慨地说:“原来,你是搞这个去了。”

崔三军说:“那天发现了聂玉魁的劣迹,我就动了心思,抓住狗贼的婚外情,让邢玉侠清醒过来。没承想,顺藤摸瓜,竟然摸住了更要紧的。现在连文字证据也拿到了,真是大获全胜。不仅要把嫂子夺回来,还要把狗贼彻底扳倒。”

真是好兄弟,有情有义。林金虎深为感动,眼中一热,流下泪来。证据确凿,的确能使邢玉侠幡然猛醒,夺回幸福的希望倏然复活。

崔三军说："先见邢玉侠，再给所长汇报工作，然后再收拾姓聂的。"

林金虎感慨地说："短短五天，就办成了这么大的事。有勇有谋，真是佩服！"

崔三军笑道："不行不行，比起御猫展昭，或者锦毛鼠白玉堂，不行；就是比起你金虎兄，也差一大截哪！"

随后就让影楼老板将五盘录像带进行了复制，又从淫乱录像上截了几张图，洗了照片。

为了确保能够尽快见到邢玉侠，崔三军费了一番周折，找到了聂玉魁所住的美欣花园小区。次日一大早，林金虎与崔三军就径直来到小区外的蔬菜市场，专等目标出现。

崔三军指着一个叫"老五煎饼"的小饭馆说："我负责把人领进那个饭馆，里面有小包间可以说话。你先不能露面，万一她不配合可就糟糕。"

林金虎说："她不认识你，怕你领不去。"

崔三军说："不用担心，这点计谋还是有的。"

说话间，邢玉侠的身影就出现了。随着早市的人流走进了菜市场。林金虎满含深情地瞅着她，那满头烫卷的黑发用花手绢在脑后扎成一束，身上一袭白底蓝花的连衣裙，越发显出成熟女子的俏秀婀娜。心中那种时时折磨他的痛惜感便愈发强烈。复杂的情感火一般地燎烧着他，也激扬着他，使他躁动难安。

看着邢玉侠，崔三军也不禁暗暗吃惊。这么标致啊，真是大美女。难怪金虎兄放不下她。

瞅准时机，崔三军快步走到邢玉侠身边，大声叫了声"嫂子"，将已经专注买菜的邢玉侠吓了一跳。

崔三军热情地说："嫂子，不认识我啦！我是龙潭镇的崔三军啊，我哥跟玉成是同学。你家修房子的时候，我还帮过忙哪！"

邢玉侠愣怔了半晌，怎么也想不起这个人。但还是很礼貌地回答说："是吗？那谢谢你啊！"

崔三军甩头向林金虎使个眼色，示意他赶快往饭馆里走，一边回头热情火辣地说："邢叔搭我的顺车来啦。"

邢玉侠惊喜地说："是吗，在哪儿呀？"

崔三军用手指指不远处的"老五煎饼"："他有点不舒服，在那儿歇着呢。"

邢玉侠吃了一惊，慌忙跟着崔三军走进饭馆的小包间，并不见她的父亲，却生生地站着一个最熟悉不过的人。

邢玉侠惊叫出声，眼神里充满了一种情侣重逢后的欣喜。但是那仅仅是下意识的一瞬间，邢玉侠迅速回过神来，只将怒气甩向身后的崔三军：

“你骗我！”

邢玉侠欲往外走，却让笑嘻嘻的崔三军伸开臂膀堵住了。

崔三军说：“嫂子，别生气，有要紧事给你说哩！”

“你们想干什么？放我出去——！”邢玉侠害怕地尖叫起来。

崔三军叫道：“嫂子你别误会！我们是好心为你。知不知道？你叫坏人骗惨了，你要灾祸临头了！”

这句话把邢玉侠惊呆了，愣怔了片刻，又说：“我没遇到骗子，能有什么灾祸？”

崔三军苦笑着，一字一顿地说：“要不然，我说你让坏人骗惨了。让贼卖了，还帮着贼数钱呢！”

看着邢玉侠迷惘不解的样子，崔三军压低声音说：“嫂子，你看样东西就明白了！”随即又扭头朝外面警惕地望了望，关上了门，这又使邢玉侠更为紧张，又是一副夺门欲走的架势。

崔三军便有些生气了，声音不高却很严厉地说：“你不要以为来了林金虎，就是想害你。真正害了你的坏人在这里面哩，你看了它，就什么都明白了。”

崔三军说罢便将几张照片让邢玉侠看，聂玉魁和白玉儿不堪入目的淫乱画面便没羞没耻地一览无余，气得邢玉侠浑身哆嗦，眼球都要蹦出眼眶了。

眼看有了收效，崔三军便故意说：“聂玉魁是什么东西，嫂子也该清醒了。但不要太生气，气大伤身呢！”

邢玉侠坐在椅子上，脸色苍白地喘了半天气，忽然就提出个要求来：“这些照片能不能给我？”

崔三军便神秘地压低了声音：“这可不行，我不能害你，金虎哥更想保护你。你想干啥，是想直接去责问你那坏男人，还是去惩罚那坏女人？起码现在不行。一旦捅破了，你那男人真会害死你。因为他压根就没爱过你。他是个风流成性的色狼坏蛋，他不就已经鬼混上了另一个女人。证据看了，你也该清醒了。真正爱你的人只有一个，那就是金虎兄！”

邢玉侠朝林金虎感情复杂地看了一眼，撞上的又确实是爱怜交加的特殊目光。她仰起头长叹一声，顿时泪如雨下。

崔三军说：“嫂子呀嫂子，你俩见面不易，不管你想不想他，金虎哥可是想你,望眼欲穿呀。你们就好好谈谈吧!”

崔三军说罢,就掩门而出,小小包间里就剩下了邢玉侠和林金虎两个人。

邢玉侠哭得更伤心了,不时用泪眼看一看林金虎,复杂的心情好似风云激荡。她想到了与她的金虎哥青梅竹马、两小无猜的少年时期,想到了与金虎哥订婚时的醉人幸福,想到了送金虎哥去部队时在车站的含泪惜别。她更是想到了聂玉魁占有她时的屈辱一刻,想到了聂玉魁迎娶她时与林金虎狭路相遇时的悲伤一幕,想到了聂玉魁对她父母的傲慢无理以及对她拳脚相加的家庭暴力……但像她这样一个淫威下的牺牲品,面对录像中令她无法接受的事实,又有什么应对的主意啊?

未见面时,林金虎想对她说的心里话真有千言万语,即使在睡梦中也与他的玉侠妹有说不完的贴心话,但真正面对面与她在一起的时候,却连一个字也说不出来了。他唯有心痛,唯有对那个夺走他幸福的坏蛋的无比仇恨。

邢玉侠埋头哭泣,一只手绢小心翼翼地递了过来。她抬头望望,那最熟悉不过的健壮身躯,那最熟悉也曾给她美好遐想的气味和体温又贴近着她。她接过手绢拭泪,那泪却越擦越多。她透过泪眼看那手绢,却正是她亲手绣上的一只鸳鸯。记忆的页码情不自禁地又翻回了约会赠绢的那一刻。本来她与他有个海誓山盟的约定,两只手绢由她各绣一只鸳鸯,各自保存着,待到幸福结合的洞房花烛夜,就将它们合缝一起,比翼齐飞,永结同心,永不分离。

可是,一场噩梦却将鸳鸯打散了,她违心地屈从了命运。

此情此景,历历在目,她却属于了一个并不般配、并不相爱的老丑男人,并为那个男人生下了儿子。而她真正心爱的人,真正应为他生下儿子的人,却是身边这个并非丈夫的人。她只能为命运的不幸而哭泣。

真情涌动的邢玉侠忘情地搂住了林金虎,在他的怀中尽情哭泣。彼此的体温、彼此剧烈的心跳便电流般地流遍了彼此的身心。

“金虎哥……”邢玉侠喃喃而语,声音极亲昵极悲怆。

林金虎铁柱般地站立着,一动不动,他的心甚至比邢玉侠还破碎还悲伤。他至今也无法想通本属他的玉侠妹怎么就灾难般地属于了另一个男人。他对夺爱之人的恨比火还炽烈,当然他也怨恨着曾经与他海誓山盟的玉侠妹。他怨恨她势利忘义,怨恨她绝情冷酷。但他也始终认为他的玉侠妹是被传统的贞操观念束缚住了,是违心地屈从了那个并不爱的男人……此刻,他从邢玉侠的强烈反应和真情流露中,非常真切地得出了判断:他的玉侠妹依然心中有他。这使他的心中豁然明亮,他分明看见了他最最期望的美好结果。

“抱抱我——”邢玉侠喃喃地说,那样温柔,好像又回到了那个幸福的回忆中。

那是林金虎第一次探家归队的送别时,邢玉侠送他去车站,他骑着自行车,她坐在车后紧紧搂着他。累了,就来到田野里无人的打麦场中,在金色的麦垛上紧紧相偎。姑娘芬芳的体温触电般地传感着小伙子的身心。“抱抱我——”她幸福地闭上了眼睛,期待着最最醉人的时刻,然而,她却只能失望,林金虎只是抓住了她的手。他郑重庄严地对她说,待到洞房花烛夜,他就好好地抱着她,不放手,抱她一生一世,与她生儿育女,白头偕老。小伙子表达的不仅仅是真爱,更是对她负责的君子风度。然而,最真挚的爱却偏偏被爱所害,爱的机遇就这样失之交臂,就铸成了痛悔终生的怨恨。

林金虎心潮难平,悲苦不堪。邢玉侠却撕心裂肺地喊了声:“抱抱我,你这个坏蛋,你不是男人,我恨你——!”

她惨叫着,忽然就猛然咬着他的肩膀,好狠好狠,鲜血流淌下来,沾染了她的嘴唇。

林金虎依然一动不动,他明白邢玉侠的痛苦甚他千百倍。他觉得,如果这样可以减轻她的痛苦,他情愿让她咬碎骨头。

邢玉侠猛然转身,夺门而出,身后丢下冷冰冰的三个字:“我恨你!”

林金虎感到周身寒彻。他站着,依然一动不动。

崔三军赶忙追出去,一边压低声音叮嘱道:“嫂子,这事不能声张。千万要冷静,不要使性子,小心出大事啊!”

邢玉侠收住脚步,回过头对崔三军丢下句恶狠狠的话:“你告诉林金虎,我邢玉侠已经嫁了聂玉魁,是妖是鬼我认了,请他死了那个心。也请你们不要栽赃害人!”

崔三军听得清楚,特别是最后那“栽赃害人”四个字,真像把尖棱棱的锥子,刺得他的心口发疼。

崔三军返身回到小包间,看着林金虎痛苦不堪的气色,禁不住火往上冒。

“金虎哥,依我看,这个女人倒是混账。她的狗男人都那样了,竟然还执迷不悟。甭怪我的话难听,女人豌豆心,谁睡跟谁亲。”

林金虎长叹一声说:“不能怪怨玉侠,她是受害者,她心里比我还苦。毕竟,她陷得太深了!”

崔三军担心地说："她会不会把今天看到的告诉聂玉魁？或者说，气头上揭穿了混闹一场？"

林金虎说："我想不会，对一个女人来说，这事不比寻常。一旦揭穿，对她意味着啥，她应该很清楚。"又说道："兄弟，让你费心了，谢谢。这事到此为止，决不能因私废公，误了大事！"

崔三军说："这咋能算私事，打击犯罪，保护人民，是咱警察的本分呀。再说，咱必须通过邢玉侠，才能拿到那狗贼破坏军婚的证据呀！"

林金虎说："兄弟呀，今天见玉侠，该表达的都表达了，她的心我也知道了，也算达到了目的。知道她心里依然有我，也装的是我，这已经足够了。但让她回头，没有那么简单，她有孩子，有势利的父亲，有她哥玉成的饭碗，她面对的将是无法回避的现实。因此，对邢玉侠，我已经不抱希望了，我决定放弃。能得到她的心，已经知足了。"

说完这些话，林金虎就像虎啸般地大吼了一声，好像要把憋得许久的愤懑，都要自肺腑间倾泻而尽。那伤心的泪水，也不可抑制地涌出了眼窝。

## 第三十六章

邢玉侠心乱如麻地一路疾走，行至自家所在的楼前，却感到双腿绵软无力，便坐在草坪边的铁连椅上，眼神呆滞地望着她的家。阳台上搭着刚拆洗过的白色被里，随风飘飘摆摆。在她灰冷的心目中，像是兆示不祥的白灵幡。自从怀胎十月生下了聂玉魁的儿子，她的生活似乎已经完全属于聂玉魁了。自此后，她就努力地将林金虎自记忆中抹掉，而是百般温顺地伺候着那个男人。

但聂玉魁却对她失去了兴趣。说她出身贱，文化低、没档次、没气质，此类话张口就来，一不顺心挥拳便打。只有在这种时候，她才会思念起她的初恋情人林金虎，才会发出丝丝悔意。虽然她也不时怀念与林金虎恋爱的美好时光，却很悲观地认为，她与林金虎已无任何可能。林金虎也不会再喜欢她这个背信弃义的残花败柳，她只能默默忍受命运的安排。

凭着女性特有的敏感，她意识到聂玉魁在外有了新欢。而那个聂玉魁称其为“干妹子”的风骚女人白玉儿，就是最大嫌疑。近些天来，白玉儿成了他家的常客，当着她的面，两人亲昵调笑，毫不避讳。他们要吃饭喝酒，还得她下厨烹饪。邢玉侠不免责问，聂玉魁却毫无惧色地说：“你当好家庭主妇就行了，别狗拿耗子——多管闲事！”聂玉魁还会恬不知耻地对她说：“别说我和她干干净净，即使有那么一腿也不算啥。如今的好男人，谁还没几个‘干妹子’！”时至今日，丈夫与白玉儿肮脏的丑事终于让她亲眼看到了，真是忍无可忍。

“呃——！”邢玉侠的喉腔中发出声粗野的闷吼，这种声音好怕人。进进出出的男男女女都用一种奇怪的眼神瞅着她这位会长夫人，大概他们都被她难看的脸色震慑住了，想打招呼却欲言又止，接着便见鬼似的逃掉了。

其实，这些人邢玉侠根本没看见，她的脑子一片空白。恍惚间，她好像又回到了与林金虎热恋的幸福中。就是那条通往车站的炭渣路，路面不平，又弯弯曲曲，却奔驰着林金虎驾驶着的自行车以及后座上紧紧依偎着的她。车轮向前滚动，清风轻轻地掠，仿佛在身后撒下一路欢快的歌……就是那个远离村庄的打麦场，以及那个高高厚厚的麦草垛，还有她和他的林金虎。她紧紧将头埋进他军绿色的胸口，听得见他咚咚的心跳，发烫的脸颊、乌黑的秀发也被染成了军绿色。猛然，林金虎紧紧搂住了他，又是一个猛烈的翻身，将她紧紧压在了身下。她强烈地感受到了强健的不可抗拒的雄性力量和青春激情，她觉得她在这种强力面前非常弱小，也非常幸福。她觉得在幸福电流传遍周身的时刻，身体内部顿涌起一种奇妙的躁动和渴望。她渴望对方变成熊熊大火，疯狂而亢奋地燃烧，在冲天烈焰中将她与他完全焚化，然后融合成永不分离的一个整体。渴望正在变为现实，她觉得他那喘着粗气的、带着男性气息的一张大嘴已经朝着她的脸颊和双唇贴近。当然，她更有一种最激情的饥渴，她已可得知他下一步会干什么。他一定会将她的衣衫连同她的身体一起撕开，那撕开的动作一定很疯狂很粗野，但她却非常喜欢，那才是男人的魅力，那才是一个女性最最幸福的时刻，那应该才叫爱情。它更会撒下爱的种子，然后在爱的田野里，破土生芽，拔节生长，绽放出最美丽的爱情之花，结出最伟岸的爱情之果。她渴望着，那是令她狂醉欲死的渴望呀。然而，她却只能失望，他的嘴巴他的身体竟然离开了，他说他不能这么草率，他要将这个吻这个结合留在真正的洞房花烛夜，他爱她就得为她负责。她哭了，很伤心，她说你当了解放军，心高了，看不上我了。

他只是说接兵的首长说，服役期间不能谈恋爱。他还说他会为她争光，好好在部队干。立了功，提了干，就结婚，就接她到军营当随军家属，就天天夜夜不分离，他还说要她为他生个将来也当兵的大胖小子……

“妈妈——”一声小男孩的叫声把她惊醒了，这是她的儿子聂小鹏！

邢玉侠怔怔地看着儿子，半醒半醉的目光里，身边还有一个爸爸的身影，那身影是林金虎，他朝她灿烂地笑着，那才是应该属于她的幸福家庭！

“孽种——”邢玉侠尖厉的嘶鸣自喉管里阴恨恨地冒出去，一记恶狠狠的耳光也猛甩出去。

孩子凄厉地哭了，哭声又把她的心撕得粉碎，她猛然将孩子揽入怀中，也呜呜地哭了。

“我恨，我恨死你了——”邢玉侠的哭腔中又冒出如此阴冷的话。

周围的过路人都纷纷停下脚步，站得远远的，用一种奇怪的眼光看着这对母子。

邢玉侠忽然意识到了尴尬，头脑也蓦然清醒。害羞地慌忙起身，抹着泪，又理了理头发，做错事似的低着头牵着儿子，准备迅速逃回家去。

但就在这时候,她猛然发现那辆熟悉不过的“蓝鸟”轿车已停在路边,他的男人聂玉魁也不知何时已站在身边。

“怎么了,为什么打我儿子?”

“我……”邢玉侠心虚地低下头去,她不敢正视丈夫那凶狠的目光。

“钱包丢了,小偷,遇上小偷了……”

聂玉魁用眼扫了扫观望的人,显得大度又安慰地笑了,说:“大惊小怪呀,屁大个事!”一边抱起孩子亲吻着小脸说:“不哭,不哭,咱回家去。”

回到楼上,邢玉侠欲摸钥匙开门,才发现装钱的挎包真的没了,她意识到大概是丢在那个小饭馆里了。

“还真让小偷偷了。你说你能干啥,折了财还拿我儿子出气。他是你打的吗?他姓聂,是老子的种!”聂玉魁发作了。

邢玉侠忍不住顶了一句:“他也是我的儿子!”

“你的儿子?你也配!不就是农民嘛,你以为你是相府千金呢!”

邢玉侠气得牙关打战,但她只能默声忍受,这种羞辱近来不断加剧,她似乎已经习以为常了。

聂玉魁掏出钥匙开了门,说道:“我换件衣服,你也抓紧收拾一下,化化妆,今天你是主角。”

邢玉侠想问他出去有什么事,但却不敢问。丈夫哪一次弄事会事先告诉她?她是他的妻子,实际上却是个百分百的家庭保姆,甚至是个只有绝对服从的奴隶。她的不满、疑问和委屈,只能装在心中默默忍受。

聂玉魁换了衣服,却发现邢玉侠站在原地没动,顿时火了:“你就这样出去,狗肉不上席,真给老子丢脸。”

邢玉侠气得眼冒金星,这哪里是人在说话,这还是她的丈夫吗?忍无可忍,邢玉侠开始反击了:“我不去,你是我男人,不是我老子。我也是人,不是狗肉!你身边不就有狐狸精吗?让她给你露脸去。”

邢玉侠猛烈地爆发出来,杏眼圆睁,一对拳头紧握着,一副准备厮杀拼命的架势。

聂玉魁倒是放声大笑了,说:“刺激,真刺激,你终于厉害了一回。我喜欢你这个样子!”

聂玉魁忽然又像变了一个人:“我这人确实有缺点,但心不坏。凭良心说,你妈住院看病,你哥玉成安排工作,哪一样不是我办的?你家修盖房子,还不是我出的钱?其实,今天叫你陪我出去,也是为你家办事呢。告诉你,我干妹子给玉成找了个对象。那女子叫祁小云,我见过,比你还漂亮,不是我的面子,咋能看上玉成!”

邢玉侠无话可说了，聂玉魁所言不假，她那贫贱的娘家拖累着她，欠了人家多少人情，她还能对他怎么样呢。

楼下小轿车的喇叭不住地响，车里边白玉儿等得不耐烦了。邢玉侠急忙下楼，把孩子送到幼儿园，就小跑着奔到小车前。

白玉儿扔出句难听的话："什么意思，对人家姑娘有意见，我就立马走人！"

邢玉侠强装笑脸说："对不起，玉魁已跟我说了，真的感谢你！"

白玉儿爱搭不理地哼了声，脚下一踩油门，"蓝鸟"就唰地飞出去。

邢玉侠看得真切，这是聂玉魁的专车，白玉儿却毫不客气地驾驶着，俨然是女主人的派头。再看聂玉魁，贱皮贱脸，全没了对待她的威风和霸气。

白玉儿一直对使她失财又失身的聂玉魁深为痛恨，面对表姐赵梦娇的怯懦，却将她的报复心激发出来，毫不犹豫地蹚进了这坑浑水。目的其实很简单，就是要拆散聂玉魁的家庭，然后再与聂玉魁假结婚，一旦夺取了他的财产，就再与他离婚。对这个牺牲太大风险也太大的复仇计划，白玉儿很坦白地对丈夫直言相告。老婆故意要给他戴绿帽子，胡成当然坚决反对。但到底拗不过白玉儿，就索性由着她去。胡成毕竟也深恨着聂玉魁，又情知自己老婆已经跟人家不干不净，便退一步想到，如果能够夺回失去的财富，也是可以接受的。对一个让金钱扭曲了灵魂的家伙来说，已无道德底线可言，什么耻辱什么尊严，似乎都不在话下了。

在受到杨邦义的严厉谴责和警告后，聂玉魁害怕了，对赵梦娇收手了。聂玉魁最怕的人就是杨邦义，虽然他现在退居二线，但贺国兴书记是他的老部下，威望不减影响还在。要是惹恼了杨邦义，就会有不堪设想的后果。放弃了赵梦娇，白玉儿却主动投怀送抱，这真令聂玉魁心中狂喜。白玉儿虽然不是文艺范，姿色却丝毫不差，还具有赵梦娇不能相比的轻佻浪漫。第一次见面，聂玉魁就被弄得心猿意马。自从那次敲诈胡成时阴招得手，就一直对白玉儿念念难忘。一旦拥有了白玉儿，聂玉魁还真的把赵梦娇丢在了脑后。白玉儿说自古美女爱英雄，她只会对英雄投怀送抱，只会将窝囊废的所谓丈夫一脚踹开，聂玉魁相信了；白玉儿提出要跟他结婚，聂玉魁竟是一口答应。聂玉魁早已对土气的邢玉侠失去兴趣，而白玉儿才是可以使他颜面生辉的体面女人。色令智昏的聂玉魁肯定丧失警惕，只知享受桃花运，哪料阴毒美人计。

自从实施报复计划，白玉儿就动了给邢玉成介绍对象的心思。

为什么要这样做？白玉儿认为，自己的用心看似卑鄙，本质上却是正义的。她认为邢玉侠也是聂玉魁淫威下的受害人。表象上看似恶意加害,实质上却是善意帮助。如果计划成功,她不但可以惩罚聂玉魁,也可以使邢玉侠解脱痛苦,甚至可以与林金虎破镜重圆,是一举两得的义举。既然如此,就好人做彻底,再给邢玉侠她哥邢玉成介绍个对象。起码,于舆论于良心都有个交代。白玉儿的红娘计划一提出,居然得到了聂玉魁的赞赏和支持。对聂玉魁来说,由自己牵头给妻哥介绍对象,而且是由婚外情妇当红娘,老婆邢玉侠也只能是梦魇里打鬼——心里想抡刀,手脚动不得。丈人家又欠下他一笔人情账,这个恩情就堵住了邢家的嘴。即使他将邢玉侠抛弃与白玉儿结婚,邢家的人也不会过度反抗,舆论上也不会对他不利。这个用心,竟然和白玉儿异曲同工,便有了由情妇白玉儿为情敌娘家哥当红娘的奇葩一幕。

邢玉侠现在却联想着那几张淫荡不堪的照片,她可以断定,那个女人就是白玉儿。是情敌啊,为什么又会给她哥邢玉成介绍对象?

白玉儿老练地驾车前行,一路上与聂玉魁谈笑风生,倒像是情投意合的夫妻。而作为妻子的邢玉侠却根本插不上话,只能很尴尬地被冷落在后座上。

一缕很强的自卑感又漫卷开来,乌云一样遮在邢玉侠的心头。她觉得这个女人也比她漂亮,比她时髦,更有一股妖冶的味道,自己真的比不上她。像这样骚情妩媚的女人,一般男人怕都禁不住诱惑,更何况她这个好色无德的丈夫。便不禁又想到录像中的淫乱情景,一口恶气顿涌心头。

“骚货!”邢玉侠下意识地骂出了声,声音尖锐,惊得白玉儿打个哆嗦。

聂玉魁回过头来,满眼凶光地瞪着她。

“你说什么?”

“我……我骂小偷,刚才的那个小偷,是个女的。”邢玉侠仿佛大祸临头,慌忙找借口掩饰。

聂玉魁笑道:“舍点小财嘛,别放在心上。”接着便将邢玉侠菜市场丢钱的事解释一番。

白玉儿冷笑道:“小偷也有眼力,专拣乡巴佬偷呢。”

邢玉侠嚷嚷说:“我想吐,我晕车,我要下车……”

聂玉魁又回头笑道:“她那人就这样,刀子嘴,跟你开玩笑呢!”

白玉儿才不买这个账,从鼻子里尖厉地扔出声“哼”,脚下一踩油门,车子又唰地向前猛蹿。

“姑奶奶,慢点呀,闯红灯了!”

“闯红灯又怎么样，聂会长的大驾，王法也不敢挡！”

“英雄难过美人关。多少好男人，不就栽在你们这女流手里！”

“不是手里，是石榴裙下，裙下风光醉死人，啊哈哈哈……”白玉儿故意这样恶心，淫荡的尖笑声在车内荡漾着。

“一对狗男女。”邢玉侠恶狠狠地骂了声，只不过，这声骂并没出声，它让紧咬的牙关挡回去了。

# 第三十七章

见过邢玉侠之后，崔三军与林金虎就去给“三嫂子”交还录像带。下了出租车，给“三嫂子”捎了话，俩人就在幸福汤对面的小酒馆里落了座。

崔三军说：“其他事先丢在一边，咱现在只管喝酒，就为找到‘木墩’庆贺。”

也不点什么菜，只让店家称了一斤腊牛肉切成大块；再要来一瓶西凤酒，又不用酒杯，只用小碗，颇有点梁山好汉大快朵颐的豪气。

一碗酒下肚，崔三军的胸中顿生一股英雄气。心想今天要是遇着了聂玉魁，他会像醉打蒋门神的武二郎，把那个欺男霸女的狗杂种打个七窍冒血。

喝了两碗，崔三军压低声音神秘地说：“如果运气好，说不定就能等着姓聂的和那个婊子。如果捉奸在床，先揍他个狗血淋头，再叫玉侠来看现场。玉侠再麻木，怕也受不了。就该与狗日的离婚，就该物归原主。”

林金虎苦笑着摇摇头，说道：“此话不提了。”

崔三军说：“我却是放不下了。开弓没有回头箭，就不信老天不开眼。”

这时候，“三嫂子”急火火地跑来了，低声嘶叫道：“录像带呢？你把兄弟吓死了。多亏老板没察觉，不然我就死定了。”

崔三军说：“有你崔哥在，就死不了。”

还了录像带，就请他一起喝酒，“三嫂子”却说正在上班不能饮酒。正要离去，却被崔三军叫住了，低声说道：“给我盯着矮胖子，一旦带着女人进去，就马上通知。”

“三嫂子”说道：“现在就来了，还带着两个女的，一个是录像里的，一个不认识。”

崔三军精神一振站了起来：“听见了吗？钓着大鱼了，两个——两个骚货呀！”

崔三军又问：“进老地方了吗？”

“三嫂子”答:“还没,让裘老板碰着了,迎进他的办公室了。”

崔三军说:“赶快弄两身工作服,我俩立等!”

“三嫂子”害怕了:“又想干啥?”

崔三军说:“你甭怕,只要打开八楼的仓库门,就没你的事了。还愣着干啥,你现在要滑头,也晚了。”

“三嫂子”说:“站着说话不腰疼,在人家手下混,能不怕吗?”

崔三军说:“大不了,改换门庭,安排你到所里当协警。”

“三嫂子”眼睛一亮:“真的?”随即又摇着头诡笑道:“像我这号人,有可能吗?”

崔三军说:“浪子回头金不换。这次找‘木墩’,你可是立大功了,所长还夸奖你哩。如果再立一功,你的身价就更高,我也更有话语权!”

“三嫂子”说:“崔哥,我相信你是诚心,但穿警服的好事却不敢想。冲着崔哥的义气,豁出去了。但还是把话讲在前头,不管你弄出啥事,丝毫也不能连累我!”

崔三军说:“没问题,绝对保密。”

幸福汤的工作服很快拿来了。喊服务员结了账,俩人又急忙到卫生间换了衣服,就一起朝外走去。

林金虎有点担心地说:“是不是太过鲁莽,合适吗?”

崔三军说:“咱只是见机行事,你知道,我这人粗中有细。”

常言道“无商不奸”,“裘刀疤”是老江湖,自然比一般人心眼多。便在大套间里秘密设置了夹层,并在里外都安装上窃听器和专用摄像机,用心当然不良,就是为了窃取隐私。一则靠出卖经济机密赚取不义之财;二则靠窃取不法官员的肮脏证据,为自身留作可以要挟他人或可保护自己的安全盾牌。但是,事实上这两个大套房用处并不大,因为那两类贵客并不喜欢在闹市区的三流酒店搞什么机密,几乎是闲置着。倒是聂玉魁这厢忙碌,大套间等于成了他的专用房。也许是天不容奸吧,聂玉魁这么一个出身公安的老狐狸,却竟然没有发现“裘刀疤”暗藏的秘密。

就在林金虎和崔三军由“三嫂子”掩护着混入酒店的同时,聂玉魁领着两个女人也进了房间。

进得房间,聂玉魁便大叫太热,要洗澡。说着叫着就毫不回避地当着两个女人的面脱衣服,脱得只剩下一条裤衩,那肥硕臃肿的躯体,看上去活像一头又老又肥的大公猪。

邢玉侠倒是羞得尴尬,大声提示说:“注意形象,还有外人呢!”

聂玉魁说:“果然封建,少见多怪嘛!”

白玉儿笑道:“能进这房间的,都不是外人。”一边自大衣柜里取出白色的浴衣替他披上了,又伸手朝他的脑袋上娇嗔地轻戳一下说:“你也确实太那个……”聂玉魁非但不恼,反倒哧哧地笑。

白玉儿自冰箱里取了瓶橙色的“酷儿”,二郎腿高跷地坐在大沙发里;又自茶几上的烟罐里抽出根细长的雪茄,旁若无人地点燃了,朱唇半翘,吐出了几个长长的烟圈儿。

白玉儿这时将太阳镜摘下来了,邢玉侠至此已确认,这个女人竟是她家的常客,聂玉魁的干妹子,也是录像中的那个骚货。今天装扮迥异,一时未能辨出。最令她感到吃惊的是,他和她居然当着她的面,如此露骨,毫不掩饰。

邢玉侠努力克制着自己,但女人特有的阴毒也涌上心来,她暗暗发狠说:不能再忍了,哪怕今天鱼死网破!

不一会儿,聂玉魁自浴室出来了,一边嚷嚷着“真舒服”,一边招呼道:“你两个也洗洗,天好热,这一身臭汗。”听他的口气,好像这两个女人,就是他的两个老婆。

聂玉魁又特意凑近邢玉侠说:“洗洗去,洗了,就把丢钱包的晦气洗掉了。”

邢玉侠却气呼呼地问道:“说,你领我来,到底要干什么?”

聂玉魁答道:“为玉成相亲呀。”

“那为啥到这里来?”

“休息一下,约定时间还早嘛。”

白玉儿却尖溜溜地叫了声:“她不洗,我洗。我不像乡里人,我得讲卫生!”

聂玉魁说:“你这人呀,就是嘴不饶人,面似桃花嘴似刀。”

白玉儿说:“不对,是面似桃花心似菩萨,没有我的滋润,你这会长大人能那么精神?”

邢玉侠实在忍无可忍,怒吼起来了:“真不要脸,妖精——!”

一边冲上前去,抓住白玉儿的长发猛烈拖扯。白玉儿抵挡不住,四仰八叉跌翻在地,便像头被激怒的母兽,双手也胡乱抓扯抡打。

聂玉魁恼羞成怒,只是将怒火撒向自己的老婆。在男人强有力的撕掰下,两个拼命厮打的女人被隔开了。接下来,那一对拳头,暴风雨般地砸向了自己的妻子。

这时候林金虎正好走到门外,听到邢玉侠的惨叫声,千仇万恨顿涌心头,运足气力猛踹一脚,便将关闭的房门蹬得大开。他猛虎扑食般地冲上前，一把当胸揪住了聂玉魁，双目喷射着怒火，紧握的右拳发出恐怖的骨鸣。

突如其来的不速之客，将聂玉魁惊呆了。

“你……你想怎样？”

二目对峙，一双是报仇雪恨的怒火，这怒火烈焰熊熊，真能将精钢烧成水；另一双是极度恐惧惊惶无措的怯懦，这双眼睛现在恨不得生出翅膀，带着他笨重的一身肥肉仓皇逃去。

见对手不敢下手，逃出躯壳的魂魄就又回来了，聂玉魁大声吼道：“放手——！”

回答他的却是狠命的一击。林金虎的重拳击中了聂玉魁的面门，那鼻子嘴巴里便像酱菜园子被砸烂了，红的、黑的、青的、白的，都随着一声痛苦的哀号朝外乱喷。还未喷尽兴，又一记更凶猛的打击如巨炮冲击。随着一声沉重的轰响，聂玉魁那肥硕的身躯便被抛向空中，打了个笨拙的怪旋儿，又重重地跌落在靠墙的大沙发上，一骨碌翻落下来，又砸翻了钢化玻璃质的大茶几，那上面的茶壶、碟儿、杯儿也噼噼啪啪地脆响着，摔碎了一地。

林金虎至此什么也不顾了，他恨不得将这个夺他幸福的流氓恶棍重拳打死。

一旁的崔三军则发出了痛快的大叫：“打得好，打得好！”

这时候，有个人在身后将林金虎的一条腿死死地抱住了，扭头一看，竟是邢玉侠。

看见邢玉侠趴在地上，不顾死活地抱住他的腿，林金虎的恨气倒是更添一层，他的心中苦叫着：“你护他，你护着这个魔鬼，你咋就这么下贱呀！”

林金虎怒吼一声，拼命一甩，便使邢玉侠滚翻到一边。又顺手将一旁的瓷花盆一把抓起，他要对仇人进行致命一击。

邢玉侠放声大哭，一边哭叫道：“金虎哥，不能这样，会出人命的呀！”

崔三军这时也冲过来，拼命地拦住了林金虎。

林金虎对着邢玉侠叫道：“这就是你情愿嫁给的好男人？这就是你追求的幸福？还能忍受吗？不觉得悲哀吗？”

崔三军也说道：“大姐听我一句劝，害你的是这头猪，爱你的是金虎哥。赶快醒悟吧，向法律求助，离婚吧，离开这个坏蛋！”

聂玉魁奇怪地大叫道：“打得好，你终于打了老子！”

“怎么会这样，怎么会这样……”邢玉侠却大哭大叫起来。

事情到了这一步,邢玉侠知道这个祸事闯大了。这沉重的几拳,彻底地击碎了她那摇摇欲坠的婚姻。从此后,她恐怕连忍辱偷生的可能都没有了。聂玉魁与白玉儿当面纵情,已经明确发出了危险的信号,这不是将她无情抛弃是什么?"离婚"二字猛蹿心头,令她完全崩溃。她不敢想象与儿子小鹏母子分离的悲惨情景,不敢想象她的父亲她的哥哥如何面对失去富贵的跌落,不敢想象如何面对大林庄村民的舆论。纵然林金虎依然爱着她,愿意接受她,但是他的父亲能够容忍吗?她还能回到那个家吗?还能回到大林庄吗?一个个无法回避的现实问题,像一簇簇火焰,炙烤着折磨着她,令她痛不欲生。

看见聂玉魁挨揍,白玉儿的报复心却得到了极大的满足。这个身手不凡的健壮青年就是邢玉侠原来的未婚夫。林金虎曾在狼沟矿干过不短的时间,她当然熟悉。没有夺妻之恨,岂能如此拼命。她的心中在为打人者加油鼓劲,巴不得他能够将这个衣冠禽兽活活打死。既然林金虎出了狠手,聂玉魁还能忍受吗?不会的。即是冲着林金虎对邢玉侠藕断丝连的旧情、冲着这顿恶拳暴打,聂玉魁也会与邢玉侠离婚的。白玉儿今天牺牲廉耻的肉麻表演,也的确恶心至极。但是,破坏聂玉魁家庭的离间计不但大获成功,还取得了出乎意料的特殊效果。她现在可以断定,自己的报复计划,很快就会变为现实。

白玉儿看见聂玉魁伤得不轻,心中解恨极了,却装着心疼的样子为他拭血,不料又刮住了未断尽的掉牙,疼得他杀猪般地号叫起来。

对崔三军来说,心中又何尝不是意外之喜。本想进一步拿到可以令邢玉侠痛下决心的确凿证据,却不料鬼使神差,需要大费周折的难事,竟然一步到位了。

这时候,外面楼梯上有了不小的动静。

崔三军压低声音提醒道:"不可久留,咱们撤!"

冲到套间外的楼梯口,酒店的人把路堵住了。崔三军一眼就看见了"三嫂子",猥琐在人后头,吓得变脸失色。有个长得高大的叫道:"给我堵住,警察马上就到。"

崔三军笑道:"报什么警,老子最不怕警察!"

俩人说冲就冲,有两个不知深浅的扑上前来捉,却不是崔三军的对手,挥拳踹腿间,就被打得人仰马翻。其他人就怕了,乖乖地闪开了一条路。

那些人挡道的工夫,酒店老板"裘刀疤"跑进包间喊道:"大门锁了,也报警了,马上就到。"

聂玉魁却气急败坏地叫道:“不能声张,谁让你报警了?”

“裘刀疤”傻眼了,不知如何是好。

聂玉魁说道:“赶快通知 110,撤警。就说是客人的家务纠纷,误会了。那两个人也不要拦,放了!”

“裘刀疤”返身跑出去了,一边喊道:“把门打开,让他们走!”

事发突然,聂玉魁真是万万没想到。他现在连对仇家的怨恨都顾不上,只有后怕和后悔,肠子都悔青了。自己也是太狂妄了,狂得肆无忌惮。你明知自己正在活动着一件大事,决不可“小不忍而乱大谋”,却偏偏色令智昏,在最不应该犯浑的时候犯浑,将两个最不宜见面的冤家女人碰撞在一起。他又不禁埋怨着白玉儿,你这骚狐狸呀,偏偏在这时候要给邢玉成介绍什么对象。这也就罢了,你又偏偏这样嚣张,就趁这工夫故意羞辱邢玉侠?老子已经答应与你结婚,你怎么就一时半刻也等不及?这都是自找的麻烦,活该挨揍。挨打还是小,节骨眼上张扬到最敏感的地方,对他就大大的不利了。

“裘刀疤”很快就返回来了,说是已经撤了警,那两个人也走了,聂玉魁才放下心来。

平静下来,聂玉魁的决心也下定了。林金虎的拳头固然可恨,却反打正着,正好符合了他喜新厌旧的心愿,也给了他与邢玉侠离婚的理由。要说此前还念着儿子小鹏,犹豫不决,但现在却促使他痛下决心。既然你们藕断丝连,我就借坡下驴,成全你们。既可以乘机甩掉从来没有真心爱过的已经厌烦的乡下女人,又可以光明正大地娶了风骚可心的白玉儿,正好也化解了心腹之患。为了一个并无真爱的人生活在仇恨的阴影中,实在不划算。

# 第三十八章

等聂玉魁回过神来,邢玉侠已经不知去向。精明的白玉儿则悄悄跑出去,请来了私营诊所的医生。其实问题不大,除了掉牙,也只是些皮外伤,简单处理一下就无妨了。

医生刚走,聂玉魁就埋怨起来:"你今天过分了,故意恶心吧?"

白玉儿娇滴滴地说:"不是要离婚吗?我不恶心,她能死心吗?"

聂玉魁吼道:"恶心得好,把灾星招来了。老子挨了打,丢了人,你可是开心了!"

白玉儿依然娇嗔道:"看你说的,心疼还来不及呢。这个家伙真野蛮,敢对会长动手,吃熊心豹胆了。"

聂玉魁说:"真是红颜祸水,走走走,心烦,我想一个人静一静。"

白玉儿说:"那我就走啦,有事叫我呀。"然后就拧屁股走人。任务超额完成,产生了意想不到的效果,不开心才叫怪呢。只是开心过头,把邢玉成订婚的事忘得一干二净。

打发走白玉儿,聂玉魁却打电话把燕德久叫了来。

聂玉魁说:"我叫人打了,你肯定想问什么原因,我就实话实说。打我的叫林金虎,是邢玉侠的前未婚夫。林金虎一直怀恨在心,与邢玉侠也是藕断丝连,现在终于暴露出来。我该怎么办?叫你来,就是想听听你的主意。"

聂玉魁的婚姻来得不正当,燕德久当然知道,迎亲现场与林金虎发生冲突时,他就在现场。这是因果报应,无法避免。但是发生如此严重冲突,肯定另有原因。是不是因为那个女演员而起?他最近又有个交往亲密的干妹子,是不是这个女人与他老婆发生冲突,就引来了挥拳相向的林金虎?现在聂玉魁正在火头上,这些猜测也不便追问。

燕德久问道:"报警了吗?"

聂玉魁说:"要是能报警,我还叫你干什么!走掉了,让他走掉了。"

燕德久说:"走掉了好,我认为你做得理智。"

“理智吗？我都让人打成这样了！”

“匹夫见辱，拔刀而起。有智慧者，隐忍为高。”

“请你来，不是让你咬文嚼字，是让你拿个主意，替我出口恶气。”

“姓林的对你逞凶，确实可恶；但论性质，却是情仇。他是个小人物，可以皮毛不顾；你却是名人，丢不起这个脸。若是声张出去，只能惹人非议，越抹越黑。到那时，上上下下会怎么看你？”

聂玉魁说：“其实我就是这么想，要不然为啥不报警。说句实话，我和他都有一口恶气。我可以忍，林金虎却不能忍，他要是闹上法庭怎么办？我也不拐弯了，我想跟邢玉侠离婚，从根本上化解矛盾。”

燕德久吃惊道：“离婚？用离婚化解矛盾？”

聂玉魁说：“解铃还须系铃人，林金虎恨我娶了邢玉侠，我就把人还给他，看他还怎么恨。这样办吧，你陪我去，再叫上村支书林志诚，面见林金虎，跟他进行面对面的和解。”

燕德久说：“下下策，不可取。小鹏怎么办？小鹏可是你与她亲生的。大人轻率离异，对小孩子的伤害最大。再说，你认为离了婚，就把人还给他了，但对方认可吗？邢玉侠即使以后再婚，能保证嫁给林金虎吗？”

聂玉魁说：“我的事情我明白，林金虎就是个癌瘤子，不及时处理，就会扩散，就会要命。顾不了恁多了，我下决心了。”

两人一时无语，聂玉魁抓起一支烟点着，狠劲地抽。忽然又恨恨地摁灭了，说道：“有件大事情，我也不瞒你了。我准备返回原单位。”

燕德久大吃一惊，急问道：“回煤监局？”

聂玉魁摇头道：“回那里干啥？是回公安局。”

燕德久更是吃惊，连话也说不出来了。聂玉魁为啥不报警？他现在明白了。聂玉魁能够告诉他，说明这事十拿九稳了。节骨眼上，岂能让这种丧德丢人的事情传扬过去。

见燕德久没什么反应，聂玉魁忍不住问道：“难道，你不感到高兴？”

燕德久说：“高兴是自然的，但我还是有点不大明白。”

聂玉魁说：“有话直接说！”

燕德久说：“我认为似有不妥。其一，你的年龄偏大，甚至都接近退居二线，再上升的空间太小。换一个岗位从头开始，又得费九牛二虎之力，还怕是得不偿失，不划算。其二，你是从那里出来的，难免会有心眼不对的。你不在，他们也不会计较。你若回去，潜伏着的矛盾就会发酵，就有可能陷于复杂的人事关系中，费心劳神，争争斗斗，不划算。其三，商会的局面刚刚打开，公司的经营又非常好，你的业绩正在发展中。你若走了，岂不是功亏一篑。再说,公司咋办?跟你的弟兄们咋办?”

聂玉魁听言大笑,说道:“看来你只配当军师,却当不了山大王。你说过去那些刀客,甚至那些土匪,最大的心愿是个啥?还不是想着受政府的招安,落个正统的名分。你说人拼命挣钱为啥?并不是单单为了财大气粗的威风,也不是为了作威作福,最大心愿还是正统的名分。你看那一个个所谓的民营企业家,谁不想当个人大代表、政协委员。关键我是从那里跌倒的,就得从那里重新站起。佛争一炷香,人争一口气,我聂玉魁不是笼中的狼,是山中之虎,这口气非争不可。”

燕德久说:“那你的公司咋办?”

“我有儿子呀,金牛不能干吗?再说,等我几年后退休,回来接着干难道不成?”说到这里聂玉魁笑了,“你感到不安我理解,实话告诉你,我回局里,也会把你带着去,而且,必须有很不错的位置。放心吧,车书记已经同意了。我不会丢下兄弟的!”

燕德久绽颜笑了,拐来拐去,他其实等的就是这句话。跟着聂玉魁辛苦一场,财势双收,值了。

聂玉魁说:“我想回公安局,尽管尽量保密,但哪有不透风的墙。要是让不情愿的人知道了,肯定会使绊子。我怀疑林金虎背后有人,教唆着他跳出来,故意制造事端。”

燕德久问道:“会是谁?”

聂玉魁说:“杨邦义。当初就是他跟我过不去。他现在虽然退居二线,但仍有影响。他又是龙潭镇的人,我跟林金虎的过节他不可能不知情。”

聂玉魁为什么要离婚,燕德久有点明白了,聂玉魁是怕有人利用这颗毒瘤,使其尽量扩散,影响和破坏他调职的大事,才选择放弃邢玉侠。却是情急智昏,做起了糊涂又愚蠢的事。他现在与聂玉魁已是前途攸关的命运共同体,就不能允许聂玉魁执迷不悟,要当头棒喝,起码要让他改变策略。

燕德久说:“我认为,在你调职的敏感时刻,离婚决不可取。你想用离婚化解矛盾,消除影响,但效果只会相反。林金虎毕竟是小人物,能掀起多大风浪?而你是公众人物,一旦离婚,就肯定掀起舆论的风暴。不管谁是谁非,都将对你不利。假如你有潜在对手,岂不正好中了圈套!”

这番话还真把聂玉魁提醒了,又点着了一支烟,沉思着,在原地走来走去。

燕德久说:“我认为,用利益诱惑,这是上策。由我出面找他谈,给他一笔钱,或者帮他找工作。他退伍在家是农民,难道就不动心?邢玉侠已经与你结婚生子,覆水难收,难道他不懂这个道理?”

聂玉魁叫道:“根本行不通,我先前曾经找他谈过,又是给安排工作,又是要给经济补偿,可人家生冷不吃。”

燕德久说:“此一时,彼一时,情况是会变化的。常言道‘穷凶极恶’,他能找你拼命,也许就是混得狼狈,才歇斯底里发狂。另外还有个办法,就是釜底抽薪!就让邢玉侠直接出面,面对面声明她对你的爱,谴责他破坏别人家庭,林金虎也就应该绝了念头。”

聂玉魁说:“那就更是行不通,要是那个贱人不肯与林金虎绝情呢?岂不是火上浇油,越发不可收拾了。”

燕德久说:“不会的。依我的感觉,嫂子对你很忠贞。中国女人嘛,很传统也很现实,嫁了谁就随了谁,死心塌地。何况,到哪里去找一个家财万贯的丈夫呢?她当初愿意嫁你,还不是图的这个。让她抛弃富贵去当叫花子了,鬼才愿意干傻事!”

聂玉魁说:“兄弟,当哥的是真对她没感觉了。不是她愿意不愿意跟我,是我真不想要她了。我为此也很痛苦!”

若要人不知,除非己莫为。聂玉魁如何迷痴女演员赵梦娇,又如何跟胡成老婆白玉儿纠缠不清,燕德久时有耳闻,心里恨道:果然是让狐狸精迷住了,这恐怕才是执意离婚的原因。于是更坚决地说道:“小不忍则乱大谋。即使你想离婚,也要等到调职以后。起码,我想的主意,是可行的缓兵之计。”

说话间,外面响起敲门声,聂玉魁示意燕德久去开门,进来的竟是胡成。

胡成脸色发青,眼光冷峻,沮丧、屈辱、愤懑,是很复杂的表情。

突然看见他,聂玉魁不免有点心虚:“怎么啦,难道比我还狼狈?”

胡成喘着气,瞪着眼,却迟迟不肯开口。

燕德久知趣地说:“您有事,要不我先走,等你电话?”

还没等聂玉魁发话,胡成就叫起来了:“我的矿出事了,井下炸药库爆炸,打穿了老塘水,把阳河大矿的综采面淹了!”

聂玉魁和燕德久都是吃惊不小,面面相觑,半天都说不出话来。炸药库爆炸,对他俩意味着啥?那雷管炸药,不就是他俩推销的吗?一旦进行事故调查,不就露馅了吗?

其实,胡成说炸药库爆炸纯属撒谎,只是在放煤炮时,打穿了一窝储量并不大的老塘水,虽然殃及大矿的综采面,却没有造成严重后果。但是,事情发生了就得处置。胡成知道聂玉魁跟大矿领导能说上话,自然就会想到他。又始终对聂玉魁敲诈他的事耿耿于怀,现在又恨着老婆白玉儿跟他不干不净。现实需求与心里愤懑搅和在一起,就半是乞求半是威胁发泄地找了来。

聂玉魁吼道:“你爆炸了,跟我有啥相干?”

胡成说:“你不是会长吗?不找你该找谁?”

聂玉魁的吼声更大了:“想干啥?要挟吗?”

燕德久急忙问道:“死人了吗?”

胡成说:“那倒是没有,我这边地势高,水全灌到大矿那边去了,工人都撤出来了。”

燕德久说:“我问的是大矿,大矿那边没伤亡吗?”

胡成说:“那倒没有,那是个刚准备好的新综采面,人还没进去。”

燕德久说:“我当什么大事呢,大惊小怪。既然没死人,抽干水不就结了?遇事要冷静嘛!你是干煤矿的,懂得其中道道,难道就没个主意?”

胡成苦笑出一脸怪肉,说:“我能有啥主意,淹了阳河大矿的综采工作面,造成了重大损失,能不追究吗?我就怕拔出萝卜带出泥,连累了聂会长!”

聂玉魁叫道:“连累我?你是威胁谁?把老子惹急了,有你的好果子吃吗?你的屁股干净吗?”

胡成当然屁股上有屎,一气之勇顿时就泄了,可怜兮兮地说道:“会长你误会了!我的意思是,你在煤监局和阳河矿都说得上话,只要他们不深究,就能逃过这一劫!”

聂玉魁的语气也和缓了:“什么一劫一劫的,遇事慌张顶球用?这样办吧,你赶快组织排水,尽量消除后果,同时封锁消息。矿务局那头,我去做工作。”

胡成离开了,聂玉魁说:“这个狗东西,是来胁迫咱的。但这事必须管,关键时刻炸药库出事,肯定对咱不利。”又说道:“我的家务事就按你的想法办,就当是缓兵之计。”

燕德久则说道:“兄弟再给你推荐个影片,看了有好处。”

聂玉魁感到莫名其妙:“啥?啥电影?”

燕德久笑道:“《画皮》,是揭穿一个掏心厉鬼。桃花运是倒霉运,得防着些!”

聂玉魁叫道:“德久啊,你这毛病必须改,阴阳怪气。”

# 第三十九章

对聂玉魁来说，狼沟矿的那点事并不难办。这几年，煤矿经营困难，聂玉魁也曾帮阳河大矿联系过客户，算是有了交情。现在聂玉魁出面讲情，也就大事化小了。摆平了这个事，聂玉魁就驱车前往龙潭镇，开始实施他的缓兵之计。

一路上，燕德久很专注地开着车，聂玉魁坐在副驾驶位置，一路无语，气氛压抑。然而，坐在后排的邢玉侠却是思绪起伏。

幸福汤酒店里出事后，邢玉侠满怀委屈和恐惧回到娘家。接着她哥邢玉成也赶回家中，怒斥她不该与林金虎藕断丝连，坏了他的大事。这才知道那个白玉儿还确实为他哥邢玉成介绍了对象，与女方见面也是真的。她爹邢友贵便将她臭骂一顿。娘家待不住，邢玉侠又只好返回城里，豁出命来才敢走进家门。没想到聂玉魁却对她表示了歉意，并保证以后再不跟白玉儿来往。但又开出个条件，她必须与林金虎当面了断。否则，就要揪住林金虎在狼沟矿的事故责任，将他送进监狱。

现在最痛苦的还是邢玉侠，林金虎突然现身并痛打聂玉魁，这是她始料不及的。自从小饭馆见面，她知道林金虎至今未娶并依然深恋着自己，无疑深感欣慰。这却使她陷入了更深的痛苦。她已经成了别人的妻子，她跟林金虎已无任何可能。她不忍心耽误了林金虎的终身，更不能因为她给林金虎带来灾祸。

作为女人，在两个爱与被迫爱的男人之间进行感情评判，真是一场残酷的游戏。一个是真爱的，另一个是并不爱的；真爱的却有缘无分，并不爱的却与他同床共寝并生下孩子。孩子——应是爱情的幸福果啊，而这个孩子却偏偏是遭受暴力和污辱后产生的恶果。正是这个恶果，将她连茎带根地彻底断送了。当她第一眼看到呱呱坠地的孩子，心中产生的并不是第一次当母亲的幸福与甜蜜，而是感到恶心，甚至产生了更强烈的屈辱感。她曾透过泪水恨恨地诅咒他，孽种啊孽种，你不该到这个世上来，你不是我的幸福啊！当诅咒产生时自然会想到她的金虎哥，往昔的好感也居然扭曲变形，变成了怨恨。假如，林金虎很勇敢地将她拥有过，哪怕只有一次，他也是自己的第一个男人。这个孩子就会是他的，而不会是聂玉魁这个流氓的。可恨她的金虎哥太老实，他没有那样轻率，他没有表现出男人应有的野性。结果，他输得很惨，不仅输掉了自己，连她的幸福也彻底输掉。

渐渐地，孽种长大了，会爬了，牙牙学语了，会走路了，会叫“妈妈”了。每当听那孩子叫着“妈妈”，并伸着小手扑进她怀里的时候，她感到的又是初为人母本能的幸福。然而，当她事实上的男人聂玉魁出现了，温暖的心中便徒增冰霜。特别是当聂玉魁逗着孩子要他叫“爸爸”时，耻辱感总会油然而生。但事已至此，她还能怎么办呢？她只能尽量使自己理性起来，只能屈从于无法改变的事实。当然，她不得不承认，嫁给聂玉魁，她娘家的境况立即大为改观。尤其她那个势利的父亲，则有了一种扬眉吐气的成就感，他为有一个有钱有势的女婿感到自豪。尽管这个女婿是比他仅小两岁的同龄人，但他并没有因此尴尬和羞耻。母亲是她最爱的人，也是她与金虎哥恋爱的坚定支持者。这时候也只能劝她忘掉前情，屈从命运。至此，她才明白，女人生在了弱势家庭，就只能成为屈从于命运的弱者。不仅仅要屈从于强加的婚姻，还得屈从于她的至亲骨肉，他们的本质原来都是自私的、功利的。这使她感到孤独凄冷。不该来的孽种竟成了她唯一的精神支柱。

通过酒店爆发的风波，邢玉侠更强烈地感受到林金虎执着的爱。她觉得确实到了痛下决心的时候了。但是，理智又告诉她，聂玉魁一定会抓住狼沟矿事故的把柄，将林金虎置于死地的。而可以救助林金虎的恰恰是她自己。因此，当聂玉魁提出要她与林金虎当面了断时，她答应了。她在想，伤害是暂时的，假以时日，她会以离婚的实际行动证明自己的真实用意。但是，这毕竟是对心上人非常残酷的伤害啊，这让她如何面对？

按照聂玉魁的意思，谈话的地点仍然选择在龙潭镇一个比较偏僻的旅馆里。通过村支书林志诚，叫来了邢玉侠和林金虎。为了避免尴尬，把他们分别安排到不同的房间里。而且，林金虎的房间里有套间，里面藏了聂玉魁。用心周到的安排，是燕德久亲自操作的。

觉得安排好了，燕德久就由林志诚陪着，走进了林金虎所在的房间。

林志诚首先说道：“虎娃，我才知道你跟聂玉魁起了冲突，你是不是把人家打了？”

林金虎说道：“请相信我，错不在我。我这拳头只打坏人。要不是看在你老的面子上,我是不会来的。”

林志诚说:“叔知道你的心,玉魁也觉得他有错,而且你们中间确实有误会。要不然,人家挨了打,还会来跟你和脾气?”

燕德久趁机说道:“经过我做工作,聂会长的火气也消了,有宽容你的意思。你们中间误会很大,但事情的原委绝不是你所想象的,一句话,你错怪了聂会长。他现在愿意跟你消除误会。只要你能理智地面对事实,他肯定能够原谅你。”

林金虎问:“邢玉侠,她会来见我吗?”

燕德久说:“肯定来,解铃还须系铃人。”

林金虎说:“依我看,这个铃无法解开,不如到此结束。”说罢就起身朝外走,却让林志诚拦住了。

燕德久似乎失去了耐性,勃然动怒地说:“有件事我本来不想说,是让你逼出来的。你在狼沟煤矿时,是不是发生过一起伤亡事故?你是不是主要责任人?如果依法追究,起码判刑坐牢!为什么没追究?不就因为聂会长发现是你,才网开一面。他为什么这样做?不就因为他与你是同村人,按辈分你管他应该叫叔叔,他不忍对你下黑手。就因为你们之间已经有误会,他不想再生误会再生怨恨。他要是像你这么极端,你早就蹲大狱了。小伙子,论年龄,我也可以算是长辈,好心劝你一句,不要再想着邢玉侠了。纠结下去,没有好处。”

林金虎在心里头发出冷笑:好一个称职的狗腿子!那么多敲诈勒索,也该是这种套路吧?

燕德久却对自己的这番劝解感到满意,他觉得自己做到了“晓之以理,动之以情”,而且具有威胁性和杀伤力。但更令他满意的是,表演的效果出来了。因为对方的表情已有了明显的变化,便进一步将话题引向实质。

燕德久说:“你的心情我理解,我也是过来人,我也失恋过,就是像你这样,被对方背叛了,甩掉了。但我挺过来了,因为我能够理智,我知道我应该像个真正的男子汉,天大的事也能拿得起,放得下。请理智吧,放手吧,她已经是别人的老婆,她已经有了他们的孩子。再说,她的丈夫有权有势又有钱,她能够得到女人最需要的享受、虚荣和一切。而你,能给她些什么?就凭这个事实,即使她曾经爱过你,但时过境迁,早该变心了。我可以告诉你,人家夫妻很美满,家庭很幸福,都因为你的插足,才会弄成这样,邢玉侠现在非常恨你。”

“不可能,她绝不可能恨我。你说她很幸福,那更不可能。我亲眼看到她受虐待,还看到聂玉魁拿情妇羞辱她。”林金虎忍不住大叫起来。

“你能知道多少？那只是表象、假象。聂会长之所以那样做,正因为他怀疑你跟她藕断丝连,才故意以极端的方式劝她回头。兄弟呀,撒手吧,大路条条通罗马,哪家姑娘不能找？何必在一棵树上吊死呢!”

林志诚这时候说道:“我听了半天,有些事情原来不清楚,现在有数了。且不说以前对与不对,起码后面的事,人家确实诚心诚意。你还没复员,玉魁就亲口对你大说,情愿给你找工作。我在场,可是见证人。你复员了,人家又给你弄来个铁路招工指标,结果你给拒绝了。这回我又在当面。这叫啥,仁至义尽。听叔一句话,忘了玉侠,重新开始。”

燕德久说:“我把会长夫人领来了,你俩好好谈谈,心里的疙瘩解开了,事情就过去了。兄弟哇,该说的我都说了,就看你自己如何办了。”

邢玉侠这时候推门进来了,燕德久和林志诚退了出去。

一对曾经的恋人,就这样情绪复杂地低头对坐着,局促、痛苦、尴尬、幽怨,这么多复杂的情感元素,都不约而同地集中到各自那不停拧捏的手掌上,仿佛都在认真地扭着一块永远不可能拧干的油污布。

空气中弥漫着一种悲凉的气氛,因为彼此都明白,这将是一场会对彼此造成极端痛苦的伤害。一对本已备受感情折磨的苦命鸳鸯,在不得已的情况下,又将演出一幕故意伤害的悲剧。这对彼此来说,又无疑是一次雪上加霜的人格污辱和尊严伤害。但是,又有什么办法避免呢？

许久的沉默后,邢玉侠用一种胆怯、自责又无奈的口吻说道:“金虎哥,忘了我吧。我已为人妻,已为他生了孩子,一切都不可挽回了。”

“可是他对你不好——”

“很好,当初嫁给他,我就觉得他人好,我是情愿的,没有人逼我。你要恨,就恨我吧!”邢玉侠背书似的喊出了这段违心的话,她感到心碎了,不由落下泪来。

林金虎见状,也是声泪俱下:“我不信,你说的不是心里话! 他对你好,能在外面乱搞女人吗？他既然与你感情好,对你忠诚对你负责,会当着二奶臭婊子的面那样羞辱你、殴打你、作践你吗？”

邢玉侠哽咽道:“那是因为我还没有尽到妇道,我会从自身找原因,我以后会努力,尽到妻子的责任。”

这句话对林金虎刺激很大,他觉得邢玉侠所言像是心里话。看来,她不仅彻底向既成事实举了白旗,更与聂玉魁有了感情。一日夫妻百日恩,难道真会这样吗？他痴情不变日日思念,却只是自找痛苦自我折磨的单相思。而那个并不会爱她的,成天在外拈花惹草的臭男人,却事实上成为她的丈夫。“女人豌豆心,谁睡跟谁亲”,难道,女人的感情就这么简单这么下贱无耻?

“他当初是强暴了你,并非你自愿,你怎么能看上他那个丑八怪,他比你大了二十多岁呀,你比他的大儿子金牛还要小,你不觉得羞耻吗?”

“我曾经想到过死,但现在想开了! 这就是命,我认命了!”

“这是混账话! 我看你不是认命,而是势利,聂玉魁有势有钱,他可以为你家盖二层楼,可以为你哥哥找工作,可以让你穿金戴银。而我,仅仅是一无所有的穷小子,我什么本事也没有,对吗?”

说到这里,自卑感和嫉妒心占了上风,林金虎的言语完全是一种自残自辱自贱。

邢玉侠的眼泪禁不住滚滚而下,凄厉地叫道:“不许你作践自己,你很优秀,你是世上最好的男人——”

“我优秀? 我优秀吗? 我的爱人成了别人的老婆!”林金虎发出了撕肝裂肺的狂笑,痛苦无奈的感情井喷般地涌出,最后变成了深沉的呜咽的瀑布般流淌的泪。

邢玉侠这时候起身朝外走去,到门口却伫立良久,说出的话竟似决绝的钢刀。

“金虎哥,愿你找个好姑娘,忘了我吧。”

林金虎眼睁睁看着邢玉侠头也不回地走掉了,眼黑了,心烂了,挥拳猛烈一砸,那钢化玻璃的大茶几便应声破碎了。

林志诚慌慌张张跑进来了:“金虎,不敢胡来,冷静啊,冷静!”

燕德久这时候走了进来,眼见一片狼藉,便用嘲弄讽刺的口吻说:“小伙子,何必呢,我们都白费口舌了!”

林志诚说:“燕主任,他只是一个急弯拐不过来,慢慢就会过去的,我会劝他。”

燕德久说:“我理解,他肯定一下子难接受。他的单相思陷得也够深。”随即话锋一转,以调解矛盾的和善口气说道:“兄弟,人心都是肉长的,我现在撂下一句话,如你情愿,我们想尽办法,也要给你安排工作,进工厂、进煤矿,都行。”

待到林金虎离开了,套间里的房门就打开了。原来,聂玉魁就躲在里面,暗中监视着外间的谈话,他想弄透林金虎的用心程度,更想知道邢玉侠的蛛丝马迹。通过他们间的谈话,他对邢玉侠似乎放下了心,但是,林金虎的态度却令他更加不安。那一记击碎茶几的重拳,就好像又一次打在自己身上。他至此已有一种不幸却无奈的肯定:林金虎放不下邢玉侠,他不离不弃地爱着她,而与自己却结下了死仇。

聂玉魁痛下决心:等到工作调整好,这个婚还得离。

经过这次"了断",聂玉魁觉得达到了化解目的,起码暂时把对方稳住了,也就放下心来。三天后,就在龙潭镇中学搞了个图书楼落成暨交接仪式。很隆重,商会副会长单位全到了,市、区教育局以及龙潭镇政府的主要领导出席了,还请来了多家媒体的记者。本来嘛,图书楼完全可以在致富路开街的那一天交接,聂玉魁却不想让开街抢了风头,故意延误工期,便弄成了一花独秀的风光。

# 第四十章

自从白玉儿与林金豹闹出“舞厅风波”，俩人之间确实消停了。但男女之间，一旦产生感情，彼此是很难放下的。虽然白玉儿秋波频送，但林金豹畏惧于胡成的财势，一直不敢造次。后来林金豹从中周旋将狼沟矿转让出去，算是帮了胡成的大忙。自己又是代表景董驻矿的副总，觉得腰杆直了，底气足了，便不把胡成放在眼里了。白玉儿现在出于报复心，拼命地纠缠聂玉魁，胡成劝阻不成制止不得，也只好睁只眼闭只眼地认㞞。但他毕竟珍爱着这个尤物，也难免痛苦。不经意间，就从胡成的嘴里露出一些风声。林金豹得知白玉儿竟然向聂玉魁投怀送抱，心中不禁妒恨交加，那扭曲的色心便膨胀起来。

这几天，胡成领着阳河大矿的三产人员去省外参观取经，雪碧也有事回了省城。林金豹觉得有机可乘，便大胆邀请白玉儿去市里的舞厅去放松。白玉儿本心是喜欢林金豹的，就毫不犹豫地答应了。

反正生产管理有总工孙鸿铭顶着，他俩用不着操心，就由白玉儿开着车，悄悄儿离开了狼沟矿。进了一家歌舞厅，要了个包间，两个人也不唱什么歌，就着一个曲子，便缠腰搭背地跳起舞来。

还没转那么几圈，两个人都把持不住了，疯狂地搂在一起亲吻起来。

激情正在澎湃，白玉儿却挨刀似的惨叫一声。

“你疯了，咬人！”

“我只是咬，可是有个更坏的，已经在搞！”

“你什么意思？”

一声尖刺刺的怒吼突然在身后响起，像是母狼在嚎，把俩人惊得魂飞魄散。

惊回首，发现吼叫的人竟是雪碧。

“狗男女——！”雪碧又是一声歇斯底里的吼叫。

且不说林金豹是何心态，白玉儿已经吓坏了。跟聂玉魁纠缠，白玉儿的居心丈夫清楚也无奈容忍了。若是再跟林金豹旧情不断，自己岂不成了荡妇。这要是让胡成知道了，一百张嘴都解释不清。对于胡成，白玉儿虽然不怎么爱，但是绝对离不开。胡成是她的摇钱树，也是她的靠山。于是赶紧奔过来辩解道："妹子你误会了，我俩是在跳舞。"

雪碧叫道："搂着亲嘴，还咬舌头怪叫，这叫跳舞？"

"哎呀，是我脚下绊了，差点栽倒。金豹是情急中抱住了我，却偏偏让你撞见了。"见对方一时无语，又尽量用言语将此事淡化，"也怪我这人爱跳舞，竟然惹出这么一出。纯粹误会呀！妹子你想想，要真是什么狗男女，早到旅馆包房去了，何必到娱乐场所冒风险。就算不怕别人口舌，难道也不怕警察吗？"

林金豹也算是灵性过来了，赶紧拿起瓶饮料上前献殷勤，却挨了雪碧恶狠狠的一耳光。

雪碧说道："就当我什么也没看见。但是，我也不会再在这里待下去！"

雪碧说罢转身就走，俩人慌忙跟着冲出包间，林金豹向吧台丢了二百元钱，连找零也顾不上要了。

白玉儿死活不顾地扯住雪碧说道："妹子你千万要冷静，你真的误会姐姐了。"

林金豹在一旁指天指地地发誓道："我要是做了坏事，就让车撞死！"

歌舞厅的门前就是公交车站，刚好来了一趟车，雪碧就猛然挣脱，奔跑着冲上了公共汽车。

白玉儿急忙叫道："快拉住她呀！"

林金豹说："没用，她的脾气我了解。"

车子开走了，白玉儿更加担心，说道："她肯定回省城了。要是告诉了大老板或者胡成，后果就糟糕了。"

林金豹说："不会吧？雪碧心直口快脾气暴，却很有头脑。大老板器重的是我而不是她，真要抖出去，恐怕对她不利。"

白玉儿说："她怎么找来了？巧合吗？我看是跟踪。说明她非常在乎你。恋爱中的人最无脑，就怕她拐不过这个弯。"

三天时间过去了，雪碧杳无音讯。白玉儿惴惴不安，林金豹也坐不住了，俩人便驱车赶往省城。

来到宏大公司的时候天已黄昏，值班的人说，看见雪碧陪着景董事长上了车，大概是陪客户吃饭去了。至于去哪里，却不知道。林金豹便找到董事长常去的酒店，也没找到。

白玉儿银牙紧咬地发狠说:“一不做,二不休,咱干脆登记个房间,痛痛快快走一回。”

林金豹一瞪眼叫道:“想痛快,就给你那个聂玉魁打电话。”

白玉儿叫道:“怪不得咬我,船头歪在了这里!”

一生气,白玉儿就自顾自地住了酒店,林金豹就独自在车里窝了一夜。

迷迷糊糊间有人敲击车窗,原来是白玉儿,嚷嚷道:“都几点了?还睡得这么死。”

林金豹打哈欠伸懒腰地钻出车来,亮刺刺的阳光逼得睁不开眼。翻腕看看手表,都快九点了。忽然就发现了景董的奔驰停在路边,司机小刘站在车旁正用“大哥大”打电话。

林金豹赶忙奔过去打了招呼,问道:“景董在公司吗?”

小刘说:“昨晚喝多了,住在了酒店。我正要去接他呢。”

林金豹又问:“见雪碧了吗?”

小刘说:“昨晚跟着景董陪客人。扶景董进房间的时候她还在,我急着开车送客人,后来她去哪儿就不清楚了。”

林金豹的头轰地大了,不祥的预感笼罩了他。也顾不得多想,驱车跟着那辆黑色的奔驰,一步不落地往前冲。

到了一个很豪华的酒店,小刘停好车径直往里走。林金豹也赶忙下车,贼一样跟着往前遛。不料景董却衣衫不整地疾走而出,嘴里气呼呼地一路叫道:“成何体统,成何体统!”迎面撞上小刘,怒吼道:“怎么搞的,让妖精上了我的床?”吓得小刘变脸失色。

林金豹躲开景董,尾随小刘溜进酒店大厅,小刘直奔吧台,嚷嚷道:“把账结了,二十楼五号房间。”

这句话让林金豹听得清楚,趁着保安没留神,乘电梯来到二十楼五号房,发现房门竟然虚掩着,二话不说就推门而入,发现一个穿睡衣的女子正在对镜梳妆。她不是别人,正是他担心着的雪碧。

林金豹顿时崩溃了,用发抖的手指着雪碧,“你你你”地怪叫着,却说不出一句囫囵的话。

雪碧先是一惊,但马上就冷静下来,很挑衅地说道:“跟踪着景董摸来的吧?怎么样?满意了吧?”

林金豹终于吐出了一句话:“你竟然干出了这种事!”

雪碧说:“我错了吗?即使有错,能怪我吗?你手捂心口问问自己,我对你怎么样?我不欠你林金豹任何情,却掏肝掏肺,把一切都毫无保留地给了你。你不但不在乎，不珍惜，竟然还跟另一个女人鬼混。景董与我非亲非故，却给了我工作，器重我，给我拿高工资，真是恩重如山。可是，我却没有一点回报。这也太不公平了！”

“所以，你就以身相许，就这样回报他？也这样报复我？”

雪碧说：“对，没错。怎么样？扯平了吧？这都是让你逼出来的！”

林金豹怒吼道：“你以为我能饶了你吗？”

雪碧也毫不退让地叫道：“你有种，就在这里杀了我。”

林金豹发疯般地冲上来，用双手掐住了雪碧的脖子。忽然却松了手，放声狂笑着，忽然又放声大哭，同时挥动双拳抡向自己的脑袋。

吵闹声惊动了一旁整理房间的服务员，几个保安很快就赶了上来，七手八脚地架走了林金豹。

白玉儿躲在车里，先是发现景董气冲冲地走出来一头钻进了车子，不一会儿司机也出来也上了车。随后景董的奔驰开走了，但仍不见林金豹的影子。正在着急，就见几个保安把他从里面轰出来了。

林金豹上了车，依然咧嘴抹泪地伤心。白玉儿也不敢搭腔，只顾开着车往回赶。约莫过了三个小时，白玉儿觉得累了，就停在一个加油站休息。这时候，林金豹才从喉咙里挤出一句话：“完了，雪碧回不来了，我也不会要她了。”猛然又两眼凶光地大吼道：“我该死，谁让我对半老徐娘上了心！”

这句话真的很瘆人，也令白玉儿伤心。事情弄到这一步，一个巴掌拍得响吗？能怨她一个人吗？但人在气头上，什么蠢事都干得出来。况且，这是最最要命的失恋啊。精明的白玉儿当然明白，纵然她平时多么厉害，这一刻也只好忍气吞声了。

# 第四十一章

就在幸福汤酒店的打斗风波暂告平息后,去南方出差的“二痞子”回来了,牛耕奇马上对他进行抓捕。“二痞子”承认自己就是“木墩”,并对勾结犯罪团伙拐卖秦小强的犯罪事实供认不讳。又在“二痞子”的配合下,比较顺利地诱捕了甘肃陇西的三个同案犯。陆剑白局长决定,由牛耕奇带领精干人员,马上去陇西解救被拐儿童秦小强。他在局里坐镇指挥,并负责与甘肃警方联系协调。

牛耕奇一行马上赶到市局和省厅,于当天下午就办好了跨省办案的相关手续,次日清晨开着警车由西安出发,沿着连霍高速公路向西疾驶。解救小组由牛耕奇带队,成员是“墨镜”崔三军和林金虎,一同前往的还有被拐卖男娃的父亲秦宝丰,以及将秦小强亲手卖给陇西县大刘庄刘姓人家的犯罪嫌疑人“胖子”。

警车由崔三军和林金虎轮替驾驶。林金虎在部队当特种兵,能够熟练驾驶各种机动车辆。原以为复员回乡,就不可能再握方向盘了,想不到,他不仅又开上了车,而且是驾驶着警车去执行重要任务,激动的心情难以形容。

经过近五个小时的连续行进,牛耕奇一行于中午时分到达陇西县公安局。陇西的同行已经做了安排,只等着他们一起行动。说来也巧,陇西的同行说,他们也接到举报了,双泉乡大刘庄的一户刘姓人家有收买被拐卖儿童的嫌疑,与他们的目标完全一致,正准备采取行动哩。

与当地警方认真研究好营救方案后,便由当地警力配合着向目标奔去。

两辆警车颠簸在坑凹不平的山乡公路上。陇西警方由一个副局长带队,车上着犯罪嫌疑人“胖子”在前面引路,他们的车现在由崔三军驾驶着紧随其后。放眼望去,是起伏连绵的黄土丘壑,偶尔闪出座村落,一座座瓦房和土窑洞错落无序,村中人影稀疏,显得荒凉贫瘠。

林金虎感慨地说:“是个穷地方呀!”

牛耕奇说:“更是个法制的盲区,贫穷导致愚昧,愚昧又导致狂妄。因此,拐卖妇女儿童的案子也总是发生在这种地方。”

触景生情,那个叫秦宝丰的中年农民忍不住抽泣起来,一路诉说着孩子丢失后他们全家人的心中的万千煎熬。眼见孩子有救,秦宝丰的精神病好了大半。

“感谢你们呀,要不然,我的娃就会在这里受苦一辈子!”

看着秦宝丰伤感的样子,林金虎的内心涌起了一股热流。他已自秦宝丰声泪俱下,声声悲怆的诉说中感受到警察职业的光荣与神圣。想着近几天发生在自个儿身上的事情,真是百感交集。现在又将面对与另一种邪恶的斗争,浑身上下都燃烧着一种同病相怜的怒火。他一遍一遍地默默叮嘱自己:一定要完成好任务,决不能辜负了杨局长的期望,也不能辜负了牛所长的器重!

“金虎——”坐在副驾驶位上的牛耕奇笑吟吟地回头唤他。

“到!”完全是下意识,但这声响亮的应答则满是兵味。

“离开部队多长时间了?”

“两年多!”

“在部队时,参加过营救人质之类训练吗?”

“参加过,假想的对手是境内外‘恐怖分子’。而且是出国,与哈萨克斯坦军队联合演习!”

“哎哟,好好好,你是见过大世面的了!”牛耕奇心中的庆幸感陡然加强了,对老局长的敬佩也增添一层。这才叫“慧眼识英才”,也叫“不拘一格降人才”,这个人才来得竟是如此及时也如此得力。

“金虎啊,幸运呀,一条腿才踏进警察门,就赶上了这种光荣的任务。火线再立功,这身警服就穿牢靠了,就会前途无量。”牛耕奇语重心长地说道。

牛所长的话令林金虎大为振奋。他心中暗暗鼓劲,绝不辜负领导的鼓励和期望,珍惜这次机遇,使出全部本事。也只有使自己变得强大,才有希望追回失去的幸福。

牛耕奇又说道:“战斗马上就要打响,可眼下的对手是什么性质?准确地说,是一家甚至是一群贫穷、愚昧、缺乏法治观念的农民。他们肯定不是什么敌人,却比恐怖分子还难对付,因为你不能用武力与这样的群体去对抗,只能智取,只能快、准、巧地行动。长话短说,到时候,我见机行事,你们听我指令!”

“明白了!”

警车终于在一个村落后的柿树园隐蔽地停下了。陇西的副局长走过来对牛耕奇说："这就是大刘庄。"

一行人在这里换上了便衣，押着"胖子"指认了收买被拐卖儿童秦小强的刘姓人家，随即进行了布控。

陇西的同行随即安排，让手下把村支书叫出来，就说乡长来检查工作，直接领进苹果园。

不一会儿工夫，村支书果然跟着来了，猛然发现藏在路边的警车，预感不妙，就叫声"我得回去安排一下"，想溜，却一把让随行的警员拉住了。

灵宝的副局长对他说："你不要顾虑，只要把被拐孩子领出来就行。"

村支书神色不安地说："我负责指定是哪一家就行了，我可不能照面。再说，那孩子我也不认识！"

看他这样耍滑头，陇西的同行发火了："这是你举报的啊，怎么又说不认识孩子？"

村支书一把扯住秦宝丰说："你大概是孩子的父亲吧，我不敢说对你家有恩，起码已尽了做人的良心。但你们也得替我想想，我一照面，跟那家人就结下了死仇。那个姓刘的他三弟刘大彪还是村主任，恶得很，惹不起。你们拔腿走了，我咋办？我一家老小还得在这里过活！"

牛耕奇说："你说啥，他弟弟还是村主任？"

村支书说："对呀，刘大彪，是我的搭档，所以我不能露面呀。"

秦宝丰显得为难地对警察们说："要不然就不为难他了，只要指准那家就行，我的孩子我认得！"

陇西的同志却不依不饶："不行，你是村支书，难道就这么点觉悟，党性原则哪去啦？再说，五千元举报费就那么好挣？你不配合，咱就见你们乡长，举报费你也甭拿了！"

村支书下狠心地一跺脚："豁出去了，我照面！"

随即，穿便衣的林金虎、"墨镜"崔三军、陇西警方的两个便衣以及犯罪嫌疑人"胖子"在村支书的引领下迅速向那户人家靠近。牛耕奇与陇西的副局长则负责伺机接应。

崔三军对"胖子"吼道："你给老子盯准了，要有半点差错，小心活撕了你！"

看样子，这户人家的光景还算不错，盖着二层楼房，偌大的院子前安着朱漆大铁门，铁门外停放着一辆"东风牌"大卡车。

离那个二层楼很近了，村支书的恐惧感也愈发强烈了，声音哆嗦地说:“刘大彪在村里最有钱,这几年买车跑运输,暴发了。还有兄弟五个,哪一个都不好惹。欺邻踏舍,是恶霸村盖子呀!”

陇西的警察说:“你甭怕,他这村盖子当不成了,他犯法了!”

说话间,大门里就跑出了几个玩耍的小娃儿。

秦宝丰仔细一看便大叫起来:“我的娃呀,穿蓝衣服的那个男娃就是呀!”

“胖子”也高声叫道:“没错,就是他!”

林金虎闻声箭一般地冲上去了,抱起孩子转身就走。秦小强吓哭了,其他几个孩子也吓得“哇哇”大哭。这时候两辆警车已开过来接应,众人什么也顾不得了,跟着秦小强一齐朝着警车奔。

孩子的哭声早已惊动了屋子里的人,似乎早就有心理准备,七八个男女手持镢头粪耙呼啸而出,狂呼嘶喊地拼命追来。

凄厉的枪声打响了。陇西的警察试图阻挡,一边鸣枪一边一声警告:“我们是警察,依法解救被拐卖儿童——”但是,那些已经疯狂的人,哪里管你这一套。更糟糕的是,全村的人几乎都出动了,跟刘家的人一齐向警车涌来。

陇西的同志镇静地说:“先撤,待把孩子救走后,再来收拾刘大彪!”

两辆警车在村民即将追上之际开动了,然后加大油门冲出了村口。

林金虎说:“这儿的村民咋就这么野蛮,支书你不是说刘家是村盖子吗,那村里人为啥还帮他?”

村支书说:“刘家的人是拼命,村上的人却是怕他家,就都出来帮忙助威。”又忧愁万千地说:“我这回可完蛋了,汉奸呀,出卖乡亲呀,刘家人不定会弄死我呀!”

陇西的同志笑道:“刘家人不饶你,我们也不想让你再当这个官!窝囊废嘛,你这个支书要是当得好,就不会发生这样的事,我们也不至于这么狼狈。”

牛耕奇说:“可以想象,你平时的工作有多难,山里人的法制观念看来太差了!”

陇西的同志说:“回头我们通过乡政府和基层党组织,借这个机会杀一儆百,威慑犯罪,也教育群众提高认识。”

眼看车子就要上柏油公路了,冷不防山坡上却蹿出几条彪形大汉,手持铁锨,狂呼怪叫着,在路前面将车挡定。

村支书惊叫道:“刘家兄弟,刘大彪,刘大彪!”

前有凶汉挡道,后面的追声渐近,情况不妙了。

牛耕奇喝道:“不要慌！正好将刘大彪拿下。金虎,小崔,你们上!”

一场短兵相接的搏斗爆发了。林金虎、崔三军都是好身手,两个人施展拳脚,一连串勇猛迅疾的擒拿踢打,便将几条大汉揍得人仰马翻。下手也够狠了,刘家兄弟只有爬地呻吟的份,哪里还有再逞凶的本钱。趁着这工夫,众人铐住刘大彪,七手八脚地将他塞上了警车。

警车要开动,刘家兄弟却不顾死活地滚动身躯将道路再次挡住。而追赶的人群已经抵近了。

“我把他们挪开。”又是林金虎,好像是用了点穴式的定身法,将那挡道的身躯一个个挪木桩似的拖到了路两边。

警车启动了,但追赶的人已几乎围住了车子,林金虎便像是左冲右突的常山赵子龙,生生地为警车打开一条通道。于是便出现了很惊险、很刺激的一幕,林金虎追着车子撵,村民们追着林金虎跑。好像那些人现在只有一个目标,就是拼命要将林金虎抓住,再给撕碎了!

后一辆警车已大开车门在接应,牛耕奇连声大叫“金虎,加油”,半截身子急得都探出了车外。

终于,林金虎追上来了,车上的几个人拼命拉拽,才将筋疲力尽的林金虎拉上车来。

车又返回陇西县公安局,举行了一个简短的新闻发布会,收押了犯罪嫌疑人刘大彪,牛耕奇一行就辞别了陇西的同志,驾驶警车沿着连霍高速公路向东高速疾驶。驶入宝鸡地面后大伙方才舒了一口气。

崔三军说:“妈呀,总算回陕西了。刚才我这颗心一直乱打鼓,生怕那些人公路上拦截呢!”

牛耕奇说:“他敢,还反了天了。咱这又不是在伊拉克,或者阿富汗。”

崔三军说:“不过你还不得不承认那伙法盲的可怕。他犯罪,咱执法,可他们比咱还厉害。倒逼着咱演了一出英国式的白天鹅敢死队!”

牛耕奇说:“通过这个案子,可以更清晰地认识一个问题,要真正使社会走入法制轨道,还的确任重道远,尤其像我们这样的乡镇派出所,面对的多是文化素质和法制观念都比较低的农民,工作的难度非但不比城市低,甚至还要更难些。毕竟,中国目前还是农民占多数,这一块搞不好,长治久安便是一句空话。”

崔三军说:“所长,话赶到这里了,我倒有个看法。为什么现在总是领导干部犯事多,贪钱贪色,乌烟瘴气,你能说他们的思想觉悟低、法制观念低、政策水平低？俗话说:村看村,户看户,群众看的是干部。当官的带了坏头，这群众能不上行下效吗？社会风气能好吗？远的咱不提，就说这个拐卖儿童的刘大彪，竟然还是村委会主任。村主任就那副德行，那些村民能不刁蛮吗。”

牛耕奇说：“应该说，腐败分子只是极少数。当然，他们人虽少却影响大，好事不出门，坏事传千里，一只老鼠坏了一锅汤，所以你看问题才比较偏激。”

崔三军说：“反正我认为社会坏风气的根子就扎在领导那里。他们手里有权，有能力兴风作浪。老百姓会说，难道只许州官放火，就不许百姓点灯，于是就产生逆反心理，就干脆也玩一把小火，这恐怕才是刑事案件层出不穷的原因！再发展下去，后果都不敢想象了。”

牛耕奇笑道：“危言耸听！我看你小子还不简单哩，咋就没把你选个全国人大代表，可以到中央去建言献策。”

崔三军也笑道：“所长是讽刺我吧？不过说真的，我假若有那份权力，还就真的敢说真话，内容只两条，一是强化法制切实以法制官，二是也可用特务手段，查出了贪官恶霸，就地正法，或者暗杀，以儆效尤。再不然，就倡导武林界出一批大侠，专挑群众最恨的贪官污吏和社会恶霸，先暗杀，然后再头挂高竿示众。手段虽然欠佳，却也实用有效！”

牛耕奇笑道：“怪不得你小子爱读《七侠五义》《水浒传》，中毒太深了！”

崔三军说：“所长您还真说着了。我现在才明白，那两本书之所以叫人喜欢，就因为自古以来官官相卫。‘刑不上大夫，礼不下庶人’，江湖好汉才出来抱打不平，为民除害。”

牛耕奇说：“你不仅这样想，也这样去行动，就很糟糕地将林金虎当作欺行霸市的蒋门神。可惜本事不济，武松没做成，反倒自个儿狼狈成蒋门神！”

此言一出，惹得开车的林金虎都抿嘴笑了。

崔三军有点不好意思了，“头儿，打人不打脸，骂人不揭短呀！不过说真的，我当时偏听偏信，就上了别人的当。也好也好，我就此知道了啥叫人上有人，天外有天。不打不成交嘛，要不然，我咋能结交上金虎兄这位英雄好汉，你大所长也不会得到这个人才。不得到这个人才，这次战斗咋能大获全胜？这应验了一句话——得人才者得天下！”

牛耕奇笑道：“小崔呀，你这张嘴比你的拳脚厉害多了！不过，以后要认真学习修养，你的认识有点问题，要纠正呢！”转头又对林金虎说：“怎么你只笑不说话，你才是咱的头号功臣呢！这也应验了一句话，会说的不一定会干,会干的不一定会说。小崔,你说对不对?”

“不对不对,谁说我不能干。刘家兄弟挡道时,我可是与金虎兄并肩作战呀。那一招勾连脚,好厉害,踢得那家伙翻了两个跟头!一个篱笆三个桩,一个好汉两个帮,这才是真理呀!金虎兄你说对不对?”

牛耕奇说:“别介意哟小崔,刚才是开玩笑,你的表现的确不错,这叫团结才出战斗力,我保证也给你小崔请功。”

崔三军忽然说他憋尿了,牛耕奇也说需要方便一下。刚好到了一个服务区,林金虎就将车子开进去停下了。

趁着上卫生间的工夫,崔三军说:“所长,向你打听个人,听说他在局里干过,不知你熟不熟?”

“你想问谁?”

“聂玉魁。”

“你想干啥?”

“想托他办点事。”

“聂玉魁这个人,最好离远点,小心污染了你!”

“为什么?”

牛耕奇说:“他是个人渣,因为道德败坏,才被杨局长踢出去了。”

崔三军吃惊道:“啊,还有这么一折!”

心里有底了,崔三军才实言相告:“所长,其实我求不着聂玉魁,是想给你说其他事呢。”

牛耕奇说:“你这小子,试探我,鬼心眼儿不少。”

崔三军不好意思地挠着头皮:“慎重为好嘛!这次侦破,我们还有意外发现。幸福汤酒店有聂玉魁的淫乐窝,他和一个女人在那里乱搞。”

牛耕奇摇头笑了道:“狗改不了吃屎!已经是老驴啃嫩草,据说人还很漂亮。还不知足,拈花惹草,真是人渣。”

话赶到这里,崔三军便把聂玉魁破坏军婚,霸占邢玉侠的情况说了。当得知受害人就是林金虎的时候,牛耕奇笑不出来了。

崔三军趁势就将林金虎痛打聂玉魁的事情说了,只是将自己用心策划的背景暂时隐瞒。

听说林金虎打了聂玉魁,还真令牛耕奇吃惊不小,愠怒道:“你俩在执行任务,倒是节外生枝,这是目无组织纪律!”

崔三军辩解说:“聂玉魁当着情妇的面欺负邢玉侠,就激怒了林金虎。谁也没料到,碰巧撞上的。”又说道:“还发现了聂玉魁的经济犯罪问题,很严重的!”

牛耕奇说:“我明白了,你们并不是意外发现,而是精心策划,对不对?”

崔三军说:“任务没影响嘛,捎脚戏而已。”

牛耕奇又给逗笑了,说道:“你这小子,义气,精明,只是胆子忒大,真不知该刮还是夸。”

# 第四十二章

完成了解救被拐卖儿童任务，牛耕奇乘胜追击，顺藤摸瓜，一举将这个贩卖妇女儿童的犯罪团伙捉拿归案。对一个身处基层派出所的干警来说，这就是很突出的业绩。

市局刘震局长亲自打来电话予以表扬，分局局长陆剑白表示要为他们记功表彰，被忽略多年的牛耕奇，忽然成了上下关注的明星人物。

牛耕奇在安静下来的时间里，不免将自己几个月来的工作来一番梳理。市场上错误执法，砖厂比武，破格聘用林金虎，直到这次破案行动，放电影似的在眼前一幕幕掠过。自从发生市场风波，牛耕奇诚恳接受了老局长的批评，将工作重点放到整顿组织纪律、转变工作作风和提高警员从业素质上来。他听从老局长的建议，把林金虎以合同警身份聘进来，并发挥其特长，指派为擒拿格斗训练的教官。上午组织学习，下午拉出去练兵，龙潭镇派出所的工作重现了多年不见的崭新气象。

牛耕奇打心眼里感激老局长，要不是他当头棒喝般严厉批评，要不是他对所里工作很积极地干预，压抑心头的阴云就不会散去，工作面貌就不会改观，队伍就不会有战斗力，也就不会有现在的成绩。

就在昨天，陆剑白局长又打来电话，要龙潭派出所尽快将甘肃解救被拐卖儿童的过程写一份经验材料送到局里。接到通知，牛耕奇却为写材料大伤脑筋。让谁执笔去写？他自个首先不行，从刑警队到派出所，业务能力没说的，但论写材料什么的，却实在是擀面杖吹火——一窍不通。宇文骚上过警官学院，文化程度最高，却和他貌合神离，关键处总是掉链子。本来就靠不住，现在又跟着聂玉魁“下海”去了。以往需要写什么，牛耕奇都是求镇政府的吕文书去干。但是这回却再也张不开口，前不久，吕文书的堂弟超生的小孩走后门报户口，他没敢开口子，吕文书就被得罪了，甚至现在见面都不搭理。怎么办？分局要求三日内必须上报，真是火烧眉毛的紧迫！情急之中他去镇中学求了教语文的高老师，材料是很快写成了，但这个材料连他都看不上，讲述乏力，语言呆板，空话连篇，咋看都像是一篇学生作文。没办法,就只好自己动笔修改,结果越改越乱,弄得一塌糊涂。牛耕奇有点气急败坏,便在学习会上将大家一通臭训。“怨不得有人讽刺说,‘进了公安派出所,二球把人能绊倒’,除了打打杀杀,金刚怒眉,你们一个个还能干啥?文化素质哪去了,难道都是睁眼瞎?”吼叫完了,材料还得自个弄。笔头不大管用,香烟却抽得发疯,弄得办公室里像失了火。牛耕奇这才强烈地意识到,要想让工作上台阶创佳绩,警员的文化素质不达标,就是道迈不过的坎。这些年自己怎么没想到,应该为所里培养一个笔杆子呢?谁都不能怪,只怨自个缺失了精神,没有了工作进取心。工作平平淡淡,哪有经验可谈,自然就没有需求笔杆子的紧迫感,就导致了这么尴尬的狼狈状。

乌烟瘴气的办公室里,牛耕奇又遭遇了意外,一个下属向他主动请求写材料,没想到这人竟是林金虎。

“所长,让我来写这个材料!”埋头改稿子的牛耕奇被突如其来的声音吓了一跳。

“你……你行吗?”当发现是林金虎的时候,牛耕奇诧异极了,林金虎是一介武夫,干秀才的活儿,真有些牛头不对马嘴。

“试试吧,我觉得还行。当兵的时候,我是解放军报的通讯员,也给连里写过经验材料。其实我爱好写作,战友们都叫我‘编外文书’。”林金虎表情认真,话语之中有一种毋庸置疑的自信。

“啊呀呀,怎么不早说哩,害得我这鸭子硬上架,是不是也想看我的笑话呢?”

“材料内容是侦破和解救被拐卖儿童的过程,我是参加者,就怕落个不谦虚。自吹自擂,总归不好。我看你确实着急,才鼓足勇气找了来。”

“当过兵的人,咋还会婆婆妈妈!你是参加者,亲身有体验,就会比别人写得更具体、更生动。再说,破案和解救行动是事实,也是多方协作的共同行动,怎么能说是自吹自擂?”

就这样,牛所长的办公室暂时归属了林金虎。

对于读书与写作,林金虎有一种天然的兴趣。自小学到初中,凡是能搞到的中外名著,他都如饥似渴,废寝忘食,不一口气读完不肯罢休。他的语文成绩一直全校夺魁,成绩拔尖的原因就是因为作文写得好。他在那篇《我的理想》的作文中就写到,将来想当一名作家。由于母亲生了大病,贫寒的家境再也不容他继续上学,辍学成了他人生的最大遗憾。参军到部队,他的写作爱好在火热的军旅生涯中得到了历练,发表在《解放军报》的一篇篇新闻报道,成了他超强军事技能之外的另一道青春风景。近来一系列不可思议的奇遇，又使他有了时来运转、柳暗花明的巨大愉悦。特别是能够在解救行动中体现出自身价值，使他开始对警察职业有了一种前所未有的尊敬、热爱和憧憬。正直、单纯的他，已在感情上将这里视为自己的新家了。既然是家中一员，家庭中的事就等于是自个儿的事，自然是责无旁贷。

一个有上进心的人，在精神愉悦的良好状况中，更会激发出干事创业的强劲动力，并可以产生出异乎寻常的功效。作为脑力劳动的写作更是如此，因为这种劳动的过程与成效就直接为精神状态所左右。

自晚九时开始到十一时，林金虎便将约莫五千字的材料写成了。质量是满意的，速度也快得令自己吃惊，真可谓文如泉涌，笔走龙蛇，一气呵成。当他很自信地拿起电话，准备向牛耕奇报告时，牛耕奇却风风火火地撞了进来。

牛耕奇说："金虎，你要辛苦熬夜，我出去搞了点伙食，晚上写饿了，就干掉它！"一边说着一边将两瓶啤酒和一包油乎乎的食品放在桌子上。

林金虎心中一热，牛所长平时脸色冷峻，却是很能体贴人的菩萨心肠。人心换人心，三两兑半斤，我付出这份辛苦实在值！

当林金虎把一沓文稿递过去时，牛耕奇愣住了，怎么也不敢相信他居然这么快就写成了。

牛耕奇仔细地看完稿子，一拍大腿自沙发上跳起来了，欢快地叫道："写得好，写得好，要的就是这个水平！"又马上安排连夜打印。

林金虎说："所长，我可以走了吗？"

牛耕奇说："走什么走，来，咱哥俩庆贺一下，将这啤酒烧鸡干掉！"

第二天一大早，牛耕奇就赶到大杨庄，将材料让杨邦义看了。杨邦义很是满意，当听说是林金虎写的，当然非常高兴，直夸这小子文武全才，简直是岳飞式的人物。

杨邦义一高兴，决定亲自走一趟，将经验材料当面送到陆剑白手里。牛耕奇当然明白，老局长是在加重这份材料的分量，也是很郑重地抬举自己呢。

仅仅过了一个礼拜，牛耕奇想都不敢想的好消息传来了。陆剑白打电话透露说，分局已将他初定为副局长人选，市局刘震局长也没意见，让他做好思想准备。牛耕奇说了声感谢。陆剑白就在那头笑了，说要谢就谢你自己，你的工作不出彩，如来佛也帮不了你。又说有个伯乐你还真得感谢。牛耕奇急问是谁，陆剑白又笑道："你牛耕奇揣着明白装糊涂，除了老局长,还能是谁!”

突然降临的好消息,令牛耕奇大喜过望。他的心愿顶大也是能够回到刑警队,充其量当个队长,这个副局长,真是大大地超过了预期。他确信无疑,要不是老局长起了关键作用,一个记功表彰就完全可以打发,如此重用怎么能轮到自己。他又想到,区委书记贺国兴、分局局长陆剑白都是老局长的老部下。他虽然退下来了,但对贺书记和陆局长的作用力仍然毋庸置疑。

牛耕奇现在才明白老局长在砖场的那番话,是鞭策,也有歉意。也的确,老局长当年的从严要求,是出于培养干部的长远考虑和一片好心,却使自己失去了担任刑警队长的宝贵机会。假如当时如愿了,像这样的大案不知破获了多少。更多的群众得到保护,自己的才能也可以更好地施展。十年蹉跎,几乎误人终生啊。老局长一旦退下来,身闲了心静了,岂能不对自己的工作得失来一番盘点和反思;还会对缺憾之处,进行亡羊补牢式的补救呢。如此看来,老局长心里有数,是用心扶他,要不然,为什么要干预他的工作呢?好像是天遂人愿,破案立功的机会就神差鬼遣地来到节骨眼上,自身的政治砝码一下子加重了,老局长也有了话语权。

不想当元帅的不是好士兵,牛耕奇现在品味着这句话,越品越觉得有趣味。仿佛看到了那千金难求的红头文件,那可是提拔他任命他的人生重大转折点啊!想着老局长,牛耕奇感恩在怀,不禁潸然泪下。当他对杨邦义表达这种感恩时,对方却不高兴地说:纯粹出于工作,与私人感情无关。以你的人品能力,蹲在点上是浪费,应该到面上发挥更大作用。

但是,一个月时间过去了,分局那边并无动静,只是听说陆剑白到省上学习。上面的领导层却有了变动,贺国兴被提拔为市政法委书记。

牛耕奇待不住了,担心事情有变化。

这时候杨邦义来了,带来的果然不是好消息。

杨邦义说:“陆剑白调走了,到市法院当了个副院长,分局的人事有变动。”

牛耕奇一下子掉进了冰窟窿,脸色变得难看,一张嘴僵硬着说不出话来。怪不得,好消息黄鹤无影,原来陆局长离开了。

杨邦义说:“还有你更想不到的哩,聂玉魁要回来,接替陆剑白。”

牛耕奇说:“这怎么可能?聂玉魁不是下海办公司了吗?还是商会会长,怎么能回公安局?”

杨邦义苦笑道:“你觉得匪夷所思吗?其实他把文章早就做足了。车道康欣赏他,对所谓魄力,所谓业绩,大会小会表扬。聂玉魁成立商会,还亲自出席讲话。仅凭车书记的赏识,他就能如愿以偿。”

牛耕奇说:“这叫什么事呀?乱套了,领导的脑子中病毒了!”

杨邦义说道:“我们都把他忽视了。你别说,还真是高手,回马枪杀你个冷不防。也怪这个陆剑白,平庸,懒散,案子堆得不少,破获的却没几件。领导不满意,不换你换谁去?”

牛耕奇愤愤不平地说:“想不通,聂玉魁是什么东西?居然又回来了。贬出去是个科长,二反身成了局长!还有公道正义吗?真是无法理解!”

杨邦义说:“我也是刚刚知道的,陆剑白事先全然不知,非常突然。我找刘震局长,不见;打电话,他也不接。我还少说了一点,聂玉魁还把商会的办公室主任带过来了,挺牛的。看来啊,领导还真把他当人物了。”

牛耕奇又说道:“还听说聂玉魁跟陆局长黏得挺紧。城里有家幸福汤酒店,不法经营,卖淫嫖娼,几次行动,都不了了之,据说都是聂玉魁从中讲情。局里同志对此有看法,甚至说他成了聂玉魁的保护伞。”

杨邦义叹息道:“他怎么变成这样,令人痛心!”

牛耕奇说:“我相信陆局长的人品,只是心善眼拙,错把坏蛋当朋友。又怕是想着聂玉魁手眼通天,还指望在上面替他添好言。就碍于情面,荒唐犯错。就没想他是谁提拔的,对方又是被谁赶走的,根本就不是一路人,真是糊涂!”

杨邦义说:“心性迷失,警惕全无,工作岂能好。也怨我大意,哪怕是找他谈谈心,也不会如此糟糕。”

不祥的阴影笼罩在牛耕奇的心头。物以类聚,人以群分,他与聂玉魁本来就不是一类人。何况,谁不知他是老局长的爱徒。而当年将聂玉魁逐出公安队伍,就是老局长铁腕力为。就凭这一点,聂玉魁也不会选择他的。

杨邦义继续说:“我有个不乐观的判断,他不会用你,只会成为你的麻烦,必须有思想准备。”

牛耕奇现在沮丧极了,苦笑着说:“老局长,让你费心了,真是感谢你了。人的命,天注定,看来我就是苦命、穷命!”

杨邦义说:“这话不对,该争取的必须争。这也不是当不当官的问题,而是权力落在谁手里的问题,是大是大非问题。”

杨邦义又说:“聂玉魁这个人,我还是了解的。的确,他有工作魄力,胆子大,敢作为。但这却正是他的短板,因为他好大喜功,甚至不计后果,胆大妄为。他还有个很致命的弱点,一是贪财,二是贪色。聂玉魁先在煤监局,又下海搞煤炭商贸,又当商会会长,打搅的尽是私营小煤矿,以他的德行,难道会屁股没屎,干干净净?当年运动不断,他都敢犯作风错误,现在环境宽松,难道就不心猿意马,作奸犯科?是妖孽必作祟,迟早会现出原形。可以断定,他只会得意一时,长不了。”

老局长的一番分析,还真是醍醐灌顶。也的确,爱摸黑的家伙,总能撞见鬼。邪气满身的聂玉魁,肯定长不了。心里一活泛,就想起了林金虎的不幸遭遇,说道:“有个情况必须向你汇报!”然后,就把聂玉魁破坏军婚、强夺林金虎未婚妻邢玉侠,以及林金虎最近痛打聂玉魁的情况概要讲述。

杨邦义的脸色更加严峻,聂玉魁本性难移,这在他的所料之中。但事情竟然就发生在林金虎身上,还真令他吃惊不小。

杨邦义警觉地问道:“林金虎不是在执行侦查任务吗?怎么就打了聂玉魁?其中有什么情况吗?”

牛耕奇就把侦查过程中在幸福汤酒店的意外发现说了,又马上叫来了崔三军。

崔三军就把情况做了汇报,又把五份检举材料和复制的录像带拿了出来。

仔细看了检举材料,又看了录像,杨邦义笑道:“果然,狗改不了吃屎!想来可恼又可笑,上面的领导,怎么就看中他呢?”又对崔三军说:“小崔啊,干得漂亮。但强调一点,聂玉魁的问题,必须保密,包括咱们内部同事。”

崔三军说:“明白!”

从崔三军一离开,杨邦义朗声笑了,语气轩昂地说道:“我心里有数了。聂玉魁的老毛病,上面领导可能不会太计较,而只会强调他的所谓魄力和能力。但是经济犯罪问题,却会引起重视。这个浑小子,还真是立大功了。”

牛耕奇说:“现在该怎么办?”

杨邦义说:“我去找贺国兴,他是新任市政法委书记。任命的文件还没下发,现在提醒,应该还来得及。”

牛耕奇说:“铁证如山,当头棒喝,领导肯定会改变主意。”

杨邦义说:“还不能盲目乐观。开弓没有回头箭,这支箭已经离弦了,你让他们怎么接受?沉住气,要有应对困难的思想准备。”

# 第四十三章

杨邦义来到市里,直奔市政法委贺国兴的办公室。

事情非同小可,杨邦义必须做出预判,尤其要对不利的情况保持警惕。贺国兴的态度无非有两种,要么是车道康赏识聂玉魁,他有看法,却没办法,顶不住;要么他就是聂玉魁的后台,甚至收受贿赂,沆瀣一气。在这两个假设里,头一个可能性最大。车道康年轻气盛,风鹏正举,当然需要业绩威信,就看中了以所谓"魄力""有为"示人的聂玉魁,就让他认为平稳中庸的陆剑白腾位子,他是被聂玉魁的假象蒙蔽了。车道康有意,贺国兴支持。贺国兴刚刚被车道康提拔上来,即使有看法,不但不敢忤逆,还得积极配合,至少不敢提出反对意见。他认为自己还是了解贺国兴的,起码论人品本质,没问题,他只是缺钙,他不可能与聂玉魁是一类人。

见面寒暄几句,杨邦义便将话题直奔主题:"听说聂玉魁要返回局里?"

"还没公开呀,你怎么知道了?"

"钦佩呀,任贤授能,不拘一格,真有魄力!"

"谈不上魄力,但召他回来,也是工作需要。再说,能者上,庸者下,这是用人的不二法则。你得承认,聂玉魁近些年的煤炭营销搞得非常好,若是没有他,鸣凤区的民营经济就不会有今天的好局面,成绩可圈可点。现在是改革开放新时期,还真需要这样有魄力有闯劲的干部。"

杨邦义说:"就算你说得对,但是,把一个暴发户安排到公安局当领导,你觉得合适吗?"

贺国兴说:"怎么啦?他不就干过公安吗?"

杨邦义说:"他是干过,但又是怎么出去的,难道你不清楚吗?"

贺国兴说:"无非就是过去那些陈年烂事。我理解,聂玉魁当年就是让你逐出去的,陆剑白又是你一手栽培,一左一右,你都无法接受。"

杨邦义说:"陈年烂事吗?事情的性质不一样。他不回来还罢,他若回来,如果还是正职,你让同志们怎样想?公众舆论怎么看?公安的形象还要不要?”

贺国兴笑道:“老杨啊,都说你是忠勇双全的杨子荣,还真不差。都退居二线了,脾性怎么一点没变!虽然偏激,但精神可嘉。”

听着这样的话,杨邦义觉得受到了嘲弄。观点已经亮明,话头已经挑开,自己应该尽量沉默,多听对方如何说。

贺国兴说道:“好几年了,我还是第一次听到对玉魁同志的不同意见。也好,批评和自我批评是党的好传统。这对有缺点有毛病甚至有些问题的同志,是苦口良药,大有好处。”

杨邦义心里明白,贺国兴唱着政治高调,却故意把问题性质淡化,袒护的态度已经非常明朗。

贺国兴说:“老杨,咱不是一般关系,因此我就不绕弯,直说了。你是来者不善,对吧?但是,‘惩前毖后,治病救人’可以,整人的想法我不赞成,这是过去的流毒,改革开放都十多年了,你应该跟上形势。”

贺国兴这样指责,杨邦义的心中已不仅是愤怒,还有委屈,他用激动于形的声音说道:“别忘了,我也是曾经的受害者,而且是咱俩人一起挨整,你难道忘了吗?”

杨邦义所说的案件,是1970年发生在凤凰市的一起报复杀人命案。时任公安局刑侦科长的杨邦义任侦查小组组长,年轻能干的贺国兴是副组长,在侦破此案的过程中并肩战斗。但在随后的一次政治运动中,行凶者在省上的一位有权势的亲属将定案推翻,并借运动公报私仇,将杨邦义及贺国兴关进“牛棚”进行了残酷迫害。

贺国兴不禁脸红耳热,说起来,杨邦义还曾是他的领导呢,若从业务角度讲,完全可以说是他的老师。那时候的杨邦义已是全国公安战线的劳动模范,大名鼎鼎,而他呢,只不过是才穿上警服的“新兵蛋子”。凭良心说,因为那次破案立的一等功,为他贺国兴以后的升职打下了好基础,而那份功劳应该属于杨邦义,是人家推功部下,硬是把他给抬举了。而他呢,却经受不住残酷的考验,写过对杨邦义所谓的检举材料,造下了有负师恩的缺德之孽。

“对不起,我失口了。其实,您在我心目中,是最受尊敬的老领导。”贺国兴想说“我过去还有对不住您的地方”,却没有说出口。有点尴尬地咽了咽唾沫,贺国兴又接着说下去:“我的本意是,现在已是改革开放历史新时期,从国家高层到最基层,都在围着经济中心转,各方面情况都发生了变化,就再不能用老眼光看问题。对待干部身上的缺点,是要依据党纪国法来约束,但更要放在社会大潮流大背景下去观照,一句话,过去讲斗争，现在讲和谐，求发展。”

“讲和谐，也有原则有底线。”

“你容我讲完好不好？和谐的确是有原则的，和谐甚至要通过对不法行为的法制来保障。我没说聂玉魁没有问题，也没说对他的毛病不警惕，但仅凭那么个历史污点，奈何不了他。再说，聂玉魁毕竟有魄力有业绩，即使下海经商，也搞得红红火火。此一时彼一时，要用发展的眼光看人，而且要对事不对人。”

杨邦义感到非常失望，真没想到，贺国兴竟然是这种态度。心中恨道：如此看来，你不仅仅是不能坚持原则的墙头草，还是根助长错误的扎人刺。你是圆滑中庸，违心迁就，还是受了他的贿，堕落成一丘之貉？一只手下意识地在衣兜里掏出香烟来，品牌明明白白，是八块钱一盒的“金卡猴”，他有一种习惯，需要冷静时就会抽烟。

贺国兴赶紧凑上前递烟，是二十元一盒的“蓝好猫”，很时尚的高级品牌，一边殷勤地说：“抽这个，有肉不吃豆腐！”

杨邦义将递烟的手推开了，慢悠悠地说：“抽这个已经习惯了，那玩意，消受不起。”又说道：“我不能相信，你说的是心里话。你也欣赏聂玉魁？”

贺国兴说：“浪子回头金不换，你得相信人都会变。谁肯干事创业，做领导的就支持谁。试问，尽用些平庸无为的人，经济如何发展？工作如何创新？”

杨邦义说：“因此，聂玉魁成立商会的时候，你就亲临现场，还讲了话，给足了面子。”

贺国兴说：“车书记都去了，我作为区领导，能不去吗？再说，促进经济发展嘛，有什么不对吗？”

杨邦义说：“姿态确实没有错，但对象选错了。”

贺国兴说：“我在强调，车书记都去了。你忘了车书记在龙潭镇中学说的话，他不就赏识聂玉魁吗？你怎么就不明白呢？难道非得把话说透！”

杨邦义的心里有了底，果然，问题是出在车道康那里，说道：“车书记不了解情况，你就不可以直言相谏？”

贺国兴说：“你这种脾气，我学不来。”

杨邦义说：“这不是什么脾气，是党性原则。发现领导有失误，却不及时阻止，也是对领导不负责任。我必须提醒你，如果车书记一旦发现，他所赏识的人尽干些严重违法、可以判刑坐牢的勾当，他还能支持吗？对你又意味着什么?”

贺国兴的脸色变得难看:“有这么严重吗?”

杨邦义说:“聂玉魁利用商会会长职务,对民营矿井敲诈勒索百万之巨,这还不严重吗?聂玉魁以帮助为诱饵,罔顾政治影响,无耻胁迫女演员,这还不严重吗?聂玉魁霸占民女,破坏军婚,难道这还不够严重吗?公安机关,非同小可,难道该就落在这种人手里吗?”

贺国兴不禁倒吸一口冷气,声音也变得惊慌了:“你有证据吗?不不不,不可能!”

杨邦义说:“你觉得我会撒谎吗?”

贺国兴沮丧地说:“晚了,麻烦了。聂玉魁调职的事,主要领导拍板了,会上通过了。要想推翻,真成儿戏了。”

杨邦义说:“将错就错,岂不更是儿戏!”

贺国兴说:“你说怎么办?现在找车书记,提醒,制止,纠错,我能张开口吗?领导又情何以堪?真该怨,怨你迟来一步,也怨我知道得太晚!”

杨邦义说:“你干脆直接说,你老杨无事生非,不该来添这个乱。”

贺国兴点燃一支烟,一口接一口地狠吸着,半天才说:“这样吧,聂玉魁该上任还上任,他真有问题咱可以查。问题一经查实,再依法论纪,也不为怪。”

杨邦义说:“你要是觉得脸上有光,觉得不会造成恶劣影响,就看着办吧!”

贺国兴懊恼地说道:“我的脑袋真大了。这事太突然,容我再想想,好吗?”

杨邦义说:“我差点忘了,你现在官做大了,市政法委书记,脑袋确实很大,还没祝贺你呢!”

# 第四十四章

令牛耕奇没想到的是，刚刚接到任命聂玉魁的红头文件，他就领着分局一干人，以突然袭击的方式视察了龙潭镇派出所。

聂玉魁首先把燕德久向牛耕奇做了介绍，说他的笔杆子很厉害，局里就缺这种人才。燕德久也不生分，一登场就有点居高临下，还仔细询问了营救被拐儿童的具体过程，同时扔下了一句话："你们只是任务的具体执行者，策划却是在局里，而且就是由聂局长坐镇运筹的。"这样的话真令牛耕奇吃惊不小，罔顾事实，贪天之功据为己有，这样的谎言也敢当面编造。聂玉魁一旁解释道："其实我早就回来了，只是没宣布。"

不过，还有令牛耕奇更加震撼的事情呢，当聂玉魁、燕德久与林金虎在这里不期而遇时，当他俩得知林金虎就是营救行动的有功人员时，内心的震惊与惶恐达到什么程度呢？而之于林金虎，这种仇人见面分外眼红的冰火撞击，别人又岂能感知呢！就在与聂玉魁四目相对的第一时间，那两张面孔，都显得异常震惊，这个表情不加任何修饰而且完全一致，但最初的表情瞬间就变化了，一个显得惶恐又尴尬，一个闪着仇恨的冷色；一个是强夺人妻的强盗，一个是仇恨满腔的受害者，两个冤家竟然神差鬼遣地撞了个满怀。

对牛耕奇来说，本已心情很糟，又偏偏要与厌恶的家伙面对面强装笑脸，又加上来不及回避的林金虎。非常难堪的事情叠加在一起，真比用刀杀他还要难受。

在聂玉魁的当场授意下，燕德久以了解基层同志基本情况为由，对所里的编制内外所有人员一一询问。牛耕奇则在暗想：司马昭之心啊，这阴险的暗箭，就对准了不可容纳的林金虎。

按照惯例，上级领导下基层，基层都免不了热情招待。那是不成文的官场规矩，也是下级巴结上级的机会。无论上下都受用。牛耕奇尽管内心抵触，但仍然在街上的饭馆准备了一桌菜。但聂玉魁却借口有事，很坚决地走了。

聂玉魁前脚走,林金虎后脚就来请假。说是心里憋闷,想回趟黑龙江原部队,透透气。想透气哪里不能透,干吗要去那么远?牛耕奇显得很生气:“你是怕他怎么的?这公安局是党和国家的,他是什么东西,能把你咬了?!”但是林金虎到底还是走了,牛耕奇沮丧地叫道:“金虎此去,肯定是黄鹤无影。什么新官上任三把火,鬼火,烧到咱们头上了!”

想不到的事情还不止这些,件件都令牛耕奇感到吃惊。聂玉魁一行刚离开,宇文骚就回到了所里。说他结束停薪留职,回来上班了。几乎在同一时间,所里订的《凤凰日报》送来了,发现头版位置刊登了一篇记者署名的消息,文章不长但标题醒目,主标题是“市公安局鸣凤分局成功解救被拐儿童”,副标题是“精心预案指挥若定,跨省行动他乡告捷”。说的就是他们陇西解救被拐儿童的事,功劳几乎全揽在聂玉魁身上。

不但是参加者崔三军,派出所的同志都感到吃惊:明明是陆局长手里的事,又是牛所长率队出征,为什么就变成新一届班子的功劳?去陇西的时候聂玉魁还没到任呢,又如何坐镇指挥运筹帷幄?未免太离谱了!唯有宇文骚唱着反调:“你说苏联卫国线争出了多少功臣,全世界却只知道斯大林。这叫下级服从上级,部下服从领导。再说,自古行兵打仗,那都是‘冲锋陷阵易,运筹帷幄难’。领导是关键呀。难道人家报社没咱水平高,那叫讲政治!”最后索性赤裸裸地替聂玉魁辩护:“聂局长人没过来,其实已经主持工作了,因为陆局长在省上学习,已经不管事了。我在他身边借用,当然最清楚。”

宇文骚的上蹿下跳,牛耕奇忍了,心想,跟这种势利小人怄气划不来。

自从见过贺国兴书记,杨邦义就跟着省厅组织的公安系统老同志深圳经济特区参观团出省了,一时半会儿还回不来。牛耕奇心里感到空落落的,就一个人待在办公室,把自己可能面临的局面仔细推敲。

聂玉魁来了,自己提拔的希望基本泡汤。一朝天子一朝臣,这朝不用那朝人。何况,聂玉魁肯定清楚,他是宿敌杨邦义的人。陆剑白能够选中他,就是杨邦义力挺的。就凭这一点,他也没戏了。退一步说,即使自己勉强如愿,但与这等人一起共事,人鬼殊途,也难立足。除非他也同流合污,沆瀣一气。那怎么行?那比杀了他还要难受。他现在反而有点埋怨杨邦义:老局长啊老领导,你是一片好心,却将我放在火上烤了。

牛耕奇一时想得偏狭,钻到牛角尖了。好大工夫,才使自己平静下来,开始用一种淡化的心态浏览着那几张报纸。他发现,这报道吹得还真卖力。字里行间,全是聂玉魁局长如何排兵布阵,如何与陇西警方联系协调,如何用电话遥控指挥。但对他们的营救过程却是轻描淡写,连他的名字也没出现，更别说自己的手下林金虎和崔三军了。又发现报纸出版时间是昨天，这才忽然明白：聂玉魁早就盯住了这块“肉”，所谓视察工作，就是下口偷吃后的侦探与封口，还真是黄鼠狼给鸡拜年来了。

正觉哭笑不得，崔三军推门而入，一边走一边气哼哼地叫：“真想将那应声虫揍一顿！什么叫汉奸，我他妈算是见识了。”

牛耕奇知道他是在说宇文骚，便笑道：“跟他怄气，不值。他觉得形势于己有利，不开心才怪呢。”

崔三军说：“你说这记者咋就睁眼说瞎话，良心叫狗吃了？”

牛耕奇说：“这就是权力的可怕。好人掌权，显的是求真务实，扬的是清风正气；坏人当权，就弄邪作假，就刮歪风。记者也是人，靠笔杆子养活。吃谁饭，就得跟谁转。你也不能怨记者胡说，聂大局长是领导呀，在记者看来，不相信他该相信谁。”

崔三军说：“这么说，咱就干瞪眼让他欺世盗名？依我看，这不是记者写的，倒像是由内鬼炮制的。干脆，咱也去联系记者，将真实情况报道出来，这叫‘以其人之道，还治其人之身’。”

牛耕奇说：“这话还说到点子上了。可以考虑新闻反击。又是他们太不要脸。但只怕事情不好办，如今这媒体多半是万金油，怕是不会说真话；即使敢说真话，恐怕也难见报。“

崔三军说：“我看《华中晚报》行，敢讲真话，老百姓喜欢。”

牛耕奇说：“没那么简单吧，稿子能绕过分局？你连公章都盖不上，还谈何发表！”

崔三军说：“记者是无冕之王，《华中晚报》又是省级大报，干吗还要县级单位的屌章子。”

牛耕奇眼睛一亮：“说得好，把我提醒了！”

崔三军说：“说干就干，我马上进城，联系记者去。”

牛耕奇却谨慎了，摆手制止道：“这不是小事，不可轻举妄动。怎么应对，还得考虑周到。”面对欺世盗名的可耻行径，作为受害者当然气愤，但要进行无情揭露，将会引起什么后果，牛耕奇就不得不掂量。对于自己的升职，他已经不抱任何希望，但是，斗争却不会放弃，调查取证也才刚刚开始，决不能自乱阵脚，因小失大。要说如何应对，那也要等老局长回来。老局长曾经叮咛过，要沉住气，不露声色，让聂玉魁尽情表演。

这时候，林金虎回来了，这又令牛耕奇很感意外：“回来了，咋啦，不去啦？”

林金虎却说了句令他更感意外的话：“不想干了，我想离开。”

“再说一遍?”

“我想离开。我只是个临时人员,不想耽搁自己。”

林金虎提出不干,已令牛耕奇不可接受,不料崔三军也说道:“金虎兄要走,我也不干了。”牛耕奇大瞪牛眼,连话都说不出来了。

牛耕奇非常失望地摇头哀叹:“算我看走眼了,你两个,一个是懦夫,一个是浑蛋!”

林金虎叫道:“自古‘汉贼不两立’,大丈夫岂能苟且奸贼门下!再说,他跟我肯定过不去,我不能连累你一起倒霉。”

牛耕奇苦笑道:“‘汉贼不两立’,你连戏词都用上了。但用得对吗?不对!‘汉贼不两立’,就是要疾恶如仇,坚决斗争,而不是逃避。我现在很怀疑,你真的揍过他?你不敢,你没种!”

牛耕奇的心里很清楚:他和他的战友已经面对着严峻的局面,人家已经杀上门来,立逼你缴械投降,不应战都不行了。关键时刻,得力人手绝对不能走。

牛耕奇对林金虎和崔三军说道:“你两个要是有血性,就不该畏难当逃兵。有什么想法,等老局长回来再说。也不要太沮丧,我就不信,朗朗乾坤,妖魔就降住了菩萨!”

仅仅过了三天,凤凰市鸣凤区公安分局召开了新旧班子交接的干警大会,班子成员都到了,但不能缺席的陆剑白却不见人影。市局刘震局长首先宣读了免去陆剑白分局局长和任命聂玉魁为新任分局局长的文件。

接着,会议又宣布了人事调整,提升了一位来自刑警队的副局长,新来的外行燕德久也被任命为办公室主任。当宣布燕德久的声音一出,就引得满场哗然。紧接着,满场的目光又不约而同地瞄准了牛耕奇。

牛耕奇顿感如芒刺在背,尴尬非常,用了极大的定力,才使自己稍稍冷静。随后由燕德久宣读了对解救被拐儿童过程的扼要介绍及对龙潭派出所长牛耕奇记一等功的表彰决定。牛耕奇注意到,介绍过程中只字未提陆剑白,倒是强调了聂玉魁的领导作用。

然后,聂玉魁发表了履职讲话,真可谓,大言如雷,豪情如雨,触景生情,几度唏嘘,大有卷土重来、东山再起的万千感慨。

尘埃落定,牛耕奇的一丝侥幸被彻底击碎了,强烈的反感与不满顿涌心头,同时还有一种被人玩弄的羞耻感。原来的人事安排被完全推翻,对他本人所谓的记功表彰,也变味为窃权新贵开妆亮相的封口泥巴。原本美好的事情,眨眼间就变成为卑鄙政客所利用的舆论工具,是可忍,孰不可忍！若是老局长今天在场，还不一定发生什么事呢！

应该上台接受奖牌了，燕德久在台上连声催促，牛耕奇却面无表情，一动不动。宇文骚见状，就不失时机地走上了主席台。

台下又爆发出一片嘘声，片刻的沉默后，热烈的掌声才响起来。很显然，嘘声是冲着跳梁小丑宇文骚，掌声是对真正的有功者发自内心的认可，与宣布聂玉魁和燕德久职务时的愕然惊叹形成鲜明对比。同志们的眼睛是雪亮的，公道正义自在人心，这又使牛耕奇悲凉的心境稍感安慰。

会后安排了丰盛的酒宴，牛耕奇却借口身体不适，撇下宇文骚，悄然返回了龙潭镇。

# 第四十五章

就在分局开会的第二天，杨邦义由深圳回来了。牛耕奇马上将近日来发生的一系列变故做了汇报。当天晚上，杨邦义请牛耕奇到家里吃饭，并要他叫上林金虎和崔三军。

来到杨家，才发现准备的是海鲜，鱿鱼大虾，桌上还放着两瓶酒，挺丰盛的。

杨邦义说："海鲜是沿海新鲜货，酒却是上次去重庆捎的。一直放着，就是想让你几个尝尝。"

说罢就拿过一瓶酒来，崔三军眼色活，赶忙接过来将包装打开，先从杨邦义开始，一杯杯斟满。

杨邦义指着酒杯说："这叫渝北酒，重庆经典名酒，品位不输五粮液。"

崔三军就端起酒杯说道："好酒啊，咱们先敬杨局长一杯。"

牛耕奇说："不急，即使要端，也是长辈提示，规矩都忘了。"

杨邦义笑道："到我这里不用客气，也不讲规矩。这次到深圳，看到翻天覆地的发展变化，心中真是振奋。深圳的今天，就是凤凰市的明天。为了美好的明天，咱们共同举杯。"

窗外月光皎洁，银辉洒地。夜色恬静而舒展，人又是可以肝胆相照的。然而，酒桌的气氛还是显得拘谨，也许心里有事，真不是开怀畅饮的时候。

几杯闷酒下肚，杨邦义打破沉默，将话题直奔主题："我琢磨了一下，聂玉魁敢于新闻造假，是有个时间空子可钻。你们去陇西的时候，陆剑白已经在省上学习，而这时有关领导可能已跟聂玉魁谈了话。虽未宣布，但他已将自己视为到任，因此就敢打擦边球，就敢冒这个功。"

牛耕奇心里一亮：原因在这里！还是老局长眼毒，一下子就盯准了。

杨邦义说："这个聂玉魁，手段还真是厉害。不仅自己二返长安，还生生带来了一个人。一出手便将分局班子换了血，窃取了权力，安插了亲信，又要利用你们的业绩为他造势。他当然清楚你牛耕奇最该提拔，却是功亏一篑。你肯定不服，才用立功嘉奖封嘴。让你恨他不成，还要嘴上称谢。下手够狠，心计够毒。”

牛耕奇猛灌一杯酒，恨恨地说：“提拔谁任命谁，那是组织上的事，咱一个小所长管不着也不该想。但他聂玉魁也未免太过分，那个燕德久一个外行，又是刚刚调来，即使能力再强，水平再高，也无道理马上任命。这是单位啊，又不是他的家，就这样任他为所欲为！”

杨邦义说：“燕德久是什么人，还不了解，但可以判断，从来蛇鼠一窝，聂玉魁能把他带来，就肯定是他的亲信。也敢肯定，在那边就沆瀣一气，颇有故事。但要用你就奇怪了，妖僧占了庙，岂容真和尚？”

牛耕奇喷着酒气叫道：“反正我命运不好，没戏了。我已经四十三的人了，马上接近淘汰底线！”

杨邦义说：“抱怨什么？命运不好？错了！命运不是老天爷给的，而是自己创造的。命运好，是自己努力的结果；命运不好，自己也有责任。命运一时有坎坷，却不见得会背到底。只要你不向命运屈服，命运就会向你微笑。为什么？因为命运喜欢强者。想当年我破了案，立了功，反而关进牛棚。那时候少不更事，就想不通，觉得前途完了，曾经一蹶不振。郑书记就用上面这些话开导我，我明白了这个道理，就振作起来，才实现了自我救赎。”

牛耕奇还能再说什么呢，老局长是用自己的例子对他进行委婉的批评和启发，就绽出一缕笑意来：“明白了，很有启发。其实我想得开，也想得正。跟着陆剑白，我愿意上进；但跟聂玉魁那帮人搭班子，用八抬大轿请我，也不会去哩。其实我是远离了蛇鼠窝，这个好运不要也罢，应该庆幸才是。”

杨邦义说：“这就对了，但还不全对。对待功利要有平常心，面对丑恶却不能回避。邪恶在作祟，中庸回避就是助长犯罪。因此，咱不能灰心，更不能逃避，要勇敢面对，进行斗争。即使暂时处于不利，也不可缺失精神，更不可愧对头顶上的国徽。”

也许这话过于庄严，气氛更加凝重。

杨邦义点燃一支烟，努力使自己平静下来。然后又说道：“老子有句名言，‘福兮祸之所伏，祸兮福之所倚’，事物都是在发展变化着。好事中隐藏着坏事，但坏事中又存在着向好的转机。对这些狂妄的人，应验还会特别快。一时得逞，不等于长久得意；得逞越快，往往倒台也快。手段越卑鄙，下场越悲惨。因为他们总归是鬼东西，走的是邪道，行的是妖法，岂能生存于阳光之下。对咱们而言,眼前似乎漆黑一片,岂不知,最黑的夜色后却是最亮的清晨。因此都不要灰心,他蹦跶不了几天。别人也许心里没数,但咱们却真的有数。要说他是鬼,咱就是捉鬼打鬼的人。”

老局长的一席话,真是说到了心坎上,沉闷的气氛一扫而光,笑意又回到每个人的脸上。

杨邦义笑道:“是不是调门太高了,就像话剧台词,又好像孔夫子开讲坛。那我就讲个笑话。今天看电视新闻,本来是个刑事案件,却把我逗笑了。这个小偷入户行窃,发现冰箱里有酒有肉,就索性大肆吃喝一番。结果把自己喝醉了,就躺在沙发上呼呼大睡,主人回来了竟然还没醒。结果嘛,就可想而知了。你们谁来回答,为什么会发生如此怪事?”

崔三军说:“大概是武侠小说看多了,却把书读偏走了歪路。只知大块啖肉大碗吃酒,却忘记了自己是干啥的。这是天意,或者就叫因果报应,行不义者必自毙。”

牛耕奇笑道:“这却不像你的性格。照这样看法,坏人作恶且不用管他,自有天意惩罚。我们当警察的,只管清清闲闲睡大觉就是。”

崔三军争执道:“别以为我不会答,我是故意调侃呢。现在咱就往主题上说,其实这新闻我也看了。这个贼之所以会这样,因为他事先踩了点,得知这家人皆是瘦弱老小,便不放在眼里,就狂妄自大,肆意妄为。”

杨邦义问林金虎:“他说得对吗?”

林金虎不假思索地回答道:“对,要点就是狂妄!”

杨邦义说:“看来各位都听懂了。没有错,这个小偷,吃的就是狂妄亏。”

杨邦义的声音高昂起来:“既然都听懂了,那咱们言归正传。聂玉魁一贯的表现,就是‘狂妄’二字,得意忘形,肆无忌惮。眼里只有贪欲,心里只有靠山,却不把党纪国法放在眼里。因此,他的每一个动作都会露出破绽,这就给了我们反击的机会。我曾经认为要沉住气,不露声色地观察,但现在,他的表演已经超出了预料,就无须再等。怎样行动,还想听听你们的意见。”

牛耕奇显然是成竹在胸,不假思索地说:“我认为,策略应该是八个字——明修栈道,暗度陈仓。在明里,由我出头,只针对他欺骗舆论的行径进行公开反击;在暗里,加紧调查取证。”

杨邦义问道:“对方的反应,你想过吗?”

牛耕奇说:“充其量,他会认为我在泄私愤,甚至还以为我气急败坏,乱了阵脚。正好可以吸引其注意力,掩护调查取证的深入进行。”

杨邦义笑道:“合情合理,可行。”

崔三军振奋地说:“拿到铁证之日,就是这个狂人的覆灭之时。”

杨邦义问道:“小崔,情绪不错嘛,但为啥你跟着金虎起哄,不想干了?”

崔三军和林金虎的眼睛对望一下,两个人都低下头去。

杨邦义叹口气说道:“金虎的遭遇,我才知道。曾耳闻聂玉魁有破坏军婚嫌疑,竟然受害人就是你。现在聂玉魁当了局长,就觉得‘仇人相见,分外眼红’,就感到不能容忍,也觉得前途无望,不能干了,是不是这样?”

杨邦义又看着崔三军笑道:“你这个崔三军啊,还真是任侠仗义。林金虎挥拳头揍他,你也帮着踹一脚,就把你也牵连了。铁哥们不干了,你也拍屁股走人,是不是?”

崔三军嗫嚅道:“其实也不这么简单——”

杨邦义笑了:“我也不完全是批评。现在有不少人,钻了钱眼,丢了道德,失了本色,变得人鬼不像。像你俩这样的好青年实在难得。只不过政治上还不成熟,太嫩,还得摔打。”说到这里就提高了嗓门:“两个年轻人,逃避现实是不对的。你们怕什么?从大的方面说,这公安机关是党和国家的,不是谁家的后花园。即使与他有过节,但只要好好工作,又能拿你怎么样?人家还没撵你,你就当了逃兵,不觉得窝囊吗?你要是自动离开,正好去了人家心病。既然你见他感到难受,难道他见你就不难受?聂玉魁连饭都不吃拔腿就走,还不是因为心虚尴尬吗?既然认定他是坏人,你能够使他难受,使他如鲠在喉,不就是最有效的对抗吗?你们说,这样分析有无道理?”

林金虎抬起头来,觉得醍醐灌顶一般,心里亮堂无比。

杨邦义又进一步强调道:“新闻反击很重要,可以一举三得,既澄清了事实真相,也保护了你们有功者,还使造假者骑虎难下。等他转过身来,恐怕时间不等人,也该完蛋啦。”

牛耕奇说:“还有个麻烦呢,金虎的合同警手续没办。”

杨邦义说:“咋搞的,拖了恁长时间?”

牛耕奇说:“陆局长大概忙,没顾上。”

杨邦义说:“我直接找刘震,趁着他们立足未稳,先把金虎的合同签了。”

这时候,牛耕奇接着刚才的话茬表态:“老局长刚才的分析非常透彻,对我的启发也非常大。从现在起,我们要坚定信心,振作精神,干好应干的事。”

“明白了!”两个年轻人齐声应道。

杨邦义的老伴又端上一盘热菜,拿眼瞪着老杨说:“就你的话多,菜都凉了。”

杨邦义笑了笑没有理会,继续说道:“借着今天这气氛,我再谈谈另一种感受。在重庆,参观了渣滓洞、白公馆,看到了江姐受刑的审讯室,看到了小萝卜头的牢房,看到了‘监狱之花’的小布鞋,大家都落泪了,女同志已经哭出声来……”

说到这里,杨邦义的声音有点哽咽,停顿下来了,眼睛里闪着泪光。

空气顿时凝固了,尤其是牛耕奇,跟老局长几十年,还是第一次见他这样,心中大为吃惊。

杨邦义努力使自己平静下来,说道:“想起那些烈士,心痛得很。今天的幸福安宁,都是他们用牺牲换来的。腐败分子作祟,首先就是对先烈的亵渎。仅凭这一点,我们也饶不了他!”

三个人心里全亮堂了,今天这场酒,重点在这里,老局长是要进行革命传统教育呢。

老伴儿这时候又发话了:“我看你是过分了。工作上的汤稀米生,那是组织上的事。你都退下来了,管得着吗?我呀,还指望你多活几年哪!”

杨邦义笑道:“瞧瞧,你婶子——我的纪委书记又干涉了。”回头又对老伴说道:“想当年,杨继业被囚五台山,多冤枉哪。听说皇上困在了幽州,二话不说,就救驾保国,血战金沙滩。想起老祖宗,我咋能置‘朝廷’大事于不顾,任由奸贼作乱呀?你也算是杨门女将,咋就丧失了革命斗志呢?”

杨邦义说罢,就端起酒杯豪迈地叫道:“来,这一杯干了。”

四只酒杯碰在一起,乒乓作响,很亢奋,很有杨家将誓师出征的意味。

# 第四十六章

按照行动方案，首先要将舆论反击战打响。林金虎主动请缨，由他去和报社具体联系，理由是他在部队时当过新闻报道通讯员，知道怎样操作。牛耕奇拍了板，林金虎就抓紧赶写一份更翔实的材料，确保记者能够抓住要害。与此同时，杨邦义到市局找刘震给林金虎办签聘用合同的事情去了。

杨邦义不到半天就回来了，坐在沙发上闷闷不乐。

发现杨邦义的脸色不悦，牛耕奇已经能猜出不好的结果。

杨邦义说："聂玉魁下手真快！"随手从衣兜里掏出个材料。

牛耕奇接过来一看，是分局的红头文件。不等将内容看完就大叫起来："清理整顿干警队伍，这是冲着金虎来的！"又问道："见到刘局长没有？"

杨邦义说："这个文件就是刘震给的。你听刘震怎么说：'你晚来一步，我不能开这个戗风船。聂局长刚到任，必须支持他的工作。'听话听音，刘震也是顺坡下驴。"

牛耕奇说道："给你打官腔？你也是他的老领导啊！"

杨邦义叹口气说道："新闻反击要抓紧，尽快让事实说话。"

这时候，户籍员小蔡进来了，说是《华中晚报》来了一男一女两个记者，要采访解救被拐儿童的事情，在接待室等着。

牛耕奇笑道："巧了，说曹操曹操就到？"又很警惕地问："宇文骚哪去了？半天不见人影。"

小蔡说："对了，他让告诉你，去市里了，可能这几天回不来。"

牛耕奇说："聂玉魁叫去了，不知又搞啥鬼八卦。"

杨邦义笑道："盯梢的走了，多了份安全。"

接待室设在马路对面，不大工夫记者就被领来了，都是约莫二十来岁的年轻人。女的扎着马尾辫，上穿风衣，下着牛仔裤，漂亮精干。出示了记者证，才知道她叫邹丽。男的高挑个儿，戴副眼镜，斯斯文文。牛耕奇赶紧让座沏茶,热情招呼。

牛耕奇说:“你们自省城下来,辛苦了。但不知想采访什么?”

邹丽坦率健谈,一口地道的东北口音:“我们是省委党报下属子报,却是晚报品位,注重聚焦社会热点的大稿子。看到《凤凰日报》刊登的消息,才得知你们甘肃解救被拐儿童的事迹,觉得应该深挖一下,写个大通讯,于是就来了。”

牛耕奇心里有底了,说道:“欢迎你们,但恕我直言,你们敢说真话吗?”

邹丽说:“正是因为实事求是,我们的报纸才受群众欢迎。”

牛耕奇故意摇头说道:“不行不行,我看你们办不到。实话告诉你,《凤凰日报》那稿子,内容严重失实。什么分局领导聂玉魁亲自部署呀,坐镇指挥呀,全是没有的事。你们要写,敢坦言真相吗? 即使你们敢干,分局的公章能盖上吗? 稿子能发出去吗?”

邹丽听言,马上来了精神,笑道:“看来我是来对了,还有猫腻呀!”又解释说:“新闻媒体不光注重正面宣传,还有舆论监督和批评职责,正气正义、公正真实是最基本的新闻职业道德。因此,我们一定会真实报道全过程,而不会顾忌长官意志。至于盖什么公章,根本就没有那个必要。即是你们领导不满意,也不怕。一是他管不着我们记者,二是事实胜于谎言。”

杨邦义说:“说得好,铁肩担道义,正气著文章。”

牛耕奇很适时地介绍道:“这位是我们市局的老局长杨邦义,全国公安英模人物,德高望重。”

邹丽惊愕地张了张嘴,说:“你就是杨邦义局长,马副总编曾经报道过您。”

杨邦义说:“多年前的事啦,你这么一提说,倒是想起来了,写我的记者就姓马。”

邹丽兴奋地叫道:“您还不知道吧,就因为写你的那篇稿子,小马才被提拔到了领导岗位。那篇通讯非常棒,对我影响很大,可以说,直接决定了我的新闻价值取向。”

杨邦义笑道:“这么说,你们的马副总编很能干,也带出了你们这些担当作为的小将。”

邹丽说:“是的,完全是这样。”

面对这个正直勇敢的年轻人,牛耕奇笑了,心中直喊幸运。接着说道:“我安排一个同志专门陪你们,他就是营救行动的参加者,也能写东西。”说罢就让崔三军去叫林金虎。

林金虎走进来了,想不到的一幕也出现了。

当林金虎与邹丽四目相对的刹那间,眼睛里都撞出了很亮的火花。

片刻的呆愣后,俩人几乎同时惊叫起来。

“林老师——”

“邹老师——”

俩人都很激动,要不是当着大家的面,真能拥抱在一起。

邹丽的声音颤抖着:“你原来在这里?来陕西一年多了,让我找得好苦!”

林金虎说:“你怎么到了这里?黑龙江,好远呀!”

邹丽说:“我改行了。你是知道的,我大学的专业是新闻。得知《华中晚报》招聘,辞了学校的工作,就来了。最关键的,你是这里人啊!”

邹丽的眼睛里已是泪光闪闪,声音变调,再要说下去,都要哭出来了。

林金虎的心里也很是伤感,他非常清楚,邹丽一直欣赏他,也喜欢他。又可以想象,那个叫王东北的无赖,把她纠缠成了什么样。

他俩人如此亲密诉说,戴眼镜的男青年脸色变了,很吃醋也很尴尬的样子。

邹丽觉察出来了,赶忙把彼此做了介绍。原来,他和她是大学的同窗,跟着她由东北一路追来,一个月前才结婚的。

遗憾,痛楚,起码邹丽是这种情绪。牛耕奇和崔三军心照不宣地对个眼色。看样子,林金虎在部队真不简单,他们中间有故事呀!

牛耕奇说:“他乡遇故友,人生幸事啊。中午先简单吃顿工作餐,小崔你到酒楼订桌饭,档次要高,今晚好好招待。”

邹丽说:“不用麻烦,我俩都不会喝酒。”

牛耕奇说:“你俩是东北人,怎么不会喝酒?甭客气,你跟金虎曾经是同事,就当这里是你们的家。”

邹丽说:“我的意思是,抓紧时间采访,力争今晚上就拉出初稿,尽快见报。”

牛耕奇强调说:“这顿酒饭可是必须的。”

崔三军抢着说道:“对,必须的,权当金虎兄为你接风,他可是功臣啊。那次营救行动,就是牛所长带队,金虎兄和我当助手。金虎兄武功高强,勇不可当,如同大战长坂坡的赵子龙!”

邹丽欣喜道:“故事精彩呀,就要这个效果。”

林金虎笑道:“吹过头了,我是个新兵,真正有功的还是他俩。尤其我们牛所长,指挥若定,才是大将风度。一会儿聊开了,你们就知道了。”

牛耕奇却一脸严肃:“你们怎么也拍马屁。小邹你听我说,崔三军没有吹,林金虎就是头号功臣,也是要重点写的对象。”

是夜酒饭,很是丰盛,但邹丽一再强调,他俩确实不会喝酒。牛耕奇情知邹丽心有隐情,便不再勉强。林金虎当然也没多喝。倒是豪爽了崔三军,大快朵颐,大杯吃酒,一副梁山好汉的英雄相。

真是能吃苦、有才华的年轻人。邹丽亲自动笔,又有林金虎提供的成熟材料,突击一个晚上,便将近万字的大通讯一气呵成。

修改润色的工夫,牛耕奇悄悄问林金虎:“你看过了吗,觉得咋样?”

林金虎说:“非常棒,从侦破到营救,过程细致,跌宕起伏。有激情,有文采,充满了服务人民、打击犯罪的正气,简直就是篇报告文学。”

牛耕奇说:“你负责把关,不能有任何破绽。”

林金虎说:“明白!”

牛耕奇又说:“打印几份,要让杨局长过目,把关。”

林金虎说:“是,我这就去。”

崔三军很钦佩地说:“据那个男记者介绍,这个邹丽,是记者部主任,还是全国优秀新闻工作者。”

牛耕奇说:“怪不得,就觉得她底气足,不一般。”

崔三军显得痛心疾首:“她越优秀,我越难受。看得出,她心里装着金虎兄。真可惜,就差那么一步。”

牛耕奇瞪了他一眼,说道:“在金虎面前,可不敢乱讲!”

随后,杨邦义来了,对稿子也很赞赏,又提了些修改意见。

杨邦义说:“这一拳打出去,会有什么反响,又该如何应对,你考虑过吗?”

牛耕奇不假思索地说:“真相大白,造假的骑虎难下。虽然气急败坏,却只能被动狼狈。他想报复,却是无计可施。社会舆论哗然,器重他的领导也会吃惊和恼怒,起码,对聂玉魁的信任度大打折扣。但是会去灭火,尽量消除影响。一般领导都会这样做,谁也不喜欢狗屎抹脸上。”

杨邦义说:“分析到位。但是,我们也不能歇着,要再出拳,打组合拳,要更猛更狠,把他彻底击败。”

牛耕奇的双眼炯炯发光,有老局长在身边,他什么也不怕,只有必胜的信心。但是要打组合拳,怎么打,他想都没想过。

杨邦义说:“省报记者都有给领导写内参的职责。如果邹丽肯担当,就可以打出致命一拳。趁热打铁,以已经掌握的证据,就足以引起上面领导的重视。”

稿子改好后,邹丽就急着要走,说是要尽快见报。杨邦义和牛耕奇却提出了一个请求,要她写检举聂玉魁的内参材料。

邹丽顿时显得严肃,说道:“内参报告,我们有这样的责任。这是给主要领导看的,反映的必须是重大问题,是机密,也有风险。”

杨邦义说:“聂玉魁的问题很严重,你先了解一下情况,斟酌后再决定,可以吧?”

邹丽很爽快地说:“可以。”

邹丽决定自己留下来,安排男记者先回报社发稿子。随后将几份聂玉魁犯罪事实的证明材料仔细看过,又看了那几盘录像,还听了牛耕奇的补充讲述,感到问题确实严重,也有很意外的震惊,破坏林金虎婚姻的元凶竟然是他,心中愤慨又沉重,竟一时无语。

牛耕奇担心地问道:“聂玉魁的问题,还不够格?”

邹丽说:“挺严重,可以写。关于聂玉魁,我也有新的情报。你们想不到吧?”

“快说,快说!”牛耕奇顿时兴奋起来了。

邹丽说:“狼沟煤矿半年前发生一起死亡事故,聂玉魁乘机敲诈,拿走了七十万。”

牛耕奇惊叫道:“我的天,七十万!”

杨邦义问道:“准确吗?你又是怎么知道的?”

邹丽肯定地说:“准确。因为采写凤凰市民营企业,我认识了狼沟矿的老板娘白玉儿。我把她那里作为重点,她因此感激我,成了不错的朋友。白玉儿对聂玉魁的敲诈很怨恨,这些情况,是她亲口对我说的。”

说到这个白玉儿,杨邦义和牛耕奇的目光又一次对撞,林金虎、崔三军曾经汇报过,白玉儿就是聂玉魁的情妇呀,看来,其中的情节一定曲折。

杨邦义问道:“你觉得白玉儿这人怎么样?”

邹丽不假思索地说道:“直爽,漂亮,看起来风骚,却有正义感。”

杨邦义说:“小邹呀,你是否意识到,咱们已经是一条战壕的战友,是生死攸关的命运共同体?”

邹丽笑道:“还用说吗?”

杨邦义郑重地叮咛道:“写内参的事,暂时对外界所有人保密,一切行动听指挥。因为,咱们要打响一场反击战,而且必须打赢,明白吗?”

邹丽爽朗地回答道："明白！"

看着这个正直勇敢又有情有义的年轻人，杨邦义和牛耕奇都会心地笑了。

又经过一天一夜的鏖战，邹丽将内参报告写好了，杨邦义和牛耕奇都感到满意。

邹丽说："这份内参很快就会送达省上领导。这家伙真坏，加害林老师的竟然是他。我又有了灵感，说不定，还能写出更给力的。"

这时候，小蔡又送来一个刚收到的文件。

牛耕奇接过来仔细看了，说道："又是分局的。强调对外宣传纪律呀。没有分局的红坨坨，就不准对媒体发稿。没有经分局允许，不得擅自接待记者。"

杨邦义说道："做贼心虚，自欺欺人！但由此看来，他们非常警觉。"

邹丽说："任务完成，我该走啦。林老师怎么不见？"

牛耕奇说："请稍等，金虎和崔三军临时有任务，不过马上就到。"又问道："林老师——你为什么这样称呼他？"

邹丽说："他在部队时，是我们小学的校外辅导员。"

发现牛耕奇狐疑的眼神，邹丽笑了，反问道："你怎么这样看着我？你一定在想，我俩之间什么关系，是不是？"

牛耕奇摇头笑道："哪敢乱猜呢！要说关系，一句话，同志间的革命友谊。"

邹丽又显得伤感，叹口气说道："不错，纯洁的同志关系，但也不尽然。当我受到坏人伤害时，是他出手相救。正因为这个事，才错过了转志愿兵的机会。"

牛耕奇说："见义勇为啊，怎么会……"

邹丽说："得罪了惹不起的权贵！"

在杨邦义和牛耕奇的心里，产生出了同样的感慨：做了好事，却受到不公平待遇，并因此毁了前途。若放在别人身上，肯定有怨言，但林金虎却从未提起过，真是个有气度有涵养的好青年。

邹丽又说道："我心里一直过不去，觉得非常亏欠他。你说巧不巧，我以为这辈子也见不着了，竟然在这里不期而遇。"

牛耕奇叹息道："有情有义，老天爷也会帮忙。"

邹丽的声音变得颤抖："直言不讳，我心里一直装着他，也追求过他，可他却放不下那个叫邢玉侠的女人。后来知道邢玉侠嫁了别人，可他却说她肯定遭遇了不幸，相信她不会变心，仍然执着地甚至是偏激地爱着她。我肯定嫉妒，但更加敬重他。”

说到这里，邹丽已经是哽不成声：“现在，说什么都晚了。但是，对他的敬重和感恩，永远不会变。”

牛耕奇明白了，杨邦义也明白了，也都深深地感动了：一个痴情女子，对一个深爱着又不知所踪的人，竟然如此执着地千里寻觅；当面对至爱却无法再爱的残酷现实时，内心又是多么失望多么痛苦。除了邢玉侠，这无疑又是另一个层面上的凄美爱情。可惜呀，如果她能及时找到林金虎，就不可能与那个并不爱的男记者结婚，就很有可能与林金虎成为一对。虽然不是与邢玉侠那样的青梅竹马，却也称得上患难之交了，而且她是这么优秀。又是花开无果，真是不幸。

邹丽再也忍不住心里的痛苦，潸然泪下。身在异乡的姑娘，已把两个长辈当作自己的亲人了。与苦苦寻觅的心上人不期而遇，却与爱情失之交臂，真是残酷的打击啊，再坚强的人也难承受。

气氛变得凝重，牛耕奇和杨邦义也一时无语，不知道该用什么语言来安慰。

片刻的压抑后，邹丽笑了，用力地甩了甩挡在额前的刘海，很爽朗地说道：“这份感情过去了，请放心，我很理智，也很坚强。”

# 第四十七章

聂玉魁表面上春风得意，其实日子并不好过。失道者寡助，聂玉魁过去的劣迹，老同志清楚，就连新同志也有耳闻。大家对他本来就有看法，现在又见他赤裸裸地欺世盗名，这人心就向着牛耕奇，对他的厌恶，也是自然而然了。《华中晚报》的稿子一见报，马上就在分局机关激起反响。

就在这四五天时间里，燕德久在省上参加业务培训班，宇文骚参加省厅组织的一个出省参观活动。这是聂玉魁特意安排的福利，他觉得宇文骚写报道有功，就以此作为对奴才的奖赏。聂玉魁的心腹一个也不在，没了耳目，就不会有人特意提醒他。办公室的其他人也只是把报纸摊开在桌子上。报喜不报忧嘛，谁愿意没事找事地自找霉头？

聂玉魁自以为靠山很稳，开局很顺，胆气很足。两个红头文件，一个封死了对外宣传口子，不用担心潜在对手制造不利舆论；一个借整顿干警队伍之名，就可消除心腹之患。只等燕德久培训结束，就开刀见血，把林金虎清除出去。高枕无忧，便把心思全放在白玉儿身上。

这一夜在幸福汤酒店折腾得很累，都上午十点了，才来到办公室。沏了茶，伸着懒腰坐到了办公桌前，面对的是一张张铺开了的报纸，显得乱七八糟。心想办公室怎么搞的，替他整理的人都没有了。正想发火，一张《华中晚报》上的标题却撞进了眼窝，令聂玉魁大吃一惊。

聂玉魁转念一想，该不是宇文骚写的？这个宇文骚，就喜欢搞这套把戏。事先不打招呼，给你个意外惊喜。就把这篇叫作"利剑出击——被拐卖陇西陕童解救记"的报道文章仔细看过。发现竟然对自己一字未提，却对牛耕奇以及几个手下大加吹捧。特别对那个林金虎不惜笔墨，简直都吹成传奇英雄了。很显然，这不是宇文骚写的，而是牛耕奇对他的反击。

聂玉魁不禁恼羞成怒，站起身挥手狠命一拨，把桌面上的报纸统统掀落地下。与此同时，一种莫名的心虚与恐惧也袭上心头。

就在这个时候，燕德久走了进来。他也是刚刚参加完省上的培训，来不及和老婆孩子见个面，一下车就匆匆赶来了。因为，他接到了市局刘震局长的电话。刘震找不到聂玉魁，才把电话打到了培训班。虽然没具体说什么，但从他恼火的口气里，已经感到情况不妙了。

聂玉魁指着地上的报纸，劈头问道："你说，这会是谁干的？"

燕德久弯腰捡起那张《华中晚报》，故作轻松地安慰道："天塌不下来！你先冷静，让我看了再说。"然后就坐在一旁的沙发上，将文章仔细地看了一遍。

燕德久的及时出现，使聂玉魁感到一阵温暖。对这个有头脑点子多的得力助手，他现在已经有了很强的依赖感。看着燕德久不慌不乱的样子，聂玉魁的神经也跟着松弛下来。就好像燕德久是个活诸葛，一经他的手，再不利的事情也能翻转，再难的问题也能破解。

燕德久说道："还是让他们抢先了一步！"

聂玉魁叫道："咱那文件白发了！人家要还手，照样打过来。"

燕德久说："看来还是有漏洞，得发个补充文件，以后，记者采访，必须经分局允许并具体安排。"

聂玉魁吼道："已经捅出去了，说这话还顶屁用。"

燕德久说："不过，问题还不算大。他们也仅仅是把自己在营救一线的作为突出了。虽然把局里的作为一笔带过，却没有做不可容忍的揭露与诋毁。可以说，并没有越出红线。"

聂玉魁觉得此话在理，也就放下心来，叹口气说道："只是，把姓林的吹成了功臣，想撵走他就难了！"

燕德久说："检讨地说，咱走了一步臭棋。宇文骚办事不靠谱，看似捧你，实是害你。再不能自乱阵脚了。要行端站稳，不能再给他们机会。"

聂玉魁翻眼朝他瞄了瞄，心里不爽。你这家伙，教训老子哩。

燕德久这才想起了刘震打电话的事，急忙说道："刘局长把电话打到培训班了，说是找不到你，看样子有什么事，挺急，也挺恼火。"

"有这事？"聂玉魁坐不住了。他情知自己这几天都与白玉儿鬼混，办公室的椅子基本没碰屁股。

说话间电话就"丁零零"响起来，把聂玉魁吓了一跳。拿起话筒，就听见刘震局长很恼火的声音："为什么不在办公室？干什么去了？"末了扔下一句话："到我办公室来一趟！"

聂玉魁的头上渗出了一层冷汗，求救似的看着燕德久："他找我，会有什么事？"

这时候收发室的老宋敲门进来了，说道："这是昨天的报纸，他们谁也不肯拿。我怕耽搁事，就送上来了。"说罢将报纸放在桌上，逃跑似的走了。

燕德久抢先打开那张《华中晚报》,一眼就看到了显眼的标题“鸣凤警局闹演狸猫换太子,李代桃僵局长成英雄”,顿时脸色大变,就想故作镇静,也是办不到了。

聂玉魁当然看清楚了,仅仅是这个标题,就像是一记重拳打来,令他无法招架。

燕德久说道:“他们下了狠手,问题严重了!看来,刘震局长叫你去,就是冲着这篇报道。”

聂玉魁瘫坐在椅子里,声音绵软地哀叫道:“这该怎么办?怎么办?”

燕德久铁青着脸一言不发,盯着报纸的文章目不转睛地看了半晌。忽然像是恍然大悟,兴奋地叫道:“有了有了,有对策了!”

聂玉魁说:“什么对策?快说说看。”

燕德久说:“这个标题,乍一看怪吓人,好像是黑云压城城欲摧。但仔细一琢磨,就发现破绽了。什么‘狸猫换太子’,什么‘李代桃僵’,局长你这样做了吗?属实吗?没有,不是。因为你已经给他牛耕奇一等功了,这种说法能站住脚吗?”

聂玉魁兴奋地叫道:“对对对,说得对,一言提醒梦中人呀!心里有底了,可以见刘局长了。”又进一步发挥道:“这是严重的报道失实,我们完全可以兴师问罪。对牛耕奇,轻则进行严肃的纪律处分,党内严重警告,记过,诫勉谈话都不为过;重则停职反省。起码借此机会,杀一杀他的威风,而且是杀一儆百,把心里不服的那些人统统压下去。”

燕德久却说:“再不能草率了,我现在有个不乐观的判断,牛耕奇身后有一个出谋划策的人,而且很有能量!”

“谁?”

“杨邦义!”

燕德久分析道:“你曾经说过,陆剑白是杨邦义一手提拔的,而杨邦义也一直赏识牛耕奇,他们是一条线上的。所以可以推测,把牛耕奇定为副局长候选人,不仅仅是陆剑白的决定,背后更有杨邦义的推手。你当年就是被杨邦义挤出去的。但现在,你不光回来了,还破坏了他们的用人计划,他能善罢甘休吗?”

聂玉魁不禁沮丧:这个杨邦义,我怎么就忽视了。就觉得奇怪,牛耕奇也就是一个小人物,咋就敢如此造次,却又不愿这样下结论,说道:“是不是把问题想复杂了,姓杨的已经退下去了。”

燕德久说:“正因为他已经退居二线,才无所顾忌。瘦死的骆驼被马大，他毕竟资历深有威望。”

聂玉魁慌了，想到了杨邦义是全国公安英模的身份，想到了他侦查破案的能力，想到了当年对自己的无情惩处，也想到了不久前因为赵梦娇的当头棒喝。如果这个老对头执意过不去，情况就真的不妙。

这时候，宇文骚回来了，一迭声叫道：“好消息，好消息——！”原来，宇文骚准备离开省城返回的时候，碰巧就见着了《华中晚报》熟识的编辑，从他的口中知道了刚刚发生的新闻事件以及处置结果，觉得既然有好消息，就不能错过表现的机会。一出汽车站，就急忙赶回局里来报告。

没想到聂玉魁一见面就劈头骂道：“你在幸灾乐祸？你弄得老子骑虎难下，倒是开心了！”

宇文骚被骂蒙了，一头雾水，心想这是怎么啦。当看到桌子上的那张《华中晚报》时，顿时明白了，说道：“哎呀，我就是为了这个赶来的。没事了，他们完蛋了。这篇失实报道一出笼，车书记、刘局长都很恼火，就马上向省上反映情况。省上领导也恼火，就命令查封收缴报纸。还处理了报社领导，把写稿子的记者开销了。”

燕德久问道：“真的吗？”

宇文骚拍着胸脯说：“我拿人格担保，真的，是报社朋友亲口说的。”

燕德久心里在嘲笑，人格，你为了巴结领导，连自己的女人都奉献了，还有脸说人格，嘴上却说道：“是个好消息。看来，他们玩砸了，搬起石头砸了自己的脚。”

聂玉魁仍然对宇文骚没好脸，说道：“尽管有惊无险，但毕竟，闹出了这么大风波，丢人现眼，教训还是不小的。你宇文骚喜欢剑走偏锋，迟早会给老子惹出大事！”

其实，聂玉魁这番训斥，也是对着自己骂。事情到了这一步，不后悔才怪，真不该急功近利，为了贪占这么点便宜，抹得浑身上下都是屎，即使对方吃了亏，也不能说自己得胜。毕竟心虚理亏，上面领导又不是傻瓜，在他们的心目中，自己的分量肯定大打折扣。

# 第四十八章

半个月时间眨眼间过去了，聂玉魁那边并无大动作，只是在工作例会上借着强调新闻纪律，将《华中晚报》所谓制造虚假新闻博取眼球的处理情况简略提说，却对牛耕奇等当事人只字未提。一场激烈的风暴暂告平息。但是，不好的消息也传来了，因为那两篇稿子，邹丽的记者部主任被罢免，就连报社领导也受到处分。杨邦义分析认为，车道康出面了，省上有关领导主观武断，才降罪于报社。但市上却把分局这头压下了。事实总归是事实，谁也否定不了。如果闹下去，只会越抹越黑。

牛耕奇却感到了压力，工作丝毫不敢懈怠。在双方剑拔弩张的关键时刻，如果工作中出现任何问题，都可能成为聂玉魁反扑的抓手，因此就进一步加强了辖区内的治安管理工作。

治安工作的重点就在市场繁荣、人员复杂的龙潭镇，而这里的重中之重则是防火防盗。牛耕奇主动作为，联系区消防中队在街面上进行防灭火宣传和演习，同时对商户进行安全抽查。

送走了消防队，已是人困马乏，在林金虎的邀请下，牛耕奇就到他家的烧饼店来歇脚。

林志才吩咐店员沏上茶，就把面盆端过来，一边和面一边陪着牛耕奇拉话。

说了些生意上的情况，牛耕奇忽然指着后院的房子说道："林叔，后边的房子旁柴火摞得太多，电线也乱，很不安全，你得赶紧拾掇。"

又对林金虎说："你看看屋里有没有闸刀，先把电拉掉。"

牛耕奇又说道："你这生意红火，地方还显紧张。如果把后院的平房改成几个包间，岂不更好。"

林志才说："我也这么想，等豹娃把东西拉走了，就动工装修。"

林金虎这时候在平房那边喊道："大，房门锁着，钥匙哩？"

林志才手还在面盆里，就应声道："咋弄的，门从来就不锁。"随后又说道："想起来了，是豹娃锁了，大前天晚上，他把矿上的物资放里头了。"

这话引起了牛耕奇的警觉，就走过去查看。不料这一看，却发现大问题了。

透过窗玻璃，牛耕奇看见了那些用木箱包装的东西，足足占了半间房。离得较远，上面的字看不清。单凭着多年的职业经验，牛耕奇基本可以断定：这是雷管炸药。

牛耕奇走过来问道："林叔，豹娃没说放的是啥？"

林志才摇摇头，答不上来。

就在前天晚上，林金豹领人开回辆大卡车，往店面后头的空房里卸货，随手把房门锁上了。又叮咛说这是矿上的重要物资，先在这里放些日子，谁也不能进去。反正这房子暂时也没用，林志才就没有放在心上。现在看见牛耕奇脸色不对，心里不禁发毛。

牛耕奇对林金虎说："给豹娃打电话，问问放的是啥，又是谁的东西。"

店里的电话机通了，等了一会儿，林金豹在那头说道："矿上的东西，很快就会搬走。"

林金虎问："你告诉我，到底是啥东西？"

林金豹哼唧了半晌，才说是民爆物品，并叮咛说不敢告诉外人。

通话的时候，林金虎有意按下电话机上的"免提"键，牛耕奇听得清楚，就连抽身过来的林志才也听见了。

牛耕奇脸色严峻，嘴里挤出了四个字："问题严重！"回头又问林志才："豹娃放东西，你也没问放的是啥？"

林志才说："那是晚上，我乏了，已经睡了。听说是矿上的东西，暂时放几天，根本没在意。"

牛耕奇说："叔呀你太大意，这是雷管炸药，危险品。万一发生意外，半条街都炸没了！"又对林金虎吩咐道："另外找个借口，马上把豹娃哄回来，听清楚，是哄回来！"

林金虎想了想，就把电话打过去了，说是他的一个战友自远处来了，老屋住着不方便，得用这房间住几天，就先把他的东西挪到了院子。林金豹那头就急了，说我的东西金贵，你咋就胡动哩！你先等着，我马上赶回来。

林志才年轻时在西安就干的是军工，造炮弹哩，非常清楚问题的可怕性。令他更担心的是，要是东西不是矿上的，而是豹娃偷偷做生意，那事情恐怕就不好了。

牛耕奇看得出他的恐惧，就语气和缓地对他说："叔，你也甭怕，运走了就没事了。今天还多亏喝你这杯茶,要不然,后果就难说了。”

按照工作常识,应该由警方勘察现场后立即通知消防队,由专业人员将其转移并妥善安置。但是牛耕奇没有这样做,他只是安排手下人在现场和周围警戒,同时严格保密。他想待到夜阑人静,再悄悄转移到一个安全的地方。在通知街区拉闸停电及周围商户暂时停业时,也仅仅说是“三防”检查发现部分线路有隐患,必须马上检修。凭着职业经验,牛耕奇已经警觉到这其中可能隐藏着违法犯罪的秘密。他不能打草惊蛇,而是要顺藤摸瓜,直捣黄龙。

牛耕奇对林志才父子如此这般地安排一番,看到林志才神色紧张,就又一次安慰道:“林叔你不用怕,即使东西不是矿上的,豹娃充其量也是想着做生意赚钱,不知轻重而已,负不了太大责任。只要他说清了这些东西的来处去处,就没他的事了。”

安稳了林志才,牛耕奇就将情况用电话告诉了杨邦义。

林金豹很快就赶了回来,除了林家人,牛耕奇在一旁隐蔽起来了。

见东西原样未动,林金豹叫起来了:“你骗我,锁得好好的,咋说你挪到院子了?”

林金虎说:“我不放心,大也不放心。你咋敢把这些东西放到家里,我不信矿上就没房子了。”

林金豹说:“哎哎哎,说话小声些,隔墙有耳哩!我给你说,矿上要是能放,我弄到家里干啥?”

林金虎说:“看你咋鬼鬼的,你给我说实话,这东西是不是矿上的?”

林金豹说:“不是,我指望这弄些钱,给咱家扩大生意哩。咱大成天想着要在省城里恢复咱家的老字号,单单指靠这个小门面,等到驴年马月也是空想。我是给咱大行孝哩。咋?有啥不对?”

林金虎说:“既然你为咱家好,那我更要为你操心。你实话告诉我,这东西从哪里弄来的?又准备弄到哪里去?”

林金豹说:“你在审问我?”

林金虎说:“我是谁?我是你哥!我怕你走了邪道,犯法哩。”

林金豹说:“既然你为这个担心,那就把心放到肚子里。实话告诉你,这东西来得光明正大。128厂生产的销售的,而且是经过商会推销的。”

林金虎问道:“你是不是跟聂玉魁有勾扯?”

林金豹叫道:“想到哪里去了?姓聂的会勾扯咱?还不怕咱把他日弄了,不通情理嘛!”

林金虎说:“我的意思是,你把过程说细些,我跟大都不放心!”

林志才这时候也搭腔道:“你是在自己家里说话,又没外人。说清楚了,也都放心了。”

林金豹说:“胆子恁小,还想发财哩。行行行,我就把过程细说一边。”接下来,林金豹就把商会如何以为128厂分忧解难为借口推销积压产品,以高出两倍市场价强行摊派到狼沟和各个民营矿,矿上敢怒不敢言便自找门路向外转让的过程说了。还说这是由聂玉魁的手下燕德久出面推销,弄回家的这些东西也是从几个矿转让出来的。

林金虎说:“你咋知道这么多?”

林金豹说:“你忘了,我现在是矿上的副总,咋能不知道。再说,聂玉魁狗日的逼着胡成的老婆白玉儿给他当二奶。白玉儿气不过,把啥话都给我说了。”

林金虎和父亲的眼睛对撞一下,笑了,心里不但轻松,还多了意外的开心。主要责任不在豹娃,真正的罪责在聂玉魁。恶有恶报,聂玉魁嚣张不了几天了。

东西的来处说清了,但又往何处去,这才是眼下最当紧的问号,林金虎便故意说道:“既然各个民营矿都购买了,矿务局又有正规渠道供应,你即使想转手再卖,卖给谁?成本价又那么高,鬼都愁!”

林金豹得意忘形了:“我却不愁,难不住我。本地不行找外地,哪里还没有矿?这也是物资流通,为市场经济做贡献。你们猜咋样,我仅仅出动一次,就把狼沟矿的全给推销了。不光收回成本,还净赚了几十万,把胡成都高兴死了。我现在给你跟大说句实话,弄回家的这些货出了手,至少净赚六十万。而且,这回与矿上没任何关系,挣的钱全归咱自己。咋样,卖一辈子烧饼也挣不来吧?”

林志才已经感到不妙了,胆战心惊地问道:“有下家吗?”

“当然有,已经成交一次,价钱高,给钱还快。”

“哪里的?”

“河南的。”

“你再说一遍!”林志才自椅子里站起来了,一对小眼睛都瞪圆了。

林金豹不知哪里说错了,莫名其妙地看着父亲:“咋啦,河南的。河南人脑子灵,胆子大,其实好打搅——”

回答他的是一记清脆的耳刮子,把个林金豹打蒙了。

“拿绳来,把这畜生捆了!”

“咋了嘛?我哪里做错了?”

林志才声音颤抖地说:“河南人胆子大,没错,他们都敢把雷管炸药倒卖给黑恶分子。作案了，杀人了，我在电视上看得一清二楚。万一粘连上你，就是死罪——”

林金豹叫道：“大惊小怪的，胆子比老鼠还小！”

牛耕奇听到这里，觉得目的已经达到，再发展下去就露破绽了。于是，装着从外面刚进来的样子，高声嚷嚷道：“你们父子蛮热闹嘛，哟，这小子——大概是金豹吧？”

林金虎赶忙介绍道：“这是牛所长，我的领导。”

牛耕奇笑道：“你哥常常提起你，夸你很能干。怎么样？当领导了，也不请老哥喝两杯？”

林金豹说：“请请请，现在就请。我大成天挂嘴上，你跟杨局长，是我家的恩人哩。”

牛耕奇说道：“话说到这份上，我也不拐弯了。其实，你们的谈话我也听见了。金豹啊，倒贩雷管炸药，性质是很严重的，是违法，弄不好是要坐牢的，懂吗？”

一番话，像一记当头棒砸下，弄得林金豹傻了眼。

林志才急得哭腔都出来了：“不孝子，你是要你大的老命呀！”

牛耕奇说道：“叔你放心，金豹是被动，甚至是被迫而为，强行推销的商会才是主犯。咱们的政策是，首恶必办，胁从不问。只要金豹好好配合，检举揭发，就一定能够宽大处理。”

林志才说：“娃呀，所长的话是为你好，可不能糊涂啊！”

林金豹说：“大你放心，我肯定实话实说。说到底，还是怪狗日的聂玉魁，他是祸根。”

说话间，杨邦义赶来了。听了牛耕奇的紧急处置措施，才感到放心。

杨邦义说：“性质特别严重。这样的事情都敢干，真是无法无天。一刻都不能等了，我马上到省上去。”

# 第四十九章

杨邦义进了省城，这一刻，就正坐在省委副书记、纪委书记郑浩然的办公室里。已经到了决战阶段，是请出“尚方宝剑”的时候了。

他事先给郑浩然打了电话，对方正在参加一个会议，就让通讯员先把他领进办公室。沏好了茶，通讯员就出去了，杨邦义就一个人在这里静静地等着。

办公室很大，办公桌后面是占据一面墙的大书柜，桌面上码着整整齐齐的文件，还有一本红色书皮的书，书旁放着个棕色镜架的老花镜，好像是正在阅读的样子。挺厚，但好像挺旧，因为那红色的书皮已经翘了边角，看上去像是正在飘起的小红旗。旗帜当然是有的，那是放置在桌子前侧的小国旗和小党旗。一组黑皮沙发和几个朱红色的大茶几搭配着，整齐地排列在房间周围。办公桌正面的墙上，挂着幅笔力苍劲的条幅：“公生明，廉生威”。墙角的木衣架上，还挂着一件旧得发白的棉军大衣。

整洁、简单、质朴、大气，仅仅环视一番，杨邦义的心中已经感到温馨，好像这个郑书记并不在高高在上的省委办公楼，而是在基层单位的某一个办公室里。他处在这个空间，没有任何不舒服的感觉。

这种好感觉促使他离开沙发，把所感兴趣的细节仔细看过。原来，那本红色的书是本《毛泽东选集》，书侧的笔记本上书写着遒劲的钢笔字，密密麻麻的，很具动势却很整齐。蓦然回首，他身后的茶几上，还摆放着一个小相框，照片中的郑浩然身穿旧旧的军大衣，挺胸站在一棵粗大的白杨树下，表情是微笑的，眼神中却有掩盖不过的一丝忧虑。杨邦义猛然想起来了，这是“动乱”期间，也就是1972年的冬天，郑浩然在阳河五七干校劳改时的“牛棚照”，而且，这幅照片还是他给拍摄的。挂在衣架上的旧军大衣，正是郑书记当时穿的那件。看到这一切，更强烈的亲切感便进一步生发，热烘烘地温暖在杨邦义的心中，如烟的往事也倏然显现眼前。

那时候，郑浩然是凤凰市四县两区中最年轻的县革委会主任。郑浩然出身军人之家，父亲是参加过抗日战争、解放战争和抗美援朝的正师级领导干部，母亲也是军人，他是在军营生长的。十六岁便随着知青下乡的队伍来到凤凰市郊区龙潭公社插队。他所在的黄土沟生产队是全公社最偏远的。山大沟深，土地贫瘠，是典型的黄土沟壑干旱区，绝对是靠天吃饭，是穷得出名的苦地方。别说是城里的孩子扎不了根，就连土生土长的后生也不安心。尤其是这里的姑娘，多数都会托亲央友，一心一意地朝着山外嫁。随着时间推移，一起来的知青一个个绝尘而去，郑浩然不但留下了，还被村民选为生产队长。随后又当上了大队长。郑浩然带领社员群众战天斗地，靠着可以流成河的热汗，从十里外白龙河引来了水，将干旱贫瘠的黄土沟变成了满川水稻田的好江南。不寻常的业绩连省上也惊动了，黄土沟生产大队被树为全省“农业学大寨”的先进典型。郑浩然以优秀知青代表的身份被破格提拔进龙潭公社的领导班子。在“抓革命促生产”“把国民经济搞上去”的热潮中，地处煤矿区的龙潭公社依托资源优势积极开办集体煤矿，为全县经济工作贡献突出。作为主管工业的公社革委会副主任，郑浩然因此又被破格提拔，进入了凤凰市鸣凤区革委会的领导班子。但很快地，“反击右倾翻案风”运动开始，郑浩然又被打成推行“唯生产力论”的黑典型，遭到免职和批斗，然后就被发配到阳河五七干校劳动改造了。

当时的杨邦义，自市公安局抽调到龙潭公社五七干校的办公室负责干部审查工作，按身份应该是居高临下的人。但由于共同的读书爱好，又对动辄整人的极“左”路线很反感，很快两人就成为可以推心置腹的好朋友。杨邦义以自身的有利条件，对郑浩然政治上尽力庇护，生活上尽心帮助，是郑浩然在当时困境中唯一可以信赖的避风港。不长的两年时间，两人却结成了患难之交。

后来，郑浩然被“解放”后恢复工作，并一再提拔，一直干到省级领导干部的高位。当然，杨邦义也以自己优秀的业绩干到了凤凰市公安局长的位置，还被树为全国公安战线的劳动模范。虽然工作都很忙，彼此间却不时有音讯相通。只是近些年，他与郑浩然联系得少了。自从他升迁到省委工作，杨邦义还是头一回登门造访。

杨邦义不禁又想到了贺国兴。人会随着环境变，郑浩然现在官做大了，还会像当年那样与自己亲密无间吗？而且，他此行的目的并不是叙旧闲聊，而是要向他提出似乎非分的严肃问题，他会是什么态度呢？尽管杨邦义对郑浩然有着乐观的判断，但有贺国兴的不失圆滑的反例在前，心里依然没底。

将近中午十二点的时候，郑浩然回来了，上身穿着件旧得褪色的卡其斜纹布军衣，下身穿条深灰色裤子，一副整洁朴实又风尘仆仆的模样。

一进门，就一迭声叫道："老伙计，真是想念，想念啊！"大步上前，非常热情地与杨邦义拥抱。

杨邦义尊敬地问候道："郑书记，你还好吧！"

郑浩然说："还叫小郑吧，亲切。"

杨邦义笑道："那可不行，您是大领导了，礼数不能乱。"

郑浩然很亲切地说："上次凤凰市的车书记省上开会，我问起你的情况时，才知道你已经退了。也好，辛苦大半辈子，该颐享天年了。"

杨邦义没接这话茬，只瞅着那件已经挂上衣架的军大衣说："如果我没记错，这件军大衣就是当年你穿的那件？"

"对呀。"

"还有你身上这件，也是当年的衣服。"

郑浩然说："在龙潭五七干校时就穿着，一晃三四十年了，咱们都老了，但这军装不老。"

杨邦义说："军装不老，这话非常好，寓意深刻。"

郑浩然感慨地说："有故事啊，它可是我家的传家宝。这件大衣，还是缴获国民党的战利品。我爸在打锦州时立了功，上级首长就把大衣奖励给他。抗美援朝时，我爸又穿着它跨过了鸭绿江。长津湖之战，苦啊。冰天雪地，零下四十多度，一把炒面一把雪。白天潜伏，几个人抱团取暖，就紧紧地裹着它。这件单衣，却是凯旋归国时发的，我爸只穿过一次。我下乡插队时，就连大衣一起给了我。几十年了，也就一直由我穿着。"

一席火辣辣的话像是熊熊炉火，把杨邦义的心田烤得热乎乎的，看来，郑浩然还是当年的郑浩然，阳刚、率真、一腔正气，一点没变啊！

通讯员又进来要给茶杯添水，让郑浩然客气地请出去了。他亲自给杨邦义添了水，又递上烟，然后两人紧挨着坐在大沙发上。

郑浩然说："老杨，再次谢谢你当年对我的帮助。要不是遇着你，我不被整死也得饿死。困难中的友谊，没齿难忘啊！"

杨邦义说："说起这个，还真不敢当。我倒是庆幸能够遇着你，我从你身上学到了那么多东西，起码，没有你，我可能这辈子都读不到《静静的顿河》，也不会知道有肖洛霍夫，以及他笔下的红军勇士葛里高里。一本好书，可以影响人进步一生，就凭这一点，你就让我感激终生。"

郑浩然说："老伙计，太客气了。你现在还读书吧？视力还行吧？"

杨邦义说："读，戴着老花镜，还行。咱们这年龄，年轻时脑子好使，就偏偏缺书读，现在有书读了，却老了。碰着一本好书，反复读，才能勉强记下来。”

“会用电脑吗,会上网吗?”

“这玩意嘛,高科技、现代化,信息量大,的确是好东西。我也想与时俱进,但确实难掌握,一知半解的,再说也太伤眼。还不如捧着书看,看得心静,也看得深入。”说到这里,杨邦义指了指桌面上放着的《毛泽东选集》,问道:“你是不是还在读‘红宝书’?”

郑浩然说:“是的,想当年到处都是,天天读,时时学,反倒心生厌倦。现在拿起来再读,却有不一样的感悟。尤其咱们,是党的干部,不管形势如何变,都不能丢了本色,忘了为人民服务的宗旨。我认为,在改革开放历史新时期,读毛选不但不过时,还是很必要的素质修养。起码,初心不忘,本色不丢。”

杨邦义说:“我也想起一个人,王国福,七十年代党员干部的优秀典范,他有一句很著名的话——”

郑浩然挥手打断了他,说道:“‘小车不倒只管推,一直推到共产主义。’”

杨邦义动情地说:“对呀,就是这句话呀,它对我影响极深。尤其是现在,退离了工作岗位,就觉得这话字字千钧,力透纸背。我认为,一个人,须有一生一世的立身准则;一个党员,更应有终生不变的信念和精神。一句话,身退心不退,只要还有一口气,都不能丢失了本色!”

郑浩然说:“太好了!应该组织你这样的老同志,为年轻人作传统教育报告!你是知道的,现在有不少领导干部,缺失的就是这种精神。改革开放十几年了,我们的经济建设成就辉煌,国家面貌变化巨大。但是,围绕着金钱转,就有人变了质。不少领导干部,经不起金钱美色的诱惑,一个个变成以权谋私、作威作福的腐败分子,使党的形象受损。这怎么得了?苏联的垮台,就是前车之鉴。如果不加紧惩治,后果不堪设想。人民是水,政权是舟,水能载舟,也能覆舟!”

听着郑浩然如此动情的言语,杨邦义的心里完全有了底,这个郑浩然,理想信念、党性原则何等明晰;面对腐败行径,又如此大义凛然,疾恶如仇。心里不禁充满激动,便将话语直奔自己的主题。

杨邦义说:“郑书记,我今天来找你,就是要反映问题。”

郑浩然朗声笑了:“我有预感,你是忠臣,不为社稷,决不上殿面君。说吧,畅开地说吧,知无不言,言无不尽。”

杨邦义深吸一口气,又长长地吐出去,然后就开始了他的痛切陈述。

郑浩然坐到办公桌前,认真听着,不时在笔记本上紧张地记录着,笑意完全消失了，脸色异常严峻。他的脑海中正刮着十二级风暴，汹涌的波涛跌宕起伏。他非常焦虑地意识到：问题严重，触目惊心；由这种不法分子掌握公安大权，真是脸上无光，心中有愧，胆中有怕。

杨邦义言语如此，还真是犯颜直谏了，虽然对郑书记满怀信任，却也不免忐忑。

郑浩然说道："你反映的问题，非常具体，也非常严重。尤其推销倒卖民爆物品一案，无法无天，性质非常恶劣。"随即自抽屉里拿出一个材料袋递给杨邦义。"你打开看看，这几份检举材料，都是凤凰市的，其揭发对象跟你完全一致，都是那个聂玉魁。"

杨邦义接过来打开了，检举材料共四份，其中有煤监局和鸣凤公安分局的，还有民营矿井的，但都是匿名的。煤监局和民营矿井的材料主要是揭发敲诈勒索问题，分局的匿名信，是揭发聂玉魁往昔劣迹和上台后排除异己重用亲信问题的，有的问题，连他也没听说过。

这时候，郑浩然又拿出一个材料来："你再看看这个，记者写的内参，文笔最犀利，事实也确凿。"

杨邦义赶紧接过来，没错，这真是邹丽写的，感情顿时无法控制。

"你还不知道吧？这个女记者，因为勇敢揭露聂玉魁，已经被罢免了记者部主任，报社领导也受到了处分！"

郑浩然从牙缝里挤出了几个字："能量不小哇！"微驼的身躯慢慢地站起来，然后就在屋内来回踱步，目光炯炯，脸色严峻。

杨邦义用期待的眼神看着他。怎么办，就等你郑书记一句话了。

郑浩然的脚步停下了，斩钉截铁地说出了一句话："省纪委直接督办。马上成立专案组，你这侦查英雄杨子荣，就是其中一员。"又笑道："二上威虎山，再打座山雕，同意吗？"

杨邦义嚯的一声站起来，高大的身躯挺得笔直，朝郑浩然行了个标准的敬礼。

郑浩然赶紧奔上前，双手与杨邦义紧紧相握，两对眼睛里都闪烁出光华。

# 第五十章

不管幸福汤酒店闹得怎样一塌糊涂,白玉儿要给邢玉成介绍对象的事却是真的。那女子叫祁小云,原来在阳河大矿多经公司财务室上班,是胡成的手下。因家庭破裂,又遭单位裁员下岗。白玉儿见她可怜,就说动胡成,聘她到自家的狼沟矿当了会计。祁小云三十出头,长得漂亮,离婚后带着个孩子。因为聂玉魁的关系,邢玉成在韩家山煤矿当了销售科的副科长,韩家山煤矿也是民营企业,距离狼沟煤矿很近,就不时过来串串门。三混两混,就跟白玉儿姐弟混熟了。白宝荣得知邢玉成就是商会会长聂玉魁的妻哥,也是有意巴结,频繁走动,关系就越来越深。有一次邢玉成来狼沟矿找白宝荣玩,无意中见到了祁小云,她的美貌顿时就把邢玉成迷住了。不过,话说回来了,邢玉成尤如他姐邢玉侠,也生得标致。前些年当农民种庄稼,家也穷,旧衣烂衫,风抽日晒,寒酸邋遢,谁也不会把他放在眼里。待进城干了保安,制服一穿,气象就显变化。现在又以副科长身份与客商打交道,住宾馆,穿西装,精气神就更不寻常,潇洒帅气的风度还真的属了他。因此,这个很意外的不期而遇,彼此印象都不错。

自从心生报复计划,白玉儿就动了给二人牵线搭桥的心思。

白玉儿要将祁小云介绍给邢玉成,邢玉成当然是喜出望外。过去家寒身贱,无论他爹邢友贵怎么乞求,媒婆皮三娘根本不上心。就连那些土气的村姑也把他不拿正眼瞧。因此一再耽搁,年龄拖到了三十多,竟成了大林庄的婚姻老大难。自从妹子嫁了聂玉魁,他也在城里上了班,提亲的人就隔三岔五地上了门,就连原先见他没好话的皮三娘,也甜言蜜语地换了舌头。但到此时,邢玉成的心高了,根本看不上土气的村姑,他巴望着的对象就是祁小云这样漂亮洋气的城市女人。

祁小云听说介绍的是邢玉成,心里却矛盾了好几天。邢玉成跟林金豹一样,也是农民家庭,打回原形也是暂时没拿锄头的农民。在这一点,就连她那个矿工家庭也不能比,这也是她非常计较的。祁小云本来也不是吃素的主儿,之所以与前夫离婚,就是嫌弃他是无背景没能耐的普通煤矿工人子弟。但是邢玉成的优势也很明显:长相不错,起码比前夫体面得多。年龄又相当,此前也无婚史。最大的亮点还是他那妹夫的财势和名气。自从离婚,祁小云就想攀住个关系,把她由煤矿调进城里,端个既体面又稳定的铁饭碗。邢玉成既然看中了祁小云,就少不了拿妹夫聂玉魁为自己造势。刚开始接触,邢玉成就吹嘘妹夫与公安局长陆剑白是铁哥们。对方顺势提出个条件,她要当警察。能办到,就二话不说,嫁给你。如果办不到,就不要痴心妄想。没想到,她这个匪夷所思的要求,聂玉魁竟然答应了。不光邢玉成,白玉儿也亲口对她说,如果订了婚,就马上让她去派出所当户籍警,就连随后转正的大话也撂下了。祁小云便下定决心,与邢玉成确定了恋爱关系。

在婚姻的选择上,出身相对卑微的人,一般都会对较高阶层的名和利心生羡慕与欲望,对同等条件的不感兴趣,对较差条件的不屑一顾。这是由现实生活造就的现实婚姻观,也是追求幸福的愿望本能和实际需求,这与"人向高处走,水往低处流"的自然法则并无二致,也与人的本质道德无太大关联。对一个离婚再选择的二婚女人来说,几乎不存在男女间的纯粹爱情,她所考虑的是很客观很现实的利益。

那天,按照双方约定,在宴君楼酒店里举行订婚宴。祁小云领着娘家父母早早到了,却莫名其妙地坐了冷板凳。也是合该出错,在煤玉宾馆韩家山矿售煤处,邢玉成领着父母等待妹子妹夫用车来接。这是白玉儿的安排,她是想捆绑聂玉魁与邢家人一起亮相,营造出权势赫赫的强大气场。但谁能想到,随后就是聂玉魁挨揍,乱得一塌糊涂,自然就顾不上这个事情了。眼看时间已过,邢玉成却联系不上白玉儿和妹子妹夫,好像统统人间蒸发似的。好不容易联系上妹夫的手下燕德久,才知道那边出了事。待邢玉成他们赶到宴君楼,哪里还寻得见祁小云的踪影。

事后白玉儿找到祁小云,撒谎说自己不小心开车把个老太太擦倒了,弄到医院去检查,对方家属胡搅蛮缠,就把事情耽搁了,把失误的责任揽到自己身上。但就这么一个意外,祁小云冷淡了,订婚的事也就搁置起来了。再往后,聂玉魁自己当了公安局长,祁小云当警察就更不成问题。邢玉成又在拼命追求,这冷却的关系忽然又热火起来。

在林金豹看来,白玉儿把祁小云介绍给邢玉成,是稀松平常的事。一个找不下婆娘的老大难,对眼一个带着小孩的离异小媳妇,倒是般配,因此心中毫无波澜。

但事有凑巧,就在邢玉成好事将成的时候,林金豹却失恋了。

失去了雪碧,林金豹心态又不一样了。每当看到邢玉成和祁小云出双入对，心中不仅涌起醋意，还产生了很非分的报复心。

林金豹心想，你妹夫聂玉魁夺走了我哥漂亮的未婚妻，你这个小舅子现在又找了个漂亮的小娘们，好事怎么都让你家占了。你们这种势利无耻的人春风得意，我弟兄却落得双双光棍可怜兮兮。而且，促成邢玉成好事的人，又偏偏是坏了自己好事的女妖精白玉儿，真是恶气不打一处来。

就在林金豹想着法子准备捣乱的时候，省纪委专案组开始对聂玉魁立案调查。作为推销雷管炸药的当事人，林金豹当然会被调查取证。问题的性质竟是那么严重，聂玉魁要完蛋。靠山倒了，邢玉成怕是连饭碗也保不住，祁小云还能跟他谈婚论嫁吗？林金豹觉得应该抓住时机，因势利导，把祁小云从邢玉成身边撵走。

林金豹正在考虑该如何提醒祁小云，就从白宝荣嘴里得到一个消息，后天要到幸福汤酒店出席邢玉成和祁小云的订婚宴。

林金豹着急了，竟然把专案组对调查保密的叮咛丢在脑后，径直找到祁小云，一五一十地实言相告。

祁小云马上就去询问邢玉成，邢玉成听言也害怕了，就立刻去见聂玉魁，把省上立案调查他的事情说了。回头再找祁小云的时候，对方干脆把他拒之门外。

这对邢玉成来说是不可承受的打击。订婚宴已经预订，为了挽回上次失误的影响，邢玉成把档次和规模都大为提升，不仅双方父母和重要亲戚，就连熟悉的朋友都通知到了。节骨眼上，祁小云却突然变卦，这让他如何面对？

邢玉成又气又急，一筹莫展，眼泪唰唰地淌下来了。

是谁从中使了坏？想来想去，还是把目标对准了林家。妹夫给小煤矿代销煤炭又推销雷管炸药，林金豹知根知底，这肯定就是所谓的敲诈勒索；妹子甩了当兵的林金虎，嫁给聂玉魁，这肯定又是所谓的破坏军婚。因此可以断定，是林家把妹夫告到了省上。也肯定是林金豹利用调查妹夫的事煽惑破坏，祁小云才跟他绝情翻脸。

这个邢玉成，白生了一副俊模样，头脑简单性子急，更多地随了他的老子。自以为认准了使坏的人，就气急败坏，立马报复。骑着摩托车一路飞奔回了龙潭镇，要将满腔的怨恨朝着林家发泄。对邢友贵来说，儿子的两次订婚都让林家搅黄了，肯定不能接受，就起火带炮地蹦起来了。父子两把怨火一掺和，便烧起冲天的烈焰。

人在气头上，往往是缺乏理智的，就会在一气之勇的冲动中，干下异乎寻常的蠢事。

邢家父子骑着摩托车，疯也似的冲到林志才的烧饼店门前，跺脚吐唾沫地骂起街来，惹得街上人蜂拥而至，交通都堵塞了。

这骂街竟然也像唱戏，就是个人来疯。眼看瞧热闹的人越聚越多，父子俩的似火激情不降反升。索性冲入店中，抓起就手的钝器，砍瓜切菜般一阵狂砸。这时候林志才并不在店里，虽有厨师店员一干人，但事发突然，分秒间已经砸得一片狼藉。

眼见林志才的烧饼店的冰柜、电视、桌、凳、厨具一件件粉身碎骨，就连看热闹的也多半怕了，发出了一阵阵惊呼声。有人实在看不下去，在人堆里大叫道："这样撒泼算球本事。你有种，当着人家面，兵对兵将对将干一场！"马上有人附和道："报警，把狗日的抓起来！"邢友贵听见了，就以更大的声音吼叫道："警察来了，还能咬了老子？"邢玉成的吼声被他爹还要高："报警，我妹夫就是公安局长！"众人闻其言，一阵惊叹，接着又有人骂道："怪不得呢，狗仗人势！"另有人则感叹道："我敢说，他那妹夫也不会是好鸟。"本乡本土的，当然很多人都认识，就答问似的激昂发话："后街大林庄的，他叫聂玉魁，破坏军婚的狗贪官！"

群众中激起了公愤，父子俩见势不妙，才骑上摩托车，冲破人墙飞驰而去。

邢玉成载着他爹邢友贵往回返，驶入河川，忽听上游方向轰隆闷响，吃惊道："啥在响？"邢友贵喊道："涨河了！预报说发水，还真来了。"说话间已经抵近龙王潭，远远就看见潭边上黑压压站着一群人，又听见有人在大呼"救命"，声音挺耳熟，好像就是林志才在喊，邢玉成就加大油门奔到跟前，刹了车，上了坝，父子二人急忙挤了进去，发现村支书林志诚正在组织人下水施救，那喊"救命"的人确是林志才。林志才浑身水淋淋的，一副落汤鸡的狼狈样，看样子，他已经下过水了。邢友贵父子见状笑了，心想：肯定是林志才女儿林金花的儿子李乐乐掉到潭里了，小杂种上小学三年级，很淘气，不是他会是谁？觉得非常开心，便在一旁幸灾乐祸地看热闹。

林志诚厉声吼叫道："你几个呆愣啥？没听见大水都下来了！"

几个小伙子下了水，一个个扎猛子沉下去寻找，却都是无功而返。

看着看着，邢友贵忽然哈哈大笑，叫了声："这是报应！"惹得周围人一齐冲他上下乱瞅。

邢友贵正在窃喜，猛然发现李乐乐就站在身旁。他以为看花眼了，急忙揉揉眼细看,那孩子依然是李乐乐。李乐乐一副害怕的样子,眼角还挂着泪水。邢友贵猛然惊醒,这几天女儿将外孙子聂小鹏由城里送回来了。儿子玉成见自己的时候,他正带着小鹏在村头玩耍。只顾坐上儿子的摩托车去发凶,竟然把小鹏忘在一旁。要不是眼前的险情提了醒,恐怕现在还想不起来哩。邢友贵不敢往下想,慌忙问李乐乐道:“谁掉下去了?”待回答是“小鹏”时,邢友贵傻了眼,腿一软瘫坐在地上,咧着嘴放声就哭。

邢玉成慌忙过来携扶,一边紧张地问道:“大呀,你咋啦?”

邢友贵已显得面无人色,哭叫道:“是小鹏,小鹏掉潭里了……”

邢玉成惊得魂飞魄散,急忙脱了外衣,一个猛子扎下水去。

原来,邢玉成自小生长在白龙河边上,会游泳,而且水性不错。白龙河的水虽浅,却有着这个龙王潭,他的水性就是在潭水中练就的。龙王潭深不见底,他当然晓得一个小孩子落水后的结局会是啥。怨恨、自责、绝望……复杂的心理在折磨着邢玉成,要是早知道是小鹏落水就好了,起码不会白白浪费了三分钟,三分钟,对一个溺水的小孩子意味着什么,这可是令人悔断肠子的三分钟啊!

事情的结果也只能是令邢家父子痛悔莫及,任凭邢玉成水性如何好,也没找见小鹏的踪影,要不是岸上的人抛绳子将他拽上来,筋疲力尽的他怕也是沉到了潭底。

这时候有人尖声叫道:“我看见了,在那里!”

众人顺着指示一看,浅潭对岸的芦苇丛里,竟然露出了一个小脑袋,还在动哩。

林志诚喊道:“快过去救!”但已经晚了,怒吼着的洪峰扑过来,猛冲到深潭的岩壁上,激起了数米高的大浪。一瞬间,龙王潭不见了,芦苇丛和小孩都不见了,只剩下波涛滚滚的白龙河。

这阵势把所有人都吓着了:这么大的水,多少年都没见过!

邢友贵把这一切看得清楚,又腿一软,跌坐在地上,一边哭叫道:“我的妈呀,咋给女婿交代呀!”

# 第五十一章

根据省市气象台的天气预报，白龙山地区一两天内有特大暴雨。凤凰市抗旱救灾指挥部发出通知，要求各级政府紧急安排白龙河沿岸的防灾工作，并将低洼处的居民向安全地带转移。当地公安系统抽调大批警力，和武警部队一起，立即奔赴防灾一线。

指令下达的时候，牛耕奇跟着杨邦义，去省厅汇报针对聂玉魁的调查结果。对辖区内的防灾任务，牛耕奇用电话做了安排，并指定由林金虎和崔三军具体负责。

按照指挥部的安排，龙潭镇派出所负责配合政府人员，将所辖片区三个沿河村庄的群众向就近的高地转移。

烈日当头，这里不仅无雨而且干旱。许多年也没发过洪水。让村民因为防洪弃家转移，好像是天方夜谭。好在这三个村庄都不大，费了几番周折，总算把任务完成了。

北方干旱地区的河流基本上都是季节河，春季少水，冬季几乎断流；只有夏秋多雨季节，水势才会大一些。因此，虽然沿河而居，河边的人却几乎都是旱鸭子。但是，因为那个深深的龙潭，龙潭镇跟前的人却多半会水。林金虎的水性却不好，也就会那个最费劲也最不好看的狗刨式。这是因为他那自小稳重的性格。每到大热天，龙潭镇特别是紧靠白龙河的大林庄，男孩子大都会偷偷跳进潭里去玩水，就连弟弟林金豹也不例外。但林金虎不会去，他把功夫用在了老师布置的作业上，他是令父亲林志才省心的孩子。

就在聂小鹏落水的时候，林金虎正在与崔三军一起沿着河滩巡查。顺着菜地里的小路，走过了一个个矮矮的小房子，生怕把谁漏掉了。

菜地里，有的已经采摘干净，有的则黄瓜、西葫芦的随处可见，这些小房子就是看菜人的临时住所，要不是强行撤离，肯定会有人留下来的。

晴空无云，太阳火辣辣的毒，河水薄薄的也清清的，水底大大小小的圆石头看得清清楚楚。

晒得受不了，俩人就走到河边，双手捧起水洗把脸。崔三军干脆把鞋脱了，坐在一块大石头上，把双腿伸到水中，嘴里惬意地大叫“凉快”。

林金虎提醒道：“鞋不能脱，大水下来了，怕你跑不脱！”

崔三军说：“我不大相信，朗朗晴天，咋会发大水？”

林金虎笑道：“朗朗晴天，咋就冒出了聂玉魁这片黑云？”

崔三军一听这话，顿时神气活现了，拿腔拿调地表演起来：“说不定就在这一刻，郑书记一拍惊堂木，喝道：‘朗朗乾坤，党纪国法在上，尔等竟敢胆大妄为，干下如此勾当，罪不可赦，抓了！’左右校尉一拥而上，早将聂玉魁燕德久二贼拿下。然后戴上刑枷，打入天牢，只待秋后问斩。”

林金虎笑道：“还秋后问斩？小心他的后台使了银子，买了关节，将死罪赦免，或发配，或降职，只待卷土重来，那可如何是好？”

崔三军说道：“哎哟，我老郑差点出错，对对对，改判，推出午门，立刻斩首！”

两人正在说笑，流水声就好像大了，水也变得浑浊，林金虎叫声：“赶快穿鞋，水下来了！”

崔三军笑道：“好好的么，一惊一乍。”

话音没散，就见水流迅速变急，上游方向还传来了轰轰隆隆的闷响。

林金虎叫声“不好，快跑！”就扯着崔三军飞奔上岸。

远处的闷响猛然逼近，发出了震天动地的怒吼，紧跟着大水涌来。看那水头，足有四五米高，气势汹汹，呼啸而来。

崔三军兴奋地叫道：“壮哉，我还是头一回见到！”

那水头冲至斜对面，却突然拐个急弯，直向他俩迎头扑来，撞上脚下的土堤，激起了数米高的大浪，然后就紧贴堤岸，向下游奔腾而去。

俩人已经浑身浇湿，泥水的土腥味直冲鼻腔。

崔三军后怕道：“我的妈，差点让老龙王请了去！”

林金虎说道：“你看那边河床高些，水就涌了过来，咱脚下成了主河道。不安全，还得往后退。”

大水势头不减，激流中漂浮着木料、桌凳等各种物件，还有拼命挣扎的猪羊鸡鸭，林金虎叫声“不好”，看来有来不及转移的人家被冲毁，要是有人落水，后果不堪想象。心里担忧着，一边将根冲上岸的圆木伸到水里，试图将靠近岸边的生灵拦住，崔三军急忙过来帮忙。水流太急，一番努力，却是徒劳。

林金虎说：“坡上有两户人家，你去借些长木绳子，再叫些人来。我留下监视！”

崔三军转身就向坡上跑,一边大声叫道:“咱两个,不见不散——”

“知道了,不见不散——”林金虎大声应着,一边目不转睛地盯着河面。

不一会儿,林金虎就有了最担心的发现——有个小孩在水里。

近了,近了,已经能看清小孩的脸,大概还活着,身上套了个什么,脑袋还在动。

林金虎认出来了:是邢玉侠的孩子聂小鹏。

林金虎顾不上多想,只是迅速把圆木抱定,等到孩子冲到面前的瞬间,就猛然跳进了河中。

崔三军爬到半坡的时候,看见有人指着河水朝他喊叫,回头一看,林金虎已经不见了,心想他不是下水救人,就是被水卷走。就飞身返回,也抱着根木料,跳入激流中去了……

# 第五十二章

自从那夜被迫与林金虎见面后，聂玉魁对邢玉侠说了几句安慰的话，还表示不再追究林金虎在狼沟矿违章的事，邢玉侠才稍觉安心，聂玉魁随后走马上任，似乎更忙，一连多天都不回家。偶然回来，对她也显得客气。邢玉侠因此心生幻想，聂玉魁当了领导，便有组织纪律约束，就不敢乱来。他真是浪子回头，自己也就彻底认命。与林金虎的那份感情，就只能永埋心底了。

忽然他爹邢友贵打来电话，说他老两口很想孩子。刚好有熟人顺车去龙潭镇，邢玉侠便将聂小鹏送回了娘家。

也许是母子连心，这一日邢玉侠感到一种莫名的惶恐，好像又有什么糟糕事要发生似的。就不禁牵挂起孩子，便赶紧搭班车匆匆赶回。

小鹏果然出事了，听到噩耗的瞬间，邢玉侠犹如五雷轰顶，一下子就昏厥过去。玉侠妈呼魂唤魄地折腾一番，邢玉侠才苏醒过来，却号啕悲泣不止。左邻右舍的大婶大妈们在一旁劝慰，玉侠妈坐在床前抹泪哀叹，突如其来的灾祸将邢家击垮了。

邢友贵不敢面对女儿，又不敢想象怎样对女婿聂玉魁交代。能把女儿嫁给聂玉魁，一直令邢友贵自豪无比。自从女儿嫁给聂玉魁，他的穷家一夜间鸡犬升天，发生了巨变。而这一切，都是女婿所赐之福。他从来不以女儿被聂玉魁强暴为耻，反而感到万分庆幸。女儿生下了被强暴后的孽种，却将邢友贵高兴得像见了祖宗。他又对玉侠妈说什么："得了这个娃，就将这门亲固定了，拴牢了。"看到女婿又当上了公安局长，这种自豪感荣幸感便愈发膨胀。他甚至恬不知耻地对玉侠妈说："多亏玉魁敢下手，要不然咋能攀上这门亲。不结这门亲，咱家日子能过好吗？"在邢友贵看来，外孙子聂小鹏就像捆扎他邢家富贵荣华的金丝绳。有了这根绳儿，就拴牢了他邢家的福根儿，就稳如泰山不可动摇。可是现在，这根金丝绳儿就这么轻易地断了，这还不要了他的命！

此刻，邢友贵真不知该如何向聂玉魁解释，更不敢想象聂玉魁的反应。遭遇如此打击，聂玉魁肯定受不了。这个有权威的官女婿还不会扒了他的皮，抽了他的筋。最不敢想象的后果是，聂玉魁与女儿的婚姻本来就是没甜味的强扭瓜，要说能过下去，不就因为有小鹏这根绳子勉强拴着，如今绳子断了，他们的婚姻还能继续吗？聂玉魁是当大官的，身边肯定围着一群献媚弄骚的狐狸精。他一旦恼羞成怒，还不把女儿一脚蹬了。聂玉魁有权有势，还愁找不来年轻美貌的女人。从男子的习性来看，他的女儿已毕竟不是黄花闺女，一个被玩腻了的残花败柳，贪色成性的聂玉魁是不会留恋的！

邢友贵越把事情往坏处想，心里就越发恨着林家父子。要不是林金豹破坏儿子的婚姻，就不会激起他父子的怒火，他就不会把小鹏忘在一边，就不会发生这场灾祸。邢友贵忽然想起来了，小鹏落水的时候，林志才站在岸边喊救命。该不是，老狗日的将小鹏推下了水，却假装好人大呼二叫？对，一定是，他那是故意虚张声势掩盖罪责呢！

想到这一层，邢友贵便有了很恶毒的主意。即使不是林志才加害，也要嫁祸于他。也只有嫁祸于林志才，才可以向女婿聂玉魁交代，才可以使自己减轻责任。而嫁祸林志才似乎最合情理，林金虎一家不就因为聂玉魁娶走玉侠怀恨在心，而且一再行凶报复吗？说是林志才趁机报复杀人，鬼才不信呢！

邢友贵便将自己的判断与对策对儿子邢玉成说了。正当父子俩商量着如何找证人的时候，林志诚进了家门。邢友贵猛想起当时林志诚也在场，还张罗着组织人下水施救呢。

林志诚由邢友贵陪着先到内屋，对邢玉侠说了一番安慰的话。出了内屋，又说消防队已经来了，已经下水寻找呢。然后就起身告辞，说他要到镇政府开会去。

邢友贵急忙拦住说："他叔，跟我出去一下，我有话跟你说。"

林志诚很厌恶地说："就在这里说，我最讨厌做事鬼鬼祟祟。"

邢友贵说是人命关天，人多口杂不方便，硬将林志诚朝外拽。玉侠妈觉得诧异，便也悄悄跟在了身后。

走出院门，邢友贵才说道："他叔，小鹏出事的时候，我看见你在当场，你能说说小鹏是咋样落水的吗？"

林志诚说："我到街道上去办事，刚好碰着志才去店里，就搭着他的摩托车一起走。路过潭边的时候，远远就看见你家小鹏和几个娃站在坝边玩水，心想很危险，还没到跟前，就看见小鹏滑下去了。"

邢友贵问："林志才为啥喊叫'救命'？他的浑身为啥还是湿的？"

林志诚说:“你问话咋就怪怪的,乡里乡亲,能见死不救吗?林志才丢下摩托就跳下去了,连衣服都顾不上脱。他虽然会水,毕竟老了,要不是我拼命拉他,那条老命恐怕也搭上了。”

邢友贵又问:“几个娃娃都没事,就偏偏小鹏落了水,该不是他家李乐乐把他推下去的?一定是这样,肯定是这样!”

林志诚说:“胡说八道,人命关天,咋就敢这样瞎胡扯!”

邢友贵叫道:“林志才父子因为没能娶到玉侠,一直怀恨在心,肯定是他家大人唆使孩子干的!”

林志诚诡异地看着他,老半晌才神秘地笑道:“嘿嘿,嫁祸于人,叫我出来啥意思,给你做伪证吗?”

邢友贵难为情地用手搔搔光头皮,翻眼白瞥瞥林志诚,但还是扔出一句话来:“想让你帮我说句成护话,你是领导,又在现场。”

林志诚说:“你干脆说我故意瞎指挥,把你娃耽搁了!”

邢友贵说:“那么多人,咋就没发现小鹏在苇子里?”

林志诚说:“搭眼一看,浅潭了没人影,就想着掉进深潭里了。要是发现娃在浅处,谁是傻了,下深潭不顾性命?”

林志诚的脸色变得难看,像盯看怪物似的审视着对方,尖锐的目光逼得邢友贵不敢对视。

邢友贵低头看着自己的脚尖,嗫嚅道:“我又不是怪你。”说话间忽然又张狂起来,声音发恨地叫道:“我女婿是谁,堂堂大局长,谋害了他的儿子,他狗日的能好过?”说罢便气呼呼地转身欲走。

“你站住,我有事要问你!你可是跟你儿子一起发飙,把林志才的店砸了?”

邢友贵眼一瞪叫道:“是又咋样?”

林志诚说:“你这是犯法!向镇长现场一看,气得脸都青了。林志才这个店,是镇上带头脱贫的示范点,区上市上都重视哩,你就敢砸,真是吃了熊心豹子胆。”

邢友贵翻翻白眼,说不出话来了。

林志诚叹口气说:“要不是你外孙出了事,恐怕你早让铐走了。甭瞪眼,市长区长都发火了,玉魁敢保你吗?他的官还比市长大吗?”

邢友贵这才后怕了,哀求道:“他叔,我是有原因的,你得替我说公道话。”

林志诚说:“我倒是要强调几句公道话。”

“你说,我听着。”

“第一,小鹏掉潭里与林志才和他外孙乐乐毫无关系,这是我亲眼看见的。倒是人家志才见义勇为,奋不顾身,虽说没救出小鹏,但却是尽力了。恐怕在同一时间,你父子却在砸人家的店,你说你干的啥事情?第二,事发时你和你儿子玉成也来到现场。你父子不但不救,还大叫‘报应’,还哈哈大笑,你这是为啥?还不是以为林志才家的娃掉下去了,幸灾乐祸。第三,当弄清落水的是你外孙,你才慌了,你儿子玉成才下了水。真是可悲,要是你心没长歪,说不定还能及时发现呢。要说谁故意害人,你邢友贵才是凶手,你讥笑别人遭报应,却落到自家头上。真是可恶又可悲!”

林志诚言之凿凿,一旁的玉侠妈听得清楚,就疯也似的冲过来,揪住丈夫又撕又打,一边哭叫道:“死鬼,你害了我的小鹏,你这杀人犯!”

玉侠妈本来就体弱多病,经不住这一气,忽然就倒地昏厥,慌得林志诚赶忙派人去叫医生。邢友贵也慌了,一边上前托住头,一边用手指狠掐人中,呼天抢地地叫个不停。邢玉侠闻声冲出内屋,也扶着母亲怆然呼唤,折腾了半天,玉侠妈才算哼出声来。

林志诚说:“玉侠,你这娃是明白人,听叔一句忠告,没事不寻事,有事不怕事;事情既然发生,都应该冷静。冷静下来脑子清,事就不乱。千万不敢再节外生枝,要不然就会祸事连连。”

邢玉侠哭道:“叔,我听你的,我也求你管管我大,不让他再胡闹了,要不然,我妈也会搭进去。”

林志诚欣然应允:“放心,叔不会袖手旁观,会帮你们拿主意。”

邢友贵这才低下头来:“志诚兄弟,我说了混账话。人在事中迷,请你甭上心。我心里乱得很,还真要你帮我拿主意。”

林志诚叹口气问道:“玉魁还不知道吧?”

邢友贵顿显惶惶不安,说:“我咋敢去见玉魁呀,玉魁受得了吗?我咋向女婿交代呀?!”

林志诚说:“天有不测风云,人有旦夕祸福,又不是你故意害他儿子的。你害怕,我理解,但哄着瞒着不是办法。这样办吧,我现在就跟镇长请个假,不参加会了。你跟我走,咱一起进城见玉魁。”

邢友贵哀求说:“你可得保护我,我怕他把我枪毙了!”

林志诚笑道:“不至于吧,不管天塌地陷,你总归是他的老丈人!”

# 第五十三章

邢玉成把省上立案调查的情况透露给了聂玉魁，聂玉魁当然就着急了。马上就赶到省上，找了他该找的人。得知他干下了如此出格的事，就连他的后台也感到吃惊，少不了一顿严厉的训斥。但事情已经发生，而且介入调查的是省纪委，情况非常严重，也只能亡羊补牢，尽量把问题控制在刑事案件的红线内。如果能做好掩饰，问题的性质充其量就是严重工作失误，就还有一线回旋的希望。

聂玉魁返回后，急招来代替他当了恒昌煤炭商贸公司总经理的儿子聂金牛以及计财科长何力夫，只说是为了合法规范，必须把推销雷管炸药的账重新完善。为了哄着何力夫高高兴兴来做事，聂玉魁给了他五万元红包。为了更加稳妥，又托人找来财会高手，按照推销雷管炸药的实际收入，对应着修建龙潭中学图书楼的投资，重新把账做平。同时又到128厂和承担建楼的工程队，送了该送的封口费，补了该补的漏洞。起码，从所牵扯单位的账面上，已经看不出蛛丝马迹了。

做完了这件事，聂玉魁才稍觉心安。他现在可以理直气壮地对调查办案的人员说，推销雷管炸药，一是商会协管民营矿井的服务职能；二是应生产厂家的要求帮助处理积压产品，排忧解难；三是帮助解决矿井扩大生产的实际需求，为促进地方经济发展做贡献；四是全部销售收入都用在了建设学校的图书楼。不但无过，而且有功。还特意在幸福汤酒店摆一桌酒宴，请来了几个当事的关键人，进一步将他的攻守同盟予以凝固。聂玉魁端着酒杯慷慨言道："从今以后，咱们就是铁哥们。我聂玉魁，从来不亏弟兄们。以后有什么困难，只管找我。只要我出得上力，决不推诿。"

做完这些事，聂玉魁还是感到心虚，省纪委出手势不可当，专案组也不是吃素的，岂能轻易解脱。这时候他想到了车道康。有心向车书记坦白交代，却实在鼓不起这个勇气。他不敢想象车书记得知事情真相后会如何狂怒。官场人，谁不是大祸临头自保已身，他的乌纱帽才最重要呢！即是车书记有意保他，却怎么敢保，又怎么保得住？因此，主动坦白交代绝对不能行。但是,如果找一个情愿承担责任的替罪羊,压力自然就小多了,死里逃生才有一线希望。但是,谁又肯在生死关头替他挡枪子?思来想去,还是将目标锁定了燕德久。燕德久跟着他由煤监局一起辞职下海,一直对他忠心不贰。何况,推销雷管炸药,就是由燕德久亲自操作的。燕德久是他的心腹,他对他也是有恩的。这个替罪羊,燕德久不当,由谁去当呢?

就在聂玉魁拿定主意,要燕德久为他挡枪子的时候,燕德久却自己来了。对于上面立案调查的情况,燕德久还不知晓,当然是一脸轻松。

聂玉魁已经把要说的话琢磨了许多遍,但是突然见到燕德久,却感到极度为难,说不出口了。好有一比,他怎么能将一碗可以致命的毒药,让一个精明的家伙心甘情愿地喝下去呢。聂玉魁有鬼在心,如刺在喉,直憋得面色苍白,呼吸急促,肥大的脸盘上尽是虚汗。

燕德久问:"老兄,怎么啦,身体不舒服吗?"

未及应答,办公室虚掩的门却被推开,紧接着进来了两位不速之客——邢友贵和林志诚。

邢友贵吓得孙子似的,低头跟在林志诚身后,一言不发。

林志诚鼓起勇气说:"玉魁,有个不好的事,必须跟你说。邢友贵一个人不敢来,就叫上了我。"又朝身后的邢友贵说:"你把事情给玉魁说说吧。"

邢友贵已是脸色苍白,牙关打战,哪里还说得出半句囫囵话。林志诚无奈,只好代邢友贵把小鹏落水失踪的情况大概说了。

聂玉魁果然天塌地陷,也难怪,这边的大祸正在降临,那边的祸事又从天而降。祸不单行啊,铁打的汉子都撑不住。聂玉魁怪异地放声狂笑,顺手抓起桌子上的玉貔貅,狠命地砸向邢友贵。

邢友贵虽然闪身躲过,脸还是被擦破了,殷红的血顺着腮帮往下淌。那只玉貔貅,也在哗啦啦的跌落中应声摔碎。

聂玉魁还不解恨,又一把抓起抽屉里的手枪,恶狠狠地指向了邢友贵。

这个老丈人便吓得给女婿跪下了,一边撅着尻子磕头如捣蒜,一边大声哭叫着哀求饶命。

燕德久在一边慌忙叫道:"局长,不敢这样,要冷静啊!"

林志诚也厉声警示道:"玉魁,你是领导干部,咋就没涵养呢!"

聂玉魁看看林志诚,瘫坐在皮椅里抱头大哭。

聂玉魁对邢玉侠并无真爱,但对小鹏却是疼爱有加。自从做过亲子鉴定,他知道小鹏确实是他的亲生骨肉,就心肝宝贝地爱上了,这个孩子也确实为他带来了天伦之乐。不管是当商会会长,还是当公安局长,对上要巴结趋奉,对下要经营党羽,左右又要对付宿敌,还有情场女人的纠葛,虽然表面风光,却也劳神苦心。只有回到家中与小鹏在一起时,才能发自肺腑地开心。可是,当灾祸袭来的时刻,最疼爱的开心果竟然死于非命,这对他来说真是天塌地陷,不可接受。

“都怪林志才那个狗日的!”捡回魂儿的邢友贵不失时机地狠垫一砖。邢友贵的心中忽然又生出种扭曲的新怨恨,他想:要不是狗日的林志才瞎帮忙,以致使他产生误判,儿子玉成就会毫不犹豫地冲下水去,说不定悲剧就可避免,就不会弄成现在这个样子。

林志诚厉声制止说:“胡说八道!”接着,又把林志才下水救人差点被淹死的经过扼要讲述一遍。

燕德久听了林志诚的一番话,心里也明白了,便一边安慰上司,一边要林志诚对林志才转告感谢。然后就挺客气地请他二人回去,并主动承诺说局长家的这个事由他亲自料理。邢友贵自是一番千恩万谢。

待二人走后,聂玉魁的狠劲上来了。小儿子小鹏的凶讯,反而给了他一举拿下燕德久的勇气。

聂玉魁非常神秘地走过来对他耳语道:“换上便装,你开车,咱俩出去一趟。”

“什么要紧事,还得出去?”燕德久在心里嘀咕道。根据聂玉魁罕见的失态,他已有不祥之感,一阵寒意袭上心头。

车子由燕德久驾驶着开出机关大院,按照聂玉魁的指引,穿出城区后,三拐两拐,就拐到了郊外的“野味香”农家乐。这个地方燕德久没来过,却是聂玉魁的常来之处。

来到那个老地方,那个肥胖的女人飞着媚眼笑道:“怪不得一大早喜鹊儿门前叫,原来是大老板来啦。我还以为,你将妹子忘啦。”

聂玉魁不耐其烦地摆手吼道:“别烦人,今天有正事办。”又问道:“店里还有其他人吗?”

胖女人说:“今天清闲得很,除了我,没有一个人毛儿。”

聂玉魁便叮咛道:“那就好,今上午不许再接待别的人,你也给我滚远些。”

眼见俩人径直进去了,胖女人娇媚地弄个鬼脸,拖着尖嗓子嘲弄说:“不就是个暴发户吗,你以为你是谁,是局长,还是市长?牛逼个啥!”

显然是轻车熟路,燕德久跟着聂玉魁径直又进了那个套间。

关上门窗，拉上窗帘，聂玉魁便自携带的提包中捧出一个沉沉的木匣，拉开盖板，竟装满了金灿灿的金砖，将燕德久看得呆了。

"局长，你这是干啥？"

"德久兄弟，我官场商场打拼半世，只交了你一个生死兄弟。这点小意思先表表为兄的一片真诚。"

"大哥，到底怎么了？怎么将……将……将我当外人！"

"兄弟，你要是不接，就是与我二心，就是信不过我。钱财乃身外之物，我连小鹏都没了，要这还有什么用？"说话间也是泪流满面。

聂玉魁如此举动，真令燕德久惊心动魄。要是换作别人，他巴不得收下呢。谁他娘不爱财，何况是这么多的一匣金砖，鬼见了也还阳！但是，他面对的却是顶头上司。谁见过上司给部下行贿，真是天方夜谭！谁敢收上司的贿赂，那真是丧心病狂！这是怎么了？难道，聂玉魁真是因为失子方寸全乱，丧失理智了？但是，燕德久毕竟是燕德久，对方极反常的举动，已经令他意识到凶险了。聂玉魁表象粗豪，实则老奸巨猾，仅仅为一个死亡的小儿子，会崩溃到如此地步吗？不会，小鹏的死仅仅是次要，聂玉魁肯定遇到了更大的灾祸，而且已到了难以挽回的地步。往日与聂玉魁狼狈为奸的道道黑幕，瞬间便浮现眼前。难道，那些黑幕遭到了强力撕扯，聂玉魁无力回天了吗？难道，聂玉魁真到了山穷水尽的地步，想要自己为他赴汤蹈火吗？悲观绝望的推断，一连串惊心动魄的问号，真令燕德久不寒而栗。

再看聂玉魁，捧金条的双手依然伸着，逼视的双眼中已是凶光闪闪，这种不可抗拒的态度，似乎已经证明了自己的推断，黄豆大的冷汗珠自燕德久的脸上滚下来了。

"那好，兄弟就替你暂且收下。"真是无计可施，捧着盛满金砖的木匣，沉甸甸的，燕德久的心也仿佛沉到了地狱。那亮晃晃的金砖，恍惚间变成了一条条龇着毒牙、吐着长芯的金环蛇，只需一个猛扑，便可置他于死地。

"完了——！"燕德久的心中发出了悲哀的嘶鸣。

聂玉魁劈头问道："德久，你手捂心口说声实话，老哥对你怎么样？"

燕德久说："对我好。"

聂玉魁又进一步问道："涉及个人利益的事，比如说，推销雷管炸药时给你报酬，我表现得仗义不仗义？"

燕德久说："仗义，局长的恩惠我当然明白。"然后就惴惴不安地反问道："今天是怎么啦？出什么事啦？"

聂玉魁长叹一声道："德久哇，哥绝对遇到麻烦了。"

听到对方有意拿雷管炸药说事，不祥之兆更加明晰。其实，推销雷管炸药这件事，一直是燕德久心头高悬着的巨大危石。他真不敢想象，由此带来的灾祸，会将他毁得多么悲惨。

是祸躲不过，怕也没用，几秒钟的沉寂后，燕德久故意将话说得轻松："还能有什么麻烦呢？小鹏的吉凶，还不能下结论。我有个好的预感，小鹏会被人救了，不会有什么意外！"

聂玉魁却未接这个话茬，直奔主题地说道："雷管炸药出事了，省上的专案组已经追过来了。"

尽管有心理准备，燕德久还是大惊失色，他怔怔地看着聂玉魁，大张着嘴，却半天说不出话来。

燕德久努力使自己冷静下来，说道："当时推销民爆物品，并没有越出红线，协管矿井安全也是商会的职责，也是为厂家排忧解难。再说，那也是因为要给学校建图书楼，资金有缺口，难道让我们抢去、偷去？"

聂玉魁苦笑道："你说的是情理，人家讲的是法律。若是上纲上线，这个坎就可能过不去。我完蛋了，你能安生吗？"说到这里，聂玉魁抽出一支烟点燃了，大口地猛吸猛吐，在屋里似笼中狼一般踱来踱去。然后像是下了很大决心，停下来，将期望的甚至是恳求的目光落在燕德久的脸上，看得燕德久不寒而栗。工于心计的燕德久，已绝对可以知道，他的上司要摊什么牌了。

聂玉魁说："我反复想了，必须有人站出来，承担责任。"

燕德久说："宇文骚，脑子灵，应变快！"

聂玉魁叫道："除了你，我指望谁呢。我反复想过了，由你承担具体责任，我便有回旋余地，也有摆平的把握。你是知道的，车书记贺书记都跟我关系好，我在省上还有更大的关系。再说，哪个领导希望事情闹大？假如闹大了，他不受牵连吗？再说，当时设法筹集资金，是经过车书记同意的。因此，他会设法将大事化小。我保住了，你肯定没有事。"说到这里，聂玉魁又长叹一声："不过话说回来了，如果兄弟你不肯帮我，我就会被推到前台。恐怕那时，真就没了任何机会，我完蛋，你也跟着完蛋，咱可是一根草上的两只蚂蚱，一荣俱荣，一损俱损啊！"

此刻的燕德久，浑身上下都沁出了虚汗，心中的滋味不仅是怕，还更苦，比喝了黄连汤还要难受。再看看上司的眼神，忽而可怜兮兮，满含乞求，忽而凶光闪闪，咄咄逼人。

"狗日的，真卑鄙，是要我当替罪羊啊！也真他妈虚伪，把我当三岁小孩哄哩。”恐惧忽然就变成了怨恨和怒火，燕德久悲怆地说：“当初我就提醒，风险太大，可你……”

聂玉魁愤怒了，吼道：“推卸责任吗，好好好，你现在就检举去，立功赎罪去，反戈一击去！”

燕德久说：“局长，你误会了，我是说，这个教训真的很惨。”

聂玉魁说：“现在说什么都晚了，要亡羊补牢，要化险为夷，要确保咱哥俩渡过难关。把话再说得可怕些，只要保住你这老兄，即使将你拘押，将你判刑，那也是暂时的。只要你守住底线，委屈牺牲，大仁大义，我就会拼命保你，车书记贺书记都会保你，我可以对天发誓，聂玉魁不是损人利已的小人，是讲义气重恩情的汉子。你这次帮我一把，我会感恩一生一世。”

事已至此，燕德久即使想溜号，但溜得脱吗？他回想跟着聂玉魁一路走来，或明或暗，挣下的钱已达百万之巨，即使到下辈子也怕是花不完的。他开始这样想：只要聂玉魁不倒，这些钱起码可以保得住，聂玉魁出于自身利益，也是绝对不会让其深究的。但若是聂玉魁倒了，这些钱也就保不住了。即使后果非常糟糕，有了这些钱，也照样可以东山再起的。当然，后果并不一定会那么严重。要说违法，现在的违法分子比比皆是，法不责众啊，就偏偏跟我一个人过不去？难道，那些办案的人，都是铁面包公，都会执法如山？

燕德久的心中进行着一场正反方的激辩，聂玉魁这时候却不温不火地说话了，语气很温和，目光也变得亲切。

“这样吧，你好好想一想，认认真真地权衡利弊，想好了给我一句话，但必须是今天。越快越好，要防止他们突然袭击！”

燕德久已经横下心来，语气平静而坚定地说道：“我现在就表个态，我愿意为大哥分忧。如果调查，我会主动承担主要责任，我会尽量把你洗涮干净。假若后果严重，你代我照看好老婆孩子，兄弟就感恩不尽了。”

聂玉魁又是怆然泪下，一把将对方紧紧搂住，声泪俱下地说：“哥没看走眼，兄弟你果然有情有义！”

接下来，俩人就如何应对危机达成一致口径。要说什么违法，也是为了开创商会工作，为了给地方经济发展和助资办学做些事，钱不论是黑是白，反正没装自己腰包，他还能怎么样？这样的侥幸心理，成为两个造孽者唯一可以壮胆的底气了。

# 第五十四章

林志才由水库回到店里的时候,眼见一片被打砸后的狼藉,真是吃惊不小。在厨师和店员并不认识行凶的人,看热闹的人还没散尽,经过一番寻问,才知道是邢友贵父子把店砸了。

由于刚刚下过水,林志才浑身上下湿淋淋的,像个落汤鸡。本已人困马乏,现在又面对这副惨状,就连换衣服的力气也没有了。腿一软靠着大门坐了,要多狼狈有多狼狈。

林志才平时待店员很好,现在见他这副模样,心里既害怕又怜惜,一个女店员说道:"叔,你先把衣服换了,小心凉着。"

林志才只是说:"我乏了,把烟拿过来。"

牛耕奇刚刚从省上赶回来,得知林金虎和崔三军落水失踪,正在着急,又听说烧饼店出事了,匆匆赶来的时候遇见了镇党委书记向宇辉,俩人就一起来了,见到现场情况也不禁吃惊。

牛耕奇问道:"谁干的?"

不等林志才答话,一旁就有人应声道:"大林庄的邢友贵,还有他儿子邢玉成。"看到领导来了,围观的人就又多起来了。

向宇辉心疼地叫道:"破坏成这样,真是无法无天。"

牛耕奇问:"林叔,这是因为啥? 你咋也成了这样子?"

林志才忽然感到委屈,声音颤抖地说:"我在水库救他外孙,他父子行凶砸我的店,鬼才知道为啥哩!"

这时候查老五挤进来说道:"我来做证。牛所长,向镇长,你们不知道邢友贵父子有多嚣张。手持凶器那个疯狂,谁见了都害怕。多亏老林哥不在,要不然出人命哩。砸店,已经够凶恶了,嘴巴上的话更是牛皮哄哄……"

牛耕奇问道:"他说啥话了?"

查老五说:"牛所长,我照实说了你甭生气。见他这样张狂,一旁的群众看不惯了,就喊'报警',邢友贵接着话茬就发飙,'警察来了,还能咬了老子’，他儿子就更可憎，叫喊道，‘我妹夫就是公安局长’，你说这叫啥德行？小人得志嘛！”

查老五绘声绘色地说，围观的人也纷纷证实，显得气愤不平。

牛耕奇听言，不禁心头冒火，骂道：“小人得志，狐假虎威，他不完蛋谁完蛋？”

向宇辉说：“人心自在公道，看来大家都还醒着。以后遇到这种事，不能光看热闹，也不能敢怒不敢言。能制止就赶快制止，制止不了就赶快报警。”

牛耕奇说：“请大家相信，哪怕他是天王老子，胆敢以身试法，都难逃开封府的铁面铜铡。”

这句斩钉截铁的话，赢得了热烈的鼓掌。

向宇辉说：“谢谢大家，都散了吧。”

围观的群众散去了，林志才则骑着他的电动车，回大林庄的老屋换湿衣服去了。这时候，杨邦义也赶来了。

向宇辉懊恼地说：“杨局长，老林这个店，是在你主张下扶持的，也是咱镇上树的‘脱贫示范点’，区上市上都很重视，就想着进一步做大做强，带动全镇兴办特色产业哩。现在出了这种事，我有直接责任，真没脸见你，也没法向上头交代，更不知应该怎样处理！”

杨邦义则说：“不管是什么原因，入室打砸，已经构成犯罪。该承担的法律责任必须承担，所有的损失必须赔偿。”

向宇辉苦笑道：“法理昭然，谁都明白，但要做起来，却是难办。你想想，一头是‘示范点’，另一头是大红人的老丈人，怎么处理？反正我头大。”

杨邦义笑道：“你以为开封府好坐哩？皇亲国戚就给你捣乱，看你这‘黑老包’怎么办！”

向宇辉拍拍脑袋也笑了：“看来我也蛮走运，聂大会长的歪歪树咋就长在了我的地盘上。而且还老是这两家纠缠不清，上一回是林家毁了聂家的苗，这一回是聂家丈人砸了林家的店，这里头到底有啥猫腻？看来有故事，挺复杂，一旦搞清楚，都可以编小说了。”

杨邦义说：“啥猫腻？你很快就会知道。但这个性却可以提前定，利害之争，正邪之斗。”

向宇辉发愁道：“扯了半天，这个事咋了结？”

杨邦义说：“调查原因，然后据实上报，不可隐瞒。”

向宇辉说：“有您这句话，我还有什么顾虑的。就按您这个主意办。”

杨邦义又对牛耕奇说：“保护好现场，一旦查清，该赔偿的赔偿，该拘留就拘留。”

牛耕奇说:“还有更紧急的情况哩!”接着就把林金虎和崔三军落水失踪的情况说了,杨邦义大惊失色。牛耕奇回头对在场店员交代几句保护现场的话,几个人急忙向设在镇政府的抗洪救灾指挥部赶去。

林志才随后回到店里,打发走厨师店员,锁了卷闸门,一个人坐下来闷闷地抽旱烟,嘴里抽出的青烟缭绕不断,心头的忧虑也缭绕不断。

林志才心想,是不是金豹这愣小子又惹事了?但是,他跟邢玉成是八竿子打不着的呀,又怎么可能冒犯了对方?那又是什么原因呢?难道问题又出在大儿金虎那里?林邢两家的怨根就在那个失败的婚姻。金虎的心里始终没放下邢玉侠,他很清楚因男女情事引发怨恨的可怕后果。该不是金虎跟邢玉侠出了什么事,才惹得邢家父子如此疯狂。但思来想去又觉得不可能,金虎执行抗洪任务去了,忙都忙不过来哩。他的金虎是有头脑有涵养的,在聂玉魁重新当权于己不利的情况下会更加谨慎。那究竟是为什么,才令邢家父子如此疯狂?

林志才想得头疼,也百思不得其解。半天时间过去了,天色渐暗,便伸手按下电灯开关,不亮,便把卷闸门重新打开。借着外面的光亮,这才发现头顶的电灯也被砸坏了。一股恨气直冲胸臆,林志才吼了声,真替自己感到窝囊。聂玉魁抢走了邢玉侠,她老子邢友贵倒像是吃了亏,好端端的邻家自此变得见面不搭理。邢友贵的怨气似乎越来越深,好像金虎的存在,成了他家的威胁似的。邢友贵又仗着女婿的威势,一直占着上风,尾巴都翘到天上去了。要不是有聂玉魁的势,他老小子咋敢逞凶砸店呢!要不是因为这个嫌贫爱富、寡廉鲜耻的贪财鬼,邢玉侠怎么说也不会嫁给大她几十岁的聂玉魁,邢玉侠还可能是自己的儿媳妇。正是聂玉魁和邢友贵联手合力,才将儿子的婚姻生生破坏了,也将邢玉侠的幸福毁掉了。

“老子咽不下这口气!”林志才想到伤心处,不觉骂出声来。

“不用你咽这口气,有人要替你咽气了!”

林志才闻声吃了一惊,猛回头,发现是林志诚来了。

林志诚接着说:“老邢头倒头了,已经请来裁缝,赶着做寿衣哩。”

林志才不禁又吃一惊:“上午还在我这里发歪,咋就不行了?”

林志诚就把他陪着邢友贵见聂玉魁的过程大概学说一遍,最后叹口气说:“真想不到聂玉魁会动手,吓得老邢头跪下磕头。大概是受不了聂玉魁的压力,吓着了,也羞着了,回到家就中了风,一头跌倒人事不省。叫来了救护车,医生说,没得救了,人已经走了,现在已经准备后事哩!”

林志才听罢就跺脚大叫:“报应,他是怕小鹏一死,聂玉魁就不会再要邢玉侠。觉得靠山倒了,就急火攻心,脑袋喷血——”

林志诚说:“住住住,小心你也爆了血管。你咋也没度量,幸灾乐祸呢!”接着又叹息道:“真是应了那句老话,‘福无双至,祸不单行’,外孙子刚殁,当外爷的又撒手走了,祸不单行,祸不单行啊!”

林志才笑不出来了,他想若是因为金虎发难惹事,这就仇结三家,尤其是权重心毒的聂玉魁,他能善罢甘休吗?

林志诚看得出对方的心思,就宽慰道:“你也不用怕,他家两个人的死,都与你无关,倒是他输理又欠人情。不过话又说回来,邢友贵的死又好像与你家有关联,他为啥会来砸你的店,狗不急咋会跳墙,人不急咋会发狂,我真不知你两家之间到底发生啥事了。”看见林志才一旁发呆,又说道:“这样办你看行吧,不要让派出所处理了,他砸了你的店,是损失不小,但比起人命,又算个啥?再说,派出所上面的大头是谁,是聂玉魁,派出所敢给你做主吗?再说,事情缘由还弄不清呢,假若是由你家惹起的事,还不知咋样收场呢。锁起店门,给派出所打个招呼,夹住尾巴沉住气,躲躲风头吧!”

林志才没有搭腔,却突然腿一软就往下瘫,吓得林志诚一把扯住了,慌忙问道:“咋啦咋啦?”

林志才强打精神说:“没事,我没做亏心事,怕啥哩。只是不知道为啥邢家会来闹事,我真的心神不宁,只怕我那两个儿闯下了啥祸事。”

林志诚惊叫说:“裤子鞋咋湿了,哎呀还在流,你尿裤子了!”

林志才说:“他叔,我心里害怕!”

林志诚说:“人家叫你窄板猴,还叫得真准。屃样子,光有小聪明没有大胆量。怕事不找事,有事不怕事。除非,你干下了见不得人的亏心事。”

林志才叹息跺脚地哭了,叫道:“老天爷在上,我没亏人呀,我让人欺负成啥,却要落得这身臊,别人咋知内情,都会认定是我气死了他。”

林志诚说:“你不用担心,我会去向邢家解释清楚的,你见义勇为下水救人,没功劳还有苦劳。再说,玉侠妈和玉侠都是明白人,咋会怪你哩。这件事包在我的身上了。”

听林志诚这样说,林志才方才稍稍安心,他非常感激地紧紧抓住林志诚的手说:“患难见真情,要不是你兄弟主持公道,光小鹏淹死这个事,恐怕就将我赖定了,我跳到黄河里怕也是难洗清呀!”

林志诚说:“别忘了,我还是村支书呢,村中有事,我咋能袖手旁观?那些多余话咱就不说了。”

# 第五十五章

邢玉侠经受不住失子丧父的双重打击，躺在了镇卫生院的病床上。巨大悲伤折磨着她，同时在心中恨着林金虎和聂玉魁这两个男人。

要不是因为林金虎，就不会发生一连串非常不幸的事，她的小鹏就会住在她城里的家中，又怎能导致如此悲惨的后果。往昔的美好回忆、美好印象，前不久在小饭馆中刚刚唤起的那一缕惊喜和激动，还有那深深的歉疚和惭愧，这一刻都变成了恨。

对于聂玉魁，她的感情始终是复杂的。他给她埋下了令她痛苦终身的耻辱和不幸，她与林金虎的恋情，以及那个已经约定俗成的婚约，也随着禽兽的蹂躏而花残枝折。聂玉魁是毁灭自己幸福的魔鬼，她之于他的感情基础全部是仇恨而无其他。然而，她的儿子小鹏降生后，她对禽兽丈夫聂玉魁的感情却发生了变化。母爱的天性不可违，她已深深疼爱着这个孩子。也许是“爱屋及乌”的道理也不可违背吧，因为儿子小鹏的特殊纽带，她对禽兽男人聂玉魁的感情也渐渐变了。随着孩子的长大，她已经认可了这个男人。

爱情是什么？亲情又是什么？都是钱啊。也就是说，感情是看不见摸不着的东西，它必须通过金钱物质的实惠去形象地体现。精神层面的感情才会显得棱角分明，接受的一方才会产生最切实最生动的感受，才会对所谓感情予以认可。因此，可以说，随着环境变化，邢玉侠已变成了另外一种人，享受富贵的她已经自心里将昔日与林金虎的海誓山盟完全抹掉了。起码，在特定的情势下和单位时间内，邢玉侠的心态的确是这样的。

但是，关于男女关系或者夫妻关系，似乎苍天还制定了一种很难超越的情感规则，那就是相对强势一方也就是爱情婚姻支配者的喜新厌旧。再娇美的花儿也有凋谢的时候，再可口的美食也有吃厌的时候，再美丽的新娘也逃不脱岁月的年轮。即是吃着最爱吃的一道菜，久而久之也会想着换一换口味。何况，聂玉魁之于邢玉侠的所谓爱情，只不过是单纯的情欲需求。天长日久,兴趣必无,喜新厌旧,自是必然。

这时候的聂玉魁,像一只重新露出獠牙的恶狼,施以凶狠的家暴,又猪八戒倒打一耙,反咬她与林金虎藕断丝连,给他戴了绿帽子。

当崔三军将她诓进小饭馆,面对那双真情依旧的眼睛时,她才明白林金虎的心中非但没有忘掉她,而且知她并不幸福时,那种剪不断、撕不开的感情则更加浓烈。当林金虎的拳头将聂玉魁打翻的那一刻,她的心中充满了复仇的快感。尽管她知道这重拳狠揍对她意味着什么。

与伤害她的魔鬼离婚,与心上人破镜重圆,这个念头令她激动,也令她煎熬。如果离了婚,一个残花败柳的贱女人——林金虎还真的会喜欢吗?况且,她还生养着一个聂玉魁的儿子,林金虎能够容忍这个事实吗?无论仪表人品,林金虎都是非常出众的,他完全可以找到比她强得多的姑娘。如果离了婚,她的哥哥将因此失去一切重归贫贱,她的父亲又能够承受这种沉重的打击吗?她实在不敢想象家庭破裂后的严重后果。尖锐的矛盾在心中猛烈撕咬,令她痛苦不堪。但作为女人,她总是理性大于感情。她心中还是更多地寄希望于聂玉魁,愿他浪子回头,重新珍惜自己和孩子。甚至她宁愿与他妥协,只要他能容纳她母子,她情愿默许丈夫存在婚外情。想不到,聂玉魁向她做出了意想不到的妥协,如果她肯当面与林金虎割断旧情,他就看在她的面子上,可以饶恕林金虎。于是,才有了她对林金虎当面绝情的那一幕。

本想着这场风波平息了,没料到更大的灾祸却接踵而至。她爹她哥砸了林家的店,儿子小鹏跟着出事了,父亲也因此丧了命,向来性情柔弱的邢玉侠,如何能够承受如此打击呢!最令她伤心的是,小鹏落水失踪,而作为亲生父亲的聂玉魁却始终没有露面,而且连一个电话也没有,这令她失望至极。她只能在心中哀哀哭号:孩子完了,婚姻和家庭也破碎了。

怨恨中的邢玉侠倒是打起了精神,又一次给聂玉魁打电话。

电话居然接通了,聂玉魁的语气竟是那么平静:“小鹏没了,你与林金虎的障碍除掉了,你们的目的可以达到了!”

“你怎么可以这样说话?”

对方的语气依然平静:“咱们的缘分也到头了。我现在想开了,我可以不计怨恨,成全你们!”

邢玉侠发狠道:“小鹏没了,我父亲也走了,你在这个时候讲这种话,不觉得过分吗?不觉得残忍吗?”

“我已经够体谅了,不然就不会再接电话。毕竟夫妻一场,我因此愿你保重,回头咱就法院见。”

"魔鬼!"

"我本来就是魔鬼!"

对方说完将电话挂断了。邢玉侠完全绝望了。极大的痛苦完全笼罩住了她。小鹏的死,使她已经对生活失去信心,丈夫在她最需要安慰的时刻,却给予她最最致命的一击。"我本来就是魔鬼!"这句魔鬼的嘶叫声在此刻被无限放大,爆炸般的声浪疯狂激荡,使她心跳剧烈,头疼如裂。眼前也是一片死亡般的灰冷之色。神光恍惚间,一连串的幻影出现了,她看见聂玉魁正在与白玉儿淫荡地嬉笑着,又凶蛮地对她挥拳猛揍;她又看见她的儿子小鹏了,小鹏朝她笑着,叫着"妈妈",扑向她的怀抱,邢玉侠惊喜极了,原来小鹏没有死,她万分激动地尖声叫着:"小鹏!"一边猛扑起来,伸展双臂去搂抱自己的孩子……

然而,邢玉侠扑空了,她的怀中她的眼前一无所有,只有这寂静的病床,只有吊针在扯断后从自己身体中回流的鲜血。

"死吧,让血流干吧,让空气进入血管吧。死了,一了百了,在另外一个世界,我还可以找到小鹏!"邢玉侠冷笑着,平静地重新躺下,嘴中不住地呼唤着小鹏的名字,她静等着在另一个世界中母子重逢……

邢玉侠并没有死成,她近乎自杀的行为被医生及时发现了。当母亲哭着责备她不该这样做的时候,邢玉侠牙缝里挤出了一句话:"他要跟我离婚!"

林志诚听到消息,急匆匆赶到了病房,却发现邢玉成正在冲他妹子怨气冲冲地数落着。

邢玉成说:"甭怪我在这时候怨你,话不吐出来能憋死我。你凭良心说,聂玉魁待咱家有多好,别的不提,就说我,没有他帮助,我就不会有今天。可是你,鬼迷心窍,跟那个林金虎藕断丝连。这下倒好,惹出祸事了吧?妹夫叫狗日的打了,要跟你离婚了,小鹏没了,咱大没了,就连我订婚的大事,也让他兄弟搅黄了!"

邢玉侠说:"因此你气不过,就把人家的店砸了?"

邢玉成恨气难消地说:"砸他狗日是轻的,老东西要是在店里,就砸断他的狗腿。"

邢玉侠嘶叫起来:"你砸得好,你把咱老子搭上了,也把小鹏搭上了。"

邢玉成歇斯底里地叫道:"这都是让林家害的。还不知道吧?有人把聂玉魁告了,告他经济犯罪,破坏军婚。谁告的?这不明摆着!"

"你胡说!"

“我胡说,省上都立案调查了!”

没想到,邢玉侠却放声大笑起来。

邢玉成怒吼起来:“要是妹夫倒了台,我这个经理还能当吗?跟祁小云还有可能吗?”

邢玉侠冷笑道:“你不觉得太自私吗?为了你,为了这个家,把我的一切都断送了!”

邢玉成咬牙切齿地说:“我算是明白了,你果然舍不下林金虎。图他什么?年轻,健壮,上床睡觉舒服!”

“畜生,滚出去——!”邢玉侠气得浑身发抖,便用被子捂住头,凄惨地哭了。

林志诚站在门外,把这些话听得清清楚楚。聂玉魁被省上立案调查,令他吃惊不小,真是祸不单行啊。都到这个境况了,邢玉成竟然还如此混账。实在看不下去,便很生气地走进来斥责道:“你这娃也太出格了,危言脏话,你也能说出口。你妹子都可怜成啥了,还这样刺激她。家里灾祸连连,你一个顶门立户的大男人,就这么没有担当?”

邢玉成拖着哭腔说道:“这个家完了,我是为妹子担心呀,着急呀。”

林志诚说:“你先出去,让玉侠安生一会儿。”待邢玉成离开后,才对邢玉侠说:“孩子,你们兄妹都是我看着长大的,对你的遭遇我心里也难过。你要是相信你叔,有什么苦水就倒出来吧。”

邢玉侠掀起被子,挣扎着坐起来,一边痛楚地说:“叔,小鹏没了,聂玉魁也出事了,他又要跟我离婚。走到这一步,我真不想活了!”

林志诚说:“又说糊涂话了,天无绝人之路,咋就尽往窄处想?你给叔说句实话,聂玉魁对你好吗?你们的家庭幸福吗?”

邢玉侠说:“当初嫁给聂玉魁,我就不情愿。那是我大的主意,还有玉成,我大我哥嫌贫爱富,逼着把我推进了火坑。”

林志诚说:“刚结婚不是挺好吗?你娘家又盖房玉成又有了工作,你的精神看上去也不错,左邻右舍怪羡慕的。”

“这……”邢玉侠一时语噎,脸颊绯红,半晌才说:“我大和玉成当然满意了,我也没说聂玉魁当初不好,但后来……”

林志诚问:“是不是由于金虎的缘故?”

邢玉侠说:“一点关系都没有,我承认我忘不了金虎哥,也觉得我实在对不起他,但自从与聂玉魁结了婚,我就下决心断绝了。要说什么缘故,全在聂玉魁身上。自从他勾搭了狐狸精,他就开始嫌弃我,糟践我,打骂我,还把不贞洁的脏水往我身上泼。发展到最后,他竟然把狐狸精领回家里，全不避我。”

“金虎为啥又会和聂玉魁发生冲突呢？”

“聂玉魁当面与狐狸精调情，羞辱我还殴打我，就让金虎哥撞上了。”

“嗯，我全明白了！要说你家灾祸连连，祸根就在聂玉魁。人心不足蛇吞象，按理说，他大你近三十岁，前妻又留下个儿子，按说应该知足了，可他……罢罢罢，都是财势惹的祸！”说到这里，一股义愤直冲心扉，忍不住把聂玉魁对她爹动粗的过程大概学说一遍。

邢玉侠咬牙切齿道：“他竟然动手打我大，怪不得我大撂倒了，是让那魔鬼吓的。”

林志诚说：“玉侠呀，叔斗胆说句公道话。既然聂玉魁提出离婚，就不要犹豫，离！离了婚就逃离了火坑。既然你还爱着金虎，就与金虎破镜重圆。小鹏是你的亲生子，但这娃是咋样怀上的，你应该清楚。那是你的幸福，也是你的羞耻。万一小鹏没了，也许是不幸，但对你离开聂玉魁，重归林金虎却未必不是好事。你还年轻，与心爱的人重新开始，又可以再有你们的孩子。到那时，过去的所有不幸都会淡去，真正的幸福才会伴随终身！”他见邢玉侠面露惊色，便赶紧将尖锐的语气放中庸了，“对不起，叔的话，大概有些不近人情了。”

邢玉侠说：“叔，你的话没错，我是得下决心了。可是，再与金虎哥好，我实在没信心。我已经是这样的人，又伤害过他，他还会喜欢我吗？”

“会，我相信他会。要是他心中无你，为啥会不顾后果地护着你，痛打聂玉魁呢？”

这句话犹如拨云见日，使邢玉侠精神一振，失神的大眼睛忽然有了光芒。但这一缕亮光却倏忽而逝，泪水又一次充盈在眼眶，“小鹏是无辜的，他多懂事，他才五岁，太可怜了。一想到小鹏，我心就碎了……”

林志诚叹道：“说起来也真可恶，聂玉魁始终不露面，又在这个时候提出离婚，连人味都没有了。”便以更加坚定的口气说道：“常言道，与官司说散，与婚姻说合，而我今天却要说，对聂玉魁，不要抱任何幻想了，坚决离。物以类聚，人以群分，你跟他不是一类人。你不能总是替别人着想，如果再犯糊涂，就误你一生一世！”

邢友贵的丧事是在林志诚的操持下办的。按照邢玉侠的要求，购买了价钱很贵的柏木棺材和质地很好的寿衣，请了乐班吹吹打打。

不论邢友贵因何故死去，也不管聂玉魁和邢玉侠的关系如何恶化而且已经败走麦城，局外人却总是知情者少。听说会长的老丈人仙逝，依然有众多的商家前来捧场,也少不了官场人物的面子应酬。送的花圈铺天盖地,葬礼金也收了足足八万多。不知谁还弄来了个数十人的铜管乐队,一时间,乐班的唢呐笙鼓细吹细打,管乐队的洋鼓洋号声威振天,直闹得气派非凡,风光无两。

不知底细的人们,少不了热烈议论。

“好女要嫁大款,寡妇不跟穷汉。”

“一女嫁好汉,鸡犬升了天;生前老太爷,死后成神仙。”

如此云云,喧嚣鼓噪,惊叹赏羡。

然而,细心的皮三娘却发现:女婿身份的聂玉魁却始终没露面。另外,左邻右舍都来了,唯独不见林志才。

出殡时,邢玉侠哭得最凄惨,由家到坟地不到一里路,居然哭昏了三次,每一次都是被几个妇女七捏八掐地弄醒的。乡亲们大多知道她刚刚失子又丧父,同情的善良泪便也跟着婆婆娑娑地掉,但又有几人知道她极悲伤的心境中,还有着对不幸婚姻的哭诉呢!

与妹妹邢玉侠相比,哥哥邢玉成则显得镇静多了,甚至还有一种志得意满的荣耀感。头脑简单的邢玉成,起码在这一刻,已经把聂玉魁被立案调查的事情忘在了一边。他打心眼里感激妹子,要不是玉侠嫁给堂堂会长,区区农民的父亲,怎么会有如此风光的厚葬呢。

一直躲在家里不出门的林志才,耳闻送葬时喧天的鼓乐和凄厉的哭声,心想着儿子林金虎与邢玉侠的悲剧恋情,心里也深深地同情着苦命的邢玉侠,禁不住老泪纵横。同时沉甸甸地苦想着邢家父子砸店的事,心想到底人命关天,他跟邢家的这个疙瘩,怕是难解了。

大家都不知道哩,此刻的聂玉魁,即使能放下架子前来披麻戴孝,也没那个可能了。就在邢友贵出殡的同时,他已经被依法逮捕。而躲在办公室的燕德久则在想,该是挺身而出为会长挡枪子的时候了。但是,他会那么傻吗?他当然知道犯罪事实的严重性质,已经下了决心,决定去自首,同时对聂玉魁的问题进行检举揭发。将功折罪,或许还能逃过此劫呢!

倒是在出殡现场看热闹的皮三娘显得最活跃。

皮三娘一边用帕儿当扇子扇风舞动,一边大声说着调皮话:“儿哭一声惊天动地,女哭一声鬼神落泪;媳妇哭一声假声假气,女婿哭一声老骡子放屁!”

众人给逗得捧腹大笑,便有人借茬问道:“咋不见玉成订的媳妇,也不见玉侠的老女婿?假声假气听不见,老骡子连屁也没放呢!”

皮三娘倒将屎盆反给人家扣，双手一撑腰扭着脖子叫道："人家聂会长是商界翘楚，兴许到北京开会了，你这小人物咋能知道？"

那人连忙咂舌道："我忘了，把玉侠嫁给老汉，还是你皮媒婆当的红娘。"

皮三娘反唇相讥道："说话把舌头放正了，不是老娘积了这个德，邢老头一个小百姓，能有这种风光吗？到了阎王爷那里，也得高看一眼哩！"

# 第五十六章

从聂小鹏出事到邢友贵去世直到下葬，已经过去了六天。小鹏落水失踪，邢友贵突然中风去世，又传来聂玉魁被逮捕的消息，同时还有林金虎和崔三军被洪水冲走的惊人凶讯。这集中爆发的事件，令所有人感到震惊。各种猜测和议论漫天飞扬，风暴一样在龙潭镇刮来刮去。

安葬了父亲邢友贵，邢玉侠哭干了最后一滴泪，也用尽了最后一丝力气，被人搀扶到家就一头栽倒，不省人事了。

邢玉成从白宝荣那里得到聂玉魁被逮捕的确切消息后，只觉得后台倒了，前途黑暗，一双腿顿时就软瘫成了面条。还是林志诚亲自到卫生院请来医生，才给邢玉侠把吊针挂上了。

医生说是邢玉侠悲伤过度，也太虚弱，并无大碍，这才使玉侠妈放下心来。说来也怪，玉侠妈一直病病恙恙，遇到了接二连三的灾难，反倒硬朗起来。

在邢玉侠的梦境里，小鹏出现了，忽闪着大眼睛对她说："妈妈我要上学，我要书包——"邢玉侠说："妈妈给你买好了。"说着就拿出了一个小书包，上面有个小熊猫，歪着脑袋啃竹子，一副淘气的模样儿。"喜欢吗?""妈妈我喜欢。"邢玉侠帮小鹏把书包背在身上，捧着儿子的小脸亲了又亲。小鹏又朝她高兴地叫道："我跟外爷捉迷藏去了——"然后就消失不见了。邢玉侠心中惊异：小孩子怎么跑得这样快，眨眼间就无影无踪。忽然看见父亲邢友贵站在潭边大声哭叫："救命啊，小鹏掉下去啦!"父亲又恶狠狠地对她说："一定是林志才推下去的，凶手是他呀!"随即又大哭道："我咋向玉魁交代，他会杀了我呀!"聂玉魁又出现了，对着父亲吼道："我打死你!"父亲就朝聂玉魁跪下了，可怜兮兮地磕头求饶："别杀我，我不想死呀——"忽然父亲和聂玉魁都不见了，她自己却在涨水的河面上飞，飞得很低，激荡的浪花溅得她满脸满身。忽然就看见小鹏了。汹涌的洪流中，小鹏的身上套着个救生圈，小脑袋时而露出水来，时而又没在浪中。她一边大声呼唤，一边伸手去抓。但任凭她怎样努力，却总是够不到孩子。她急得哭了,不禁埋怨着自己。这个画着金龙的儿童救生圈,还是她亲手买的。她曾经领着小鹏,戴着这个救生圈在澡堂里戏水。要是没有这个玩具,小鹏怎么会来到潭边玩水?“都怪我呀,我害了小鹏——”一个大浪打过来,把她的哭声淹没了,小鹏也不见了。忽然小鹏又出现了,正想追上去,激流中又闪出一个人,快速地游向小鹏并且抓住了孩子。这时候她看清楚了,这个人竟是林金虎。“金虎哥——!”邢玉侠惊喜地大叫着。金虎哥来了,小鹏有救了。她忽然发现,林金虎怒目圆睁,双拳紧握,狂怒地朝她大吼:“孽种!”她也就意识到了,小鹏不属于金虎哥,他属于聂玉魁。完了,小鹏死定了。邢玉侠害怕极了,拼尽力气追上去,她要把儿子夺回来。然而,仿佛身后有只无形的魔手,始终牢牢地拽着她,使她无能为力。她只能眼巴巴地跟着他们,穷追不舍。忽然前面出现了大瀑布,激流狂泻,声如雷吼,而林金虎抓着小鹏仍然飞速向前,她失声惊叫的刹那间,两个人就掉下去了,消失得无影无踪。恐惧,无助,绝望,邢玉侠大哭起来——

邢玉侠哭醒了,哭声极其凄惨。她抓住母亲的手,目光呆滞,声音瘆人:“小鹏托梦了,他死了,他死了——”

玉侠妈也是泪如雨下,一边伤心道:“侠儿,你别吓妈。你想不开,叫妈怎么办啊?”

一旁陪着的陈二婆赶紧安慰道:“娃是做噩梦了。梦是心头想,却刚好是相反。婆有预感,小鹏肯定没有事。”

陈二婆又说道:“观音菩萨面前,‘大悲咒’念得没停。我娃这么善良,这么可怜,菩萨大慈大悲,一定看得见的。”说着说着,也不禁哽咽落泪。

邢玉侠的神志清醒多了,只喊口渴。玉侠妈一边端水过来,一边说道:“你两天都没醒,你哥也躺倒了,把妈吓死了。多亏二婆一直陪着。”

邢玉侠非常感激地叫了声“二婆”,又说道:“给我大洗头,穿老衣,都是你老在忙,我给你老磕个头。”说着就想翻身下床,却让陈二婆拦住了,一边说道:“心意婆领了。虚弱成这样,就不要动了。”回头又对已到灶房的玉侠妈喊道:“你给娃做些稀的,小心伤胃。”

邢玉侠说:“不用做,我吃不下。”

陈二婆说:“说啥都得吃几口饭,几天不吃不喝,铁打的人也受不了。”

看见邢玉侠表示同意地点了点头,陈二婆又说道:“你这女子自小就懂事,现在遇到难处,就更要会想。人活在世上,谁都有可能遇上七灾八难。既然遇上了，哭瞎眼窝也没用。灾祸是妖魔，你瞪着眼睛面对它，它就怕了就退了；你悲伤绝望，它就蹬鼻子上脸。你大走了，你妈身体又不好，你要是有个三长两短，你妈还活不活？娃呀，明白人都能看开人生福祸。很多事，你看着是福，也许藏着灾祸；你看着是祸，说不定就藏着福哩！”

“说得好，有道理！”林志诚应声进来了。

陈二婆说：“我给女子宽宽心，真怕娃一时想不开。”

林志诚笑道：“婶呀，你老的话还真有水平，很符合辩证法。常说高人在民间，今天我信了。这几天，就辛苦你老人家，多过来陪陪。”

玉侠妈说：“婶晚上都没走，多亏咱婶哩。”

林志诚说：“那就谢谢了。”又说道：“我是打前站的，还有领导专门来看你。”说话间，外面就有了杂沓的脚步声，林志诚赶忙迎出去，果然是杨邦义一行到了。

进来的人多数是恒昌煤炭商贸公司的，邢玉侠大都认得。一进门，一行人就先到邢友贵的灵位前，按着乡俗，上了香，又行了三鞠躬礼。

邢玉侠见状，赶紧挣扎着翻身下床，磕头还礼。想站起来时，却身子一软跌坐在地。那眼中的泪，也婆婆娑娑地滚落下来。

玉侠妈和陈二婆赶紧上前，把邢玉侠扶到了床上。玉侠妈说道：“玉侠昏迷了两天，水米也没打牙。”

邢玉侠本来就是天生丽质，此时身着重孝，一副病态，更显得楚楚动人。且不管她丈夫聂玉魁如何为人，邢玉侠却是公认的贤惠。一个秀外慧中的柔弱女子，命运却如此悲惨。众人触景生情，不免心生怜惜。

杨邦义和梁新文心照不宣地对视一下：怪不得林金虎放不下她，除了感情因素，邢玉侠还真是秀美端庄、出类拔萃。

林志诚接着把两个领导做了介绍。听说是杨邦义，邢玉侠的眼神就变得专注，在聂玉魁嘴里，不时听到这个名字，他给邢玉侠造成的却是负面的印象。但站在她面前的杨邦义，高大魁梧，慈祥可亲。她也曾耳闻，林金虎当警察就是他推荐的，林家的烧饼店也是在他的帮助下办起来的。在她最困难的时候又来看望，印象顿时就改变了。

另一个领导是梁新文，邢玉侠觉得没见过，林志诚当然也是刚刚认识的。

杨邦义说：“还是由我介绍吧，梁局长刚从部队转业，现在是鸣凤公安分局代理局长。梁局长还是林金虎所在部队的团首长，也是发现和培养金虎的伯乐。”这么一席话，就把感情的距离瞬间拉近。

梁新文说道："这个大林庄，我还是熟悉的，我曾经住过两天。"

杨邦义惊奇道："你有亲戚？"

梁新文说："林金虎探家的时候，我陪他来过。"

邢玉侠想起来了，那是在她结婚时的接亲现场，除了林金虎，还有一个稍年长的军官，原来是他。想到这里，不忍触动的心伤猛然撕裂，顿时哽不成声。

杨邦义和梁新文心里都明白了：这个邢玉侠，同样也放不下林金虎。可以想象，聂玉魁是采取了何等龌龊手段，将一对好鸳鸯生生拆散。

空气中弥漫着特别悲戚的气氛，即使毫不知情的人，也可以觉察出，在邢玉侠极其沉痛的悲声中，一定隐藏着什么可以令人肝肠痛断的感情故事。

丧父之痛，失子之痛，不幸婚姻之痛，叠加着，缠扭着，折磨着邢玉侠，也撕咬着众人的心。他们是来安慰的，却不知怎样去安慰她。

这时候，向宇辉赶来了。

杨邦义急忙问道："有消息吗？"

向宇辉回答道："出动大批人员进行搜救，还是没有下落。不过，在接近洛河的老鸹滩却传来消息。那里水势平缓，救起了不少冲来的落水人畜。"

门外边忽然人声喧嚷，有人激动地喊道："崔三军回来了！"屋里的人顿时兴奋起来，腿脚麻利的，转身就向外面奔去。

崔三军的头上缠着厚厚的白纱布，带回的是林金虎最确切的情况，结果却更加令人沮丧。

崔三军说："大水下来的时候，我上去找人找东西，他在河边守着。我们说定的不见不散，猛回头却发现他下了水。要么是被大浪卷下去了，要么是发现有人落水，跳下去救人了。我赶紧返回来，也抱根木料跳下河。只想着赶快追上他，没多久就被滚落的山石砸中，然后就什么也不知道了。"

就在大家聚焦崔三军的时候，料不到的一幕发生了。一个小男孩飞快地冲进门来，大声叫着"妈妈"，扑进了邢玉侠的怀里。

"小鹏！"

仿佛是突然降临了巨大的风暴，片刻的惊疑后，所有人都异口同声地欢叫起来。

邢玉侠紧紧地搂着孩子，一边又惶恐地叫道："我不是做梦吧？我不是做梦吧？"

林金虎跟着出现了,大家真是惊喜万分。崔三军情不自禁地与他紧紧拥抱,热泪夺眶而下。

与林金虎同时走进来的还有个中年男子,他是白龙河下游龙阳乡的乡长郑正潮。向宇辉当然熟识,赶忙介绍一番。

郑正潮说道:“是我们乡的护堤联防队发现的。救起来时他昏迷不醒,但怀中还抱着这个孩子。抱得好紧啊,好不容易才撕开了手。”

一切都不言而喻了,林金虎奋不顾身地跳进河中,正是因为发现了落水的聂小鹏。

邢玉侠冲下床来,一头扑在林金虎的怀里,失声痛哭起来。

众人都深深地感动了,这些看起来粗眉大眼的汉子们,面对这对不幸恋人的大悲大喜,也禁不住潸然泪下……

# 尾　声

漫长而悲怆的故事啊，到这里该做个了结了。

聂玉魁被依法逮捕后，对高价推销民爆物品以及敲诈勒索、破坏军婚等多种犯罪事实，做了一番徒劳的辩解和抵赖，还是在铁证面前举了白旗。法院依法判决：聂玉魁犯罪事实确凿，性质特别恶劣。数罪叠加，判处有期徒刑二十年，剥夺政治权利终身，同时没收非法所得。燕德久因为有自首、揭发等立功表现，从轻判处有期徒刑五年，并追回所有非法所得。其他涉案人员，也受到了不同程度的处罚。

林金豹在破案过程中表现积极，将功赎罪，受到追缴所有非法所得，罚款五万元，免于刑事处分的从轻处理。胡成因违规经营个体小煤矿、隐瞒伤亡事故、发生井下水灾对阳河大矿造成严重经济损失以及贪污问题、渎职问题受到开除党籍、撤销职务并罚没所有非法收入的惩处。在算计落空、人财两损、家业崩溃的情况下，白玉儿受到极大刺激，被送进了精神病院。因主观武断、用人失察，造成不良影响的车道康，也受到了党内警告处分。

梁新文被正式任命为鸣凤公安分局局长；牛耕奇被提拔为副局长，林金虎和崔三军转为正式干警。随后，林金虎调到了分局刑警队，崔三军则被提拔为龙潭镇派出所所长。

邢玉侠与聂玉魁离了婚，聂小鹏判给了邢玉侠。邢玉侠随即将儿子更姓为邢小鹏。邢玉侠将带着儿子，与林金虎组成新的家庭。但出于孝心，邢玉侠提出要等到父亲三年孝期服满才可结婚，林金虎表示同意。但是在玉侠妈以及杨邦义、林志诚等人的劝说下，一年后俩人便举行了婚礼。一对不幸的恋人，终于渡尽劫波，破镜重圆。

赵梦娇谢绝了威尔逊的出国邀请。黄爱仁经过一番思想斗争，辞退了那个草率的没有任何感情的婚约，毅然决然地与赵梦娇组成了家庭。一对才子佳人，经过经年苦恋，也终成眷属。

三年时间又过去了，向宇辉则提升为鸣凤区党委书记，带领着广大群众，一如既往地奋斗在脱贫致富的道路上。

龙潭镇的面貌发生巨变。按照发展规划，依托矿区和本地资源优势，通过内引外联、自我培育等招商方式，使煤矿机械修造厂、果业食品有限公司、畜牧肉联食品制造厂等一批企业落户工业园区，街市人口剧增，商业繁荣，一栋栋崭新的商用楼、住宅楼以及影剧院等文化设施也矗立起来，呈现出一派繁华的小城镇景象。在广大农村，镇政府因地制宜，大胆创新，组织农民，以自身所长和自愿联合的方式，相继成立了农家餐饮合作社、蔬菜种植合作社、牲畜养殖合作社、果业发展合作社，生产经营有机合作，市场营销统一协调，使一个个家庭和村办小实体聚合成了产业集团。有了这些经营模块的支撑保障，又得到政府的各种政策扶持和与市场需求方的架桥铺路，逐步形成了长期合作可持续发展的产销链。

恢复健康的秦宝丰又焕发了活力，重新把柿饼加工厂办起来，而且把新厂建在龙潭镇工业园区，较以前规模更大，工艺更新。

最有贡献和成就感的还是林志才，他以龙潭镇烧饼店为基本，先后在凤凰城区办起了三个连锁店，还在省城的繁华闹市购买了商铺房，将“长安烧饼王”的祖传招牌重新挂出。支撑自家餐饮业发展的不仅是自身的良好经营，身后还有一个绿色产业，那就是他的百亩苹果园。种植的苹果树第三年就挂果了。除去化肥、农药以及雇工等成本，头一次收获就净赚了三十万元。率先组建的农家餐饮合作社，带头人便是林志才。他自愿拿出二十万元建立“餐饮业帮扶基金”，加上政府的低息贷款，促成龙潭镇街道包括大林庄的近百户人家办起了“农家乐”。其经营直接与蔬菜种植、牲畜禽养殖相辅相成，与果业采摘、白龙河旅游开发等旅游项目挂钩，形成了多种经营、协调发展的良好格局。乡亲们的腰包逐渐丰满起来了。

在苹果的成熟季节，林志才与杨邦义商量后，别出心裁地在果园里摆上了一桌酒宴。邀请来的嘉宾有向宇辉、梁新文、牛耕奇、崔三军、林志诚，参加者还有林金虎、邢玉侠、邢小鹏和他不到半岁的小孙子。

杨邦义接过邢玉侠怀中的孩子，夸了声“好漂亮的宝宝”，又亲切地问道：“娃起的什么名字？”

林金虎赶紧示意邢玉侠回答，邢玉侠笑了笑说道：“林恩祺。”

杨邦义回头问道：“你们谁解其中含义？”见众人笑而不答，就说道：

“那就由我来解。这恩是恩情的恩,祺是吉祥幸福的意思。就是说,有了党的领导,老百姓勤劳致富,才呈现出吉祥幸福的好光景,党的恩情比天大。我解释得对不对?”

林志才说:“肯定对,但也没说完。说句掏心话,要不是遇见杨局长、向书记和牛所长,就不会有我林家的今天。这个恩情几辈子也报不完。”

显见是动了真情,声音哽咽,泪水盈眶。

杨邦义说:“老林呀,您这是见外了。说实话,没有改革开放的春风,这龙王潭的死水微澜,就不可能掀起大浪。”

热烈的掌声响起来了。

梁新文感慨地说:“由部队转到地方,也三年多了。这龙潭镇的故事听得不少,日新月异的变化也历历在目。今天的聚会,又特别令人感动。我现在心中有诗,就一吐为快,献丑了。”然后,就大声朗诵起来:“白龙穿山舞,金凤绕枝鸣。多谢春阳好,喜绽百花红。绿意共婆娑,浩歌凌苍穹。反骄不懈怠,不负好东风。”

诗音未尽,杨邦义就拍手叫绝:“好诗好诗,对仗工整,押韵上口,意境优美。结合了本地风物,又紧扣时代脉搏,还倡导奋斗精神,令人振奋。”

牛耕奇说:“简直是神话境界,龙凤呈祥啊！你看,借着改革开放的春风,龙潭镇真的活泛起来,乡亲们的腰包鼓了,山川也变绿了。这神鸟凤凰嘛,也飞了回来,与白龙王子重结良缘哩。”

崔三军问道:“白龙王子还好理解,就是白龙河嘛,但凤凰仙子又在哪里?”

向宇辉笑道:“悟性何在? 远在天边,近在眼前!”

崔三军恍然大悟:“明白了！我的天,都成文学家了。”

接着话茬,牛耕奇又让向宇辉作诗:“你这个父母官上过大学,贡献又大,于情于理都应该来一首。”

向宇辉慌忙说道:“不会不会,岂敢班门弄斧。再说,所谓贡献,真不敢当。梁局长刚刚还要求‘反骄不懈怠’,咋就能当场翘尾巴呢!”

一席话,逗得大家全笑了。

不料林志诚却说道:“向书记就有现成的,志才的烧饼店开张时,那副对子就是他自编的。我现在却想替他念一遍。”说罢,非常庄严地站起来,将一杯酒高高地举过头顶,然后一字一板地念道:“乘东风,解放思想敢闯勤致富;谢党恩,承先启后不负好春色。”

大家不约而同地站起来了,都将酒杯高高举起。杨邦义朗声说道:

“为了感恩改革开放的新时代——干杯!”

酒香果香,欢声笑语,萦绕在丰收的田野里……

古老的龙王潭,见证了芸芸众生的悲欢离合,也见证着这块热土上正在发生的沧桑巨变。新的更精彩的故事还会演绎下去,就像这个生机盎然、自强不息的伟大民族……

# 岁月深处那个春（后记）

当初决定写这个小说，并不是一时冲动。写作的过程，也是艰辛而漫长的。这个小说，动笔于上世纪九十年代中期。框架式的初稿是一气呵成的，但到定稿并付梓出版，写写停停，却经过了二十多年。

为什么会这样慢？

第一个原因是受传统文学理念的影响，我有一个很执着的想法：一部反映时代风貌的现实主义作品，必须经过对生活的深入观察与体验，经过对时代特征、主题思想的正确把握与成熟酝酿，同时要经过创作过程中对素材的准确提炼以及对情节和语言的精细打磨，才能号准时代脉搏抓住生活本质，才能塑造出个性鲜明的典型人物，才能经得起时间和历史的检验，经得起几代读者的挑剔。我相信这个观点永远不过时。同时，我认为现实主义小说的功能就是艺术的写真。就像古典主义画派的油画，用逼真的画风生动还原历史事件是其重要功能。它可以使百年乃至千年后的人，能够借此穿越时空进入当时，具有特殊的现实和历史价值。同为作家的胞兄杨治中也经常对我说，写作要有浩然正气，要“文以载道”，要努力打造积极反映现实生活的精品。近两年，我先后参加中国作协举办的“学习贯彻习近平新时代中国特色社会主义文艺思想”培训班，以及陕西省委宣传部举办的“文学陕军再进军”座谈会，更加明确了一个创作者应有的责任与担当，也进一步坚定了坚持革命现实主义创作的决心。我这个小说，谈不上表现某个重大历史事件，我本身也没有打造传世之作的天赋和能力，只是在用普通人的小故事反映一个非比寻常的历史进程，这就是改革开放初期中国城乡的历史样貌。自 1978 年十一届三中全会，到 1995 年，国家实行改革开放已经有十七个年头，改革开放的春风浩荡，东南沿海的发展成就积极影响着内陆腹地，社会面貌发生了显著变化。但变化最深刻的还是人们的思想意识。故步自封的死水微涟被猛烈搅动，安贫乐道的人们如梦初醒，并且以前所未有的动作加入到脱贫致富的时代洪流中。中国城乡都产生了惊人的巨变：农民种上了可以自己做主的责任田;私人可以经营管理自己的产业,民营经济因此迅猛崛起,就连私人都有了小汽车;计划经济向市场经济急剧转化,国有企业承包经营打碎铁饭碗,招商引资、中外合资风生水起;商品供应量充足,市场繁荣,再也无须凭票购买。一条条高速公路建成通车,一座座高楼大厦拔地而起,一个个经济开发区和产业园遍地开花,这是前些年想都不敢想的事情。透过眼花缭乱的变化,看到的是一个庄严的主题,这是一个古老民族在春雷中苏醒,是一个伟大国度在逐步走向复兴。以这样的蓬勃发展,用不了太长时间,中国就会以非常强大的国力重回世界之巅。作为一个写作者,面对这些巨变,岂能不产生创作的欲望和激情。既然如此,就必须以对历史负责的态度谨言慎行,老老实实地反映生活,准准确确地把握生活,精精细细地提炼生活。大胆落笔,小心拾掇。认真雕琢,不断打磨。而且,参不透吃不准的暂且放一放,让经过改革实践检验后的真理告诉你该怎样去写。我这样想,也这样做了。

慢的第二个原因是受客观工作条件的制约和影响。这部书的最初框架搭成于我在铜川矿工报社时期,为了进一步体验生活,潜心完成这本书,我又通过主动联系,调到了铜川矿务局下属的鸭口煤矿。鸭口煤矿是《平凡的世界》的孕育地,路遥当初就是在这里体验生活,才有了以鸭口为原型的"大牙湾煤矿",有了以鸭口矿工为原型的孙少平、雷汉玉、安锁子。我曾经编发过——也可以说是在全国率先发表——路遥的《早晨从中午开始》。那时候报纸还是铅印,因怕弄脏和丢失,我将约六万字的路遥手稿用笔誊写了一遍,这也成为了我用心学习的宝贵机遇,当时真是受益匪浅。可以说,我之所以坚定地热爱文学,就是受路遥的直接影响,创作之路也是从这时候开始的。一个作家,人要正派,心要光明,志要坚韧,文要健康,这是路遥留给我的启迪和标杆。我当然愿意深入路遥工作过的地方,在这里通灵气,接地气,鼓士气。所不同的是,路遥是"早晨从中午开始",我却是早晨从半夜开始。肩负着党委工作部长的职责,下面有组织、干部、宣传、团委等一揽子业务,白天上班,管人管事,晚上两三点准时爬起来投入写作。当时企业效益好,公务就非常繁忙,文山会海是家常饭。手下虽有几个学中文的大学生,毕竟刚刚参加工作,业务生,扛不动。于是,白天常常当秘书,写公文,改稿子,纯粹逻辑思维。到了后半夜,又转入了我自己的形象思维。真累,累得颈椎出了问题。左胳膊触电般难受,吃饭都拿不住筷子。公务实在太忙的时候,我的创作只好搁置。短则几天,长则一两个月。停得久了,思绪就断了。一旦再动笔,就得再酝酿,甚至从头酝酿一遍。因此就造成许多断层,为后来的修改衔接留下很大麻烦。幸好起初的思路对头，初稿的框架端正，才没有走太多的冤枉路。还多亏矿党委书记兰阿利的理解和支持，他为我安排了专门的房间，尽量为我挤时间，还在干部会上公开赞扬我的创作。为什么？因为他也是个热爱文字的作家，又因为路遥的影响，这里的文学氛围很浓厚。除了矿上的支持，莫伸、王芳闻、李延军等作家老师和朋友还来看望我。特别令我感动的，是陕西省煤化作协主席、作家王成祥专程由西安赶到铜川，开着车把我送到矿上。这一切，都给了我很大的鼓励。到底还是收获远比付出大。在鸭口，因为工作关系，经常与所在地的镇政府和派出所打交道，很熟悉他们带领群众脱贫致富的故事，也了解公安干警对矿井民爆物品的监管以及解救被拐卖儿童的事迹，为我的创作丰富了素材，激发了灵感，增加了厚重。这本书二稿的最后一页，就是在鸭口完成的。另外一个重要收获，就是在局矿党政的重视和支持下，由矿党委书记兰阿利以及副书记马坡直接领导，我与省作协秘书长王芳闻具体合作，共同完成了"鸭口·路遥文化展馆"的创建工作。当时由于我掌握情况比较多，所以由我负责策划设计展厅布置，亲自撰写展板文字。建成后，这个展览馆一时间闻名省内外。

慢的第三个原因，就是在本书的写作过程中，还穿插了很多我们陕西省能化作协的活动和企业指令性的编书任务，以及我自己的阶段性突击创作。比如，其间我写了不少的中短篇小说和散文，出版了市级文化工程性质的散文选集《走马千秋雪》，以及为纪念抗战七十周年而作的长篇小说《狼侠行动》。这些似乎有些喧宾夺主的插曲，也很大程度地影响了这本书的进度。

起初我的野心很大，想打造一部全景式精品，把这个历史阶段中国的社会状态准确地反映出来，从社会宏观大势，到典型业绩的发展情态，都有一个客观生动的描画。但我很快就意识到，理想很丰满，现实不可行。自己毕竟深处基层，视野有限，认识有限，资料有限，条件有限，站位肯定是不够高的。如何去写？还必须从所熟悉的生活入手，从讲老百姓的故事入手。把改革开放作为故事的背景，在讲述百姓故事的过程中融入时代气息，赋予时代灵魂，彰显时代特征，讴歌时代进步。

因此，开始构思的时候，我决定把故事的时间定位于改革开放初期，也就是上世纪八十年代初到九十年代中期这段时间，故事发生地当然就是我最熟悉的陕西渭北矿区。这时候的这地方，工矿企业开始由计划经济向市场经济转换机制，经营效益随市场起伏，职工的铁饭碗受到冲击。农村人已经在责任田里享受改革后的自主权，多数人小农意识强，思想保守,安于现状,甚至封建残余思想还很顽固。即使有国家鼓励脱贫致富的好政策,多数人还是犹豫观望,裹足不前。但是,改革的东风在劲吹,沿海的发展是榜样,还是有少数人已经觉悟,有的人去沿海打工,有的人亦农亦商,有的人辞职下海。胆大的率先贷款,开公司搞商贸,开小煤矿搞产销,搞得风生水起。由于是摸着石头过河,就有敢钻政策空子甚至不惜违法的不良暴发户冒出来并风光一时。在并不长的几年间,少数人先富起来了,保守者坐不住了,也纷纷想方设法挣钱。围绕致富梦想,不同的人按照不同的方式,走着不同的路径,追求着标准和内容不同的目标。面对财富的诱惑,人们的欲望不断膨胀,每一根神经都亢奋起来,人性的底色在利益面前淋漓显现,贪婪的本能主导着思想。激情澎湃,变革剧烈,夹杂着一定程度的混乱,这就是当时内地城乡社会的大致样貌。因此,把时间和地域定位在这里,我认为具有"窥一斑而知全豹"的典型意义。身居国家偏远腹地、相对闭塞保守的人们尚且如此,沿海发达地区是什么情况,其他省份是什么情况,就可想而知。一言以蔽之,在党和国家改革开放政策的感召下,全中国的人民都发动起来,已经疾走在致富追梦的大道上。

小说的总体设计是:农村退役军人林金虎与同村女青年邢玉侠已经恋爱订婚,因为贫穷的根本原因以及暴发户聂玉魁的卑鄙强夺,导致了镜破月缺的婚姻悲剧,以及由此引发的激烈对抗。围绕这条主线,引出了林家父子"穷则思变"的脱贫致富行动,也引出了杨邦义、向宇辉等带领群众劳动致富的优秀领导干部,更是引出了正义力量对黑恶人物聂玉魁的斗争。围绕聂玉魁的敲诈勒索与作奸犯科,又引出了民营矿主胡成、白玉儿的功过曲直,引出了剧团女演员赵梦娇对邪恶的抗争以及与剧作家黄爱仁的苦恋。林、邢以及黄、赵的爱情悲欢是线索,"长安烧饼王"林志才以及整个龙潭镇的致富业绩是亮色,杨邦义、向宇辉、牛耕奇等党的优秀干部是亮点,聂玉魁、燕德久是兼具创业强人和黑恶典型双重特征的复合冷色,邢友贵、皮三娘、崔三军、林金豹、白玉儿、胡成、宇文骚等小人物也不乏重头戏。农民,村支书,个体商户,民企老板,公安干警,乡镇干部,市委书记,等等,有声有色的人物就有二十几个,地域特点是城乡结合、亦城亦乡的煤矿区域,语言和民俗风物是陕西关中的秦腔秦韵。

进行文学创作,特别是写小说,除了政治成熟度、敏锐力、把握力以及学识修养等基本条件,生活阅历和素材积累似乎更重要。这是教科书上一再强调的,也更是我的体会。我本人只有后来进修的大专学历,那么点学养和能力一靠自学,二靠工作历练,实在难登大雅之堂。但是人生阅历还算丰富,可以说是一种弥补或者优势。自小生长在城市,因为父亲遭受冤案，三年自然灾害之际举家下放农村，家境一落千丈，生活反差特别强烈。在黄土地里成长，自身变成农村娃，也熟悉了农村和农民。后来在县上公社的电影队和矿上的俱乐部当过放映员，在煤矿的井下当过采煤工，在职工学校当过教师，在企业党群部门当过负责人，还在企业报当过很长时间的编辑记者。曾经以"省市电影战线先进"的名义将照片挂进了省展览馆，被推荐上大学一条半腿已经进门却因单位领导舍不得而功亏一篑。当矿工时在冒顶事故中被矸石压埋，当编辑时又因为赶写社论误撞汽车，前后两次都差点丢了命。苦难过，也风光过。苦苦甜甜，坎坎坷坷，却有机会体验不同味道的生活，接触形形色色的人，这些都无意中成就了我。复杂的生活经历，独特的生命体验，不仅使我的身心变得坚韧，也给了我敢于提笔创作的底气和力量。

这本书，四年前就写成了，因为同时要出那本抗日小说，实在力不从心，就搁置了，于是继续修改。书名也变了好几回。最初叫《众生》，又改为《早春故事》和《春潭惊梦》，都不甚满意，最后就定为现在这个《玉貔貅》。

书稿即将付梓，心中感慨良多。回首起点，人在中年，雄姿英发。一路到此，竟是华发苍颜。不易啊，呕心沥血砥砺行，多少艰难多少情！回望岁月深处的那道春色，回想当时的社会情状，经济正在奠基，人民正在迎着朝阳成长，朝着富强迈步。二十五年过去了，国家通过改革开放，取得了举世瞩目的成就，一跃成为世界第二大经济体和第一制造业强国，城乡面貌发生巨变，脱贫攻坚取得决定性成果，小说里人民的夙愿变成了现实。我们亲爱的祖国已经由富变强，经济发展蒸蒸日上，民族复兴指日可待。想到这些，看到这些，我就觉得自己没有虚度光阴。尽管我所献出的，仅是茫茫书海中不很厚重的轻轻一册，但也算是尽了我对祖国的一点拳拳之心。至于如何品评，就有待于尊敬的读者了。

在该书出版的过程中，得到了陕西省作协、陕西省能源化工作协、中国文史出版社和中共铜川市委宣传部、铜川市文联，王益区文联、宣传部的关注与支持，特别是得到了出版社编辑老师和《陕西文学》张铖主编的抬爱与帮助，在此表示诚恳的感谢。写这篇后记的时候，全国抗击新冠肺炎疫情的战役已经取得阶段性胜利，女儿的孩子"小嘟嘟"出生也快九个月了，非常可爱，这都是值得欣喜和纪念的。

杨智华

2020年3月30日于西安书斋

[illegible]自然灾害[illegible]，实为一[illegible]，生活[illegible]

[illegible]

[illegible]的内在勇气和力量。

[illegible]

[illegible]

2020 年 3 月 30 日于[illegible]

**图书在版编目(CIP)数据**

玉貔貅 / 杨智华著. — 北京 ：中国文史出版社，
2021.3
（跨度小说文库）
ISBN 978 – 7 – 5205 – 2239 – 7

Ⅰ. ①玉… Ⅱ. ①杨… Ⅲ. ①长篇小说 – 中国 – 当代
Ⅳ. ①I247.5

中国版本图书馆 CIP 数据核字(2020)第 170749 号

责任编辑：薛媛媛

出版发行：**中国文史出版社**
社　　址：北京市海淀区西八里庄路 69 号院　邮编：100142
电　　话：010 – 81136606　81136602　81136603（发行部）
传　　真：010 – 81136655
印　　装：北京新华印刷有限公司
经　　销：全国新华书店
开　　本：720 × 1020　1/16
印　　张：26.25　　　字数：432 千字
版　　次：2021 年 3 月第 1 版
印　　次：2021 年 3 月第 1 次印刷
定　　价：69.80 元